Kristina Ohlsson

Blutsfreunde

Autorin

Kristina Ohlsson, Jahrgang 1979, arbeitete im schwedischen Außen- und Verteidigungsministerium als Expertin für EU-Außenpolitik und Nahostfragen, bei der nationalen schwedischen Polizeibehörde in Stockholm und als Terrorismusexpertin bei der OSZE in Wien. Mit ihrem Debütroman »Aschenputtel« gelang ihr der internationale Durchbruch und der Auftakt zu einer hoch gelobten Thrillerreihe um die Ermittler Fredrika Bergman und Alex Recht, die mit »Sündengräber« spektakulär ausklingt. Neben der Veröffentlichung zahlreicher Jugendbücher schuf Kristina Ohlsson außerdem einen neuen Ermittler: Anwalt Martin Benner, der in den Bestsellern »Schwesterherz«, »Bruderlüge« und »Blutsfreunde« die Herzen von Ohlssons Lesern weltweit im Sturm erobert hat.

Von Kristina Ohlsson bereits erschienen:

Aus der Serie mit Fredrika Bergman und Alex Recht:
Aschenputtel
Tausendschön
Sterntaler
Himmelschlüssel
Papierjunge
Sündengräber

Aus der Serie mit Martin Benner:
Schwesterherz
Bruderlüge
Blutsfreunde

Kristina Ohlsson

BLUTSFREUNDE

Thriller

Deutsch von Susanne Dahmann

blanvalet

Die Originalausgabe erschien 2019 unter dem Titel
»Henrys Hemlighet« bei Pirat Förlag, Stockholm.

FSC www.fsc.org
MIX
Papier aus verantwortungsvollen Quellen
FSC® C014496

Klimaneutral*
Druckprodukt
ClimatePartner.com/14044-1912-1001

Penguin Random House Verlagsgruppe FSC® N001967

2. Auflage

Redaktion: Leena Flegler
Umschlaggestaltung: www.buerosued.de
Umschlagmotiv: © Mark Owen/Trevillion Images;
plainpicture/Tim Robinson
BL · Herstellung: DM
Satz: Buch-Werkstatt GmbH, Bad Aibling
Druck und Bindung: GGP Media GmbH, Pößneck
Printed in Germany
ISBN 978-3-7341-1075-7

www.blanvalet.de

Vor der Verlobung

So sah mein Leben vor der Verlobung aus: Ich hatte fast alles. Es gibt keinen Grund, so zu tun, als wäre es anders gewesen – ich hatte es verdammt gut. Weil ich einmal um ein Haar alles verloren habe, bin ich jemand, der spürt, wenn er glücklich und erfolgreich ist. In den Jahren vor der Verlobung hatte vieles gepasst. Auf beinahe magische Weise war es mir gelungen, das Beste von fast allem miteinander zu kombinieren. In Stockholm war ich immer noch als Verteidiger gefragt und besaß meine eigene gut laufende Kanzlei. Zudem hatte ich aus zwei meiner großen Interessen im Leben – teure Weine und Antiquitäten – ein Geschäft gemacht, und dieses Geschäft betrieb ich am liebsten in New York. Außerdem besaß ich ein schönes Haus draußen in Djursholm und eine Stadtwohnung. Und ich hatte mein Kind: ein bildschönes und richtig nettes Kind, das die zweite Klasse der Englischen Schule in Stockholm besuchte.

Das waren die Eckdaten, das war das große Ganze: die perfekte Grundlage, um das Leben zu genießen. Dann kam jener ewig lange Winter, und nichts war mehr wie zuvor. Bis weit in den Mai hinein lag Schnee und verstärkte die Untergangsstimmung, die mein Leben in der Zeit bestimmte.

Alles in allem kann man die Missgriffe und Fehleinschätzungen, die ich damals beging, in zwei niederschmetternden Feststellungen zusammenfassen: Zunächst einmal bin ich ein Mann, der Schwierigkeiten anzieht. Und wenn ich »Schwierigkeiten« sage, dann meine ich nicht die Art, von der die große Mehrheit heimgesucht wird. Ich gerate in Situationen, die ebenso unbehaglich wie unwahrscheinlich sind. Es ist, als könnte ich keinen Erfolg mein Eigen nennen, ohne zuvor durch die Hölle gegangen zu sein.

Zum anderen sollte man niemals darauf vertrauen, dass das Grenzland zwischen dem zu Erwartenden und dem Unwahrscheinlichen zu schmal wäre, um sich darin aufzuhalten, im Gegenteil: Es ist weit wie die Wüste Sinai. Und gerät man erst in dieses Grenzland, dann ist es im Grunde unmöglich, dort wieder rauszukommen. Deshalb möchte ich eines nachdrücklich betonen: Wir vermögen die Launen des Zufalls nicht zu steuern. Glauben Sie mir, ich hab es versucht und bin gescheitert. Ich habe dafür bezahlt. Und zwar teuer.

So. Das Wichtigste ist gesagt. Lassen Sie mich deshalb wieder zu der Verlobung zurückkehren. Vor der Verlobung lebte ich ein Leben, das der Perfektion gefährlich nahekam. Dann ging alles binnen eines Wimpernschlags zum Teufel, und statt zur Hochzeit durfte ich auf eine Beerdigung gehen.

Teil I

»Da hängt was im Kirschbaum.«

1

Der Schnee war es, der den Tod mit sich brachte. Pflaumengroße Schneeflocken fielen über Stockholm, und es sah herrlich winterlich aus. Seit Neujahr war es ununterbrochen kalt gewesen und hatte geschneit; inzwischen hatten wir Ende April. Sämtliche Züge des öffentlichen Nahverkehrs, die eine noch so kurze Fahrtstrecke überirdisch fuhren, standen stunden-, ja tagelang still. Die Fernzüge sowieso. Draußen in den Schären war das Eis so dick, dass die Inselbewohner der Inseln vom Festland abgeschnitten waren. Zu allem Übel zog ein Schneesturm über die Hauptstadt und brachte den Flugverkehr in Arlanda zum Erliegen.

Der Mensch braucht seine Prüfungen und Widerstände, doch auf ebendiesen Schneesturm hätte ich gut verzichten können. Ich erwartete nämlich Besuch aus New York, und jetzt sah es ganz so aus, als würden meine Besucher nicht wie geplant in Stockholm landen können. Das war ungeschickt; wir sollten einer Trauerfeier beiwohnen, und dergleichen Veranstaltungen kann man nun mal nicht verschieben. Das sagte die Frau zu mir, die die Feier ausrichten sollte, die Bestatterin, wie sie sich offiziell nannte. Ich fand, sie klang gelangweilt und teilnahmslos.

»Natürlich ist es schade, wenn nicht alle dabei sein können«, sagte sie. »Aber so ein Termin lässt sich nicht einfach kurzfristig verlegen.«

»Gilt das auch, wenn einer von denen, die nicht erscheinen können, der Verstorbene ist?«, fragte ich.

»Wie bitte?«

Ich konnte ihre Verwunderung nachvollziehen. Es ist eher selten, dass Verstorbene per Flugzeug zu ihrer eigenen Beerdigung anreisen. Aber Henry Schiller war nicht wie andere, das war er schon im Leben nicht gewesen. Das kann ich, ebenso wie seine Ehefrau Magda, bestätigen.

Ich hatte Magda und Henry einige Jahre zuvor auf einer Auktion in London kennengelernt. Es war meine allererste gewesen, und ich war dort, um ein Puppenhaus für meine Tochter Belle zu kaufen. Ich weiß nicht mehr genau, wie wir ins Gespräch kamen, aber das Ehepaar Schiller war es, das mich zu der nachfolgenden Weinauktion mitnahm, und ohne die beiden hätte ich nie ernsthaft angefangen, mich für Antiquitäten zu interessieren. Die Begegnung mit Magda und Henry sollte mein Leben verändern.

Und jetzt war Henry tot.

Kurz nach seinem siebzigsten Geburtstag war er in einem Krankenhaus in New York gestorben. Er und Magda hatten seit Jahrzehnten in New York ihr gemeinsames Zuhause gehabt. Beide stammten ursprünglich aus Europa, aber das war wie ausradiert. Magda erwähnte ihre Kindheit in Spanien nur in Ausnahmefällen, und noch viel seltener sprach Henry von seiner französischen Mutter und dem schwedischen Vater. Das meiste war wie ausgelöscht, in ihrem Leben zählte nur noch, was ihnen als Erwachsenen widerfahren war. Doch dann starb Henry, und es veränderte sich etwas. Magda beschloss, sämtliche Freunde zu einer weltlichen Trauerfeier in Schweden einzuladen und ihren Mann dort kremieren zu lassen. Ich war erstaunt. Warum nicht in New York?

»Das wollte Henry nicht«, erklärte Magda, als ich sie fragte. »Und ich wollte seinen Tod nicht erst bekannt machen, wenn er schon begraben worden wäre. Besser, wir tun so, als wären Henrys Wurzeln in Schweden tiefer gewesen, als man es sich vorstellen kann. Ich meine, es werden doch sowieso nur wenige wegen einer Trauerfeier nach Stockholm reisen.«

Grundsätzlich ein kluger Plan, allerdings hatte sie nicht die heftigen Schneestürme in Betracht gezogen.

»Es wird schon gut gehen, Martin«, sagte Magda, als sie mich vom Flughafen in New York anrief.

Und das tat es auch – in gewisser Weise. Der Schneesturm zog weiter, Arlanda öffnete wieder. Magdas und Henrys Flugzeug landete bloß mit acht Stunden Verspätung.

»Das hätte ins Auge gehen können«, sagte Magda, als ich sie in Arlanda abholte.

Wir sprechen Englisch miteinander, so ist es schon seit unserer ersten Begegnung. Magda hat zwar mal in Schweden gearbeitet, aber ihr Schwedisch ist schlecht, und das Gleiche gilt für mein Spanisch.

»Aber ihr habt es geschafft«, erwiderte ich. »Das ist die Hauptsache.«

Ich möchte nicht verschweigen, dass Henrys Tod auch eine gute Seite hatte. Magda würde endlich aus dem Schatten ihres Mannes heraustreten können. Und ich selbst hätte die Möglichkeit, mir einen Traum zu erfüllen: Ich sollte Teilhaber ihres Antiquitätengeschäfts werden. Es war Henrys ausdrücklicher Wunsch gewesen, dass ich seinen Anteil übernehmen sollte, wenn er gestorben wäre, und Magda hatte dem Arrangement ihren Segen erteilt. Es gab keine direkten Erben, und Magda wollte das Unternehmen nicht allein führen. Außerdem brauchte sie das Geld, und da war es besser, Henrys Anteil an jemanden zu verkaufen, den sie beide gekannt und gemocht hatten, als an einen Fremden.

Selbstverständlich erwähnten wir weder ihre nicht sonderlich gute Ehe noch das Geschäftliche, als wir zur Trauerfeier fuhren. Der Raum – einer der Ausstellungsräume der Auktionsfirma Bukowskis – war halb voll. Magda und ich setzten uns in die erste Reihe. Ich warf einen Blick über die Schulter. Ein paar vereinzelte Freunde aus New York waren nach Stockholm geflogen, um der Feier beizuwohnen, doch insgesamt kannte ich nur wenige.

Ein grauhaariger Mann weckte meine Aufmerksamkeit. Er saß auf einem Platz am Gang und starrte vor sich hin. Als er bemerkte, dass ich ihn ansah, nickte er kurz. Ich erwiderte das Nicken.

Ich kannte ihn nicht, aber offenbar wusste er, wer ich war.

Als Henry starb, hatte ich Magda und ihn seit zwei Jahren gekannt. Doch erst als ich erfahren hatte, dass Henry unheilbar an Krebs erkrankt war, dämmerte mir, wie ihrer beider Leben in Wahrheit aussah. Ich erinnere mich noch gut daran: an jenes Gespräch mit Henry, die kurzen Sätze, die Unmissverständlichkeit.

Er hatte Krebs.

Er würde sterben.

Und er hoffte, dass ich Magda eine Stütze wäre, sobald er nicht mehr da wäre.

Fassungslos hatte ich mit dem Hörer in der Hand dagesessen.

»Ich weiß nicht, was ich sagen soll«, hatte ich erwidert. »Tut mir sehr leid, dass du so krank bist, Henry.«

»Ich bin wie alle anderen«, hatte er bloß gesagt. »Ich bekomme, was ich verdient habe.«

Ich bekomme, was ich verdient habe.

Irgendwas an seinem Tonfall machte mich hellhörig. Wie viele Menschen glaubten bitte, dass sie es verdient hatten, einen ebenso schrecklichen wie zu frühen Tod zu sterben?

Nicht viele. Aber Henry schon.

»Was redest du für einen Blödsinn«, entgegnete ich, hauptsächlich weil es in der Leitung so still geworden war. »Warum solltest du das hier verdient haben?«

»Weil ich ihr ein Kind verweigert habe«, antwortete Henry. »Das tut man Frauen nicht an, die nie die Hoffnung aufgeben.«

Dann beendete er das Gespräch, indem er mir ein schönes Wochenende wünschte und seiner Hoffnung Ausdruck verlieh, dass wir uns bald wiedersehen würden.

Wir schafften es nur noch bei zwei Gelegenheiten, beide Male in New York. Als er letztmals nach Schweden reiste, war er bereits tot. Und da waren wir nun.

Ein Cellist begann, eins der bekannteren Stücke von Bach zu spielen – eines, das alle wiedererkennen, ohne genau zu wissen, wie es heißt. Magdas Schultern sackten nach unten, als die Musik durch den Raum wehte. Sie wirkte müde, aber gefasst, ungefähr so wie ich selbst. Leute wie ich passen nicht in religiöse Zusammenhänge, deshalb war ich froh über Magdas Entscheidung für eine weltliche Trauerfeier. Ich liebe alles, was die Kirche im Lauf der Jahrhunderte verachtet und verdammt hat. Sex ohne den Gedanken an Ehe. Teure Weine. Teure Gewohnheiten überhaupt.

Trägheit.

Völlerei.

Neid.

Nenn mir eine Todsünde, und ich zelebriere sie.

Ich drehte mich erneut nach hinten und versuchte daraufzukommen, wer der Grauhaarige war. Zu meinem Erstaunen war er verschwunden. Sein Platz war leer.

Seltsam.

Der Cellist hörte auf zu spielen. Ein Chor sang *Näher, mein Gott, zu dir*. Magda war es gelungen, eine Orgel zu beschaffen – so weltlich war sie nun wieder nicht, dass nicht doch ein Kirchenlied und eine Orgel Platz gefunden hätten –, und darauf spielte ein betagter Kantor. Und *wie* er spielte! Ein unerwartet agiler Senior, der mit solcher Kraft in die Pedale trat, dass man fast den Eindruck hatte, er versuchte, Strom für ein ganzes Stadtviertel zu erzeugen. Bis die Bestatterin mit ihrer Grabrede begann, hatte ich den Grauhaarigen vergessen.

Als wir Bukowskis verließen, lag im Berzeliipark glitzernd und weiß der Schnee. Diskret angelte ich mein Handy hervor. Keine neuen Nachrichten. Nicht von Lucy, nicht von Belle.

Dann hörte ich Magdas Stimme.

»Jetzt sag ich auch mal was!«

Hinter all den breiten Rücken und Wintermänteln konnte ich sie zwar nicht sehen, aber sie klang erregt. Das hörten die anderen auch, woraufhin die Gruppe sich zerstreute und ich Magda mit dem Grauhaarigen sprechen sehen konnte. Was wollte er denn? Als ihr dämmerte, dass alle anderen sie gehört hatten, lächelte sie betreten und machte ein paar diskrete Schritte zur Seite. Der Mann folgte ihr.

Eilig pflügte ich zwischen den verunsicherten anderen Trauergästen hindurch. Niemand sah aus, als hätte er geweint; aber so war das wohl bei solchen Trauerfeiern, auf denen niemand den Toten richtig gut gekannt hatte.

Bis ich bei Magda ankam, war sie aschfahl im Gesicht. Der Mann war verschwunden.

»Wo ist er hin?«, fragte ich. »Und was wollte er?«

»Das war ein sehr verirrter Mensch«, murmelte sie.

Sie sprach leise, war von dem soeben Geschehenen sichtlich mitgenommen.

»Aber du kanntest ihn?«

»Das kann ich nicht behaupten.«

Sie strich sich übers Haar. Sie trug ein Paar traditionell rotweiß gemusterte Wollhandschuhe, von denen ich wusste, dass Lucy sie gestrickt hatte. Die Handschuhe waren das einzig Farbenfrohe an ihrer Kleidung.

Mit zusammengekniffenen Augen ließ Magda den Blick über die Leute schweifen, die vor Bukowskis standen. All die

Fremden, alle diese Schatten, die sich noch nicht entschieden hatten, wohin sie sich nach der Andacht verziehen sollten.

»Hab ich gesagt, dass Lucy grüßen lässt und bedauert, nicht hier sein zu können?«, fragte ich.

»Mindestens fünfmal. Du wirst doch nicht senil?«

Ich lachte leise, hielt aber weiter diskret Ausschau nach dem Grauhaarigen. Er war nirgends mehr zu sehen.

»Ich nehme mal an, dass Lucy vor der Hochzeit alle Hände voll zu tun hat, oder?«, erkundigte sich Magda.

»Erwähn es nicht.«

Magda bedachte mich mit einem eindringlichen Blick.

»Wie fühlt es sich für dich an – vor dem großen Tag? Alles in Ordnung?«

Was zum Teufel sollte ich darauf antworten? Ich, der immer getönt hatte, dass ich nicht heiraten und nicht nur einer Einzigen gehören wollte – auch wenn ich das weiß Gott versucht hatte.

»Da gibt's nicht viel zu sagen«, antwortete ich. »Es wird schön. Mit etwas Glück ist diese Schneehölle bis dahin vorbei, und Lucy bekommt ihre Frühlingshochzeit.«

Magda lachte heiser.

Ich trat von einem Bein aufs andere. Die Aussicht auf die Hochzeit erwärmte mich nicht; noch waren es einige Wochen bis dahin, noch konnte man so tun, als ginge es um jemand ganz anderen.

»Wer passt denn heute auf Belle auf?«, fragte Magda.

»Sie ist bei ihrer Oma.«

»Also mit anderen Worten bei deiner Mutter? Marianne.«

»Ja, genau. Ich hab immer noch kein vernünftiges Au-pair gefunden, da musste Marianne einspringen.«

Magda schüttelte den Kopf.

»Au-pair?«, sagte sie. »*How continental.*«

Ich hätte nicht sagen können, warum es so komisch sein

sollte, dass ich ein Au-pair haben wollte. Immerhin hatte ich auch eine Putzfrau und einen Gärtner. Jemand, der Belle versorgen würde, wäre doch nicht minder wichtig. Jemand, der bei uns wohnen könnte, ohne Teil der Familie zu sein. Damit sich endlich die ewige Jagd nach Babysittern erledigt hätte, die mich abends und an manchen Nachmittagen würden ablösen können.

»Am liebsten hätte ich ein Au-pair, das Englisch spricht«, sagte ich. »Du darfst dich gern bei deinen amerikanischen Freunden umhören. Fragen, ob sie jemanden empfehlen können.«

Vielleicht war der Zeitpunkt schlecht gewählt, aber schließlich hatte nicht ich Belle zur Sprache gebracht, sondern sie.

Magda zuckte verächtlich mit dem Kopf. Sie fand, man kümmerte sich selbst um seine Kinder, andernfalls sollte man keine haben.

Als hätte ich mich aktiv für Belle entschieden.

»Vielleicht sollten wir losgehen«, schlug ich vor. »Und dann sollten wir aufhören, so verdammt fröhlich auszusehen. Die Leute glauben noch, wir würden Henrys Tod insgeheim feiern.«

Magda wurde ernst.

»Es gab zu seinen Lebzeiten nichts zu feiern. Warum sollten wir das jetzt tun, nur weil er gestorben ist?«

Es war Zeit aufzubrechen. Magda musste in ihr Hotel und ich nach Hause. Ich hielt den Tesla-Autoschlüssel in meiner Tasche umklammert. Lucy hatte das Auto eine »letzte verzweifelte Junggesellenrebellion« genannt. Sie kaufte mir nicht ab, dass ich mich bei der Entscheidung von meiner Sorge um die Umwelt hatte leiten lassen.

Lucy, Lucy, Lucy.

Der Tesla gab ein Klicken von sich, als ich auf den Funkschlüssel drückte. Im selben Moment räusperte sich jemand hinter mir.

Ich drehte mich um und rutschte fast auf einer vereisten Stelle aus. Es war der Grauhaarige. Ich sah mich in alle Richtungen um. Da waren nur noch er und ich.

»Entschuldigen Sie«, sagte er. »Sie sind doch Martin Benner, oder?«

Er trug einen steingrauen Mantel und einen dunklen Wollschal. Und er sprach Englisch mit starkem Akzent. Spontan tippte ich auf ein spanischsprachiges Land.

»Was wollen Sie?«, fragte ich.

Ich machte mir nicht die Mühe zu bestätigen, dass ich Martin Benner war. Es war offenkundig, dass der Mann wusste, wen er vor sich hatte. Er machte einen Schritt in meine Richtung. Ich blieb auf der vereisten Stelle stehen. Besser, ich rührte mich nicht.

»Nur eine Frage«, sagte er. »Wer arrangiert bitte für einen Mann der Kirche eine weltliche Trauerfeier? In einem Land, das niemals seins war? Er ist nicht an Krebs gestorben. Er wurde ermordet. Glauben Sie nicht alles, was Sie hören – keine der schlimmen Anschuldigungen, vor denen Henry flüchten musste, entsprach der Wahrheit.«

Ich bin nur selten sprachlos, aber diesmal fehlten mir die Worte.

»Wovon zum Teufel reden Sie?«, fragte ich schließlich.

»Nur von der Wahrheit«, erwiderte der Mann.

Dann reichte er mir seine Karte.

»Melden Sie sich, wenn Sie so weit sind.«

Anschließend schlenderte er gemächlich davon.

2

Wenn man längere Zeit als Anwalt gearbeitet hat – und das habe ich –, dann ist einem klar, dass man in diesem Geschäft Gefahr läuft, eine Menge durchgeknallter Personen anzuziehen. Manchmal stehen sie plötzlich auf Partys neben einem und flüstern, sie wüssten, wer sowohl Kennedy als auch Palme erschossen hat. Manchmal wollen sie einem weismachen, dass Katastrophen wie zum Beispiel der Untergang der *Estonia* nie stattgefunden hätten. Und manchmal möchten sie einem sogar erzählen, warum. Aber alles in allem haben sie nur selten etwas Vernünftiges zu berichten. Ich entschied mich umgehend dafür, dass der Grauhaarige, der mich nach Henrys Beerdigung angesprochen hatte, einer dieser Durchgeknallten gewesen sein musste. Denn mal im Ernst – wer hätte Henry ermorden wollen?

Laut der Karte, die mir der Mann gegeben hatte, hieß er Alejandro Ortega, und abgesehen von seinem Namen, stand da lediglich eine Mailadresse. Ich hatte nicht vor, zu ihm Kontakt aufzunehmen.

Magda blieb nach der Feier noch ein paar Tage in Stockholm. Sie hatte Dinge zu erledigen, und wenn wir uns trafen, hätte es sich verfehlt angefühlt, sie auf Alejandro Ortegas kuriose Behauptungen anzusprechen. Magda und ich sollten schließen Geschäftspartner werden. Unsere Gespräche drehten sich fast ausschließlich um die Übernahme von Henrys Anteil an ihrem gemeinsamen Laden. Der Papierkram wollte kein Ende nehmen. Ich würde in naher Zukunft nach New York reisen müssen, um massenhaft Dokumente zu unterschreiben.

Als es für Magda an der Zeit war, nach Hause zu reisen, brachte ich sie zum Flughafen. Noch immer lag Schnee auf den Hausdächern und offenen Feldern, als wir nach Arlanda fuhren. Wir sprachen über die Zukunft, kommende Ausstellungen und Auktionen, über die Hochzeit und über Belle.

Ich parkte den Tesla so nahe am Eingang wie möglich.

»Ich muss dir etwas gestehen«, sagte Magda, als ich den Motor ausschaltete.

Ich schwöre – für eine Sekunde gefror ich zu Eis. Wäre dies der Augenblick, da meine zukünftige Geschäftspartnerin den Mord an ihrem Mann gestehen würde?

»Ich schäme mich, weil ich die Nase gerümpft habe, als du gesagt hast, du wolltest ein Au-pair«, erklärte sie. »Also hab ich getan wie geheißen, hab ein paar SMS verschickt und mich bei meinen jüngeren Bekannten umgehört. Und ich bin tatsächlich fündig geworden. Eine Freundin hat mir einen jungen Mann empfohlen, der sofort bei dir anfangen könnte. Natürlich nur, wenn du ihn haben willst.«

Es wurde still im Auto.

Ich atmete aus und lachte.

»Mein Gott, hast du mir einen Schrecken eingejagt!«

»Wieso einen Schrecken?«

Ich schüttelte den Kopf und versuchte zu verarbeiten, was sie gerade gesagt hatte. Ein junger Mann, der bei mir …

Ein Mann?

»Ich kann doch wohl kein männliches Au-pair haben!«

»Warum denn nicht?« Sie verdrehte die Augen. »Manchmal bist du wirklich rückschrittlich – denk doch mal nach! Du kannst doch wohl erst recht kein weibliches Au-pair haben – das würde nicht funktionieren. Nicht, wenn du sie auch nur im Geringsten hübsch fändest. Das wäre übrigens mein entscheidendes Argument gegen dieses ganze … Projekt.«

»Entschuldige, wenn ich dir widerspreche, aber einen derart schlechten Charakter hab ich nun wirklich nicht. Ich könnte keine Beziehung zu einer jungen Frau haben, die in meinem Haus wohnt, um auf mein Kind aufzupassen.«

Magda zog eine Augenbraue hoch.

»Nicht?«

Ich kapitulierte.

»Okay, vielleicht könnte ich es«, sagte ich. »Ein junger Mann wäre womöglich besser.«

Magda öffnete die Handtasche auf ihrem Schoß und holte ihr Handy hervor.

»Er heißt Marcel«, sagte sie. »Er ist Franzose und will in Stockholm irgendwas studieren … Hab vergessen, was. Er spricht ausgezeichnet Englisch und Französisch, natürlich, aber auch Schwedisch. Da war irgendwas mit einem schwedischen Verwandten, bei dem er eine Zeit lang gelebt hat oder vielleicht auch … Ist aber auch egal. Wenn du möchtest, bitte ich ihn, sich bei dir zu melden. Er hat die amerikanische Familie, für die er bisher gearbeitet hat, bereits verlassen und sucht derzeit in Stockholm nach einer Unterkunft.«

Ich versuchte, mir vorzustellen, wie der Mensch Marcel aussah. Dreisprachig und bald Student. Möglicherweise mit Verwandtschaftsbeziehungen in Schweden.

»Herzlichen Dank«, sagte ich. »Klingt wie ein Mann mit zahlreichen Talenten. Hoffentlich kommt er mit Belle klar.«

Sie lachte auf und wurde dann ernst.

»Martin, ich kann dir gar nicht genug für all deine Unterstützung danken. Man stelle sich vor – Henry ist nicht mehr da … Ich kann es immer noch nicht fassen.«

Das konnte ich auch nicht.

»Ruf an, wenn etwas ist – egal, was«, sagte ich. »Ich bin für dich da.«

Das Schweigen, das darauf folgte, war die letzte Chance,

die sich mir bieten würde. Ich musste sie nach Alejandro Ortega fragen. Alles andere wäre blödsinnig.

»Dieser Mann auf der Trauerfeier«, hob ich an, »der dich so aufgeregt hat ... Wer war das?«

Magda erstarrte.

»Ich weiß es nicht.«

»Magda, es war offenkundig, dass du es weißt.«

Ich sprach leise und neutral, sodass es wie eine Feststellung klang und nicht wie der Versuch, einen Streit vom Zaun zu brechen. Wenn ich Teilhaber von Magdas Geschäft werden sollte, dann musste ich alles wissen, was man über ihre Geschäftsbeziehungen wissen konnte. Ich hatte eine Freundin bei der Polizei gebeten, die Datenbanken nach Alejandro Ortega zu durchforsten. Die Freundin hieß Jennifer Dahlén (und manchmal schliefen wir miteinander, aber das ist eine andere Geschichte), und für gewöhnlich reagierte sie schnell auf meine Bitten. Diesmal würde es womöglich noch schneller gehen, weil die Gefahr bestand, dass Alejandro in Wirklichkeit anders hieß, und da gäbe es rein gar nichts über ihn herauszufinden. Außerdem handelte es sich bei ihm höchstwahrscheinlich nicht um einen schwedischen Staatsbürger – oder auch nur um jemanden, der in Schweden lebte –, was es umso schwieriger machen würde.

»Hat er mit dem Geschäft zu tun?«, fragte ich, als Magda nicht antwortete.

»Er hat mit keinem Teil meines Lebens zu tun.«

»Aber Henry kannte ihn?«

»Henry lebt nicht mehr. Es stimmt zwar, dass wir fast fünfundzwanzig Jahre verheiratet waren, aber glaub mir, man kennt einen Menschen nie so gut, wie man denkt. Ich kann dir nicht sagen, ob Henry den Mann kannte oder nicht, ich weiß nur, dass ich ihn nie zuvor gesehen habe, und es ist mir tatsächlich egal, was er hier zu suchen hat oder sich einbildet.«

Das musste reichen. Ich glaubte Magda. Sie wusste nicht, wer der Mann war.

»Was hat er zu dir gesagt?«, fragte ich. »Was wollte er?«

»Er meinte, jemand hätte Henry ermordet«, antwortete Magda. »Aber das stimmt nicht. Insofern können wir davon ausgehen, dass er nicht ganz bei Sinnen war, oder?«

»So ist es«, pflichtete ich ihr bei.

Magda lächelte.

»Du bist ein guter Mann und Mensch«, sagte sie. »Aber achte darauf, immer dich selbst und deine kleine Familie in den Mittelpunkt zu stellen. Und hör auf, so zu tun, als ginge dich die Hochzeit nichts an.«

Das trieb mir die Schamesröte ins Gesicht.

»Wird es dir zu viel?«, fragte Magda.

»Viel zu viel«, erwiderte ich.

Dann öffneten wir gleichzeitig die Autotüren und traten hinaus in die Kälte.

Ich weiß nicht mehr, wann zum ersten Mal die Rede von Hochzeit war. Aber sobald die Verlobung Tatsache war, war es die Hochzeit auch. Es war irgendwann nach Weihnachten, in der Zeit, als Henry schon krank war, aber immer noch lebte.

Die Trauerfeier war mein mentaler Schutzschild gegen die Hochzeit gewesen. Sobald Magda Schiller Stockholm wieder verlassen hatte, fühlte ich mich völlig schutzlos.

»Ich will eine Frühlingsbraut sein«, hatte Lucy gesagt. »Hoffentlich wird es warm im Mai!«

Lucy bekommt in der Regel, was sie will – doch diesmal sah es ganz so aus, als hätte sie eine Niete gezogen. In meinen finstersten Momenten schob ich die ganze Schuld dem eiskalten Höllenwinter zu. Gleichzeitig nahte die Hochzeit mit Riesenschritten, und mit jedem Tag, der verging, dachte ich seltener daran. Am Ende war es mir fast gelungen, mir einzubilden, dass sie gar nicht stattfinden würde.

Hör auf, so zu tun, als ginge dich die Hochzeit nichts an.

Magdas Worte klangen in den folgenden Tagen in mir nach. Jeden Morgen fuhr ich in die Kanzlei, um nicht der Versuchung zu erliegen, von zu Hause zu arbeiten, weil ich mich auf meine Anwaltschaft konzentrieren wollte; ich traf mich mit Klienten, aß mit Bekannten und Kollegen zu Mittag – und ich war mit Belle zusammen. Ich hatte eine Handvoll Babysitter, die ich bei Bedarf beauftragte, und in den ersten Tagen nach der Trauerfeier war ich jeden Abend in einer neuen Bar. Es war eine belastende Zeit für mich, und ich brauchte das, um auf andere Gedanken zu kommen.

Und es funktionierte. Wo immer ich auftauchte, bekam ich zu hören, wie gut alles für mich laufe; es hatte sich anscheinend herumgesprochen, dass ich Henrys Anteil an dem Antiquitätengeschäft übernehmen würde, und die Leute waren verblüfft, wie viel Erfolg ich mit meinem sogenannten Hobby zu haben schien. Aber der kürzeste Weg zum Herzen eines Mannes geht nun mal über sein Ego – und dieser Weg ist kein schmaler Pfad, sondern eine fette deutsche Autobahn. Zig Spuren und ohne Tempolimit. Ich genoss die Aufmerksamkeit, war aber dennoch erschrocken darüber, was in den ganzen sinnlosen Gesprächen, die ich führte, durch Abwesenheit glänzte.

Denn niemand erwähnte Henrys Tod.

Niemand fragte, wie die Trauerfeier gelaufen war.

Am vierten Tag nach Magdas Abreise parkte ich wie gewöhnlich in der Tiefgarage unter dem Haus, in dem sich die Kanzlei befand. Es ist ein altes, aber nobles Haus mitten in Stockholm, in der Nähe des Stadshuset. Zuvor hatte ich Räumlichkeiten in einem anderen Teil von Kungsholmen gehabt, aber das hier fühlte sich besser an. Der Tesla stand in einem Käfig mit Gittertür, für die man einen Schlüssel brauchte. Das war keine übertriebene Vorsicht; ich weiß einfach, dass mein Auto verdammt attraktiv ist.

Im Fahrstuhl fuhr ich nach ganz oben in die Kanzlei: zwei große Räume von insgesamt fast achtzig Quadratmetern. Einen gedachte ich an einen künftigen Partner der Kanzlei zu vermieten, der andere gehörte mir. Dazu eine hübsch eingerichtete Lounge, in deren Mitte zwei Ausziehsofas und ein Schreibtisch für meinen Assistenten Helmer standen. Er begrüßte mich wie immer mit einem breiten Grinsen.

»Hallo, hallo!«

Ich setzte mich an meinen Schreibtisch und fuhr den Computer hoch.

Es gab einiges zu tun, ich würde Klienten besuchen müssen.

Außerdem rief Lucy an.

»Hallo, Baby«, sagte ich.

»Musst du mich immer so nennen?«

Ich lehnte mich auf meinem Stuhl zurück und legte die Füße auf den Schreibtisch. Meine handgenähten Schuhe waren so blank poliert, dass ich mich fast darin spiegelte.

»Ich hab dich doch schon immer Baby genannt.«

»Und wir haben daran gearbeitet, dass du damit aufhörst.«

Ich grinste. »Dann werden wir wohl noch härter daran arbeiten müssen.«

Die Kanzlei hatte lange uns beiden gehört, bis Lucy auf die Idee gekommen war, »mal was Neues probieren« zu müssen, und sich in einem Scheißunternehmen hatte anstellen lassen. Das war wahrscheinlich der Anfang vom Ende gewesen – und der letzte Schritt hin zur Hochzeit.

Ich hörte Lucy in den Hörer atmen.

»Können wir uns heute Abend sehen?«, fragte sie. »Und

bei mir zu Hause zu Abend essen? Es ist immerhin schon eine Woche her, seit wir das zuletzt gemacht haben.«

Ich kratzte mich an der Stirn.

»Ich wäre heute Abend gerne zu Hause«, entgegnete ich. »Ich muss meine Reise nach New York vorbereiten. Und seit der Trauerfeier bin ich im Grunde fast jeden Abend weg gewesen. Sowie Belle eingeschlafen war, hat der Babysitter übernommen. Fühlt sich nicht gut an.«

»Verstehe«, sagte Lucy.

Nein, tat sie nicht. Aber das war nicht allein meine Schuld.

Meine Schuld allerdings war, dass ich nach unserem Telefonat nichts mehr auf die Reihe bekam. Die Unruhe rumorte in mir; es wäre nett, nach New York zu kommen – aber nichts würde sich schöner anfühlen, als die Hochzeit hinter mich gebracht zu haben.

Ein paar Stunden später am Nachmittag klopfte Helmer an meine offene Bürotür.

Manchmal ist er übertrieben rücksichtsvoll.

»Ich wollte nur an das Entwicklungsgespräch erinnern«, sagte er.

Ich sah ihn mit großen Augen an.

»Ihres?«, fragte ich erstaunt.

»Das von Belle«, entgegnete er.

»Verdammt.«

Ich schwöre, Batman wäre nicht schneller von der Kanzlei in Belles Schule gewesen. Ich fuhr, als hätte ich eine kreißende Frau auf dem Rücksitz. Und die ganze Zeit dachte ich darüber nach, ob dies wohl auch eine Aufgabe wäre, die ich an ein zukünftiges Au-pair würde delegieren können.

Es ist wohl besser, wenn ich gleich deutlich mache, dass ich mich nie selbst für ein Kind entschieden hätte. Aber meine Schwester und ihr Mann waren ums Leben gekommen, Belle war Waise, und im selben Moment war mir klar, dass es Loyalitäten im Leben gibt, die so selbstverständlich sind, dass wir uns gar nie die Mühe machen, sie zu benennen. Sie treten lediglich in den ganz schweren Augenblicken des Lebens zutage, aber dafür sind sie da – und zwar um jeden Preis. Belle sollte nicht in einem Kinderheim aufwachsen. Das war ein so natürlicher Gedanke, dass er überhaupt nicht mehr wegzudenken war, sobald er erst an die Oberfläche gekommen war.

»Ich nehme sie«, konnte ich mich noch heute sagen hören.

Damals war sie ein knappes Jahr alt gewesen. Inzwischen – sieben Jahre später – konnte ich mir ein Leben ohne sie nicht mehr vorstellen.

Nicht alle Eltern fahren in einem Tesla zum Entwicklungsgespräch in der Schule, aber nun habe ich ohnehin nur wenige Gemeinsamkeiten mit anderen Eltern. Ich hasse die Elternabende an Belles Schule, ich hasse das Selbstherrliche und das abtörnende Gefühl, dass es in jeder gegebenen Situation ein Richtig und ein Falsch geben soll und der Teufel denjenigen holen möge, der den Unterschied nicht erkennt. Um niemanden zu verwirren, mache ich aus Prinzip alles falsch, so gibt es weniger Diskussionen.

Doch von Belles Klassenlehrerin erhielt ich jede Menge Lob. Belle liege in allen Fächern weit vorn. Sie sei klug und selbstbewusst und warmherzig.

»Sie ist sehr mitfühlend«, sagte die Lehrerin. »Eine gute Teamplayerin. Sie hat Kampfgeist und Führungskompetenz – das ist eine ungewöhnliche Kombination.«

»Ja, ist es.« Ich nahm an, dass diese Eigenschaften von jemand anderem in der Verwandtschaft stammten. Im engsten Familienkreis sind wir alle Individualisten, aber es ist natürlich schön zu hören, dass Belle diesbezüglich anders ist.

Anschließend holte ich sie aus der Betreuung ab. Sie erzählte mir begeistert vom Ausflug, den sie gemacht hatten.

Über uns war der Himmel unheilvoll finster, was mich deprimiert und leicht lethargisch machte.

»Wie wär's, Belle, wenn wir nach Mallorca ziehen würden?«, schlug ich vor.

Das war eher ein Witz, aber allmählich war ich das schwedische Scheißwetter so richtig leid.

»Die Hochzeit ist doch bald«, sagte Belle erstaunt. »Da können wir doch nicht wegziehen.«

Sie gähnte.

Sechzig Sekunden bevor ich das Auto parkte, durfte sie jetzt nicht einschlafen.

»Deine Lehrerin hat erzählt, dass du supertüchtig in der Schule bist. Das war schön zu hören.«

Eigentlich benutze ich das Wort »tüchtig« nicht gern, aber mir war nichts Besseres eingefallen.

Belle antwortete nicht. Der Wagen glitt die Auffahrt hinauf, und ich drückte auf die Fernbedienung für das Garagentor.

»Belle? Nicht einschlafen.«

Ich sah in den Rückspiegel. Belle saß bleich und mit weit aufgerissenen Augen da und starrte durch die Scheibe.

Was zum …

»Belle?«

Sie starrte weiter hinaus.

»Martin, da ist jemand durch unseren Garten gegangen.«

Ich folgte ihrem Blick und sah, was sie längst bemerkt hatte: Vor dem Haus waren Fußabdrücke im Schnee zu erkennen. Allerdings sah man keine Spuren, die vom Haus weggeführt hätten. Es war, als hätte jemand eine Runde ums Haus gedreht, um sich dann in Luft aufzulösen.

3

Oder um sich auf die Treppe zu hocken.

Im selben Augenblick, als ich erwog, den Rückwärtsgang reinzuhauen und wieder vom Grundstück zu rauschen, sah ich, wie sich eine Gestalt aus dem Schatten vor unserer Haustür löste.

»Bleib sitzen«, sagte ich zu Belle und stieß die Autotür auf.

»Nie im Leben«, erwiderte sie und öffnete ihren Sicherheitsgurt.

Die Gestalt kam langsam auf uns zu. Ich konnte nicht erkennen, ob es sich um einen Mann oder eine Frau handelte, aber die Haltung war gerade, und die Schritte wirkten leicht.

Kurz schoss mir durch den Kopf, dass es für die Kindersicherung in den hinteren Türen anscheinend doch gute Gründe gab.

»Martin?«, fragte die Gestalt. »Martin Benner?«

Eine Männerstimme. Kein Zweifel. Außerdem war der Typ jung.

»Ja, das bin ich.«

Noch ehe unser Besucher nah genug gekommen war, dass ich ihn betrachten konnte, dämmerte mir, um wen es sich handelte.

Der Au-pair …

»Ich bin Marcel.« Und dann: »Magda hat gesagt, es wäre okay, wenn ich mal vorbeikäme.«

Magda, verdammt! Meine Adresse einfach rauszugeben … Oder war das ihre Version von »Ich bitte ihn, sich bei dir zu melden«?

Trotzdem kam ich nicht umhin zu lächeln. Marcel hatte etwas Entwaffnendes, sein Tonfall war sanft, fast singend. An seinem Schwedisch war nichts auszusetzen, trotzdem war der französische Akzent deutlich zu hören. Das Gefühl von Wachsamkeit, das ich zuvor verspürt hatte, löste sich in Wohlgefallen auf.

Ein Au-pair.

Mein Au-pair.

Ein Kindermann anstelle einer Kinderfrau.

Ich musterte ihn von oben bis unten. Er trug eine große grüne Mütze auf dem Kopf und ordentliche Schneestiefel an den Füßen. Ungewöhnlich kleine Füße für einen Mann. Eine vergleichsweise helle Stimme.

Er streifte den rechten Handschuh ab und streckte mir die Hand entgegen. Sein Atem bildete weiße Wölkchen in der kalten Luft.

»Marcel«, sagte er und gab mir die Hand.

»Martin«, erwiderte ich. »Schön, Sie kennenzulernen.«

Belle ruckelte wie eine Verrückte am Türgriff. Ihre Stimme hallte aus dem Auto herüber.

»Lass mich raus!«

»Ich wollte Sie nicht erschrecken«, sagte Marcel.

Er schien ehrlich bestürzt zu sein.

»Kein Problem«, sagte ich.

Marcel sah zum Auto.

»Darf ich?«

Er nickte vielsagend zu Belle, die sich die Nase an der Autoscheibe platt drückte – obwohl sie genau weiß, dass ich das nicht leiden kann – und uns mit großen Augen beobachtete.

Die Augen meiner Schwester.

»Bitte«, erwiderte ich.

Marcel öffnete für Belle die Tür. Sie war misstrauischer als ich, das konnte ich ihr ansehen.

»Du musst Belle sein«, sagte Marcel.

Sie nickte ernst.

»Ich bin Marcel. Schön, dich kennenzulernen.«

Sie gaben einander die Hand. Belle angelte ihren Rucksack aus dem Wagen.

»Ein schönes Haus haben Sie«, stellte Marcel fest.

»Danke.«

Wenn es verschneit war, sah das Haus größer aus als in allen anderen Jahreszeiten.

Belle schielte zu mir rüber. Sie wollte wissen, wer dieser Mann war, der sich Marcel nannte, und wenn sie nicht bald eine Erklärung bekäme, würde sie die explizit einfordern – und zwar lautstark. Ich hatte noch keine Zeit gehabt, sie über meine Pläne zu informieren, uns ein Au-pair zuzulegen, aber ich rechnete auch nicht damit, dass das für sie ein Problem wäre. Belle war es gewohnt, dass ich viel arbeitete. Sie war damit vertraut, dass ich andere zu Hilfe rief, um unseren Alltag auf die Reihe zu kriegen.

Belle schulterte ihren grünen Rucksack und stellte sich dicht neben mich. Eigentlich hatte sie einen rosafarbenen gewollt, aber es war mir gelungen, sie davon zu überzeugen, dass ein grüner besser wäre.

»Grün hat einfach mehr Autorität«, hatte ich gesagt.

»Was ist Autorität?«

»Mit das Wichtigste, was es gibt. Etwas, was einen zum Gewinner macht.«

»Aber ich hab doch massenhaft rosa Sachen.«

»Ja, ich weiß – und die sind auch superschön. Die haben auch richtig viel Autorität. Aber der Trick ist zu mischen, Belle. Du wirst doch wohl nicht zur Schule gehen und komplett rosa aussehen wollen wie Barbapapa, oder?«

Das wollte sie nicht, aber sie hatte beunruhigend lange gezögert.

»Kommen Sie doch für einen Moment mit rein«, sagte ich zu Marcel. »Dann können wir uns ein bisschen unterhalten.«

Er nickte und wartete mit Belle, während ich eilig den Wagen in die Garage fuhr. Auf seltsame Art hatte ich Marcel bereits als Teil meines Lebens akzeptiert; so wie er dort an diesem widersinnig winterkalten Apriltag im Schnee stand, wusste ich einfach: Den wollten wir haben.

Belle nahm meine Hand, als ich die Haustür aufschloss.

»Kennst du ihn?«, fragte sie.

Zwei Schlösser, zwei Schlüssel.

»Nein«, sagte ich.

Zwei Alarmanlagen – eine für draußen, eine für drinnen –, zwei Codes.

Marcel hielt sich im Hintergrund.

»Was hat er hier zu suchen?«, flüsterte Belle.

»Ich dachte, er könnte auf dich aufpassen, während ich arbeite«, erklärte ich ihr.

Sie sah mich entsetzt an.

»Soll ich die Tür zumachen, oder geht dann eine Ihrer vierzehn Alarmanlagen los?«, fragte Marcel.

Er zwinkerte Belle verschwörerisch zu und erhielt ein vorsichtiges Lächeln zur Antwort.

»Kommen Sie ins Warme«, sagte ich.

Ich hätte längst etwas in Sachen Au-pair unternehmen müssen, aber das Leben war aufgrund der Hochzeit und angesichts von Henrys Tod ins Hintertreffen geraten. Alles andere hatte dahinter zurückstehen müssen.

Eigentlich gab es nicht viel zu besprechen. Marcel verbrachte ein paar Stunden mit mir und Belle, und ich bat ihn um eine Kopie seines Ausweises und um ein paar Referenzen. Es genügte mir nicht, dass er einen hervorragenden ersten Eindruck machte; ich wollte wissen, was frühere Arbeitgeber von ihm gehalten hatten, außerdem wollte ich zu diesen Arbeitgebern persönlich Kontakt aufnehmen.

Ich zeigte Marcel die Einliegerwohnung im Souterrain. Eigener Eingang, eigene Pantryküche. Und dann versicherte ich ihm, dass er natürlich auch ein eigenes Auto bekäme.

»Großartig«, sagte er, und seine Augen funkelten.

Er wollte an der Tillskärarakademi, der Modehochschule, Design studieren – Mode und Kleidung waren seine große Leidenschaft. Wir hatten nicht sonderlich viel gemeinsam, aber das war im Grunde sogar eine Voraussetzung für unser Arrangement: Denn wenn er so gewesen wäre wie ich, dann wäre er als Au-pair nicht infrage gekommen.

Als Marcel gehen sollte, gesellte Belle sich wieder zu uns. Sie wollte in der offenen Haustür stehen und winken, wenn er ginge – bei zwei Grad minus und eisigem Wind.

»Nichts da«, sagte ich. »Du kannst vom Fenster aus winken.«

Die Fußabdrücke ums Haus waren im Schnee immer noch zu erkennen. Irgendwas störte mich daran. Warum war Marcel dort herumgestrichen und hatte durch die Fenster gespäht? Hatte er sich nur die Zeit vertreiben wollen? Oder hatte Magda zu ihm gesagt, wir wären ganz sicher zu Hause?

»Wohnt Marcel jetzt bald hier?«, fragte Belle.

»Hoffentlich«, erwiderte ich.

Nachdem ich Belle ins Bett gebracht hatte, ließ ich mich mit einer Tasse Kaffee in der Bibliothek nieder. Die Bibliothek ist ein wunderbarer Ort: mit Einbauregalen, die zusammen mit dem Haus um die vorige Jahrhundertwende entstanden sind. Vor allem aber gibt es darin Kunst im Wert von Millionen. Ich bin ein reicher Mann, der aufgehört hat, an Aktien und Fonds zu glauben und seit geraumer Zeit auf nachhaltigere Investitionen wie Kunst und Antiquitäten setzt. Da ist es auch selbstverständlich, dass ich eine Alarmanlage habe.

Ich schrieb eine SMS an Magda und bedankte mich für ihre Hilfe.

Im nächsten Moment klingelte mein Handy. Ich rechnete damit, dass es Magda wäre, doch der Abend hielt eine weitere Überraschung parat.

»Hallöchen!«

Sofort richtete ich mich auf. Es war Jennifer Dahlén, die Polizistin, die ich wegen Alejandro Ortega angerufen hatte. Die Begegnung mit dem Grauhaarigen hatte ich schon ganz vergessen.

»Dieser Mann, nach dem du gefragt hast«, sagte sie, »zu dem hab ich nichts gefunden …«

Jennifer gehörte zu meinen letzten Freunden bei der Polizei. Die anderen hatten mir aktiv den Rücken gekehrt oder schlicht aufgehört, sich zu melden.

»Einen Versuch war es wert«, sagte ich. »Ich danke dir.«

»So gut wie nichts zu danken. Die Namenssuche hat zwar keinen Treffer ergeben«, fuhr Jennifer fort, »aber vielleicht heißt er ja auch anders.«

Es klang, als wäre sie im Auto unterwegs.

»Ich weiß«, murmelte ich. »Ich wollte es zumindest probiert haben.«

Das Gleiche wollte auch Jennifer, wie es schien. »Lust auf ein Treffen irgendwann?«

Ich sah aus dem Fenster. Ich, der ich nie ein Haus hatte kaufen wollen … Und jetzt saß ich in einer dreihundertfünfzig Quadratmeter großen Villa auf Djursholm. Abendnebel hatte sich in den Garten geschlichen. Es waren keine neuen Fußabdrücke zu sehen.

»Ich weiß nicht«, sagte ich. »Aber ich komme gern darauf zurück.«

Jennifer lachte leise.

»Du weißt, meine Tür steht dir immer offen.«

»Nicht ungefährlich«, entgegnete ich.

Dann lachten wir beide. Ich wurde als Erster wieder ernst. Das Telefon vibrierte. Marcel hatte mir per E-Mail eine Passkopie sowie Adressdaten zu seinen Referenzen geschickt.

»Sag mal, könntest du vielleicht noch einen Namen für mich checken?«

»Machst du Witze?«

»Marcel Girard. Mein neues Au-pair. Oder das Au-pair von Belle, um genau zu sein.«

Erneut tönte Lachen aus dem Telefon.

Sie willigte ein, und ich schickte ihr die Ausweiskopie.

Im Hintergrund tutete etwas.

»Ich muss auflegen«, sagte Jennifer. »Ich melde mich wegen deines Au-pairs. Aber du – das wird dich mindestens zwei Drinks im Gondolen kosten.«

»Im schicken Gondolen?«, fragte ich. »Ist das jetzt die neue Polizistenkneipe?«

»Nein, aber ein Ort, an dem mein Mann garantiert nicht auftaucht.«

Wir beendeten das Gespräch. Jennifer würde ihre Drinks bekommen, allerdings nicht an diesem Abend.

Im Garten erregte etwas meine Aufmerksamkeit. Ein Hase hüpfte quer über die Schneedecke auf die Büsche zu und verschwand im Nebel.

Erst in diesem Moment ging mir auf, was mich die ganze Zeit gestört hatte, noch während ich mich von Marcel verabschiedet hatte – und mein Blick erneut an den Fußabdrücken im Schnee hängen geblieben war.

Marcel hatte kleine Füße. Seine Stiefel waren entschieden kleiner gewesen als meine. Die Fußabdrücke der Person, die eine Runde um mein Haus gedreht hatte, waren eindeutig größer.

4

Die Spuren im Schnee waren bereits in der Nacht nach ihrer Entdeckung Geschichte: Es zog ein neuerlicher Schneesturm auf, der sie von meinem Grundstück fegte, allerdings blieben sie mir im Gedächtnis – als Mahnung, dass Einbrecher und Gangster nicht nur in den Märchenbüchern vorkamen, die ich Belle vorlas. Ich redete mit dem Unternehmen, das sich um die Absicherung meines Hauses kümmerte, und man versprach mir, eine zusätzliche Runde pro Nacht einzulegen. Was immer das bringen sollte.

Marcel zog vier Tage nach unserem Treffen bei uns ein. Es war Sonntag. Ich hatte alles getan, um an dem Jungen einen Haken zu finden – irgendeinen schlecht vertuschten Gefängnisaufenthalt, ein dokumentiertes oder bezeugtes ungesundes Interesse an Kindern. Vergebens. Die Familie, für die er in New York gearbeitet hatte, trauerte um ihn wie um einen verlorenen Sohn. Die Frau benutzte Worte wie »entzückend« und »fleißig« und »geduldig«, wenn sie ihn beschrieb, und obwohl ich die Polizeidatenbanken dreier verschiedener Länder – USA, Schweden und Frankreich – auf den Kopf stellen ließ, fand ich nicht mal eine Ordnungswidrigkeit.

Belle liebte Marcel vom Fleck weg. Und ich auch. Man konnte fast sagen, dass er uns mit seiner ruhigen Art und dem gleichzeitig stets gegenwärtigen Charisma im Sturm erobert hatte. Er kochte fantastisches Essen und war ungeheuer sorgfältig. Nach zehn Tagen fühlte es sich an, als würde er bereits seit Urzeiten in unserem Souterrain wohnen. Und in ungefähr derselben Zeit hatte er einen Großteil meiner Schlipse ausgetauscht: Was Mode und Design anging, hatte er Talent, und das musste genutzt werden. Als er hörte, dass ich während meines New-York-Aufenthalts mit Magda zu einem wichtigen Treffen gehen wollte, riss er die Augen auf.

»Du brauchst einen neuen Anzug. Sofort.«

»Was stimmt nicht mit dem Anzug, den ich habe?«

»Nichts – es ist eher so, dass man stärker auftritt, wenn man sich gut angezogen fühlt.«

Dagegen war wohl kaum etwas einzuwenden, auch wenn nun ausgerechnet Magda niemand war, für die ich mich hätte in Schale werfen müssen.

Als meine Reise nach New York nur mehr wenige Tage entfernt war, fühlte es sich für mich und Belle selbstverständlich an, dass Marcel sich um sie kümmerte.

»Und Oma?«, fragte Belle.

»Willst du lieber zur Oma?«, gab ich erstaunt zurück.

Ich persönlich hätte lieber einen Liter Urin getrunken, als von Marianne beaufsichtigt zu werden, aber mir war schon klar, dass ich so etwas besser nicht zu Belle sagte.

»Nein, gar nicht«, erwiderte sie prompt. »Ich möchte lieber bei Marcel bleiben.«

Es war eine kurze Reise, ich wäre nur knapp drei Tage weg. Nichtsdestotrotz gab ich Marcel sämtliche wichtigen Telefonnummern: sowohl die von Marianne als auch die von Lucy, die ihn bereits kennengelernt hatte und vergötterte.

»Warum nennst du sie eigentlich Marianne?«, fragte Marcel.

»Ich hab nie Mama zu ihr gesagt«, antwortete ich. »Immer nur Marianne.«

»Okay«, erwiderte Marcel.

Das war typisch für ihn. Er stellte nichts infrage. Er nahm alles einfach hin.

Einmal hatte Belle gefragt, ob sie ihre Oma auch Marianne nennen müsse. Die Frage hatte ich verneint, weil ich das nicht für notwendig erachtete. Es verwirrte die Leute ohnehin schon, dass mein Kind zwar meine leibliche Mutter »Oma« nannte, mich selbst jedoch Martin.

»Warum nennt sie ihren Papa denn Martin?«, hatte mal eine Nachbarin gefragt, als wir frisch eingezogen waren.

»Weil ihre Mama meine Schwester war«, hatte ich sie angezischt.

Lucy und ich hätten uns danach fast totgelacht – bis ich erfahren musste, dass meine Nachbarin beabsichtigte, mich beim Jugendamt anzuzeigen. Da blieb uns das Lachen im Halse stecken. Allerdings vermochte ich der Nachbarin schnell zu erklären, auf welcher traurigen Wahrheit mein Witz beruhte: Belles Eltern waren gestorben, und ich – Belles Onkel – hatte das Sorgerecht erhalten. Das ist im Übrigen auch die Erklärung für unsere unterschiedliche Hautfarbe. Ich bin dunkelhäutig, wie mein Vater, und Belle ist weiß wie der Vater meiner Schwester. Seither schämt sich die Nachbarin. Und ich mich auch.

Ich flog an einem Freitag nach New York. Bis zur Hochzeit waren es nur noch acht Tage, und im Grunde war es nunmehr Tatsache, dass Lucys Traum von einer sonnigen Frühlingshochzeit nicht in Erfüllung gehen würde. Nach Aussage der Wetterleute aus Radio und Fernsehen ließ die Frühlingssonne noch auf sich warten.

Am Morgen nach meiner Landung traf ich mich mit Magda, um den Papierkram für das Antiquitätengeschäft zu sortieren. Ich hatte Marcels Rat befolgt und mir einen neuen Anzug angeschafft. Statt im Laden trafen Magda und ich uns bei dem Anwalt, den wir damit betraut hatten, die Unterlagen für den Geschäftsübergang sowie die Zahlungsmodalitäten vorzubereiten. Amerikaner lieben Anwälte. Wenn ich als Anwalt in den USA tätig geworden wäre, dann hätte mein Leben völlig anders ausgesehen. Massenhaft Aufträge, massenhaft Geld und schrecklich wenig Zeit, um dieses Geld auch verjuxen zu können. Zum Beispiel arbeitete Magdas und mein Anwalt, obwohl es Samstag war.

»Das hier fühlt sich richtig an, Martin«, stellte Magda fest, als alles erledigt war, und nahm mich in den Arm.

»Für mich auch«, erwiderte ich.

»Wir treffen uns doch heute Abend auf einen Drink, um zu feiern, oder?«, fragte sie. »Im Laden?«

»Ja, machen wir. Aber erst muss ich noch kurz im Hotel vorbei.«

Magda zog die Augenbrauen hoch.

»Du wohnst wie immer im Plaza?«

»Na klar.«

»Dieser Luxusschuppen …«

»Es ist praktisch«, erwiderte ich, weil ich die Kosten nicht überbetonen, aber auch nicht gleichgültig erscheinen wollte.

Im selben Moment klingelte mein Handy.

»Entschuldige bitte, ich muss nur kurz nachsehen, wer dran ist.«

Es war Lucy.

Ich überlegte kurz, nicht ranzugehen. Ich musste noch diverse Dinge erledigen, ehe ich mit Magda anstoßen würde, und gerade Lucy hatte immer irgendein Anliegen, wenn sie anrief.

Trotzdem ging ich ran.

»Tut mir leid, wenn ich störe«, sagte sie, »aber ich wollte fragen, ob du mir vielleicht einen Gefallen tun könntest.«

»Kann ich in einer Minute zurückrufen?«

Ich sah verstohlen zu Magda.

»Ich schick dir einfach eine SMS«, erwiderte Lucy. »Dann weißt du Bescheid – wenn du willst und Zeit hast …«

»Worum geht es denn?«, hakte ich nach – und zwar unnötig formell, aber ich wollte ihr signalisieren, dass ich nicht allein war.

»Um ein Geschenk«, sagte Lucy.

»Für mich?«, frohlockte ich.

»Für meinen zukünftigen Ehemann.«

Ich legte auf.

»War das Lucy?«, wollte Magda wissen.

Offenkundig war sie nicht so leicht hinters Licht zu führen.

»Yes.«

Magda schüttelte den Kopf.

»Diese Hochzeit …«, murmelte sie.

Mein Handy piepste – SMS von Lucy. Ich überflog eilig, was sie geschrieben hatte.

»Hab bei einer Online-Auktion ein Schachspiel gekauft. Muss 301 Park Ave., New York, abgeholt werden. Ich maile dir die Vollmacht und den Zahlungsbeleg. Tausend Dank! PS: Du kommst doch wohl vor der Hochzeit noch vorbei und schaust dir heimlich mein Brautkleid an, oder?«

Mein Gott, sie gab sich aber auch nicht zufrieden, ehe sie mein Herz gebrochen und fein gemahlen hatte.

Ich konzentrierte mich wieder auf das Wesentliche. Ein Schachspiel. Das klang ja wahnsinnig inspirierend. Außerdem handelte es sich um eine seltsame Adresse – soweit ich wusste, gab es dort nirgends Auktionatoren. Ich runzelte die Stirn. Irgendwas stimmte nicht mit der Adresse, die Lucy mir geschickt hatte.

»Wir zwei sehen uns dann später … Ich muss noch etwas für Lucy erledigen«, teilte ich Magda mit.

»Was denn?«

»Sie meint, ich soll das Brautkleid inspizieren …«

»Inspizieren?«

»Ich bin Best Man«, erklärte ich. »Da macht man so was. Man schaut sich heimlich das Brautkleid an.«

Magda sah mich eingehend an.

»Gib bloß Acht, wenn es um die Liebe geht«, sagte sie. »Noch hast du sie in Reichweite.«

Ich schüttelte den Kopf.

»Ich bin kein Mann zum Heiraten«, entgegnete ich. »So ist es nun mal.«

Ehe Magda mit weiteren Einwänden kommen konnte, bestellte ich mir schnell ein Taxi.

5

Als Lucy mich gebeten hatte, ihr Best Man zu sein, hatte ich sofort Ja gesagt. Viele haben mich gefragt, ob es mich nicht störe, dass ich Best Man und nicht Bräutigam wäre, aber es stört mich tatsächlich nicht. Lucy war oder vielmehr ist ohne Zweifel die Liebe meines Lebens, aber das hat ihr nicht genügt, und das verstehe ich.

»Das Beste an dir ist, dass du so echt bist«, hatte Lucy an jenem Abend zu mir gesagt, nachdem sie mir eröffnet hatte, dass sie heiraten wollte. »Du hast mir nie etwas versprochen, was du nicht halten konntest. Du bist genauso warmherzig und genauso rastlos, wie du immer behauptest.«

Dann hatte sie mir über die Wange gestreichelt, und wir haben beide geweint.

Lächerlich.

Absolut unpassend für die modernen Zeiten, in denen wir leben.

Aber jemand musste sich schließlich der Gegenwart verweigern, und ich war gern bereit, diese Person zu sein.

Allerdings hatte ich nicht allzu viel Lust, als Bote zu fungieren, der ein Geschenk für Lucys Zukünftigen abholte.

Der griesgrämige Taxifahrer schaffte es kaum, guten Tag zu sagen.

»301 Park Avenue, bitte«, sagte ich.

Dann kämpfte ich mit dem Sicherheitsgurt.

»Was haben Sie denn da verloren?«, wollte der Fahrer wissen.

»Muss was abholen«, erwiderte ich.

Der Taxifahrer sah mich im Rückspiegel an.

»Wie heißt der Laden, zu dem Sie wollen?«

»Wenn ich das wüsste. Ich hab nur die Adresse.«

»Das erklärt einiges.« Der Taxifahrer fuhr von der Fifth Avenue ab.

Die ganze Fahrt über herrschte Schweigen. Das Taxi überquerte eine Kreuzung nach der anderen – man muss die rechten Winkel in New York einfach lieben! – und bog schließlich in die 50th Street ein. Es war warm und schön, und wenn ich Zeit gehabt hätte, wäre ich zu Fuß gegangen. Als der Taxifahrer die Park Avenue überquert hatte, fuhr er rechts ran.

»Da wären wir«, sagte er. »Der Eingang zum Hotel ist um die Ecke, aber da kann ich leider nicht halten.«

Ich starrte das verrammelte Gebäude an.

»Äh …«

»Das ist die 301 Park Avenue«, erklärte er.

An der Adresse, die ich von Lucy erhalten hatte, befand sich eins der bekanntesten Hotels der Welt. Zugleich auch das geschlossenste.

Das Waldorf Astoria.

Was zum Henker …

Ich bezahlte die Taxifahrt und stieg aus. Hier musste ein Missverständnis vorliegen – und zwar eins, für das ich keine Zeit hatte. Das Waldorf Astoria war lange mein Lieblingshotel in New York gewesen. Es war in seiner Gänze einfach magisch. Sämtliche Berühmtheiten, die im zwanzigsten Jahrhundert New York besucht hatten, waren in dem Hotel abgestiegen. Wirklich *alle*. Inzwischen hatte es geschlossen, weil die Zeit es nicht nur eingeholt, sondern weit hinter sich gelassen hatte. Es sollte komplett renoviert werden und für mehrere Jahre geschlossen bleiben.

Verärgert rief ich Lucy an. Sie ging sofort ran.

»Tut mir leid!«

Siehe da, sie hatte mir also die falsche Adresse gegeben.

»Baby, sag mir einfach die richtige Adresse, dann fahr ich stattdessen dorthin.«

»Wie, die richtige Adresse?«

Sie klang ehrlich verwundert.

»Lucy, du schickst mich los, um ein Schachspiel zu holen, und als ich ankomme, befindet sich an der Adresse nur ein geschlossenes Hotel. Das Waldorf Astoria, um genau zu sein.«

»Das ist seltsam«, sagte Lucy. »Das ist die einzige Adresse, die ich habe … Ich dachte, du würdest anrufen, weil du festgestellt hättest, dass es schon abgeholt worden ist?«

»Also, jedenfalls nicht hier.«

»Doch, doch«, sagte Lucy, »Steve hat zumindest nicht erwähnt, dass er woanders hätte hinfahren müssen.«

»Steve?«

»Unser Best Man«, erklärte Lucy.

Meine Verwirrung hätte nicht größer sein können.

»Okay«, sagte ich, »lass es mich kurz zusammenfassen: Du hast für deinen Zukünftigen ein Schachspiel gekauft. Das Schachspiel hast du bei einer Auktion erstanden, und es sollte hier in New York abgeholt werden. Du hast mich gebeten, zum Waldorf Astoria zu fahren, weil das Schachspiel sich hier hätte befinden sollen – und du hast Steve ein und denselben Auftrag erteilt. Korrekt?«

»Korrekt«, erwiderte Lucy. »Steve hat nicht gleich reagiert, deshalb hab ich dich angerufen. Dann hat er doch von sich hören lassen, hat das Schachspiel abgeholt, und du kannst ganz entspannt zurück nach Schweden fliegen.«

Ich konnte ihr anhören, dass sie lächelte. Das Lächeln mancher Menschen ist so.

»Ich dachte, *ich* wäre Best Man?«, hakte ich nach.

»Martin, du bist *mein* Best Man. Außerdem ist Steve der beste Freund meines Verlobten.«

Dass sie ihren Zukünftigen aber auch immer nur ausnahmsweise beim Namen nannte! Dass sie ihn ihren Verlobten oder was auch immer nannte, um das Gespräch nicht darauf zu lenken, was er eigentlich war: mein amerikanischer Herzchirurg Michael Grossman. Der Mann, der mir das Leben gerettet hatte, nachdem ich bei einem ziemlich turbulenten Besuch in Texas einen Herzinfarkt erlitten hatte. Hatte im amerikanischen Gesundheitswesen vielleicht sonst noch jemand mit der Liebe seines Lebens bezahlt?

Fahrzeuge dröhnten an mir vorbei, als die Ampel auf Grün sprang. Die Park Avenue ist zwar nicht die meistbefahrene Straße in Manhattan, aber das soll nichts heißen. In den USA wird schlichtweg alles viel zu schnell zu viel – so ist es einfach. Und sie hupen hier die ganze Zeit. Sehr unschwedisch und irritierend.

»Ich melde mich, wenn ich nach Hause komme«, sagte ich zu Lucy. »Ich kann jetzt nicht länger reden.«

»Du weißt, was du mir versprochen hast«, sagte sie.

»Yes. Ich komme vorbei und bewundere dein Kleid.«

Jetzt lächelte sie wieder hörbar.

»Danke«, sagte sie.

Wir legten auf. Auf dem Bürgersteig lief eine große, hübsche Frau an mir vorbei, die auf warmherzige Weise ansprechend wirkte. So was mochte ich.

Was ich nicht mochte, waren lose Fäden. Natürlich war das Waldorf Astoria ein charmanter Ort, aber das änderte nichts an der Tatsache, dass es verriegelt und verrammelt war.

Ich beschloss, eine Runde um das Hotel zu drehen. In den Fenstern hingen riesige Plakate – fast genauso groß wie die Schilder, auf denen zu lesen stand, dass das Hotel geschlossen sei und eine *»exciting renovation«* erfahre. Nun war *»exciting«* womöglich nicht gerade ein Wort, das ich sonst mit Renovierungsarbeiten in Verbindung brachte.

Ich spähte in eins der Fenster und versuchte, an den Schildern vorbeizusehen.

Alles finster.

Im nächsten Fenster war es das Gleiche. In dem daneben auch. Ich umrundete die südwestliche Ecke des Hotels und lief die 49th Street entlang. Kurz gesagt, war es verdammt noch mal völlig unmöglich, dass Steve – was für ein lächerlicher Name übrigens! – hier gewesen war und ein Schachspiel abgeholt hatte. Sollte ich die Adresse falsch verstanden haben? Ich sah schnell nach. Nein.

Ich schob das Telefon in die Jackentasche. Als Belle gesehen hatte, wie ich das Jackett anprobierte, hatte sie gesagt, dass ich damit aussähe wie Sherlock Holmes, was ich mal positiv aufgefasst habe. Ich kam zu einem Garagentor. Hier besagte ein Schild, dass Waren für das Hotel angeliefert würden. Privates Parken sei nicht gestattet.

Die Zufahrt stand offen. Es klang, als würde drinnen ein Fahrzeug im Leerlauf stehen, allerdings konnte ich es nicht sehen. Dann verstummte der Motor, und es war nur noch der völlig ausreichende Straßenverkehrslärm zu hören.

Ich blieb in der Nähe des Tors stehen. Eilig suchte ich mit dem Blick die Fassade und den Eingang zur Garage ab. Keine sichtbaren Kameras. Aber Stimmen. Viele. Als hätte das Hotel seine Angestellten zwar teils nach Hause geschickt, ein paar aber in der Garage zurückbehalten.

Rasche Schritte in meine Richtung. Intuitiv wich ich zurück. Kurz darauf stand ein Mann im Tor, sicher zwei Meter lang und mit imponierend breiten Schultern.

»Was wollen Sie?«, fragte er. »Das Hotel ist geschlossen.«

Seine gesamte Erscheinung wirkte auf mich kompromisslos. Als er gefragt hatte, was ich hier wolle, hatte er mir auch durch die Blume zu verstehen gegeben: Wenn ich nicht binnen drei Sekunden verschwunden wäre, würde mir und sämtlichen Nachkommen etwas Schreckliches zustoßen.

»Nichts«, antwortete ich. »Tut mir leid, hab mich geirrt …«

Dass ich aber auch nicht die Klappe halten konnte. Der Hinweis, ich hätte mich geirrt, war völlig unnötig gewesen. Denn natürlich kam die Folgefrage: »Wohin wollten Sie denn?«

Hierher. Genau dahin, wo ich jetzt bin.

Ich hatte keine andere Wahl. Ich musste den Idioten geben.

»Doch, na ja … Aber es war irgendwie doch hier«, stammelte ich. »Ich sollte hier ein Paket abholen, das nach Schweden soll, aber …«

Er runzelte die Stirn.

»Nach Schweden? Zum Royal?«

Zum Royal?

Ich verstand die Frage nicht und tat, was Belle getan hätte: Ich zuckte mit den Schultern.

Er sah mir die Verwirrung an und kam einen Schritt näher.

»Entschuldigen Sie«, sagte ich. »Ich sehe ja, dass hier geschlossen ist. Ich muss mich vertan haben.«

Und dann machte ich auf dem Absatz kehrt und ging.

Nicht zu schnell, nicht zu langsam. Eher, als wäre ich jemand, der zu erfolgreich war, um zu akzeptieren, dass es in New York Orte gab, an denen er nicht willkommen war.

Und es funktionierte.

An der Park Avenue blieb ich an der roten Ampel stehen, drehte mich dann aber erneut um und betrachtete das große Hotel. Sämtliche Fenster gähnten mich schwarz und leer an.

Dieser Steve, mein konkurrierender Best Man, durfte mir gern erklären, wie es ihm gelungen war, Lucys Paket hier abzuholen. Ich selbst jedenfalls war froh, lebend dort weggekommen zu sein.

6

Um kurz vor acht Uhr abends stand ich vor Magdas und Henrys Antiquitätengeschäft – vor Magdas und *meinem* Antiquitätengeschäft. Der Laden war geöffnet, allerdings waren keine Kunden mehr da.

Ich drückte die Klinke nach unten, und als ich die Tür leicht anstieß, glitt sie lautlos auf. Während Stockholm immer noch im Klammergriff des Winterfrühlings steckte, schien New York von einer Art launischem Altweiberherbst heimgesucht worden zu sein. Ich wischte mir den Regen aus dem Gesicht und stellte meinen Schirm in einen Ständer. Der Laden war verhältnismäßig klein und die Schaufenster sparsam dekoriert, doch beides war offensichtlich gut überwacht. Überall Kameras, dazu ein Einbruchsalarm, der die Räume binnen Sekunden in Dantes Inferno verwandeln konnte.

Mein Blick wanderte über die Gegenstände in den Regalen und die Bilder an den Wänden. Der erste Raum war eher ein Vorzimmer – die echten Schätze lagerten im nächsten. Ich betrat das Allerheiligste: ein Zimmer mit sanfter Beleuchtung, das trotz des sparsamen Buchbestands nach Bibliothek roch. In einer Ecke führte eine Treppe in den Keller. Die Kellertür war zugezogen, doch durch den Türspalt sah man, dass unten Licht brannte. Ich nahm an, dass Magda und Patrick Benson, der Verkaufsassistent, unten waren. Patrick war ein junger Mann, der seit fünf Jahren für Magda und Henry arbeitete. Er wusste so viel über Kunst und Sammlerobjekte, dass ich das Gefühl hatte, er müsste seit mindestens tausend Jahren auf der Welt sein.

Jemand hatte Champagnerflöten auf einem Tisch bereitgestellt, daneben standen zwei Flaschen Dom Pérignon in einem Weinkühler. Ich musterte eines der Etiketten. 1973er Jahrgang. Ich schätzte den Marktwert auf um die vierhundert Dollar. Nicht schlecht.

Lucy hatte mich mal gefragt, ob ich nicht Angst hätte, eine richtig teure Flasche Wein zu öffnen.

»Was, wenn der Wein nach Pisse schmeckt?«, hatte sie gefragt. »Gerät man da nicht in Panik?«

»Schon«, hatte ich geantwortet. »Es ist richtig schlimm, teure Weine zu öffnen. Viel schlimmer als zum Beispiel Krieg.«

Lucy hatte die Augen verdreht und den Vergleich dämlich gefunden.

»So liegen die Dinge nun mal, Baby«, hatte ich erwidert.

Bei der Erinnerung musste ich lächeln. Seither hatte Lucy keine Bedenken mehr gehabt, wenn ich zu teuren Weinen eingeladen hatte.

Ein Rascheln arbeitete sich vom Keller nach oben. Dann waren Stimmen zu hören, erst gedämpft, dann zusehends frustriert.

Intuitiv trat ich näher an die Kellertreppe heran.

Magdas nasale Stimme erreichte mich zuerst.

»Ich will kein Wort mehr davon hören, kapiert?«

Ich legte die Hand an die Klinke und wollte die Tür schon aufschieben.

Im selben Moment antwortete Patrick: »Es ist aber mein gutes Recht, dich zu warnen. Ich will nur dein Bestes.«

Ich erstarrte.

»Dann bedanke ich mich hiermit für deine Fürsorge. Aber damit haben wir diese Diskussion zum letzten Mal geführt. Ist das klar?«

»Bist du dir sicher, dass er der richtige Mann für diese Aufgabe ist?«, fragte Patrick. »Das ist alles, was ich wissen will.«

Was zum Teufel diskutierten die da?

»Martin Benner ist das Beste, was mir und Henry hätte passieren können. Er verdient es, Teil dieses Geschäfts zu werden. Und der guten Ordnung halber verrate ich dir auch, dass er für seinen Anteil gut bezahlt hat. Das war Henry am wichtigsten.«

Vielleicht hätte ich ahnen müssen, dass nichts so einfach und so gut war, wie es auf den ersten Blick den Anschein hatte. Ich würde bald fünfundvierzig werden, ich wusste also, dass es weder den Weihnachtsmann noch den Osterhasen noch die Zahnfee gab. Der Streit im Keller schockierte mich ungefähr für fünf Sekunden. Dann wurde mir klar, was das Wichtigste daran gewesen war: Es war Patrick, der meine Teilhaberschaft infrage stellte, nicht Magda. Und mit Magda war ich befreundet, mit ihm nicht.

»Einfach nur, damit du weißt, was du tust«, beharrte Patrick.

»Danke, ich weiß genau, was ich tue.«

»Und du bist dir wirklich sicher, dass er keine Art Honigfalle ist?«

Ich hätte beinahe laut losgelacht. Mein Gott, Magda war für ihr Alter wirklich liebenswert, aber dafür war ich dann doch entschieden zu jung.

Die Frage schien Magda ebenfalls zu belustigen.

»Was das angeht, bin ich mir ganz besonders sicher«, erwiderte sie und lachte. Und dann sagte sie: »Und jetzt hilf mir, diesen Tisch an seinen Platz zu stellen. Martin kommt jeden Moment.«

Etwas später standen wir im Laden und stießen miteinander an. Magda hatte noch ein paar Bekannte und Geschäftsfreunde eingeladen, und alle lobten den Champagner. Patrick ließ sich nicht anmerken, was er von meiner neuen Teilhaberschaft hielt, und ich meinerseits erwähnte mit keiner Silbe, was ich gehört hatte. Die Zeit würde zeigen, ob ich Patrick weiter hierhaben wollte. An diesem Abend gab es andere Dinge, um die ich mich kümmern musste. Ich stellte beispielsweise fest, dass auch Patrick einen Gast eingeladen hatte: eine junge Frau, die leicht unterkühlt wirkte. Ich vermutete, dass sie lediglich Freunde waren und kein Paar, aber ich fragte nicht nach. Ich war vollauf damit beschäftigt, all die Fragen von Magdas Freunden zu beantworten.

Ob ich jetzt nach New York ziehen werde?

Nein, wirklich nicht.

Es sei aber doch wohl so, dass ich US-Bürger sei?

Doch, ja, das stimmte – ich war in den USA zur Welt gekommen, aber meine schwedische Mutter war kurz nach meiner Geburt mit mir nach Hause zurückgekehrt.

»*How tragic!*«, rief eine ältere Frau aus, die mich bei mindestens drei Gelegenheiten darüber informierte, dass ihr Ehemann kürzlich gestorben war – *»Genau wie Henry!«* – und dass sie ihn schrecklich vermisste – *»Genau wie Magda Henry vermissen muss!«* –, dass sie jetzt aber gern nach vorn blicken wollte und auf neue Beziehungen hoffte – *»Ich bin zu jung, um allein zu bleiben.«*

Anscheinend hatte Patrick da etwas durcheinandergebracht, indem er sich Sorgen um Magda machte: Er hatte die Falsche aus dieser Gesellschaft vor mir bewahren wollen. Es gab offenbar andere, die nur zu gern in eine Honigfalle tappen wollten.

Magda wechselte das Gesprächsthema, ehe ihre Freundin allzu weinerlich wurde.

»Wie war dein Tag?«

Sie hätte genauso gut fragen können, ob das Auto gut fuhr, trotzdem gebührte ihr mein Dank für den Rettungsversuch.

Überdies musste ich ihr eine Frage stellen – zu Lucys

Schachspiel. Alle hörten zu, als ich erzählte, wie ich ein Taxi zum Waldorf Astoria genommen hatte. Alle lachten an den richtigen Stellen und waren gleichermaßen verwirrt, als ich die Pointe zum Besten gab.

»Dieser andere Typ behauptet also, dass es ihm gelungen sei, das Schachspiel bei dieser Adresse abzuholen – ist das nicht seltsam? Und was meinte der Mann aus der Garage mit Royal?«

»Vielleicht hielt er dich für königlich?«, meinte Magda.

Ich grinste und schüttelte den Kopf.

»Die dunkelhäutigen Angehörigen der schwedischen Königsfamilie kannst du an einer Hand abzählen.«

»Das ist nicht nur in Schweden so«, erwiderte Magda trocken. »Aber um deine Frage zu beantworten: Doch, es ist seltsam, wenn dieser andere Typ ein Paket aus der Garage des Waldorf Astoria mitnehmen konnte.«

Der Rest der Gruppe pflichtete ihr bei.

»Wie hieß denn die Firma, bei der Lucy das Schachspiel gekauft hat?«, erkundigte sich Patrick.

Sein Hemd war exakt eine halbe Größe zu klein. So sah sein Brustkorb besser trainiert aus, als er es in Wahrheit war. Ich betrachtete ihn über mein Champagnerglas hinweg – dieses freundliche Lächeln, der scharfe Blick. Und zugleich – seine Warnung an Magda im Keller.

Ich will nur dein Bestes.

»Keine Ahnung, wie die Firma hieß«, beantwortete ich seine Frage.

Ich hatte Lucy um die Information gebeten, aber keine Antwort erhalten. Sie hatte anscheinend Angst, dass ich hingehen und »die Leute zur Schnecke machen« würde. Schließlich hatte sie widerwillig erzählt, dass die Firma auf der anderen Seite des Central Parks lag – also von Magdas und meinem Geschäft aus betrachtet.

»Also westlich«, sagte ein Mann, dessen Namen ich schon wieder vergessen hatte.

»Das hilft ja nicht gerade weiter«, stellte Magda fest.

Sie ließ den Blick auf mir ruhen.

»Wann kommst du das nächste Mal nach New York?«

»Sobald ich Zeit habe«, antwortete ich. »Vermutlich ein paar Wochen nach der Hochzeit.«

Nach der Hochzeit. Das Leben war wie ein einziges langes Innehalten, bis die Hochzeit Geschichte wäre.

Magda nickte zufrieden.

»Gut.«

Sie und ich hatten schließlich Pläne. Anfang Juli würden wir unsere erste Weinauktion im Keller abhalten. Ich freute mich sehr auf dieses neue Kapitel in meinem Leben. Um Belles willen musste ich die Anzahl meiner Reisen natürlich beschränken, aber ich glaubte nicht, dass dies ein größeres Problem wäre.

»Denk aber auch an die Umwelt«, hatte eine vernünftige Bekannte mal zu mir gesagt, nachdem ich ihr von meinen vielen Besuchen in New York erzählt hatte. »Nicht nur Belle leidet darunter, wenn du so viel fliegst.«

So richtig verstand ich es nicht. Ganz gleich ob ich das Reisen wegen Belle oder wegen des Klimas einschränkte – ich hatte doch ausgerechnet Belles Wohl dabei im Sinn.

Der Empfang – oder wie immer man es nennen wollte – ging noch ungefähr eine Stunde weiter. Magda sprach einen abschließenden Toast auf mich, ihren neuen Geschäftspartner, und damit beendete sie die Feierlichkeiten. Als ich mich gerade in mein Hotel zurückbegeben wollte, nahm sie mich beiseite.

»Martin, könntest du mir einen Gefallen tun, wenn du wieder in Stockholm bist?«

»Natürlich, jederzeit. Vorausgesetzt, du schickst mich

nicht zu einem geschlossenen Hotel, um ein altes Schachspiel abzuholen.«

Sie schüttelte den Kopf.

»Ich hab ein Angebot einer Firma in Stockholm bekommen, die Lagerräume vermietet. Offensichtlich hatte Henry dort einen Raum, und jetzt wollen sie wissen, ob er den Lagerplatz vergrößern will. Ich wusste nicht mal, dass es diesen Raum gibt. Könntest du hinfahren, ihn ausräumen und den Vertrag kündigen, wenn ich dir eine Vollmacht ausstelle?«

»Selbstverständlich«, sagte ich. »Wie groß ist er denn? Brauche ich einen Umzugswagen?«

Sie war sichtlich erleichtert.

»Nein, auf keinen Fall. Ich hab schon Kontakt zu ihnen aufgenommen. Der Lagerraum ist nur einen Quadratmeter groß. Es stehen ein paar Umzugskartons darin, mehr anscheinend nicht.«

»Dann erledige ich das gleich, sobald ich Zeit habe«, versprach ich ihr.

»Nach der Hochzeit«, sagte Magda augenzwinkernd.

»Nach der Hochzeit«, echote ich. Ich zögerte, musste dann aber doch nachfragen: »Dieser Mann, der dich bei der Beerdigung angesprochen hat … Hast du noch mal von ihm gehört?«

Es war Patricks seltsames Verhalten gewesen, das mich wieder an Alejandro Ortega und seine Andeutungen zu Henrys Tod erinnert hatte.

Magda schüttelte den Kopf.

»Sei so gut und denk nicht mehr über ihn nach.«

Dann dankte sie mir für den schönen Abend. Wir lächelten uns an und bekräftigten einander, was für ein verdammt gutes Team wir sein würden. Trotzdem behagte es mir nicht, dass sie so abweisend war, sobald dieser grauhaarige Mann, der sich Alejandro genannt hatte, zur Sprache kam. Und ich konnte auch nicht anders, als mich zu wundern, dass Henry einen Lagerraum in Stockholm angemietet hatte. Er und Magda hatten doch gar keine feste Anlaufstelle mehr dort gehabt, keine Sommerhütte, keine noch lebenden Verwandten. Sie waren nie öfter als einmal im Jahr dort gewesen. Aber ich wusste, dass Magda andere Sorgen hatte, deshalb stellte ich keine weiteren Fragen.

Sechsunddreißig Stunden später verließ ich die USA. Wenn ich gewusst hätte, wie die Tage aussehen würden, die vor mir lagen, hätte ich mich geweigert, das Flugzeug zu besteigen, und wäre in New York geblieben.

7

Über Zeitzonen hinwegzureisen ist, als würde man mit einer böswilligen Zeitmaschine befördert. Um acht Uhr am Montagmorgen landete ich in Stockholm und fuhr auf direktem Weg zu Lucy. Um mir das Kleid anzusehen, um über den großen Tag zu sprechen und um mich wach zu halten. Mein Interesse war gelinde gesagt mäßig, mein Herz jedoch loderte.

Lucy schickte mich in die Küche und ging sich im Schlafzimmer umziehen.

»Wie findest du es?«, fragte sie, als sie zurückkehrte. »Ich meine – sitzt es gut?«

Sitzt es gut?

Hatte je irgendetwas an Lucy nicht gut gesessen? Mir fiel dazu nichts mehr ein.

Das Kleid war weiß, das Haar der Braut rot. Sie drehte sich einmal um die eigene Achse und errötete. Der glänzende Stoff wallte noch kurz nach. Die Rundung ihrer Hüften, die Perfektion ihrer Brüste … Lucia »Lucy« Miller. Wie stolz ich gewesen war, als ich sie während des Jurastudiums endlich aufgerissen hatte – und wie traurig ich sie gemacht hatte.

Sie strich über den glänzenden Stoff und sah mir in die Augen.

»Martin, sag ehrlich …«

Ehrlich. Wer zum Teufel bat jemanden wie mich, ehrlich zu antworten?

Ich schüttelte den Kopf und lachte heiser.

»Du siehst großartig aus, Baby.«

Lucy strahlte mich an.

»Bist du müde?«, fragte sie dann. »Jetlag?«

Ich lockerte den Schlipsknoten.

»Nein, nein.«

»Das klang aber ehrlich.«

»Jetzt bist du mal dran, ehrlich zu sein«, gab ich zurück. »Hast du mich nur deshalb hierher eingeladen, weil du mir vor der Hochzeit das Kleid zeigen wolltest?«

Lucy lachte wieder.

»Tut mir leid«, gestand sie. »War das dumm von mir?«

Ich zuckte die Achseln.

»Man sagt ja, der Bräutigam dürfe das Brautkleid vor dem Hochzeitstag nicht sehen, aber ich hab noch nie gehört, dass das auch für den Trauzeugen gilt.«

In Lucy Augen glitzerten Tränen. Ihre Unterlippe zitterte.

»Du kannst dir gar nicht vorstellen, wie viel mir das hier bedeutet«, flüsterte sie.

Ich schluckte, und für einen Moment verschwamm mir der Blick.

»Mir bedeutet es auch viel«, sagte ich. »Dass ich hier sein darf … und so.«

Es klang so lächerlich, als ich es laut sagte, trotzdem fehlten mir die Worte, die besser eingefangen hätten, was ich hätte sagen wollen. Alles andere wäre zu viel gewesen.

Lucy begann zu weinen. Bildschöne Tränenperlen kullerten ihr über die Wangen.

Ich räusperte mich verlegen. Es war an der Zeit zu gehen.

»Ich wünsche dir alles Gute dieser Welt«, sagte ich. »Wie immer das aussehen wird und für alle Zeiten. Ruf einfach an, Lucy, okay?«

Sie wischte sich die Tränen aus dem Gesicht.

»Okay.«

Dann küsste sie mich auf die Wange.

»Ich bin so froh, dass du das hier für mich tust«, sagte sie.

»Für dich immer«, erwiderte ich. Und dann: »Für dich immer. Aber nichts, was unmöglich ist. Lucy, zeig mir doch noch mal die E-Mail oder was immer du gekriegt hast – wo drinstand, dass du das Schachspiel im Waldorf Astoria abholen solltest.«

Lucy zögerte.

»Du warst so empört, als das schiefgelaufen war«, stellte sie fest.

»Ganz und gar nicht«, entgegnete ich. »Ich meine nur, die Firma muss doch aus Pfuschern bestehen.«

Lucy hob die Hände.

»Okay«, sagte sie. »Aber bevor ich dir den Namen und die Adresse gebe: Sie haben bereits um Entschuldigung gebeten. Ich hatte von einem ihrer Angestellten die falsche Info bekommen. Das Schachspiel sollte eigentlich in ihrem Büro an der 77th abgeholt werden. Oder war es die 70th? Warte kurz, ich sehe nach …«

Sie holte ihr Handy raus und begann, im Eingangsordner zu suchen.

»Aber hast du nicht gesagt, dass Steve das Schachspiel im Waldorf Astoria abgeholt hat?«, hakte ich nach.

»Genau genommen, hab ich dir gesagt, er hätte nicht erwähnt, dass er woanders hätte hinfahren müssen«, entgegnete Lucy. »Aber es muss trotzdem so gewesen sein. Andererseits hatte Steve die ursprüngliche Mail gekriegt. Deshalb ist er wahrscheinlich direkt zu dem Auktionshaus gefahren und nicht zum Waldorf. Er lebt schließlich seit seiner Geburt in New York, also hätte er das wohl kaum durcheinandergebracht.«

»Nicht durcheinandergebracht?«, fragte ich. »Du warst doch diejenige, die es durcheinandergebracht hat. Oder das Auktionshaus. Hattest du mit denen noch mal Kontakt, seit Steve das Paket abgeholt hat?«

»Nein, warum sollte ich?«, fragte Lucy. »Hier, ich leite dir die Mail weiter.«

Ich nickte. Dann sah ich verstohlen auf die Uhr. Eine Geste, die ebenso alt war wie die Armbanduhr selbst und eine wortlose Lüge, von der ich annahm, dass sie wohl ebenso viele Jahre auf dem Buckel hatte.

»Du musst natürlich gehen«, stellte Lucy fest.

Ich hatte keine weiteren Termine, und das wusste sie sicher. Aber sie war gut darin, meine Spielchen mitzuspielen, das musste ich zugeben. Die Müdigkeit hatte mich eingeholt, und ich würde keine Sekunde länger ertragen, sie als Braut vor mir zu sehen. In einer anderen Zeit in einem parallelen Universum wären es selbstverständlich Lucy und ich gewesen, die hätten heiraten wollen. Aber der Spielplan in der sogenannten Wirklichkeit sah nun mal wie folgt aus: Jahrelang waren Lucy und ich eine Art Paar gewesen.

Ich bin nicht der Typ fürs Heiraten.

Lucy schon.

Also würde sie eben jetzt meinen amerikanischen Herzchirurgen heiraten. Und derselben bizarren Logik folgend, würde ich bei der Hochzeit ihr Best Man sein.

End of love story.

Ich zog meinen Mantel an, den ich über einen Stuhl geworfen hatte. Draußen schneite es wieder. Der Schal war kalt und nass, als ich ihn mir im Nacken zurechtlegte. Seit einer knappen Woche hatten wir Mai. Noch nie zuvor hatte der Frühling so lange auf sich warten lassen.

Ein weiterer rascher Wangenkuss, dann griff ich nach der Türklinke. Ich musste aus der Wohnung raus.

»Hast du nicht etwas vergessen?«, fragte Lucy.

Es gab so viel, was ungesagt geblieben war, so vieles, was nicht gesagt werden musste. Trotzdem meinte Lucy, ich hätte etwas vergessen.

»Belles Kleid«, half Lucy mir auf die Sprünge.

Meine Schultern sackten nach unten. Belle sollte Blumenmädchen sein.

»Na klar!«

Lucy ging ins Schlafzimmer und kam mit einer rosafarbenen Papiertüte zurück.

»Hier«, sagte sie und überreichte sie mir.

Ich lächelte.

»Sie wird die Schönste auf der Welt sein«, sagte Lucy. Und dann, als ich gerade gehen wollte: »Was, wenn ich einen Fehler mache?«

Ich seufzte.

»Bitte ...«, flüsterte ich.

»Entschuldige«, sagte Lucy. »Entschuldige.«

»Du musst dich für nichts entschuldigen.« Ich holte tief Luft und fügte hinzu: »Und ich ebenso wenig. Und *wenn* es ein Fehler ist, Michael zu heiraten, dann leben wir doch in liberalen Zeiten. Lass dich wieder scheiden. Ich kann dein Scheidungsanwalt sein.«

Lucy lachte laut und unbeherrscht.

»Wo bleibt er eigentlich, dein zukünftiger Ehemann?«, fragte ich. »Wäre doch nett, wenn er bis zur Hochzeit auftauchen würde.«

»Bis dahin hat der Mann keine freie Minute«, erklärte Lucy. »Er kommt am Mittwoch.«

Ihr Handy klingelte. Noch während sie ranging, hatte ich schon wieder die Hand an der Klinke. Hinter mir hörte ich Lucy auf Englisch sagen: »Ich weiß nicht, was du meinst ...« Und dann: »Okay, wir sprechen heute Abend. Liebe dich!«

Ich drückte die Klinke nach unten.

»Alles okay, Baby?«

Sie schüttelte den Kopf.

»Er ist verschwunden.«

»Wer?«, fragte ich.

»Steve Hammon. Der das Schachspiel abgeholt hat. Er ist gestern in Stockholm gelandet, weil er vor der Hochzeit noch ein paar Geschäftstermine wahrnehmen wollte. Und jetzt weiß niemand, wo er steckt.«

8

Ich hatte schnell das Gefühl, dass an der Geschichte mit dem vermeintlich verschwundenen Steve etwas nicht stimmte. Meine eher rationale Seite ging davon aus, dass er irgendwann schon wiederauftauchen würde. Wahrscheinlich hatte er nach seiner Ankunft vergessen, das Telefon wieder einzuschalten. Das sagte ich auch zu Lucy. Sie widersprach mir. Niemand habe von Steve gehört, seit er am vorigen Nachmittag ein paar SMS vom Flughafen Arlanda aus verschickt habe. Ich versuchte es mit einem Witz: »Ihr habt doch schon einen Best Man, wozu braucht ihr zwei?«

Lucy sah mich finster an.

Sie wusste genauso gut wie ich, dass das Leben grausam sein konnte.

Von Lucy fuhr ich direkt in die Kanzlei. Der Tesla schnurrte behaglich, wie er es immer tat, seit ich ihn ungefähr ein Jahr zuvor gekauft hatte. Früher hatte ich einen Porsche 911 gehabt, danach einen Maserati, aber ich wechsele immer wieder. Ich bin ziemlich schlecht, was stabile Beziehungen angeht – das trifft sowohl auf Autos als auch auf Frauen zu. Niemand weiß das besser als Lucy. Ich hatte nie so viel Sex wie in den Jahren, als sie und ich ein Paar gewesen waren. Nur leider eben nicht nur mit ihr, sondern auch mit diversen anderen. Deshalb sage ich auch mit Henry Schiller: Man bekommt, was man verdient.

Und ich verdiente Lucy nicht.

»Hallöchen«, sagte Helmer, als ich die Kanzlei betrat. »Wie war New York?«

»Wunderbar, aber kurz.«

»Herrlich! Und wie geht es der Braut?«

Helmer besaß unzweifelhaft tiefe Einblicke in mein Privatleben.

»Gut, danke. Allerdings scheint der zweite Best Man auf der Flucht zu sein. Oder er ist gekidnappt worden.«

»Was?«

»Vergessen Sie es.«

Ich witzelte fast zwanghaft über Steves Verschwinden, dabei war ich dem Mann nie begegnet. Trotzdem glaubte ich, dass er in Schwierigkeiten steckte.

Helmer schüttelte den Kopf.

»Ohne Best Man keine Hochzeit.«

»Das hoffe ich nun wirklich nicht«, entgegnete ich. »Außerdem haben sie ja noch einen anderen Best Man.«

Ich ließ mich am Schreibtisch nieder. Die Panoramafenster gingen vom Boden bis zur Decke. Der Blick über den Riddarfjärden war fantastisch. Ich erledigte ein paar Jobtelefonate, sortierte Akten, beantwortete E-Mails. Das war die einzige Arbeit, auf die ich mich konzentrieren konnte.

Später schickte ich Lucy eine SMS: »Ist Steve immer noch verschwunden?«

»Ja«, antwortete sie, »und M. ist besorgt. Er hat S. vor einer Woche getroffen und ihm bei der Gelegenheit unsere Eheringe mitgegeben.«

Ich nahm an, dass es sich bei M. um ihren Verlobten Michael handelte, und antwortete: »Seid ihr euch sicher, dass Steve mit dem Flugzeug gekommen ist, in dem er sein sollte?«

»Sein Bruder hat ihn zum Flughafen gebracht«, schrieb Lucy zurück, »er ist mit Air France von JFK via Paris geflogen. Das Flugzeug ist sogar fast pünktlich gewesen. Er hat seinem Bruder eine SMS geschickt, sobald er gelandet war.

Allerdings hat er dann nicht in sein Hotel eingecheckt. Das sieht ihm nicht ähnlich. Er kennt hier doch niemanden. Und die Geschäftstermine, die er haben sollte, hatte er anscheinend zuvor schon per E-Mail abgesagt.«

Ich legte mein Handy weg. Es ist, wie schon gesagt, niemand verschwunden, nur weil er es nicht schafft, ans Telefon zu gehen. Aber die Nachricht, dass Steve nicht in sein Hotel eingecheckt hatte, machte mich dann doch nachdenklich. Wer brachte es fertig, zwischen Arlanda und Stockholm City verloren zu gehen? Und warum hatte er seine Termine abgesagt?

»Du hast übrigens Belles Kleid liegen lassen«, schrieb Lucy noch. »Ich weiß doch, dass sie es vor der Hochzeit sehen will. Kannst du es auf dem Heimweg von der Arbeit bei mir abholen?«

Natürlich hätte ich das Kleid abholen können.

Aber es kommt nicht immer so, wie man es sich vorstellt. Zumindest nicht für mich. An diesem Nachmittag fuhr ich nicht mehr bei Lucy vorbei. Belles Schule rief an – Belle sei krank geworden. Ich fuhr sofort hin und holte sie ab, weil ich diese Aufgabe nicht an Marcel delegieren wollte. Nicht nachdem ich gerade erst von einer mehrtägigen Reise nach Hause gekommen war.

»Nach dem Mittagessen war sie plötzlich ganz schlapp«, erklärte die Lehrerin. »Ich glaube, sie hat Fieber.«

Das stimmte ohne jede Frage. Belle kochte förmlich in ihrer Winterjacke und schlief noch im Auto ein. Ich trug sie die kurze Strecke vom Auto ins Haus.

»Du hast mir gefehlt«, flüsterte ich ihr ins Ohr.

Sie lächelte mit geschlossenen Augen.

Es war gut, dass ich den Nachmittag und Abend zu Hause verbringen konnte. Nach einem Blick aus meinem Wohnzimmerfenster war mir nämlich klar geworden, dass ich ein paar

Dinge mit Belles neuem Au-pair würde klären müssen. Der Garten sah verändert aus.

Wir standen in der Küche – ein guter Ort für Besprechungen.

»Bei deiner Einstellung habe ich erwähnt, dass du dich nicht nur um Belle kümmern, sondern auch einen Teil Haushaltsarbeit erledigen sollst«, hob ich an. »Wie läuft es damit deiner Meinung nach?«

»Gut«, antwortete Marcel überzeugt.

Belle liebte seinen französischen Akzent, und auch ich fand ihn charmant. Sprache ist wichtig, aber manchmal führten Marcels nicht ganz lupenreine Schwedischkenntnisse zu Missverständnissen. Trotzdem setzte ich bei meiner Antwort auf Ironie: »Schön, denn ich bin sehr zufrieden mit allem, was du hier im Haus machst. Allerdings gibt es andere Dinge, mit denen ich nicht so zufrieden bin.«

Marcels Lächeln erstarb, als hätte man das Fernlicht am Auto ausgeschaltet.

»Oh.«

Er sah sofort bedrückt aus.

Ich machte eine beruhigende Geste.

»Kein Drama«, sagte ich. »Wenn ich nicht zufrieden wäre, dann würden wir dieses Gespräch nicht führen. Aber ich glaube, ich muss noch mal ausführen, was genau ich von dir erwarte. Mit Hausarbeit meine ich, dass du *im* Haus etwas machst, nicht draußen. Nicht im Garten.«

Marcel riss die Augen auf.

»Du musst wissen«, erklärte ich, »ich hab bereits einen Gärtner. Er heißt Abdullah, und er ist fantastisch.«

Ich weiß, es klingt so verdammt posh, einen Gärtner zu haben. Aber der Garten ist riesig, und ich habe keine Zeit, mich darum zu kümmern. Außerdem ist mein Gärtner nicht mal in Vollzeit angestellt.

»Aber er ist schlecht«, entgegnete Marcel.

»Ach, was du nicht sagst.«

»Er kümmert sich nicht um die Pflanzen«, erklärte Marcel. »Er spricht nicht mit ihnen, sondern ertränkt sie nur.«

»Es ist Winter«, gab ich zu bedenken, »oder, na ja, Frühling. Vielleicht Sommer. Wie auch immer: Er tut das, was er tun soll. Und …«

»Dir hat nicht gefallen, dass ich die Bäume vor der Terrasse zurückgeschnitten habe?«, fragte Marcel, der offenbar eifrig dabei war herauszufinden, was konkret falsch gewesen sein mochte.

»Du hast sie so weit zurückgeschnitten, dass sie wie japanische Bonsai aussehen«, sagte ich.

»Aber so müssen sie aussehen.«

»Nein.«

»Doch«, beharrte er. »Im Winter müssen sie so aussehen. Dann schlagen sie im Frühjahr aus.«

»Aber es ist doch Frühjahr!«

»Noch nicht. Aber in ein paar Tagen vielleicht.«

Ich bin kein alter Mensch, aber inzwischen doch weise genug, um zu wissen, in welcher Situation und Sachfrage ich nicht die Oberhand behalten werde. Außerdem diskutierten wir im Moment die verkehrte Sachfrage. Hier ging es nicht darum, ob die Bäume zurückgeschnitten werden mussten oder nicht, sondern wer auf meinem Grundstück was erledigte.

»Okay«, sagte ich. »Nehmen wir mal an, dass du mit den Bäumen recht hast. Es spielt trotzdem keine Rolle. Ich hab verschiedene Menschen um Hilfe bei verschiedenen Sachen gebeten. Du kümmerst dich um Belle und das Essen. Die Putzfrau und der Gärtner haben andere Verantwortungsbereiche. Es ist wichtig, dass du das respektierst.«

Marcel nickte.

»Das mache ich ja auch alles«, sagte er. »Ich koche gern, und ich improvisiere gern. Ist Belle unzufrieden?«

»Nein«, erwiderte ich, »überhaupt nicht. Sie liebt dich. Vorbehaltlos. Und dein Essen auch. Aber …«

Hier hielt ich inne, denn für einen kurzen Moment veränderte sich etwas in Marcels Miene. Kurz zeichnete sich darauf etwas ab, was ich nicht anders als »Trauer« nennen konnte. Ich blinzelte und verlor den Faden. Im nächsten Moment sah er wieder aus wie immer.

»Da bin ich froh!«

»Gut«, sagte ich. »Gut. Dann sagen wir es doch so: Du kaufst ein und kochst. Und lässt den Garten in Ruhe.«

Ich streckte die Hand aus.

»Okay?«

Marcel ergriff sie zögerlich.

»Okay.«

Doch dann ließ er meine Hand nicht wieder los.

»Kann ich nicht auch Gärtner sein?«

Offensichtlich hatte ich einen zaudernden Eindruck gemacht, wenn Marcel meinte, es gäbe Verhandlungsspielraum.

»Bitte«, sagte er. »Wenigstens, wenn der andere Gärtner krank ist.«

»Das ist noch nie vorgekommen«, entgegnete ich.

Marcel ließ erstaunt meine Hand los.

»Gestern ist es vorgekommen«, sagte er.

»Was ist gestern vorgekommen?«

»Dass der Gärtner krank war. Deshalb war eine Vertretung hier und hat sichergestellt, dass die Leitungen zum Gewächshaus nicht eingefroren sind.«

Ich starrte ihn an.

»Eine Vertretung …?«

»Ja«, sagte Marcel, »ich dachte, du wüsstest Bescheid.«

Ich schüttelte den Kopf. Ich musste Abdullah anrufen und

fragen, was da los gewesen war. Doch mein Gehirn war zu träge, deshalb reagierte ich nicht gleich auf das, was Marcel gesagt hatte. Das Wichtigste schien erst mal zu sein, dass Marcel und Abdullah sich kennenlernten.

»Ich nehme an, dass du mit ihm gesprochen hast, oder?«, fragte ich. »Also, mit der Vertretung?«

»Natürlich«, erwiderte Marcel. »Ich hätte nie gedacht, dass er Gärtner ist. Groß und grobschlächtig. Sprach noch schlechter Schwedisch als ich. Aber dann hat er erklärt, was er machen wollte, und ich hab endlich verstanden, warum er hier war.«

Oder auch nicht. Endlich war mir klar, was hier nicht stimmen konnte.

»Wann hat er angefangen, von der Wasserleitung zum Gewächshaus zu sprechen?«

»Als ich fragte, was er hier zu suchen hatte …«

Ich lehnte mich so weit vor, dass mein Gesicht nur einen halben Meter von Marcels entfernt war.

»Aber Marcel …«

Bildete ich es mir ein, oder lehnte er sich jetzt auch nach vorn?

»Ja?«

»Ich habe gar kein Gewächshaus. Das ist ein Pavillon. Und dorthin führt keine Wasserleitung.«

9

Was hatte es zu bedeuten, dass ein mir unbekannter Mann in meinem Garten herumgeschnüffelt hatte, während ich in den USA gewesen war? Eine solche Frage hätte mich unter normalen Umständen nicht groß umgetrieben. Einbrüche sind nichts Besonderes in dieser Welt. Aber weniger gewöhnlich ist es, dass sich der Dieb als Vertretung des Gärtners ausgibt. Und dann war da schließlich auch noch der Schuhabdruck, den ich vor meiner ersten Begegnung mit Marcel im Schnee gesehen hatte. War das derselbe Mann gewesen, der nun zurückgekehrt war?

Um sicherzugehen, rief ich Abdullah an.

Er ging beim zweiten Klingeln ran.

»Ja?«

So meldet er sich immer am Telefon.

Es klang, als hätte er das Haus voller Leute. Ich war ungefähr ein Jahr zuvor mal bei ihm auf einer Feier gewesen. Es war ein richtig netter Abend gewesen – Belle hatte gar nicht mehr heimgehen wollen.

»Ist etwas passiert?«

Abdullah klang erstaunt. Ich verstand nur zu gut, warum. Wir telefonieren selten miteinander.

»Nein«, antwortete ich, »oder … Ich weiß nicht recht. Bist du krank?«

Abdullah bewegte sich vom Gemurmel im Hintergrund weg.

»Krank?«

Ich spürte, wie mir heiß wurde.

»Entschuldige, ich erzähle dir besser mal, was passiert ist.«

Und das tat ich. Abdullah hörte zu, ohne dazwischenzugehen.

»Das ist doch merkwürdig«, sagte er zu guter Letzt. »Ich habe keine Vertretung. Und selbst wenn ich eine hätte, dann hätte ich Bescheid gegeben.«

»Das weiß ich«, meinte ich. »Aber das hier war alles so seltsam, dass ich bei dir nachfragen musste. Ehrlich gesagt, wäre ich froh gewesen, wenn der Mann, den Marcel da getroffen hat, jemand gewesen wäre, den du kennst.«

»Diebe«, sagte Abdullah empört. »Wie viele waren es?«

»Marcel ist nur einem begegnet, aber es könnten durchaus mehrere hier gewesen sein«, sagte ich.

»Unbegreiflich …«

»Allerdings.«

Ich wünschte Abdullah noch einen schönen Abend und ließ seine Frau grüßen. Dann legten wir auf. Ich schrieb mir rasch auf, dass ich die beiden mal wieder zum Abendessen einladen sollte. Das wäre vielleicht eine gute Gelegenheit, ihn davon in Kenntnis zu setzen, dass Marcel gern einen Teil der Gartenarbeit übernehmen wollte.

Rein wettertechnisch schien es eine unruhige Nacht zu werden. Es war Sturm angekündigt, und der Wind fegte bereits um die Hausecken. Zeit und Klima waren offenbar völlig außer Kontrolle geraten – und dieser Gärtnervertreter ließ mir keine Ruhe. Dasselbe galt für den verschwundenen Best Man. Und irgendwo im Hinterkopf war da auch noch die Erinnerung an Henrys Beerdigung und die Begegnung mit dem mysteriösen Alejandro. Der behauptet hatte, Henry sei ermordet worden.

Ruhelos drehte ich eine Runde durchs Haus. Ich war der hübschen Jugendstilvilla auf Djursholm damals augenblicklich verfallen. Der Makler hatte sie »dreihundertfünfzig Quadratmeter Lebensgenuss« genannt; eine gute Beschreibung.

Belles Schlafzimmertür knarrte leicht, als ich sie vorsichtig aufschob und in ihr Zimmer spähte. Sie hatte die Decke abgeschüttelt, schien aber tief zu schlafen. Als wir nach Hause gekommen waren, hatte sie neununddreißig Grad Fieber gehabt. Ich werde mich nie daran gewöhnen, dass alles, was mit Kindern zu tun hat, so viel größer wird als bei Erwachsenen und gleichzeitig oft weniger ernst ist. Wenn ich neununddreißig Grad Fieber gehabt hätte, wäre ich jenseits von Gut und Böse gewesen. Doch eine Achtjährige steckte so was einfach weg.

Ich zog ihre Tür wieder zu. Ihr Zimmer lag meinem gegenüber auf der anderen Seite des Flurs, trotzdem hörte ich sie in der Regel, wenn sie nachts hin und wieder nach mir rief. Manchmal kam sie auch rüber, allerdings war mir immer lieber, wenn sie rief. Als sie noch kleiner gewesen war, hatte sie die unbehagliche Angewohnheit gehabt, schweigend neben meinem Bett zu stehen, bis ich aufwachte. So wie das Kind in *Das Omen* oder irgendein anderes gruseliges Vorbild.

Eine heftige Windbö zerrte am Haus, dass die Dachziegeln zitterten – wehe, es fiele einer herunter. Es knackste in der Heizung. Die Heizkörper machten Überstunden; und sie konnten jederzeit den Geist aufgeben. Und dann die Fenster. Schon als ich das Haus gekauft hatte, waren sie nicht mehr im allerbesten Zustand gewesen, aber ich hatte die geplante Renovierung ein ums andere Mal verschoben. Dumm von mir. Ich, der ich immer nackt schlief (ich verstehe niemanden, der mit Kleidern am Leib ins Bett geht, das ist doch unnatürlich), würde erfrieren, wenn ich mir keine zusätzliche Decke holte.

Barfuß ging ich ins Gästezimmer und zog den Schrank auf. Der Holzfußboden war schweinekalt. Schweden ist ein gutes Land, aber die Kälte ist eine Belastung.

Die roten Leuchten der Alarmanlage blinkten diskret, als ich auf dem Rückweg daran vorbeikam. Wenn wir zu Hause waren und schliefen, war die Alarmanlage im Haus ausgeschaltet. Allerdings aktivierte ich dann immer die Außenanlage, damit uns unerwünschter Besuch von außen erspart blieb. Ich lief die Treppe runter ins Erdgeschoss und ging in die Küche. Lucy hatte die Kacheln und Fliesen ausgesucht, Belle die Farbe der Schränke. Grün mit Messinggriffen.

Ich schenkte mir ein Glas Wasser ein und leerte es mit großen Schlucken.

Fast automatisch wanderte mein Blick zu dem großen Fenster und der Terrassentür. Solche Türen sind nett, stellen aber einen Schwachpunkt im Sicherheitssystem dar. Ich spähte in den Garten hinaus. Es war schon bizarr: der Schnee in Kombination mit diesem Himmel, der schon jetzt abends und nachts nicht mehr vollends dunkel wurde. Licht machte ich nicht, weil ich da zu gut zu sehen gewesen wäre. Der Wind pfiff und scheuchte den Schnee vor sich her.

Dort draußen könnte jemand unterwegs sein. Und ich hätte keine Chance, ihn zu bemerken.

Widerwillig verließ ich die Küche. Als ich am Kontrollpanel der Alarmanlage vorbeikam, das an der Wand in der Diele hing, vergewisserte ich mich, dass alles in Ordnung war.

War es aber nicht. Einer der Sensoren auf der Treppe vor der Haustür war angegangen. Wahrscheinlich hatte der Wind am Sensor gerüttelt.

Oder es war jemand an der Tür gewesen.

Ich sah aufs Display und versuchte herauszufinden, wann der Sender meinen mutmaßlichen Besucher registriert hatte. Das Display blinkte: 22.17 Uhr.

Vor weniger als einer Stunde.

Mein Herz setzte für einen Schlag aus.

Wie viele Herzinfarkte überlebt ein Mann?

Ich aktivierte den kleinen Bildschirm unter dem Kontrollpanel. Der war mit einer Kamera in der Haustür verbunden, sodass ich von drinnen sehen konnte, wer draußen stand und klingelte. Oder wer auf der Treppe stand, *ohne* zu klingeln.

Aus demselben Grund war vor der Haustür auch immer eine Lampe eingeschaltet.

Das Erste, was ich feststellen musste, als ich auf den Bildschirm schaute, war, dass die Lampe nicht brannte. Das Zweite: dass das Bild vernebelt war – als hätte jemand auf die Kameralinse geatmet.

Ich wartete ab.

Mein Herz donnerte mittlerweile wie ein Güterzug. Zu schwer, zu langsam. Vielleicht dieser falsche Gärtnermeister, der zurückgekehrt war …

Der Nebel lichtete sich.

Auf der Treppe war niemand.

10

»Dem Thermometer geht's wieder gut.«

Belle kroch in mein Bett und wedelte mit dem Thermometer vor meinem verschlafenen Gesicht herum. Ich fühlte mich, als wäre ich gerade erst eingeschlafen.

»Gib mir einen Moment«, bat ich sie und rieb mir mit beiden Händen übers Gesicht.

Dann erinnerte ich mich wieder an den gestrigen Tag und die Nacht und setzte mich kerzengrade auf.

»Jetzt bist du aber superwach«, sagte Belle begeistert.

Sie zog die Augenbrauen hoch und bedrohte mich weiter mit diesem ekligen Ohrenthermometer. Manchmal, wenn sie die Augenbrauen so hochzieht, sieht sie ihrer Mutter, meiner Schwester, so ähnlich, dass ich heulen könnte.

»Ist Marcel nicht da?«, fragte ich.

»Er macht Pfannkuchen«, sagte Belle.

Mein Schwesterherz, ich gebe hier wirklich mein Bestes. Ich weiß, du hättest nie ein Au-pair ins Haus gelassen, aber es ist wirklich keine ganz schlechte Lösung.

Ich griff zu meiner Armbanduhr Uhr. Zwanzig nach sieben. Ich hatte keine vier Stunden geschlafen.

Seufzend rang ich Belle die Waffe ab. Ihr Blick war klar. Dass sie kein Fieber mehr hatte, konnte ich ihr ansehen.

»Fantastisch«, sagte ich mit einem Blick auf das Thermometer. »Ist genehmigt.«

»Yes!« Wie eine Siegerin riss sie die Arme hoch. »Dann kann ich heute in die Schule gehen!«

»Auf gar keinen Fall.«

Es tat mir leid, ihre Begeisterung dämpfen zu müssen. Bildung ist wichtig, sie entscheidet so viel.

»Aber wir machen heute einen Ausflug!«, jammerte Belle.

Schon wieder?, dachte ich.

Ich könnte niemals in einer Schule arbeiten. Meine Bewunderung für die Menschen, die das tun, ist grenzenlos.

Ich sah aus dem Fenster. Kein Wind, kein Schneesturm. Aber etwas, das wie Regen aussah. Vielleicht würde die Schneehölle trotz allem endlich verschwinden.

»Das glaub ich nicht«, bemerkte ich, »dazu ist es viel zu kalt. Du kannst mit Marcel Ausflug spielen.«

Ich duschte und zog mich an. Belle blieb schmollend auf meinem Bett sitzen. Als wir in die Küche runterliefen, war Marcel mit den Pfannkuchen fertig und hatte sogar Rühreier gemacht.

»Lecker!«

»Very«, maulte Belle.

Heute musste ich offenbar die richtig überzeugenden Bestechungsmethoden auspacken, um sie zufriedenzustellen.

»Ich fahre heute Vormittag zu Lucy«, erklärte ich, »um dein Kleid für die Hochzeit abzuholen.«

Es funktionierte.

»Whiiii!«, rief Belle. »Mein Brautkleid!«

Marcel lächelte.

Ich nicht.

»Belle, Lucy hat das Brautkleid an. Du bist Blumenmädchen.«

»Okay«, sagte Belle und fuhr dann mit der schonungslosen Ahnungslosigkeit, die nur Kinder besitzen, fort: »Warum willst du Lucy eigentlich nicht heiraten?«

Marcel sah interessiert aus.

»Darüber haben wir doch schon gesprochen«, sagte ich.

»Wann denn?«, wollte Belle wissen.

»Früher.«

»Als ich ein Baby war?«

»Vorige Woche.«

»Freust du dich für Lucy?«

Ich war völlig von der Rolle.

»O ja«, sagte ich, »natürlich.«

Belle legte den Kopf schief.

»Ich mag den neuen Mann von Lucy nicht.«

Ich auch nicht.

»Quatsch, er ist supernett.«

»Das hast du auch über unseren Nachbarn gesagt, und dann hast du gelacht, als er im Schnee ausgerutscht ist und …«

»Danke, das reicht!«

Marcel kicherte und entschuldigte sich sofort dafür. Belle nicht.

»Ist das dann für immer?«, erkundigte sie sich.

»Wie meinst du das?«

Ich lächelte Marcels Rücken hinterher, als er aus der Küche rauschte.

»Jetzt sind es nur noch du und ich«, stellte sie fest.

Es waren immer Belle und ich gewesen. Sogar als Lucy mit von der Partie gewesen war, waren es Belle und ich gewesen. Wir waren der Kern, die innerste Einheit. Und jetzt deutete sie an, dass sie es lieber anders hätte. Dass sie fand, wir zwei wären zu wenig. Das stresste mich, weil ich nicht wusste, wie ich unser Leben hätte verändern sollen. Wenn ich an die Zukunft dachte und all die Meilensteine, die sie mit sich bringen würde – Belles Abitur, ihren ersten Job, ihre Hochzeit, sofern sie sich nicht wie ich dagegen entscheiden würde –, sah ich mich selbst als alleinerziehenden Vater und Zuschauer. Es würde nie eine Frau an meiner Seite geben und auch keine anderen Kinder.

»Es sind immer nur wir zwei, du und ich«, sagte ich gedehnt. »Aber das heißt nicht, dass nicht noch andere dabei sein dürfen. Du und ich und Marcel. Du und ich und Lucy. Du und ich und Marianne. Das ist doch gut, oder?«

Sie stocherte mit der Gabel in ihrem Rührei.

»Ja, das ist gut.«

So schnell ich konnte, fuhr ich zu Lucy. Der Schnee war zu Matsch geworden, und überall fuhren diese wenig routinierten Autofahrer herum. Ich würde im Lauf des Tages eine Reihe von Dingen erledigen müssen. Priorität eins war, die Anzahl der Kameras im Garten zu erhöhen. Ich brauchte mehr davon, und ich brauchte sie jetzt. Ich hatte nicht vor, eine Genehmigung dafür einzuholen. Es hatte zu viele Hinweise in zu kurzer Zeit gegeben, dass jemand versucht hatte, sich meinem Haus zu nähern. Das war nicht gut, und darauf musste ich reagieren.

Doch erst würde ich Belles Kleid bei Lucy abholen. Es wäre nur gut, das sofort zu erledigen. Als ich dort ankam, war ich immer noch gestresst und sauer. Doch meine düsteren Gedanken verflogen im selben Moment, als Lucy die Tür aufmachte. Sie hatte wieder das Brautkleid angezogen (oder es gar nicht erst abgelegt, was aber weniger wahrscheinlich war) und außerdem die Haare kunstvoll hochgesteckt.

»Schick«, stellte ich fest.

»Martin, er ist immer noch verschwunden.«

Steve hatte sich also nicht gemeldet. Das war mehr als besorgniserregend.

»Die Schneiderin war eben hier«, erklärte Lucy, »deshalb hab ich das Kleid wieder an. Ich habe sie gebeten, es in der Taille ein Stück enger zu machen, aber jetzt fühlt es sich doch ein bisschen *zu* eng an.«

»Du bist sehr schön«, sagte ich.

»Danke, aber ich möchte ja auch etwas essen können«, entgegnete Lucy.

»Arbeitest du momentan gar nicht mehr?«

»Ich hab die zwei Wochen vor der Trauung freigenommen. Das hab ich dir aber schon ungefähr zehnmal erzählt.«

»Ich erinnere mich nur an wesentliche Dinge und nicht daran, wann du Urlaub hast.«

Lucy streckte mir die Zunge heraus und kreiselte einmal mit dem Kleid herum. Dann fiel ihr wieder ein, warum ich hier war.

»Warte, ich hole Belles Kleid.«

Ich weiß wirklich nicht, woher die Eingebung kam. Sobald sie mir den Rücken zudrehte, war es, als würde in meinem Hirn eine Sicherung durchbrennen.

»Kannst du wirklich heiraten, ohne ein letztes Mal mit mir zu schlafen?«

Lucy blieb wie angewurzelt stehen. Ich hätte ihre Wohnung augenblicklich verlassen müssen. Und ich hätte die Klappe halten sollen. Aber Fragen sind wie Gedanken – sie sind frei. Und das gilt auch für den Fall, dass sie wenig durchdacht und spontan sind.

»Du spinnst doch«, sagte Lucy, ohne mich anzusehen. »Wer schläft denn mit seinem Best Man?«

»Ist das ein Nein?«

»Ja. Voriges Mal war nämlich schon das letzte Mal.«

Voriges Mal.

Das war Jahre her. Und trotzdem hätte es sich nicht im Geringsten seltsam angefühlt, wieder mit ihr zu schlafen.

Das hier war etwas, was ich, wenn ich meine Kanzlei mal leid war, bei einem möglichen zukünftigen Bewerbungsgespräch einbringen könnte.

»Irgendwelche besonderen Interessen?«

»Nein, aber es fällt mir verdammt schwer aufzuhören, mit meiner Ex zu schlafen.«

Im selben Moment klingelte es an der Tür.

Wir zuckten beide zusammen.

Ich trat beiseite, damit Lucy zur Tür kam. Sie machte einen Schritt in die Richtung, doch dann fiel ihr auf, was sie anhatte.

»Shit«, flüsterte sie und kicherte nervös.

»Soll ich?«, fragte ich und zeigte zur Tür.

»Ja, bitte!«

Unterdessen versteckte sie sich.

Die Person, die vor der Tür wartete, war anscheinend ungeduldig und drückte bereits zum zweiten Mal auf die Klingel.

Ich drehte den Schlüssel herum und zog die Tür auf.

»Lucia Miller?«, fragte der Mann.

War der blind, oder was?

»Sie ist nicht zu Hause«, gab ich kurz angebunden zurück. »Was kann ich ausrichten?«

Der Mann blinzelte mehrmals. Entweder litt er unter Tics, oder er versuchte, mit den Augen zu morsen.

»Paket«, stieß er hervor.

Erst da entdeckte ich den Karton, der auf dem Fußboden stand.

»Zur Hochzeit?«, fragte ich, und der Mann grinste.

»Ja.«

Mich beschlichen Zweifel.

»Sind Sie sich sicher, dass das für Lucy … ich meine … Lucia ist?«

Der Mann nickte.

»Lucia Miller«, sagte er.

Hinter mir tauchte Lucy auf. Sie hatte in Rekordzeit das Kleid abgelegt und sich eine Jeans und ein Hemd angezogen.

Mein Hemd.

Hektisch sah ich mich um. Was hatte ich im Lauf der Jahre noch alles in dieser Wohnung liegen lassen?

Lucy verschränkte die Arme vor der Brust. Das tat sie immer, wenn sie keinen BH anhatte. Sie hielt ihr Handy in der Hand.

»Was gibt's denn?«, fragte sie leicht verärgert.

»Ich muss nur ein Paket abgeben«, sagte der Mann und hob den Karton hoch.

»Danke«, erwiderte ich. »Das haben Sie jetzt getan. Sonst noch was?«

»Sie müssen unterschreiben«, sagte er.

Der Mann stellte den Karton in die Diele, und Lucy schrieb ihren Namen auf das Formular, das er ihr hinhielt.

»Einen schönen Tag noch«, sagte er dann.

Lucy zog eine Grimasse, der nicht zu entnehmen war, ob sie Dankbarkeit empfand oder ihn einfach zur Hölle wünschte.

Sowie er weg war, warf Lucy die Tür zu.

Dann hielt sie ihr Handy hoch.

»Drei verpasste Anrufe von Michael«, sagte sie. »Er muss mich angerufen haben, während ich das Kleid anprobiert hab. Also sollte ich wohl …«

Sie sprach Michael englisch aus – *Majkel* –, und wie immer musste ich grinsen.

»Jetzt hör schon auf«, fauchte Lucy, konnte sich aber selbst kaum beherrschen. »Immerhin werde ich jemanden heiraten, der so heißt.«

»Ich weiß«, gab ich zurück, »und gerade deshalb ist es höchste Zeit, dass dein künftiger Gatte sich eine schwedische Aussprache für seinen Namen zulegt. Hab ich übrigens schon erwähnt, wie seltsam die Leute es finden, dass ausgerechnet ich dein Best Man sein soll?«

»Die Leute?« Lucy zog eine Augenbraue hoch.

Ich senkte die Stimme: »Am größten ist der Aufruhr natürlich in China, aber selbst die Araber sind auf dem besten Wege …«

Sie verdrehte die Augen.

»Eine Hochzeit ohne Brautjungfern«, sagte ich, »das hätte wohl auch niemand gedacht.«

Es wurde still in der Diele. Da war so viel, was keiner von uns je gedacht hätte, dass es gar keinen Sinn hatte, alles aufzuzählen.

Ich zeigte auf den Karton.

»Du solltest mal dein Paket aufmachen.«

Lucy ging neben dem Karton in die Hocke und kauerte sich auf die Zehenspitzen, während sie das Klebeband abzog. Als sie erkannte, was in dem Karton lag, machte sich ein Lächeln auf ihrem Gesicht breit. Vorsichtig hob sie das hübsch verpackte Geschenk heraus. Es hatte ein seltsames Format. Viereckig, aber viel größer als zum Beispiel eine Pralinenschachtel. Und es sah prächtig aus: königsblaues Geschenkpapier, goldene Schleife. Und ein kleines weißes Kuvert.

Lucy zupfte das Kuvert herunter und las laut vor, was darauf stand: »*For Lucy.*«

»Von wem ist es?«, wollte ich wissen.

»Das steht da nicht.«

Dann drückte sie mir das Geschenk in die Hand.

»Nimm es mit nach Hause«, sagte sie, »sonst mache ich es heute Abend noch auf, und dann ist Michael total enttäuscht.«

Zögerlich nahm ich das Präsent entgegen. Es war überraschend schwer.

»Woher willst du denn wissen, dass es von Michael ist?«

»Von wem sollte es sonst sein?«

Der Punkt ging an sie.

»Ich werde es mit meinem Leben beschützen«, verkündete ich feierlich.

Im selben Augenblick entdeckte Lucy die Quittung, die im Karton liegen geblieben war. Sie faltete sie auf.

»Gib es zu«, neckte ich sie, »das Geschenk kommt überhaupt nicht von deinem Zukünftigen, sondern von deinem geheimen Liebhaber.«

Mit einem Mal war Lucy weiß wie eine Wand. Also, Lucy ist tendenziell immer blass – so sieht sie einfach aus. Aber jetzt war sie auf eine Weise weiß im Gesicht, wie es nur Menschen waren, die eine Krankheit ... oder Angst hatten.

»Steve«, flüsterte sie und starrte auf die Quittung hinab. »Er hat das Paket geschickt.«

Für einen Moment stand die Zeit still.

»Er hat wohl das Kuvert an das Geschenk gesteckt, damit ich es aufmache und niemand sonst. Das muss das Schachspiel sein.«

»Wann hat er es abgeschickt?«, wollte ich wissen.

»Vorgestern. Per Kurier von Arlanda.«

11

Am besten sage ich es gleich: Ich bin kein guter Schachspieler. Ich habe eine vage Vorstellung von den Regeln, aber auch gute Gründe anzunehmen, dass die meisten davon nicht mit den offiziellen Turnierregeln übereinstimmen. Marianne hat mir und meiner Schwester das Schachspielen beispielsweise auf einem Brett beigebracht, auf dem zwei Springer fehlten und durch Fingerhüte ersetzt worden waren. Die Regeln selbst nannte meine Mutter »unsere Hausregeln«, und irgendwann – als Erwachsener – dämmerte mir, dass diese Hausregeln ziemlich einzigartig waren.

Das Schachspiel, das Lucy für ihren zukünftigen Gatten Michael gekauft hatte, sah vollendet aus. So bezeichnete sie es selbst: als *vollendet.* Es mangelte ihm weder an Springern noch an Stil, wie ich erfuhr; der Verlobte war offenbar passionierter Schachspieler, hatte sich aber entschieden, statt auf eine Profikarriere auf die Laufbahn als Mediziner zu setzen. Als Lucy Letzteres sagte, sah sie so ernst aus, dass ich in Gelächter ausbrach.

»Was hast du dir nur für einen verdammten Helden angelacht«, sagte ich. »Und was für ein Glück, dass er sich für etwas entschieden hat, womit er seinen Lebensunterhalt bestreiten kann, und nicht auf irgend so ein aristokratisches Hobby.«

Dann wurde ich wieder ernst.

Wie hatte Steve das Schachspiel direkt an Lucy schicken und gleichzeitig verschwinden können?

»Ich verstehe nicht, was da passiert sein könnte«, sagte Lucy noch, ehe ich ging.

Ich verstand es auch nicht, wollte aber in ihrer Gegenwart nicht weiter über die Sache nachdenken. Also nahm ich das Schachspiel und Belles Kleid mit und fuhr weiter in die Kanzlei. Lucy wollte, dass ich das Schachspiel bis zum Hochzeitstag für sie verwahrte – auch um das schicke Geschenkpapier nicht zu ruinieren –, und ich hatte nichts dagegen einzuwenden. Sie nahm an, dass man in New York als Entschädigung dafür, dass der Auktionator ihr erst die falsche Abholadresse gegeben hatte, das Geschenk so schön eingepackt hatte.

Ich dachte da anders. Meine erste Unternehmung, sowie ich in die Kanzlei kam, war, das Geschenk auszupacken. Sollte Lucy doch sagen, was sie wollte: Irgendwas ging hier nicht mit rechten Dingen zu.

Helmer steckte den Kopf durch die Tür.

»Alles in Ordnung?«, fragte er.

Ich war mir nicht sicher, was ich darauf erwidern sollte. Grundsätzlich hab ich mich dafür entschieden, Helmer das meiste zu erzählen (denn es ist denkbar unpraktisch, einen Assistenten zu haben, der zu wenig weiß), aber irgendwas sagte mir, dass das hier ein anderes Kaliber wäre.

»Geht so«, antwortete ich aufrichtig.

Ich erzählte ihm von dem Vorfall mit der Alarmanlage und erwähnte auch Marcels Begegnung mit dem falschen Gärtner. Steves Verschwinden indes erwähnte ich nicht – und auch nicht, wie seltsam es war, dass Lucy ein Päckchen von ihm erhalten hatte.

»Haben Sie die Wachfirma schon gebeten, in den kommenden Nächten ein paar zusätzliche Runden um Ihr Haus zu drehen?«

Ich verzog das Gesicht.

»Belle und ich – und Marcel natürlich – schlafen heute Nacht in unserer Stadtwohnung«, beschloss ich. »Ich will, dass die Sicherheitsfirma mein Haus diese Nacht gründlicher bewacht, und da möchte ich selbst nicht dabei sein.«

Die drei Blocks vom Stureplan entfernte Stadtwohnung war mein höchst kläglicher Versuch, so zu tun, als wäre ich immer noch Citybewohner. Doch so was war Helmer egal. Er sagte nur: »Gut. Ich finde, das klingt vernünftig.«

Das hätte er wahrscheinlich nicht gesagt, wenn er den wahren Grund gekannt hätte, weshalb ich nicht im Haus bleiben wollte. Wie gesagt, hatte ich beschlossen, dass ich zusätzliche Unterstützung in Form von mehr Kameras und mehr Überwachung benötigte. Schnell und effektiv, lieber zu früh als zu spät. Und diesbezüglich gab es nur eine Person, der ich vertraute, nämlich jemandem, der mir mal den größtmöglichen Gefallen überhaupt schuldig gewesen war und dann meinetwegen aus dem Land hatte fliehen müssen. Jemand, der nicht bei einem gewöhnlichen Sicherheitsunternehmen arbeitete, sondern sich auf der anderen Seite des Gesetzes bewegte.

Boris.

Mann, Mythos, Mafiaboss. Immer auf der Jagd, immer auf der Flucht.

Es war an der Zeit herauszufinden, wo er sich derzeit aufhielt. Ich hatte ihm schon eine SMS geschickt und wartete auf eine Antwort. Gern postwendend. Ich brauchte Kameras, die den ganzen Garten abdeckten.

Das Geschenkpapier fiel auseinander, und darunter kam eine Schachtel zum Vorschein. In der Schachtel lag das Schachspiel. Ich stieß einen Pfiff aus, als ich es hervorholte. Es sah wirklich großartig aus. Das Schachfeld selbst bestand aus einer großen Holzplatte, die Spielfiguren lagen separat in einer hübsch verzierten Holzschatulle.

»Schick!«, sagte Helmer, der immer noch in der Tür stand. »Das einzige Schachspiel, das wir zu Hause haben, ist so eins, das man in der Mitte aufklappt, und dann liegen die Figuren drin.«

So eins hatte ich auch.

»Gold«, sagte ich und fuhr mit dem Finger über die goldene Linie, die das schwarz-weiße Schachfeld umrahmte.

Helmer machte große Augen, als ich die Holzschachtel öffnete.

»Was für schöne Spielfiguren …«

»Und das ist noch untertrieben«, murmelte ich.

Das Paket wog mehr, als ich erwartet hätte, und jetzt war auch klar, warum: Die Figuren waren aus Stein geschnitten und garantiert ein Vermögen wert. Und eben schwer.

Was hatte Lucy eigentlich dafür bezahlt?

Unter jeder Figur saß ein rundes Stück aus grünem Filz. Ich schob einen Turm über dem Schachfeld hin und her.

»Vorsicht!«, ermahnte mich Helmer.

»Was?«

Ich ließ den Turm los.

Helmer lachte.

»Entschuldigen Sie«, sagte er. »Ich dachte kurz, eins der Vierecke auf dem Feld würde sich ablösen, als Sie mit dem Turm darübergefahren sind.«

Ich blickte auf das Schachbrett hinab. Die Vierecke sahen aus wie schwarze und weiße Marmorstücke, waren aber natürlich angeklebt. Ich befühlte sie vorsichtig. Das war definitiv echter Stein, allerdings keinen Millimeter dick. Als hätte jemand mit einem Käsehobel perfekte Marmorquadrate zurechtgehobelt.

»Die scheinen festzusitzen«, sagte ich.

Dann klingelte mein Handy.

Es war Jennifer Dahlén, die Polizistin, der ich zwei Drinks im Gondolen schuldete. Helmer zog sich diskret zurück und machte die Tür hinter sich zu.

»Störe ich?«, fragte Jennifer.

»Nein, ganz und gar nicht«, antwortete ich. »Ich wollte mich sowieso schon bei dir melden …«

Es rauschte laut im Telefon.

»Tut mir leid, dass es hier so laut ist«, sagte Jennifer. »Ich wollte nicht aus dem Haus anrufen, also bin ich kurz raus – und hier weht so ein verdammter Wind …«

»Kein Problem.«

Meine Neugier war geweckt. Warum hatte sie für einen Anruf bei mir das Haus (wie sie und alle anderen Polizisten das Polizeihauptquartier auf Kungsholmen in Stockholm nannten) verlassen müssen? Hoffentlich keine neuen schlechten Nachrichten – darauf war ich gerade nicht scharf.

»Du weißt doch – dieser Typ, den ich für dich checken sollte? Alejandro Ortega? Ich hatte ja zunächst nichts zu ihm gefunden – aber dann, nachdem wir zuletzt miteinander gesprochen hatten, hab ich, weil ich ja schon mal dabei war, auch Henry Schiller gecheckt.«

Ich setzte mich. Dieses Gespräch steuerte in eine Richtung, die mir nicht behagte. Es war gar nichts dabei, dass Jennifer auch Henry kontrolliert hatte, das hätte eine ausgezeichnete Methode sein können, Alejandro Ortega zu finden. Aber jetzt klang es eher, als hätte sie etwas über Henry herausgefunden.

»Erst ergab die Suche nichts«, berichtete Jennifer, »also, was Schiller anging. Nicht weiter erstaunlich, damit hatte ich ja auch nicht gerechnet. Trotzdem hatte ich das Gefühl, dass ich an der falschen Stelle gesucht hatte. Dass ich den falschen Henry Schiller aufgerufen hatte. Denn dein Freund, der gestorben ist, der war doch schwedischer Staatsbürger, oder?«

»Richtig«, sagte ich.

Ich klang zwar sicher, aber insgeheim war ich leicht verunsichert. Wenn man bedachte, dass Henry in Frankreich aufgewachsen war, wäre es doch logischer gewesen, wenn er französischer Staatsbürger gewesen wäre? Darüber hatte ich nie nachgedacht.

»Und genau das ist die Krux«, sagte Jennifer. »Weder gibt noch gab es einen Henry Schiller – also, mit seinem Jahrgang –, der schwedischer Staatsbürger gewesen wäre.«

»Wann hab ich dir denn gesagt, welcher Jahrgang er war?«, fragte ich.

»Du hast erzählt, dass er gerade siebzig geworden war – du weißt schon, im Winter, kurz bevor er starb.«

Der Winter schien mittlerweile seltsam weit entfernt, obwohl er die Stadt gerade noch in seinem Griff gehabt hatte. Doch jetzt, da sie es erwähnte, fiel mir auch wieder ein, dass ich sie kurz bevor ich zu Henrys Geburtstagsfeier nach New York gereist war, zum Abendessen eingeladen hatte.

Ich war sprachlos.

»Wie lange kennst du diese Leute schon, Martin?«, erkundigte sich Jennifer.

»Zwei Jahre.«

»Und was haben sie dir über ihre Vergangenheit erzählt?«

»Henry war achtundsechzig und Magda sechzig, als wir uns kennenlernten. Da waren sie bereits eine halbe Ewigkeit verheiratet. Sie haben nie Kinder bekommen und auch nie über irgendwelche Ex-Partner gesprochen.«

Es wurde still am Telefon. Mein Gehirn arbeitete auf Hochtouren. Konnte das mit Henrys Staatsbürgerschaft einfach eine falsche Schlussfolgerung gewesen sein?

»Er ist in Linköping zur Welt gekommen. Sein Vater war Schwede und seine Mutter Französin«, fügte ich hinzu. »Allerdings starb sein Vater, als Henry noch ein Kind war, woraufhin seine Mutter mit ihm zurück nach Frankreich ging und noch mal heiratete.«

Die Vorstellung, dass diese Geschichte unwahr sein könnte, tat weh. Hauptsächlich weil sie meiner eigenen Geschichte zum Verwechseln ähnlich war. Ich hatte dieses Gefühl gemocht, dass Henry und ich etwas gemeinsam hatten. Ich war in den USA zur Welt gekommen, hatte einen US-amerikanischen Vater und eine schwedische Mutter, allerdings hatte sich meine komplette Kindheit und Jugend hier in Schweden abgespielt – und zwar ohne den Vater.

Ich hörte Jennifer im Telefon atmen.

»Hast du je seinen schwedischen Pass gesehen?«, erkundigte sie sich.

»Nein, warum sollte ich?«

Wie oft sehen wir, bitte schön, die Pässe unserer Freunde?

»Und wie wurde er amerikanischer Staatsbürger?«

»Er hat eine Greencard bekommen, nachdem er mehr als zwanzig Jahre lang dort gelebt hatte, also sozusagen der lange Marsch durch die Instanzen – vom Antrag auf Arbeitserlaubnis bis zur dauerhaften Aufenthaltsgenehmigung und Staatsbürgerschaft. Magda hat es genauso gemacht.«

Was ihren Part anging, war ich mir sicherer. Ich fingerte an einer der Schachfiguren herum und musste an das hitzige Gespräch zurückdenken, das Patrick und Magda im Keller des Antiquitätengeschäfts geführt hatten. Sollte Patricks Sorge damit zu tun gehabt haben, dass er Henry durchschaut hatte, dass er glaubte, ich wäre der Nächste, der Magdas Leben auf den Kopf stellen würde?

»Ich weiß nicht, was ich sagen soll«, meinte ich zu Jennifer. »Ich würde gern glauben, dass es sich bei alledem um ein Missverständnis handelt, aber …«

»Es ist kein Missverständnis, Martin.«

»Verdammt, ich muss Magda anrufen. Sie muss doch wissen, mit wem sie verheiratet war.«

Dann fiel mir etwas ein.

»Wir hatten diese Trauerfeier für Henry, hier in Stockholm, in Schweden. Das geht doch nicht, wenn man nicht …«

Ich unterbrach mich selbst.

»Das war keine kirchliche Trauerfeier«, gab Jennifer zu bedenken.

Das war doch egal, oder nicht? Seine Leiche war in jedem Fall dabei gewesen. Andererseits hatte ich mich nicht selbst um die Trauerfeier gekümmert. Das meiste hatte Magda persönlich regeln wollen.

»Es muss ja nichts komisch daran sein«, bemerkte Jennifer, »aber ich finde schon, dass mit Leuten, die behaupten, Staatsbürger eines bestimmten Landes zu sein, in dem sie es erwiesenermaßen nicht sind, irgendwas nicht stimmt.«

Ich musste an den Lagerraum denken, den Henry gemietet hatte und den ich auf Magdas Bitte hin leer räumen sollte – »irgendwann nach der Hochzeit«. Möglicherweise war es doch dringender.

»Du hast erwähnt, dass du dich bei mir melden wolltest«, sagte Jennifer. »Wolltest du mich nicht zu einem Drink im Gondolen einladen?«

Das hätte ich natürlich wollen sollen, aber noch war ich mit Steve und dem Schachspiel beschäftigt. Ich wollte wissen, was die Polizei tat, ob sie Steves Verschwinden hinreichend ernst nahm.

»Das Gondolen klingt nach einer großartigen Idee«, sagte ich. »Aber im Moment ist es im Kalender ein bisschen eng.«

Jennifer ließ mit einer Reaktion auf sich warten.

»Verstehe. Aber du fehlst mir, und ich bin ziemlich gelangweilt. Richard ist noch eine knappe Woche verreist. Du hast nicht zufällig heute Abend Zeit?«

»Auf einen Drink?«

»Nein.«

Ich grinste.

Ein Date.

Ein bisschen Ablenkung.

Aber nicht heute Abend. Heute Abend wollte ich für Boris erreichbar sein.

»Sehr gern«, sagte ich. »Aber lieber am Nachmittag, wenn das ginge.«

Mehr Rauschen im Telefon.

»Nachmittag ist perfekt. Sollen wir sagen, so gegen vier?«

12

Die Neuigkeit zu Henry Schillers Staatsbürgerschaft frustrierte mich. Es war zwar erwiesen, dass er Schwedisch gesprochen hatte (auch wenn er und ich immer Englisch gesprochen hatten), aber das hatte natürlich nicht viel zu bedeuten.

Ich zog die oberste Schreibtischschublade auf. Dort lag die Visitenkarte, die Alejandro Ortega mir gegeben hatte. Es fiel mir nicht schwer, mich zu erinnern, was er bei unserer Begegnung gesagt hatte.

Wer arrangiert bitte für einen Mann der Kirche eine weltliche Trauerfeier?

In einem Land, das niemals seins war?

Zumindest die zweite Behauptung war richtig, das wusste ich jetzt. Aber hieß das auch, dass die erste stimmte? War Henry – der am wenigsten religiöse Mensch, dem ich je begegnet war – in Wahrheit ein »Mann der Kirche« gewesen? Und noch wichtiger: Würde ich mich ernsthaft mit der Frage befassen müssen, dass Henry möglicherweise ermordet worden war?

Diesen Gedanken schob ich entschieden von mir. Er war ebenso unpassend wie absurd. Henry war an seiner Krankheit gestorben und an nichts anderem.

Trotzdem blubberte noch eine andere Sache in meinem Erinnerungsglas.

Alejandro hatte behauptet, dass Henry gezwungen worden sei, vor irgendwelchen Anschuldigungen zu fliehen. Dass er aber unschuldig gewesen sei.

Zu behaupten, dass jemand in die Flucht getrieben worden war, waren harte Worte: Da dachte man doch gleich an Krieg und Verfolgung. Aber soweit ich wusste, war Henry kein Flüchtling gewesen.

Ich hielt Alejandros Karte noch eine Weile in der Hand. Es war zu früh, um zu ihm Kontakt aufzunehmen, ich brauchte erst mehr Informationen. Und ich musste in Erfahrung bringen, wer Alejandro war. So weit war ich noch nicht.

Ich fuhr den Rechner hoch und las die beiden E-Mails, die Lucy mir am Vortag geschickt hatte. In der einen stand die Adresse, an der sie das Schachspiel hätte abholen sollen. Im Waldorf Astoria. Das Ganze klang auch nicht nach einer professionellen Bestätigung: »Bezahlung registriert. Holen Sie Ihr Paket innerhalb von drei Stunden an der 301 Park Ave., New York, ab.«

Drei Stunden? Was war das denn für eine idiotische Zeitangabe?

Ich klickte die zweite Mail an. In dieser bat jemand förmlich um Entschuldigung für den Fehler und gab an, wie und wann das Schachspiel stattdessen abgeholt werden möge. Diese Informationen waren zudem in einem angehängten Dokument zusammengefasst, das eindeutig wie eine professionelle Liefer- und Rechnungsunterlage aussah. Außerdem war es vom Geschäftsführer unterzeichnet.

Mich irritierte, dass ich den Namen der Auktionsfirma nicht kannte. *Norton & Son*. Als ich die Webseite aufrief, dämmerte mir auch, dass es sich im Grunde um ein Antiquariat handelte, das hier und da einzelne Objekte bei Online-Auktionen versteigerte. Nach der Homepage zu urteilen konnte man dort von antikem Porzellan über ausgestopfte Tiere bis hin zu uralten Globen alles kaufen – und allem Anschein nach lag der Laden an der 81st Street.

Ich beschloss, später, sobald New York die Chance gehabt hätte aufzuwachen, dort anzurufen. Vorab schickte ich eine

E-Mail an Magda, die Frühaufsteherin war und sicher schnell antworten würde. Ich fragte sie, ob sie von Norton & Son schon mal gehört habe und etwas über die Besitzer wisse. Dann hielten meine Finger unwillkürlich über der Tastatur inne. Ich hatte noch mehr Fragen.

Ja, da wäre noch was … Henry … Warum habt ihr mich eigentlich in Sachen Staatsbürgerschaft angelogen? Und aus welchem Land musste er fliehen?

Aber das würde ich sie so nicht fragen können.

Ich wandte mich wieder Lucys E-Mails zu. Sie waren mit knapp sechzig Minuten Abstand verschickt worden. Lucy hatte mir selbst erzählt, dass sie die zweite E-Mail erst zwei Stunden nach der ersten gesehen hatte. In der Zwischenzeit hatte sie nicht weniger als zwei Personen ins Waldorf Astoria geschickt, die dort den Fortgang der Renovierungsarbeiten hatten bestaunen dürfen. Einer davon behauptete, das Schachspiel von dort mitgenommen zu haben, obwohl der Verkäufer Lucy in der Zwischenzeit mitgeteilt hatte, das Paket sei gar nicht dort. Das passte doch nicht zusammen.

Irgendwas war in Bewegung geraten, und mein Unvermögen, dies alles zu durchdringen, setzte mir bis in den Nachmittag hinein zu. Nach dem Mittagessen versuchte ich erneut, Boris zu erreichen – wie immer nicht von meinem normalen Handy aus, sondern von meinem speziellen Boris-Handy. Das sich von dem anderen einzig und allein dadurch unterschied, dass es nicht zu mir zurückverfolgt werden konnte. Wenn Boris die Polizei auf den Fersen hätte, wäre es womöglich unglücklich, wenn ich in seinen Mist mit hineingezogen würde.

Doch Boris ging nicht ran. Ich versuchte es stattdessen bei Lucy. Auch die ging nicht ran. Bei derlei Gelegenheiten kann man sich leicht einbilden, dass in der Welt etwas Großes vonstattengeht, was alle bemerkt hatten außer einem selbst, aber so war es natürlich nicht. Lucy rief bereits Minuten später zurück. Ich hörte sofort, dass sie aufgewühlt war.

»Michael ist sich nicht sicher, ob die Hochzeit stattfinden kann. Er will sie auf Eis legen, bis Steve wiederaufgetaucht ist.«

Es widerstrebte mir, es einzugestehen, aber mir wurde schlagartig warm ums Herz. Vielleicht würde es keine Hochzeit geben. Überhaupt keine.

Als hätte das für Lucy und mich einen Unterschied ausgemacht.

»Das ist doch nicht verwunderlich«, sagte ich. »Immerhin ist dieser Steve sein bester Freund.«

»In zwei Tagen fliegen aus unterschiedlichen Teilen der USA sechsunddreißig Gäste hierher«, gab Lucy zurück. »Was sollen wir diesen Leuten denn sagen? ›Tut uns leid, aber ihr habt Flug und Hotel umsonst gebucht?‹ Das geht doch nicht!«

Sie klang leicht flehentlich, griff nach jedem Strohhalm, wollte nicht um ihren großen Tag gebracht werden.

»Baby – was, wenn diesem Steve etwas zugestoßen ist?«

Lucy antwortete nicht.

»Es ist ja nicht so, als hätte er angerufen und gesagt, er wäre plötzlich und unerwartet krank geworden, im Gegenteil, die Einzigen, bei denen er sich gemeldet hat, waren diese Geschäftskontakte, die er treffen sollte. Ich muss sagen, das klingt verdammt seltsam.«

»Das finde ich natürlich auch«, gab sie zu. »Aber ich kann mir nicht vorstellen, was da passiert sein könnte. Er hat bewiesenermaßen den ganzen Weg nach Stockholm zurückgelegt. Aber wo steckt er jetzt?«

Ich sah zum Tresor in meinem Zimmer. Dort drin lag das Schachspiel. Ich holte es heraus.

»Was sagt denn die Polizei?«

»Nicht viel. Sie arbeiten sich aber ganz sicher nicht tot.«

Ich lachte trocken.

»Baby, Polizisten arbeiten, wenn ihnen danach ist. So ist es einfach.«

Ich hörte sie seufzen und wurde wieder ernst.

»Wie sicher bist du dir, dass er wirklich in Stockholm gelandet ist?«

»Ziemlich sicher«, erwiderte Lucy. »Oder was meinst du? Das Schachspiel kann sich doch nicht selbst beim Kurier aufgegeben haben.«

»Nein, kann es nicht. Aber ich frage mich Folgendes: Hast du oder hat Michael mit Steve gesprochen, nachdem er in Arlanda gelandet war?«

»Nein«, sagte Lucy, »aber sowohl Michael als auch Steves Bruder haben eine SMS bekommen, in der stand, dass er angekommen sei.«

»Und diese SMS sind von Steves Telefon abgeschickt worden?«

»Ja, das hat Michael ungefähr hundertmal gecheckt. Und er hat sogar noch mal mit Steves Arbeitgeber gesprochen.«

Was nicht ausschloss, dass jemand Steves Handy geklaut oder dass Steve nur behauptet hatte, in Stockholm zu sein, obwohl das nicht der Wahrheit entsprach. Aber das konnten wir nicht auf eigene Faust überprüfen.

Allerdings gab es eine andere Sache, die ich gern überprüfen wollte. Etwas, was mich schon beim ersten Mal, als ich auf die Webseite des Antikhandels gegangen war, gestört hatte.

»Was machst du denn da?«, fragte Lucy.

»Warte kurz«, murmelte ich.

Ich ging auf die Webseite und klickte auf die Rubrik »Latest Sales«, wo sie ihre jüngsten Verkäufe auflisteten. Lucys Schachspiel war auf keinem der Bilder zu sehen. Stattdessen war da das Bild eines ganz anderen Schachspiels. Angeblich war der Käufer wohnhaft in Stockholm. Jeder Idiot konnte sehen, dass es sich nicht um dasselbe Schachspiel handelte, das Lucy geliefert bekommen hatte. Das auf dem Bild war nett, aber viel weniger exklusiv. Entweder hatten sie Lucys Kauf noch nicht online gestellt, oder aber das Bild war vertauscht worden. Und es gab noch eine dritte Möglichkeit.

Ich machte einen Screenshot und schickte ihn Lucy.

»Klick mal das Bild an, das du gerade von mir bekommen hast«, sagte ich.

Nun war sie an der Reihe zu schweigen.

»Martin, was soll das?«

»Ich dachte, das könntest du mir sagen. Erkennst du es wieder?«

»Ja, natürlich. Das ist das Schachspiel, das ich für Michael gekauft habe. Was soll das bitte?«

»Ich weiß es nicht«, erwiderte ich ehrlich, »aber das Schachspiel auf dem Bild ist nicht dasjenige, das ich hier in der Kanzlei aufbewahre. Sorry, ich hab das Paket aufgemacht.«

»Jetzt kapier ich gar nichts mehr«, sagte Lucy. »Hab ich das *falsche* Schachspiel bekommen?«

Eher das falsche Schachspiel von der falschen Adresse. Ich wusste auch nicht, was da passiert war.

»Hast du denn, seit du das Schachspiel gekauft hast, noch mal Kontakt mit dem Händler gehabt?«, fragte ich.

»Nein«, antwortete Lucy. »Ich dachte ja, es wäre alles in Ordnung.«

Jetzt klang sie wirklich beunruhigt.

»Schick mir, was du über diesen Schachspielkauf hast«, bat ich sie, »und zwar alles – dein Gebot, die Quittung, die SMS, die du mir und Steve geschickt hast. Den kompletten Kram.«

»Okay«, sagte Lucy. »Soll ich vielleicht noch mal bei dem Händler anrufen?«

»Warte noch ein bisschen damit.«

Wir legten auf. Ich ging wieder auf die Webseite des Händlers und sah mir Lucys Schachspiel an. Dort stand eine kurze Zusammenfassung dessen, was man über das Spiel wusste. Es stammte aus einem Nachlass und war ursprünglich in Russland hergestellt worden, wahrscheinlich irgendwann um die vorige Jahrhundertwende.

Anschließend klickte ich die E-Mails an, die ich in der Zwischenzeit von Lucy bekommen hatte. Erst die, mittels derer sie sich als Bietende verifizierte, dann die Mail, in der ihre diversen Gebote bestätigt wurden. Sie hatte knapp tausend Dollar geboten – zuzüglich Provision und Steuer. Ein teures Schachspiel … Allerdings war jenes, das Steve abgeholt hatte, zumindest dem Anschein nach noch viel teurer.

Ich saß lange am Schreibtisch und dachte nach. Unbegreiflich, wie diese Situation entstanden war. Was für eine Loserfirma war das denn bitte, mit der Lucy da Kontakt gehabt hatte? Und wie in aller Welt passte ausgerechnet das Waldorf Astoria in dieses Durcheinander?

Mir fiel der Mann wieder ein, den ich in der Gasse hinter dem Hotel getroffen hatte. Es war alles so schnell gegangen – aber an unseren Wortwechsel konnte ich mich noch gut erinnern. Ich hatte zu ihm gesagt, ich sei da, um ein Paket abzuholen, das nach Schweden gehen solle, und er hatte geantwortet: »Nach Schweden? Zum Royal?«

Nach Schweden? Zum Royal?

Langsam nahm ein Gedanke Gestalt an.

Das klang doch, als hätte er fragen wollen, ob ich von einem gewissen Etablissement – möglicherweise einem Restaurant – namens »Royal« geschickt worden war. Das sich in Schweden befand.

Ich probierte es mit Google.

Royal + Stockholm

Wenig verwunderlich ging es bei der Mehrheit der Treffer

um *»the royal palace«*, sprich: das Stockholmer Schloss. Nicht allzu weit unten auf der Trefferliste tauchte das Radisson Blue Royal Viking Hotel auf. Zögerlich klickte ich auf den Link. Bevor das Hotel von Radisson aufgekauft worden war, hatte es lediglich »Royal Viking« geheißen. Zur selben Gruppe wie das Waldorf Astoria hatte es nie gehört. Warum sollte ein Typ in der Garage eines New Yorker Hotels davon ausgehen, dass ich ausgerechnet dort arbeitete?

Ich kehrte zur Trefferliste zurück, die meine Suche ergeben hatte. Noch mehr Links zum Königlichen Schloss. Oder besser – zu den *Schlössern*. Auch Schloss Drottningholm tauchte in der Liste auf. Und ganz weit unten ein weiterer Hotel-Link – diesmal zu einem Hotel, von dem ich noch nie gehört hatte. Laut Webseite war es geschlossen – womöglich wurde es ja ebenfalls renoviert … Ich klickte den Browser weg und wandte mich wieder meiner Arbeit zu.

Irgendetwas war da im Busch. Mein Instinkt sagte mir, dass dies mit Lucy oder mir selbst nichts zu tun hatte. Dass es immer noch einen einfachen Weg aus diesem Labyrinth gab. Trotzdem gebe ich gern zu, dass es mir Kopfzerbrechen bereitete, dass ich überhaupt so dachte. Warum hatte ich das Bedürfnis, einen Weg hinauszufinden, wenn alles, was hier geschah, doch gar nichts mit mir zu tun hatte?

Nimm dich in Acht, Benner, flüsterte eine Geisterstimme in meinem Kopf. *Lauf, solange du noch kannst.*

13

Es vergingen Stunden. Mein Boris-Handy lag stumm auf dem Schreibtisch. Um zwei Uhr gab ich auf und rief Jennifer an.

»Müssen wir bis vier Uhr warten?«, fragte ich.

»Nein«, antwortete sie, »ich hab auch einen schlechten Tag. Wir können uns auch um drei treffen.«

Endlich mal jemand, der keine Schwierigkeiten machte. Ich packte mein Zeug zusammen und ging auf dem Weg hinaus bei Helmer vorbei. Er telefonierte und entschuldigte sich kurz bei seinem Gesprächspartner.

»Gehen Sie schon?«

»Wichtiger Termin in der Stadt«, erklärte ich. »Ich komme später noch mal wieder.«

»Klingt spannend«, sagte Helmer, der natürlich wusste, dass in meinem Kalender kein Termin stand.

»Ist es in Ordnung, wenn ich mir Ihr Auto ausleihe? Will nicht mit dem Tesla ins Messerstecher-Söder fahren.«

Erst schüttelte er den Kopf angesichts meiner Vorurteile, dann gab er mir den Autoschlüssel.

»Danke!«

Ich hob die Hand zum Gruß, ging runter in die Garage und setzte mich in Helmers Auto. Fuhr raus in Richtung Söder, wo Jennifers Wohnung lag. Schnell ging es nicht; Pkws, Schneematsch und Fahrräder sorgten auf der Straße für brenzlige Manöver. Vielleicht war deshalb mein Sinn für Details geschärft. Denn als ich gerade über den Zebrastreifen am Rathaus fuhr, entdeckte ich ihn an der Hantverkargatan.

Ich blinzelte ein-, zweimal.

Er war immer noch da.

Alejandro Ortega.

Verdammt.

Er wartete an der Ampel.

Und ganz kurz, ehe er aus meinem Blickfeld verschwand, registrierte ich noch, wer schräg vor ihm stand.

Lucy.

Instinktiv ging ich vom Gas und verfolgte das Drama im Rückspiegel. Lucy sah missmutig aus. Als es grün wurde, setzte sie sich in Bewegung. Alejandro ging fünf Schritte hinter ihr.

Adrenalin pumpte durch meine Adern. Sollte ich stehen bleiben? Sollte ich versuchen, ihnen zu folgen? Aber wie?

Das Auto hinter mit hupte. Ich fuhr weiter. Sollte ich vielleicht auch hupen und sie auf mich aufmerksam machen? Ich entschied mich dagegen. Es gab nichts, was darauf hingewiesen hätte, dass Lucy und Alejandro miteinander in Kontakt standen. Sämtliche Umstände sprachen dafür, dass sie lediglich zufällig an derselben roten Ampel gestanden hatten. Doch Leute wie ich mögen den Zufall nicht. Wir hassen ihn, weil wir da keine Kontrolle mehr über die Lage der Dinge haben.

Ich rief Lucy noch aus dem Wagen an. Vielleicht war sie ja auf dem Weg in meine Kanzlei.

Es klingelte und klingelte. Sie ging nicht ran.

Deshalb beschloss ich, den ganzen Mist zu verdrängen und mich auf etwas Netteres zu konzentrieren.

Nachmittagssex wird unterschätzt. Er beschert einem Energie, man wird zu seinem schärferen Ich. Manche Leute gehen ins Fitnessstudio, um in diesen Zustand zu kommen, aber ich ziehe die zivilisiertere Methode vor.

»Ist es okay, wenn ich eine rauche?« Jennifer suchte meinen Blick. »Ich kann auch die Balkontür aufmachen.«

»Ja klar«, erwiderte ich.

Ich strich ihr über den Rücken, als sie das Bett verließ. Sex ohne Liebe ist in vielerlei Hinsicht klasse. Splitterfasernackt öffnete sie die Balkontür und griff nach ihrer Zigarettenschachtel. Das lockige hellbraune Haar fiel ihr bis auf die Schultern.

In Jennifers Gesicht war alles nett: die kleinen Sommersprossen, die leichte Stupsnase, die schmalen, aber wohlgeformten Lippen und die grünfleckigen Augen.

Ich streckte mich aus. Jennifer kam zurück ins Bett und schmiegte sich in meinen Arm.

»Bist du nicht zu klug, um zu rauchen?«, fragte ich.

»Ein Laster braucht der Mensch«, erwiderte sie.

»Such dir ein anderes«, sagte ich, »eines, was das Leben lustiger und nicht kürzer macht.«

Ich angelte mein Handy heraus. Multitasking at its best.

»Schön, dass du so selten absagst«, murmelte Jennifer. »Du bist sozusagen der Mann der Alternative. Das macht alles so herrlich unkompliziert.«

Sie lächelte.

Ich legte das Handy wieder weg und strich ihr übers Haar. Sie war verheiratet, aber der Gatte verbrachte viel Zeit in London. Sie ging davon aus, dass er dort eine andere hatte.

»Bestimmt ist es diese Fergie, du weißt schon, die mit Prinz Andrew verheiratet war«, hatte ich geunkt, als die Sache erstmals zur Sprache gekommen war.

Seitdem lacht Jennifer darüber.

Heute schien sie weniger erheitert zu sein.

»Du hast nicht zufällig Zeit, dass wir uns bald wiedersehen?«, fragte sie.

Ich schüttelte den Kopf.

»Ich glaube, das wird eng. Hab in der nächsten Zeit ziemlich viel zu erledigen. Ich bin unter anderem Best Man auf einer Hochzeit.«

Sofern diese Hochzeit denn stattfindet, fügte ich im Stillen hinzu. Schwer zu sagen, solange der Bräutigam sich noch auf der anderen Seite des Atlantiks befand und sein bester Freund verschwunden war.

Erst jetzt merkte ich, wie verdammt kalt es in Jennifers Wohnung geworden war. Durch die offene Balkontür wehte eiskalte Luft herein.

»Oh«, sagte Jennifer, »wie schön! Wer heiratet denn?«

Meine Ex.

»Jemand von früher.«

»Ist er genauso verrückt wie du?«

»Sie ist kein bisschen verrückt.«

Jennifer runzelte die Stirn.

»Hast du nicht gesagt, du wärst Best Man?«

»Doch.«

Manche Sachen sind schwer zu erklären und offensichtlich noch schwerer zu verstehen.

Mein Handy klingelte. Jennifer warf sich über mich und riss das Telefon an sich.

»Gib schon her«, sagte ich.

»Was krieg ich dafür?«

Ihre Stimme klang schmeichlerisch mit einem misstrauischen Unterton – kurz: eifersüchtig. Als wollte sie in Wahrheit fragen: »Wer ruft da an?«

Es klingelte immer noch.

»Whoop, whoop«, machte Jennifer und hielt das Telefon über den Kopf.

In einer einzigen Bewegung schob ich sie zur Seite und drückte sie mit meinem vollen Gewicht auf die Matratze.

»Gib. Mir. Das Handy.«

Jennifer sah mich ungläubig an und überließ mir wortlos das Telefon.

Es war Magda.

»Hallo?«

Keine Antwort.

Ich stieg aus dem Bett und blieb nackt mitten im Zimmer stehen. Jennifer ließ mich nicht aus den Augen.

»Hallo?«, wiederholte ich.

Ich nahm meine Unterhose hoch und verschwand in Richtung Küche. Ich wollte dieses Gespräch nicht in der Nähe von Polizei-Jennifer führen, auch wenn sie es gewesen war, die mir überhaupt erst klargemacht hatte, dass Henry hinsichtlich seiner Herkunft gelogen hatte.

Und Magda womöglich ebenso.

»Hallo? Martin?«

»Ich bin dran. Hast du meine E-Mail bekommen?«

Ich schlüpfte in meine Unterhose.

»Ja, ich hab deine E-Mail bekommen. Deshalb rufe ich an. Ich kannte die Firma nicht, die Lucy und dir Ärger gemacht hat, aber Patrick hat schon von denen gehört – und Marilyn auch.«

»Marilyn?«

»Die Witwe, die sich so angeregt mit dir unterhalten hat, als wir uns das letzte Mal gesehen haben.«

Ich nahm mir ein Glas Leitungswasser.

»Aha.«

»Es ist ein diskret geführter Laden, aber anscheinend setzen sie dort ziemlich hohe Summen um. Der Besitzer stammt ursprünglich aus Los Angeles, wo er ein ähnliches Geschäft hatte. Er dürfte dieses hier vor rund einem Jahr übernommen haben.«

»Okay«, sagte ich.

Sollte ich ihr von dem verschwundenen Best Man erzählen und dass Lucy das falsche Schachspiel bekommen hatte? Ich war hin- und hergerissen, musste wieder daran denken, was Jennifer zu Henrys Staatsbürgerschaft gesagt hatte. Sie lärmte im Zimmer nebenan. Dann kam sie – nackt – an der Küche vorbei und steuerte die Toilette an. Ich hörte, wie sie die Tür abschloss.

»Wie geht es dir sonst so?«, fragte Magda.

»Alles gut«, erwiderte ich. »Ich hatte leider noch keine Zeit, Henrys Lager auszuräumen, aber ich kümmere mich darum, sobald ich ein bisschen Luft habe.«

»Kein Problem, das hat Zeit«, erwiderte Magda.

Mein Herz flatterte, als würde es unser Gespräch belauschen und damit herausplatzen wollen, dass Magda sich täuschte.

Nein, gar nichts hat Zeit.

»Danke für deine Hilfe, Magda.«

»Keine Ursache.«

Jennifer kam aus dem Bad und sah mich neugierig an. Sie hatte sich einen Slip angezogen.

»Tut mir leid«, sagte ich. »Ich muss los.«

»Schön, dass du da warst.«

Ich wusste nicht, ob das ironisch oder aufrichtig gemeint war. Aber es spielte auch keine Rolle. Ich kehrte ins Schlafzimmer zurück und zog mir meine restlichen Klamotten an.

Dann gab ich ihr einen flüchtigen Kuss.

»Wir hören uns.«

»Machen wir«, sagte sie. »Immer schön, dich zu sehen.«

»Allzeit bereit für meine Frauen«, sagte ich so höflich wie nur möglich.

Sie schüttelte den Kopf.

»Sag mal, Casanova – wie viele sind wir eigentlich?«

Ich zog die Stirn kraus.

»Tja, also …«

Sie schlug sich die Hand vor den Mund und lachte los.

Warum sagte ich nicht einfach, wie es war? Zurzeit hatte ich keine anderen Affären als die mit Jennifer.

»Entschuldige«, sagte ich, »es ist gerade einfach alles ein bisschen stressig.«

»Verstehe«, sagte sie. »Du hast mir nichts versprochen, und das musst du auch nicht – wirklich.«

Sie streckte sich.

Ich blieb noch kurz stehen und rang um die richtigen Worte. Eigentlich war dies nicht die richtige Gelegenheit, sie um noch einen Gefallen zu bitten, aber es schadete auch nicht, es zu versuchen. Und es war keine wichtige Sache, um die ich sie bitten wollte. Man hätte fast sagen können, ich wollte ihr einen Ermittlungshinweis geben.

»Kennst du übrigens ein Etablissement hier in Stockholm, das Royal heißt?«

Sie runzelte die Stirn.

»Ein Etablissement? Was meinst du? Einen Puff? Eine Kneipe?«

Was hatte ich für eine Antwort erwartet?

»Vergiss es«, sagte ich. »Ich weiß tatsächlich nicht, was es ist. Aber sofern irgendwelche Tipps bei euch auftauchen über so einen Ort, dann würde ich mich freuen, wenn du mir Bescheid geben könntest. Und das mit den Drinks, das machen wir so schnell wie möglich.«

Ich zwinkerte ihr zu.

Jennifer erwiderte mein Zwinkern nicht.

»Vielleicht hab ich da was«, sagte sie, »aber da muss ich erst mit einem Kollegen sprechen.«

»Im Ernst?«

Ich klang wahrscheinlich genauso erstaunt, wie ich war.

»Möglicherweise im Ernst. Aber ich melde mich.«

Ich gab ihr noch einen Kuss und beeilte mich dann, aus der

Wohnung und runter auf die Straße zu kommen. Ich war mir ziemlich sicher, dass ich irgendwann wiederkommen dürfte.

Helmer strahlte mich an, als ich in die Kanzlei zurückkehrte. Wahrscheinlich wollte er endlich nach Hause fahren.

»Hat jemand nach mir gefragt?«, erkundigte ich mich.

»Nein.«

Ich bedankte mich bei ihm, weil ich mir sein Auto hatte leihen dürfen, und gab ihm den Schlüssel zurück. Dann fiel mir wieder ein, was ich beobachtet hatte, als ich zu meinem Date gefahren war. Lucy mit ernstem Gesichtsausdruck allein am Zebrastreifen und Alejandro Ortega direkt hinter ihr. Alejandro, der behauptet hatte, dass Henry ermordet worden war, und der mich aufgefordert hatte, mich zu melden, sobald ich bereit sei. Bereit wofür?

Lucy und Alejandro hatten einander keines Blickes gewürdigt und auch nicht miteinander gesprochen. Ihr war seine Gegenwart bestimmt nicht bewusst gewesen. Aber wie hatte *er* sich verhalten? Vielleicht spielte mir mein Gedächtnis ja einen Streich und konstruierte Details, die nicht stimmten, aber so recht wollte ich nicht daran glauben.

Lucy wusste nicht, wer Alejandro Ortega war.

Aber Alejandro wusste, wer sie war.

Ich holte das Schachspiel aus dem Tresor und lief zu meinem Auto. Nur noch wenige Tage, dann würde Lucy heiraten. Und mein Freund, der Mafiaboss Boris, hatte immer noch nichts von sich hören lassen.

14

Es heißt, wenn die Kinder klein sind, vergehen die Jahre wie im Flug. Man muss sie ganz bewusst erleben und immer wieder innehalten und Luft holen. Das hat auch meine Schwester zu Lebzeiten immer gepredigt.

»Weißt du«, pflegte sie zu sagen, »diese ersten Jahre mit Belle, die kommen nie wieder.«

Und ich antwortete so arrogant, dass ich heute noch rot werde, wenn ich daran denke: »Im Unterschied zu allen anderen Jahren, die wir erleben, meinst du?«

Ich schäme mich nicht dafür, dass ich ihre Art, Zeit zu betrachten, infrage stellte, aber ich schäme mich, weil ich sie in ihrem damaligen empfindsamen Zustand hatte provozieren müssen. Und manchmal schäme ich mich auch, weil ich mich für eine Art Elternschaft entschieden habe, die so weit entfernt von dem ist, was sie selbst befürwortet hätte.

Als ich an diesem Tag von der Arbeit nach Hause fuhr, musste ich erneut an meine Schwester denken. Zunächst wäre sie die kurze Strecke von Kungsholmen nach Östermalm nie mit dem Auto gefahren. Sie hätte grundsätzlich nie so gelebt, dass sie ihr Haus hätte verlassen müssen, um sicher zu sein. Allerdings war ich nie so gewesen wie sie, und das wird sich auch nicht mehr ändern.

Als ich nach Hause kam, stand Marcel am Herd, Belle saß am Esstisch und machte Mathe-Hausaufgaben. Ich hatte Marcel zuvor per SMS gebeten, mit Belle in unsere Stadtwohnung umzuziehen.

Ich zog die Schuhe aus und ging in die Küche. Ich war

frisch gevögelt und leicht knittrig, aber nüchtern und durchwachsener Laune.

Marcel schwang einen großen Holzlöffel und kochte Risotto. Belle war sofort begeistert, als sie den Karton sah, den ich in die Küche brachte.

Ich stellte ihn auf die Kücheninsel und gab ihr einen Kuss auf den Kopf.

»Ist der für mich?«, fragte sie.

»Der Kuss?«, gab ich zurück, »selbstverständlich.«

»Das Geschenk, meine ich!«

»Ach so, das.«

Es »Geschenk« zu nennen war eine Übertreibung. Das königsblaue Papier war inzwischen zerknittert und eingerissen. Kein Zweifel, dass dies kein Geschenk für den Bräutigam mehr werden würde.

Ich ließ Belle in den Karton spähen, verschloss ihn dann aber wieder. Glücklicherweise hatte sie die Tüte nicht bemerkt, die ich ebenfalls mitgebracht hatte und in der ihr Kleid für die Hochzeit lag.

»Das Schachspiel gehört uns nicht«, erklärte ich, »sondern Lucy.«

»Schön«, sagte Marcel, der ebenfalls einen Blick riskiert hatte. »Und ich dachte, du wolltest Belle das Schachspielen beibringen.«

»Kann ich schon«, erwiderte Belle, »aber ich darf in keinen Schachklub gehen.«

»Das ist ja furchtbar!«

Marcel klang, als würde er es tatsächlich so meinen.

»Du musst wirklich ein gutes Leben gehabt haben, Marcel«, bemerkte ich nüchtern. »Zu allem, was einem Kind heute an Furchtbarem widerfahren kann, gehört ja wohl *nicht*, dass ihm der Schachklub vorenthalten wird.« Dann wandte ich mich an Belle. »Du weißt genau, dass du hingehen dürftest, aber dann musst du entweder mit den Pfadfindern oder mit dem Tennis aufhören. Du kannst nicht unbegrenzt viele Hobbys haben.«

Diese Diskussion hatten wir bereits zigmal geführt.

Bei Kindern ist das Gefühl für *»enough«* stark unterentwickelt. Sie sind wie multiple Persönlichkeiten, die einfach die ganze Zeit *haben* wollen. Das fängt bei den Süßigkeiten im Supermarkt an und geht bei Schachklubs weiter.

»Das duftet aber gut«, sagte ich und spähte in den Topf.

»Risotto mit Trüffel«, erwiderte Marcel.

»Herrlich!«

Über all meinen Gedanken lag der Stress wie ein dünner Film. Ich hätte wahrscheinlich sowohl Sex haben als auch ins Fitnessstudio gehen müssen, um wieder auf Normalniveau zu kommen.

»Ich geh eben schnell duschen«, sagte ich.

Zwei Minuten. So lange duschte ich. Dann deckte ich den Tisch. Marcels Risotto war fast fertig, als Belle den Fernseher einschaltete.

»Nicht beim Essen«, ermahnte ich sie.

Ich bin ein Fernsehkonsument der eher klassischen Art. Nicht alles, was ich mir ansehe, streame ich. Wenn ich den Fernseher einschalte, dann möchte ich, dass auf dem Bildschirm etwas passiert. Ich will nicht erst bei Netflix nach der neuesten Serie oder irgendeiner Dokumentation suchen müssen.

»Kann ich ihn ein bisschen anlassen?«

»Nein.«

Im selben Moment klingelte es.

Ich starrte zur Tür. Wir leben in einer Zeit, in der Spontanbesuche selten sind. Ich hatte die Familie mit in die Stadt genommen, um dem Mafiaboss eine Chance zu geben, in meinem Garten für mehr Sicherheit zu sorgen, aber noch hatten wir gar keinen Kontakt gehabt. Da möchte man lieber nicht, dass es an der Tür klingelt.

»Lucy!«, rief Belle fröhlich.

»Nein!«, rief ich ihr nach, als sie zur Tür rannte.

»Doch!«, entgegnete Belle.

»Die Tür bleibt zu! Ich will erst sehen, wer es ist.«

Ich klang unnötig barsch.

»Es ist Lucy!«

»Woher willst du das wissen?«

Inzwischen war ich an der Tür.

»Weil ich sie eingeladen habe.«

Und natürlich war es Lucy, die vor der Tür stand.

Da half nur loszulassen. An diesem Abend war es Belle, die Punkte einheimste.

»Entschuldige«, sagte Lucy peinlich berührt, »Belle hat mich eingeladen. Ich war so froh, nicht rumsitzen und auf … na, du weißt schon … warten zu müssen. Aber das war vielleicht dumm von mir.«

»Nein, nein«, beeilte ich mich zu sagen. »Komm nur rein.«

Ich war es, der sich schämen sollte. Warum war ich nicht auf die Idee gekommen, sie einzuladen? Und noch wichtiger: Sah sie mir an, dass ich gerade erst Sex gehabt hatte?

»Ich bin einfach nur überrascht«, sagte ich. »Ich stelle noch einen Teller hin.«

»Nicht nötig«, rief Marcel aus der Küche. »Ich esse mit ein paar Freunden in der Stadt.«

Natürlich hatte er sich auf Belles Seite geschlagen.

Der Fernseher lief immer noch, als wir in die Küche zurückkamen. Eine Nachrichtensendung. Niemand von uns machte sich die Mühe, den Apparat wieder auszuschalten.

Lucy half Marcel bei den letzten Vorbereitungen. Sie warf

einen Blick auf das Schachspiel, sagte aber nichts weiter dazu. Stattdessen schnippelte sie Gemüse für den Salat.

»Das riecht fantastisch«, sagte sie.

»Wer ist denn gestorben?«, fragte Belle.

Ich erstarrte, und Lucy und Marcel sahen sie erstaunt an.

Belle zeigte auf den Fernseher.

Dort berichtete der Sprecher gerade, ein Mann sei tot aus dem Riddarfjärden gefischt worden. Die Polizei halte sich mit Details noch zurück, man gehe jedoch von einem Verbrechen aus.

Lucy und ich sahen zum Fernseher und dann einander an. Getrieben von derselben Sorge, kam uns der gleiche unfassbare Gedanke. Der Mann im Wasser konnte wer auch immer sein. Ein Obdachloser. Das Opfer eines Raubüberfalls.

Lucys Lippen formten tonlos: *Steve?*

»Natürlich nicht«, sagte ich leise.

»Was ist, Martin?«, fragte Belle.

»Nichts«, erwiderte ich. »Jetzt essen wir.«

15

Wir aßen schweigend. Oder besser gesagt: Ich schwieg, während Belle und Lucy redeten. Am meisten redete Belle. Marcel war losgezogen, um seine Freunde zu treffen. Lucy war bedrückt, aber das merkte wahrscheinlich nur ich. Mit dem Handy in der Hosentasche wartete ich darauf, dass sich jemand meldete, und zwar wer auch immer: Boris, Jennifer, Lucys Verlobter. Jeder von ihnen konnte theoretisch darüber Bescheid wissen, was hier gerade los war. Der Fernseher lief weiter im Hintergrund. Keiner von uns wollte ihn mehr ausschalten. Ich betete insgeheim, dass es nicht Steve wäre, den man tot aufgefunden hatte – nur um meine schlimmen Befürchtungen dann sofort als Nonsens abzutun.

Lucy sah mich verstohlen an. Die Sorge ließ sie abwesend und verärgert wirken. Die Einzige, die ihr noch gute Laune zu bescheren schien, war Belle, und das war nur gut, weil Belle schließlich die Gastgeberin des Abends war. Wenn man bedachte, wie sich dies hier zu entwickeln schien, hätte ich es allerdings vorgezogen, wenn Lucy nicht gekommen wäre und wir uns stattdessen bei ihr getroffen hätten. Ich wollte alles Böse von Belle fernhalten. Sie zahlte bereits einen viel zu hohen Preis, indem sie Teil des chaotischen Lebens ihres elenden Adoptivvaters war. Lucy war seinerzeit dabei gewesen, als mein Leben eine Vollbremsung hingelegt hatte. Es hatte damit angefangen, dass ein junger Mann in meine Kanzlei gekommen war und mich gebeten hatte, seine Schwester zu rehabilitieren. Mit Lucy am Tisch fühlte ich mich wieder daran erinnert, dass die Dinge nicht immer so sind, wie sie scheinen.

Dass es Fälle gibt, in denen es keine Grenze dafür zu geben scheint, was man alles aufs Spiel setzen und was einem durch die Finger rinnen kann. Doch daran wollte ich im Moment wirklich nicht erinnert werden – und sie ebenso wenig.

»Ich will rosa Schleifen im Haar.«

Belles Stimme riss mich aus meinen Gedanken.

»Aha«, sagte ich, »wann denn?«

»Na, auf der Hochzeit.«

Lucy lächelte, doch die Nervosität ließ ihren Blick fiebrig wirken. Ihr zukünftiger Ehemann war immer noch in den USA. Sein Best Man war verschwunden. Und jetzt war im Riddarfjärden eine Leiche gefunden worden.

»Ich dachte mir, du könntest auch Gold im Haar haben«, sagte Lucy zu Belle.

»Gold!«, rief Belle glücklich.

»Also, goldene Schleifen«, ergänzte Lucy, »anstelle von rosafarbenen. Wenn das für dich in Ordnung ist. Ich kann dir nachher ein Bild zeigen.«

Ich hatte sehr deutlich gemacht, dass die Hochzeit Lucys und nicht Belles großer Tag war und dass Lucy das letzte Wort hatte, wenn es darum ging, was wir anziehen würden. Das hatte ich mit großem Ernst vorgetragen, um jeglichen Streit und alle Diskussion von vornherein zu vermeiden.

»Was meinst du?«, fragte Belle mich.

»Ich finde Gold schön«, sagte ich. »Rosa passt besser zum Brunch am nächsten Tag.«

Belle strahlte. Brunch liebte sie mindestens so sehr wie Rosa. Wir versuchten, einmal die Woche zum Brunch zu gehen, weil ich aber in letzter Zeit immer häufiger verreist war, hatte sich das schwierig gestaltet.

»Ja!«, rief sie. »So machen wir's!«

Nach dem Essen spielten wir ein Spiel. Lucy und ich versuchten beide, uns zu konzentrieren, trotzdem merkte Belle, dass wir mit den Gedanken woanders waren, und nutzte die Gelegenheit, die Regeln so zu verändern, dass sie selbst gewann. Nach einer gefühlten Ewigkeit hatten wir sie endlich ins Bett gebracht. Lucy las ihr noch eine Geschichte vor, und ich kümmerte mich um die Küche.

Irgendwann schlief Belle ein. Und zu guter Letzt hinderte uns nichts mehr daran, unsere Gedanken in Worte zu fassen.

»Was geht hier eigentlich vor?«, fragte Lucy und sah mich mit großen Augen an.

Es gab keinen Grund, Lucy irgendwas zu verschweigen. Ich erzählte ihr im Prinzip alles, was in den vergangenen Tagen vorgefallen war. Von den Fußspuren im Schnee und dem falschen Gärtner bis zu dem Grund, warum wir vorübergehend in die Stadt gezogen waren. Von Boris. Und von Alejandro Ortega und was der über Henry gesagt hatte. Und dass ich gesehen hatte, wie er an derselben roten Ampel hinter Lucy gestanden hatte.

»Alejandro Ortega«, fragte sie, »wie sieht er aus?«

»Ich hätte ihn fotografieren sollen«, sagte ich. »Graue Haare, ziemlich unansehnlich. Vielleicht fünfundsechzig Jahre alt.«

»Ich hab keine Ahnung, wer das sein könnte.«

»Ich hab dich aus dem Auto angerufen, ich dachte, du wärst vielleicht auf dem Weg in die Kanzlei.«

Sie tastete nach ihrem Handy und erklärte: »Ich musste einfach mal raus. Ich hab übrigens eine E-Mail von meinem Antikhändler bekommen. Lies mal.«

Sie schob mir ihr Handy rüber. Im Hintergrund brummte der Kühlschrank, und gegenüber quatschte der Fernseher. So viele Geräusche, trotzdem fühlte ich mich wie in einem Vakuum. Die E-Mail des Auktionators war kaum zu verstehen. Da versuchte jemand eingangs, die Schuld an dem entstandenen Durcheinander auf einen Angestellten abzuwälzen; dann erst ging es um das Schachspiel selbst: Dasjenige, das Steve abgeholt habe, sei tatsächlich eine Art Sonderbestellung gewesen, die der Assistent leider falsch adressiert habe. Die Mail war zwar wortreich, aber dem Anschein nach bewusst vage gehalten. Nun war es eine Sache, Lucy falsche Informationen zu schicken – aber darüber hinaus dem Boten auch noch *das falsche Objekt* zu übergeben war mehr als schräg.

Zusammengefasst stand dort: Man werde das Schachspiel, das Lucy ersteigert hatte, weitere fünfzehn Tage für sie vorhalten, dann müsse sie entscheiden, wie sie es gern ausgeliefert haben wolle: via Kurier oder indem sie es selbst abholte. Was das fälschlich ausgehändigte Schachspiel betraf, wurde Lucy aufgefordert, es nach New York zurückzuschicken. Der Auktionator werde für den Transport aufkommen, wünsche aber, dass das Spiel innerhalb der nächsten Tage eintreffe.

»Das gefällt mir alles nicht«, meinte Lucy.

»Mir auch nicht.«

Ich gab ihr das Handy zurück.

»Mit dem Schachspiel muss nicht unbedingt etwas komisch sein«, sagte ich. »Und es muss auch nicht sein, dass Steves Verschwinden damit zu tun hat.«

»Nein«, pflichtete Lucy mir bei, »aber es ist schon ein komischer Zufall. Ich hab übrigens mit der Polizei gesprochen. Sie haben den Kurier ausfindig gemacht, dem Steve das Spiel übergeben hat. Das muss er im Übrigen unmittelbar nach seiner Ankunft getan haben. Ist das nicht seltsam? Warum hat er das Spiel nicht einfach mit in die Stadt genommen?«

Da war ich ganz ihrer Meinung. Das klang wirklich komisch.

»Und warum hat er sich für einen Kurierdienst entschieden, der ganze zwei Tage benötigen würde, um das Paket zu dir nach Hause zu liefern?«, hakte ich nach.

»Die Polizei glaubt, er könnte gestresst gewesen sein, sodass er sich hinsichtlich des Auslieferungszeitpunkts verschrieben hat. So ein Paket über Nacht bei einer Kurierfirma liegen zu lassen ist immerhin teurer, weil die ihre Lagerbestände so schnell wie möglich loswerden wollen. Er hat also für diese Lieferung ziemlich viel bezahlt.«

Ich wagte es kaum zu fragen. »Was wird eigentlich aus der Hochzeit, Lucy?«

Sie sah traurig aus.

»Ich weiß es nicht. Michael ist so wahnsinnig bestürzt über Steves Verschwinden. Er will heute Abend nach Schweden fliegen, und wenn er morgen früh nicht im Flugzeug ist, dann weiß ich auch nicht, was ich tun soll.«

»Doch, das weißt du sehr wohl«, entgegnete ich. »Dann fährst du rüber nach Texas und holst ihn persönlich ab. Oder ihr lasst euch direkt dort nieder.«

Lucy schüttelte den Kopf.

»Die Diskussion ist Schnee von gestern«, sagte sie. »Er zieht hierher, Schweden wird unsere Homebase. Er hat sogar schon eine Stelle gefunden.«

Ich strich mir übers Kinn.

»Aber eigentlich habt ihr nie zusammengelebt …«

»Doch«, gab Lucy zurück. »Vielleicht nie länger am Stück, aber natürlich haben wir zusammengelebt.«

Sie stand vom Tisch auf und ging zu dem Karton, in dem das Schachspiel lag.

»Aber schön ist es«, stellte ich fest.

»Viel schöner als das, was ich gekauft habe.«

Sie nahm ihr Handy zur Hand und machte ein Foto.

Im selben Moment klingelte mein Telefon. Es war Abdullah, mein Gärtner, und ich war verdutzt, immerhin war es schon nach halb zehn abends.

»Martin, du musst kommen«, sagte er heiser, »du musst sofort nach Hause kommen.«

Mein sonst so beherrschter Gärtnermeister klang eindeutig gestresst.

»Was ist denn passiert? Ist eingebrochen worden?«

Ich rief sofort die App für den Hausalarm auf.

Einbruchsversuche: null.

»Martin, komm einfach her.«

Ich versuchte, der Nervosität Einhalt zu gebieten.

»Du musst mir wenigstens sagen, was passiert ist«, beharrte ich. »Wenn es was Ernstes ist, müssen wir die Polizei rufen.«

Lucy sah mich mit weit aufgerissenen Augen an.

Ich hatte leise gesprochen, um Belle nicht zu wecken, aber auch, um selbst nicht in Panik zu geraten. Ich hatte meinen Aufenthaltsort ganz bewusst vom Haus in die Wohnung verlegt. Auf weitere Überraschungen hatte ich nun wirklich keine Lust.

»Sag mir einfach, was los ist«, wiederholte ich. Inzwischen im Flüsterton.

Als Abdullah antwortete, war ihm die Verwirrung deutlich anzuhören.

»Da hängt was im Kirschbaum.«

Es war, als wäre die Zeit stehen geblieben.

»Was sagst du da?«

Mein Puls war auf hundertachtzig.

Da hängt was im Kirschbaum.

Was denn?

»Und was?«

»Ein Affe.«

16

Vielleicht hätte ich da bereits begreifen müssen, worauf dies alles hinauslaufen würde, aber das tat ich nicht. Ich glaubte wohl immer noch, dass ich nach allem, was mir schon widerfahren war, gegen solchen Mist immun wäre, aber das war nicht der Fall.

»Ein Affe?«, wiederholte Lucy.

»Ein Affe.«

Eine bessere Beschreibung als die, welche Abdullah gegeben hatte, stand derzeit nicht zur Verfügung, also setzte ich mich letztendlich ins Auto und fuhr los. Nur um mir ein eigenes Bild davon zu machen, was vorgefallen war und welche Maßnahmen ich ergreifen sollte.

Als ich ankam, saß Abdullah in seinem Auto. Er hörte Jazz, hatte die Innenraumbeleuchtung eingeschaltet und war für jeden, der zufällig vorbeiging, hervorragend zu hören.

Ich klopfte an die Scheibe, und er stieß die Fahrertür auf.

»Hier sitzt du also und präsentierst dich fröhlich der gesamten Nachbarschaft«, sagte ich.

»Traumabewältigung«, sagte Abdullah.

Ich sah ihn verstohlen an. Welches Trauma er meinte, war mir nicht ganz klar.

»Männer, die Abdullah heißen, auch wenn sie nur zufällig so aussehen, als würden sie so heißen, tun gut daran, *nicht* spät am Abend in solchen schicken Vierteln in dunklen Autos herumzusitzen«, erklärte er schlicht. »Da ist es besser, gute Musik zu spielen und das Auto hell auszuleuchten.«

Ich konnte nicht umhin zu lachen.

»Was du da sagst, gilt auch für solche wie mich, die möglicherweise Cosby heißen.«

»Tragisch, aber wahr.«

Jetzt musste auch Abdullah lachen. Sein Humor war ebenso schwarz wie meiner.

»Manchmal bist du echt unnötig hart, Martin.«

»Das sagt der Richtige. Ich wusste nicht mal, dass du Jazz magst.«

»Ich mag keinen Jazz. Aber komm jetzt, das hier kann nicht warten.«

Er schob mich sanft von der Straße und in den Garten (oder den Park, wie Marianne ihn eigensinnig zu nennen pflegt, aber was weiß sie schon, wo da der Unterschied ist). Der Kirschbaum stand allein in der nordöstlichen Ecke des Grundstücks, von der Straße aus betrachtet hinter der rückwärtigen Seite des Hauses. Der Schnee war zum Teil geschmolzen. Der Frühling war endlich auf dem Weg.

Vor dem Baum blieben wir stehen.

»Ein Affe«, sagte Abdullah noch mal.

»Ein Affe«, bestätigte ich.

Es war kein echter Affe. Das hatte ich auch nicht erwartet, aber weiß der Teufel, ob ich mit einem Porzellanaffen gerechnet hätte. Es sah einfach nur grotesk aus. Als ich näher ranging und den Affen mit der Taschenlampe anleuchtete, wurde zudem ein weiteres Detail sichtbar. Es sah ganz danach aus, als hätte jemand den Affen mit einem Henkersknoten in den Baum gehängt. Das Seil war an einem der dickeren Äste festgemacht. Der Affe hing knappe zehn Zentimeter vom Baumstamm entfernt.

»Was meinst du?«, fragte Abdullah. »Sollen wir die Polizei rufen? Oder erlaubt sich da jemand bloß einen blöden Scherz?«

»Nein«, erwiderte ich, »wir rufen nicht die Polizei. Ich

meine, was sollen wir denen denn sagen? Dass jemand auf mein Grundstück geschlichen ist und einen der Bäume mit einem großen Porzellanaffen geschmückt hat?«

Abdullah biss die Zähne zusammen.

»Hausfriedensbruch«, stellte er fest. »Es ist doch wohl nicht in Ordnung, bei Leuten in den Garten zu marschieren und so was zu machen.«

Ich antwortete nicht.

»Nur der Ordnung halber«, fuhr Abdullah fort, »falls du dich fragst, was ich hier heute Abend gemacht habe: Ich wollte mir die runtergeschnittenen Bäume ansehen.«

»Okay«, sagte ich.

Ich vertraute Abdullah, er brauchte mir nicht zu erklären, was er in meinem Garten machte.

»Willst du, dass wir ihn runternehmen?«

»Gern«, sagte ich. »Ich mache nur erst ein paar Fotos.«

Das hier waren keine Fotos von der Sorte, die man ins Familienalbum klebte, aber für den Fall, dass sich herausstellen sollte, dass ich die Lage falsch beurteilt hatte, wäre es gut, den Vorfall dokumentiert zu haben.

Ich holte mein Handy heraus und knipste an die zehn Bilder.

»Guck mal«, sagte Abdullah, »deine Leiter.«

Ich hatte die Leiter bereits gesehen. Sie stand an die zwei Meter hohe Hecke gelehnt, die den größten Teil des Gartens säumte. Ich hatte bewusst vermieden, ein Haus am Wasser mit eigenem Steg zu kaufen. Ein Fort kann man nicht verteidigen, wenn es zum Wasser hin ungeschützt ist. Es sei denn, man verfügt über eine eigene Armada. Aber die besaß ich nicht.

Ich trug die Leiter an den Baum und bat Abdullah, sie ordentlich festzuhalten. Dann kletterte ich hinauf und inspizierte, wie fest das Seil saß. Erstaunt stellte ich fest, dass es überhaupt kein Seil war, sondern eine ausgerollte Hundeleine, die mit einem lose geschlagenen Doppelknoten verknotet war. Gerade so, als sollte ich den Affen herunterholen können, ohne ihn fallen zu lassen oder auf andere Weise zu zerstören. Er war leichter, als ich angenommen hatte. Dies hier war auch kein feines Porzellan, das erkannte ich sofort. Der Affe starrte mich mit pechschwarzen Augen an, als ich ihn an mich zog und wieder hinunterkletterte. Sobald ich wieder auf der Erde stand, packte Abdullah die Leiter.

»Sollen wir sie wieder reinstellen?«

»Lass sie ruhig hier an der Hecke liegen«, erwiderte ich, »dann müssen wir jetzt nicht groß mit dem Alarm rummachen. Wahrscheinlich hat Marcel vergessen, sie zurückzustellen, nachdem er die Bäume zurückgeschnitten hatte.«

Abdullah warf den Kopf in den Nacken. Er war ein stolzer Mann und mochte es nicht, dass ich seinen Konkurrenten erwähnte.

»Willst du nicht nachsehen, ob jemand im Haus war?«, fragte er dann.

Das wollte ich unbedingt. Die Alarmanlage hatte keinen Einbruch gemeldet, trotzdem drehten wir eine schnelle Runde ums Haus. Ich mit dem Affen und der Leine unterm Arm und dem Handy in der Hand, Abdullah zwei Schritte hinter mir. Es schien niemand ins Haus eingedrungen zu sein. Ich gönnte mir einen halben Seufzer der Erleichterung, mehr wagte ich nicht.

Eine halbe Stunde später fuhr ich zurück in die Stockholmer Innenstadt. Der Affe saß brav festgeschnallt auf dem Rücksitz in Belles Kindersitz. Fast hoffte ich, in eine Alkoholkontrolle zu geraten.

Vergebens.

Als ich in die Wohnung zurückkam, kam Lucy mir in der Diele entgegen. Sie starrte den Affen an.

»Ich weiß nicht, wie lange der schon Depressionen hatte oder wer seine Feinde sind – aber jedenfalls hing er in meinem Kirschbaum«, witzelte ich.

Lucy schien sich nicht entscheiden zu können, ob sie Angst haben oder sich belustigt fühlen sollte.

»Ist mit dem Affen irgendwas besonders?«, fragte sie. »Ich meine, ist er wertvoll?«

Das war er wohl kaum, aber er hatte durchaus einige Jahre auf dem Buckel. Ich machte die Henkersleine ab und fotografierte ihn nochmals. Dann hob ich ihn hoch. Hatte ich mir das nur eingebildet, oder hatte ich ein Geräusch gehört?

»Hörst du das auch?«, fragte ich Lucy und schwenkte den Affen vorsichtig hin und her.

Sie nickte.

»Da steckt was drin«, stellte sie fest.

»Aber was?«, fragte ich. »Er wiegt doch nichts.«

Lucy sah das Porzellantier an.

»Wenn man in dem Affen Sachen verstecken kann, dann muss man ihn ja wohl auch öffnen können. Dein heimlicher Bewunderer kann das Ding ja nicht selbst getöpfert haben.«

Die Antwort auf Lucys Frage war schnell gefunden. Jemand hatte eine dünne Holzplatte auf die Unterseite geklebt. Anfangs hatte ich angenommen, sie wäre einfach ein Teil des Affen, doch Lucy war anderer Meinung. Und sie hatte recht.

»Die geht nicht ab«, stöhnte ich. »Wer immer das Ding festgeklebt hat, muss eine Art Superkleber benutzt haben.«

Ich ging ein großes Sofakissen und einen Hammer holen. Dann trat ich mit dem Affen auf die Dachterrasse. Lucy folgte mir.

»Spinnst du? Du willst ihn doch wohl nicht kaputt schlagen?«

»Was soll ich denn sonst machen? Nur Fragen und keine

Antworten – das bin ich allmählich leid. So langsam ist mir das jetzt egal.«

Lucy und ich gingen neben dem Affen in die Hocke. Ich legte das Kissen über die Figur und schlug sie mit einem Schlag entzwei. Das Kissen funktionierte als Schalldämpfer ausgezeichnet.

Ich nahm es wieder runter. Der Affe war in tausend Stücke zersprungen. Ich wühlte zwischen den Porzellanscherben herum.

Und fand zwei Dinge. Das erste war eine Plastikkarte, die ich verwundert hochnahm. Die Schlüsselkarte eines Hotels.

Ich spürte, wie mein Puls anstieg.

Waldorf Astoria
New York

Dann nahm ich das andere Objekt zur Hand. Einen Pass. Eine richtig schlechte Fälschung, die allerhöchstens einen unaufmerksamen Vermieter, jedenfalls eine Privatperson täuschen konnte.

Doch nicht der Umstand, dass es sich bei dem Pass offenkundig um eine Fälschung handelte, bereitete mir Kopfzerbrechen. Auch nicht die Tatsache, dass er angeblich in Norwegen für einen garantiert erfundenen Hans Dreyer ausgestellt worden war. Nein, was mich irritierte, war das Passbild.

Darauf war eindeutig Henry Schiller zu sehen.

Teil II

»Weil ich weiß,
dass irgendwas nicht stimmt.«

17

Was hatten eins der bekanntesten Hotels der Welt und ein Porzellanaffe mit meinem Freund Henry Schiller zu tun? Die Frage verfolgte mich tags darauf weiter. Ich wäre ein schlechter Soldat geworden, weil ich nicht schlafen kann, wenn ich mich bedroht oder bedrängt fühle. Und nachdem ich den Porzellanaffen in meinem Garten gefunden hatte, war beides der Fall.

Was wollte die Person, die den Affen in den Baum gehängt hatte? Dieser Alejandro, der auf Henrys Beerdigung aufgetaucht war, musste irgendeiner Sache auf der Spur gewesen sein. Könnte er mir den Affen und dessen unerwarteten Inhalt zugespielt haben? Das glaubte ich kaum; immerhin war kaum zu übersehen, wie der Affe übergeben worden war.

Erhängt.

An einer Hundeleine.

Alejandro hatte mich aufgesucht und sein Anliegen von Angesicht zu Angesicht vorgebracht. Er war wegen Henry ehrlich besorgt gewesen, und ich hatte ihn abblitzen lassen. Doch jetzt, da ich den Pass und den Hotelzimmerschlüssel gesehen hatte, musste ich meine Strategie ändern. Während Alejandro mich regelrecht aufgefordert hatte herauszufinden, was in Wahrheit hinter Henrys Tod steckte, begriff ich den Affen als unmissverständliche Drohung, die Finger von der Sache zu lassen.

Denk nicht weiter über Henry Schiller nach, sonst blüht dir das Gleiche.

Aber wie konnte ich Henry nach dem, was jetzt geschehen war, in Frieden ruhen lassen?

Obwohl ich kein Auge zugemacht hatte, brach nichtsdestoweniger ein neuer Tag an. Ich fuhr Belle zur Schule und antwortete einsilbig auf Marcels Fragen; er hatte wissen wollen, wie lange wir noch in der Stadt bleiben würden. Und er wollte wissen, warum ich so gestresst war. Darauf hatte ich keine Antworten, versicherte ihm aber, dass »alles unter Kontrolle« sei. Er glaubte mir, und das machte mir Angst. Er stellte keine weiteren Fragen, nicht mal, als er im Müll Scherben eines Porzellanaffen fand.

Ich hatte das Gefühl, als würde ich mit angehaltenem Atem herumlaufen. Nach mehreren Nächten gestörten Schlafs näherte ich mich langsam, aber sicher den sumpfigen Tiefen von Verschwörungstheorien. Definitiv eine ungünstige Entwicklung. Wenn ich dieses Spiel hier spielen wollte, dann musste ich es vernünftig und strategisch angehen.

Wenn Spiel in diesem Zusammenhang überhaupt der korrekte Ausdruck war.

Auf jeden Fall brauchte ich Verstärkung. Körperlich wie gedanklich. Das Schweigen meines Mafiafreundes Boris war nervenaufreibend. Bald würde ich andere Kontakte in Erwägung ziehen müssen, welche auch immer das sein sollten. In meinem Bekanntenkreis wimmelte es nicht gerade von messerscharf denkenden Kriminellen.

Als ich gerade in der Kanzlei angekommen war und meine Tagestermine durchging, kam eine SMS von Lucy.

»Michael ist gekommen!«

Dass so wenige Buchstaben so viele Gefühle transportieren konnten. Der guten Ordnung halber bat ich Lucy zu bestätigen, dass ihre kurze SMS bedeutete, dass mein ehemaliger Herzchirurg sich nunmehr in Stockholm befand und sie sich darüber freute. Sie antwortete mit Ja und Ja und fügte hinzu, dass sie und Michael beide bestürzt seien, dass Steve immer noch nicht aufgefunden worden sei. Die Polizei schien sein Verschwinden nicht sonderlich ernst zu nehmen. Und obwohl Lucy dort nachgefragt hatte, wollte niemand bestätigen noch dementieren, dass es sich bei dem Toten aus dem Riddarfjärden um Steve gehandelt hatte.

Ich holte die Schlüsselkarte und den Pass heraus, die in dem Affen gesteckt hatten. Ein Affe mit teuren Angewohnheiten, so beschrieb man mein zerschlagenes Porzellanmaskottchen wohl am besten. Selbstverständlich musste ich diesen Vorfall mit Magda besprechen, aber irgendetwas hielt mich zurück. Mein Instinkt sagte mir, dass ich ihr, was das hier anging, nicht vollends trauen konnte, und solange dieses Gefühl anhielt, ließ ich sie besser außen vor. Ich musste der Sache auf den Grund gehen, so weit ich es allein vermochte, und konnte nicht darauf warten, dass sich die Polizei oder die Mafia meiner Probleme annahm.

Es war klar, dass der Pass mir keine weiteren Hinweise liefern würde. Er war dilettantisch hergestellt, quasi wie selbst gebastelt, das Ausstellungsdatum war auf ein knappes halbes Jahr vor Henrys Tod datiert – mehr gab es dazu nicht zu sagen. Ich würde nicht herausfinden, wer genau ihn gebastelt hatte und warum. Allerdings erinnerte ich mich wieder daran, wie Alejandro angedeutet hatte, Henry habe vor irgendwas fliehen müssen. Doch auch das war letztlich eine Sackgasse. Wenn ich weiterkommen wollte, musste Alejandro mir mehr Details verraten.

Die Schlüsselkarte aus dem Waldorf Astoria barg indes Möglichkeiten. Ich sah sie mir lange und gründlich an. Wenn man Dutzende Nächte in ein und demselben Hotel gewohnt hat, dann lernt man dessen Routinen kennen, all die kleinen Details. Unzählige Male hatte ich mit einer Schlüsselkarte in der Hand dort im Fahrstuhl gestanden – wie in vielen Hotels rührte der Aufzug sich erst, wenn man die Karte auf das Lesegerät legte – und darauf gewartet, endlich in der richtigen Etage anzukommen. Meistens hatte ich bloß dagestanden, geistesabwesend darauf hinabgestarrt, was auf der Karte stand, und mich selbst daran erinnert, dass ich ein privilegierter Mensch war, der nun seinen Traum lebte. (Das klingt einfach verdammt lächerlich, ist aber deshalb nicht weniger wahr.) Mein Sinn für Details ist mitunter unzuverlässig, manchmal aber auch messerscharf. Die Schlüsselkarte, die in dem Affen gesteckt hatte, sah genauso aus wie diejenige, die einem dort im Hotel in die Hand gedrückt wurde – und trotzdem stimmte damit etwas nicht.

Mir kam ein Gedanke. Ich werfe Schlüsselkarten selten weg, sondern hebe mindestens eine aus jedem Hotel auf, in dem ich gewohnt habe. Mit ein wenig Glück hatte ich noch eine der Karten aus dem Waldorf Astoria in der Schreibtischschublade.

Und sehr richtig, da lag eine.

»Ha!«

Immerhin eine Sache, die an diesem Morgen so lief, wie ich es wollte.

Ich legte die Karten nebeneinander. Auf der einen Seite standen der Name des Hotels und der Standort, New York. Auf der Rückseite die Adressdaten des Hotels.

Waldorf Astoria
301 Park Avenue, New York, NY

Darunter eine Telefonnummer und eine E-Mail-Adresse. Zumindest auf einer der Karten.

Ich blinzelte und sah genauer hin.

Seltsam. Ganz unten auf der Schlüsselkarte aus dem Affen verlief zentriert ein grauer Strich, um den ich mich bis dahin nicht geschert hatte. Ich hielt mir die Karte eine Handbreit vor die Augen. Vielleicht war es nur Einbildung, aber es sah fast so aus, als stünde dort etwas in den winzigsten Buchstaben, die man sich nur vorstellen konnte.

Wieder zog ich die Schreibtischschublade auf. Ich besaß ein Vergrößerungsglas, das ich zu Hilfe nahm, wenn die Linsen des Optikers mal nicht ausreichten. Stephen King hatte mal geschrieben, dass die Zeit ein Dieb sei, und damit hat er recht. Zum Beispiel klaut sie einem die ganze Zeit weitere grundlegende Körperfunktionen wie das Sehen und Hören.

Ich hielt das Vergrößerungsglas über die Schlüsselkarte und bemühte mich, den perfekten Abstand zu der mikroskopisch kleinen Textzeile zu finden. Denn es handelte sich um Text. Es schnürte mir die Kehle zu, als ich las:

And to him who knocks, the door will be opened.

Ich ließ das Vergrößerungsglas sinken. Ein Bibelzitat. Diesen Satz oder auch einen vergleichbaren hatte ich bislang noch auf keiner Schlüsselkarte gesehen, die ich bei einem Hotelaufenthalt bekommen hatte. Und »gesehen« war in diesem Zusammenhang auch der falsche Ausdruck: Ohne mein Vergrößerungsglas hätte ich kein Wort von dem lesen können, was dort auf die Karte gedruckt worden war.

Vielleicht störte mich das am allermeisten.

Dass das kurze Bibelzitat in so kleinen Buchstaben gedruckt war, dass es den Anschein hatte, es würde sich um ein Geheimnis handeln. Entweder wusste man, was auf der Karte geschrieben stand, oder man wusste es nicht. Und wenn man wusste, was dort stand, dann auch, *warum* es darauf gedruckt worden war. Ich selbst gehörte nicht zu den Eingeweihten.

Ich lehnte mich auf meinem Schreibtischstuhl zurück und sah aus dem Fenster. Stockholm hatte seine Winterkluft abgestreift, und das war ein Segen. Im Mälaren kräuselte der Wind die Wasseroberfläche. Gerade erst vor ein paar Tagen war dort noch alles zugefroren gewesen.

Die Schlüsselkarte des Waldorf Astoria lag kühl in meiner Hand.

Jemand wollte mir damit etwas sagen.

Die Karte war ein Rätsel, das seiner Lösung harrte. Sie mochte für ausgewählte Besucher gedruckt worden sein, die auf ihren Karten einen besonderen Gruß wünschten. Und sie konnte natürlich ein Fake sein: Irgendwer hatte sich einen Scherz erlaubt und falsche Karten gedruckt. Blieb immer noch die Frage, wie sie bei mir gelandet war.

Ich fuhr den Computer hoch. Jemand weniger Weltliches hätte sich wohl eine Bibel gegriffen, aber ich hätte nicht ansatzweise gewusst, wo ich da hätte suchen müssen.

Keine fünf Sekunden später hatte ich das Zitat gefunden. Im Matthäus-Evangelium, Vers 7.7: *Bittet, so wird euch gegeben; suchet, so werdet ihr finden; klopfet an, so wird euch aufgetan.*

Diese unerwartete Verbindung zu einem religiösen Text behagte mir nicht. Ich kenne mich mit Kriminellen aus, die auf Geld, Drogen und Status aus sind – aber sowie man es mit religiösen Überzeugungen zu tun hat, trete ich den Rückzug an.

Am unangenehmsten war, dass die Kirche noch in einem anderen, ebenso unerwarteten Zusammenhang genannt worden war. Wieder war ich mit den Gedanken bei Alejandro Ortega. Er hatte Henry Schiller als einen »Mann der Kirche« bezeichnet. Als einen Kirchenmann, der so furchtbarer Dinge beschuldigt worden war, dass er hatte fliehen müssen.

»Was hast du getan, Henry?«, fragte ich leise. »Hast du die Kollekte geklaut?«

Ich suchte Alejandro Ortegas Visitenkarte heraus. Es war

an der Zeit, dass ich mich bei ihm meldete. Ich mailte ihm von einer Adresse, die nicht meine übliche ist, und verschickte die E-Mail über ein Prepaidhandy – mein drittes Handy, neben meinem Arbeits- und meinem Boris-Handy. Auf der Jagd ist nichts wichtiger, als so wenige Spuren wie nur möglich zu hinterlassen. Und mit jedem Tag, der vergeht, mit jedem Schritt, den die Technik sich weiterentwickelt, verringern sich die Möglichkeiten, anonym zu bleiben.

»Wir sind uns kürzlich bei einer Beerdigung begegnet«, schrieb ich an Alejandro. »Ich stand neben meinem Auto. Sie haben einen verdächtigen Todesfall erwähnt. Ich würde gern mehr hören.«

Das musste reichen. Ich dachte kurz darüber nach zu erwähnen, dass ich gesehen hatte, wie er Lucy verfolgt hatte, überlegte es mir dann aber anders. Ebenso wenig erwähnte ich den Affen und seinen Inhalt. Es war unnötig, Alejandro zu verschrecken, nachdem er womöglich auf Informationen saß, die ich dringend benötigte.

Mein Handy klingelte, und ich erschreckte mich fast zu Tode.

Es war Jennifer.

Ich war nicht gerade in Plauderlaune, ging aber trotzdem ran. Ein bisschen Benehmen musste man schließlich an den Tag legen.

»Hallöchen«, sagte ich, »danke für gestern.«

»Danke auch. Kannst du reden? Es geht um die Sache, nach der du gefragt hast. Ich hab doch versprochen, mich dazu zu melden.«

Ich horchte auf.

Das letzte Mal, als Jennifer mir eine Frage beantwortet hatte, hatte ich zu hören bekommen, dass Henry kein schwedischer Staatsbürger gewesen war. Ich war gespannt, was sie mir diesmal erzählen würde.

»Ich höre«, sagte ich.

»Ich hab mit einem Kollegen gesprochen«, sagte Jennifer. »Der hatte in den letzten Tagen wiederholt mit einer jungen Frau zu tun, die wollte, dass wir gegen ein gewisses Hotel Royal ermitteln. Schon mal gehört? Ich dachte nur, weil du nach ›Royal‹ gefragt hast. Ist nicht ganz dasselbe, aber doch fast.«

Ein Vogel flog zu dicht an meinem Fenster vorbei und wischte mit dem Flügel über die Scheibe. Ich zuckte zusammen, weil es für einen Moment ausgesehen hatte, als käme der Vogel durchs Fenster geflogen.

»Ich bin da mal auf einen Link gestoßen, als ich nach ›Royal‹ gesucht habe«, erklärte ich. »Aber dort gewesen bin ich nie.«

»Ich auch nicht«, erwiderte Jennifer, »die junge Frau aber anscheinend schon. Sie hat mindestens zehnmal angerufen und deswegen Alarm geschlagen.«

»Alarm geschlagen?«

»Versteh mich nicht falsch – wir sind der Info nicht weiter nachgegangen. Der Schuppen ist nämlich wegen Renovierung geschlossen. Trotzdem hat das Mädel behauptet, er hätte heimlich geöffnet.«

»Klingt nach Steuerhinterziehung«, meinte ich und sah dem Vogel nach, der an der Scheibe entlanggeschrammt war.

»Das glaub ich nicht«, entgegnete Jennifer. »Die Frau hat offenbar eine blühende Fantasie. Steuerhinterziehung wäre viel zu unsexy. Sie meinte, sie würden dort heimlich Gäste empfangen, die das Haus von der Rückseite her betreten.«

Ich konnte ihr anhören, dass sie gleichermaßen fasziniert und amüsiert war. Ich hingegen nicht.

Es gab nämlich noch mehr Hotels, die teils geöffnet zu haben schienen, obwohl sie offiziell geschlossen waren.

Zum Beispiel das Waldorf Astoria.

»Kann ich Kontakt zu ihr aufnehmen?«, fragte ich.

»Mein Kollege schickt sie dir nur zu gern vorbei«, sagte Jennifer. »Wir haben ihr schon mitgeteilt, dass wir die Sache nicht weiterverfolgen. Trotzdem kommt sie immer wieder. Beim letzten Mal ging es um ihren Arbeitgeber.«

»Um ihren Arbeitgeber?«

»Sie behauptet, sie wäre rausgeschmissen worden, ohne ihren ausstehenden Lohn zu bekommen. Wir haben sie an die Gewerkschaft verwiesen.«

Ich überlegte kurz, ob es sich lohnte, der Sache nachzugehen. Die Polizei hatte schon abgewinkt. Gleichzeitig wusste ich, dass man das Potenzial paranoider Leute nicht unterschätzen sollte.

Jennifer versuchte, mein Schweigen zu deuten.

»Martin, worum genau geht es hier?«

Woher zum Teufel soll ich das wissen?, dachte ich.

Und wusste endlich, was ich tun würde.

»Ich will mit der Frau reden«, sagte ich. »Wie kann ich sie erreichen?«

»Ich darf ihre Telefonnummer nicht rausgeben«, erwiderte Jennifer. »Aber wenn du willst, bitte ich sie, dich anzurufen.«

»Gern«, sagte ich. »Sehr gern.«

18

Sie hieß Silvia Magander und war Fremden gegenüber misstrauischer als ein flüchtiger Bankräuber. Mich beschlich das Gefühl, dass sie sowohl mich als auch meinen Familienstammbaum gecheckt hatte, ehe sie mich eine Stunde später anrief.

»Erzählen Sie mir von dem Hotel, das Sie so nervös macht«, forderte ich sie auf.

Dumm von mir, das Gespräch so zu beginnen. Sie hatte andere Probleme, über die sie lieber sprechen wollte.

»Ich hab von meinem Ex-Chef keinen Lohn mehr gekriegt. Ich brauche dabei Hilfe, aber der will mich nicht treffen.«

Ich spürte sofort, dass ich hier vom Regen in die Traufe gekommen war. Alles, was ich wollte, waren Informationen über das Hotel. Ich hatte immerhin noch einen Job, einen Alltag, der am Laufen gehalten werden musste. Ich hatte keine Zeit für derlei Plaudereien.

»Haben Sie besser keine unrealistischen Erwartungen daran, was ich für Sie tun kann«, sagte ich. »Ich spreche gern mit Ihrem Arbeitgeber, aber …«

»Mit meinem Ex-Arbeitgeber.«

»Entschuldigung, mit Ihrem Ex-Arbeitgeber. Aber lassen Sie uns erst über das Hotel reden.«

»Das hängt zusammen«, sagte Silvia. »Das Hotel und das Problem mit dem Lohn sind zwei Seiten derselben Medaille. Wenn Sie mit meinem Ex-Chef reden, dann erzähle ich Ihnen den Rest.«

Irgendetwas sagte mir, dass diese Silvia keine gewöhnliche Durchgeknallte war. Sie hatte mich binnen zwei Sekunden durchschaut. Sie wusste, dass ich nicht aus idealistischen Gründen Kontakt zu ihr aufgenommen hatte. Die Sache mit ihrem Lohn war mir scheißegal. Also wollte sie Garantien.

»Einverstanden«, sagte ich. »Wie heißt Ihr Ex-Arbeitgeber?«

Sie war erleichtert, dass ich gar nicht erst versuchte zu verhandeln, an welchem Ende wir anfangen sollten.

»Das ist ein Kurierdienst«, sagte sie und gab mir Namen und Telefonnummer. »Der Typ heißt Magnus Frankner.«

Ich wartete fünf Minuten, dann rief ich den Kurierdienst an. Was ich hier gerade im Begriff war zu tun, widerstrebte mir. Womöglich verschwendete ich meine Zeit, und ausgerechnet Zeit hatte ich nicht unendlich. Ich glaube, ich war nie so schlecht auf ein Gespräch vorbereitet gewesen.

Eine Telefonistin ging ran und bat mich zu warten. Dann wurde ich mit Magnus Frankner verbunden, der mit absurd heiserer Stimme antwortete.

»Ja bitte?«

»Mein Name ist Martin Benner, und ich bin Anwalt. Ich rufe im Auftrag einer meiner Klientinnen an.«

Bereits hier lief das Gespräch aus dem Ruder. »Klientin« war schon ziemlich heftig, ich hätte sie womöglich eine Freundin nennen sollen, aber irgendwas sagte mir, dass das nicht gereicht hätte.

Magnus Frankner hustete.

»Ich höre.«

»Sie heißt Silvia Magander …«

»Mein Gott, ich weiß wirklich nicht, ob ich es ertrage, über sie zu reden. Sind Sie Journalist, oder was?«

»Nein, Anwalt«, wiederholte ich. »Silvia und ich würden uns gern mit Ihnen treffen, und zwar schnellstmöglich. Wann und wo würde es Ihnen denn passen?«

Magnus Frankner schien zu überlegen, was er antworten sollte.

»Sie hat ein Anrecht auf ihren Lohn«, schob ich nach.

Da wurde er wach.

»Ich hab Hunger«, sagte er, »und ich würde heute gern früh zu Mittag essen. Treffen wir uns in einer Stunde bei Melanders in der Markthalle Söder.«

Das hatte ich nicht erwartet. Aber seine kurz angebundene Art wirkte ebenso erfrischend wie seine Sturheit. Er hatte einfach das Kommando übernommen, und ich war es ohnehin leid, immerzu Kapitän zu sein.

»Perfekt«, sagte ich. »Dann sehen wir uns dort.«

Er hatte bereits aufgelegt.

Das Melanders ist ein ungewöhnlich angenehmes Fischrestaurant in Stockholm. Hätte man mich im Vorhinein gefragt, hätte ich nicht erwartet, dass Magnus Frankner sich dort würde treffen wollen. Nach seiner Stimme zu urteilen hatte ich es mit einem korpulenten Mann zu tun, und eine schnelle Internetrecherche hatte ergeben, dass ich richtiglag. Als wir uns zu guter Letzt gegenüberstanden, sollte sich zeigen, dass er mindestens dreißig Kilo abgenommen hatte, seit das Bild aus dem Internet entstanden war.

»Und wo ist jetzt Silvia?«, fragte Magnus, nachdem wir einander die Hand gegeben hatten.

Das fragte ich mich auch.

»Ich gebe ihr eine Viertelstunde«, sagte Magnus, »danach muss sie sich nicht mehr die Mühe machen aufzutauchen, das würde mich nur verärgern. Und jetzt will ich essen.«

»Natürlich«, erwiderte ich.

Ich hatte Silvia durchgegeben, wo und wann wir uns treffen würden, und jetzt war sie nicht hier, obwohl sie sowohl zum Treffpunkt als auch zur Uhrzeit Ja gesagt hatte. So was machte man einfach nicht. Das hier war peinlich, und ich verfluchte meine Naivität. Das hier konnte in mehrfacher Hinsicht teuer werden.

»Sie kennen Ihre Klientin nicht gut«, stellte Magnus fest, und noch ehe ich etwas erwidern konnte, fuhr er fort: »Sie ist paranoid. Sie kommt nie in ein Restaurant, wenn nicht sie selbst sich den Ort aussuchen und überhaupt erst mal recherchieren kann.«

Ich hatte nicht übel Lust zu schreien, dass sie nicht meine Klientin sei und wir uns das alles nur ausgedacht hätten, aber ich schluckte meinen Protest hinunter.

»Und warum treffen wir uns dann hier?«, fragte ich.

»Weil ich Hunger hatte. Und weil sie schon so verdammt viele Probleme gemacht hat.«

Verstohlen sah ich auf die Uhr.

»Ich gebe ihr ebenfalls eine Viertelstunde«, sagte ich, »dann gehe ich.«

Magnus grinste.

»Gut, dass Sie Fisch essen«, sagte er – als hätte er das vorher irgendwie mit mir abgestimmt, ehe er das Lokal vorgeschlagen hatte. »Fleisch sollte man meiden. Ich hab vor einem knappen halben Jahr meinen ersten Herzinfarkt gehabt, und solche Warnungen muss man schließlich ernst nehmen.«

Ein Seelenverwandter.

»Ohne Frage«, pflichtete ich ihm bei. »Aber ist Fleisch denn wirklich das große Problem, was Herz- und Gefäßkrankheiten angeht?«

Er sah mich an, als hätte ich einen an der Waffel.

»Fleisch ist nicht das Problem«, sagte er, »jedenfalls nicht für das Herz. Aber wer zum Teufel will Fleisch ohne Beilagen, ohne Pommes, Trüffelsahnesoße und Rotwein? Ich jedenfalls nicht. Also gibt es jetzt Fisch. Und Wasser.«

Eine Bedienung kam und nahm unsere Bestellung auf. Sie

schenkte uns Wasser ein und stellte einen kleinen Teller mit Zitronenscheiben auf den Tisch.

»Sie hat mit Ihnen geflirtet«, stellte Magnus fest, als die Bedienung gegangen war.

»O nein«, entgegnete ich lachend, »hat sie nicht.«

»Doch, verdammt noch mal, hat sie. Aber ich verstehe auch, warum. Sie sehen gut aus.«

Ich beschloss, diese Aussage zu meinem Äußeren nicht zu kommentieren, auch wenn wir uns in dieser Sache natürlich vollkommen einig waren. Selbstredend sehe ich gut aus.

»Erzählen Sie mir von Silvia«, sagte ich. »Was war das Problem?«

Magnus spießte mit seiner Gabel zwei Zitronenscheiben auf und versenkte sie wie Bomben im Wasser.

»Gibt es hier gar kein Eis?« Er nahm einen Schluck Wasser und stellte das Glas wieder ab. »Silvia hat nicht alle Tassen im Schrank«, sagte er dann. »Das sagen wir in diesem Land viel zu oft über Leute, aber in Silvias Fall ist es wahr. Es fing damit an, dass sie die Farbe ihres Fahrrads nicht mochte, und dann lief alles komplett aus dem Ruder.«

Fahrrad?

Ich muss ratlos ausgesehen haben.

»Wissen Sie, was Silvia für mich gemacht hat? Sie war Fahrradkurier. Das ist eine Umweltsache – als würde es helfen, Fahrradkuriere durch Stockholm zu schicken, während gleichzeitig die Chinesen so viele … wie heißt das gleich wieder … Treibhausgase ausstoßen, dass …« Er winkte ab. »Auch egal. In den sauren Apfel muss man jedenfalls beißen, wenn man heutzutage Kunden haben will. Und das Problem war nicht das Fahrrad als Verkehrsmittel an sich. Silvia fuhr gern Fahrrad. Aber es stellte sich leider heraus, dass sie nur zu bestimmten Adressen fuhr. Wenn sie vor Ort etwas Unangenehmes erwartete, ging sie nicht hin.«

Ich klappte den Mund auf und schloss ihn wieder.

»Hat jemand sie angezeigt?«, wollte ich wissen.

»Weswegen – für rechtswidriges Fahren zur falschen Adresse?«

Rechtswidriges Fahren zu falschen Adressen war nicht allzu weit von rechtswidrigem Aufhängen von Affen in Bäumen entfernt. Ich versuchte, mich zusammenzureißen. Ich war am falschen Ort in der falschen Verfassung.

»Nein, es gab keine Anzeige«, erklärte Magnus. »Nicht von mir jedenfalls und auch nicht in dieser Situation … Erst hab ich gar nicht begriffen, dass da was schieflief. Aber dann meldete sich ein Kunde. Man hatte seine Sendungen wiederholt nicht erhalten, oder aber Kuriergut war nicht abgeholt worden. Jedes Mal war Silvia diejenige, die es hätte liefern oder abholen sollen. Als es das erste Mal passierte, dachte ich noch, das wäre eine Anfängergeschichte, aber irgendwann dämmerte es mir. Sie wollte schlicht und ergreifend nichts mit dem Hotel Royal zu tun haben. Unter keinen Umständen.«

Hotel Royal.

War das besagtes *Royal*?

Endlich bekam ich etwas für meine investierte Zeit zurück.

Ich bemühte mich, mir nicht anmerken zu lassen, dass mein Puls um mindestens das Doppelte gestiegen war.

»Entschuldigen Sie die Frage, aber wie lange haben Sie das so laufen lassen?«

»Sie meinen, ich bin selbst schuld?«

Ich zuckte mit den Schultern.

»Acht Wochen hat sie bei uns gearbeitet. Sie hat eine Lieferung nach der anderen in den Sand gesetzt. Daraufhin hat das Hotel den Vertrag mit uns gekündigt. Es war reines Glück, dass ich es als Auftraggeber zurückgewinnen konnte. Ich hab ihnen einfach erklärt, wie es war, nämlich dass es nicht der

Fehler der Firma gewesen sei, sondern der einer einzelnen Angestellten. Und ich versprach, Silvia zu kündigen. Das hab ich dann auch am selben Nachmittag getan.«

»Das Hotel Royal«, sagte ich und spielte den Unwissenden, »ist das da am Mariatorget? Hier auf Söder?«

Er schüttelte den Kopf.

»Nein, es liegt in Gamla stan.«

Ausgezeichnet.

Unser Essen kam. Wahrscheinlich würde ich keinen Bissen runterkriegen. Es war für mich zum Essen noch viel zu früh, und ich stand unter Strom.

»Ein nettes Hotel im Übrigen«, fuhr Magnus fort, »das aber wirklich dringend renoviert werden muss. Insofern war es gut, es zu schließen. Wenn die Renovierung erst abgeschlossen ist, wird es superschick aussehen.«

»Wieso braucht ein geschlossenes Hotel einen Kurierdienst?«, hakte ich nach. »Dringende Spachtellieferungen vielleicht?«

Magnus nahm einen Schluck Wasser.

»Ich hab weder die Zeit noch das Geld, mich um so was zu kümmern«, erwiderte er.

»Aber Silvia muss doch erzählt haben, was da passiert ist?«, beharrte ich. »Warum wollte sie denn nichts mehr an ausgerechnet dieses Hotel liefern?«

Magnus seufzte.

»Ich hab doch gesagt, sie hat nicht alle Tassen im Schrank.«

Allmählich hatte ich genug.

»Es reicht mir jetzt mit dem Gerede.«

»Sie behauptet, das Hotel sei gar nicht geschlossen«, antwortete Magnus resigniert. »Es gebe eine Art Rezeption in der Garage. Als sie das erste Mal dort war, um was auch immer abzuliefern, sei sie weggejagt worden. Sie behauptet, abends seien dort bestimmte Fenster erleuchtet, und das störe sie. Sie hat das Haus anscheinend richtiggehend observiert. Diese Silvia ist ziemlich creepy.«

Das Hotel sei gar nicht geschlossen, und es gebe eine Art Rezeption in der Garage.

Je länger ich zuhörte, umso größer wurde der Druck auf meiner Brust.

Magnus spürte intuitiv, dass er jetzt meine volle Aufmerksamkeit hatte.

»Es ist komplett wahnsinnig, wie detailreich ihre Spinnereien sind«, erklärte er. »Sie behauptet, das ganze Haus wäre dunkel – bis auf einige Zimmer im obersten Stockwerk. Verstehen Sie? Nicht in der zweiten oder dritten Etage, sondern ausschließlich im obersten Stockwerk.«

Ich versuchte, mich zu beherrschen und nicht zu stark auf das zu reagieren, was er sagte.

»Was hat sie denn über die Gäste gesagt, die in dem Hotel wohnen?«, erkundigte ich mich.

Magnus grinste breit. Er hatte grüne Streifen Spinat zwischen den Zähnen.

»Ich dachte schon, Sie würden nie fragen«, meinte er. »Sie sagt, die checken ein, würden das Hotel aber nie verlassen. Bekloppt, oder?«

Vielleicht bekloppt, vielleicht eingebildet, aber ganz abgesehen davon: Ich fand die Information interessant, und ich wollte mehr darüber wissen. Am allerliebsten hätte ich Silvias Geschichte bestätigt bekommen. Schließlich war es nicht vollkommen unwahrscheinlich, dass sie es sich ausgedacht hatte, und diesbezüglich brauchte ich Klarheit. Für Holzwege hatte ich keine Zeit.

Zurück im Büro schickte ich Silvia eine SMS. Ich fasste mich kurz. Wenn sie wissen wolle, wie das Treffen mit Magnus gelaufen sei, dann müssten wir uns sehen. Ich hoffte, das würde reichen.

Dann rief ich beim Waldorf Astoria an.

Man glaubt ja gern, dass man für ein Hotelzimmer bezahlt und dass der Service umso besser ist, je mehr Sterne das Hotel hat. Ein logischer, aber leider ein falscher Schluss. Wenn das Hotelzimmer teuer ist, dann ist nicht einmal das WLAN gratis. Und wenn das WLAN nicht gratis ist, dann ist es das Frühstück auch nicht. Und wenn das Frühstück nicht im Zimmerpreis inbegriffen ist, dann ist es teuer und wahrscheinlich ziemlich schlecht. Das Waldorf Astoria ist keine Ausnahme von dieser Regel. Vor allem nicht, wenn man zu einer Zeit anruft, in der es geschlossen ist. Also wurde ich zweimal weiterverbunden, ehe ich jemanden in der Leitung hatte, der mir helfen konnte.

Das Plastik der Hotelkarte fühlte sich hart und kühl an.

In New York war es acht Uhr morgens, in Stockholm zwei Uhr nachmittags.

Entsprechend begrüßte mich der Mann am anderen Ende mit den Worten: *»Good morning, how can I help you?«*

Ich stellte mich kurz vor.

»Ich habe eine Frage, die Ihnen vielleicht seltsam und schräg vorkommen wird«, begann ich, »aber glauben Sie mir, ich hätte furchtbar gern eine Antwort darauf.«

»Ich werde mein Möglichstes tun, um Ihnen zu helfen«, versprach der Mann, »aber Sie wissen hoffentlich, dass das Hotel derzeit geschlossen ist?«

»Ich weiß, dass das Hotel geschlossen ist«, sagte ich, »hoffe aber dennoch auf Ihre Hilfe.«

»Selbstverständlich.«

Stimme und Tonfall ließen vermuten, dass er in Habachtstellung gegangen war.

Ich räusperte mich. Wie sollte ich weiter vorgehen? Ich beschloss, direkt zur Sache zu kommen. Dazu musste ich nur die Details ein wenig frisieren.

»Also«, sagte ich, »vor einiger Zeit war ich in New York und traf einen Freund, der Hotelschlüssel sammelt – und zwar alles von richtigen Schlüsseln bis zu Schlüsselkarten. Er zeigte mir eine Karte, auf die er besonders stolz war. Es war eine Schlüsselkarte vom Waldorf Astoria mit einer sehr speziellen Inschrift. Dort stand: ›*And to him who knocks, the door will be opened.*‹ Drucken Sie das immer auf Ihre Karten?«

Es war eine rhetorische Frage, die im besten Fall unbedarft klang.

Der Mann am anderen Ende lachte auf.

»Nein«, sagte er, »da kann ich ganz ehrlich sagen, dass ich von einem Schlüssel mit diesem Aufdruck noch nie gehört habe. Interessant. Sind Sie sich sicher, dass er aus unserem Hotel stammt?«

»Ganz sicher.« Ich betrachtete die Karte. »Ich hab mich gefragt, ob der Schlüssel vielleicht ein Sonderdruck für ein Event gewesen sein könnte, das Sie im Hotel ausgerichtet haben?«

»Das glaube ich kaum«, erwiderte der Mann.

Ich auch nicht, aber ich hatte die Bestätigung gebraucht.

»Eine letzte Frage noch: Ist derzeit irgendein Teil des Hotels geöffnet?«

Dabei dachte ich natürlich an die Garage, in der sich mehrere Leute aufgehalten hatten, obwohl der Rest des Hauses geschlossen gewesen zu sein schien.

»Nein, wirklich nicht«, sagte der Mann am Telefon. »So was würde niemals funktionieren. Kann ich Ihnen sonst noch irgendwie helfen?«

Klar, du kannst mir zum Beispiel erklären, wie mein toter Freund an einen gefälschten Pass kommt.

Oder hat einer von euch je einen gewissen Steve getroffen?

Und was zum Teufel passiert in eurer Garage?

»Nein«, erwiderte ich, »aber vielen Dank für Ihre Hilfe.«

Ich legte auf.

Und fasste die Lage zusammen: Auf der anderen Seite des Atlantiks gab es ein großes Hotel, das wegen Renovierungsarbeiten geschlossen war. Die Geheimnisse dieses Hotels würde ich wohl nicht ergründen können. Doch auf *meiner* Seite des Atlantiks gab es nur ungefähr einen Kilometer entfernt ein viel kleineres Hotel, das ebenfalls wegen Renovierung geschlossen hatte: ein Hotel, von dem die junge Angestellte einer Kurierfirma behauptete, dass es für finstere Machenschaften genutzt wurde.

Eine junge Frau, die ich bislang nicht mal zu Gesicht bekommen hatte. Trotzdem hatte ich vorgegeben, sie als Anwalt zu vertreten.

Eine junge Frau, die behauptete, in der Garage des Hotels gebe es eine Art Rezeption.

Mein überhitztes Gehirn kam mit alledem nicht zurecht. Zwischen meinen Schläfen dröhnte die Erinnerung an meine Begegnung mit dem Mann in der Garageneinfahrt des Waldorf Astoria und daran, was er gesagt hatte, als ich ein Paket abholen und mit nach Schweden hatte nehmen sollen.

Nach Schweden? Zum Royal?

Ich wusste immer noch nicht, was das zu bedeuten hatte, doch seine Worte ließen mir keine Ruhe. Aber wenn ich in meinem Büro sitzen bliebe, dann würde ich auch nichts weiter herausfinden. Und wenn ich nichts weiter herausfände, dann würde ich meinen Verdacht niemals loswerden können, dass Silvia in Teilen recht hatte. Ich warf einen Blick aus dem Fenster. Es regnete. Schon wieder. Auf Schnee folgt Schmelze. Und mehr Niederschlag. Ich zog mir einen dünnen Mantel über. Kinder sind dem Wetter entsprechend meist richtig gekleidet, was man von uns Erwachsenen nicht behaupten kann. Ich war noch nie in Regenhosen bei der Arbeit aufgekreuzt, aber es war nur eine Frage der Zeit, wann das erstmals geschehen würde.

Aufgrund des Wetters ließ ich meinen Autoschlüssel in der Schreibtischschublade liegen. Ich würde mit dem Taxi nach Gamla stan fahren. Ein Porzellanaffe und ein Schachspiel. Zwei Dinge, die auch darauf hinweisen könnten, dass ich hier in einen halbwegs harmlosen Zirkus hineingezogen wurde. Doch wenn das der Fall wäre, dann hätte der Affe nicht in meinem Kirschbaum gehangen, und Lucy hätte nicht einer von zwei Best Men für ihre Hochzeit gefehlt. Und ich selbst hätte nicht das unangenehme Gefühl, nicht aufgemerkt zu haben, weil einer meiner Freunde ermordet worden war.

19

Noch während ich im Taxi saß, rief Lucy an. Ich beschloss, nicht ranzugehen. Ich wollte ihr nicht erzählen müssen, wohin ich unterwegs war, und ich wollte auch nichts von ihr und Michael hören. Nicht jetzt, nicht schon wieder.

Ich stellte das Handy auf lautlos und wartete, bis Lucy aufgegeben hatte. Sie hinterließ keine Nachricht auf der Mailbox, schickte aber eine SMS hinterher.

»Ruf an, wenn du Zeit hast. Lucy.«

Ich spürte, wie ich allmählich ungeduldig wurde. Das Taxi fuhr zu langsam, da hätte ich genauso gut zu Fuß gehen können.

»Was für ein Mistwetter«, maulte der Taxifahrer.

»Allerdings«, sagte ich, »das finde ich auch.«

Der Fahrer lächelte in den Rückspiegel. Er sprach mit starkem Akzent und schien erleichtert, dass ich ihm überhaupt antwortete. Meiner Einschätzung nach kam er aus dem Nahen Osten oder vielleicht aus Nordafrika, so was ist immer schwer zu sagen. Das Einzige, was ich mit Gewissheit sagen konnte, war, dass das Schicksal ihm ein anderes Los zugeteilt hatte als mir.

»Wo soll ich Sie rauslassen?«

Ich schob das Handy in die Tasche.

»Sie können mich unten am Slottsbacken rauslassen, dann gehe ich von dort aus zu Fuß weiter.«

Einen Augenblick später hatte ich bezahlt und stand draußen im Regen. Verdammt blöde Idee, denn ich hatte den Wind unterschätzt, der die Regentropfen in etwas verwandelte, was sich auf der Haut anfühlte wie Hagelschauer. Alles andere als ein kurzer Aufenthalt im Freien wäre undenkbar.

Ich biss die Zähne zusammen und marschierte ein Stück den Slottsbacken hinauf. Der Wind peitschte mir ins Gesicht. Ich bog nach links in die Österlånggatan ab. Das Hotel lag im unteren Teil der Straße an der Ecke zu einer der schmaleren Gassen. Ein Mann in roter Jacke, schwarzer Hose und mit weißem Bart kam mir vornübergebeugt entgegen. Vor dem Restaurant *Fem små hus* liefen wir aneinander vorbei, und ich dankte meinem Glücksstern, dass ich Belle nicht dabeihatte. Sie hätte die Kleidung des Mannes herrlich gefunden und ihn womöglich mit »Weihnachtsmann« angesprochen. Ich hatte eigentlich erwartet, dass sie mit der Einschulung aufhören würde, an den Weihnachtsmann zu glauben, aber inzwischen waren zwei Jahre vergangen, und nein, in Sachen Weihnachtsmann hatte sich nichts verändert. Belle glaubte immer noch, dass es ihn gäbe. Vielleicht lag es daran, dass ich bislang immer einen besonders talentierten Weihnachtsmann beauftragt hatte – nämlich Boris.

»Du spinnst wohl«, hatte Lucy gesagt, als sie das erste Mal von meinen Plänen gehört hatte. »Du kannst doch einen Jugo-Mafioso nicht zum Weihnachtsmann machen!«

»Warum denn nicht? Er wird das ganz wunderbar machen.«

Und so war es auch gekommen.

Vielleicht meldete er sich deshalb nicht. Man darf seine privaten Mafiaverbindungen für maximal einen Gefallen im Kalenderjahr bemühen, und ich hatte Boris direkt für das kommende Weihnachtsfest gebucht.

Die Altstadtgassen waren unglaublich dunkel. An den Jahrhunderte alten Häusern schien es nicht eine einzige gerade Kante zu geben. Die Fassaden lehnten sich bedenklich in alle Richtungen. An diesen Hauswänden ging man besser nicht zu nah entlang, nicht dass man unter einer Dachlawine begraben wurde.

Ich näherte mich dem Hotel. Dabei achtete ich darauf, nicht langsamer zu gehen, weil ich sonst zu viel Aufmerksamkeit erregen würde – nur für den Fall, dass Wachleute das Hotel beobachteten. Und damit meinte ich nicht die Polizei, sondern die Späher der Kriminellen. Wenn es in diesem Viertel denn nun irgendwelche Kriminellen gab. Hier sah es dermaßen idyllisch aus, dass man schier Lust bekam, wildfremde Leute zu umarmen.

An einem Schaufenster blieb mein Blick hängen. Bergeweise Wollknäuel. Marianne würde den Laden lieben. Vielleicht kannte sie ihn ja bereits.

Ich sollte sie anrufen, dachte ich. Sie zu uns nach Hause einladen. Damit Belle mit ihrer Oma zusammen sein konnte.

Ich legte die letzten Meter bis zum Hotel zurück. Zum Hotel Royal. Das der Fahrradkurierin Silvia Angst eingejagt hatte. Es war immer noch Tag, sodass man nicht erkannte, ob Licht in den Fenstern brannte oder nicht. Klar war jedoch, dass das Haus verrammelt war. An den Türen des Hotels hingen ordentliche Schilder, die darüber informierten, warum es geschlossen war und wann es wieder öffnen würde.

Ich umrundete das Haus, um den Garageneingang zu finden. Wo es angeblich eine geheime Hotelrezeption gab.

Oder einen verdammten Porzellanaffen.

Ich war allein auf der Straße. Es war ein sehr kleines Hotel, jeder Vergleich mit dem Waldorf Astoria – auch wenn das ursprünglich der Anlass gewesen war, warum ich mich überhaupt für das Hotel Royal interessierte – war ebenso bizarr wie lächerlich. Trotzdem verglich ich die beiden. Das macht man einfach, so funktioniert unser Gehirn.

Zwei große Metalltüren versperrten die Einfahrt zur Garage.

Inzwischen bewegte ich mich nicht mehr ganz so zielgerichtet. Sofern mich jemand beobachtete, wäre mir anzusehen, dass ich zögerte. Und mangelnde Zielsicherheit war nie gut.

Ich blieb einen Meter vor den Metalltüren stehen und konnte mich nicht entscheiden, ob ich versuchen sollte, sie aufzuschieben. Mir fiel das Bibelzitat wieder ein und flipperte durch die Windungen meines Gehirns.

Bittet, so wird euch gegeben; suchet, so werdet ihr finden; klopfet an, so wird euch aufgetan.

Ich bin ein einfacher Mann, dem es an religiöser Überzeugung mangelt, doch für eine mikroskopisch kleine Zeitspanne versuchte ich, das Zitat in seine Bestandteile zu zerlegen.

Bittet, so wird euch gegeben.

Dieser Rat half mir im strömenden Regen vor einem geschlossenen Hotel nicht weiter.

Suchet, so werdet ihr finden.

Das war schon eher was. Ich suchte schließlich wirklich eine Erklärung für all das, was bislang geschehen war. Ich hatte einen vernünftigen Grund dafür gesucht, dass ich jetzt hier stand und fror, dass jemand einen Porzellanaffen mit einem Gruß aus dem Jenseits in einen meiner Bäume gehängt hatte, dass jemand in meinem Garten herumschlich. Und alles, was ich gefunden hatte, waren zwei Hotels, die wegen Renovierung geschlossen waren. Wenn es einen tieferen (oder vernünftigen) Sinn hinter meiner Detektivarbeit gab, dann wäre es doch schön, mal einen Beleg dafür zu bekommen.

Klopfet an, so wird euch aufgetan.

Klopfet.

War es so einfach? Musste ich einfach nur an die Tür klopfen?

Mein Handy vibrierte in meiner Manteltasche.

Ich nahm es als Zeichen dafür, dass ich drauf und dran war, einen Fehler zu machen.

Zaudere, und Gott wird anrufen.

Nur dass das nicht auf der Karte gestanden hatte.

Ich ließ mich vom Regen vertreiben und entfernte mich mit langen Schritten vom Hotel. Was machte ich eigentlich hier? Ich war Anwalt und kein Privatschnüffler.

Auf dem Handydisplay war die Nummer unterdrückt.

»Ja.«

Jemand atmete angestrengt.

»Ich hab Sie gesehen. Sie sollten diskreter vorgehen.«

Ich blieb wie angewurzelt stehen.

»Sagen Sie, wer Sie sind und wo Sie sich befinden, sonst lege ich auf.«

»Ich bin's, Silvia Magander. Ich bin gleich am Café *Liten Grå*, ungefähr hundert Meter vom Hotel Royal entfernt. Können wir uns da treffen?«

20

Es dauerte nur wenige Minuten, die kurze Strecke vom Hotel Royal zum Liten Grå zurückzulegen – von dem ich im Übrigen noch nie gehört hatte. Silvia Magander wartete in einer dunklen Ecke. Sie hatte rosige Wangen, und die Spitzen ihrer lockigen Haare waren nass, sie war ebenfalls gerade erst angekommen.

»Silvia«, sagte sie und streckte mir die Hand entgegen.

Ihr Handschlag war unerwartet fest, doch ihr Blick flackerte.

Ich hängte meinen Mantel auf und setzte mich ihr gegenüber.

»Sie haben gesagt, Sie hätten mich gesehen.«

Sie nickte und wirkte dabei nicht sonderlich verrückt. Ich weiß, dass man, zumindest mit untrainiertem Auge, den Menschen nicht ansieht, wie es ihnen im Innern geht. Doch Magnus vom Kurierunternehmen hatte Silvia als pathologisch paranoid beschrieben. Sie schuf sich ihren eigenen Albtraum, um ihn dann zu durchleben.

»Ich hab das Hotel unter Beobachtung.«

Ich bemühte mich, neutral auszusehen.

»Sie haben was?«

»Ich überwache es. Um der Polizei und meinem ehemaligen Chef zu beweisen, dass ich nicht krank bin.«

Sie betonte das »nicht« und verschränkte die Arme. Manche Leute, die das tun, wirken dabei kühl und selbstsicher. Andere sehen aus, als hätten sie den Glauben an sich selbst oder das Leben vollends verloren. Silvia gehörte zur letzteren Kategorie.

Ich versuchte zu verstehen, was sie da erzählte.

»Und wie geht das vor sich?«, fragte ich. »Wie überwachen Sie das Hotel?«

Sie schluckte.

»Ich hab im Haus gegenüber ein Dachzimmer gemietet. Das ist spitze – der Eingang liegt auf der Rückseite durch einen Innenhof, und ich kann sogar in den Dachboden hochsteigen. Niemand sieht, wann ich komme oder gehe.«

Sie schob das Kinn vor und wartete auf meine Reaktion.

»Wow«, sagte ich.

Ihr Blick wirkte verhalten positiv.

»Wer ist denn der Vermieter?«, fragte ich.

»Ein Typ, der es als Abstellkammer benutzt hat, aber dann darauf gekommen ist, dass er es nicht mehr braucht. Es ist eine Art große Dachbodenkammer mit Fenster.«

Sie bewegte sich hektisch, schien auf eine Weise ruhelos, wie es bei Erwachsenen eher selten der Fall ist.

»Ich kann nicht viel länger bleiben«, sagte sie. »Ich muss ins Zimmer zurück.«

»Sie hätten zu dem Treffen erscheinen sollen«, sagte ich. »Sie haben mich in eine ziemlich unangenehme Lage gebracht.«

»Tut mir leid. Aber ich konnte Magnus einfach nicht gegenübertreten. Er ist so eingebildet! Außerdem verbreitet er Gerüchte über mich. Er behauptet, ich wäre geisteskrank und paranoid, aber das stimmt nicht. Ich bin einfach nur besser als andere darin zu erkennen, wie gewisse Dinge zusammenhängen. Und ich will mein Geld.«

Ich bemühte mich, nicht zu grinsen.

Ich bin einfach nur besser als andere darin zu erkennen, wie gewisse Dinge zusammenhängen.

Das war ungefähr so, als hätte sie eingestanden, paranoid zu sein. Aber man soll ja nicht mit Steinen werfen, wenn man im Glashaus sitzt. Ich selbst war auch nicht ganz schlecht darin, Nichtigkeiten zu großen Storys aufzubauschen.

»Erzählen Sie mir, warum das Hotel so besonders ist«, bat ich sie.

»Erzählen Sie mir erst, warum Sie dort waren.«

»Ich war dort, weil Magnus gesagt hat, Sie hätten sich geweigert, irgendwas dorthin zu liefern. Das hat mich neugierig gemacht.«

Ich hatte keine Lust, sie in ihrem Verdacht zu bestärken, dass in dem Hotel merkwürdige Dinge vor sich gingen.

Sie senkte den Blick.

»Als das hier losging – das war in der ersten Märzwoche –, wurde es abends noch sehr früh dunkel. Angeblich ist das Hotel geschlossen, aber ich hab selbst gesehen, dass in drei Fenstern im obersten Stockwerk Licht brannte, und ich hab Schatten gesehen, die sich hinter den Fenstern bewegt haben. Ich hatte die Order erhalten, zum Eingang der Garage zu gehen und dort zu klopfen. Dann würde jemand meine Lieferung entgegennehmen. Ich durfte die Garage selbst nicht betreten, es kam ein Mann raus, der die Sendung quittierte. Ich hab ihn gefragt, ob das Hotel wirklich geschlossen sei. Der wurde total wütend. Innerhalb einer Tausendstelsekunde war er auf hundertachtzig – ich solle verdammt noch mal keine unnötigen Fragen stellen.«

»Womit er im Grunde recht hatte«, gab ich zu bedenken. »Es klingt, als wäre er übertrieben wütend geworden, aber warum sollte es denn auch so komisch sein, wenn in drei Fenstern Licht brennt? Sie renovieren. Da macht man doch so viel Licht wie möglich.«

Silvia lehnte sich auf ihrem Stuhl zurück.

»Ich gehöre zu denen, die darauf reagieren, wenn Leute barsch werden«, sagte sie. »Ein Mindestmaß an Höflichkeit ist doch wohl nicht zu viel verlangt. Also bin ich wiederholt morgens und abends an dem Hotel vorbeigegangen – eine geschlagene Woche lang. Manchmal war alles dunkel, manchmal brannte in einigen Fenstern Licht. Allerdings immer nur in der obersten Etage. Da hat das Hotel acht große Fenster, die auf den Platz hinausgehen. Die vier ganz links waren nie erleuchtet, anscheinend werden nur die Zimmer rechts benutzt.«

Ich wusste nicht, was ich dazu sagen sollte. Ich strich mir übers Kinn, spürte die Bartstoppeln an meinen Fingern.

Silvia ließ mich unterdessen nicht aus den Augen. Allem Anschein nach machte ihr ihre eigene Geschichte Angst.

»Im Januar haben sie geschlossen«, erklärte sie. »Angeblich soll das Hotel komplett grundsaniert werden. Jetzt ist es Mai, und ich hab nicht einen einzigen Bauarbeiter reingehen oder rauskommen sehen.«

Ich räusperte mich.

»Handwerker sind ein unzuverlässiges Völkchen«, gab ich zu bedenken. »Der Umbau kann sich verzögert haben.«

Silvia musterte mich. Sie wollte, dass ich gewisse Dinge begriff, die für sie selbstverständlich waren, für uns andere aber unbegreiflich.

»Ich hab in dem Restaurant direkt gegenüber zu Mittag gegessen und mich mit einem Kellner unterhalten«, sagte sie. »Er hat mir erzählt, als das Hotel gerade zugemacht hatte, habe ein Bauunternehmen an der einen Wand ein Gerüst aufgestellt. Daran hätten sie ein Werbebanner gehängt, also so ein großes Tuch mit Werbung drauf. Eine Woche später seien sie zurückgekommen und hätten sowohl das Banner als auch das Gerüst wieder abgebaut. Erst dachte er, die Nachbarn hätten sich über die Werbung beklagt, aber da hätten sie doch das Gerüst nicht abbauen müssen.«

Silvia griff nach ihrem Wasserglas und nahm ein paar große Schlucke. Mir war klar, dass sie mit ihrer Erzählung noch nicht am Ende war, also wartete ich ab.

»Ich hab nichts Illegales getan«, murmelte sie jetzt.

»Das hat auch niemand behauptet«, erwiderte ich.

Sie rutschte unruhig auf ihrem Stuhl herum.

»Das mit dem Hotel hat mich einfach nicht losgelassen – und so ist es immer noch. Weil ich weiß, dass da irgendwas nicht stimmt.«

Sie nahm noch einen Schluck.

Ich wusste, wie es sich anfühlte, wenn eine Geschichte einen nicht mehr losließ. Es ist die Hölle. Ich musste an das Waldorf Astoria und an Steves Verschwinden denken. Daran, dass Henry, als er noch am Leben gewesen war, womöglich Probleme gehabt hatte – und zwar gravierendere –, ohne dass er je darüber gesprochen hätte. Vor allem aber dachte ich an das gewöhnliche Leben, das einfach passierte, und dass nichts wichtiger war, als es mit anderen Inhalten zu füllen, als nur im Durcheinander fremder Leute zu wühlen.

»Jetzt hören Sie mir mal zu«, sagte ich. »Es wäre furchtbar, also, wirklich schlimm, wenn Ihnen etwas zustoßen würde. Sie haben enormes Potenzial, Dinge in Gang zu setzen. Sie sind nicht wie andere – Sie übernehmen Verantwortung. Aber Sie müssen auch auf sich aufpassen und dafür sorgen, dass Sie nicht in rauere See geraten, als Sie bewältigen können. Verstehen Sie, was ich meine?«

Ich hatte einfach drauflosgeplappert und ließ meinen Gedanken freien Lauf. Aber was glaubte ich eigentlich? Dass jemand wie Silvia auf mich hören würde?

Sie sah mich trotzig an.

»Man kann nicht immer nur rumlaufen und Angst haben«, entgegnete sie.

»Ich meinte …«

»Ich hab die Baufirma angerufen.«

Warum überraschte mich das nicht?

»Okay …«

»Ich hab denen erzählt, ich wäre Journalistin und wollte einen Artikel über die Sanierung der ältesten Häuser in Gamla stan schreiben. Ich hab sie gefragt, wie es mit der Renovierung des Hotels Royal vorangehe und ob ich die Arbeiten begleiten dürfe.«

»Lassen Sie mich raten. Das durften Sie nicht.«

»Nein. Weil das Hotel mitgeteilt habe, sie hätten die Renovierungsarbeiten auf unbestimmte Zeit verschoben. Als die Baufirma damit gedroht hatte, sie wegen Vertragsbruchs vor Gericht zu zerren, kam eine Entschädigungszahlung.«

Bauprojekte wurden andauernd eingestellt, es musste also nichts seltsam daran sein, wenn das Hotel Royal die Renovierung verschob. Aber warum hatte ich das gleiche ungute Gefühl wie Silvia?

Sie griff nach ihrem Rucksack, zog eine Plastikmappe daraus hervor und schob sie mir rüber.

»Was ist das?«, fragte ich.

»Mein derzeitiger Ermittlungsstand. Ich kann nicht mehr alles allein machen, das kostet einfach zu viel. Ich muss mir einen neuen Job suchen.«

Ich blätterte den Papierstapel durch. Jedes Blatt war voll mit kurzen Logbucheintragungen: in welchem Fenster eine Lampe anging, wann sie wieder ausging … Es gab sogar eine Liste der vorbeigefahrenen Fahrzeuge.

»Blaues Auto, vielleicht Volvo oder Toyota«, las ich laut vor. »Ungeheuer wertvolle Informationen.«

Sie riss mir die Mappe aus der Hand.

»Ich dachte, ich könnte Ihnen vertrauen«, sagte sie mit erstickter Stimme, »aber das kann ich offenbar nicht.«

Ich legte die Hand auf die Plastikmappe.

»Haben Sie darüber mit der Polizei gesprochen?«

»Nicht über alles.«

»Haben Sie denen erzählt, dass Sie gegenüber vom Hotel ein Zimmer gemietet haben?«

Sie schüttelte den Kopf.

»Diese Polizisten sind dermaßen verbohrt ... Die wollen einfach nicht hören, was ich zu erzählen habe.«

Ich strich ihr leicht über den Arm. Sie reagierte, indem sie ihren Arm wegzog.

Also sah ich auf die Uhr. Es war Zeit zu gehen.

Doch über eine Sache mussten wir noch sprechen, ehe ich ging.

»Magnus behauptet, Sie hätten erzählt, es gebe in der Garage des Hotels eine Art Rezeption.«

»Als ich das zweite Mal mit einer Lieferung zum Hotel kam, hat es geregnet. Damit der Mann mir die Papiere unterschreiben konnte, mussten wir reingehen. Ich durfte keinen Millimeter weiter als nötig in die Garage hinein. Allerdings konnte ich sehen, was sie dort gemacht hatten: Es sah aus wie ein Bartresen, nur ohne die Flaschen dahinter. Auf dem Boden stand ein Koffer, daran lehnte ein nasser Regenschirm. Und auf dem Tresen lag ein Hut. Es war niemand da, allerdings waren am Boden nasse Schuhabdrücke zu sehen, die hinter einer geschlossenen Tür verschwanden. Ich glaube, da hat sich jemand versteckt.«

Ich war mir nicht sicher, ob ich ihr erzählen sollte, was ich von Magnus Frankner erfahren hatte, aber eigentlich sah ich keinen Grund für Zensur.

»Frankner meinte auch, Sie hätten berichtet, es checkten Leute im Hotel ein und würden dann verschwinden«, sagte ich. »Stimmt das?«

»Ja, das stimmt. Ich hab da ein Muster entdeckt«, erklärte Silvia. »Es gehen Menschen in das Hotel hinein und kommen nicht wieder heraus. Und ja, es war dumm von mir, Magnus davon zu erzählen.«

»Könnte es nicht einfach so sein, dass die Leute, die Sie in das Hotel haben hineingehen sehen, durch eine andere Tür oder zu einem unbeobachteten Zeitpunkt wieder rausgekommen sind?«, fragte ich vorsichtig.

»Ich bin ziemlich viel auf dem Dachboden«, entgegnete Silvia.

»Im Moment zum Beispiel nicht.«

Darauf antwortete sie nicht.

»Sie sollten fürs FBI oder so arbeiten«, sagte ich. »Sie haben ein sensationelles Detailgedächtnis.«

Oder eine spektakulär blühende Fantasie, aber ich hütete mich, das laut zu sagen.

Silvia errötete.

»Der Typ, der den Lieferschein unterschrieben hat, hat bemerkt, dass ich gestarrt habe«, sagte sie. »Er hat mich sofort rausgeworfen und gesagt, ich bräuchte so bald nicht wiederzukommen. Da hab ich so getan, als hätte ich meine Handschuhe verloren und müsste sie wieder aufheben. Er hat nicht gesehen, das ich was aufgehoben habe, was ich auf dem Fußboden entdeckt hatte …«

Das Handy vibrierte erneut in meiner Tasche.

Bestimmt war es wieder Lucy.

»Und was hatten Sie entdeckt?«

Silvia schob die Hand in die Hosentasche und angelte etwas hervor – und unwillkürlich schnappte ich nach Luft. Eine Hotelschlüsselkarte.

»Die leiht man sich aus, die behält man nicht«, erklärte Silvia, als sie mir die Karte reichte. »Und es war auch nur die eine.«

Mir stellten sich die Nackenhaare auf, als ich die Karte betrachtete.

Bis zu diesem Moment hatte ich nicht gewusst, was ich von Silvia halten sollte. Was sie erzählt hatte, war spannend, aber nicht sehr belastbar. Außerdem brauchte ich in meinem Leben nun wirklich keine hausgemachte Spannung mehr, die Wirklichkeit genügte mir völlig. Doch diese Schlüsselkarte veränderte alles. Für jede andere Person wäre es nur ein gewöhnlicher Hotelschlüssel gewesen.

Für mich nicht.

Und offensichtlich auch nicht für Silvia.

Die Karte war weiß. Auf der einen Seite prangte das Logo des Hotel Royal. Direkt unter dem Logo verlief ein granitgrauer, kurzer Strich. Ich hatte kein Vergrößerungsglas dabei, aber mein Handy. Ich legte die Karte auf den Tisch und fotografierte sie ab. Dann vergrößerte ich das Bild auf dem Display, bis ich lesen konnte, was in der Zeile geschrieben stand, die auf den ersten Blick wie ein dunkelgrauer Strich ausgesehen hatte.

And to him who knocks, the door will be opened.

21

Als ich mich ins Taxi setzte und in die Kanzlei zurückfuhr, hatte es endlich aufgehört zu regnen. Ich hatte mich auf meinen Ausflug begeben, um das Hotel Royal als uninteressant abschreiben zu können, nur war es so nicht gekommen, ganz im Gegenteil. Das Hotel als unwichtig abzuschreiben war nicht mehr möglich. Die Frage war nun, wie ich weiter vorgehen sollte.

Sowie ich das Handy wieder einschaltete, erwachte es zum Leben.

Marcel hatte mir das Foto einer Zeichnung von einem Igel geschickt. Anscheinend hatte Belle sie in der Schule angefertigt, und jetzt wollte Marcel wissen, ob ich sie rahmen und in unserem Haus oder in der Wohnung aufhängen wollte. Dazu äußerte ich mich nicht, setzte ihn aber davon in Kenntnis, dass wir eine weitere Nacht in der Stadt verbringen würden.

Dann rief Lucy an. Da war ich bereits zurück im Büro. Ich ging ran und sagte in alter Gewohnheit: »Wie sieht's aus, Baby?«

»Warum hast du nicht zurückgerufen?«

Sie klang verärgert.

»Ich hatte Termine«, sagte ich betont beiläufig.

Lucy seufzte.

»Michael und ich wollten wissen, ob Belle und du mit uns zu Abend essen wollt. Aber dazu ist es jetzt wahrscheinlich ein bisschen spät, oder?«

Genauso gut hätte sie fragen können, ob wir gemeinsam

einen Berg besteigen wollten. Ich hätte dazu nicht die Kraft aufgebracht.

Lucy war ebenfalls erschöpft, das konnte ich ihr anhören. Dass ihr zukünftiger Ehemann sich endlich auf der richtigen Seite des Atlantiks eingefunden hatte, bescherte ihr offenbar keinen Seelenfrieden.

»Lucy, das ist keine gute Idee. Hier hat sich ein bisschen was angesammelt.«

Etwas klapperte im Hintergrund. Es klang, als räumte sie nebenbei die Spülmaschine aus.

»Weitere Affen im Baum?«

»Nein, aber andere Dinge«, sagte ich. »Habt ihr was von der Polizei gehört? Über Steve?«

»Nein«, sagte Lucy. »Die sagen nichts. Aber offenbar haben sie in der Nacht Kontakt zu Steves Bruder aufgenommen. Er hat einen Schlüssel zu Steves Wohnung und gestern dort eine Zahn- und eine Haarbürste rausgeholt. Die örtliche Polizei in New York war dabei und hat dafür gesorgt, dass die Sachen per Overnight-Kurier nach Stockholm geschickt würden.«

Sie musste mir nicht erklären, was das bedeutete.

Die Polizei hatte Vergleichsmaterial angefordert, um sich mittels einer DNA-Analyse zu vergewissern, dass es sich bei dem Mann aus dem Riddarfjärden tatsächlich um Steve handelte. Was wiederum die gleichermaßen erschreckende Wahrheit mit sich brachte, dass er definitiv gestorben war. Gesicht und Körper mussten auf eine Weise zugerichtet worden sein, dass man ihn anhand von Fotos nicht hatte identifizieren können.

Es klang, als würde Lucy weinen.

»Wo ist der Chirurg?«, fragte ich.

»Im Karolinska. Er hat dort eine Besprechung mit seinen neuen Chefs. Er dürfte jeden Moment nach Hause kommen.«

Ich suchte mit dem Blick den Schreibtisch ab. Dort lagen der Hotelschlüssel und eine Bibel, die ich rausgesucht hatte. Im geöffneten Tresor lag Lucys Schachspiel, das ich mit in die Kanzlei genommen hatte.

»Hast du wirklich keine Zeit heute Abend? Michael würde dich gern wiedersehen. Er ist beunruhigt wegen Steve und weil die Polizei so langsam arbeitet.«

Ich stützte den Ellenbogen auf und legte die Hand an die Schläfe.

»Baby, die Polizei tut, was sie kann. Und ich muss Zeit mit Belle verbringen. Sie hat in letzter Zeit viel zu wenig von mir gesehen.«

»Verstehe«, sagte Lucy. »Und du willst Belle nicht mit herbringen?«

»Nein, nicht heute Abend.«

»Okay.«

Ich weiß nicht, wie sie es schafft, mir immer ein schlechtes Gewissen zu machen. Irgendwie hat es mit ihrer Stimme zu tun und natürlich mit unserer Vergangenheit. Mit alledem, wovon sie geglaubt hatte, es wäre Zweisamkeit gewesen und wert, sich dafür zu engagieren, während ich mich nicht hatte beherrschen können und mit einer Frau nach der anderen ins Bett gegangen war. Weil das nicht gezählt hatte; weil es nie eine große Sache gewesen war.

Ich zögerte, musste aber dann doch fragen: »Was wird jetzt aus der Hochzeit, Lucy?«

»Ich weiß es nicht. Aber es fühlt sich einfach nicht mehr richtig an. Dieses Chaos und der ganze Mist. Michael ist fest entschlossen, die Hochzeit abzusagen, wenn sich herausstellt, dass Steve tot ist.«

Ich atmete tief durch und schloss die Augen.

»Sag sie ab«, riet ich ihr. »Du wirst unter diesen Umständen doch wohl nicht heiraten wollen, oder?«

Sie antwortete nicht.

»Du hast es gestern doch selbst gesagt«, fuhr ich fort. »Es sind jede Menge Leute auf dem Weg nach Stockholm, um zu eurer Hochzeit zu kommen. Ihr könnt mit einer solchen Entscheidung nicht bis zum Hochzeitstag warten. Sag die Chose ab und heiratet, wenn sich alles wieder leichter anfühlt.«

»Leichter – oder richtig?«

»Ist das nicht das Gleiche?«

Wir legten auf. Es gab nichts weiter zu sagen. Zumindest nicht in diesem Moment. Aber nur eine halbe Stunde später kam eine SMS. Michael war nach Hause gekommen, und sie hatten entschieden, was sie tun würden: »Die Hochzeit ist abgesagt.«

Es heißt immer, Schadenfreude sei die schönste Freude. Das stimmt natürlich nicht. Ich weiß jede Menge Sachen, die mir gute Laune machen. Aber an dem Nachmittag, als Lucy mir quasi auf den letzten Drücker mitteilte, dass Michael und sie nicht heiraten würden, ging mir ein einziges Wort durch den Kopf: *Yes!*

Es wurde Abend. Den zweiten Tag nacheinander nahm ich Lucys Schachspiel mit nach Hause. Ich ertappte mich dabei, wie ich immer wieder darauf hinabstarrte und versuchte zu verstehen, auf welche Weise es – neben dem Hotelschlüssel und Henrys falschem Pass – mit meinem Leben zu tun haben könnte. Ich las die Webseiten der großen Zeitungen, aber keine hatte Neues über den Leichenfund im Riddarfjärden zu berichten.

Belle und ich spielten ein Spiel, während Marcel das Abendessen zubereitete.

»Ich hab noch Hausaufgaben«, erwähnte Belle.

»Die machen wir wann anders«, erwiderte ich.

Belle sah mich an, als hätte ich den Verstand verloren, sagte aber nichts. Zumindest nicht zu den Hausaufgaben, wohl aber zu ihrem neuen Kunstwerk.

»Du hast gar nicht gesagt, wie du den Igel findest.«

Sie zeigte auf die gerahmte Zeichnung, die auf der Kücheninsel lag.

Ich hielt sie mir zwanzig Zentimeter vor die Nase und sagte mit ernster Stimme: »Meisterhaft!«

Marcel lächelte Belle und mich an. Es gab Lamm-Entrecôte und Kartoffelgratin. Ich hoffte, dass er nie begreifen würde, wie gut er kochte, denn da würde er sofort einen Job im Operakällaren bekommen, und das wäre schade für Belle und mich.

Nachdem wir gegessen hatten, schloss ich mich in meinem Schlafzimmer ein. Belle sah sich mit Marcel *Der König der Löwen* an, und hin und wieder hörte ich sogar, wie sie die Songs mitträllerten. Der Klang ihrer fröhlichen Stimmen beruhigte mich wieder ein bisschen. Belle ging es gut, das war die Hauptsache.

Ich rief Jennifer an, weil ich wissen wollte, wie es mit der Identifizierung des Mannes voranging, den sie aus dem Riddarfjärden gezogen hatten. Ich war mir nicht sicher, ob sie etwas über den Fall wusste, aber einen Versuch war es wert.

Das Gespräch hätte einen besseren Anfang nehmen können.

»Wie lief's mit Silvia Magander?«, fragte sie. »Hast du was rausgefunden?«

Ich schluckte die lange Entschuldigung herunter, die ich mir zurechtgelegt hatte, weil ich mal wieder vertrauliche Informationen von ihr benötigte. Anscheinend mussten wir erst über Silvia reden. Was von alledem, was ich erfahren hatte, durfte ich an Jennifer weitergeben? Wenn ich ihr von dem gemieteten Zimmer und der Observierung des Hotels erzählte, stünde Silvia als geistig verwirrt und hysterisch da. Und um nicht selbst ebenfalls als Idiot dazustehen, brauchte ich mehr handfeste Informationen, ehe ich berichtete, was passiert war und was ich davon hielt. Das Einzige, was ich selbst hätte beitragen können, waren der Hotelschlüssel und die Information über denselben, aber das genügte nicht.

»Ich hab mich mit Silvia in einem Café in Gamla stan getroffen«, erklärte ich. »Ich fand nicht, dass sie so durchgeknallt wirkte, wie du es angedeutet hattest, aber da kann ich mich natürlich täuschen.«

Jennifer lachte.

»Kaum zu glauben, dass sie dein Typ sein könnte.«

»Hör schon auf. Natürlich ist sie das nicht. Ich meine nur … Ach, ist doch auch egal. Sie hat nichts wahnsinnig Vernünftiges rausgelassen.«

Das musste reichen.

Ich hatte nicht vor, auch nur ein Wort darüber zu verlieren, dass Silvia behauptete, in dem geschlossenen Hotel würden Menschen verschwinden.

»Entschuldige, wenn ich das Thema wechsele«, sagte ich, »aber ich hab nicht wegen Silvia angerufen.«

»Sondern?«

Ich hörte ein leichtes Bedauern, aber sie hatte auch sofort wieder ihre Polizeistimme aufgelegt.

»Ich bin mir gar nicht sicher, ob du mir helfen kannst, aber ich versuch's trotzdem mal …«

Es dauerte keine zwei Minuten, die Kurzversion über Steves mysteriöses Verschwinden zum Besten zu geben und gleichzeitig zu erklären, warum es mich beunruhigte, dass er weg war.

Er sollte auf derselben Hochzeit wie ich Best Man sein.

Er kannte den Bräutigam und war aus New York angereist.

Und jetzt war er weg.

War er es vielleicht, den sie aus dem Riddarfjärden geholt hatten?

Als ich fertig war, schwieg Jennifer erst mal. Sie war noch bei der Arbeit und hatte gerade nach Hause gehen wollen, als ich angerufen hatte. Jetzt wünschte sie sich unter Garantie, sie hätte nicht erwähnt, dass sie noch bei der Arbeit war.

Aus dem Wohnzimmer waren Lachen und mehr Gesang zu hören. Marcel konnte erstaunlich laut singen, das hätte ich von einem Mann mit einem so zarten Körperbau nicht erwartet.

»Bist du noch da?«, fragte ich, als ich fand, allmählich lange genug auf Jennifers Reaktion gewartet zu haben.

»Doch, ich bin da … Aber das ist keine leichte Frage, mit der du da kommst. Du weißt vielleicht, dass sie aus seiner New Yorker Wohnung Vergleichsmaterial angefordert haben, oder?«

Ihre Stimme klang jetzt sanfter.

»Ja«, erwiderte ich. »Aber das dauert doch sicher eine Weile, bis ihr die Laborergebnisse bekommt, oder?«

»Ja, und da komme ich auch nicht ran, solange sie unter Verschluss sind – und ich kann gerade auch niemanden fragen, weil strengste Geheimhaltung herrscht. Aber ich hab heute Vormittag einen Kollegen getroffen, der dabei war, als die Leiche aus dem Wasser gefischt wurde. Sie muss furchtbar ausgesehen haben.«

Leichte Übelkeit machte sich in mir breit.

Diese finstere Welt, in der wir lebten.

»Weißt du etwas über die Todesursache?«

Jennifer zögerte einen Augenblick. »Er ist mit einer Hundeleine um den Hals gefunden worden. Insofern lautete eine der ersten Hypothesen, er könnte bei einem Sexspiel umgekommen sein, das aus dem Ruder gelaufen ist. Dann hat der Rechtsmediziner gemeldet, es sehe eher danach aus, als sei er in voller Absicht erdrosselt worden. Martin, er ist an der Hundeleine erhängt worden.«

Ich atmete tief ein und wieder aus.

Steve war an einer Hundeleine erhängt worden.

Genau wie der Porzellanaffe in meinem Kirschbaum.

Der Porzellanaffe, in dem ich den gefälschten Pass mit Henrys Foto gefunden hatte.

Ich war wie in Trance, während mich neue, nicht sonderlich schöne Gedanken beschlichen.

Magda, du hättest Henry niemals feuerbestatten dürfen.

Meine nüchternere Seite erinnerte mich daran, wie zutiefst irrational – um nicht zu sagen unnötig – es gewesen wäre, einen sterbenden Mann zu ermorden. Nichtsdestotrotz war dies ein Umstand, den ich würde verifizieren müssen. Es war mehr als frustrierend, dass dieser Affe ohne den geringsten Hinweis, warum ausgerechnet ich ihn bekommen hatte, in meinem Baum platziert worden war. Für mich war er immer noch eine unausgesprochene Drohung, eine Warnung, allerdings fühlte ich mich durchaus auch provoziert, dass ich diesbezüglich auf Mutmaßungen zurückgreifen musste. Außerdem konnte ich es mir nicht leisten, passiv zu bleiben.

Als ich im Kopf überschlug, was ich überhaupt noch eigenständig würde tun können, fiel mir Henrys Lagerraum wieder ein. Diesen Auftrag durfte ich nicht länger aufschieben. Schon zweimal hatte ich Magda auf Alejandros Anwesenheit bei Henrys Beerdigung angesprochen, und mir wollte nicht einleuchten, warum ich noch mal mit ihr darüber sprechen sollte. Aber je nachdem, was sich in Henrys geheimem Lager befand, würde sich mir vielleicht so eine Möglichkeit eröffnen.

Morgen, dachte ich, morgen räume ich den Lagerraum aus.

22

Der Abend verging. So funktioniert die Zeit. Es ist ganz egal, wie wir uns benehmen, die Zeit, die wir irgendwie verbracht oder der wir einfach beim Verrinnen zugeschaut haben, kommt nicht zurück.

Ich schrieb noch eine SMS an Boris und stellte klar, dass die Zeit langsam knapp würde. Wenn er mir nicht helfen wollte, dann wäre das schon in Ordnung (war es nicht – aber das würde ich nicht erwähnen, ehe er von sich hören ließe), aber dann bräuchte ich zumindest ein Signal von ihm. Ich schrieb: »In der derzeitigen Lage wäre jedes Lebenszeichen willkommen.«

Was aber tun, wenn er nicht antwortete? Jeder Mensch braucht einen Bad Guy im Leben, auf den er sich verlassen kann, wenn alles aus dem Ruder läuft. Und Boris war mein Bad Guy. Außerdem war er enorm kompetent.

Eine weitere Viertelstunde verging. Ich half Belle beim Zähneputzen. Sie hatte eine eigene rosafarbene Zahnpasta, bei der ich unwillkürlich an den Slime denken musste, den sie in einer Million Döschen zusammenrührte, um sie dann nach Größe zu sortieren.

»Sind jetzt alle Zähne geputzt?«, fragte Belle mich, als ich fertig war.

Sie sah besorgt aus.

»Ja, doch«, versicherte ich. »Jeder einzelne.«

Kinder sollten sich die Zähne nicht selber putzen, weil sie sonst Karies kriegen. Doch an diesem Abend konnte ich Belles Zweifel nachvollziehen, weil ich ihr komplettes Gebiss in weniger als fünfundvierzig Sekunden geputzt hatte.

In der Hosentasche vibrierte mein Boris-Handy.

Als ich es hervorangelte, ließ ich es fast fallen.

Endlich!

»Hast du die Regeln vergessen? Nicht jammern, nicht betteln. Ich finde dich, wenn's mir passt. Ich weiß, dass du Probleme hast, aber die hab ich auch.«

Das Letzte, was ich gebrauchen konnte, war Beef mit Boris, aber jetzt wusste ich wenigstens, dass er lebte. Und ich wusste auch, dass ich Probleme hatte, das musste Boris mir nicht eigens erzählen, ganz im Gegenteil. Wir hatten nur Kontakt, wenn einer von uns in Schwierigkeiten steckte (und an Heiligabend, aber das zählte nicht).

Das Handy brummte erneut.

»PS: Hab heute Morgen in deinem Garten Kameras angebracht.«

Hurra.

Das war ebenso willkommen wie verspätet; es bedeutete, dass wir keine Bilder der Person geschossen hatten, die den Affen dort aufgehängt hatte. Verdammt.

»Kann ich heute Nacht einen neuen Schlafanzug nehmen?«, fragte Belle.

Ich schob das Handy in die Tasche zurück.

»Hast du dir nicht erst gestern einen neuen genommen?«

»Schon, aber der pikt.«

»Pikt?«

»Kratzt.«

Es wäre sinnlos gewesen, mit ihr zu streiten. Ich hatte keine Lust auf Konflikte, und ausgerechnet Belle war nicht die Person, mit der ich gerade in den Ring steigen wollte. Sie ist eigensinniger als ihre beiden Eltern zusammengenommen. Keine Ahnung, woher so was kommt. Und ebenso wenig verstehe ich, wie Leute behaupten können, das würde sich »auswachsen«.

Marcel klapperte in der Küche. Belle lief hin und sagte ihm Gute Nacht.

»Gute Nacht, mein Troll!«, sagte Marcel, als Belle ihn umarmte.

Wir verbarrikadierten uns mit zwei sorgsam ausgewählten Geschichten in Belles Zimmer. Unser Einschlafritual fand ich ganz wunderbar. Von einer halben Lebenszeit hatte es sich zu einer knappen halben Stunde verkürzt. Wörter wie *Quality Time* zu häufig anzuwenden ist lächerlich, aber ich weiß wirklich keinen besseren Ausdruck für diese harmonische Zeit, in der ich Belle ins Bett bringe.

Aber ausgerechnet an diesem Abend verlief es anders. Natürlich spürte sie, dass etwas nicht stimmte. Der Katastrophenradar von Kindern täuscht sich nur selten, nur ist das Problem, dass er für die Größenordnung der Dinge nicht eingestellt ist. Zum Beispiel warte ich nur auf den Tag, da Belle die Bedeutung des ungeheuren Verlustes begreift, ihre leiblichen Eltern verloren zu haben, als sie selbst noch kein Jahr alt gewesen war. Ich kann ihr zigmal erzählen, wie ich an jenem Abend ans Telefon ging und erfuhr, dass meine Schwester und ihr Mann ums Leben gekommen waren. Ich kann ihr immer wieder aufs Neue erzählen, wie mir eiskalt wurde, wie ich Panik bekam und verzweifelt war und dann schon sehr bald begriff, dass Belle bei mir würde leben müssen. Es ist, als wollten derlei Worte nicht zu ihr durchdringen. Man kann jemanden, an den man keine bewussten Erinnerungen hat, nicht vermissen. Das gilt offensichtlich auch für den Fall, dass es sich um die eigenen Eltern handelt.

Wir lasen beide Geschichten direkt hintereinander, und bei beiden mangelte es mir an Einfühlungsvermögen. Ich lag auf dem Rücken in Belles Bett, ihr blonder Schopf auf meinem dunklen Arm. Sie aalte und wand sich in einem fort; keiner von uns beiden konnte sich konzentrieren.

»Wo ist eigentlich Lucy?«, fragte sie unvermittelt.

Mitten im Satz hielt ich inne.

»Sie ist bei sich daheim«, erwiderte ich.

»Zusammen mit dem, den sie heiratet?«

Ich hatte völlig vergessen, Belle zu erzählen, dass es keine Hochzeit geben würde.

Aber das musste warten – wenn ich es ihr jetzt erzählte, würde sie nicht einschlafen.

»Ja«, sagte ich. »Sie und Michael sind bei Lucy zu Hause.«

Ich machte Anstalten weiterzulesen, doch Belle hatte noch mehr Fragen.

»Ziehen sie dann weg?«

»Nein«, sagte ich. »Das haben wir doch schon besprochen. Lucy wohnt weiter in Stockholm, und du kannst sie genauso oft sehen wie immer.«

Belle knibbelte an einem Fingernagel. Marcel hatte ihr am Morgen geholfen, die Nägel zu lackieren. Jeder Fingernagel hatte eine andere Farbe bekommen.

»Sollen wir jetzt weiterlesen?«

Belle schüttelte den Kopf.

Ich legte mich auf die Seite.

»Ist etwas passiert?«

Das ist mit die dümmste Frage, die man einem Kind stellen kann, aber dieselbe Dummheit machte ich ein ums andere Mal. Wenn man jemandem, der noch nicht dreizehn ist, eine solche Frage stellt, dann ist immer »etwas passiert«. Je jünger das Kind, umso mehr – wirkliche oder eingebildete – Ereignisse haben stattgefunden.

Vielleicht wurde ich deshalb nervös, als Belle antwortete: »Nein.«

Sie zog sich die Decke bis unters Kinn.

Ich legte unser Buch beiseite.

»Willst du flüstern?«, fragte ich.

Das ist etwas, was ich vor ein paar Jahren entdeckt habe. Manchmal konnte Belle Dinge, die sie anstrengend fand oder für die sie sich schämte, nur erzählen, wenn sie dabei flüsterte.

Belle sah mich mit den himmelblauen Augen meiner Schwester an.

»Ich glaub, ich hab das Schachbrett ein bisschen kaputt gemacht«, flüsterte sie.

»Was?«

Belle wartete weiter meine Reaktion ab.

»Ist schon okay«, sagte ich und war erleichtert, dass nichts Ernsteres geschehen war. »Das kann ich bestimmt reparieren. Wie konnte das denn passieren?«

»Ich hab aus Versehen zwei von den Feldern losgeknibbelt. Ein schwarzes und ein weißes.«

So was Ähnliches hatte Helmer doch auch gesagt: dass die Schachfelder aussähen, als wären sie lose.

»Kein Problem«, sagte ich. »Aber gut, dass du es mir erzählt hast.«

»Ich hab es mit Klebeband repariert.«

Gute Güte, darum würde ich mich kümmern müssen, ehe Lucy das Schachspiel zurückschickte.

»Ist doch okay«, sagte ich. »Hat Marcel vorgeschlagen, dass du es mit Klebeband reparieren sollst?«

Sie schüttelte den Kopf.

»Nein, er hat gar nicht gemerkt, was passiert ist. Ich glaube, er mag das Schachspiel sehr, deshalb hab ich nichts gesagt.«

»Warum glaubst du das?«

»Weil er es gestern und heute total gründlich angeschaut hat. Hat alle Schachfiguren angesehen und so. Ich hab gefragt, ob er spielen kann, und da meinte er, dass er ziemlich gut war, als er noch jünger war.«

Jünger?, dachte ich. Er ist doch immer noch jung.

»Vielleicht hat er gemeint, dass er als Kind gespielt hat«, meinte ich.

Sie zuckte mit den Schultern.

Dann lag sie still im Bett und hielt sich an der Bettdecke fest. Offenbar war sie noch nicht fertig mit Flüstern.

»War sonst noch was?«, fragte ich.

»In dem Schachbrett war was drin.«

Ich erstarrte, gab mir aber alle Mühe, nicht zu angespannt zu wirken.

»Wo war etwas drin?«

»Unter dem einen Feld. Es lag irgendwie in einer … Wie nennt man das? Kuhle? So ein plattes Loch.«

War mir vollkommen egal.

»Belle, und was lag in der Kuhle?«

»In dem Loch, meinst du?«

Ich holte tief Luft.

»Was lag in dem Loch, Liebes?«

»Ein kleiner Schlüssel. Ein winzig kleiner. Fast so klein wie der, mit dem ich mein Tagebuch zuschließe.«

Mein Herz schlug heftiger.

Ein winzig kleiner Schlüssel, den jemand in einer Kuhle oder einem Loch unter einem der Felder des Schachbretts versteckt hatte.

Der Schlüssel zu einem Bankfach?

Der Schlüssel zu einem Tresor?

»Und wo ist der Schlüssel jetzt?«

Belle gähnte ausgiebig. Sie hatte ihr Soll erfüllt, und ihr war überdies verziehen worden. Natürlich entspannte sie sich jetzt.

»Schlaf jetzt nicht ein, Belle! Wo ist der Schlüssel?«

»Der steckt in der Tasche vom Schlafanzug. Deshalb wollte ich einen neuen anziehen.«

Ich begriff gar nichts mehr.

»Du hast den Schlüssel in den Wäschekorb geworfen?«, fragte ich.

»Nein«, erwiderte Belle ungeduldig und war schlagartig völlig wach. »Ich hab ihn hier. Der Schlafanzug von gestern hatte doch keine Taschen!«

Dann zog sie den Schlüssel aus der Brusttasche ihres Schlafanzugoberteils.

Ich gab ihr einen Kuss auf die Stirn.

Belle hatte kein bisschen übertrieben. Der Schlüssel war unleugbar klein. Außerdem sah er wirklich aus wie der Schlüssel, der zu ihrem Tagebuch passte. Allerdings wog er mehr, fühlte sich in der Hand diverse Gramm schwerer an.

»Schlaf gut«, sagte ich.

Sie nickte.

»Naidinait.«

Ich schlich aus dem Zimmer und zog ihre Tür ran.

Marcel war in sein Zimmer gegangen. Die Küche war klinisch sauber.

Ich nahm den Karton mit dem Schachspiel und trug ihn in mein Zimmer.

Wo Belle das Schachbrett repariert hatte, war auf einen Blick zu sehen. Anscheinend hatte sie es eilig gehabt, als sie das Klebeband anbrachte: Beide Schachfelder saßen leicht schief. Als ich das Klebeband abzog, gingen sie sofort mit ab. Und sehr richtig – unter einem befand sich ein Loch, das gerade so groß war, dass der Schlüssel dort Platz hatte.

Aber wozu brauchte ich den?

Ein Schlüssel ohne Bezeichnung gehört zu den besonders frustrierenden Rätseln. Nach seinem Aussehen zu schließen passte er definitiv nicht zu einem Bankfach oder einem Tresor. Er sah altmodisch aus. Wenn Belle gesagt hätte, er würde in Pippis Schatzkiste passen, dann hätte ich ihr geglaubt.

Das Schachspiel musste über Nacht in meinem Zimmer bleiben. Es in der Küche oder im Wohnzimmer zurückzulassen traute ich mich nicht. Irgendwas sagte mir, dass dieses Schachspiel für die Person, die wusste, wozu der Schlüssel passte, sehr wichtig war.

Ausreichend wichtig, um Steve mit einer Hundeleine zu erhängen.

Ich lag eine Zeit lang wach und starrte zur Decke empor. Wenn das Schachspiel der Grund dafür war, dass Steve ermordet worden war, dann hatten wir alle ein echtes Problem. Lucy würde es zurückgeben müssen, eine Alternative gab es nicht. Und dann konnten wir nur hoffen, dass das ausreichte. Ich fragte mich, wie wohl Lucy und Michael reagieren würden, wenn sie erführen, was Steve zugestoßen war.

Am meisten jedoch fragte ich mich, wann Boris sich melden würde. Er hatte geschrieben, dass er mich finden würde, wenn er Zeit und Gelegenheit dazu hätte. Das konnte im Prinzip alles bedeuten. Dass in zwei, drei Jahren plötzlich sein gewaltiger Schatten auf mich fiel, während ich gerade auf Mallorca in einem Liegestuhl saß. Oder dass ich in der kommenden Nacht davon aufwachte, dass er auf meiner Bettkante saß und mich anstarrte. Seltsamerweise hoffte ich auf Letzteres.

23

Die Nacht verging wie im Nebel. Ich war hin- und hergerissen zwischen leichtem Schlaf und Starkstromminuten, in denen ich mit weit aufgerissenen Augen und wild klopfendem Herzen dalag. Boris tauchte nicht auf. Der Einzige, der kam und mich anstarrte, während ich dalag, war Marcel. Das war um sechs Uhr morgens.

»Es riecht nach Rauch«, teilte er mir mit. »Womöglich brennt es.«

Das war auch eine Art, jemanden zu wecken.

»Hat der Feuermelder angeschlagen?«, fragte ich und rieb mir die Augen.

»Nein, aber wie sollte er auch? Ich hab in der ersten Nacht, als wir hier geschlafen haben, die Batterien rausgenommen.«

Sofort war ich hellwach.

»Und warum zum Teufel?«

Marcel sah mich verständnislos an.

»Hast du mal gehört, wie ein Feuermelder klingt? Superlaut. Ich kann nicht schlafen, wenn ich weiß, dass ich jederzeit von so einem Kreischen geweckt werden könnte.«

Ich ächzte leise.

»Du solltest nicht vor dem Kreischen des Feuermelders Angst haben, du Idiot, sondern vor dem Feuer.«

Im selben Augenblick fiel mir wieder ein, warum wir diese Diskussion überhaupt führten.

Ich schnüffelte.

»Entschuldige, aber hast du nicht gesagt, es würde nach Rauch riechen?«

»Schon, aber jetzt gerade riecht es viel weniger.«

Ich schnüffelte noch einmal. Dann dämmerte mir, was es war.

»Da stimmt was nicht mit der Klimaanlage«, erklärte ich. »Wenn der Nachbar unter uns seinen Kamin einheizt, riecht es hier nach Rauch.«

Marcel wirkte erleichtert.

»Danke, Martin!«

Mit diesen Worten verließ er mein Schlafzimmer.

Ich sah ihm nach. Wenn Belle ihn nicht so lieben würde, hätte ich ihn jetzt rausgeschmissen. Um ihn dann sofort wieder einzustellen. Marcel hatte etwas Schönes in unsere Familie eingebracht: Naivität und übersprudelnde Freude. Das gefiel mir.

Als Marcel anfing, in der Küche zu klappern, stand ich auf. Ich war zu unruhig, um noch liegen zu bleiben. Ich zog eine Unterhose an und ging ins Badezimmer.

Noch während ich dastand und pinkelte, rief Helmer an.

Ich pinkelte fertig und ging beim letzten Klingeln ran, ehe das Gespräch auf der Mailbox gelandet wäre. Meiner Beziehung zu Helmer hätte es nicht gutgetan, wenn er mich ins Klo hätte plätschern hören.

»Guten Morgen«, sagte ich.

»Guten Morgen.«

Ich klemmte mir das Handy zwischen Kinn und Schulter und wusch mir die Hände. Es gehört für mich zu den Unbegreiflichkeiten des Lebens, dass es Männer gibt, die pinkeln und sich anschließend *nicht* die Hände waschen.

»Störe ich?«, fragte er.

»Aber nein«, erwiderte ich, »es kommt mir vor, als wäre ich schon ewig auf. Wir hatten hier schon eine Löschübung.«

»Oje!«

Ich lachte heiser.

»Vergessen Sie es«, sagte ich. »Das war eine satte Übertreibung.«

Helmers misstrauisches Schweigen hörte sich lauter an als alle Feuermelder der Welt zusammengenommen.

»Ich bin von unserer Wachfirma angerufen worden«, sagte er. »In der Kanzlei wurde eingebrochen.«

Ich stöhnte.

»Auch das noch.«

»Das könnte man sagen … Der Alarm ging los, als jemand durch die Eingangstür eingedrungen ist, und dann konnten sie sehen, dass sich in Ihrem Büro jemand bewegt hat.«

Wir hatten Bewegungsmelder in der Kanzlei, die zeitgleich mit dem Einbruchsalarm ausgelöst wurden. Im selben Moment, da sich jemand durch die Räumlichkeiten bewegte, wurden die Sensoren aktiviert.

»Dann müssen wir die Aufzeichnungen kontrollieren«, sagte ich und verließ das Badezimmer.

Wir hatten uns dafür entschieden, dem Sicherheitsunternehmen keinen Zugang zu unseren Kameras zu gewähren. Sämtliche Kameras werden früher oder später demjenigen, der sie einsetzt, private Informationen offenbaren, und die brauchte die Firma nicht auf dem Silbertablett serviert zu bekommen.

Zudem konnten wir die Kameraaufzeichnungen ganz einfach über unsere Computer einsehen.

»Das hab ich bereits getan«, sagte Helmer.

Ich zog meinen Laptop näher.

»Okay …«

»Nichts.«

»Wie meinen?«

Der Laptop machte Zicken, die Verbindung zu den Kameras war anscheinend instabil.

»Die Kameras müssen irgendwie manipuliert oder zerstört

worden sein«, erklärte er. »Auf jeden Fall haben sie nichts aufgezeichnet.«

Inzwischen hatte ich das Überwachungsprogramm selbst in Gang gesetzt. Helmer hatte recht. Sämtliche Fenster waren schwarz.

»Läuft die Anlage denn?«, fragte ich. »Oder haben wir gestern vor dem Heimgehen vergessen, sie einzuschalten?«

»Ich hab sie eingeschaltet, als ich gegangen bin«, versicherte Helmer mir.

Aber irgendwas an seinem Tonfall machte mich hellhörig.

»Hat das Sicherheitsunternehmen die Polizei angerufen?«

»Nein.«

»Und Sie?«

»Nein. Noch nicht. Aber das sollten wir tun. Denn der Einbrecher ist immer noch dort.«

Schlagartig waren all meine Sinne geschärft.

»Er ist noch im Büro?«

»Das Sicherheitsunternehmen hat nicht feststellen können, dass jemand die Kanzlei verlassen hätte«, sagte Helmer. »Im Grunde weiß ich gar nicht, warum ich erst Sie angerufen habe. Ich hätte wohl direkt die Polizei alarmieren müssen, oder?«

Ich zögerte.

»Nein«, sagte ich schließlich. »Ich übernehme das. Sie können heute Homeoffice machen.«

Das war natürlich ein lächerlicher Vorschlag – ungefähr so, als hätte man einen Kellner oder eine Krankenschwester gebeten, von zu Hause zu arbeiten. Dann wiederum kannte ich eine gewisse Person, der es durchaus einfallen konnte, sich auf diese Weise Zutritt zu meinem Leben zu verschaffen. Einen einzigen Menschen. Boris.

Ich zog mich in Rekordgeschwindigkeit an und lief hinaus in die Diele, um Schuhe und Jacke zu holen. Wer wusste schon, was die Wettergöttin heute zu bieten hatte.

»Willst du kein Frühstück?«, fragte Marcel besorgt.

»Nein danke.«

»Kaffee?«

Ich hielt inne.

Was machte ich hier eigentlich gerade?

Wie konnte ich mir so sicher sein, dass es Boris und niemand sonst war, der in meine Kanzlei eingebrochen war?

Meine Annahme basierte einzig und allein auf dem Umstand, dass der sogenannte Einbrecher unsere Büroräume allem Anschein nach nicht wieder verlassen hatte, sondern dort zu warten schien. Aber warum sollte jemand wie Boris einen solchen Fehler machen und eine Tür aufbrechen, die offensichtlich an ein Sicherheitssystem gekoppelt war? Das war nicht frech – das war unprofessionell.

Was mich zu einer noch viel wichtigeren Frage brachte: Was, wenn ich hier in eine Falle tappte? Unbewaffnet und verpennt, mit einem Schachspiel unterm Arm? Falls ich es denn mitnehmen würde. Aber doch, natürlich würde ich das tun. Ich traute mich nicht, es in der Wohnung liegen zu lassen.

Ich kehrte in die Küche zurück und ließ mich am Küchentisch nieder.

»Kaffee?«, fragte Marcel noch einmal.

»Sehr gern«, antwortete ich.

Ich rief die Sicherheitsfirma an und wurde mit unserer Kontaktperson verbunden.

»Ist er immer noch da?«, fragte ich. »Der Einbrecher?«

Marcel hörte natürlich, was ich gefragt hatte, und sah mich erstaunt an.

»Ja«, sagte die Kontaktperson. »Soll ich die Polizei alarmieren? Oder rufen Sie selbst an?«

»Niemand ruft an«, antwortete ich, »zumindest noch nicht.«

Marcel servierte einen hammerstarken Kaffee, den ich in

den falschen Hals bekam, woraufhin ich husten und keuchen musste. Im selben Augenblick klingelte erneut mein Handy.

Das Boris-Handy.

Ich hustete fertig und nahm mit einem heiseren »Ja?« den Anruf entgegen.

»Möchtest du heute zur Arbeit gefahren werden?«

In diesem Moment war ich zutiefst dankbar, dass ich rechtzeitig zur Vernunft gekommen und nicht einfach ins Büro gestürzt war.

»Ich dachte, du wärst schon dort.«

»Nichts da. Ich hol dich in drei Minuten ab.«

Ich kippte den Rest von Marcels Superkaffee in mich hinein und ging zur Tür. Das Schachspiel und die Hotelschlüsselkarten hatte ich dabei.

»Marcel, sorg bitte dafür, dass Belle heute in die Schule kommt«, ordnete ich an.

»Natürlich.«

Er sah mich besorgt an. Ich rang mir ein Lächeln ab.

»Ich lasse im Laufe des Tages von mir hören.«

»Okay«, sagte Marcel, allerdings ohne mein Lächeln zu erwidern.

Im selben Moment kam Belle angelaufen – verschlafen, aber klar im Kopf.

»Gehst du schon?«

»Ich bin mit einem Klienten verabredet.«

Ich hob sie hoch und umarmte sie fest. Wie lang würde sie wohl noch so leicht sein? Nicht mehr allzu lang.

Sie schmiegte ihre Wange an meine und flüsterte mir ins Ohr: »Hast du probiert, ob der Schlüssel ins Loch passt?«

Ich lachte. Die Antwort lag auf der Hand.

»Wer suchet, der findet«, flüsterte ich.

24

In Filmen benehmen sich Schurken immer smart und klug. Nichts ärgert Polizisten oder Juristen mehr. Was kriminelle Individuen vor allem auszeichnet, ist in der Regel nämlich nicht der ungeheure Scharfsinn, im Gegenteil, ihnen unterlaufen jede Menge Fehler, und meist mangelt es ihnen an der Fähigkeit, langfristig zu denken, um mit ihren Taten davonzukommen. Das perfekte Verbrechen gibt es nicht, ebenso wenig wie den perfekten Täter. Nicht mal Präsident Nixon, der verschlagene alte Fuchs, hat es geschafft, ungeschoren davonzukommen.

Wie erklärte sich also das Phänomen Boris? Wie konnte ein Mann, der breit war wie ein Scheunentor, sich jahrzehntelang dem Arm der Justiz entziehen? Die einzige Erklärung war, dass es für Boris' Erfolgsstory keine Erklärung gab: Er war schlicht und ergreifend die Ausnahme von der Regel und somit einzigartig.

Ich hatte noch keine Minute auf dem Bürgersteig gestanden, als er vorfuhr. Leicht irritiert, nahm ich einen schwachen Brandgeruch in der Luft wahr – nicht denjenigen, den wir in der Wohnung gehabt hatten, sondern etwas, was richtig nach Feuer roch. Boris hielt kaum an. Als ich die Beifahrertür aufzog und einstieg, rollte er immer noch vorwärts. Dann gab er sofort wieder Gas.

»Sehr diskret«, stellte ich fest.

»Hallo«, sagte er nur.

»Lange nicht gesehen.«

Er seufzte.

»Du solltest allmählich erwachsen werden, Martin. Oder dir andere Freunde zulegen.«

»Tatsächlich hab ich genau das auch schon gedacht«, sagte ich.

Er grinste und fuhr auf die Sturegatan, um kurz darauf nach rechts in den Valhallavägen abzubiegen.

»Hast du auch gemerkt, dass es nach Rauch roch?«, fragte ich.

»Ja«, sagte Boris, »heute Nacht hat es in Gamla stan gebrannt. Vorhin war da ein Wahnsinnsaufgebot, aber inzwischen ist der Brand anscheinend unter Kontrolle.«

Ich stellte mir hohe Flammen zwischen eng stehenden Häusern vor. Ein Albtraum für die Feuerwehr.

»Wohin fahren wir?«, fragte ich.

Er antwortete nicht. Stattdessen bog er an einer Kreuzung trotz roter Ampel unversehens rechts ab.

»Das hier ist eine Einbahnstraße«, bemerkte ich.

»Ich weiß.«

»Außerdem bist du über die rote Ampel gefahren.«

»Ich weiß.«

Ich überlegte, ob ich die richtige Entscheidung getroffen hatte. Es ist vernünftig, über solche Dinge nachzudenken, wenn man sich in das Auto eines Mafiabosses setzt. Doch gemeinhin pflegt Boris zu wissen, was er tut. Das einzige Mal, als ihm das misslang, hatte ich ihm das eingebrockt. Ich wollte gar nicht darüber nachdenken, was ich damals verloren hatte – und was Belle verloren hatte. Aber ich wusste, dass Boris es tat.

Wir fuhren ungefähr einhundertfünfzig Meter gegen die Einbahnstraße, und zwar viel zu schnell. Dann bog er nach rechts und dann direkt nach links in eine weitere Einbahnstraße ab. Nach fünfzig Metern sah ich ein geöffnetes Garagentor vor mir. Boris fuhr hindurch, und im selben Augenblick ging das Tor hinter uns zu. Er parkte den Wagen neben einen Pfeiler.

»Komm«, sagte er und schob die Fahrertür auf.

Ich stieg aus. Die Papiertüte mit dem Schachspiel wäre fast gegen die hintere Tür geschlagen, aber ich konnte sie im letzten Moment festhalten.

»Schicke Aktentasche«, bemerkte Boris müde.

»Der letzte Schrei aus Paris«, erwiderte ich.

Er angelte einen Autoschlüssel hervor und drückte auf den Funkknopf. Ein Saab blinkte auf. Er schob sich auf den Fahrersitz und wies mich an, ebenfalls einzusteigen.

»Bitte sag mir, dass der Wagen dir gehört«, flehte ich ihn an, ließ mich aber mit der Tüte auf dem Schoß auf dem Beifahrersitz nieder, noch ehe er antwortete.

Der Sitz war zu weit vorn. Ich suchte nach dem Hebel, um den Sitz ein Stück nach hinten zu schieben.

Boris lachte rau.

»Du sitzt da wie eine Oma«, sagte er. »Mit angewinkelten Knien.«

»Immer schön, von dir Komplimente zu kriegen«, gab ich zurück. »Die Damen fallen sicher reihenweise in Ohnmacht.«

Er zwinkerte mir mit dem Auge zu, auf dem er etwas sah.

»Wenn du wüsstest.«

Endlich schaffte ich es, den Sitz zurückzufahren. Erleichtert streckte ich die Beine aus. Manche Männer lernen mit der Zeit, über sich selbst zu lachen, gerade in Situationen, in denen sie ratlos sind oder lächerlich wirken. Aber zu diesen Männern gehöre ich nicht. Ich hasse es, mir lächerlich vorzukommen.

Wir fuhren wieder aus der Garage.

Und diesmal befolgten wir die Verkehrsregeln.

»Sehr schön«, brummte Boris. »Sofern wir eben Gesellschaft hatten, dürften wir jetzt allein sein.«

Unwillkürlich wanderte mein Blick zum Außenspiegel. Die Straße hinter uns war leer, auf den Bürgersteigen war nur der eine oder andere Rentner mit Hund zu sehen.

»Wirst du beschattet?«

Er sah mich an.

»Nein«, erwiderte er. »Aber du.«

Ich sah ihn schweigend an.

»Das hätte ich doch gemerkt«, sagte ich dann. »Also nein, erzähl mir nichts.«

Er schüttelte verärgert den Kopf.

»Von uns beiden bin ich der Profi«, sagte er. »Deshalb rufst du mich an, wenn es kompliziert wird, und nicht umgekehrt.«

»Das ist jetzt aber nicht die ganze Wahrheit«, wandte ich ein.

»Und du vergleichst Äpfel mit Birnen«, schnaubte er.

Ich lehnte den Kopf an die Nackenstütze, richtete mich dann aber wieder auf.

»Ich würde sagen, dass ich mit leicht anderen Herausforderungen zu tun habe – aber so kann man es natürlich auch sehen.«

Boris fuhr auf den Valhallavägen zurück, und dann folgten wir dem Lidingövägen bis Värtahamnen. Er stellte den Wagen auf einem Parkplatz in der Nähe eines der großen Schiffsterminals ab.

Dann drehte er sich zu mir um.

»Martin, du hast ein Problem.«

»Ja, hast du schon erwähnt.«

Einen Moment lang glaubte ich, er würde mir eins verpassen. Seine Augen blitzten, und er hatte den Mund fest zusammengepresst.

»Das hier ist wirklich nicht der richtige Zeitpunkt, um Witze zu machen«, sagte er schließlich. »Seit wir uns das letzte Mal gesehen haben, ist ziemlich viel Scheiße passiert.«

»Du meinst, seit du bei uns den Weihnachtsmann gegeben hast?«

»Das zählt nicht. Ich meine, seit vorigen Herbst.«

Voriger Herbst. Wir waren zusammen im Hilton Slussen ein Bier trinken gegangen (meine Idee, nicht seine), und Boris hatte sich an der Aussicht gar nicht sattsehen können. Stockholm in seiner majestätischen Pracht hatte uns buchstäblich zu Füßen gelegen. Die Abendsonne hatte auf dem Wasser geglitzert, und Boris hatte auf das Stadshuset gezeigt und gesagt, dass er dort nur zu gern wohnen würde oder so was in der Art.

Heute wirkte er wesentlich weniger auf Harmonie bedacht. Er zog den Reißverschluss seiner schwarzen Lederjacke auf und zückte sein Handy aus der Innentasche.

»Ich hab dich schon im Blick gehabt, bevor du von dir hast hören lassen«, sagte er und weckte das Handy aus dem Standby-Schlaf.

Ich wurde wütend.

»Wie bitte?«

»Manchmal fällt es einem leichter zu helfen, wenn man nicht zu viele Leute einbindet.«

Er musterte mich.

»Sorry«, sagte er dann, »ich hätte es dir selbstverständlich erzählt, sowie ich was Konkretes zu bieten gehabt hätte.«

Damit gab ich mich zufrieden. Hauptsächlich weil ich wusste, dass es sich nicht lohnte zu streiten, aber auch weil ich Boris vertraute.

»Wer ist das hier?«

Er hielt das Handy hoch und zeigte mir ein Bild von Silvia.

»Silvia«, sagte ich.

»Nachname?«

»Magander.«

»Beruf?«

Hier zögerte ich.

»Soweit ich weiß, ist sie arbeitslos.«

»Ist sie deine Klientin?«

»Sie ist eine Art Klientin.«

Boris seufzte.

»Tolle Antwort.« Dann hakte er nach: »Und wo ist sie?«

»Du meinst, wo sie wohnt?«

»Ich weiß, wo sie wohnt. Die Frage war, wo sie steckt.«

»Im Moment?«

»Ja.«

»Keine Ahnung.«

»Sie sitzt in deinem Büro.«

»Was?«

Boris seufzte ungeduldig. Er drückte aufs Handy und wollte mir offenbar noch mehr Fotos zeigen.

»Warte kurz«, sagte ich. »Silvia kann nicht in meine Kanzlei eingebrochen sein und die Kameras zerstört haben. Dafür ist sie nicht der Typ. Sie würde nicht mal sehen, wo die Kameras sitzen.«

»Das hab ich auch gar nicht behauptet«, sagte Boris. »*Ich* hab die Kameras zerstört. Oder besser gesagt, nicht zerstört, sondern nur *manipuliert*. Das repariere ich wieder.«

Um nicht noch ein »Was?« von mir zu geben, räusperte ich mich.

»Okay, spannend«, sagte ich.

Boris schnaubte.

»Verdammte Scheißkameras«, sagte er. »Ich hab sie sofort gesehen, noch bevor sie mich sehen konnten.«

»Boris, es ist dein Job, Kameras zu sehen, ehe sie dich sehen. Normale Einbrecher entdecken sie nicht.«

»Obwohl das ihr Job wäre?«

»Genau. Sie sind einfach zu dumm.«

Jetzt wurde Boris sauer.

»Ich mag es nicht, wenn du mich Einbrecher nennst.«

»Ich hab dich nicht Einbrecher genannt.«

»Du hast ›normale Einbrecher‹ gesagt und damit angedeutet, dass ich auch einer wäre – wenn auch ein ›unnormaler‹.«

Ein Stück von uns entfernt hielt ein Taxi. Boris sah ihm nach. Eine Familie mit zig Kindern purzelte daraus hervor. Eine Frau nahm eins an jede Hand, während der Mann Gepäck aus dem Kofferraum lud. Zwei große Koffer und eine Sporttasche im Stil jener Tennistaschen, die in den Achtzigern so populär gewesen waren. Er hängte sich die Tasche über die Schulter und zog beide Koffer hinter sich her. Die Frau manövrierte die Kinder zum Fähranleger.

»Sind die zu spät oder zu früh dran?«, fragte ich. »Es ist gar niemand anderes da.«

»Die sind zu früh«, meinte Boris.

Die Familie stellte sich in ein Bushaltestellenhäuschen. Die Kinder ließen sich auf der Bank nieder, und die Mutter packte etwas aus, was wie Butterbrote aussah.

»Was hast du in meinem Büro gemacht?«, fragte ich.

»Ich wollte recherchieren«, sagte Boris, »überprüfen, ob vor mir schon jemand da gewesen war. Also, jemand, der nicht dort hingehörte.«

»Und?«

»War alles entspannt. Aber nur in dem Moment. Es war reiner Zufall, dass ich diese Silvia in das Gebäude gehen sah, kurz nachdem ich dort gewesen war. Sie scheint direkt in dein Büro hochgegangen zu sein.«

»Aber du kennst Silvia?«

»Nein, aber ich hab doch eben gesagt, dass ich dich beobachte. Ich hab dein Telefon über die letzten Tage gecheckt, und so hab ich Silvia gefunden.«

Hier musste ich jetzt mal eine Grenze ziehen.

»Du hast mein *Telefon* gecheckt? Ist dir klar, wie übergriffig das ist?«

»Entschuldige bitte, dass ich versuche, dir zu helfen«, erwiderte Boris.

»Du hättest doch einfach auch um ein paar Namen bitten können, das ist dir ja wohl klar, oder? Von wem zum Teufel bekommst du eigentlich solche Informationen?«

Boris lächelte schief.

»Martin, du bist so verdammt naiv. Obwohl du schon Mist erlebt hast, weigerst du dich immer noch zu glauben, dass so was immer nur ein Systemfehler wäre. Du beschließt einfach zu glauben, die Welt wäre ein besserer, schönerer Ort, als sie es in Wahrheit ist.«

Er richtete sich gerade auf.

»Ich werde dir jetzt nicht erzählen, was für Quellen ich habe. Das hab ich noch nie getan.«

Ich spürte, wie mir die Situation entglitt.

»Verstehe«, sagte ich. »Es sind einfach so seltsame Dinge passiert … und Silvia ist nur *ein* Teil von alledem. Lucy wollte heiraten, aber das ist jetzt abgesagt.«

»Glückwunsch!«

Boris ballte die Faust und hielt sie mir entgegen. *Fist bump*, immer gut.

»Danke, danke«, sagte ich. »Eigentlich nicht wirklich ein Grund zur Freude. Der Best Man des Bräutigams ist nämlich verschwunden und inzwischen tot aufgefunden worden.«

Boris war erstaunt.

»Der Best Man des Bräutigams … Wessen Best Man hätte er denn sonst sein sollen?«

Ich ignorierte die Frage.

»Wenn man es genau bedenkt«, fuhr ich stattdessen fort, »dann hat eigentlich alles mit einem Schachspiel angefangen, das Lucy in New York ersteigert hat.«

Ich nickte in Richtung Papiertüte. Der Schlüssel, den Belle darin gefunden hatte, steckte in der Innentasche meiner Jacke.

Boris senkte den Blick.

»Jetzt erzähl mal von vorn«, bat er mich. »Anschließend erfährst du, was ich auf eigene Faust herausgefunden habe.«

Ich zögerte. Könnte ich falsch beurteilt haben, wo dieses Drama eigentlich seinen Anfang genommen hatte? Und handelte es sich überhaupt um *ein* Drama? Es fiel mir schwer, Klarheit in das Durcheinander zu bringen. Die Herausforderung war zu unterscheiden, welche Ereignisse zusammenhingen und welche nur zufällig gleichzeitig stattgefunden, in Wahrheit aber nichts miteinander zu tun gehabt hatten.

»Leg los«, sagte Boris, »ich hab nicht den ganzen Tag Zeit. Du hast gesagt, es hätte mit dem Schachspiel angefangen.«

Ich drehte mich so auf dem Sitz herum, dass ich Boris direkt ansehen konnte.

»Du zögerst«, bemerkte Boris. »Es hat also nicht mit dem Schachspiel angefangen. Was glaubst du denn, wann die Probleme für dich losgegangen sind?«

Diese Frage war leichter zu beantworten.

Ich holte tief Luft.

»Ein paar Wochen, bevor Lucy das Schachspiel gekauft hat, war ich auf einer Beerdigung. Henry, ein Freund von mir, war gestorben. Einer der Gäste hat angedeutet, Henry sei in Wirklichkeit ermordet worden. Ich hatte null Beweise dafür, aber …«

Hier unterbrach ich mich.

»Aber du hast trotzdem ein bisschen nachgeforscht?«

»Ja und nein. Henry ist im Krankenhaus gestorben, er hatte eine aggressive Form von Krebs. Eine solche Diagnose kann man nicht faken, da müssten zu viele gleichzeitig lügen. Die Ärzte, die Krankenschwestern …«

»Da sind wir völlig einer Meinung«, erwiderte Boris. »Trotzdem zweifelst du daran, wie dein Kumpel wirklich gestorben ist, stimmt's?«

Kumpel. Das war vielleicht ein Wort, um meine Beziehung zu Henry zu beschreiben.

Ich dachte kurz nach.

»Keine Ahnung. Obwohl ich keine Beweise dafür gefunden habe, dass Henry an etwas anderem gestorben sein könnte als an Krebs, bin ich auf ein paar Dinge gestoßen, die dafür sprechen, dass Henry andere Schwierigkeiten gehabt haben könnte, von denen ich nichts gewusst hatte und die jetzt plötzlich zu meinen Problemen geworden sind.«

»Wie das?«, fragte Boris und runzelte die fleischige Stirn.

»Zurzeit wohne ich in der Stadt«, erklärte ich. »Ich hab um mein Haus herum Spuren im Schnee entdeckt. Es sah aus, als hätte dort jemand eine Runde ums Haus gedreht. Und Belles Au-pair Marcel ist einem Mann begegnet, der sich als Vertreter meines Gärtners ausgab.«

Boris brach in ein dröhnendes Gelächter aus.

»Ich weiß«, sagte ich. »Man sollte nie ein männliches Au-pair einstellen – aber ich muss doch sagen, dass ich …«

»Hör schon auf. Darüber lache ich doch gar nicht. *Ich* bin das gewesen, dem dieser Marcel begegnet ist. Und *ich* hab eine Runde um dein Haus gedreht.«

Ich war fassungslos.

»Jetzt guck nicht so schockiert«, sagte Boris. »Ich hab doch gesagt, dass ich dich im Blick hatte.«

Ich lachte erschöpft. Das hier war eine gute Nachricht. So war zumindest eins der vielen Rätsel gelöst.

»Jetzt reißen wir uns mal wieder zusammen«, sagte Boris. »Das scheint ein unangenehmer Mist zu sein, in den du da reingeraten bist. Was, glaubst du, ist der gemeinsame Nenner?«

Die Scheiben waren von unserer Atemluft beschlagen. Boris ließ das Fenster auf meiner Seite einen Spaltbreit hinunter. Die kühle Morgenluft weckte meine Lebensgeister.

»Es gibt mehrere gemeinsame Nenner«, sagte ich. »Die Antikwelt ist einer, die Kirche ein anderer. Und eine Hundeleine.«

Boris starrte mich an.

»Hundeleine? Darauf scheißen wir mal. Aber welche Kirche meinst du?«

»Keine spezielle Kirche, eher die christliche Kirche als Ganze.«

Ich zauberte den Pass hervor, der in dem Porzellanaffen gesteckt hatte, sowie die Schlüsselkarten vom Waldorf Astoria und vom Hotel Royal.

»Wie bibelfest bist du?«, fragte ich.

25

Ein einziges Mal lächelte Boris, während ich redete – und zwar als ich den Porzellanaffen im Baum erwähnte. Ansonsten hörte er genau zu und stellte ein paar Fragen, wann immer er eine genauere Schilderung brauchte. Als ich fertig war, klebte mir die Zunge am Gaumen. Wenn ich richtig krass Lust auf Kaffee gehabt hätte, wäre ich wahrscheinlich zu der Familie an der Bushaltestelle gesaust und hätte ihre Thermoskanne geklaut, aber so weit war ich noch nicht.

»Jetzt bist du an der Reihe«, sagte ich. »Was hältst du von alldem?«

Er rutschte auf seinem Sitz herum. Da machte sich sicher seine alte Rückenverletzung bemerkbar, aber Boris gehört nicht zu den Leuten, die jammern, wenn ihnen etwas wehtut.

»Fangen wir mit dem Pass an«, schlug ich vor.

Boris blätterte darin.

»Die schlechteste Fälschung, die ich je gesehen habe«, stellte er fest. »Hatte Henry Verbindungen zu Norwegen?«

»Nicht dass ich wüsste«, sagte ich.

»Hm. Ich versteh wirklich nicht, wozu eine derart miese Fälschung von Nutzen sein könnte. Mit falschen Pässen kann man doch ohnehin nicht mehr reisen.«

»Ich weiß, aber man könnte sich damit immer noch eine Art Alltag aufbauen. Wohnung, Arbeit und dergleichen. Vermieter und Arbeitgeber achten nicht so genau darauf, ob ein Pass gefälscht ist oder nicht.«

Boris grummelte etwas Unverständliches.

»Könnte Henry diesen Blödsinn selbst gebastelt haben?«

Ich nahm an, dass er den Pass meinte, und musste lächeln.

»Nein«, versicherte ich ihm, »Henry war sorgfältig. Wenn er einen falschen Pass hätte benutzen wollen, dann hätte der anders ausgesehen.«

»Hat er je selbst von Flucht gesprochen?«, fragte Boris. »Ich meine, er muss doch nicht zwangsläufig vor einem Krieg oder so geflohen sein.«

»Nein«, antwortete ich. »Er hat nie erwähnt, dass er ein Land hätte verlassen müssen oder dass er verfolgt worden wäre.«

Boris legte den Pass beiseite.

»Dann reden wir jetzt von diesem Best Man«, sagte er.

»Was denkst du über ihn?«, fragte ich.

»Dass er tot ist.«

»Schon. Aber warum?«

Ich wusste rein gar nichts über Steve, außer dass er Michael Grossmans Jugendfreund war und versprochen hatte, anlässlich der Hochzeit nach Stockholm zu kommen. Was er dann ja auch getan hatte.

»Er muss jemandem in die Quere gekommen sein«, mutmaßte Boris. »Das ist die offenkundige Antwort. Die Frage ist nur, ob er jemandem in die Quere gekommen ist, der mit allem, was dir passiert ist, zu tun hat, oder ob er eigene Probleme hatte. Ich neige zu derselben Erklärung wie du, nämlich dass alles mit dem Schachspiel zu tun hat. Oder besser gesagt: Ich glaube, es geht um den Schlüssel, den ihr darin gefunden habt.«

»Aber warum warten und ihn erst ermorden, als er hier angekommen ist?«, fragte ich. »Er hat null Verbindung zu Schweden. Warum ihm bis hierher folgen?«

Boris runzelte die Stirn.

»Wie kommst du darauf, dass der Mörder ihm hierher gefolgt sein könnte? Er könnte doch genauso gut hier in Stockholm vor Ort gewesen sein. Außerdem muss ich dir leider sagen, dass du schlampige Schlüsse ziehst – du nimmst an, dass Steve nach Schweden gekommen ist und das Schachspiel von hier aus an Lucy geschickt hat. Aber das weißt du im Grunde nicht. Mit den richtigen Instruktionen hätte jeder das Schachspiel an Lucy aufgegeben haben können.«

Ich wühlte in der Papiertüte und zog das Schachbrett und die Schatulle mit den Figuren hervor. Die losen Felder saßen immer noch mittels Klebeband an ihrem Platz. Das würde ich reparieren müssen, ehe das Spiel zurückgeschickt würde.

»Das ist aber nicht schön«, sagte Boris und zeigte auf das Klebeband.

»Das hat Belle gemacht. Ihr sind aus Versehen zwei Felder rausgefallen«, erklärte ich.

Boris betrachtete das Schachbrett und bat dann darum, den Schlüssel sehen zu dürfen, der quasi in seiner Pranke verschwand.

Gedankenverloren befingerte er ihn.

»Was meinst du?«, fragte ich. »Ich kann mir das Schloss gar nicht vorstellen, das zu diesem Schlüssel passen soll.«

»Das ist wahrscheinlich auch gar nicht die Absicht«, meinte Boris.

Er gab mir den Schlüssel zurück und nahm sich stattdessen das Schachspiel vor.

»Was weißt du über die Firma, die das Spiel verkauft hat?«, fragte er. »Du hast doch ein eigenes Geschäft dort. Warum kanntest du die dann nicht?«

»Wir sind gerade in Manhattan ziemlich viele Player«, erwiderte ich. »Lucy hat übrigens eine E-Mail bekommen, dass sie dieses Spiel zurückgeben muss und das andere – das ursprünglich für sie bestimmt war – in New York für sie bereitliegt.«

»Und warum sitzt du noch hier und klammerst dich daran

fest?«, fragte Boris. »Schick den Mist rüber und hoff einfach, dass das reicht.«

Ich massierte mir den Nacken.

»Das hab ich mir auch schon gedacht, aber ich will es nicht weggeben, bevor ich nicht verstanden habe, warum es so wichtig sein soll. Gott, sie haben Steve bis zur Unkenntlichkeit verstümmelt und irgendwo aufgeknüpft. Und anschließend im Wasser entsorgt.«

Boris trommelte mit den Fingern aufs Lenkrad.

»Sie haben ihn also gefoltert. Warum?«

Ich lehnte mich zurück.

»Woher zum Teufel soll ich das wissen? Vielleicht weil sie wissen wollten, wo das Spiel ist?«

»Jetzt wach aber langsam auf«, sagte Boris. »Was soll das denn heißen? Wenn sie hätten wissen wollen, wo das Spiel ist, dann hätte das Antikgeschäft doch sämtliche Adressdaten von Lucy gehabt. Wenn die das Schachspiel hätten zurückhaben wollen, dann hätten sie Lucy binnen zwei Sekunden ausfindig gemacht. Dass du das Spiel jetzt hast, ändert daran rein gar nichts. Ich würde eher darauf wetten, dass sie versucht haben, aus ihm herauszuprügeln, wo er das Spiel abgeholt und was er dort gesehen hat.«

»Du meinst, im Waldorf Astoria?«

Boris sah besorgt aus.

»Nachdem ich gehört habe, was du über dieses Hotel in Gamla stan erzählt hast, bin ich mir ziemlich sicher, dass mit dem Waldorf Astoria irgendwas nicht stimmt.«

»Hör schon auf«, sagte ich, »das Waldorf Astoria ist hundertmal größer als das Hotel Royal. Was sollten zwei derart unterschiedliche Hotels miteinander zu tun haben?«

Boris biss sich auf einen Fingernagel.

»Ich glaube nicht, dass die Hotels selbst miteinander zu tun haben – da ist noch etwas anderes, was sie verbindet. Und das hat mit der Renovierung zu tun. Davon müssen die Besitzer gar nichts wissen.«

Boris fummelte an seinem Handy herum. Unter seinen absurd dicken Fingern sah das Gerät winzig aus.

»Ich sage gleich wieder was zu den Hotels«, murmelte er, »aber erst will ich noch eine andere Sache wissen.«

Er reichte mir das Handy.

»Wer ist das?«

Mein Herz setzte kurz aus, als ich sah, wer auf dem Foto zu sehen war.

Alejandro Ortega.

»Keine Ahnung, was ich dazu sagen soll«, antwortete ich. »Das ist dieser Alejandro, von dem ich dir erzählt habe, aber …«

»Der lief ganz offen auf der Straße nur zwanzig Meter hinter dir her«, sagte Boris stirnrunzelnd. »Ich verstehe wirklich nicht, wie du weder ihn noch meinen Beschatter übersehen konntest.«

Dass Alejandro Ortega nicht nur Lucy, sondern auch mich verfolgt hatte, setzte mir zu. Nirgends war man mehr sicher, auf niemanden war mehr Verlass. »Dann hat Alejandro mich wirklich beschattet?«

»Ja, sag ich doch.«

»Was hast du über ihn herausfinden können?«, fragte ich.

Boris nahm sein Handy wieder an sich.

»Ich hab einige Zeit investiert, um diesen Filou zu identifizieren«, sagte er. »Aber ich bin nicht sehr weit gekommen. Jetzt, da ich einen Namen habe, suche ich weiter, aber ich fürchte, wir dürfen uns da keine allzu großen Hoffnungen machen.«

Ich dachte darüber nach, was Boris gerade gesagt hatte.

Der lief ganz offen auf der Straße nur zwanzig Meter hinter dir her.

»Wann genau soll das überhaupt gewesen sein, als er mich verfolgt hat?«, fragte ich.

»Vor ungefähr fünf, sechs Wochen«, antwortete Boris.

Ich rang um Contenance.

Vor fünf Wochen waren Alejandro und ich uns noch gar nicht begegnet. Henry war bereits gestorben, aber noch nicht begraben gewesen.

»Anfang April ungefähr, da hätte ich mal deine Hilfe gebraucht«, fuhr Boris fort. »War keine große Sache, eigentlich brauchte ich eher einen Rat. Ich wollte später am Tag bei dir vorbeifahren und dich überraschen. Ich hab gesehen, wie du aus deinem Büro kamst – und sofort hattest du einen Begleiter. Also bin ich wieder abgefahren und hab einen eigenen Beschatter auf dich angesetzt. Dieser Alejandro ist dir tagelang gefolgt. Ich hätte natürlich etwas gesagt, aber dann ist etwas anderes passiert, worum ich mich kümmern musste.«

Ich schüttelte ungläubig den Kopf.

»Das ist doch total verrückt. Dass du nichts gesagt hast …«

»Mache ich ja jetzt.«

Er wurde ernst.

»Diese Hotels«, sagte er dann. »Wir müssen über die beiden Hotels reden.«

Mein Handy klingelte, und wir zuckten beide zusammen. Ein weiterer würdeloser Reflex aus unseren Höhlenmenschenzeiten.

Ich kramte das Handy hervor.

»Lucy«, stellte ich fest. »Da muss ich rangehen.«

Boris zuckte mit den Schultern.

»Wenn's schnell geht.«

Ich ging ran, ohne auf weitere Instruktionen zu warten.

»Hallo, Lucy.«

»Er ist tot, Martin. Steve ist tot. Die Polizei hat eben angerufen.«

Sie klang gefasst, trotzdem war ihre Stimme leicht gepresst.

»Das tut mir leid, Lucy«, sagte ich.

»Wir müssen reden. Kannst du vorbeikommen?«

Ich verzog das Gesicht.

»In zwei Stunden?«

»In zwei Stunden erst? Warum? Was machst du denn gerade?«

Sie hätte genauso gut fragen können: Was wäre wichtiger als das hier? Aber das tat sie nicht. Sie kennt mich und weiß, dass ich sie nicht ohne Grund auf später vertröste.

»Das kann ich jetzt gerade nicht erzählen.«

»Martin, wirst du bedroht? Bist du gekidnappt worden?«

Ich blinzelte und sah schon vor mir, wie Lucy die Polizei alarmierte, weil sie der felsenfesten Überzeugung war, dass auch mein Leben in Gefahr war.

»Nein«, sagte ich mit Nachdruck. »Ganz und gar nicht. Ich bin gerade mit einem Freund unterwegs. Mit einem, den du ebenfalls kennst.«

Ich konnte regelrecht hören, wie sie nachdachte.

»Ist das ein sehr großer Freund?«, fragte sie schließlich.

»Einer, der für solche Situationen genau richtig ist.«

»Der Weihnachtsmann?«

»Genau der.«

»Okay, gut.«

Trotzdem war da etwas an ihrer Art zu sprechen, was mich hellhörig machte.

»Ich komme, so schnell ich kann«, versprach ich ihr. »Ist sonst noch was passiert, was du mir erzählen willst?«

»Bei mir ist eingebrochen worden«, sagte sie. »Heute Vormittag. Wir waren gleich am Morgen bei der Polizei und haben anschließend in einem Café gefrühstückt … Martin, jemand war hier und hat die ganze Wohnung auf den Kopf gestellt. Die Polizei ist auch schon auf dem Weg hierher.«

»Nimmt das denn gar kein Ende … Ist etwas gestohlen worden?«

Boris zog die Augenbrauen hoch.

»Nicht, soweit ich es erkennen kann«, antwortete Lucy.

Nein, dachte ich. Denn das hier war kein gewöhnlicher Einbruch. Das hier waren keine gewöhnlichen Diebe, die nach etwas Wertvollem suchten, was sie hätten stehlen können. Das hier waren Menschen, die genau wussten, was sie haben wollten, und die ihre Anwesenheit nur wie einen Einbruch hatten aussehen lassen. Da war ich mir sicher. Sie hatten nach dem Schachspiel gesucht.

Nach dem Schachspiel und dem verdammten Schlüssel.

Die Ideen, die wir haben, sind nur selten so einzigartig, wie wir uns einbilden. Lucy und Michael waren längst zu demselben Schluss gekommen wie ich.

»Bring das Schachspiel mit, wenn du kommst«, sagte sie. »Wir müssen es ihnen zurückgeben.«

Ich musste an den Schlüssel denken, den Belle entdeckt hatte und von dem ich so gern wissen wollte, in welches Schloss er passte.

»Ich melde mich«, sagte ich.

26

Nachdem ich aufgelegt hatte, wurde es still. Boris sah verärgert aus.

»Ich musste da rangehen, ich bin ihr ICE.«

»ICE?«

»In Case of Emergency.«

»Im Ernst? Heißt das so?«

»Ja, da gibt's eine Funktion im Handy. Man kann bestimmte Nummern als ICEs speichern. Dann wissen die Leute im Krankenhaus zum Beispiel, wen sie benachrichtigen sollen.«

Boris legte den Kopf schief.

»Willst du mein ICE sein?«

Ich lachte auf.

»Nein danke. Aber du weißt, dass ich dir trotzdem immer gern helfe.«

Boris zwinkerte.

»Ich mag dich echt gern«, sagte er, »aber in was für einen verdammten Mist bist du da wieder reingeraten? Und jetzt ist bei Lucy eingebrochen worden?«

Ich fuhr mir mit beiden Händen übers Gesicht.

»Ja. Die Frage ist nur, was wir mit dem Schachspiel machen. Dass wir den Schlüssel gefunden haben, ist ja nicht zu übersehen. Das ist alles so verdammt chaotisch …«

Boris sah nachdenklich aus.

Er hielt das Lenkrad fest umklammert. Viel zu fest.

Ich spürte, wie mir gleichzeitig heiß und kalt wurde.

»Als du das letzte Mal in der Scheiße gesessen hast, da war

ziemlich schnell klar, dass es etwas Persönliches war – dass jemand es auf dich abgesehen hatte und auf niemand anderen. Dieses Gefühl hab ich gerade nicht, ganz im Gegenteil, hier sind Leute am Werk, die wollen, dass du dich von ihren Angelegenheiten fernhältst.«

»*Was für verdammte Angelegenheiten?*«

»Ich weiß es nicht. Und natürlich kann ich mich auch täuschen. Aber vielleicht weißt du jetzt schon zu viel. In diesem Fall hättest du deine Chance, den Rückzug anzutreten, bereits verspielt.«

Boris ließ den Wagen an. Die Familie hatte die Bushaltestelle inzwischen verlassen und lief in Richtung Fähranleger. Wir rollten vom Parkplatz.

»Wohin fahren wir?«, fragte ich.

»In dein Büro. Du musst dich mit dieser Silvia treffen. Und ich muss weiter. Aber erst besprechen wir noch die Sache mit den Hotels. Scheiß auf das Schachspiel, das da kann man leicht reparieren.«

»Lucy will, dass wir uns in zwei Stunden treffen.«

»Hm, Lucy wollte auch am Samstag heiraten. Aber nichts von alledem wird geschehen.«

Dass Boris die Kiefer anspannte, machte mich nervös. *Sehr* nervös.

»Also, was denkst du?«, fragte ich.

Ich versuchte, den Blick auf die Straße zu richten, sonst würde ich mich jeden Moment übergeben, da war ich mir sicher.

»Ich weiß nicht, Benner … Das mit dem Hotel stört mich am meisten in dem ganzen Durcheinander. Das und die Kirche.«

Er holte tief Luft und wartete, wie Preisrichter es manchmal tun, wenn sie Wettkämpfer dazu nötigen wollen, auf die Verkündung zu warten, wer von ihnen ein paar Sekundenbruchteile schneller war.

»Jetzt komm schon zur Sache«, forderte ich ihn auf.

Boris bedachte mich mit einem verärgerten Blick.

»Das Hotel, von dem du gesprochen hast, das Waldorf Astoria …«

Ich nickte.

»Ich glaube, da findet sich der Großteil der Story. Geschlossene Hotels …«

Ich traute mich nicht, ihn zu unterbrechen.

»Vor ein paar Wochen hab ich einen meiner loyalsten Jungs verloren«, sagte Boris. »Das hat wehgetan. Er wäre im Sommer Vater geworden.«

»Das tut mir leid«, sagte ich.

»So was passiert«, meinte Boris, »aber diesmal war es was anderes. Er ist in einen Hinterhalt geraten. Bei einem Einsatz in Berlin. Wurde aus der Spree gefischt. Seine Frau hat die Ermittlungsakte der deutschen Polizei bekommen. Er hatte eine Kugel im Rücken und war bereits tot gewesen, als er im Wasser landete. Ich schicke meine Jungs auf die verschiedensten Jobs, aber der hier sollte nun wirklich nicht sterben. Es war ein Auftrag mit null Risiko – trotzdem ist er draufgegangen.«

Er seufzte, und ich wartete. Und litt.

»Für den Mord gab es keinerlei Zeugen. Aber sie konnten sich ungefähr ausrechnen, wann er gestorben war, nämlich irgendwann zwischen elf und zwölf Uhr abends. In exakt dieser Zeit waren drei Notrufe bei der Polizei eingegangen – mit nur wenigen Sekunden Abstand. Und bei allen ging es um ein und dieselbe Sache.«

»Nämlich?«

Boris hielt an einer roten Ampel und sah mich an.

»Sie riefen an, weil sie aus einem Hotel am Potsdamer Platz Schüsse gehört hatten.«

»Sicher nicht ungewöhnlich«, bemerkte ich.

»Da war die Polizei anderer Ansicht. Sie fanden es verdammt seltsam. Weil das Hotel nämlich wegen Renovierung geschlossen war.«

Wir näherten uns meiner Kanzlei.

Ich verspürte ein Ziehen im Magen. Das Adrenalin brodelte in meinem Blut.

Noch ein Hotel, das renoviert werden sollte.

»Und wie hieß das Hotel?«

»Ich glaube, es war ein Scandic. Aber das ist nicht das Entscheidende.«

Nein, denn das Entscheidende war die Renovierung. Ich lehnte den Kopf an die Nackenstütze. Vor uns liefen Leute auf dem Bürgersteig in sämtliche Richtungen. Autos parkten, Hundebesitzer führten ihre Hunde aus. Es war ein ganz normaler Werktag, und das war doch schön. Nur eben nicht in Boris' Auto. Da redeten wir über nicht ganz so normale Dinge.

»Ich nehme mal an, dass du deine eigenen Ermittlungen anstellst, oder?«, fragte ich ihn.

»Sobald ich kann«, antwortete Boris. »Ich muss für das, was ich tue, nur irgendwie ein vernünftiges Gleichgewicht finden, damit ich nicht allzu weit ins Risiko gehe. Was da passiert ist, war unter Garantie nichts Persönliches. Trotzdem will ich, dass es aufgeklärt wird.«

»Was hat er in Berlin gemacht? Hatte er in dem Hotel zu tun?«

Boris machte eine vage Geste.

»Aus naheliegenden Gründen kann ich dir nicht erzählen, was genau er dort zu tun hatte. Er sollte eine Lieferung abholen. Vielleicht hat er sich ja in der Adresse geirrt.«

Eine Lieferung? Das konnte alles Mögliche bedeuten.

»So wie Steve«, bemerkte ich nichtsdestotrotz.

»Nur dass Steve sich nicht in der Adresse geirrt hat, Martin«, rief Boris mir in Erinnerung und klang jetzt mehr als bloß ungeduldig.

»Und wie er sich geirrt hat. Immerhin ist er jetzt tot.«

Boris donnerte mit der Faust aufs Lenkrad.

Ein Fahrradfahrer scherte direkt vor uns aus, und Boris drückte wütend auf die Hupe.

»Eines Tages fahr ich einen von diesen Bekloppten noch tot«, fauchte er.

»Ist das nicht ein bisschen übertrieben?«

»Kein bisschen«, gab Boris zurück, »die betteln doch förmlich darum. Man muss klare Grenzen setzen und Exempel statuieren. So wie die Typen, die Lucys Kumpel Steve um die Ecke gebracht haben.«

Ich drehte mich zu ihm um.

»Sie haben ihn plattgemacht, um euch anderen zu zeigen, was passiert, wenn ihr nicht spurt«, erklärte Boris. »Das hier sind keine gewöhnlichen Bad Guys, das sind Leute, die glauben, sie könnten andere Regeln befolgen als der Rest der Gesellschaft.«

Bei diesen letzten Worten zitterte ihm fast die Stimme, und ich musste mich zusammenreißen, um nicht die Augen zu verdrehen. Boris' Bild dessen, was er selbst zur Gesellschaft beitrug, stimmte nicht annähernd mit dem überein, was wir Übrigen als Maßstab anlegten.

»Verschwende deine Zeit nicht mit diesem Schlüssel«, riet er mir. »Und wenn ich dir noch was empfehlen soll: Stocher nicht weiter in dieser Sache herum.«

Das war natürlich ein guter Rat, der allerdings voraussetzte, dass es überhaupt die Möglichkeit gab, mich rauszuhalten. Und das schien irgendwie nicht so leicht zu sein, wie ich gedacht hatte.

Eins fiel mir noch ein.

»Die Kameras im Garten«, sagte ich.

»In welchem Garten?«

»In *meinem* Garten.«

Boris grinste.

»Ich wüsste ja gern, was darauf zu sehen war. Damit du nicht dasitzt und dir das ansiehst, ohne mir davon zu erzählen.«

»Glaubst du, ich hätte Zeit dazusitzen und mir irgendwelches Material anzusehen?«, gab Boris zurück. »Das hat nun wirklich gar keine Priorität.«

Er parkte zwei Blocks von meinem Büro entfernt. Ich schob die Beifahrertür auf.

»Wo hast du eigentlich diesen Schwulen her?«, wollte Boris wissen.

Ich zog die Tür wieder zu.

»Wen?«

»Dein Au-pair.«

Ein typischer Boris-Kommentar. Immer bereit, etwas Sexistisches oder Homophobes abzusondern.

»Also, du bist verdammt noch mal wirklich nicht ganz sauber«, schimpfte ich. »Er heißt Marcel, und es ist mir scheißegal, mit wem er ins Bett geht. Er ist das Beste, was Belle und mir seit Langem passiert ist.«

»Das wollte ich hören.«

Boris lächelt selten mit nennenswerter Wärme. Diesmal schon. Und auf eine gestörte Art und Weise stresste mich das.

»Wir hören voneinander. Ich werde das Schachspiel los und … Könntest du Alejandro Ortega für mich checken?«

»Ich hab doch schon gesagt, dass ich mich darum kümmere.«

»Und …« Ich zögerte. »Könntest du Henry Schiller auch noch mal checken?«

Boris nickte bedächtig.

»Selbstverständlich.«

»Danke«, sagte ich.

»Nichts zu danken«, erwiderte Boris. »Immer spannend, dich zu sehen. Aber jetzt muss ich los und den Wagen zurückgeben.«

Für einen Moment hatte ich vergessen, dass er ihn gestohlen hatte. Den Wagen mitsamt Schlüssel. Manche Leute können einfach mehr als andere.

»Du hast doch wohl nicht vor, ihn in die Garage zurückzufahren?«, fragte ich misstrauisch und schob die Tür erneut auf.

Da war er wieder, dieser unangenehme Brandgeruch.

»Aber sicher. Immer das am wenigsten Erwartbare, Benner. Vergiss das nicht. Und lern endlich, Freund von Feind zu unterscheiden.«

»Das ist nun etwas, worin ich richtig gut geworden bin«, sagte ich.

Boris zog die Augenbrauen hoch.

»*Really*? Eben noch hast du mich gebeten, deinen verstorbenen Freund Henry zu checken.«

27

Die Sonne wärmte. Sie war so hellgelb und spröde, wie die Frühjahrssonne nur sein kann. Ich wandte mich von ihr ab, als ich den Türcode eintippte und dann das Haus betrat, in dem ich arbeitete.

Sollte der Teufel Boris holen, wenn er sich getäuscht hatte, dachte ich, als ich den Fahrstuhl betrat.

Seine Anweisungen waren deutlich gewesen.

»Nimm den Fahrstuhl bis zur Etage unter deinem Büro. Dann die Treppe bis zum Büro. Kontrolliere genau, dass du auf deiner Etage allein im Treppenhaus bist, ehe du die Kanzlei betrittst.«

Ich tat alles genau wie geheißen. Boris' Meinung nach war ich ein Idiot, weil ich keine Waffe trug. Ich hatte ihm sanftmütig erklärt – und das nicht zum ersten Mal –, dass Gesetze nichts damit zu tun hatten, was einzelne Leute fanden und wollten, sondern damit, was das Beste für alle war. Aber ich gestehe gern: Manchmal kommt es durchaus vor, dass ich der gleichen Meinung bin wie er.

Vorsichtig öffnete ich die Tür zur Kanzlei. Das Licht war ausgeschaltet, aber der Vormittag hell. Ich trat über die Schwelle und schaltete den Alarm aus. Alles war wie immer – bis auf ein paar wenige Details. Zum Beispiel war die Tür zu meinem Büro nur angelehnt und nicht zu. So hatte ich sie nicht hinterlassen.

Vorsichtig stieß ich die Tür auf, ohne den Raum zu betreten. Erst glaubte ich, er wäre leer, doch dann nahm ich hinter der Tür, die ich eben aufgestoßen hatte, einen Schatten wahr.

»Hallöchen«, sagte ich leise.

Mein Herz schlug wie ein Presslufthammer.

Der dünne Schatten bewegte sich.

»Hallo.«

Silvia.

Ich atmete aus.

Sie machte noch einen Schritt nach vorn, sodass ich sie endlich sehen konnte, wenn auch nur halb.

»Haben Sie gelesen, was passiert ist?«, fragte sie.

Ihre Stimme klang mickrig, und sie blickte verwirrt drein.

»Wann denn?«, fragte ich zurück.

Ich hängte meine Jacke auf und ließ mich am Schreibtisch nieder. Ich gab ihr mit einer Geste zu verstehen, dass sie sich auf einen der Besucherstühle setzen sollte.

»Gestern Nacht«, sagte sie.

»Erzählen Sie.«

Ich hatte heute bislang keine einzige Nachrichtenzeile gelesen.

»In Gamla stan hat es gebrannt.«

»Doch, ja, davon hab ich gehört. Wo denn?«

»Dort, wo ich das Dachzimmer gemietet habe.«

Dabei war die Grenze dessen, was ich an einem Tag aufnehmen konnte, bereits erreicht …

»Das Haus genau gegenüber vom Hotel?«, fragte ich gedehnt. »Ihr Spähposten?«

Sie runzelte die Stirn, offenbar hatte sie keine Ahnung, was ein Spähposten war.

»Na, Ihre Dachwohnung.«

Sie lächelte matt und wenig überzeugend, und ihr Kinn zitterte.

»Ich hab es nur knapp rausgeschafft. Als der Feueralarm losging, hatte ich bereits geschlafen.«

»Wo war denn der Brandherd?«, fragte ich.

»Weiß ich noch nicht«, erwiderte sie. »Aber das ganze Haus ist zerstört.«

Der Ernst der Lage traf mich mit der gleichen Wucht, als wäre ich von einem Auto überfahren worden. Silvia hatte in ihrer kleinen Bude geschlafen, wo sie ansonsten eifrig jede Bewegung um das Hotel herum protokollierte. Und jetzt saß sie hier und berichtete, dass das komplette Haus in Schutt und Asche gelegt worden war.

»Glauben Sie, dass es Brandstiftung war?«, flüsterte sie.

Ich hätte gern Nein gesagt. Einerseits, weil ich nicht mit ihrer Angst umgehen konnte, andererseits, weil ich nicht noch mehr Anspannung verkraften konnte.

»Das müssen Sie schon die Polizei fragen«, erwiderte ich. »Die haben auf solche Fragen viel bessere Antworten. Aber natürlich macht mir das Sorgen, wenn ich so was höre.«

Könnte jemand das Gespräch mitgehört haben, das Silvia und ich geführt hatten? Hatte uns jemand beschattet? Ich war immerhin direkt vom Hotel Royal zu dem Treffen mit Silvia gegangen, hatte nicht mal eine zusätzliche Runde gedreht.

Verdammt amateurhaft.

»Was haben Sie denn mit rausnehmen können?«, fragte ich.

Eine einsame Träne lief ihr über die Wange. Sie wischte sie weg.

»Meinen Computer und mein Handy. Die Kamera nicht und auch nicht all die Notizblöcke.«

»Die Kamera?«

»Ich hab eine Systemkamera benutzt, um Bilder der Leute zu machen, die das Hotel besucht haben. Von den meisten Bildern hab ich Kopien auf meinem Computer, aber auf der Kamera-Speicherkarte waren sicher noch fünfzig weitere Fotos, die ich noch nicht gesichert hatte.« Sie runzelte die Stirn. »Haben Sie das Material nicht gelesen, das ich Ihnen mitgegeben habe?«

Das war nun eine Situation, in der ich nicht mal so tun musste als ob.

»Silvia, Sie haben mir einen dicken Stapel Papier übergeben. Seit gestern hab ich Tausende Sachen zu tun gehabt. Eine Freundin von mir hat soeben ihre Hochzeit abgesagt, weil der Best Man ihres zukünftigen Ehemannes ums Leben gekommen ist. Außerdem hab ich hier einen Job – dabei erinnere ich mich kaum mehr, wie man arbeitet, weil es schon ewig her ist, seit ich zuletzt einen normalen Arbeitstag hatte, der nicht von einer Reise, Beerdigung oder irgendeinem Botengang unterbrochen worden wäre. Also nein, ich hab Ihr Material noch nicht gelesen.«

Silvia sackte auf ihrem Stuhl in sich zusammen.

»Ja, dann … entschuldigen Sie«, sagte sie.

Sie sah so elend aus, dass ich prompt ein schlechtes Gewissen hatte. Sobald sie sich bewegte, waberte Brandgeruch über den Schreibtisch und ließ mich erschaudern.

In der vergangenen Nacht hätten jede Menge Leute sterben können.

»Verdammtes Glück, dass Sie es da rausgeschafft haben«, stellte ich fest.

»Was soll ich denn jetzt tun? Zur Polizei gehen?«

Der Gedanke war mir auch schon gekommen, aber ich glaubte nicht, dass dieser Weg erfolgversprechend wäre. Sie hatte keine vernünftige Geschichte zu erzählen, nichts Glaubwürdiges. Das machte die Sache nicht weniger wahr, einfach nur weniger verwendbar.

»Ich glaube, Sie sollten nach Hause gehen und sich ausschlafen. Sie sehen furchtbar müde aus. Wenn die Polizei mit Ihnen sprechen will, dann werden die sich bei Ihnen melden. Richten Sie sich darauf ein, dass es so kommt. Der Mann, der Ihnen das Dachzimmer vermietet hat, wird denen Ihren Namen geben.«

Silvia erstarrte.

»Ich will nicht allein sein …«

»Das verstehe ich gut«, sagte ich. »Aber hier können Sie nicht bleiben. Und Sie können auch nicht einfach in mein Büro schleichen, ohne mich vorher anzurufen! Wie zum Teufel sind Sie überhaupt reingekommen?«

Sie blickte auf.

»So was muss man beherrschen«, sagte sie.

»So was?«

»Durch geschlossene Türen zu kommen und nicht einfach aufzugeben, obwohl man keinen Schlüssel hat.«

Wie verbissen sie das gesagt hatte. Manche Fähigkeiten waren nun mal notwendig – Leute auszuspionieren beispielsweise, ohne dass sie es bemerkten. Schlösser mit dem Dietrich öffnen. Was sagte mir das über Silvias Background?

»Es war ein Notfall«, erklärte Silvia. »Ich hätte zu sonst niemandem gehen können.«

Es kommt vor, dass man mit Situationen konfrontiert ist, in denen das Gesetz in eine Richtung weist und die Moral in eine ganz andere. Silvias Tat war mit einem Einbruch gleichzusetzen. Es gäbe wohl kein Gericht, vor dem Silvias Definition einer Notlage akzeptiert würde.

Ich sah sie streng an.

»Wenn ich jetzt beschließen würde, zur Polizei zu gehen und Ihren Besuch hier in meiner Kanzlei anzuzeigen, wären Sie ziemlich übel dran«, stellte ich fest.

Sie kauerte sich regelrecht auf dem Stuhl zusammen.

»Entschuldigen Sie! Aber ich hatte solche Panik! Erst hab ich draußen gewartet, aber weil Sie nicht gekommen sind … Da musste ich einfach rein. Mir war schon klar, dass es hier eine Alarmanlage geben würde. Dann hab ich den roten Knopf da an der Plastikdose blinken sehen.«

Sie zeigte auf eine der Schaltanlagen für die Alarmanlage.

»Da hab ich mich nicht mehr getraut, wieder zu gehen«, sagte sie. »Ich war mir nicht sicher, ob das wirklich eine Alarmanlage ist. Es hätte auch eine Bombe sein können.«

Grundgütiger.

Es hätte auch eine Bombe sein können.

Nein, wirklich nicht.

Mir gefiel überhaupt nicht, was sie da erzählte, aber noch ehe ich bereit war, die ganze Tragweite ihrer Geschichte zu durchdringen, musste ich noch eine andere Sache loswerden, und zwar sofort: »Können Sie mir bitte eins versprechen? Wenn Sie je wieder glauben, eine Bombe ausgelöst zu haben, dann rennen Sie um Ihr Leben. Bleiben Sie nicht und verstecken Sie sich nicht an dem Ort, von dem Sie annehmen, dass er gleich hochgehen könnte. Okay?«

Sie wurde rot.

»Okay.«

Ich griff nach meinem Handy.

»Haben Sie Geschwister, oder kann ich vielleicht Ihre Eltern für Sie anrufen?«

»Ich hab einen großen Bruder …«

»Die beste Alternative«, sagte ich, der ich selbst mal ein großer Bruder gewesen war. »Rufen Sie ihn selbst an, oder soll ich?«

»Ich kann ihn selbst anrufen.«

Sie angelte ihr Handy hervor.

»Könnte ich vielleicht eine Kopie der Unterlagen bekommen, die ich Ihnen gestern gegeben habe?«, fragte sie. »Ich hab heute Nacht so viele Sachen verloren und weiß nicht genau, was mir fehlt. Aber Sie haben alles, was wichtig ist.«

»Ja, klar, das geht«, versicherte ich ihr. »Rufen Sie Ihren Bruder an, unterdessen ziehe ich für Sie eine Kopie.«

Ich verließ das Zimmer, ließ aber die Tür offen stehen. Der Kopierer stand hinter Helmers Arbeitsplatz. Im Handumdrehen verschlang der Apparat sämtliche Blätter und spuckte am anderen Ende Kopien aus. In meinem Büro hörte ich Silvia hemmungslos weinen. Ich sah in ihre Richtung. Sie klammerte sich an ihr Handy, als wäre es das Einzige, was ihr geblieben war.

Was für ein Chaos.

Ich holte mein eigenes Handy raus und scrollte durch die Webseiten der großen Tageszeitungen. Dass in Gamla stan ein Haus gebrannt hatte, hatte überall Schlagzeile gemacht.

Die Feuerwehr hatte bislang feststellen können, dass jemand in einer der Wohnungen in seinem Kamin Feuer gemacht hatte – obwohl jeder im Haus darüber informiert gewesen war, dass die Kamine nicht mehr benutzt werden durften. Drei Bewohner waren ernsthaft verletzt worden, weitere sieben hatten leichtere Rauchvergiftungen erlitten. Von dem Haus aus dem siebzehnten Jahrhundert stand nur mehr das Ziegelskelett.

Zündele, und du wirst brennen.

Ich betrachtete den anwachsenden Papierstapel im Ausgabefach des Kopierers. Erst in diesem Moment stellte ich fest, dass Silvia nicht nur einfache Notizen erstellt, sondern auch eine Reihe von Bildern ausgedruckt hatte, die sie von ihrem Fenster aus gemacht hatte. Das hatte ich zuvor nicht gesehen.

Ich nahm ein paar davon zur Hand. Silvias Kamera war sicher keine der billigeren Sorte gewesen. Auf manchen Bildern schneite es so stark, dass man fast nicht erkennen konnte, ob sich da vor dem Hotel ein Mensch oder bloß ein Schatten bewegte, andere jedoch waren glasklar.

Ich blätterte weiter. Die Bilder waren undatiert, und die meisten von ihnen stellten Männer dar. In der Mehrheit waren sie älter, garantiert über sechzig, aber es waren auch jüngere dabei. Nach ihrem Aussehen zu urteilen stammten sie aus unterschiedlichsten Teilen der Welt – aber wer hätte das schon sagen können, ohne erst nach einem Pass zu fragen.

Der Kopierer war fertig. Ich nahm die restlichen Fotoausdrucke zur Hand. Bei einem der letzteren hielt ich inne. Irgendetwas an der Person auf dem Bild kam mir bekannt vor. Es handelte sich um eine junge Frau zwischen zwanzig und fünfundzwanzig, und sie steuerte die Garagentür an. Auf dem nächsten Bild sah man sie in der Garage verschwinden.

Mein Puls stieg.

Das Gesicht war nicht übermäßig gut zu erkennen, aber gewisse Details waren zu sehen: Das Mädchen trug eine Bommelmütze, und unter dem Mützenrand schaute der Pony hervor. Er sah aus, als wäre er schräg abgeschnitten. Eilig suchte ich weiter, aber von der jungen Frau waren keine weiteren Fotos dabei.

Wo hatte ich sie nur schon mal gesehen?

Sie war keine meiner Bettbekanntschaften, da war ich mir sicher.

Wo also konnte ich ihr begegnet sein?

Bei einem Elternabend?

Wohl kaum, dafür war sie zu jung.

Im Job?

Möglich.

Im Zusammenhang mit meinem Antikgeschäft? Oder mit dem Weinhandel?

Ich konnte mich nicht erinnern.

Allerdings sah ich auch noch etwas anderes. Die Kopien waren natürlich schwarz-weiß, doch die Bilder, die ich von Silvia bekommen hatte, waren in Farbe gewesen. Es dauerte nicht lang, die Farbversion des Fotos zu finden, auf dem jene junge Frau zu sehen war. Rosa Mütze, brauner Mantel … Sie trug roten Lippenstift. *Dass mein Gedächtnis aber auch immer wieder wie ein glitschiges Stück Seife sein musste.* Ich bekam es einfach nicht zu fassen, ich wusste nur mit Gewissheit, dass mich die Frau auf dem Bild an jemanden erinnerte, den ich gerade erst vor Kurzem getroffen hatte.

Silvia hielt auf mich zu.

»Ich kann direkt zu meinem Bruder fahren.«

»Gut«, sagte ich. »Hier haben Sie Ihre Kopien.«

Ich hoffte, sie würde nicht kommentieren, dass sie die schwarz-weiße Fassung bekam, während ich die farbige behielt.

Doch sie war zu erschöpft, um darüber nachzudenken.

»Danke«, sagte sie und stopfte alles in ihren Rucksack.

Ich hielt ihr das Foto der Frau mit der rosa Mütze vor.

»Kennen Sie die?«

Silvia schüttelte den Kopf.

»Nein, ich kenne niemanden auf diesen Bildern.«

»Können Sie sich vielleicht noch erinnern, wann Sie es geschossen haben?«

»Welche Nummer ist das?«

Erst verstand ich die Frage nicht. Dann sah ich, dass jedes Foto in der unteren rechten Ecke mit einer kleinen Zahl versehen war.

»Nummer 34.«

Silvia zerrte ihren Laptop aus dem Rucksack. Ihre Augen waren geschwollen und die Wangen streifig von weggewischten Tränen.

»Hier.«

Sie hatte eine Exceltabelle voller Daten aufgerufen. Ich rechnete im Kopf zurück. Das Foto war am Tag nach Henry Schillers Beerdigung gemacht worden.

Silvia klappte den Laptop wieder zu und schob ihn in den Rucksack. Sie hatte Ruß unter den Fingernägeln.

»Nächstes Mal breche ich die Tür nicht auf, versprochen«, sagte sie.

Ich glaubte ihr kein Wort.

Aber im Gegensatz zu Lucy durfte ich mich zumindest darüber freuen, dass mich keine echten Einbrecher heimgesucht hatten.

Da wurde jemand allmählich ungeduldig. War damit aber nicht allein. Sie sollten ihr verdammtes Schachspiel bekommen, sofern das wirklich den ganzen Zirkus in Gang gesetzt hatte. Weder mir noch Lucy bedeutete es etwas. Oberste Priorität hatte zumindest für mich unsere und Belles Sicherheit, alles andere war mir egal.

Der Gedanke an Belle weckte eine ganz andere Erinnerung. Die eilige Begegnung und Umarmung am Morgen.

»Hast du probiert, ob der Schlüssel ins Loch passt?«

Erst in dieser Sekunde dämmerte mir, was sie eigentlich hatte wissen wollen. Sie hatte mich nicht gefragt, ob ich ein Schlüsselloch gefunden hätte, in das ich den Schlüssel würde stecken können – sie hatte mich gefragt, ob der Schlüssel in das Loch passe.

Ein Loch, das sie bereits gefunden hatte.

»Wo, Belle?«, flüsterte ich. »Wo hast du das Schlüsselloch gesehen?«

28

»Das hat ja gedauert.«

Es passiert nicht oft, aber manchmal ist Lucy supersauer. Wir sind uns in dieser Hinsicht ähnlich und warten regelrecht auf die Gelegenheit, in die Luft gehen zu dürfen.

»Tut mir leid«, sagte ich. »Mein Vormittag war fürchterlich. Und lang. Ich bin zur Arbeit gefahren worden, anschließend musste ich erst wieder nach Hause und das Auto holen und … Es ist alles nicht so gekommen wie gedacht, könnte man sagen.«

Wir standen in Lucys Diele. Ihre Gemütslage glich meiner eigenen – wir waren beide aufgewühlt und frustriert. Ich sah mich um. Lucy hatte nicht übertrieben. Die Wohnung sah furchtbar aus. Die Polizei hatte die Spurensicherung vorbeigeschickt, doch inzwischen durfte sie sich wieder frei darin bewegen.

»Gib zu, dass du extra spät kommst, weil du Michael nicht treffen wolltest. Das ist so verdammt schwach von dir, Martin.«

Ich stellte die Tüte mit dem Schachspiel auf den Boden.

»Woher sollte ich denn wissen, dass er am Tag, an dem er erfahren hat, dass sein Freund gestorben ist, zur Arbeit gehen würde?«

Lucy öffnete den Mund, um zu antworten, überlegte es sich dann aber anders.

»Komm rein«, sagte sie stattdessen. »Wir streiten ein andermal.«

»Ich bin doch schon drinnen«, entgegnete ich.

Es machte sich Schweigen breit, das fast mit den Händen zu greifen war. Ich war versucht, mich danach auszustrecken.

»Brauchst du Hilfe beim Aufräumen?«, fragte ich.

»Das ist mir gerade total egal«, erwiderte Lucy.

Ich zog Schuhe und Jacke aus. Eigentlich verabscheue ich diese absurde schwedische Tradition, die Schuhe auszuziehen, aber es war nicht der richtige Moment, um das Recht zu erstreiten, mit Straßenschuhen in Lucys Wohnung zu marschieren.

Stattdessen musste ich an unser voriges Treffen denken. Da hatte sie mir ihr Brautkleid vorgeführt und war voller Vorfreude gewesen. Jetzt sah sie aus, als wäre sie eben erst aus dem Krieg heimgekehrt und traute dem Waffenstillstand nicht. In einem anderen Leben hätte in knapp achtundvierzig Stunden ihre Hochzeit stattgefunden.

Sie blickte auf das Schachspiel hinab. Ihre ganze Erscheinung strahlte Misstrauen und Angst aus.

Und Verbitterung.

»Ich werde noch verrückt«, flüsterte sie.

Ihre Stimme war so dünn, dass ich sie kaum verstand.

»Mal im Ernst«, sagte sie, »ich weiß kaum mehr, welcher Tag heute ist. Die Hochzeit ist abgesagt. Michael ist außer sich wegen alledem, was passiert ist. Die Polizei will uns nicht erzählen, wie Steve gestorben ist, hat uns aber den Rat gegeben, uns die Leiche nicht anzusehen – er sei zu schwer verletzt.«

Sie kickte gegen das Schachspiel, sodass es quer durch die Diele schoss.

»Verdammtes Scheißding!«

Ihr Ausbruch kam so unerwartet, dass ich sie nicht hatte aufhalten können.

»Lucy, jetzt beruhige dich mal!«

Ich legte ihr die Hände auf die Arme, aber sie wand sich aus meinem Griff.

»Gott, *ich* hab ihn getötet. Kapierst du das nicht?«

Schockiert streckte ich mich nach ihr aus.

»Jetzt hör aber auf!«, sagte ich. »Wenn dir ein einziger Mensch den Vorwurf machen wird, Steve auf dem Gewissen zu haben, dann schick den Idioten zu mir. *Du. Hast. Niemanden. Getötet.* Ist das klar?«

Sie brach in Tränen aus, und ich zog sie an mich. Diesmal durfte ich sie umarmen.

»Wie konnte das nur passieren?«, weinte Lucy.

»Komm«, sagte ich, »wir setzen uns in die Küche und reden. Außerdem brauche ich jetzt etwas zu essen.«

Ich hatte unterwegs eine ganze Ladung belegter Brote gekauft, und ich wusste, dass Lucy guten Kaffee hatte. Sie setzte sich an den Küchentisch und überließ es mir, Kaffee zu kochen. Das meiste Porzellan war noch heil. Wer immer die Wohnung durchwühlt hatte, hatte offenbar nach etwas Größerem gesucht, was man nicht einfach hinter einer Reihe Teetassen hätte verstecken können. Mit den Töpfen sah es nicht ganz so gut aus. Die allermeisten waren aus dem Schrank gerissen worden und lagen jetzt auf dem Boden oder in der Spüle.

»Was sagt überhaupt die Polizei?«, fragte ich.

»Die sagen, es sei nicht selbstverständlich, dass der Einbruch mit Steves Tod zu tun hat. Sie glauben nicht, dass das Schachspiel eine zentrale Rolle spielt. Sie haben mit dem Antikgeschäft in New York gesprochen. Das Schachspiel sei nicht wertvoll genug, um ein Kapitalverbrechen zu rechtfertigen.«

Ich hatte mir ungefähr vorgestellt, dass sie das sagen würden. Die Polizei würde von bekannten Fakten ausgehen, sie würden sich damit begnügen, sich Fotos des Schachspiels anzusehen, und vertrauten dem Händler. Wenn Steve aber nun tatsächlich ermordet worden war, dann hatte ich eigentlich gehofft, dass sie in ihrer Ermittlung weitergehen würden – aber irgendetwas hielt sie zurück.

»Was glauben sie denn, warum Steve umgebracht wurde?«, fragte ich. »Sie können das ja wohl kaum als Raubmord eingeordnet haben.«

Lucy schüttelte den Kopf.

»Sie haben etwas anderes gesagt«, erklärte sie. »Oder ... Sie haben Fragen nach anderen Problemen gestellt, die Steve angeblich hatte.«

Ich kam nicht mehr mit.

»Was denn für andere Probleme?«

Lucys Kaffeemaschine zischte und knatterte, während sie arbeitete. Lucy nahm eins der Brote, die ich mitgebracht hatte, und biss beherzt hinein. Ich stellte eine Tasse dampfenden Kaffees vor sie hin. Sie kaute, schluckte und nippte an ihrem Kaffee.

»Sie behaupten, er hätte Drogen genommen. Sein Körper würde Spuren eines langjährigen Drogenmissbrauchs aufweisen. Sie glauben, dass er von einem Drogenabhängigen getötet oder in Dealergeschäfte hineingezogen worden sein könnte. Das würde auch erklären, warum er keinerlei Wertsachen mehr bei sich hatte. Zum Beispiel sind unsere Eheringe nicht bei ihm gefunden worden. Nicht dass das jetzt noch wichtig wäre, aber ...«

Sie verstummte.

Ich schaltete die Kaffeemaschine aus und setzte mich ihr gegenüber. Ich wartete darauf, dass sie erklären würde, sie habe einen Scherz gemacht, aber das tat sie nicht.

»Und was glauben die, warum er das Schachspiel schon von Arlanda aus geschickt hat?«

»Weil er angeblich geahnt hat, dass ihm wegen der Drogen

etwas zustoßen würde. Vielleicht hatte er sich mit jemandem aus der Szene verabredet, von dem wir nichts wissen. Und da wollte er das Schachspiel vorab loswerden, damit es ihm nicht gestohlen würde.«

»Was sagt Michael zu der Theorie?«

Lucys Augen wurden feucht.

»Steve hat tatsächlich Drogen genommen, als sie zusammen studiert haben. Er hat auch später auf Partys mal was genommen – aber Michael sagt auch, Steve wäre davon weggekommen. Michael will das Wort ›Sucht‹ im Zusammenhang mit Steve nicht mehr hören.«

Ich nippte an meinem Kaffee.

»Ah, das will er also nicht. Interessante Einstellung. Zum Glück arbeitet er mit herzkranken Menschen und nicht mit Junkies.«

Lucy verputzte ihr Brot. Ich griff nach einem mit Krabben und Schinken. Es schmeckte fantastisch.

»Und was hältst du selbst von der ganzen Geschichte?«, wollte ich wissen.

»Keine Ahnung«, gab Lucy zu. »Wahrscheinlich bin ich wie alle anderen auch – ich hätte es gern einfach und sicher.«

»Und was heißt das in diesem Fall?«

»Das heißt, mir wäre lieber, dass Steve infolge seiner Drogenabhängigkeit das Leben verloren hätte und nicht, weil ich ihn gebeten habe, ein lächerliches Schachspiel abzuholen.«

Sie sah mich traurig an, und in ihren Augen glitzerten Tränen.

Da saß sie inmitten ihrer zerstörten Wohnung, musste mit ansehen, wie ein Traum nach dem anderen zerplatzte, und war dabei schöner denn je.

»Und was denkst du, Martin?«, fragte sie mich. »Bin ich albern?«

Ich legte mein Brot weg. Ich weiß nicht recht, wie man erwachsene Menschen tröstet. Ich schaffe es kaum, ein kleines Mädchen wie Belle zu trösten.

Ich strich Lucy das Haar aus dem Gesicht und schob ihr eine Locke hinter das Ohr. Unwillkürlich musste ich wieder an die Hundeleine denken, von der Jennifer erzählt hatte. Musste ich Lucy davon in Kenntnis setzen? Sie hatte die Leine um den Hals des Porzellanaffen gesehen; natürlich würde auch sie sofort zu dem Schluss kommen, dass die Wahrscheinlichkeit, Steve könnte wegen einer Drogengeschichte ums Leben gekommen sein, genauso groß war, wie dass ich eines Morgens aufwachte und zum Schornsteinfeger umschulen wollte.

»Ich fand dich noch nie albern«, sagte ich. »Wenn ich dir jetzt etwas erzähle, was ich von innerhalb der Polizei gehört habe, bleibt das dann unter uns?«

Lucy nahm meine Hand und hielt sie sich an die Wange. Ihr Atem war warm auf meiner Haut.

»Ich weiß alles über Schweigepflicht«, sagte sie. »Du auch?«

Nicht gut.

Wirklich nicht gut.

Ich spürte, wie ich hart wurde. Mir zog sich der Magen zusammen, und schlagartig war mein Butterbrot uninteressant. Verdammt, das war jetzt nicht der richtige Moment.

»Frag noch mal«, sagte Lucy. »Frag noch mal, ob ich heiraten kann, ohne ein letztes Mal mit dir geschlafen zu haben.«

Zur Hölle mit der Moral.

Zur Hölle mit normaler Krisenbewältigung.

Lucy war erwachsen, und ich war es auch. Keiner von uns war betrunken, keiner unzurechnungsfähig.

»Kannst du Michael wirklich heiraten, ohne noch mal mit mir zu schlafen?«

Das mit dem *letzten* Mal vermied ich ganz bewusst; es hätte wie eine unnötige Einschränkung geklungen.

»Ich glaube nicht«, flüsterte Lucy.

29

Wir lagen nackt in Lucys Bett. Das kühle Laken klebte an meinem schweißnassen Rücken. So ist es einfach bei Menschen, mit denen man schon tausendmal geschlafen hat: Noch mal mit ihnen zu schlafen ist nicht sonderlich schwierig. Gewohnheit kennt keinen Widerstand. Ich mag das. Und den meisten anderen geht es genauso.

Lucy lag auf der Seite und sah mich mit einer Mischung aus Euphorie und Scham im Blick an. Wir hatten es natürlich nicht hingekriegt, nur einmal miteinander zu schlafen. Aber es war schließlich auch schon lange her, seit wir zuletzt Sex miteinander gehabt hatten. Es war herrlich und ersehnt gewesen. Wir machten einfach weiter, dort wo wir einst aufgehört hatten. Bis wir nicht mehr konnten, vor allem aber bis Lucy eine SMS von Michael bekam. Er würde noch zwei weitere Stunden im Krankenhaus bleiben.

»Er schreibt, das Karolinska könnte ein fantastisches Krankenhaus sein, wenn die Ärzte auch Ärzte sein dürften und nicht Verwalter sein müssten«, sagte sie und legte das Handy wieder beiseite.

»Klingt so, als würden seine Gedanken nur um seinen guten Freund kreisen, der kürzlich verstorben ist«, bemerkte ich.

Lucy schlug sich die Hand vor den Mund und lachte.

»Du und ich – wie ekelhaft sind wir gerade? Auf einer Skala von eins bis zehn?«

Ich betrachtete einen Riss in der Decke.

»Zehn ist am schlimmsten, eins am besten«, ergänzte Lucy,

die glaubte, ich würde nicht antworten, weil ich ihre Skala nicht verstanden hätte.

»Eins«, erwiderte ich.

»Im Ernst?«

»Ja.«

Ich rollte mich auf ihre Seite des Bettes. Ich wollte sie nah bei mir haben, ihren Körper an meinem spüren. Ich küsste sie auf Stirn und Wangen.

Ich wünschte mir, ich hätte sie bitten können, ihre Verlobung aufzulösen.

Ich wünschte mir, ich wäre ein Mensch, der heiraten und dann für den Rest seines Lebens glücklich sein könnte.

In diesem Moment kam mir gar nicht in den Sinn, dass auch Lucy Probleme mit der Ehe als Institution zu haben schien.

»Also dann, erzähl«, sagte Lucy.

Ich runzelte die Stirn. Sex ist und bleibt die beste Methode, um das Gehirn zu entspannen. Ich hatte keine Ahnung, wovon ich ihr erzählen sollte.

»Du hast gesagt, du hättest von der Polizei etwas über den Mord an Steve gehört.«

»Ach, das.«

»Hab ich jetzt die Stimmung ruiniert?«, fragte Lucy.

Sie küsste mich leicht auf die Schulter.

»Nein«, sagte ich.

Doch die Schwermut hatte mich bereits beschlichen. So wenig ausführlich wie nur möglich gab ich wieder, was Jennifer mir erzählt hatte. Das Einzige, was ich vermied zu erwähnen, war Jennifers Name.

An ihrer Haltung konnte ich ihr ansehen, wie sie sich zusehends anspannte. Als ich ihr von der Hundeleine berichtete, riss sie die Augen auf.

»Verdammt«, sagte sie. »Ich hätte so gern gewollt, dass es mit Drogen zu tun gehabt hätte.«

»Ich weiß.«

Hörbar gestresst, fuhr sie fort: »Ich muss dieses Schachspiel sehen.«

Gleichzeitig rutschten wir aus dem Bett.

Lucy zog sich mit dem Rücken zu mir an. Ich schlüpfte in Unterhose und Hose, mehr nicht. Die Luft im Zimmer stand regelrecht vor Schweinkram und schlechtem Gewissen. Der Part mit dem Schweinkram war meiner, das schlechte Gewissen ihres. Nicht dass ich fand, sie hätte sich schlecht fühlen sollen, aber anscheinend fand sie das selbst.

Als ich das Brett und die Holzschatulle mit den Figuren aus der Tüte zog, fühlte es sich wie ein Segen an.

»Was machst du denn da?«, fragte Lucy.

Sie hatte sich einen Pullover übergestreift, trug darunter allerdings keinen BH.

Ich erzählte ihr von dem Schlüssel, den Belle gefunden hatte, und was sie gesagt hatte, ehe ich früher am Morgen zu Hause aufgebrochen war. Erstaunt betrachtete Lucy den Schlüssel.

»Glaubst du, dass sie zu Hause bei euch den Schlüssel in irgendeinem Schloss ausprobiert hat?«, fragte sie.

»Ich glaube, dass sie ein Schlüsselloch gesehen hat, in dem sie ihn ausprobieren wollte, es aber nicht getan hat.«

Vorsichtig knibbelte Lucy das Klebeband ab, das die beiden Felder an Ort und Stelle hielt. Keine Ahnung, wie wir das wiederherstellen sollten. Andererseits fühlte sich das auch nicht wichtig an. Ich hätte kein Problem damit, einfach zu behaupten, es wäre beim Transport kaputtgegangen.

Ich versuchte, mir auszumalen, welches Schlüsselloch Belle vor Augen gehabt haben könnte. Ich strich mit den Fingern über die Außenkante des Schachbretts. Die war glatt und ebenmäßig. Ich löste das Klebeband und hob die Felder an.

Lucy gab einen Pfiff von sich, als sie die Kuhle sah, in der der Schlüssel gelegen hatte.

»Wie in einem Spionagefilm«, stellte sie fest.

»Oder?«, erwiderte ich. »Sind wir uns einig, dass wir hier kein Schlüsselloch erkennen können?«

»Yes.«

Ich drehte das Schachbrett herum. Immer noch kein Schlüsselloch.

Blieb noch das Kästchen mit den Figuren. Ich wusste schon, dass man die Schachtel nicht abschließen konnte, suchte die Schatulle trotzdem nach einem Schlüsselloch ab.

»Teufel auch.«

Enttäuscht knallte ich die Schatulle auf den Tisch.

Lucy nahm eine der Schachfiguren heraus. Einen schwarzen Springer.

»Die sind wirklich schön.«

Das fand ich auch. Lucys Finger mit den rot lackierten Fingernägeln legten sich um die Figur.

»Michael will mir das Schachspielen beibringen.«

»Glaubst du, das schafft er? Ich meine, wo er doch so viel arbeitet?«

Lucy hob die Hand, als hätte sie vor, mir den Springer direkt ins Gesicht zu pfeffern. Ich grinste und tat so, als würde ich mich wegducken.

»Vielleicht hast du Belle falsch verstanden«, murmelte Lucy und stellte den Springer wieder ab. Oder glaubst du, sie haben das Schlüsselloch genauso gut versteckt wie den Schlüssel?«

Tatsächlich hatte ich es nicht geglaubt, ehe sie es erwähnte. Jetzt war ich umso eifriger bei der Sache.

Ich griff erneut zu der Schatulle. Mit einer einzigen Bewegung kippte ich sämtliche Figuren auf Lucys Küchentisch.

»Vorsichtig!«, rief Lucy.

»Vergiss es«, sagte ich. »Ich bin es leid, dieses Schachspiel wie irgendein Erbstück zu behandeln.«

Die Holzkiste war innen mit grünem Samt ausgekleidet.

»Hast du eine Taschenlampe?«, fragte ich.

Lucy zog eine Küchenschublade auf und überreichte mir eine Taschenlampe. Ihre Küchenschränke hatten die gleiche grüne Farbe wie meine.

Ich leuchtete in die Kiste. Der Stoff war auf den Innenseiten und am Boden der Schachtel verleimt und ließ sich nicht abziehen.

Verdammt.

Ich beleuchtete die Außenseiten. Vielleicht gab es da irgendwo einen Spalt, den ich übersehen hatte, oder eine verborgene Schichtung im Holz?

Nichts.

Ich drehte die Holzkiste auf den Kopf. Der Boden war ebenso intakt wie der Rest.

»Ich gebe auf«, sagte ich.

Aber irgendwas irritierte Hirn und Augen.

Es hatte mit der Konstruktion der Kiste zu tun.

Ich beleuchtete sie erneut von innen und außen. Lucy beobachtete mich. Wahrscheinlich glaubte sie, ich hätte inzwischen vollends den Verstand verloren. Durchaus nachvollziehbar, immerhin schenkte ich diesem Schachspiel pathologisch zu viel Aufmerksamkeit.

Und dann dämmerte mir, was nicht stimmte.

»Hast du mal ein Lineal?«, fragte ich, »oder ein Maßband?«

Lucy zog dieselbe Küchenschublade erneut auf und drückte mir ein Papiermaßband von Ikea in die Hand.

»Perfekt«, sagte ich.

Ich maß die Höhe des Kästchens von außen. Zwanzig Zentimeter. Dann maß ich die Tiefe der Kiste innen. Knappe siebzehn Zentimeter.

Bingo.

Lucy riss die Augen auf.

Ich zupfte an der Ecke der grünen Auskleidung am Boden. Beim zweiten Versuch löste sie sich. Unwillkürlich musste ich lächeln, als ich das doppelt gefaltete rosafarbene Barbie-Klebeband sah.

»Belle«, flüsterte Lucy und lächelte ebenfalls.

»Anscheinend ist ihr das durchsichtige Klebeband ausgegangen«, lachte ich.

Belle war wirklich nicht dumm.

Jetzt konnte ich das grüne Stück Stoff herausziehen. Es war auf ein dünnes Stück Plastik geklebt worden und hatte dadurch glatt und makellos auf dem Boden der Schatulle gelegen.

Und dort, unter dem Stoff, fand ich auch das Schlüsselloch, nach dem ich gesucht hatte. Es saß mitten in einer Art Klappe über der Bodenplatte.

Ohne zu zögern, griff ich zu dem kleinen Schlüssel.

Das Schloss klickte, als ich den Schlüssel zweimal um die eigene Achse drehte.

Dann zog ich ihn vorsichtig empor, sodass die Klappe mitkam.

Meine Hand zitterte vor Anspannung.

»Eine richtige Schatzsuche«, kicherte Lucy.

Wir mussten beide lachen.

Mit dem gespannten Gesichtsausdruck zweier Kinder am Weihnachtsabend spähten wir in die Schatulle.

In dem Geheimfach lag ein Stoffbeutel.

Vorsichtig zog ich ihn heraus. Der Inhalt schien biegsam zu sein. Irgendwie fühlte es sich an, als läge in dem Beutel ein kleines Buch.

Was war das hier?

Der Beutel war mit einer Schleife aus Seidenband zugebunden.

Ich knüpfte die Schleife auf und zog den Saum auseinander. Dann leerte ich den Inhalt auf den Küchentisch.

Ein Pass.

Und die Schlüsselkarte zu einem Hotel.

Die gleichen Gegenstände, die auch in dem Porzellanaffen gesteckt hatten.

Lucy ließ sich auf ihren Küchenstuhl nieder und betrachtete wortlos unseren Fund.

Ich tat es ihr gleich.

Der Pass war rot und angeblich in der Schweiz ausgestellt. Von mir aus hätte er genauso gut vom Planeten Pluto stammen können. Es handelte sich offenkundig um eine Fälschung von derselben miserablen Qualität wie der Pass mit Henrys Foto. Dieser Pass sollte neu wirken – angeblich war er erst vor wenigen Wochen ausgestellt worden – und einem Mann gehören, der 1952 in Zürich geboren war. Nach dem Foto zu urteilen stimmte das Geburtsjahr. Allerdings sah er eher aus, als stammte er nicht aus der Schweiz, sondern aus Mexiko.

»Wie in einem James-Bond-Film«, stellte Lucy fest. »Weißt du, wer das ist?«

»Nein«, erwiderte ich, »du?«

Sie schüttelte den Kopf.

»Aber jetzt wissen wir zumindest, wer das Schachspiel in Wahrheit bekommen sollte«, meinte sie.

Da war ich anderer Meinung. Wenn das Schachspiel für den Mann im Pass gedacht gewesen war, dann wäre der Porzellanaffe für Henry bestimmt gewesen. Wir wussten nicht, wer der Mann auf dem Foto war. Er konnte tot oder lebendig sein, oder vielleicht hatte es ihn auch nie gegeben. Oder aber er war wie Henry jemand, der seine Hinterbliebenen mit allzu vielen Fragen zurückgelassen hatte.

Ich legte den Pass weg und nahm die Schlüsselkarte zur

Hand. Sie war auf der einen Seite granitschwarz, auf der anderen waren der Name des Hotels und ein Logo zu sehen. Hotel Maria. Unter dem Logo eine Adresse in Rom und der obligatorische kurze Strich.

»Was machst du denn jetzt?«, fragte Lucy, als ich das Handy herausholte und ein Foto der Schlüsselkarte machte.

Ich antwortete nicht, sondern vergrößerte das Foto.

And to him who knocks, the door will be opened.

Was war an diesem Satz so speziell?

Lucy war aufgestanden und beugte sich über meine Schulter.

»Das kommt mir irgendwie bekannt vor«, sagte sie.

»Ist aus der Bibel«, erklärte ich.

»Ach, echt?«, fragte sie mit vor Ironie triefender Stimme.

Ich starrte den Pass und die Hotelkarte an. Das Schachspiel war, genau wie der Affe, nur das Behältnis gewesen, wenn auch ein wesentlich teureres.

»Hat das Geschäft in New York auch den Porzellanaffen verkauft?«, fragte Lucy.

Das war eine wichtige Frage. Wenn die Antwort Nein lautete, wies das darauf hin, dass mehrere Antiquitätenhändler in ein und dieselben Machenschaften verwickelt waren.

»Keine Ahnung, wie wir herausfinden sollten, woher der Affe stammte«, sagte ich. »Was kaufen und verkaufen die in diesem Laden eigentlich? Helfen sie Bankräubern beim Neuanfang? Oder hat das hier mit Menschenschmuggel zu tun?«

Ich schnappte mir Lucys Laptop und googelte das Hotel in Rom.

»Lust zu verreisen?«

»Nein«, sagte ich, »zum Glück, denn ich wette, dass dieses Hotel wegen Renovierung geschlossen ist.«

Ich lag beinahe richtig.

Das Hotel war verkauft worden, und die neuen Besitzer hatten beschlossen, es zu schließen. Niemand konnte sagen, ob es je wieder öffnen würde und, wenn ja, wann.

30

Dieser Tag schien kein Ende zu nehmen. Und doch tat er irgendwann genau das. Wie heißt es so schön: *»All good things must come to an end.«* Irgendwas hatte sich verändert, als ich Lucys Wohnung verließ. Wir hatten nicht darüber gesprochen, was zwischen uns passiert war; wir hatten schon tausendmal zuvor miteinander geschlafen, und jetzt hatten wir es wieder getan. Und wieder. Und wieder. Es war ebenso überwältigend, wie es nebensächlich gewesen war. Ich nahm das Schachspiel mit und fuhr in die Kanzlei zurück. Wir waren uns einig, dass wir das Spiel würden zurückgeben müssen, hatten aber noch nicht entschieden, wann. Über diese delikate Frage würden wir uns später austauschen.

Magda rief aus New York an. Einen Moment lang stand die Zeit still. Ich hörte selbst, wie wachsam ich klang, als ich ranging. Sie wollte wissen, wie es mit Lucys Schachspiel und der Hochzeit laufe. Wir seien in Begriff, die praktischen Hürden hinsichtlich des verwechselten Schachspiels zu nehmen, antwortete ich. Und dass die Hochzeit selbst leider abgesagt sei. Dann schwieg ich.

»Du klingst nicht sonderlich traurig, Martin«, stellte Magda fest.

»Doch, natürlich bin ich das«, gab ich zurück. »Ich sollte schließlich Best Man sein.«

Lucys Geruch hing noch in meinen Kleidern, und ich dankte meinem Glücksstern, dass Magda nicht sehen konnte, wie ich aussah. Zerknittert und frisch gefickt. *Wieder mal.*

»Ich nehme mal an, du hattest noch keine Gelegenheit,

Henrys Lagerraum auszuräumen, oder? Ich weiß, dass du damit bis nach der Hochzeit warten wolltest, aber …«

»Das steht ganz oben auf meiner Liste, Magda«, sagte ich. »Ich melde mich.«

Ich nehme an, dass sie Letzteres als Versprechen verstand, allerdings hätte es genauso gut eine Drohung sein können. Weder sie noch ich wusste, was sich in dem Lagerraum befand, aber ich erlaubte mir zu hoffen, dass das Rätsel um Henry Schiller ganz oder teilweise gelöst wäre, wenn ich das Lager erst geräumt hätte.

»Ja, dann hören wir bald voneinander«, sagte Magda.

Ich schluckte. Sollte ich sie nicht doch darauf ansprechen, was passiert war?

Ja, und dann hab ich noch einen Porzellanaffen erhalten, der einen falschen Pass mit Henrys Foto enthielt.

Und ich weiß mittlerweile, dass Henry kein Schwede war.

Möglicherweise war er auf der Flucht.

Und da frage ich mich nun, wie viel du eigentlich über all das weißt, Magda.

Natürlich war es aus naheliegenden Gründen problematisch, das bei Magda anzusprechen. Wenn Henrys Vergangenheit irgendwelche größeren Geheimnisse enthielt und diese Magda bekannt gewesen waren, dann war auch klar, dass sie übereinstimmend beschlossen hatten, diese mir gegenüber zu verschweigen. Da genügte es nicht, dass ich seltsame Fragen zu Henrys Staatsbürgerschaft und einem möglichen Bedarf an falschen Pässen stellte. Wenn ich mit Magda sprach, musste ich besser vorbereitet sein – und sei es nur, um zu verhindern, dass sie Maßnahmen ergriff, die mich weiter auf Abstand hielten.

Ich unterdrückte einen Seufzer. Den Lagerraum auszuräumen war tatsächlich das Einzige, was mir zu tun blieb. Ein weiterer Tag, an dem ich nicht würde arbeiten können.

Trotzdem hatte ich keine ruhige Minute. Kaum dass ich das Gespräch mit Magda beendet hatte, rief Boris an. Er erklärte mir, wie ich an die Bilder von den Kameras rankäme, die er in meinem Garten installiert hatte. Er war das Bildmaterial des gestrigen Tages selbst durchgegangen und hatte gesehen, dass Gärtner Abdullah dort gewesen war.

»Das ist kein Problem«, beruhigte ich ihn, »der ist regelmäßig da.«

»Warum beschäftigst du mitten im Winter einen Gärtner?«, fragte Boris.

»Tatsächlich haben wir Frühling. Aber auch im Winter gibt es Dinge zu tun. Zum Beispiel schippt er Schnee. Und jetzt, da die Erde wieder zum Vorschein kommt … da macht er auch noch andere Sachen.«

Mir dämmerte, dass ich gar nicht recht wusste, was Abdullah im Garten eigentlich machte. Für mich war nur wichtig, dass der Garten schön aussah, aber was genau mein Gärtner unternahm, um das hinzukriegen, war weniger von Bedeutung.

Ich fragte Boris, ob mich sonst noch jemand besucht habe.

Aber nein.

»Glaubst du, wir können heute Nacht wieder im Haus schlafen?«

»Definitiv«, antwortete Boris, »Allerdings gäbe es da noch was anderes …«

»Ja?«

Boris hustete dröhnend ins Telefon.

»Schaff dir verdammt noch mal eine Waffe an. Einer wie du sollte nicht unbewaffnet herumlaufen.«

»Ich denke nicht«, erwiderte ich. »Ich will keine Waffe im Haus, dazu ist alles gesagt.«

Boris murmelte etwas über schlechten Stil und mangelndes Verantwortungsgefühl.

»Sonst noch was?«, fragte ich.

»Nein, im Moment nicht. Ich brauche ein bisschen Zeit, um das in Ordnung zu bringen, worüber wir gesprochen haben.«

Ich wollte nicht fragen, was »ein bisschen Zeit« für jemanden wie Boris bedeutete. Stunden? Tage? Also berichtete ich ihm von meinen eigenen Neuigkeiten.

»Ich hab ein weiteres Hotel gefunden, das geschlossen ist«, sagte ich. »Und einen weiteren Donald-Duck-Pass.«

Boris wusste sofort, was gemeint war.

»Und wo ist das Hotel?«

»In Rom.«

Ich erzählte ihm von unserem Schachspiel-Fund.

»Ich hab von allem Fotos geschossen«, sagte ich, »die schick ich dir später.«

»Gut«, erwiderte Boris.

Im Telefon knirschte etwas.

»Was machst du jetzt?«, fragte er.

»Ich fahre zu einem Lagerraum hier auf Kungsholmen. Der Henry Schiller gehört hat.«

Ich wusste nicht mehr genau, ob ich das Lager gegenüber Boris erwähnt hatte. Ich hatte den Überblick verloren, wem ich was erzählt hatte.

»Fährst du allein hin?«, wollte Boris wissen.

»Nein, ich nehme Belle mit.«

»Was zum …«

»War ein Witz. Ja, ich fahre allein dorthin.«

»Mit dem Tesla?«

Ich seufzte.

»Ich dachte, ich parke ein Stück von dort entfernt.«

»Du bist echt ein trauriger Ermittler«, stöhnte Boris. »Verdammt, hab ich dir denn gar nichts beigebracht?«

»Anscheinend nicht«, sagte ich.

Jetzt war Boris an der Reihe zu seufzen.

»Eines Tages bringst du mir alles bei, was du kannst«, stellte ich ihm in Aussicht.

Boris lachte nur.

»Wir sind einfach in unterschiedlichen Dingen gut«, sagte er.

Eine Viertelstunde später war ich wieder unterwegs. Ich nahm den Tesla, auch wenn Boris mir davon abgeraten hatte. Im Radio wurde vom Brand in Gamla stan berichtet. Der Fokus lag jetzt ganz auf dem abgebrannten Haus, niemand sprach mehr von den Verletzten.

Ich spitzte die Ohren, als ein Mann, der als Hotelchef des Hotel Royal vorgestellt wurde, ein Interview gab. Leider konnte ich seinen Namen nicht richtig verstehen, ehe das Interview auch schon in vollem Gange war.

»Ist das Royal durch den nächtlichen Brand beschädigt worden?«, fragte der Reporter.

»Nein, da haben wir großes Glück gehabt. Natürlich ist auch bei uns Rauch in die Räume eingedrungen, aber da sollte ein bisschen Lüften genügen. Wir haben Leute vor Ort, die dafür sorgen, dass die Belüftung funktioniert.«

Leute vor Ort.

Vielleicht waren deshalb die Fenster rechts oben erleuchtet gewesen. Oder auch nicht.

Dann war der Nachrichtensprecher wieder dran. Man habe den Mann, der tot aus dem Riddarfjärden gezogen worden war, mittlerweile identifiziert. Die Polizei habe bestätigt, dass er ermordet worden sei und eine Verbindung zum organisierten Verbrechen bestehe. Der Polizist, der sich im Radio äußerte, war der Ansicht, die Ermittlung komme sehr gut voran. Er war sogar optimistisch und meinte, sie hätten eine Reihe wichtiger Spuren gesichert, die sie verfolgen könnten.

Man habe Kontakt zu den Angehörigen des Mannes aufgenommen, die natürlich sehr erschüttert seien.

Ich lauschte alledem, was derzeit in Stockholm geschah, mit einem Gefühl, als befände ich mich in einem Paralleluniversum. Der Polizist im Radio hatte von einer erfolgreichen Ermittlung gesprochen und davon, dass er optimistisch sei. Ich fragte mich, ob er noch alle Tassen im Schrank hatte.

Verdammter Idiot.

Ich hielt und stieg aus. Mit langen Schritten marschierte ich die letzten hundert Meter bis zur Lagervermietung. Das Unternehmen befand sich in einem der neueren Wohngebiete Stockholms, in Hornsberg auf Kungsholmen. Ich hatte dort angerufen und meinen Besuch angekündigt. In der Tasche hatte ich meine Handys sowie die Vollmacht, die Magda geschickt hatte.

Ich folgte den Instruktionen, die ich erhalten hatte, und klingelte an der Tür, die mit »Entré« gekennzeichnet war. Die Tür piepte und glitt dann auf. Eine junge Frau begrüßte mich. Ich stellte mich vor und erklärte mein Anliegen.

»Ja, richtig, ja«, sagte sie, »Sie wollten den Raum des Yankees ausräumen.«

Des Yankees.

Während sie mich in ein Büro geleitete, prüfte sie die Vollmacht. Wir betraten einen grau gestrichenen Raum mit einem winzigen Fenster. Sie zog einen Wandschrank auf und überreichte mir einen Schlüssel.

»Sollte ich nicht hier sein, wenn Sie gehen, dann können Sie den einfach auf den Tisch legen«, teilte sie mir mit. »Henry Schiller hat Lagerraum Nummer B1. Das ist am Ende des Flurs auf der rechten Seite.«

Noch ein Schlüssel, doch diesmal wusste ich, in welches Schloss er passte.

»Danke.«

Sie nickte.

»Wenn Sie einen Rodel brauchen sollten, sagen Sie einfach Bescheid«, bot sie noch an.

»Einen was?«

»Einen Rodel. Eine Sackkarre, mit der Sie die Sachen zu Ihrem Auto bringen können. Aber gehen Sie ruhig erst rein, um zu sehen, wie viel es überhaupt ist.«

Im Flur roch es muffig nach Keller. Ich war der Einzige auf diesem Flur mit unzähligen Türen. Meine Sohlen knarzten auf dem Linoleumboden.

Bevor ich Henrys Lagerraum aufschloss, sah ich nach, ob die Tür Spuren eines Einbruchs aufwies. Alles schien in bester Ordnung zu sein.

Als ich die Tür aufzog, ging automatisch Licht an. Der Raum war einen knappen Quadratmeter groß, und mittendrin standen zwei aufeinandergestapelte Kartons, genau wie Magda gesagt hatte. Was hatte sich Henry nur dabei gedacht? Warum in aller Welt hatte er für zwei mickrige Kartons einen Lagerraum gemietet?

Ich nahm den obersten Karton herunter. Den würde ich zum Auto tragen können, trotzdem würde ich mir diesen Rodel leihen, um beide Kartons auf einmal zu transportieren. Die Kartons waren mit Klebeband verschlossen. Ich hatte nicht vor, sie an Ort und Stelle zu öffnen; das musste warten, bis ich wieder zu Hause wäre.

Jetzt komm, Henry, dachte ich, während ich die Sackkarre über den Bürgersteig schob. Jetzt darfst du mich auch mal zu etwas einladen, damit ich verstehe, wer du warst.

31

»Gemütlich«, stellte Belle fest.

Wir waren zurück in unserem Haus. Ich hatte in der Bibliothek im Kamin ein Feuer angezündet, und Marcel hatte uns soeben heiße Schokolade serviert. Belle hatte sich mit Begeisterung darauf gestürzt, ich selbst war eher skeptisch.

»Sehr gemütlich«, pflichtete ich ihr bei, »allerdings fühlt es sich irgendwie komisch an, Schokolade statt Kaffee zu trinken.«

Ich sah verstohlen zu Marcel, der wie immer enthusiastisch lächelte.

»Schokolade ist aber besser«, sagte er.

»Im Ernst? Trinkst du keinen Kaffee?«

»Das hab ich nicht behauptet. Ich sage nur, Schokolade ist besser.«

Er zwinkerte Belle zu und nippte an seinem Getränk. Widerwillig folgte ich seinem Beispiel.

Der Abend war schön gewesen und das Essen gut. Für ein paar Stunden schien das Leben wieder im Gleichgewicht zu sein.

Als ich nach Hause gekommen war, hatte ich mich erst mal widerwillig unter die Dusche gestellt. Die Spuren meiner Sünde – und der von Lucy – waren mit dem Wasser im Abfluss verschwunden. *Klar, dass wir nicht zum letzten Mal miteinander geschlafen haben.* Sie konnte doch nicht weiter mit diesem drögen Chirurgen zusammen sein. Ich bin gut darin zu teilen und zu herrschen, vermeide diese Herangehensweise aber gern, solange es geht. Durch Konflikt erreicht man selten etwas Konstruktives – und definitiv nicht Harmonie. Es wäre am besten für alle Beteiligten, wenn Lucy dem Typen jetzt, da die Hochzeit abgesagt war, einen Laufpass geben würde. Sofern sie es nur nicht meinetwegen täte.

»Wo ist denn das Schachspiel?«, wollte Belle wissen und riss mich aus den Gedanken.

»Das ist bei Lucy«, antwortete ich, was natürlich nicht stimmte.

Ich wollte nicht, dass Belle noch mal in die Nähe des Spiels käme.

»Aha«, sagte sie.

Sie sah enttäuscht aus, schämte sich aber wahrscheinlich immer noch zu sehr, weil sich ihretwegen zwei Felder gelockert hatten, weshalb sie nicht weiter darüber sprechen wollte. Umso besser. Ich wollte nämlich auch keine weiteren Fragen beantworten – ob nun zu dem Schlüssel, den sie gefunden hatte, oder zum Schlüsselloch, in das er passte. Vor allem nicht in Marcels Gegenwart.

Er stand auf und legte Holz nach.

»Sollen wir ein Spiel spielen?«, fragte Belle.

Ich stellte meine Tasse weg.

»Weißt du«, sagte ich, »ich glaube, es wäre am besten, wenn wir heute Abend mal früh Schluss machen könnten. Wir spielen einfach am Wochenende.«

Belle sah erstaunt aus.

»Aber da ist doch die Hochzeit!«

Schlagartig befand ich mich im freien Fall. Nur noch zweimal schlafen bis zum großen Tag – nur dass Belle immer noch nicht wusste, dass die Hochzeit abgesagt worden war. Und wie mir dämmerte: Marcel ebenso wenig.

Ich räusperte mich verlegen. Im Augenwinkel sah ich, wie sich Marcels Gesichtsausdruck veränderte. Er ahnte wohl, was ich gleich sagen würde.

»Belle, es sind ein paar traurige Dinge passiert. Deshalb haben Lucy und Michael beschlossen, die Hochzeit abzusagen.«

Belle riss die Augen auf.

»Was?«

Marcel kehrte auf seinen Sofaplatz zurück. Ich fing seinen Blick auf und schüttelte diskret den Kopf. Er würde später die Erwachsenenversion bekommen. Jetzt käme es darauf an, was Belles Träume und Erwartungen an das Wochenende anging, zu retten, was zu retten war.

»Die Hochzeit ist abgesagt, Belle. Es wird keine geben.«

Ihre Augen wurden immer größer. Einen schicksalhaften Moment lang sah ich vor mir, wie ich den ganzen Abend darauf würde verwenden müssen, sie zu trösten, weil sie kein Blumenkind würde sein dürfen. Aber das war nicht die Richtung, in die sich ihre Gedanken bewegten.

»Hurra!«, brüllte sie mit einem Mal und riss beide Hände hoch. »Hurra!«

Ich sah sie fassungslos an.

Belle hatte das breiteste Grinsen im Gesicht, das ich je an ihr gesehen hatte.

»Bist du jetzt froh oder traurig?«, fragte ich, weil mir nicht ganz klar war, ob sie Witze machte.

»Froh! Ich bin froh!«

Sie schlang mir die Arme um den Hals und drückte mich ganz fest an sich.

»Weil jetzt du Lucy heiraten kannst«, flüsterte sie mir ins Ohr.

Es war schon nach zehn, als ich die nötige Ruhe verspürte, mich endlich um Henrys Kartons zu kümmern. Belle war zu guter Letzt eingeschlafen, und Marcel hatte sich zum Lernen ins Souterrain zurückgezogen. Im Kamin war das Feuer niedergebrannt. Von den Holzscheiten war außer einem glühenden Aschebett nichts mehr übrig.

Dass ich die Kartons öffnen würde, war sonnenklar. Vor einer Woche hätte ich mich vielleicht diskret zurückgehalten, doch jetzt war das Gegenteil der Fall. Ich wusste verdammt noch mal immer noch zu wenig über den Mann, dessen Nachfolge im Antikhandel ich antreten sollte, und das konnte so nicht weitergehen. Alejandro Ortega hatte immer noch nicht auf meine E-Mail geantwortet, und ich wollte mir gar nicht vorzustellen, warum. Besser, es gäbe keine weiteren Toten. Und auch keine weiteren Geheimnisse.

Ich öffnete die Kartons, indem ich das Klebeband mit einem kleinen Messer zerschnitt. Neugierig spähte ich in den ersten. Aktenordner und Bücher. Ich sah in den anderen. Noch mehr Bücher – und zwei Holzkästchen etwa in der Größe von Schuhkartons. Ich sah erst nach, um welche Bücher es sich handelte. Die Autoren sagten mir nichts, die meisten Titel waren Französisch, einige Spanisch. Ich klappte die Aktenordner auf. Buchhaltungsunterlagen, irgendwelche alten Rechnungsvorgänge. Die Notizen in den Spalten waren auf Italienisch verfasst.

Ich konzentrierte mich auf die Holzkästchen. Die Neugier verlässt uns ja doch nie. Das eine Kästchen wog mehr als das andere, doch keins von beiden war schwer. Vorsichtig schüttelte ich das erste. Der Inhalt schien den Kasten gut auszufüllen; er bewegte sich kaum.

»Und hepp«, sagte ich leise, als ich den Deckel abhob und zur Seite legte.

Ich rieb mir die Augen, als ich sah, was der Kasten enthielt.

Er war voller Briefe.

Ich will nicht sagen, dass ich enttäuscht war, aber ein Stapel Briefe war nun nicht eben das, was ich erwartet hätte. Irgendwer – womöglich Henry – hatte ein lilafarbenes Seidenband um den Packen geschlungen und es mit einem einfachen Knoten und einer Schleife zusammengebunden.

Es schien an der Zeit zu sein nachzusehen, was sich in der anderen Holzkiste befand. Mit einer beherrschten Bewegung nahm ich den Deckel ab. Noch mehr Briefe. Und ein Stapel Fotos. Beides mit lilafarbenem Seidenband umwickelt.

Ich zweifele verdammt selten, ich weiß, wie man richtig von falsch unterscheidet. Aber diesmal gestaltete es sich nicht so einfach wie sonst. Warum hatte er diesen Lagerraum nie erwähnt, als er noch lebte? Es kam mir so vollkommen irrational vor, dass er den Vertrag hatte weiterlaufen lassen, obwohl er gewusst hatte, dass die Rechnungen nicht bezahlt werden würden. Und warum hatte er ausgerechnet *diese* Dinge in Stockholm verwahrt? Sie mussten einen Wert für Henry gehabt haben, sonst hätte er sie nicht aufgehoben. Den Vertrag hatte er bei einem seiner letzten Besuche in Schweden im vergangenen Jahr geschlossen. Jede Zelle in meinem egoistischen Körper verlangte, die Briefe zu öffnen und auch die Fotos durchzuschauen.

Kaum dass ich den Gedanken gedacht hatte, dämmerte mir, dass Magda und ich etwas übersehen hatten.

Sie ging sofort ran, als ich anrief.

»Hallo, mein Lieber! Kann ich dich zurückrufen?«

Sie klang gestresst. Das Geschäft in New York war noch geöffnet, wahrscheinlich waren Kunden im Laden.

»Natürlich«, sagte ich. »Ruf irgendwann an. Ich hab heute Henrys Lager ausgeräumt und eine Frage dazu. Aber das kann warten.«

»Ach was, schieß los.«

Es hallte in Magdas Telefon, und im Hintergrund hörte ich leise Stimmen. Sie entschuldigte sich und bewegte sich von den Stimmen weg.

»Was hast du gefunden?«

»Im Grunde gar nichts«, sagte ich und sah zu den Briefstapeln und Fotos hinüber. »Zwei zugeklebte Kartons.« Ich wollte nicht sofort erzählen, dass ich sie bereits geöffnet hatte, sondern fuhr fort: »Es geht um die Bezahlung des Lagerraums. Du hast gesagt, dass du … nein, dass Henry das Angebot für einen größeren Lagerraum bekommen hätte und du auf diese Weise erfahren hast, dass dieser Raum überhaupt existiert.«

»Genau.«

»Haben die denn nie eine Rechnung geschickt?«

Magda verstummte. Ich nahm an, dass sie ins Büro lief, um der Frage nachzugehen.

»Ich hab sämtliche Papiere von Henry in zwei Ordnern aufgehoben«, erklärte sie. »Nein, da ist keine Rechnung.«

»Hast du mit der Firma gesprochen?«, erkundigte ich mich.

»Ich hatte gehofft, genau dabei könntest du mir helfen«, erwiderte Magda leicht ungeduldig. »Ich hab dieser Firma eine E-Mail geschickt und angekündigt, dass du mit einer Vollmacht kommen und den Raum ausräumen würdest, weil Henry gestorben sei. Damit hatten sie auch kein Problem. Was stört dich also daran?«

Ich war noch nicht bereit, meine Bedenken laut auszusprechen. Nicht, ehe ich mit dem Vermieter des Lagers gesprochen hatte.

»Gar nichts«, sagte ich zu Magda. »Entschuldige, dass ich dich gestört habe. Das hab ich hier einfach durcheinandergebracht.«

»Martin, du störst nie! Aber du kannst mich auch nicht hinters Licht führen.«

Ich hielt die Luft an und wartete auf die Fortsetzung.

»Ich weiß, dass du so was nicht durcheinanderbringst. Wir sprechen uns einfach morgen.«

Sie legte auf.

Wortlos blieb ich mit dem Telefon in der Hand stehen. Ich erinnerte mich wieder an das Schild, das ich am Eingang zum Lager mit dem Blick gestreift hatte.

Unser Service ist 24/7 erreichbar.

Beim dritten Klingeln ging eine Frau ran. Ich erkannte die Stimme wieder – es war dieselbe Frau, der ich am Nachmittag begegnet war.

Perfekt.

»Ich hab vergessen, Sie etwas zu fragen, als ich bei Ihnen war«, erklärte ich. »An wen haben Sie eigentlich die Rechnungen für den Lagerraum geschickt?«

»Wir berechnen an niemand anderen als den, der als Mieter des Lagerraums eingetragen ist«, sagte die junge Frau. »Es sei denn, der Kunde hat ausdrücklich um etwas anderes gebeten.«

»Entschuldigen Sie, wenn ich jetzt hartnäckig wirke, aber könnten Sie vielleicht kurz nachsehen, welches Arrangement für Henry Schiller galt?«

Meine Frage schien die junge Frau zu verärgern.

»Dazu müsste ich den Rechner wieder hochfahren und in unsere Kundendatei gehen«, sagte sie, »und das dauert eine Weile.«

Unser Service ist 24/7 erreichbar, aber nur, wenn es nicht anstrengend ist.

»Ich kann warten«, sagte ich. »Oder rufen Sie mich doch an, wenn Sie etwas herausgefunden haben, ja?«

Schlagartig war die Frau besser gelaunt.

»In Ordnung«, sagte sie, »ich ruf Sie morgen zurück.«

»Nein«, erwiderte ich, »Sie rufen noch heute Abend zurück.«

Dann legte ich auf.

32

Das Seidenband um die Briefe und Fotos schimmerte. So vorsichtig, wie ich nur konnte, zog ich die Schleife und den Knoten auf. Ich würde alles wieder genau so zusammenpacken müssen, damit nicht erkennbar wäre, dass ich geschnüffelt hatte.

Sobald die Seidenbänder auf meinem Schreibtisch lagen, machte ich zwei Entdeckungen. Zum einen waren sie exakt gleich, zum anderen war auf den Rand aller drei Bänder ein goldfarbenes Symbol aufgedruckt. Und selbst ein Zweifler wie ich kennt die Symbole der Kirche. Auf dem Band prangten Kreuze.

Sofort musste ich an Alejandro Ortega denken.

Ein Mann der Kirche.

Magda, Henry und ich hatten nie über Religion gesprochen. Sie waren beide nicht religiös, gehörten keiner bestimmten Konfession an. Andererseits hatte ich auch gedacht, Henry wäre schwedischer Staatsbürger, was er nie gewesen war.

Ich blätterte durch die Briefe. Die Briefe aus der schwereren Holzkiste waren alle an ein und dieselbe Person adressiert. An jemanden, der an einer mir unbekannten Adresse in Rom wohnte. Und sie waren allesamt mit Briefmarken frankiert, deren Wert in Pesetas angegeben war, umgerechnet jeweils nur ein paar Kronen. Als Nächstes sah ich mir die Poststempel näher an. Offenbar waren die Briefe nach Datum sortiert: Der erste stammte von Januar 1985, der letzte vom Juli 1989. Ich nahm den zweiten Briefstapel zur Hand. Diese

Briefe waren alle an eine Person in Madrid gerichtet und in derselben Zeitspanne verschickt worden.

Es gibt nur wenig, was so unsäglich ist, wie Tagebücher oder die Post anderer Menschen zu lesen. Doch in meiner derzeitigen Lage musste ich mich über gewöhnliche Regeln hinwegsetzen. Ich zog einen der handgeschriebenen Briefe an die Person in Rom heraus. Der Text war auf Spanisch verfasst und in einer schnörkeligen Handschrift geschrieben. Doch selbst mit meinen mangelhaften Spanischkenntnissen konnte ich die ersten Zeilen verstehen:

Geliebter,
wie viele Wochen ist es jetzt her, seit wir uns zuletzt gesehen haben? Und wie viel länger muss ich noch warten?

Ich überflog den Rest des Briefes; er war ohnehin nicht lang, handelte zumeist von Sehnsucht und der Trauer, nicht zusammen sein zu können. Auf dem Umschlag stand »S. Fourmont«. S. war der »Geliebte«, nahm ich mal an. Der Brief war mit den Worten »Mit all meiner Liebe, B.« unterschrieben. Vermutlich handelte es sich hierbei um die Empfängerin der anderen Briefe – eine Person namens B. Lopez.

Warum schrieben sie nicht mal in ihren Briefen die Vornamen aus? Und was hatten diese zwei Menschen mit Henry zu tun?

Ich nahm das Bündel Fotos zur Hand und begann, darin zu blättern. Es waren fantastische Ausblicke über Rom und Madrid.

Also habt ihr einander besucht, dachte ich. Konntet aber nicht miteinander leben. Warum nicht?

Mein Blick blieb erneut an den Kruzifixen auf dem lilafarbenen Band hängen. Liebesbriefe zu schicken ... Das war wohl nichts, was einem »Mann der Kirche« erlaubt gewesen wäre. Ich drehte eins der Fotos um. Es war datiert, sogar ein Ort war angegeben. Ich sah kurz nach, und ja: Die meisten Bilder waren mit Datum und Ort versehen. Ich sah sie ein weiteres Mal durch. Und dann noch einmal.

Bildete ich es mir nur ein, oder konnte man auf den meisten Bildern den Schatten zweier Gestalten erkennen? Der eine etwas kürzer als der andere – der längere Schatten mit Hut auf dem Kopf.

Eine heimliche Beziehung, in der keiner der Beteiligten sich erlaubte, in eine Kamera zu blicken oder mit seinem Namen zu unterschreiben?

»Arme Schweine«, sagte ich leise.

Ich blätterte ein letztes Mal den Stapel durch. Nicht mal ein Fuß oder ein Arm einer der Personen war zu sehen.

Mein Handy fing an zu klingeln und riss mich jäh aus den Gedanken.

Die Nummer auf dem Display beruhigte mich sofort wieder: Es war die junge Frau aus dem Lager.

»Ich hab den Vorgang gecheckt«, sagte sie. »Es gab eine Notiz zu besonderen Wünschen in der Kundendatei. Die Kommunikation sollte per E-Mail geschehen, Henry Schiller hat die Rechnungen also elektronisch erhalten.«

»Aber Sie haben ihm doch ein Angebot für einen größeren Lagerraum an seine Heimatadresse in New York geschickt?«, hakte ich nach.

»Das war eine Massensendung. So was machen wir manchmal.«

»Schicken Sie oft Reklame quer über den Atlantik?«, fragte ich ironischer als beabsichtigt.

»Tatsächlich haben wir diverse Kunden mit Adressen im Ausland«, erwiderte die Frau. »Leute, die in anderen Ländern arbeiten und einen Teil ihrer Sachen bei uns lagern, während sie ihren Stockholmer Wohnsitz untervermieten. Nur so als Beispiel.«

Jetzt kam ich mir blöd vor. Natürlich war es so.

»Sorry«, sagte ich, »daran habe ich nicht gedacht. Können Sie denn sehen, wann Sie die letzte Rechnung an Henry Schiller verschickt haben?«

Sie klang nachdenklich, als sie antwortete.

»Das ist jetzt komisch«, sagte sie, »denn der Typ ist doch tot, oder?«

Mein Gott.

Redete die immer so?

»Ja, das stimmt, Henry Schiller ist gestorben.«

»Okay, also … Wir haben vor ungefähr zwei Wochen die letzte Rechnung rausgeschickt, weil wir da noch nicht wussten, dass er gestorben war. Die Rechnung ist vor ein paar Tagen bezahlt worden.«

Der Griff um mein Handy wurde fester.

Hatte Magda Zugang zu Henrys E-Mails? In dem Fall könnte sie diejenige sein, die die Rechnung beglichen hatte.

Aber das war nicht so, das wusste ich, ohne nachzufragen.

»Über welche E-Mail-Adresse haben Sie mit Henry kommuniziert?«, fragte ich stattdessen.

Sie nannte mir eine E-Mail-Adresse, von der ich nie gehört hatte. Es war keine, die ich je benutzt hatte, um mit Henry zu kommunizieren.

»Mehr Informationen habe ich nicht«, sagte die Frau.

Ich bedankte mich für die Informationen und dass sie so schnell zurückgerufen hatte.

Mit diesem Lagerraum und der bezahlten Rechnung stimmte doch etwas nicht. Tote bezahlten keine Rechnungen mehr. Tote instruierten auch nicht die Lebenden, sich um ihre Geheimnisse zu kümmern.

Wer also hilft dir, Henry?

Ich befingerte die Briefstapel. Die einfachen weißen Umschläge verrieten nicht mehr, als ich mir schon hatte anlesen können. Ich blätterte einen Brief nach dem anderen durch. Vielleicht lagen ja noch Fotos in den Umschlägen.

Und so war es auch.

In einem der letzten Umschläge, die ich abtastete, lag mehr als nur ein handgeschriebener Brief. Mein Puls stieg, als ich den Umschlag öffnete und eine weitere Fotografie vor mir sah.

Eine, die nicht so anonym war wie die anderen.

Das Foto war im Gegenlicht aufgenommen worden. Ein Mann wandte sich halb von der Kamera ab, hatte dem Fotografen aber das Gesicht zugedreht. Er trug Sonnenbrille und Hut und lächelte breit.

Ich erkannte ihn, sah mir das Bild trotzdem noch einmal gründlich an, um sicherzugehen, dass ich keine voreiligen Schlüsse zog. Das Foto lag in einem Brief, der im August 1989 von Madrid nach Rom geschickt worden war. Er sah sich immer noch verdammt ähnlich.

Der Mann auf dem Bild war Alejandro Ortega.

Teil III

»Ein Mann der Kirche«

33

Ich beendete den späten Abend, indem ich das Schachspiel in meinen privaten Tresor einschloss. Danach verriegelte ich die Tür zur Bibliothek, in der ich die Kartons stehen ließ, und checkte die Alarmanlage gleich doppelt gründlich. Sobald ich mich ins Bett gelegt hatte, schlief ich ein.

Es musste die Mischung aus sensationell gutem Sex mit Lucy und meinem Lagerraum-Abenteuer gewesen sein, die mich derart ausgeknockt hatte. Bestimmt hatten die Zusammentreffen mit Boris und Silvia auch das ihre beigetragen. Ein Gehirn kann nun mal nur eine bestimmte Menge Informationen aufnehmen.

Ich schlief tief und traumlos. Als ich aufwachte, hatte ich einen dicken Kopf, und das Haus war beunruhigend still. Es war Freitag und somit der Tag vor Lucys Hochzeit. Die nicht stattfinden würde. Ich rieb mir die Augen und streckte mich nach der Uhr. Es war schon neun.

Verdammt.

Ich hatte verschlafen.

Ich strampelte die Decke ans Fußende und schaltete sofort mein Handy ein. Drei verpasste Anrufe. Wie hatten Leute eigentlich ihre Zeit genutzt, bevor Handys zum Teil unseres Lebens geworden waren? Die Anrufe waren von Jennifer, Silvia und Lucy. Wenn – außer Boris – mal jemand meinen Telefonverkehr kontrollieren wollte, dann würde daraus mit aller wünschenswerten Deutlichkeit hervorgehen, dass es in meinem Netzwerk an Frauen nicht mangelte. Im Gegenteil.

Ich griff nach dem Boris-Handy. Er hatte eine SMS geschickt.

»Ruf an. Pronto.«

Anscheinend würde auch heute ein spannender Tag werden.

Ich zog Jeans und T-Shirt an und drehte eine Runde durchs Haus. Bevor Marcel bei uns eingezogen war, war ich immer nackt oder nur in Unterhose herumgelaufen, doch jetzt fühlte ich mich damit nicht mehr wohl. Marcel war zwar mittlerweile ein Teil der Familie, aber streng genommen der Einzige, der dafür bezahlt wurde, mit uns anderen zusammenzuwohnen. Man soll nicht unterschätzen, wie das eine Beziehung beeinflussen kann.

»Hallo, jemand zu Hause?«

Ich erwartete keine Antwort und bekam auch keine. Auf dem Küchentisch lag ein Zettel.

»Du hast geschlafen. Ich habe Belle Frühstück gemacht und sie zur Schule gefahren. M.«

Neben Marcels krakeliger Handschrift hatte Belle ein Herz mit einem Gesicht darin gezeichnet.

Ich frühstückte im Stehen an der Küchentheke, während ich allen antwortete, die sich gemeldet hatten. Lucy war die Einzige, die ich anrief, die anderen bekamen eine SMS. Boris schob ich auf bis zuletzt.

Lucy klang merkwürdig gedämpft, als sie ranging.

»Wie geht's?«, fragte ich.

»Ziemlich mies«, antwortete Lucy.

Ich nahm einen Schluck Saft. Sollte ich um Entschuldigung bitten? Nein, diesmal nicht.

Wir wollten es beide. Gleichermaßen.

»Wo ist Michael?«

Dies war wohl die am häufigsten wiederholte Frage, die ich in den letzten Wochen einem Menschen gestellt hatte.

»Im Krankenhaus. Ich glaube, es gefällt ihm nicht.«

Es gefällt ihm nicht?

»Machst du Witze? Er ist doch erst vor ein paar Tagen angekommen. Sorg dafür, dass er sich zurechtfindet. Er muss doch auch Möbel und Sachen mitgebracht haben? Da wirst du ein paar deiner Sachen wegräumen müssen.«

Ich war drauf und dran hinzuzufügen, dass es doch ein Glück war, die Hochzeit abgesagt zu haben, schaffte es aber gerade noch, mich zusammenzureißen.

»Seine Möbel kommen erst in ein paar Wochen«, erklärte Lucy, »und zwar mit dem Schiff. Aber versteh mich nicht falsch, es gefällt ihm bei mir, allerdings nicht im Krankenhaus.«

»Baby, niemandem gefällt es im Nya Karolinska. Hast du ihm schon erzählt, dass die Fußböden in sämtlichen Klos in die falsche Richtung geneigt sind, sodass das Wasser nicht in den Abfluss läuft? Oder dass dieses Krankenhaus so viel gekostet hat wie das Tadsch Mahal?«

»Das ist doch übertrieben, aber …«

»Ist doch auch egal«, sagte ich, »Hauptsache ist nicht, dass etwas wahr ist oder nicht, es muss einfach nur verdammt protzig klingen. Das mit dem Tadsch Mahal ist jedenfalls ein Bombenargument, falls du ihn loswerden willst.«

Ich hätte mir die Zunge abbeißen können. Der letzte Satz war mir rausgerutscht, obwohl ich ihn nie hätte laut sagen wollen.

Lucy seufzte.

»Ich glaube, ich muss mich gar nicht mehr sonderlich anstrengen, um ihn loszuwerden«, sagte sie. »Es reicht schon, mit meinem Ex in unserem Doppelbett zu schlafen und dann zu vergessen, die Laken zu wechseln und zu lüften.«

Mir fiel das Brot aus der Hand.

»Äh …«

Das klang sicher nicht besonders schlau, aber es war nichts, was ich jetzt noch ändern konnte.

»Er kam nach Hause, kurz nachdem du gegangen warst. Er konnte einfach nicht länger bei der Arbeit bleiben, jetzt, da Steve tot war und Steves Eltern auf dem Weg hierher. Es war schrecklich, Martin. Ich bin ein schrecklicher Mensch. Er ging ins Schlafzimmer, um sich umzuziehen, und ... Ich kann dir gar nicht sagen, wie sehr ich mich schäme.«

Das Lachen kam aus dem Nichts. Wie ein Tic. Wie das ausgesehen haben musste – der tüchtige Herzchirurg, der nach Hause zu seiner schwedischen Verlobten kam (für die er im Übrigen sein ganzes bisheriges Leben aufgegeben hatte), nachdem sein Freund gestorben war und sie die Hochzeit abgesagt hatten, um dann zu entdecken, dass sie einen wesentlichen Teil des Tages im Bett mit dem Ex verbracht hatte.

»Das war gerade nicht nett«, schimpfte Lucy.

»Entschuldige«, sagte ich. »Entschuldige.«

Trotzdem lachte ich weiter. Gedämpft, aber aus vollem Herzen. Mir liefen sogar Tränen übers Gesicht.

»Bitte, erzähl mir mehr«, bat ich sie. »Was hat er gesagt?«

»Nichts, er hat geschwiegen. Genau wie ich.«

Wenn man einen Menschen gut kennt, ist das Beste, dass man auch die Nuancen in seinem Tonfall wahrnimmt. Lucy tat ihr Möglichstes, um es zu verbergen, trotzdem konnte ich hören, dass meine Lachsalve sie nicht völlig unbeeindruckt ließ. Dass sie ebenfalls lachen musste. Dass auch sie Licht ins Dunkel bringen wollte. Und zwar unbedingt.

Ich schaffte es, wieder halbwegs ernst zu werden, indem ich an Steve dachte. Der sich vom verschwundenen Best Man in jemanden verwandelt hatte, den man – mit einer Hundeleine erdrosselt – aus dem Riddarfjärden gezogen hatte.

»Können wir uns sehen?«, fragte ich.

»Völlig ausgeschlossen«, gab Lucy zurück.

Diesmal war da kein Raum für Verhandlungen, aber ich hatte den leisen Verdacht, dass sie meine Absichten missverstanden hatte.

»Ich brauche jemanden, mit dem ich darüber reden kann, was passiert ist«, sagte ich. »Hab ich dir schon von Henrys Lagerraum erzählt?«

»Nein – welcher Lagerraum?«

»Erklär ich dir gern, aber ich müsste erst duschen und ein paar Telefonate führen«, sagte ich. »Und eventuell noch einen Freund treffen. Aber …«

Ich wollte Boris' Namen am Handy nicht laut aussprechen. Ich war paranoid geworden, wusste nicht, wer gerade welchen Teil dieses Gesprächs mit anhörte. Nicht dass ich wirklich glaubte, jemand würde mein Handy abhören, aber manchmal braucht das Gehirn keinen rationalen Grund für gewisse Einschätzungen.

»Ich komme zu dir«, sagte Lucy. »In einer halben Stunde?«

»Perfekt. Bis dann.«

Ich aß fertig und rief Boris an. Er meldete sich mit gedämpfter Stimme: »Ich ruf dich um zehn an. Geh dann ran!«

Er legte sofort wieder auf.

Ich rannte nach oben und duschte. Das normale Handy klingelte wieder und wieder.

Es war Silvia. Nicht ganz unerwartet, dass ausgerechnet sie es nicht schlucken wollte, dass ich sie nicht zurückrief.

Dann ging eine SMS von ihr ein.

»Sie müssen rangehen! Rufen Sie zurück! Sofort! Dann erfahren Sie auch, was so wichtig ist. Bitte!«

Mein Ärger wuchs, während ich mich anzog. Die Dusche hatte mir einen klaren Kopf beschert, und meine Gedanken waren wieder dabei, sich zu sortieren. Ich hatte jetzt keine Zeit für Silvia.

Dann kam wieder eine SMS.

»PS: Es geht um Leben und Tod.«

Zum Teufel, machte die Druck! Ich rief sie an.

»Brennt es schon wieder, oder was ist los?«, motzte ich, als sie ranging.

Ich hörte sie in den Hörer atmen.

»Nein«, sagte sie.

Ich schimpfe selten mit Leuten, aber wenn ich es tue, dann zeigt es in der Regel Wirkung. Silvias Stimme klang belegt, und das beruhigte mich.

»Aber ich glaube, jemand versucht, mir den Brand anzuhängen«, sagte sie.

Damit hatte ich nicht gerechnet.

»Dann müssen Sie mit der Polizei sprechen«, sagte ich.

Silvia zögerte.

»Ich … Können wir uns treffen?«

»Völlig ausgeschlossen«, sagte ich, genau wie es Lucy zuvor zu mir gesagt hatte.

Ich hörte, wie Silvia mit etwas raschelte, wahrscheinlich mit dem Notizblock, den sie andauernd in der Hand hatte.

Sie atmete angestrengt ins Telefon.

»Ich … Ich glaub, ich hab ein Problem«, sagte sie.

»Niemand, der Sie kennt, glaubt, dass Sie für den Brand verantwortlich sind«, entgegnete ich. »Ich verstehe natürlich, dass Sie gestresst sind. Aber Sie müssen versuchen, sich zusammenzureißen. Versprechen Sie mir, dass Sie sich zurückhalten, und versprechen Sie mir überdies, dass Sie mit der Polizei zusammenarbeiten. Sie müssen denen absolut alles erzählen. Hören Sie? Alles.«

Ich sah auf die Uhr. Es fühlte sich an, als wäre der halbe Tag vergangen, nur weil ich verschlafen hatte.

Ich trat ans Fenster. Die Sonne schien. Im Garten war endlich die Erde zu sehen. Der Sommer war im Anmarsch.

Und vor meinem Haus parkte ein Auto.

Lucy?

So schnell?

Ich sah angestrengt hin. Der Wagen war eben angekommen. Lucy hatte keinen eigenen Wagen, sondern war bei einem Carsharing-Anbieter, deshalb sah es immer aus, als führe sie ständig mit einem neuen Auto herum.

Die Fahrertür ging auf, und jemand stieg aus.

Es war nicht Lucy.

»Bis später«, sagte ich abrupt zu Silvia und legte auf.

Es war ein Mann. Das halbe Gesicht war von einer Sonnenbrille verdeckt. Er richtete eine Kamera auf mein Haus und machte ein paar Fotos. Dann setzte er sich wieder ins Auto.

Das Boris-Handy klingelte.

Ich ging ran, noch während ich quer durchs Haus zur Eingangstür rannte.

»Du hast Schwierigkeiten, Martin«, teilte Boris mir mit. »Und zwar größere, als ich dachte.«

34

Im Film sehen Verfolgungsjagden mit dem Auto immer hoch spannend aus. In der Wirklichkeit sind sie nichts weiter als lebensgefährlich. Im selben Moment, da ich die Haustür aufriss, fuhr der Mann, der mein Haus fotografiert hatte, schon wieder davon – mit einem Kavalierstart –, und ich überlegte mir verdammt noch mal allen Ernstes, ob ich ihm nachfahren sollte.

Wenn mein Wagen nicht in der Garage gestanden hätte.

Wenn ich den Schlüssel griffbereit gehabt hätte.

Bis ich im Auto säße und auf die Straße rauskäme, wäre der Typ längst über alle Berge.

»Was machst du denn?«, blaffte Boris ins Telefon.

»Ich hatte Besuch.«

Dann erzählte ich, was gerade passiert war.

»Bleib im Haus«, befahl er mir. »Kapierst du, was ich sage? Die wollen nichts lieber, als dass du losrennst und vergisst, abzuschließen und die Alarmanlage scharf zu machen.«

Ich lief wieder rein und knallte die Tür hinter mir zu.

»Wer sind ›die‹, Boris?«

Er lachte trocken ins Telefon. Boris lässt keine Chance aus, wie der Erzschurke zu klingen. Als hätte er zu Hause vorm Fernseher gesessen und eingeübt, wie ein Schurke aus einem Film zu klingen und sich auch so zu benehmen. Ich schwöre es – er hat schon so viele Verfolgungsjagden mitgemacht, dass er einem Auto mit verbundenen Augen folgen könnte. Er hätte niemals gewartet, bis sich die Garagentür öffnete, sondern sofort das Gas bis zur Fußmatte durchgedrückt und wäre einfach durchs Tor durchgebrettert.

»Hast du das Schachspiel schon zurückgegeben?«

»Nein.«

»Zum Teufel, bist du eigentlich lebensmüde? Wer soll bitte Belle zu sich nehmen, wenn du draufgehst?«

Ich ließ mich auf der Treppe nieder, schaffte es einfach nicht, nach oben zu gehen. Mein Zuhause fühlte sich leer und verlassen an. Was hatte ich mir bloß dabei gedacht, ein so großes Haus zu kaufen?

»Hör endlich auf mit dem Blödsinn«, sagte ich. »Erzähl mir lieber, was du rausgekriegt hast.«

»Nicht am Telefon. Wo können wir uns treffen?«

Ich kratzte mich am Kinn. Die Bartstoppeln juckten.

Boris wollte nicht zu mir nach Hause kommen, und ich wollte ihn auch nicht zu Besuch haben. Aber auch die Kanzlei war undenkbar.

Die Alarmanlage blinkte. Draußen vor dem Haus bewegte sich jemand.

»Warte kurz, da ist jemand.«

Boris stöhnte.

»Jetzt halt bloß die Füße still!«

»Es ist wahrscheinlich Lucy.«

»Oder irgend so ein Arschloch.«

Ich lief ins Wohnzimmer. Und seufzte erleichtert. Es war mein – in diesem Moment – innigst geliebter Gärtner, der sich im Garten herumtrieb.

»Es ist Abdullah«, sagte ich.

»Der Gartenaraber?«

»So einen Scheiß will ich nicht hören, das weißt du.«

Boris brummte einen schwachen Protest, lenkte aber ein. Männer, die Männer erziehen, kommen nicht immer ans Ziel, aber doch fast immer.

Als ich Boris kennenlernte, benutzte er für Menschen, die so aussehen wie ich, immer das N-Wort. Inzwischen macht er das nicht mehr, sonst würde ich ihn auch nicht zu meinen Vertrauten zählen.

Ich beobachtete Abdullah durchs Fenster. Meine neue Paradetätigkeit – am Fenster stehen wie ein alter Mann und Leute ausspähen. Abdullah wusste nicht, dass ich zu Hause war. Er bewegte sich völlig unbeschwert über das Grundstück.

»Er fummelt hoffentlich nicht an den Kameras rum«, kommentierte Boris.

»Natürlich nicht.«

»Gut. Ich glaub zwar nicht, dass er sie finden würde, aber man weiß ja nie, was diese … tüchtigen Menschen sich so einfallen lassen.«

Ich musste grinsen.

Gar nicht so schlecht, Boris.

»Also, wo treffen wir uns?«, fragte er. »Ich will nicht am Telefon weiterreden.«

Abdullah verschwand aus meinem Sichtfeld, und in meinem Kopf nahm eine Idee Gestalt an. Ein Nachbar von mir hatte einen Bootsanleger ein paar Kilometer von hier entfernt – und wiederum ein Stück weiter lag ein aufgegebener Bootsschuppen. Der Bootsklub wollte den Schuppen abreißen, hatte sein Ansinnen bei der Gemeinde aber noch nicht durchgesetzt.

»Ich wüsste da einen Treffpunkt«, sagte ich und erklärte ihm, wo der Bootsschuppen stand.

»Wir sehen uns dort in einer halben Stunde«, sagte Boris. »Komm allein.«

Boris ist der einzige Mensch, den ich kenne, der in jedem x-beliebigen Moment nie länger als eine halbe Stunde von einem Ort zum anderen zu benötigen scheint.

»Kann ich nicht Lucy mitbringen?«

»Allein – das bedeutet, dass du nicht mal einen toten Hund mitbringen darfst.«

»Okay«, sagte ich.

Also rief ich Lucy an und bat um Entschuldigung, weil ich nicht zu Hause wäre, wenn sie hier ankäme. Zehn Minuten später saß ich im Auto auf dem Weg zu dem verlassenen Bootsschuppen.

Blauer Himmel, spiegelglatte Wasseroberfläche. Marianne hat mich einmal gefragt, warum ich es immer so eilig haben müsse.

»Ich kenne niemanden, der so schlecht darin ist wie du, es mal langsam angehen zu lassen«, hatte sie gesagt. »Eines Tages stirbst du noch an einem Herzinfarkt.«

Als ich dann wirklich einen hatte, hörte sie auf, so etwas zu sagen. Aber sie blieb dabei, dass ich es immerzu eilig hätte, dass ich nie entspannt sein und mal was langsam angehen könne. Als wäre das etwas, was gesunde Menschen tun müssten.

Ich habe mich schon oft gefragt, was Marianne wohl sagen würde, wenn sie Boris kennenlernte. Boris sieht nie so aus, als hätte er es eilig. Er sieht nicht mal dann gehetzt aus, wenn er mit über zweihundert Sachen im Auto unterwegs ist. Rein objektiv könnte man natürlich behaupten, dass man so schnell schlicht und ergreifend nicht fährt, wenn man normal große Probleme hat. Aber an Boris ist nun mal nichts normal. Und an mir womöglich auch nicht.

»Ich verstehe nicht, wie du es schaffst, in so viele schräge Sachen auf einmal reinzugeraten«, sagte Boris zur Begrüßung und schüttelte den Kopf.

Wir hatten auf einer wurmstichigen Bank hinter dem Bootsschuppen Platz genommen, und obwohl keiner von uns es laut aussprach, warteten wir beide nur darauf, dass das Holz unter uns zusammenkrachte.

»Ich gebe mein Bestes, und es bringt mich in der Regel sehr weit«, erwiderte ich.

Er spuckte aus. Eine unschöne Angewohnheit, die ich aber nicht zu kommentieren pflege.

»Wir müssen über zwei Dinge reden«, sagte Boris. »Erstens: der Brand in Gamla stan. Was weißt du darüber?«

Ich starrte ihn an. Es war gerade erst einen Tag her, seit wir uns zuletzt getroffen hatten, aber Boris hatte anscheinend nicht auf der faulen Haut gelegen.

»Glaubst du vielleicht, ich hätte den gelegt?«

»Reiß dich zusammen. Natürlich nicht. Aber ich glaube, dass du die Person kennst, die dahintersteckt. Ich hab mich ein bisschen umgehört, und es sieht nicht gut für sie aus.«

Zwei schwarze Vögel kreisten unglückverheißend über unseren Köpfen.

»Für wen?«, hakte ich nach. »Ich kenne eine Person, die etwas Wichtiges bei dem Brand verloren hat, aber ich hab keine Ahnung, wer dahinterstecken könnte.«

Ich hatte es an diesem Morgen nicht geschafft, Nachrichten zu lesen, aber soweit ich wusste, hatte die Polizei niemanden wegen des Brandes festgenommen.

»Eine Person, die etwas Wichtiges verloren hat«, echote Boris. »Erzähl doch mal, was das sein soll.«

Er lehnte sich an die Holzwand in unserem Rücken, und das Holz knackte bedenklich. Unwillkürlich spannte ich die Beine an, um sofort aufspringen zu können, sobald das Haus zusammenfiele.

»Ich spreche von Silvia Magander«, sagte ich. »Die junge Frau, die du gestern in mein Büro hast gehen sehen. Sie hatte in dem Haus ihren Spähposten.«

»Und dann hat sie nach dem Brand bei dir Schutz gesucht?«

Ich zuckte mit den Schultern.

»So was in der Art. Sie stand jedenfalls unter Schock.«

»Trotzdem ist es ihr gelungen, ihre Sachen zu retten?«

»Den Computer und ein paar Unterlagen.«

Boris sah mit zusammengekniffenen Augen zu einem Wäldchen ein Stück voraus.

»War ja verdammtes Glück«, murmelte er, »dass eine einzige Person etwas aus dem Haus hat rausretten können. Ausgerechnet die Person, die sich ganz oben im Gebäude aufhielt.«

Endlich fiel der Groschen.

»Nie im Leben«, sagte ich. »Ausgeschlossen!«

»Denk doch mal nach, zum Teufel! Das Feuer ist im Erdgeschoss ausgebrochen. Die einzige Person, die sich aus einem darüber liegenden Stockwerk hat retten können und auch noch was mit rausgenommen hat, war deine Freundin Silvia. Ist doch wohl verdammt klar, dass sie nicht auf ihrem Dachboden lag und schlummerte, als es losging. Sie hat ihre Sachen gepackt, ist runtergelaufen und hat das Feuer gelegt. Und Stunden später taucht sie bei dir auf und heult sich aus.«

»Was soll das heißen – dass Silvia die Einzige war, die sich aus einem oberen Stockwerk hat retten können?«, fragte ich wachsam. »Ich hab nichts von irgendwelchen Todesfällen gehört.«

»Drei Leute saßen in ihren Wohnungen fest und mussten durchs Fenster evakuiert werden«, erklärte Boris. »In dem Haus gab es mehrere Büros. Derjenige, der das Feuer gelegt hat, wollte womöglich nicht mehr Menschen als unbedingt nötig schädigen und trotzdem nur zu gern dieses Haus in Schutt und Asche legen. Bist du mal dort gewesen?«

»Nein.«

Der Wind fühlte sich kalt auf meinem Gesicht an, und meine Haut spannte.

Ich fror, obwohl ich eine Jacke anhatte.

Die Erinnerung an mein Gespräch mit Silvia war noch frisch. Ihr Stress und ihre Angst waren echt gewesen.

»Aber warum?«, fragte ich. »Was wäre denn der Sinn dabei? Natürlich, Silvia ist ein bisschen anders. Vielleicht sogar nicht nur ein bisschen. Aber sie ist keine Brandstifterin oder Mörderin.«

»Ich fürchte, das schätzt du falsch ein«, erwiderte Boris. »Silvia Maganders Gewissen ist nicht so rein, wie du glaubst. Sie hat jahrelang im Ausland gelebt. Hat sich wie ein Zugvogel zwischen verschiedenen Städten und Ländern bewegt.«

Mein Mund war trocken geworden. Ich räusperte mich.

»Das nennt man heutzutage studieren.«

»Oder aber was anderes. Weißt du übrigens, dass das Militär sie rausgeschmissen hat?«

Boris sah mir die Überraschung allem Anschein nach an.

»Guck an, das wusstest du nicht. Ihr Urteilsvermögen war wohl nicht das beste. Sie hat ihre Wehrpflicht nicht zu Ende gebracht.«

»Wir haben keine Wehrpflicht mehr«, wandte ich ein.

»Scheiß doch drauf, wie ihr es nennt«, sagte Boris. »Das Mädel ist jedenfalls verrückt. Geh nicht mehr ran, wenn sie anruft, sonst hast du im Handumdrehen die Polizei an der Backe. Sie wird im Zusammenhang mit dem Brand garantiert verhört werden.«

Ich zögerte kurz, dann erzählte ich ihm, weshalb sie mich am Morgen angerufen hatte. Boris machte große Augen, hörte aber brav zu, bis ich fertig war.

»Na also«, sagte er, »ich hatte recht.«

Ich hätte Silvia gern verteidigt, bekam aber kein Wort heraus. Dass ich einem solchen Bluff aufgesessen sein sollte, war eine unangenehme Vorstellung. Aber unangenehm war wohl nicht das Gleiche wie unmöglich.

Ich wand mich innerlich. Es war gerade erst wenige Wochen her, als in meinem Leben noch alles in bester Ordnung gewesen war. Und jetzt war mir plötzlich, als täte sich der Boden unter mir auf, nur ohne dass es jemand anderes außer mir selbst bemerkte. Ein zutiefst unbehagliches Gefühl.

Ich sah auf die Uhr.

»Was hattest du noch auf dem Herzen?«, fragte ich.

Boris richtete sich gerade auf.

»Dein Freund Henry Schiller«, sagte er.

Vielleicht täuschte ich mich, aber sah Boris nicht unerwartet fröhlich aus?

Bedächtig schüttelte er den Kopf.

»Ich muss dich wirklich loben, weil du dich wahrhaft nicht nur mit einer Sorte Menschen umgibst. Da sind einerseits die schlimmsten Schurken und andererseits die reinsten Heiligen.«

»Soll ich jetzt fragen, zu welcher Seite du dich selbst zählst?«, erkundigte ich mich und zog eine Augenbraue hoch.

Boris lachte in sich hinein.

»Jetzt sag schon«, drängelte ich. »Was ist mit Henry?«

Boris verschränkte die Arme vor der Brust. Es sah nicht wahnsinnig bequem aus.

»Wie lange, meintest du, war er mit dieser Magda verheiratet?«

»Rund fünfundzwanzig Jahre, glaube ich.«

»Das haben sie dir erzählt?«

»Ja.«

Es war wohl an der Zeit, ein Stoßgebet an irgendeine höhere Macht zu richten.

Nicht auch noch Magda …

»Dann nehme ich mal an, dass sie geheiratet haben, kurz bevor er Mönch wurde. Oder hab ich jetzt falsch gerechnet? War es vielleicht nach dieser Mönchsgeschichte?«

Ich schnaubte.

Mönch?

»Hat er etwa vergessen, dir davon zu erzählen?«, fragte

Boris. »Seltsam. Also, ich selbst hätte so eine Sache sofort erzählt. Der Typ hat fünf Jahre lang als Mönch gelebt – und zwar in einem Karmeliterkloster in Skåne, das er Anfang 1994 verlassen hat.«

Mein Erstaunen hätte nicht größer sein können. Henry und Kloster, das war in etwa ebenso inkompatibel wie Kühe und Gleitflug.

»Der Mönch Henry Schiller«, sagte ich, mehr um zu hören, wie es klang, wenn man es laut aussprach.

»Nicht Henry Schiller«, korrigierte mich Boris. »Damals hieß er noch anders.«

»Und zwar?«

Boris drehte sich zu mir um.

»Sebastien Fourmont.«

Es dauerte ein paar Sekunden, bis mir wieder einfiel, wann und wo ich schon mal über den Namen gestolpert war. Gestern in meiner Bibliothek.

Die Briefe!

Diese Neuigkeit musste ich erst mal verdauen. Dass Henry Mönch gewesen war … Dass er in Wahrheit Sebastien geheißen hatte … Und dass die Briefe, die ich in den Holzschatullen in Henrys Lagerraum gefunden hatte, von ihm selbst verfasst worden waren.

Aber an wen waren sie gerichtet gewesen?

Und wo war diese innig geliebte Frau heute?

35

Diese Geschichte begann und endete also mit Henry Schiller. Ich hätte nicht sagen können, wie es anders sein sollte. Es gab ein Vorher und ein Nachher, und mir behagte es nicht, wie sich die ganze Sache entwickelt hatte. Die Anzahl der Personen, die mir hätten weiterhelfen können, war eher gering – oder genauer: minimal. Soweit ich wusste, gab es nur eine Einzige in Reichweite, die mir eine Antwort würde geben können.

»Ich glaube, ich muss nach New York zurück«, sagte ich zu Lucy. »Ich muss herausfinden, wie viel Magda weiß, und will ihr dabei ins Gesicht sehen.«

Wir saßen jeder mit einer Tasse Kaffee in meiner Küche.

»Du warst doch gerade erst dort«, wandte Lucy ein.

»Danke, ich weiß. Aber das hier lässt sich nicht übers Telefon regeln. Außerdem könnte es wider Erwarten noch mehr Leute geben, mit denen ich sprechen muss.«

»Wie bald willst du denn hin?«

»Bald. Sehr bald.«

Der Gedanke widerstrebte mir. In mir loderte alles Mögliche, aber nun ausgerechnet nicht die Sehnsucht, von hier wegzukommen. Die vergangenen Tage waren viel zu schnell vergangen.

»Soll ich vielleicht mitkommen?«, fragte Lucy.

»Nein, es ist mir lieber, wenn du hierbleibst. Es wäre besser für Belle, wenn es noch jemanden in der Stadt gäbe, den sie kennt.«

»Sie hat doch Marcel. Und Marianne.«

»Das genügt nicht.«

Lucy schlug den Blick nieder.

»Willst du nur wegen Henry in die USA?«, fragte sie dann.

»Ich muss an diesem Ende anfangen«, sagte ich. »Sein Tod war der Startschuss für all das. Ich kann dieses Gerede von Alejandro, Henry sei ermordet worden, nicht mehr einfach vom Tisch wischen.«

Verdammt, warum antwortete Alejandro nicht auf meine E-Mail?

»Und ich dachte, alles hätte mit meinem Schachspiel angefangen.«

»Das hängt zusammen«, sagte ich. »Wir wissen nur noch nicht, wie.«

»Einen ganz offenkundigen gemeinsamen Nenner gibt es«, sagte Lucy. »Ich hab das Schachspiel bei einem amerikanischen Antiquitätenhändler gekauft. Und du bist Teilhaber einer Firma derselben Branche.«

»Ich weiß«, sagte ich erneut. »Aber das reicht irgendwie nicht. Es gibt Unmengen solcher Läden in New York, die alte Sachen verkaufen. Wenn die beiden Läden denselben Besitzer gehabt hätten, dann wäre es eine andere Sache, aber wie groß ist die Wahrscheinlichkeit, dass ausgerechnet du, die du mich zufällig kennst, dir einen Antiquitätenhändler suchst, der Dreck am Stecken hat?«

Es gefiel mir nicht, dass das, was ich hier »Dreck am Stecken« genannt hatte, einen religiösen Einschlag haben sollte, der jetzt, da ich erfahren hatte, dass Henry einmal Mönch gewesen war, nur umso klarer hervortrat. Ein Mönch, der Sebastien geheißen, jahrelang in Rom gelebt hatte und von dort Liebesbriefe an jemanden geschrieben haben musste, der sich B. genannt hatte.

Hatte Magda womöglich auch noch einen anderen Namen?

B wie … Berta?

»Diese Hotelschlüsselkarten«, sagte Lucy, »die müssen doch dazu dienen, in irgendeinem Zusammenhang vorgezeigt zu werden.«

»Du meinst, wer die richtige Karte hat, darf in einem der Hotels einchecken, das wegen Renovierung geschlossen hat?«

»So was in der Art.«

Lucy schwieg eine Weile. Vor meinem Haus hielt das Postauto, und der Briefträger warf etwas bei uns ein. Als der Briefkasten klapperte, wandten wir uns beide zum Fenster um.

»Wie hast du diesen Antiquitätenhändler eigentlich gefunden?«, fragte ich. »Hast du im Netz nach *old chess game* gesucht, oder wie bist du vorgegangen? Ich kann mich nicht erinnern, dass du je darüber gesprochen hättest. Jedenfalls nicht, bis du es gekauft hast.«

Lucy nahm die Kaffeetasse in beide Hände. Das rote Haar fiel ihr in schweren Locken über Schultern und Rücken.

»Ich hab über Wochen nach einem Schachspiel gesucht, das sich richtig anfühlte«, erklärte sie. »Ich wusste ja, dass die Sache mit der Hochzeit dich stört, deshalb wollte ich dich nicht mit der Suche behelligen. Gleichzeitig kenne ich aber niemanden, der mehr über Antiquitäten wüsste als du. Früher in diesem Jahr, im Februar, war Michael auf einer Konferenz in New York, und da bin ich ebenfalls hin, um ihn zu sehen. Während er auf der Konferenz war, hab ich die Gelegenheit genutzt, in Magdas und Henrys Laden vorbeizugehen. Keiner der beiden war da, also hab ich mit ihrem Assistenten gesprochen. Ich hab ihm erzählt, ich würde nach einem Schachspiel für Michael suchen, und fragte, ob er mir einen Tipp geben könnte. So hab ich von dem Händler gehört, bei dem ich letztlich das Spiel ersteigert habe.«

»War das Patrick, der dir den Tipp gegeben hat?«, fragte ich gedehnt.

Lucy nickte.

»Genau, so hieß er. Blond, dunkle Augenbrauen, markante Nase?«

Typisch Frau, sich so auszudrücken. Blond, dunkle Augenbrauen, markante Nase. Das traf auf ziemlich viele Menschen zu. Auch auf Patrick.

Dann fiel mir ein, dass ich ein paar Bilder gemacht hatte, als wir meine Teilhaberschaft gefeiert hatten. Auf einem davon musste auch Patrick drauf sein.

Ich angelte mein Handy hervor.

»Ich glaube, ich hab sogar ein Foto«, sagte ich.

Lucy beugte sich vor, um besser sehen zu können.

»Da!«, rief sie.

Ich vergrößerte das Bild. Patrick grinste breit in die Kamera. Man sah ihm nicht an, dass er erst am Vorabend seiner Sorge darüber Ausdruck verliehen hatte, dass ich Teilhaber der Firma werden sollte. Woher seine Sorge rührte, hatte ich immer noch nicht begriffen, und ich hatte darüber auch nicht mit Magda gesprochen.

»Mit dem hab ich geredet«, sagte Lucy. »Das ist doch Patrick, oder?«

»Stimmt«, antwortete ich.

Lucy lächelte.

»Scheint ein netter Abend gewesen zu sein.«

»Sehr«, erwiderte ich.

Ich klickte das Bild wieder auf normalgroß – und da entdeckte ich sie. Eine junge Frau, die schräg hinter Patrick stand. Sie hatte ein Glas Wein in der Hand.

Da war sie ja!

Die Frau, die ich auf einem von Silvias Spionagefotos vom Hotel Royal wiedererkannt hatte. Von jenem Hotel, von dem Silvia behauptete, es würden Menschen darin verschwinden.

»Was ist?«, fragte Lucy.

Ich konnte mich nicht mehr genau daran erinnern, wie Magda mir die Frau vorgestellt hatte; irgendwas von wegen Freundin von Patrick … Ich hatte ehrlich gesagt nicht richtig hingehört. Wer hätte auch ahnen können, dass die Information noch mal wichtig werden sollte.

»Schick Magda eine SMS und frag sie, wie die Frau heißt«, schlug Lucy vor.

»Nein«, erwiderte ich, »das kläre ich alles auf einmal, sobald ich Magda in New York treffe. Also, sofern ich hinfahre …«

Lucy stützte das Kinn auf.

»Jetzt hör schon auf, du hast dich doch längst entschieden«, sagte sie. »Und ich will mitkommen, Martin. Belle kommt mit Marcel und Marianne wunderbar klar.«

»Und Michael?«

Mit ihren großen Augen sah sie mich unverwandt an.

Augen, in denen man sich verlieren konnte.

»Michael wüsste gern, warum sein bester Freund sterben musste. Und ich fühle mich so verdammt schuldig. Wenn ich ihm wenigstens helfen kann zu begreifen, was mit Steve passiert ist, dann …«

Ich stand auf.

»Dann verzeiht er dir, dass wir zwei es in eurem gemeinsamen Bett getrieben haben?«

»Höchstwahrscheinlich nicht«, sagte Lucy, »aber man bekommt nicht alles im Leben, wovon man träumt. Das macht man sich besser klar. Oder zumindest ist es so, wenn ich es selbst in der Hand habe.«

Sie lächelte schief. Ihr stiegen Tränen in die Augen.

»Mein Gott, ich bin so ein Wrack«, flüsterte sie. »Ich weiß wirklich nicht, was ich hier tue, ich weiß nicht, was ich will, ich weiß nicht mal, ob ich noch in Michael verliebt bin. Und vor allen Dingen hab ich wahnsinnige Angst, dass ich niemals erwachsen werde, nie Kinder haben werde, nie eine eigene Familie habe.«

Es heißt, Frauen äußern im Lauf ihres Lebens fünfmal mehr Worte als Männer. Ich habe nur wenig Grund, diese Behauptung anzuzweifeln. Frauen reden unglaublich viel mehr als Männer. Während Männer sich prügeln und um sich schießen. Männer geben in einem Leben angeblich noch wesentlich mehr als fünfmal so viel Schüsse ab wie Frauen. Es wäre wirklich besser, wenn sie stattdessen reden würden.

»Was hat er denn nun gesagt?«, fragte ich.

Sie schüttelte den Kopf.

»Ich will nicht darüber reden.«

Doch, das willst du, dachte ich. Aber noch bist du nicht so weit. Und das ist kein Problem.

Mein Handy vibrierte.

Eine neue SMS. Von Jennifer.

Ich klickte sie auf und las die wenigen Zeilen.

»Totales Chaos hier. Polizei sucht Silvia Magander wegen des Brandes. Sie ist aus ihrer Wohnung verschwunden. Weißt du, wo sie steckt?«

Ich antwortete sofort, Silvia habe sich bei mir gemeldet, schrieb, was sie gewollt und welchen Rat ich ihr gegeben hatte. Ich endete mit dem Versprechen, mich zu melden, sobald Silvia wieder Kontakt zu mir aufnähme. Jennifer antwortete knapp: »Danke.«

Lucy räumte unsere Kaffeetassen weg, und ich schob das Handy in die Hosentasche. Ich überlegte, was ich mit Belle machen sollte, wenn ich verreiste. Der sture Teil von mir wollte sie nicht allein lassen. Ich hatte Boris mal gebeten, auf sie aufzupassen, und es hatte damit geendet, dass Belle entführt worden und ihre Großeltern gestorben waren. Das haben Boris und ich uns nie verziehen.

Ich schloss die Tür zur Bibliothek auf und öffnete den Tresor. Lucy betrachtete die Kartons mit Henrys Sachen.

»Was hast du damit vor?«

»Das nehme ich als Sondergepäck mit nach New York.«

Ich holte das Schachspiel aus dem Tresor und drückte es Lucy in die Hand.

»Aber jetzt schicken wir dieses Scheißding erst mal per Kurier zurück«, sagte ich.

36

Kaum eine Redewendung ist so sinnlos wie die, dass man hinterher immer klüger ist. Die gründet nämlich auf einer Unmöglichkeit: Was wir hinterher erkennen, ist nämlich nicht nur, welche Alternative klüger als eine andere gewesen wäre. Was wir hinterher erkennen, ist zudem die Wahrheit; die ist allerdings nur allzu oft nicht zur Hand, wenn wir sie am dringendsten brauchen. Lucy und ich waren gleichermaßen davon überzeugt, dass es das einzig Richtige wäre, das Schachspiel ohne weitere Verzögerung zurückzuschicken. In einer E-Mail baten wir um Entschuldigung, dass wir es hätten reparieren müssen, und erzählten, dass eine kreative Achtjährige versehentlich zwei der Schachbrettfelder abgeknibbelt habe. Selbige Achtjährige habe das Schachbrett mit Klebeband zu reparieren versucht, wir Erwachsenen seien aber zu der Einschätzung gekommen, dass Leim das bessere Mittel zum Zweck sei.

Den Schlüssel hingegen erwähnten wir *nicht*. Aber wir legten ihn zurück in sein Versteck, bevor wir die Schachbrettfelder festklebten. Jemand, der wusste, wofür das Schachspiel eigentlich gedacht war, würde ahnen, dass wir den Schlüssel gesehen hatten, und hoffentlich daraus schließen, dass wir in dieses Rätsel nicht mit hineingezogen werden wollten. Aus demselben Grund lagen auch Pass und Hotelschlüsselkarte wieder in dem Kästchen mit den Schachfiguren. Wir stellten in der E-Mail keine weiteren Fragen. So würden wir hoffentlich auch keine Rückfragen bekommen.

Als die E-Mail abgeschickt war, fuhren wir auf direktem

Weg zum nächstbesten Servicepoint von DHL in der Stadt und gaben das ordentlich in einen Karton verpackte Schachspiel auf. Wir bezahlten sogar extra für den sogenannten Express-Easy-International-Versand.

»Und was jetzt?«, fragte ich erleichtert, das Schachspiel los zu sein.

Lucy schob ihr Kinn vor. Als Marianne diese Geste erstmals gesehen hatte, hatte sie sofort gewusst, dass die Sache mit mir und Lucy nicht von Dauer wäre. Was sie mir dann auch verraten hatte, nachdem Lucy und ich Schluss gemacht hatten.

»Ein Mädchen mit so viel sturem Willen wäre nichts für dich gewesen«, hatte Marianne gesagt und ihr Raucherlachen gehustet.

»Jetzt fahren wir nach Gamla stan«, beschloss Lucy. »Ich muss mit eigenen Augen sehen, was du dort gesehen hast.«

Dieser Beschluss gefiel mir nicht, aber sie bekam ihren Willen. Ich parkte den Tesla am Slottsbacken, wo das Taxi mich, als ich zuletzt hier gewesen war, rausgelassen hatte. Schweigend legten wir die kurze Strecke zum Hotel Royal zurück. Wir sagten auch nichts, als wir vor dem niedergebrannten Haus gegenüber standen. Das Feuer hatte die Nachbarhäuser verschont – immerhin brannte Ziegelstein nicht. Trotzdem sah es fast aus wie ein göttliches Wunder, dass nur ein einziges von so vielen dicht beieinanderstehenden Häusern durch den Brand beschädigt worden war.

Verstohlen sah ich zum Hotel Royal. Es war nicht zu erkennen, ob irgendein Fenster erleuchtet war, und keiner der Passanten, die auf der Straße unterwegs waren, schien mit dem Hotel zu tun zu haben.

Lucy sah ebenfalls zum Hotel und dann zurück zum Haus, in dem Silvia sich eingemietet hatte.

»Das ist doch alles merkwürdig«, murmelte sie.

Da war ich ganz ihrer Meinung. Und ich hatte eine Idee.

Einen Geistesblitz.

»Komm!«, sagte ich und nahm Lucys Hand.

Meine Impulskontrolle war noch nie gut gewesen. Ich wollte noch mal einen Blick auf die Garageneinfahrt werfen, durch die ich bei meinem letzten Besuch nicht durchgekommen war. Es durch den Haupteingang zu versuchen wäre sinnlos gewesen. Da hätte jeder gesehen, was wir vorhatten, und ich hätte auch nur den Versuch, dort widerrechtlich einzudringen, niemandem erklären können. Lucy ahnte bereits, wohin ich unterwegs war, und versuchte, mich aufzuhalten.

»Das ist keine gute Idee«, wandte sie ein.

»Ich will doch nur ein bisschen gucken.«

Wir gingen um das Hotel herum. Eine der Türen zur Garage stand offen. Mehrere Personen gingen dort ein und aus, unter anderem ein Polizist in Uniform und ein Mann, von dem ich annahm, dass er Brandtechniker war. Wir gingen noch ein Stück näher und hörten, wie eine Frau, die sich in der Garage zu befinden schien, mit entschiedener Stimme sagte: »Dann müssen Sie das noch mal machen! Wie konnte auf der nördlichen Seite Rauch eindringen? Auf der östlichen Seite ist doch auch alles in Ordnung.«

Aber auch nur, weil jemand nicht will, dass ihr den Teil des Hauses untersucht, der zur Österlånggatan hinausgeht, schoss es mir durch den Kopf.

Lucy drückte meine Hand. Wir blieben in Bewegung, damit nicht zu offensichtlich war, was wir da taten (nämlich das Haus ausspionieren).

»Die Feuertreppe«, flüsterte mir Lucy ins Ohr.

Sie zeigte auf eine Wendeltreppe aus Metall an der Hauswand.

Ich sah erst die Feuertreppe, dann Lucy an.

»Und?«

»Siehst du das nicht? Da oben steht die Brandschutztür offen.«

Ein Stück vor uns rannte ein kleiner Junge die Straße entlang, lachte und rief: »Du kriiiiiegst mich nicht!«

Ein Mann lief vornübergebeugt wie eine Mischung aus dem Glöckner von Notre-Dame und Frankenstein hinter dem Jungen her. Ihre Stimmen hallten zwischen den Hauswänden wider.

»So viel zum Thema schlechte Idee«, meinte ich. »Keine Chance, dass wir es auf einer offenen Wendeltreppe bis dort hoch schaffen, ohne dass jemand sieht, was wir vorhaben.«

Lucy sah zur Straße, auf der eben der Mann und der Junge vorbeigerannt waren.

»Die Einzigen, die uns entdecken könnten, wären Leute, die zufällig ums Haus herumgehen«, sagte sie.

»Oder Sicherheitsleute, die wir gerade nicht sehen, die aber garantiert uns sehen«, gab ich zu bedenken.

Sofern sie nicht zu sehr mit der Polizei und der Feuerwehr beschäftigt wären.

»Komm schon«, erwiderte Lucy. »*You only live once.*«

Ich grinste.

»Wenn es nur nicht mit *You only die once* endet.«

Aber das hörte Lucy schon nicht mehr. Sie lief bereits zur Treppe.

Der Mensch verfügt über ein großartiges Anpassungsvermögen. Es funktioniert im Großen wie im Kleinen. Lucy lief vor mir her die lächerlich schmale Treppe hinauf – mit leichten Schritten und nicht zu schnell, sonst schepperten die Stufen. Schon als wir am zweiten Stock vorbeikamen, setzten wir unsere Schritte synchron. Wie dieses Ding als Feuertreppe dienen konnte – für Leute, die im Ernstfall panisch vor einem Feuer flohen –, war mir unbegreiflich. Diese Leute würden sich gegenseitig tottrampeln oder auf den glatten Treppenstufen ausrutschen.

Lucy hielt sich beim Aufstieg am Geländer fest und sah mal nach oben, mal nach unten. Ich hoffte inständig, dass die Polizei diejenigen, die sich in der Garage befanden, noch ein Weilchen beschäftigen würde. Es wäre verdammt unglücklich, wenn wir jetzt auf dieser Treppe beschossen würden. Da wäre die Wahrscheinlichkeit davonzukommen ungefähr bei null.

Zum Glück waren wir im Handumdrehen oben. Lucy spähte durch die geöffnete Brandschutztür in den dahinterliegenden Flur und schlüpfte hinein. Ich folgte dicht dahinter.

Der Flur war länger, als ich vermutet hatte. Zu beiden Seiten nummerierte Holztüren, die allesamt verschlossen waren. Wir hörten gedämpfte Geräusche, die aus der Etage unter uns zu kommen schienen. Jemand sprach leise, ein anderer antwortete.

»Polizei?«, hauchte Lucy tonlos in meine Richtung.

Ich zuckte mit den Schultern.

»Ich hab mal in diesem Hotel übernachtet«, flüsterte Lucy. »In der Suite ganz dahinten.«

»Und mit wem, wenn ich fragen darf?«

Ich bemühte mich, so leise zu flüstern wie sie.

»Natürlich darfst du fragen. Aber ich muss ja nicht antworten.«

Eine richtig schöne Gelegenheit, schlechte Stimmung zu machen.

»Sind das hier alles Suiten?«, flüsterte ich.

»Glaub ich nicht.«

Ich glaubte es nach näherem Hinsehen ebenso wenig. Je weiter der Abstand zwischen den Türen, umso größer das Zimmer. Wenn ich es recht bedachte, mussten die ersten drei Türen auf der linken Seite des Flurs diejenigen sein, hinter denen die Zimmer lagen, in denen Silvia Licht gesehen hatte. Keine Ahnung, wonach wir suchten, aber das hier war ein Risiko, das wir eingehen mussten, um dem ganzen Drama auf den Grund zu gehen. Die Hotels, die Schlüssel, die Gegenstände, in denen sie versteckt waren – wer bitte schön waren hier die vorgesehenen Hotelgäste?

Silvia, du Gespenst – was ist das für ein Mist, in den du mich mit hineingezogen hast?

Lucy streckte sich nach der nächstbesten Türklinke aus und versuchte, die Tür aufzumachen. Vergebens. Ich bedeutete ihr, es stattdessen mit der nächsten zu versuchen.

Ebenfalls abgeschlossen.

Mir fiel die Schlüsselkarte wieder ein, die Silvia gefunden und die ich mir ausgeliehen hatte. Die ich eigentlich aus meiner Brieftasche in den Tresor hatte legen wollen, woraus aber nichts geworden war.

Sollte es wirklich so einfach sein, dass sie zu einem dieser Zimmer passte?

Ich holte sie hervor und probierte sie an den Türen, an denen Lucy auch schon gewesen war. Sie blieben verschlossen. Lucy probierte die dritte Tür. Ebenfalls verschlossen. Hoffentlich saß niemand dort, versteckte sich in einem dieser Zimmer und fragte sich jetzt, welche Idioten draußen an den Klinken rüttelten.

Beim Gedanken, dass sich hier tatsächlich Hotelgäste aufhalten könnten, zögerte ich kurz, besann mich dann aber eines Besseren. Ich wollte endlich wissen, was hier vor sich ging. Das hatte jetzt oberste Priorität. Lucy sah auf die Uhr. Wir standen schon zu lange in diesem Flur. Entweder mussten wir in eins der Zimmer reinkommen oder schleunigst auf demselben Weg wieder hinaus-, den wir hereingekommen waren.

Ich hielt die Schlüsselkarte an den nächsten Kartenleser.

Und hörte, wie das Schloss aufging.

Lucy sah mich mit einer Mischung aus Schrecken und Euphorie an.

Ich steckte die Karte in meine Brusttasche und schob die Tür vorsichtig auf.

»Hallo?«, fragte ich leise.

Das Zimmer schien unbewohnt zu sein. Ich schlüpfte durch die Tür, Lucy dicht hinter mir. Sie drückte die Tür hinter uns ins Schloss, während ich bereits das Bad inspizierte.

Leer.

»Die Schränke«, flüsterte ich Lucy zu.

Der Raum war rechteckig angelegt und rund fünfzehn Quadratmeter groß. Ich zog die Schranktüren auf – und erblickte einen Koffer und daneben ein Paar schwarze Schuhe. Auf einem Bügel hing eine grüne Winterjacke.

Ich schob die Schranktüren wieder zu. Lucy starrte mich an.

»Ich dachte, hier wohnt niemand«, flüsterte Lucy. »Allerdings liegen sonst keine Sachen herum.«

Sie zog eine der Nachttischschubladen auf. Bloß eine schwarz gebundene Bibel.

Sie schlug sie auf und betrachtete die Innenseite des Buchdeckels. Auf dem nüchtern grauen Vorsatzpapier hatte jemand auf Englisch einen Gruß hinterlassen.

Ich las über ihre Schulter mit.

Für einen verfolgten Bruder.
Gott erhört deine Gebete.

Eine Unterschrift fehlte. Doch das Wort »Bruder« war mir sofort ins Auge gesprungen.

»Bruder …«

Noch ein Mönch?

Oder ein Freimaurer?

Wie auch immer – er wurde verfolgt.

Aber war er denn hier?

Wir schauten unters Bett und dann noch mal in den Schrank. Wir stießen auch auf einen kleinen Tresor, aber der ließ sich nicht öffnen. Das störte mich, denn das hieß doch, dass er verriegelt war und somit benutzt wurde. Und uns fehlte der erforderliche Code. Lucy riss den Bettüberwurf runter und untersuchte das Bettzeug. Ich selbst nahm mir noch einmal das Badezimmer vor. Keiner von uns wusste, wonach wir suchten.

Ich sah wieder auf die Uhr. Die Zeit vergeht schnell, wenn man Spaß hat, und noch schneller, wenn es einem an Zeit mangelt.

Ich warnte Lucy.

»Wir sollten allmählich abhauen.«

Wir hielten uns bereits knapp sechs Minuten in dem Zimmer auf, und das war zu viel. Die Lage unten auf der Straße mochte sich inzwischen verändert haben, und in diesem Fall würden wir Gefahr laufen, entdeckt zu werden, sobald wir die Feuertreppe hinunterstiegen.

Jemand hustete.

Lucy und ich starrten einander an.

Erneutes Husten. Von der anderen Seite der Wand.

Waren die Wände zwischen den Räumen so dünn?

»Wir müssen abhauen«, flüsterte ich erneut.

Trotzdem wandte ich mich erneut dem Schrank zu. Entweder gehörten Jacke und Koffer jemandem, der gerade erst frisch angekommen war, oder jemandem, der das Zimmer zeitweilig verlassen hatte und bald wiederkommen würde.

Aber wer verließ das Zimmer ohne Schuhe an den Füßen?

In meinem Kopf schrillte ein Alarm.

Hau ab, augenblicklich!

»Martin?«, flüsterte Lucy.

Es war bloß ein Versuch. Ich riss die Schranktür weit auf und die Jacke vom Bügel. Mit einer Geschmeidigkeit, die mich selbst glauben machte, dass ich in einem früheren Leben Taschendieb gewesen war, ging ich sämtliche Jackentaschen durch. Ich wollte eine Brieftasche, einen Ausweis, was auch immer finden, irgendeinen verdammten persönlichen Gegenstand.

Doch wer suchet, der findet nicht immer, worauf er hofft. Auf das, was ich entdeckte, hätte mich nichts vorbereiten können. In einer verborgenen Innentasche wurde ich fündig – dort steckte ein kleiner Lederbeutel. Elegant, aber gleichzeitig schlicht.

Lucy presste inzwischen das Ohr an die Zimmertür, und mir perlte der Schweiß von der Stirn, als ich den Beutel aufzog. Ich leerte den Inhalt in meine Hand und spürte, wie mir das Blut in den Adern gefror.

Zwei glatte Goldringe.

Ich nahm den ersten hoch und hielt ihn ins Licht.

To my beloved Lucy. Yours forever.

Ich hatte Lucys und Michaels verlorene Eheringe gefunden.

37

Es war bestürzend einfach, das Hotel wieder zu verlassen. Die Garagentüren standen immer noch offen, und es war ein weiterer uniformierter Polizist gekommen, der nun vor dem Hotel telefonierte. Dann fuhr auch noch ein Müllauto vor, als wir gerade die Feuertreppe hinunterschlichen.

Niemand sah uns. Niemand hörte uns.

Zumindest niemand, den wir hätten sehen können.

Minuten später waren wir zurück am Slottsbacken bei meinem Auto. Stockholm badete im Sonnenschein, Schweiß lief mir den Rücken hinunter. Wir waren binnen eines Tages vom Frühling in den Sommer übergewechselt.

Sobald wir im Auto saßen, fing Lucy an, die Klimaanlage zu bearbeiten. Ich aktivierte die Überfallsicherung. Solange diese Funktion in Kraft war, konnte niemand von außen die Wagentüren öffnen.

Dann überlegte ich, auf welcher Route wir am klügsten durch die City kämen, doch es wollte mir keine einfallen. Stockholm ist gespickt mit Einbahnstraßen, was einem aber erst klar wird, wenn man mit dem Auto unterwegs ist. Außerdem wird gebaut – überall. Ganze Häuser werden abgerissen, neue hochgezogen, Fassaden verputzt, Einkaufszentren ausgebaut und neue Büroräume geschaffen. Es will einfach kein Ende nehmen.

Lucy war blass und ihr Blick leer. Sie hatte die Ringe in der Hand, schien sie aber gar nicht ansehen zu wollen.

»Das war Steves Jacke«, sagte sie mit monotoner Stimme. »Das fällt mir gerade wieder ein. Michael hat mal erzählt, dass

Steve solche Angst vor dem schwedischen Winter gehabt hat, dass er sich extra eine schweineteure Winterjacke gekauft hat. In Grün.«

Ich strich ihr leicht über die Wange.

»Es tut mir so leid, Lucy.«

Sie sah mich misstrauisch an.

»Wirklich?«

»Ja.«

Ich meinte es wirklich so. Es ging über meinen Verstand, wie wir Steves Sachen in dem Hotel hatten finden können.

»Er muss dort im Hotel zunächst versteckt worden sein«, sagte ich.

»Oder aber er war nie dort«, entgegnete Lucy. »Vielleicht haben sie bloß seine Sachen dort hingebracht.«

Sie hielt die Ringe fest umklammert.

Dass wir sie mitgenommen hatten, bereitete mir Kopfzerbrechen. Wenn die Geschäfte in diesem Hotel auch nur halb so kriminell waren, wie wir aus gutem Grund vermuteten, dann waren die Flure dort wahrscheinlich videoüberwacht. Trotzdem hatten wir entschieden, uns darum nicht zu scheren. Wir hatten nicht darum gebeten, in dieses ganze Durcheinander hineingezogen zu werden. Ein Mann war gestorben; ich selbst wollte lieber nicht darüber reden, was ich inzwischen wusste. Weil ich mir gar nicht so sicher war, dass ich überhaupt etwas wusste – und wenn doch, was dies alles zu bedeuten hatte.

Dann waren da überdies immer noch das Drama um Henry Schiller sowie der Antikhandel, in den ich mich jüngst eingekauft hatte. Henry, der Mönch gewesen war. Und der Patrick angestellt hatte, der wiederum Lucy auf den Antiquitätenhändler hingewiesen hatte, über den sie versehentlich an ein Schachspiel gekommen war, das sie die Hochzeit gekostet hatte, die sie sich so sehr gewünscht hatte, und das – was noch viel schlimmer war – den Freund ihres Zukünftigen das Leben gekostet hatte.

Ein mir unbekannter Klingelton trillerte durchs Auto. Es klang, als würde jemand auf einem uralten Klavier spielen.

Lucy zückte ihr Handy.

»Flotter Klingelton«, kommentierte ich.

»Hat Michael ausgesucht. Für seine Anrufe.«

Dann rief also gerade der Herzchirurg an. Hätte ich mir ja denken können. Lucy ging ran und hörte aufmerksam zu, während Michael redete. Ich selbst versuchte unterdessen, die Klimaanlage vernünftig einzustellen. Lucy hatte keine Ahnung davon, so viel war klar. Im Auto war es inzwischen eisig.

»Okay«, sagte Lucy nach einer Weile. »Okay, hab ich verstanden. Ich komme sofort nach Hause. Darüber müssen wir reden.«

Sie legte auf, sah mich aber nicht wieder an.

»Soll ich dich bei dir zu Hause absetzen?«

»Das wäre nett.«

»Erzählst du ihm von den Ringen?«

»Muss ich wohl. Aber da wird er sich dann natürlich fragen, warum … warum ich ausgerechnet mit dir zu diesem Hotel gefahren bin. Wann wenden wir uns damit an die Polizei?«

Ich versuchte, Ordnung in meine Gedanken zu bringen.

»Morgen«, sagte ich. »Wir brauchen vernünftige Antworten auf die Fragen, die sie uns vermutlich stellen.«

Lucy nickte.

»Dann erzähl ich Michael vor morgen auch nichts von den Ringen«, entschied sie.

Ich konnte nicht länger an mich halten.

»Seid ihr noch ein Paar, Lucy?«

Sie seufzte.

»Ich weiß es nicht.«

Sobald ich rechts rangefahren war, reichte sie mir die Ringe.

»Ich will sie nicht sehen«, sagte sie. »Bitte, behalt du sie erst mal.«

Sie stieg aus, hielt aber inne, ehe sie die Tür zuwarf.

»Und wag es nicht, ohne mich nach New York zu fahren«, sagte sie noch.

»Versprochen«, erwiderte ich.

Damit war es beschlossene Sache. Wir würden zusammen fahren oder gar nicht.

Sowie ich Lucy abgesetzt hatte, fuhr ich auf schnellstem Weg in die Kanzlei. Der Motor schnurrte, und Barry White sang dazu. Verdammt guter Sänger. Man kauft sich keinen Wagen für eine Million Kronen, wenn man nicht gern Auto fährt. Ich liebe meinen Tesla. Auch wenn es lächerlich klingt: Er entspannt mich. Es kommt vor, dass ich einfach ziellos Autobahn fahre, nur um runterzukommen. Meist geschieht das, wenn ich nicht genug Zeit zum Trainieren habe. Und wenn ich draußen herumdüse, ist mir wichtig, dass Belle nicht dabei ist. Sie soll sich mich nicht zum Vorbild nehmen und glauben, es wäre nicht wichtig, Körper und Geist auf eine sinnvollere Art zu fordern.

Mein Handy klingelte.

Ich kannte die Nummer nicht und ging deshalb nicht ran.

Ich telefoniere generell nicht gern, wenn ich Auto fahre. Dazu braucht man diese elende Lautsprecherfunktion, und da hallt es durchs ganze Auto.

Es klingelte erneut.

Ich drückte das Gespräch weg.

Als Nächstes kam eine SMS.

Zu diesem Zeitpunkt war ich nur noch hundert Meter von

der Kanzlei entfernt und wartete mit dem Lesen, bis ich den Wagen in der Garage abgestellt hatte. Ich hatte vor, ein paar Stündchen im Büro zu sitzen und anschließend nach Hause zu fahren.

Aber erst die Nachricht.

»Gehen Sie ran, wenn ich anrufe, oder rufen Sie mich an. Wir müssen uns treffen. Ich habe etwas Schreckliches über Henrys Tod in Erfahrung gebracht. A. O.«

Endlich ein Lebenszeichen von meinem *long-lost friend* Alejandro Ortega. Mein Schatten und Bewacher. Warum klang er mit einem Mal so ungeduldig? Es war ja nicht so, dass er mich zigmal angerufen und nicht erreicht hätte. Ich hingegen hatte den Kontakt zu ihm gesucht.

Alejandro ging sofort ran, als ich anrief. Ich saß immer noch in meinem Wagen.

»Ich hab keine Zeit, mich mit Ihnen zu treffen«, sagte ich. »Erzählen Sie mir also am Telefon, was passiert ist.«

»Viel zu viel«, erwiderte Alejandro.

Er klang heiser und angestrengt.

»Was soll das heißen?«, fragte ich.

»Der Sarg war leer.«

Ich erstarrte.

»Fragen Sie bei den Behörden nach«, fuhr Alejandro fort. »Henry hat nie in diesem Sarg gelegen. Es ist ein leerer Sarg von New York nach Stockholm geflogen worden – und eine leere Urne von Stockholm zurück nach New York.«

»Aber …«

»Kein aber. Haben Sie Henrys Leiche gesehen?«

Ich zögerte.

»*Haben Sie Henrys Leiche gesehen?*«

Nein, hatte ich nicht. Es ist nun mal so: Wenn man erfährt, dass jemand gestorben ist, trauert man und kümmert sich um die praktischen Dinge. Das Gefühl, die Leiche zu beschauen, wäre eine nette Idee, hat man doch eher selten. Ist zumindest meine Meinung. Die ich Alejandro auch mitteilte.

»Wir müssen uns treffen«, wiederholte er. »Ich kann beweisen, dass es so ist.«

»Nicht heute«, entgegnete ich. »Das geht einfach nicht.«

Die Liste der Dinge, die ich mit Magda besprechen wollte, wurde immer länger.

Und der Punkt, der aktuell dazugekommen war, verursachte bei mir tiefes Unbehagen.

Wusste Magda, dass Henry nicht in dem Sarg gelegen hatte, der aus New York gekommen war?

Teufel auch, natürlich wusste sie es. Die Frage war nur, was mit Henrys Leiche passiert war.

Ich entschied mich für einen Spurwechsel.

»Ich hab einen Affen in meinem Garten gefunden.«

»Wie bitte?«

»Einen Affen. Aus Porzellan. Die reinste Schatzkiste. Wissen Sie etwas darüber?«

Alejandro nahm sich Zeit mit seiner Antwort.

»Ich glaube, ich weiß, welchen Affen Sie meinen. Auch darüber müssen wir reden, wenn wir uns treffen.«

»Blödsinn. Ich will jetzt reden.«

»Dann lautet meine Antwort: dass das nicht geht.«

Das Adrenalin kochte in meinem Blut.

»Sie haben mich verfolgt.«

»Nein.«

»Doch. Ich habe Beweise.«

»Ich hab Sie nicht verfolgt, sondern habe dafür gesorgt, dass es niemand anderes tut. Ich hab schon befürchtet, dass die Sie verfolgen würden, sobald Henry gestorben war.«

Ich hatte keine Ahnung, wovon er redete. Ich hatte keine Ahnung, wer »die« waren, musste aber festhalten, dass Alejandro bei seinem Ansinnen nicht sonderlich erfolgreich gewesen war. Boris hatte mir schließlich ebenfalls einen Beschatter hinterhergeschickt.

Ich nötigte mich, wieder ruhig zu werden.

»Wir können uns nächste Woche treffen«, sagte ich. »Aber dann will ich ganz genau wissen, was Sie hier eigentlich treiben.«

»Jederzeit«, erwiderte Alejandro. »Sollen wir gleich Mittwoch sagen? Dann erzähle ich Ihnen mehr, Ehrenwort.«

Ich hatte keine Ahnung, wie die kommende Woche aussehen würde, aber das musste ich Alejandro ja nicht auf die Nase binden.

»Einverstanden«, sagte ich.

»In Rom«, sagte Alejandro.

»Kommt nicht infrage. Auf gar keinen Fall.«

»Ich will Ihnen dort etwas zeigen.«

»Etwas, was es in Stockholm nicht gibt?«

»Einen Ort, der Henry viel bedeutet hat.«

Ich wartete ab.

Einen Ort, der Henry viel bedeutet hat. In Rom.

Ich holte Luft und wollte schon protestieren.

Im selben Moment fuhr Alejandro fort: »Ein Hotel.«

Da verlor ich die Fassung.

»Wie bitte?«

»Ein Hotel. Ich möchte Ihnen ein Hotel zeigen.«

Jetzt arbeitete mein Gehirn auf Hochtouren. Ein Hotel in Rom. Ich musste an den Pass und die Schlüsselkarte im Schachspiel denken. Die Schlüsselkarte, die zu einem kleinen italienischen Hotel gehört hatte, das inzwischen geschlossen hatte.

Das Hotel Maria.

»Wie heißt das Hotel?«, fragte ich trotzdem.

»Hotel Maria. Und es hat einmal Henry gehört.«

38

Wir glauben gern, dass wir über unsere Freunde Bescheid wissen, aber das ist nur selten der Fall. Nachdem ich erfahren hatte, dass Henry nie schwedischer Staatsbürger gewesen war, dass er einmal ein Hotel besessen hatte, dass sein Name früher Sebastien Fourmont gelautet hatte, dass er Mönch gewesen war und wahrscheinlich nicht in dem Sarg gelegen hatte, um den wir uns bei der Trauerfeier versammelt hatten, musste ich feststellen, dass ich Henry Schiller tatsächlich kein bisschen gekannt hatte. Ich konnte mir nicht mal mehr sicher sein, dass er überhaupt tot war. Jedenfalls nicht, wenn man bedachte, dass nach seiner Beerdigung jemand weiter einen von ihm angemieteten Lagerraum auf Kungsholmen in Stockholm bezahlt hatte. Und definitiv nicht, wenn Alejandro mit dem leeren Sarg recht gehabt hatte.

Weil er überdies behauptet hatte, dies mit verschiedenen Behörden abgestimmt zu haben, würde ich den Bluthund Boris darauf ansetzen, die Information zu verifizieren. Worum ich Boris hingegen nicht bitten konnte, war zu kontrollieren, woher Alejandro und Henry sich kannten. Ich hatte ihn bereits gebeten, Alejandros Hintergrund auszuschnüffeln, aber er hatte so gut wie nichts herausgefunden. Der Name war zu gewöhnlich und meine eigenen Angaben eindeutig zu mager.

Was ich also am Telefon zu Alejandro sagte, bezog sich auf seine Beziehung zu Henry.

»Sie sollten mal versuchen, das Ganze aus meinem Blickwinkel zu betrachten«, sagte ich. »Ich hab lediglich Ihren

Namen und Ihre Mailadresse und etwas, was vermutlich die Nummer zu einer anonymen Prepaid-SIM ist. Um nach Rom zu fahren, benötige ich mehr. Ich will wissen, wer Sie sind, Ihre Passnummer, was auch immer. Und außerdem will ich wissen, woher Sie Henry kennen.«

Nicht ganz unerwartet antwortete Alejandro: »Ich hab Ihnen alles gegeben, was Sie brauchen. Mein Gefühl für Sie ist ziemlich gut. Sie werden sogleich kontrollieren, was ich eben über den leeren Sarg gesagt habe, und dann fahren Sie nach Rom. Allerdings nicht, ehe Sie versucht haben, Magda ihre allerfinstersten Geheimnisse zu entlocken. Und das kann ich nur zu gut verstehen.«

Ich hatte mit keinem Wort erwähnt, dass ich nach New York fliegen wollte, aber das war offenbar auch nicht nötig.

Ich beschloss, sein Gerede über Magda nicht zu kommentieren, und sagte abschließend: »Diese Sache mit dem Sarg … Was wollen Sie eigentlich andeuten? Sie wissen doch selbst, dass Sie nicht so glasklar rüberkommen, wie Sie tun. Als wir uns das erste Mal gesehen haben, haben Sie behauptet, Henry sei nicht an Krebs gestorben, sondern ermordet worden. Und jetzt sagen Sie, seine Leiche sei verschwunden. Das passt doch verdammt noch mal nicht zusammen.«

Alejandro schwieg. Im Hintergrund war Verkehrslärm zu hören und etwas, was wie Meeresrauschen klang. Ich presste das Handy ans Ohr. Ich hätte meine Seele und sämtliche Ex-Freundinnen (außer Lucy) an den Teufel verkauft, um vom Fleck weg aus Stockholm an einen Ort mit verlässlicher Sonneneinstrahlung und Wärme versetzt zu werden.

»Ich kriege es auch nicht recht zusammen … Aber Henry lag nicht in dem Sarg. Und er ist nicht an Krebs gestorben.«

»Sie meinen, er lebt?«

»Nein, in dem Fall hätte ich davon erfahren.«

Wenn ich die Augen schloss, konnte ich Henry vor mir

sehen. Kurz bevor er starb, hatte ich ihn noch im Krankenhaus besucht. In meinem Leben hab ich noch nicht viele schwerkranke Menschen gesehen, aber Henry Schiller hatte definitiv im Sterben gelegen. Er hatte dramatisch abgenommen, und seine Haut war gelblich verfärbt. Der Blick war müde gewesen wie der eines Hundertjährigen und sein Handschlag kraftlos. Ich erinnere mich noch genau daran, was ich dachte, als ich ihn so vor mir sah: dass der Tod entwürdigend war.

Ich hatte selbst später kein einziges Mal darüber nachgedacht, dass die Ärzte ihn vielleicht hätten retten können. Und kein einziges Mal hatte ich erwogen, dass er ermordet worden sein könnte. Er hatte im Hospiz gelegen, und es war bereits die Rede davon gewesen, die Nahrungszufuhr runterzufahren, um seinen Körper zu entwöhnen und den Sterbeprozess zu beschleunigen. Als Magda angerufen und erzählt hatte, dass es vorbei sei, hatte ich nichts als Erleichterung verspürt.

Es knackste im Handy.

»Wir sehen uns in Rom«, sagte Alejandro.

Dann war er weg.

Was tat ich also in der Zeit, die zwischen dem Telefonat mit Alejandro und meiner Rückkehr nach Hause verging? Ich weiß noch, dass ich kurz ins Büro hinaufging. Helmer war da, aber wir sprachen nicht viel. Ich beantwortete einige E-Mails, und dann spazierte ich zum Untersuchungsgefängnis, um einen Klienten zu treffen. An das Treffen selbst erinnere ich mich kaum noch.

Gegen vier machte ich Feierabend. Marcel holte Belle aus der Nachmittagsbetreuung ab. Nachdem ich zuvor am Tag diesen Mann entdeckt hatte, der mein Haus fotografiert hatte, wollte ich mich erst vergewissern, dass mit dem Haus alles in Ordnung wäre, ehe Belle nach Hause käme. Soweit ich sehen konnte, war alles ruhig. Ich schloss auf, schaltete die

Alarmanlage aus und trat ein. Machte die Tür zu, schloss hinter mir ab und schaltete den Außenalarm wieder ein. Keiner der Sensoren hatte einen Einbruchsversuch registriert.

Ich glaube, anschließend holte ich einen Koffer und legte ein paar Kleidungsstücke hinein. Ich weiß noch, dass ich in die Bibliothek lief und noch mal die Fotos aus Henrys Karton durchsah. Eine halbe Stunde nach mir kamen Marcel und Belle. Da saß ich über den Karton gebeugt auf dem Fußboden.

Ich hob den Blick, als ich die Tür geräuschvoll aufgehen hörte. Belles Geplapper setzte sich weiter ins Haus hinein fort.

Die Alarmanlage, Marcel!, dachte ich. Denk daran, die Alarmanlage abzuschalten!

Ich hatte ganz vergessen, dass sie anspringen würde, wenn Belle und Marcel nach Hause kämen. Man hat dann dreißig Sekunden Zeit, um sie auszuschalten, sonst fängt es an, unangenehm laut zu schrillen.

»Hallo!«, rief Belle.

»Hallo«, antwortete ich.

Sie kam in die Bibliothek gerannt. Die gelben Gummistiefel leuchteten an ihren Füßen. Belle hatte nicht viel für Sandalen übrig. Meine Schwester hatte genau solche Stiefel gehabt, und ich hatte früher keine Gelegenheit ausgelassen, ihr unter die Nase zu reiben, was ich von Erwachsenen hielt, die in solchen Kinderschuhen herumliefen.

Belle fiel mir um den Hals, und ich erwiderte ihre Umarmung. Ich frage mich immer, wie lange Kinder ihre Eltern wohl mit einer solchen Begeisterung umarmen. Ich selbst traf meinen einzigen überlebenden Elternteil, Marianne, nur selten; irgendwie hatte ich angenommen, dass es mir mit der Zeit schwererfallen würde, mich aus ihren klettigen Kontaktversuchen zu befreien, aber es war tatsächlich immer leichter geworden. Das machte mir Sorgen in Hinblick darauf, was das für meine Beziehung zu Belle bedeuten könnte. Ich war schließlich nicht mal ihr leiblicher Vater. Würde sie mich irgendwann mit einem Schulterzucken abhaken?

»Darf ich Abdullah im Garten helfen?«, fragte sie.

Ich musste erneut an den Mann denken, der am Vormittag mein Haus fotografiert hatte. Das Schachspiel war jetzt auf dem Weg zurück, sodass vielleicht die Chance bestand, dass mir eine neuerliche Begegnung dieser Art erspart blieb – solange die nicht begriffen, dass wir das Geheimfach in dem Kästchen für die Figuren gefunden hatten. Und sofern sie nicht mitbekommen hatten, dass wir uns in ein Hotelzimmer geschlichen hatten, das möglicherweise von einem Mann – einem Mönch? – bewohnt war, der sich in eben diesem Zimmer vor etwas versteckte. Ein Hotelzimmer, in das jemand Steves Kleidung und Schuhe gestellt hatte. Mitsamt Lucys Eheringen in der Innentasche von Steves Winterjacke.

»Bitte!«

Belle sah mich flehentlich an. Ihr Leben war komplett auf den Kopf gestellt worden. Sie würde nicht auf Lucys Hochzeit gehen dürfen (ich hatte bereits verdrängt, dass sie darüber besorgniserregend froh gewesen war), und ich selbst plante im Stillen eine Reise nach New York, auf die ich sie, wie mir jetzt dämmerte, würde mitnehmen müssen. Alles, um die Herde beisammenzuhalten.

Marcel stand in der Tür.

»Ich fange gleich an mit dem Abendessen«, sagte er. »Hirschfilet? In Ordnung?«

»Das wäre toll!« Zu Belle sagte ich: »Und du, geh raus und hilf Abdullah.«

Sie riss begeistert die Arme in die Luft und verschwand aus der Tür.

Ich lächelte ihr hinterher. Eher würde die Hölle zufrieren, als dass ich zuließe, dass sie auch nur einen Hauch ihres Selbstvertrauens verlor. Sie durfte nie an sich selbst und ihren Fähigkeiten zweifeln. Belle würde genau wie ihr Onkel werden – wie ich, wie jemand, der wusste, was gut war, und der sein Bestes gab, um sich das Leben so einfach wie nur möglich zu gestalten, indem er sich nicht aus der Reserve locken ließ. Darin war meine Schwester gar nicht gut gewesen. Ich hab mich oft gefragt, wie es ihr heute wohl gehen würde, wenn sie Jahr um Jahr hätte weitermachen können wie zuvor. Ich fürchte, sie wäre trotzdem nicht sehr alt geworden. Womöglich hätte sie noch früher einen Herzinfarkt bekommen als ich.

Marcel war erst in der Küche zugange, dann hörte ich ihn in den Keller laufen. Ich sah aus dem Fenster. Die Straße war verwaist, nirgends Autos oder unbekannte Männer, die mich oder das Haus überwachten. Abdullah inspizierte den Rasen, und Belle lief immerzu um ihn herum. Sie rief ihm Dinge zu und zeigte in diese und jene Richtung. Irgendwann dämmerte mir, was sie da tat: Sie zeigte auf Stellen, an denen das Gras besonders trist und tot aussah.

Ich sah zu den Kartons. Den Inhalt würde ich in richtige Koffer umpacken müssen. Eigentlich konnte ich mich auch gleich darum kümmern. Auf dem Dachboden standen noch ein paar alte Koffer, die für diesen Zweck ausreichten … um die Sachen eines Toten aus einem Lagerraum in Stockholm zu seiner Witwe nach New York zu bringen.

Auf dem Dachboden war es höllisch heiß. Die Sonne hatte den ganzen Tag aufs Dach gebrannt, inzwischen waren es dort sicher vierzig Grad. Ich schleppte zwei große Koffer nach unten. Einer war aus dunklem Leder und hatte Aufkleber auf den Seiten; er fühlte sich jetzt schon schwer an, obwohl ich noch gar nichts hineingepackt hatte, und hässlich war er obendrein.

Ich würde Magda anrufen und ankündigen müssen, dass ich zu Besuch käme. Nicht weil ich dachte, sie könnte New York verlassen, sondern damit sie einplante, dass ich sie treffen wollte.

Dass aber auch alles immer so verdammt chaotisch sein muss.

Ich wünschte mir, das Leben wäre wieder wie früher. Ich sehnte mich danach, wieder jenem Traum nachzuspüren, dessentwegen ich in den Antikhandel eingestiegen war. Auf New York und eine Diskussion mit Magda hatte ich wenig Lust. Und noch weniger wollte ich nach Rom.

Als ich die Koffer aufklappte, roch es nach Staub und Muff. Ich begann mit den Kästen, in denen die Briefe und Fotos gelegen hatten. Ich strich die Briefe glatt. Wenn ich die Magda erst übergeben hätte, würde ich sie womöglich nicht noch mal zu Gesicht bekommen. Und obwohl ich nicht alles verstand, was dringestanden hatte, war mir insgeheim klar, dass ich auch weiter Zugriff darauf haben wollte. Kurz entschlossen, schaltete ich meinen Kopierer an und ließ einen Brief nach dem anderen durchs Einzugfach laufen. Ich kopierte immer nur einen auf einmal, und sowie die Kopie rauskam, legte ich das Original in das entsprechende Kuvert zurück. Die Maschine klapperte und keuchte – ein altes Ding, das ich mal im Ausverkauf erstanden hatte. Lucy fand es schrecklich hässlich.

Ich kam zu einem Kuvert, das kaum merklich dicker war als die anderen. Ich nahm den Brief heraus und faltete die handgeschriebenen Seiten auseinander, und zwischen den Blättern entdeckte ich einen Zeitungsausschnitt – vergilbt, aber immer noch lesbar. Der Text war – genau wie die Briefe – auf Spanisch verfasst. Ich starrte die Überschrift an.

Vom beliebten Priester zum verfemten Gottesleugner!

Und darunter ein Bild. Ein Priester stand mit gebeugtem Kopf und dem Rücken zur Kirchentür auf der Eingangstreppe. Das Bild illustrierte die Aussage des Artikels aufs Vortrefflichste: der Priester, der Gott und seiner Gemeinde den Rücken kehrte. Und obwohl der Artikel Jahrzehnte alt war, erkannte ich den Mann auf dem Foto augenblicklich wieder.

Der Priester war Henry Schiller.

Ich schüttelte fassungslos den Kopf.

Das hier war unbegreiflich.

Ich musste die spanische Überschrift falsch verstanden haben.

Im Artikel selbst war von einem Pater Sebastien die Rede.

Ich verstand nicht jedes Wort, aber an der groben Richtung bestand kein Zweifel. Pater Sebastien wurde beschuldigt, eine intime Beziehung zu einem seiner Gemeindemitglieder gehabt zu haben, und war deshalb mit sofortiger Wirkung aus dem Amt entfernt worden. Es wurde sogar ein spanischer Kardinal zitiert: »Für einen Mann wie Pater Sebastien ist der Weg zur Gnade und zur Vergebung weit. Er hat das Vertrauen seiner Gemeinde missbraucht.«

Erneut starrte ich das Foto von Henry an.

Wenn dies hier für Magda neu wäre (und das konnte nicht sein, trotzdem musste ich, bis das Gegenteil bewiesen war, auch diese Möglichkeit in Betracht ziehen), dann täte es mir für sie noch viel mehr leid als für jeden anderen Beteiligten. Aber wenn sie davon gewusst hätte … Ich hatte keine Ahnung, was das bedeutete.

Ebenso wenig wusste ich, wie Alejandro Ortega in die Geschichte passte.

Warum war er der Einzige, der auf den Fotos aus dem Lagerraum überhaupt zu erkennen war?

Ich musste wieder daran denken, was Alejandro bei unserer ersten und bislang einzigen Begegnung gesagt hatte.

Keine der schlimmen Anschuldigungen, vor denen Henry flüchten musste, entsprach der Wahrheit.

Ich verstand einfach nicht, wie ein geistig gesunder Mensch eine Liebesgeschichte zu einem Verbrechen umdeuten konnte. Dass Henry sich in eine Frau aus der Gemeinde verliebt und damit gegen diesen idiotischen Zölibat verstoßen haben sollte, wollte ich ihm nun wirklich nicht anlasten. Wenn jemand mich gezwungen hätte, für den Rest meines Lebens keinen Sex mehr zu haben, nicht mal zu onanieren, dann würde ich doch verrückt werden.

Ich machte eine Kopie von dem Artikel und nahm mir vor, ihn Lucy zu zeigen. Ihr Spanisch war besser als meins.

Aus dem Garten hörte ich einen Schrei.

Belle?!

Nein, das war nicht Belle gewesen. Es war der Schrei eines erwachsenen Mannes.

Abdullah!

Ich ließ sofort alles stehen und liegen. Irgendwas war dort los. Ein Blick in den Garten – und ich sah Details vor mir, von denen ich im selben Moment wusste, dass sie sich mir ins Gehirn einbrennen würden.

Belle, die auf dem Rasen stand, als wäre sie mitten in der Bewegung erstarrt.

Abdullah, der nirgends zu sehen war. Ein fallen gelassenes Gartengerät.

»Bleib stehen, Belle! Komm nicht hierher!«

Auch das war Abdullah.

Dann kam er in rasender Geschwindigkeit um die Hausecke gerannt, packte sich Belle, sprintete im selben Wahnsinnstempo aufs Haus zu.

»Martin! Martin!«

Ich weiß wirklich nicht mehr, wie ich es rausschaffte, es ging alles so verdammt schnell, doch im nächsten Moment stand ich bereits im Gras und streckte die Arme nach Belle aus.

Doch Abdullah rannte schnurstracks an mir vorbei – mitsamt meinem Mädchen.

»Ich schließe Belle ein. Da hinten im Baum, Martin! Da hinten im Baum!«

Das ganze Grundstück flirrte regelrecht vor Panik. Es waren nur wir da – und eine brutale Energie.

Da hinten im Baum, Martin! Da hinten im Baum!

Instinktiv wusste ich, welchen Baum er meinte.

Den Baum mit dem Affen.

Ebenso instinktiv vertraute ich seinem Entschluss, Belle ins Haus einzuschließen.

Weil da etwas war, was Kinder nicht sehen sollten.

Ich rannte um das Haus herum – ich musste gerannt sein, denn im nächsten Moment stand ich auch schon davor. Blieb jäh stehen. Konnte den Blick nicht von dem Baum abwenden, von dem, was dort zu sehen war.

Ein Mensch.

Eine Frau.

Silvia.

Sie hing an einem Seil, von dem ich, noch ehe ich es in Worte hätte fassen können, intuitiv wusste, dass es eine Hundeleine war.

39

Zwei Tage. So lange dauerte es, die Polizei davon zu überzeugen, dass nicht ich – oder Abdullah – Silvia umgebracht hatte, nur weil sie in meinem Garten aufgeknüpft worden war. Erst schien die Polizei gar nichts zu kapieren. Dann erfuhren sie, dass ich Silvia gegenüber einem früheren Arbeitgeber vertreten hatte. Gegenüber einem Arbeitgeber, der sie als geisteskrank bezeichnet hatte und der die Überzeugung der Polizei befeuerte, sie sei diejenige gewesen, die den Brand in Gamla stan gelegt hatte.

Wäre da nicht das Detail mit der Hundeleine gewesen.

Die Polizei ist keine so verschworene Organisation, wie man für gewöhnlich meint. Was in einem Team bekannt ist, hat nicht zwangsläufig auch die Kollegen erreicht, die mit einem anderen Fall befasst sind. Deshalb dauerte es zunächst einen Tag, bis es mit den Verdächtigungen losging – und dann geschah plötzlich alles auf einmal.

»Sie behaupten, Sie haben Silvia Magander nicht umgebracht«, sagte der Kriminalkommissar, der mich verhörte. »Und Sie behaupten auch, Sie haben Steve Hammon nicht umgebracht, der von ihrer Ex-Freundin als vermisst gemeldet wurde. Nun sind aber beide mithilfe einer Hundeleine erdrosselt worden, und der einzige gemeinsame Nenner sind Sie.«

»Ich habe keine Erklärung dafür«, erwiderte ich. »Ich weiß nur, dass ich Steve und Silvia weder bedroht noch ermordet habe. Und ich weiß, dass sie von Menschen betrauert werden, die sie ihr Leben lang vermissen werden.«

Der Kriminalkommissar lehnte sich zurück und betrachtete mich verbissen.

»Als Sie die Frau entdeckten, hatte sie schätzungsweise seit einer Stunde in dem Baum gehangen. Wir haben Ihren Gartenfritzen überprüft. Er hat ein wasserdichtes Alibi – er hatte zuvor mehrere Stunden bei einem anderen Kunden gearbeitet und dort sowohl mit dem Hausbesitzer als auch mit einem Handwerker zu tun gehabt. Das Gleiche gilt für das Alibi Ihres Au-pairs: Der war im Fitnessstudio und hat anschließend Ihre Tochter abgeholt. Weder der Gartentyp noch das Au-pair hatte zuvor mit den zwei Toten zu tun – Sie hingegen schon. Und dieser Umstand gefällt mir nicht.«

»Mir auch nicht.«

»Was mir erst recht nicht gefällt, ist ein mutmaßlicher Doppelmörder, der seine Rolle bei diesen Ereignissen nicht ansatzweise erklären kann.«

»Entschuldigen Sie bitte, aber wie kann ich ein mutmaßlicher Doppelmörder sein? Ich dachte, Sie hätten den Mord an Steve als einen Drogenzwist zu den Akten gelegt?«

Der Kommissar umklammerte den Stift in seiner Hand so fest, dass die Knöchel weiß wurden.

»Es kommt schon mal vor, dass wir falschliegen«, sagte er.

Ich wartete ab.

Und das tat auch Lucy. Ihr Hochzeitstag verstrich, ohne dass einer von uns die Gelegenheit gehabt hätte, darüber auch nur nachzudenken. Wie Lucy und Michael die Zeit verbrachten, weiß ich ehrlich gestanden nicht.

Jennifer wurde von dem Fall abgezogen, nachdem herausgekommen war, dass sie und ich eine private Beziehung pflegten. Für mich hieß das auch, dass mein letzter Polizeiquell versiegt war. Ich fühlte mich wie in einem Vakuum. Doch dann tat sich etwas.

Die Polizei hatte nichts gegen mich in die Hand. Aus der

Rechtsmedizin wurde verlautbart, Silvia sei gegen drei Uhr nachmittags gestorben. Da war ich noch in der Kanzlei gewesen, und Helmer konnte mir ein Alibi sowohl für diese Zeit als auch für die Stunden zuvor geben – ein echter Segen, weil ich nur ungern hätte erzählen wollen, dass ich und Lucy zuvor im Hotel Royal gewesen waren. Dass wir unseren Besuch dort verschwiegen, war nicht ganz selbstverständlich, allerdings trauten wir uns beide nicht zu verraten, dass wir uns dort eingeschlichen und Lucys Eheringe gefunden hatten, was schließlich bedeutete, dass Steves Mörder (oder Steve selbst) dort gewesen sein musste. Vor allem hatten wir Respekt vor der Organisation, die das Hotel weiter betrieb – und natürlich auch vor der Polizei. Denn wie hätten wir beweisen sollen, dass nicht wir selbst Steves Kleidung und die Ringe in dem Hotel versteckt hatten?

»Sie können Gift darauf nehmen, dass ich an dieser Sache dranbleibe, Benner«, sagte der Kommissar. »Jedenfalls so lange, bis mir klar ist, welche Rolle Sie in diesem Drama spielen, mit dem Sie angeblich nichts zu tun haben. Man kann auch einen Mord verüben, ohne zugegen zu sein. So was nennt man dann Anstiftung zum Mord.«

Große Worte ohne jede Grundlage.

Trotzdem verdammt unbehaglich.

Es wurde auch nicht behaglicher dadurch, dass meine Kameras im Garten nichts von alledem, was passiert war, aufgezeichnet hatten. Keine von ihnen hatte funktioniert. Keine Ahnung, warum. Wenn ich unter Druck stehe, werde ich sehr rational und nüchtern. Und ja, ich weiß – »Druck« ist ein schlechtes Wort für jene Verfassung, in die man unwillkürlich gerät, wenn man im eigenen Garten an einem Obstbaum eine Tote findet. Aber mir fehlen die Worte, um besser zu beschreiben, was da passiert war und welchen Effekt das Ganze auf mich hatte. Unter der Oberfläche lauerte die ganze Zeit die Panik und drohte mich zu überwältigen. Ich war schon mal für einen Mord angeklagt gewesen, den ich nicht verübt hatte. Eine nützliche Erfahrung für einen Strafverteidiger, könnte man meinen, aber ehrlich gesagt hätte ich gut darauf verzichten können. Gesunde Menschen wissen, für welche Taten sie verantwortlich gemacht werden können und welche nie passiert sind.

Ich hatte Steve nicht ermordet.

Ich hatte Silvia nicht ermordet.

Ich hatte das Haus in Gamla stan nicht angezündet. Das hatte Silvia im Übrigen auch nicht getan. In Kenntnis des späteren Verlaufs interpretierte ich die Vorgänge eher so, dass der Brand der erste Mordversuch an ihr gewesen sein musste.

Ich wurde zu einer weiteren Vernehmung einbestellt. Zwei Polizisten ersetzten den Kommissar und waren erstaunlich freundlich und entgegenkommend. Ihre Fragen drehten sich lediglich darum, inwieweit Silvia und ich uns kannten und sie mit mir über den Brand in Gamla stan gesprochen hatte. Sie erwähnten Silvias Aufenthalte in der Psychiatrie (von denen ich nichts gewusst hatte, bis die Polizei sie erwähnte) und deuteten an, dass man vonseiten der Polizei die Ermittlungen zum Brand in Gamla stan als abgeschlossen betrachtete. Und ohne dass sie es laut aussprachen, ahnte ich, dass sie hinreichend Beweise für Silvias Täterschaft zusammengetragen hatten. Ganz gleich wie sehr ich an ihrer Schlussfolgerung zweifelte, war ich doch dankbar, dass sie anscheinend von der Annahme abgerückt waren, dass ich Silvia ermordet hatte.

»Wirkte sie ausgeglichen, als Sie sich zuletzt getroffen haben?«, fragte einer der Vernehmungsbeamten.

»Ja, ganz okay«, antwortete ich.

»Nicht suizidal?«

Ich wollte meinen Ohren nicht trauen. Hatten sie allen Ernstes vor, Silvias Ermordung als Selbstmord abzutun?

»Wussten Sie, dass ihr Hund vor einiger Zeit gestorben ist?«

Ich schüttelte den Kopf.

Was glaubten die eigentlich? Dass sie den Tod ihres Hundes derart betrauerte, dass sie sich an dessen Leine erhängt hatte?

Ich äußerte mich dazu nicht. Ich wollte vermeiden, dass sie mich im Umkehrschluss fragten, was ich selbst über den Brand wusste, worauf meine eigenen wirren Verdächtigungen basierten, die von Mönchen und Priestern und geschlossenen Hotels handelten.

Ich sprach ein stilles Stoßgebet, dass bei der Obduktion festgestellt würde, dass sie ermordet worden war. Denn dass ihr Tod als Suizid betrachtet werden sollte, wäre für mich unerträglich.

Sie hatte sich nicht selbst erhängt.

Sie war erhängt worden.

Ich hatte so viele Fragen, auf die ich Antworten wollte und die ich trotzdem nicht zu stellen wagte. Hatten sie ihr Handy gefunden? Hatten sie schon ihre E-Mails durchgesehen? Jede Form der Kommunikation hinterlässt Spuren. Vieles, was wir zu löschen versuchen, lässt sich wiederherstellen. Wenn die Polizei sich nur die Mühe machte, bei ihren Ermittlungen ein paar Takte zuzulegen, würde man sich dort in Grund und Boden schämen angesichts all dessen, was man übersehen hatte. Die Frage war nur, was das für mich bedeutete.

Ich musste das Ganze fürs Erste auf sich beruhen lassen. Zwei Tage nachdem Silvia tot aufgefunden worden war, bekam ich grünes Licht für meine Reise. Die Polizei hatte kein Problem damit, dass ich nach New York flog. Also verbrachte ich den Sonntagabend damit, für mich und Belle zu packen, und dann buchte ich die Flugtickets. Zu diesem Zeitpunkt hatte ich nun wirklich keine Lust mehr, in Stockholm zu bleiben, und keine Probleme damit zu verreisen.

»Fahren wir in Urlaub?«, hatte Belle mich gefragt.

»Ja, so was in der Art«, hatte ich erwidert.

Vielleicht spürte sie, dass sie keine bessere Antwort bekommen würde, denn sie hakte nicht nach. Stattdessen schwieg sie. Genau wie ich.

40

Der Letzte, den ich aus einer ruhigen Ecke der Lounge im Flughafen Arlanda anrief, ehe wir uns am Montag ins Flugzeug nach New York setzten, war Boris. Lucy, Belle und Marcel saßen ein Stück von mir weg und sahen sich einen Film an. Boris eröffnete das Gespräch mit der Bestätigung dessen, was Alejandro gesagt hatte: Bei Henrys Trauerfeier hatte keine Leiche im Sarg gelegen.

Mir drehte sich der Magen um.

»Rückzug«, sagte Boris. »Trete den Rückzug an, und zwar so schnell und so weiträumig, wie du nur kannst.«

»Aber wovon denn?«, fragte ich.

»Von allem. Du bist überhaupt nur deshalb noch am Leben, weil du noch nicht begriffen hast, worum es bei dieser Geschichte geht. Silvia muss auf Material gesessen haben, dessen Wert ihr selbst nicht klar war. Was immer in diesem verdammten Hotel vor sich geht – halt dich davon fern!«

Man kann davon halten, was man will, dass ich den Rat eines Mafiabosses annahm, aber Tatsache war doch, dass ich nur wenige kannte, die besser zum Ratgeber qualifiziert waren als Boris. Doch leider konnte ich seiner Empfehlung diesmal nicht nachkommen. Es war zu spät, jetzt noch den Rückzug anzutreten und sich von irgendwas fernzuhalten. Silvia in meinem Kirschbaum war eine Kriegserklärung gewesen, und das versuchte ich auch, Boris zu vermitteln.

»Was ist mit dir selbst? Würdest du den Tod eines Mitarbeiters einfach ad acta legen? Was ist mit dem, den sie in Berlin tot aufgefunden haben?«

Boris atmete schwer in den Hörer.

»Wenn es ein Konkurrent wäre, der ihn ermordet hat, hätte ich nicht gezögert, den Rückzug anzutreten. Und wenn es die Polizei gewesen wäre, die da Theater gemacht hat, dann hätte ich mich wohl bedeckt gehalten. Aber, Martin, das hier ist was anderes. Und das gilt für alles, was dir passiert ist. Wir haben kein einziges Kamerabild aus dem Garten, das zeigen könnte, wer Silvia in den Baum geknüpft hat. Sämtliche Kameras waren außer Gefecht, soweit ich es sehen kann. Die haben schon früher am Tag aufgehört zu funktionieren.«

»Sag du mir, was du denkst«, erwiderte ich, »denn ich bin zu fertig, um noch nachzudenken.«

Das mit den Kameras war so unangenehm, dass ich am liebsten so tun wollte, als hätten wir sie nie installiert.

Boris schien zu zögern.

»Ganz ehrlich, ich folge nicht vielen Prinzipien im Leben«, sagte er, »aber ich mag es nicht, wenn in solchen Zusammenhängen plötzlich die Kirche auftaucht. Da werden immer gleich so viele Regeln außer Kraft gesetzt. Und vor allem hat man plötzlich mit etwas zu tun, wovon du behauptest, das würde es nicht geben.«

»Heißt?«

»Kluge Verbrecher. Schweinehunde, die nicht die normale … Vorteilsnahme im Sinn haben.«

Ich konnte ihm anhören, dass es ihm schwerfiel, die richtigen Worte zu finden. Ich verstand ihn trotzdem.

Dann sagte er etwas, worauf ich nicht gefasst war: »Es wäre wirklich besser, wenn nicht der am meisten verehrte Diktator der Welt Teil dieser Geschichte wäre. Ich geb es nur ungern zu, aber das macht mir Sorgen.«

Meine Allgemeinbildung ist grundsätzlich nicht schlecht, aber dieser Kommentar verwirrte mich bloß. Ich versuchte, im Kopf sämtliche Diktatoren durchzugehen, von denen ich je gehört hatte und die noch lebten. Gaddafi war tot. Saddam Hussein war tot. Pol Pot war tot. Castro war tot. Assad in Syrien lebte noch, aber nicht mal Boris würde auf die Idee kommen, ihn als den »am meisten verehrten Diktator der Welt« zu bezeichnen.

Aus dem Lautsprecher kam der Boarding-Aufruf. Mein Flug würde bald starten.

»Pass auf – ich ruf dich wieder an, wenn wir gelandet sind.«

Ich hatte keinen Schimmer, was Boris versucht hatte, mir zu sagen, und ich musste mich endlich ausruhen. Dafür sind lange Flugreisen gut geeignet: Da kann man sich ausgezeichnet von allem ausklinken.

»Alle Wege führen nach Rom«, sagte Boris noch mit heiserer Stimme.

»Wie bitte?«

»Denk nach, Martin. Ich weiß, dass du mal Cop warst. Ich weiß auch, dass du Kriege gewonnen hast, in denen du theoretisch gesehen keine Chance gehabt hättest zu siegen. Aber mal ehrlich: Diejenigen, die den Meister aller Mönche verherrlichen, haben noch nie verloren. Noch nie.«

Dann legte er auf.

Ich fühlte mich auf eine Weise einsam, wie es Erwachsenen nur selten passiert.

Der am meisten verherrlichte Diktator der Welt.

Der Meister der Mönche.

Alle Wege führen nach Rom.

Ich spannte jeden Muskel im Körper an.

Rom. Der Vatikan.

Um zehn Uhr vormittags hob das Flugzeug ab. Unwillkürlich musste ich daran denken, wie Lucy und ich schon mal ins Ausland gereist waren, um eine Sache zu klären, nur um dann eine Verschwörung aufzudecken, von der wir nicht mal im

Nachhinein sicher gewesen waren, ob wir sie vollends durchschaut hatten. Seither hab ich einiges dazugelernt. Damals hatte ich Belle zu Hause gelassen. Diesmal hatte ich sowohl sie als auch Marcel dabei.

Wir flogen Businessclass. Ich konnte mich nicht erinnern, wann ich das letzte Mal so viel für eine Flugreise bezahlt hatte. Marcel saß allein ein paar Reihen hinter uns anderen. Lucy und ich saßen in der mittleren Reihe und Belle allein am Fenster. Sie strahlte wie die Sonne – ganz anders ihre Lehrerin, als ich erklärt hatte, dass Belle schulfrei haben müsste, allerdings hatte sie nachgegeben, als ich etwas von einer Familienkrise und einer sehr schwierigen Lage andeutete. Keine Ahnung, was sie sich darunter vorgestellt hatte, aber im Grunde war ich mir sicher, dass keins ihrer Szenarien mit einem Porzellanaffen und zwei toten Menschen zu tun hatte.

»Guck mal«, rief Belle, »ich hab Schokolade bekommen.«

»Gut«, sagte ich. »Gut.«

Alles, was sie beschäftigte, war gut. Allenfalls wenn sie eine Handgranate rausgeholt und damit herumgespielt hätte, hätte ich kurz gezögert, ehe ich sie ihr weggenommen hätte.

Eine Stewardess schien die Situation zu kennen und drückte Belle ein Bastelbuch in die Hand.

Lucy bedachte sie mit einem dankbaren Blick. Ich selbst war nicht wach genug, um mich wie ein Mensch zu benehmen. Das Flugzeug fühlte sich zu klein, zu instabil an, der Ledersitz war rutschig und roch schwach nach Reinigungsmittel.

»Boris erzählt Blödsinn«, raunte Lucy mir zu, als ich ihr von dem Telefonat erzählte. »Das muss dir doch klar sein.«

Musste es?

»Er hat durchaus schon mal recht gehabt«, erwiderte ich knapp.

Lucy schüttelte den Kopf.

»Soll jetzt der Vatikan – nein: der Papst selbst – den Mord an Silvia in Auftrag gegeben haben? Und den an Steve? *Hörst du nicht, wie verrückt das klingt?*«

»Nicht der Vatikan«, sagte ich, »und auch nicht der Papst. Aber vielleicht irgendein anderer Angestellter der Kirche.«

»Und warum in aller Welt?«

Ich schluckte.

»Boris meint, dass ich genau dieser Frage lieber nicht nachgehen sollte.«

Lucy lehnte den Kopf an die Nackenstütze. Sie sah aus, als bereute sie bereits jetzt, mitgekommen zu sein. Ihr Verlobter hatte ihr eröffnet, dass er nicht vorhabe, seinen Dienst im Nya Karolinska anzutreten, und Lucy hatte darauf reagiert, indem sie mit mir nach New York flog. Ich hatte keine Fragen gestellt, aber nach allem, was Lucy erzählt hatte, war anzunehmen, dass Michael über die Silvia-Geschichte überaus bestürzt gewesen war; mir war überdies klar, dass ihre Beziehung zu Ende war, obwohl Lucy das – wenn überhaupt – nur mit einem Knurren kommentierte.

»Hat Silvia denn je die katholische Kirche erwähnt?«, fragte Lucy.

»Nein. Soweit ich mich erinnere, hat sie diesbezüglich nie einen Bezug hergestellt. Sie hat all ihre Zeit darauf verwendet, das Hotel zu überwachen. Soweit ich weiß, ist es ihr nicht gelungen, irgendeinen der Besucher zu identifizieren. Sie hat angenommen, dass in dem Hotel Menschen wohnten und dass mit ihrem Besuch dort etwas komisch war – aber mit der Kirche oder irgendeiner anderen Institution hat sie das nie in Verbindung gebracht.«

Lucy packte eine dünne Decke aus und warf sie sich über die Beine.

»Sie tut mir so leid«, sagte sie.

Da konnte ich ihr nur beipflichten.

»Sie hätte so viel werden können«, sagte ich. »Sie hatte eine unglaubliche Energie.«

In vielerlei Hinsicht war dies ein seltsames Gespräch. Wir kreisten in einem fort um das Wesentliche und erlaubten uns nicht, das Offenkundige anzusprechen – beispielsweise dass Silvia in meinem Garten erhängt worden war. Am selben Baum, an dem zuvor der Porzellanaffe gehangen hatte.

Ich nahm Lucys Hand. Sie zog sie weg.

Verstohlen sah ich zu Marcel. Er las irgendwas auf seinem iPad. Dass ich ihn dabeihaben wollte, hatte er ohne Einwände hingenommen.

»Wie geht es eigentlich Abdullah?«, fragte Lucy.

»Beschissen«, antwortete ich.

»Wie viel weiß er?«

»Gar nichts. Aber nachdem er erst einen Affen und dann eine Tote in meinem Baum gefunden hat, bin ich mir nicht sicher, ob er weiter für mich arbeiten will.«

Lucy holte ihren Computer aus der Tasche. Hier gab es WLAN, und ein bisschen störte mich das. So war die Flugreise weniger entspannt.

»Darf ich neben Lucy sitzen?«

Belle war mit einem Spiel im Arm an meinem Platz aufgetaucht. Lucy lächelte sie warmherzig an.

»Komm, Liebes«, sagte sie.

Lucy, die eigentlich längst verheiratet sein sollte.

Lucy, die ihr Brautkleid anprobiert und mich gefragt hatte, ob es gut sitze.

Lucy, der ich niemals etwas hatte versprechen wollen, von der ich aber auch nicht lassen konnte.

Wenn das Flugzeug abstürzen würde, dann würden alle außer mir überleben, das war meine feste Überzeugung. Ich hatte einfach nichts Besseres verdient.

Belle und ich tauschten die Plätze. Lucy hörte aufmerksam zu, als Belle ihr die Spielregeln erklärte, die kurz gesagt ebenso fantasievoll wie undurchsichtig waren.

Der ersehnte Schlaf stellte sich schließlich nach einem Drei-Gänge-Mittagessen und einem Glas Wein ein. Ich schlief sogar weiter, bis die Stewardess begann, die Kabine auf die Landung vorzubereiten. Lucy suchte meinen Blick, sobald die Räder auf dem Boden aufsetzten. Angeblich sind Start und Landung bei einer Flugreise das Gefährlichste, dabei ist das Gefährlichste für einige Reisende das Reiseziel. Oder aber der Ort, von dem sie losgeflogen sind. Oder beides gleichermaßen. Ich war ein Mann ohne Kompass, ohne Plan. Einer, der nach New York geflogen war, obwohl doch bekanntermaßen alle Wege nach Rom führten. Erst als ich das Flugzeug verließ, dämmerte mir, dass dies möglicherweise ein schicksalhafter Fehler gewesen war.

41

»Welcome, Mr. Benner!«

Der Mann an der Rezeption des Plaza lächelte, als hätte er mich wiedererkannt, während ich selbst mich nicht erinnern konnte, dass wir uns schon mal begegnet wären. In meinem Kopf schwirrten zig Fragen an Magda, sodass ich nur das Allernotwendigste von dem wahrnehmen konnte, was in meiner Nähe geschah. Magda war überrascht gewesen, als ich mich bei ihr gemeldet und mitgeteilt hatte, dass ich auf dem Weg nach New York sei.

»Was ist denn los?«, hatte sie gefragt.

»Darüber sprechen wir, wenn wir uns sehen«, hatte ich erwidert.

Ich hatte drei Zimmer im Plaza gebucht. Eins für mich und Belle, eins für Lucy und eins für Marcel. In meiner Innentasche steckte die Schlüsselkarte aus dem Waldorf Astoria, die im Porzellanaffen gelegen hatte, und in meinem Handgepäck lag Henrys falscher Pass.

»Soll ich mit zu Magda kommen?«, wollte Lucy wissen, als wir im Fahrstuhl standen.

Ich warf Belle einen Blick zu. Sie gähnte, dass sie sich fast den Kiefer ausrenkte.

»Fürs Erste treffe ich mich lieber allein mit ihr«, sagte ich und drehte mich zu Marcel um. »Wäre es okay, wenn Belle für ein paar Stunden bei dir bliebe?«

»Natürlich.«

Er wirkte bedrückt. Das war eine neue Seite an ihm, und ich konnte mir schon denken, was dahintersteckte. Es war alles so verdammt schnell gegangen. Marcel wohnte erst seit wenigen Wochen bei uns, und in dieser Zeit waren zwei Menschen gestorben (auch wenn Marcel nur von einem wusste), und ich hatte die Familie in unsere Stadtwohnung evakuiert, weil ich befürchtet hatte, es könnte zu gefährlich werden, weiter in unserem Haus zu wohnen. Er wusste über meine Alarmanlagen und die Kameras Bescheid und dass ich manchmal die reinste Paranoia schob.

Der wird nicht bleiben, dachte ich. Und Abdullah im Übrigen auch nicht. Zumindest würde ich an ihrer Stelle das Weite suchen.

Belle zupfte an meiner Hand, als die Fahrstuhltüren aufgingen.

»Ich will das Zimmer sehen. Krieg ich die Karte?«

Sie liebte Hotels. Ich hatte durchaus schon darüber gegrübelt, ob Businessclass-Flüge und Fünfsternehotels mit Butler und exklusivem Frühstück, das pro Tag so viel kostete wie ihr monatliches Kindergeld, für sie angemessen waren. Eines Tages würde ich sie mit in eine Jugendherberge nehmen – nur sie und ich. Oder vielleicht sie und Lucy? Oder Marcel?

Tja, vielleicht würde das warten müssen, bis sie alt genug wäre, um allein zu leben.

Belle bekam die Schlüsselkarte und rannte vorneweg.

Es war mein Lieblingszimmer: achter Stock, zwei Balkons zum Innenhof. Ruhig und trotzdem hell. Ich liebte es.

Belle setzte sich auf die Bettkante und baumelte mit den Beinen. Ich zog eine der Balkontüren auf und ließ frische Luft herein (so frisch sie auch an einem Ort wie Manhattan sein konnte). Die Brise war warm und feucht, aber besser als die knochentrockene, eiskalte Luft, die aus der Klimaanlage blies.

Belle hielt mir die Süßigkeiten von den Kopfkissen hin.

»Darf ich?«

»Na klar.«

Es klopfte an der Tür. Das Gepäck, natürlich.

Im Vorbeigehen strich ich Belle übers Haar. Sie gähnte erneut und wickelte von einer Süßigkeit das Papierchen ab.

»Ich weiß, dass du müde bist«, sagte ich. »Aber wenn du dich jetzt hinlegst, wird es verdammt hart. Versuchen wir doch mal, ob du noch ein paar Stunden wach bleiben kannst.«

Ich sah durch den Türspion. Ja, es war das Gepäck.

»Ein paar Stunden?« Belle warf sich rückwärts aufs Bett. »Und was, wenn ich in Ohnmacht falle?«

Ich machte die Tür auf und ließ den Gepäckjungen herein. Und schämte mich schlagartig, als ich die hässlichen Koffer sah, die ich vom Dachboden geholt hatte, um die Sachen aus Henrys Lager darin zu transportieren. Ich drückte dem Jungen fünf Dollar Trinkgeld in die Hand. Eigentlich mag ich diesen Trinkgeldbrauch nicht, aber in einem Land wie den USA deshalb eine Revolution anzuzetteln wäre wohl unverhältnismäßig gewesen.

»Danke«, sagte ich und legte die Brieftasche weg.

Der Junge überreichte mir noch einen Umschlag, den er unter dem Arm gehabt hatte.

»Für Sie, Mr. Benner«, erklärte er.

Ich runzelte die Stirn.

Jemand hatte mit leserlichen Buchstaben meinen Namen auf den weißen Umschlag geschrieben, allerdings war darauf weder ein Logo noch der Name des Absenders zu sehen.

»Von wem ist der?«, fragte ich.

»Ist vor ein paar Stunden an der Rezeption abgegeben worden«, erwiderte der Gepäckjunge.

Ich spürte, wie der Raum um mich herum ins Wanken geriet.

Außer Marianne, Magda und der Polizei wusste niemand,

dass ich mich in New York aufhielt. Lucy hatte es natürlich Michael erzählt, aber mit wem sollte der schon gesprochen haben?

Der Gepäckjunge zog die Tür hinter sich zu.

»Von wem ist der?«, fragte Belle neugierig.

»Wahrscheinlich von Tante Magda, die sich einen Spaß erlaubt«, murmelte ich.

Belle sah mich misstrauisch an. Und das konnte ich gut verstehen. Ich sah garantiert nicht im Mindesten erfreut aus; wenn also Tante Magda »sich einen Scherz erlaubt« hatte, dann musste er wohl als misslungen betrachtet werden.

Ich riss den Umschlag auf. Es war einer, dessen Falz man ableckte, wenn man ihn zukleben wollte.

Es lagen zwei gefaltete Blätter darin. Auf dem ersten stand ein kurzer handgeschriebener Gruß, auf dem zweiten ein längerer ausgedruckter Text. Beides auf Englisch.

Martin,
seien Sie so freundlich, den beigefügten Text zu lesen – es wäre peinlich, wenn er Sachfehler enthielte. Er wird spätestens sieben Tage, nachdem Sie ihn gelesen haben, veröffentlicht.

Ich verstand gar nichts mehr. Und starrte auf die Überschrift auf dem zweiten Blatt hinab.

Nachruf: Ass. iur. Martin

Meine Knie drohten unter mir nachzugeben. Ich *konnte* nicht weiterlesen, traute mich nicht, *wollte* nicht sehen, was da für ein Mist über mich verfasst worden war. Und ich wünschte mir sehnlichst, Lucy hätte ihren ehemaligen Verlobten mitgebracht, weil ich mir sicher war, dass ich gleich einen weiteren Herzinfarkt erleiden würde. Was eine Ironie des Schicksals gewesen wäre – denn es würde demjenigen, der sich die Mühe gemacht hatte, einen Nachruf auf mich zu schreiben, die Sache eindeutig erleichtern.

Was ging hier vor?

Eigentlich sollte das gar keine Rolle spielen, tat es aber doch. Denn obwohl sich die Toten allmählich stapelten, verstand ich immer noch nicht, was Auslöser dieses Sturms gewesen war, der mein Universum durcheinanderwirbelte. Und das brachte eine Unsicherheit mit sich, mit der ich mich nicht anfreunden konnte.

»Was ist das?«, fragte Belle.

»Nur ein paar Papiere«, antwortete ich.

»Von Tante Magda?«

Vom Sensenmann auf LSD.

»Mhm«, brummte ich.

Obwohl es mir zutiefst widerstrebte, nahm ich die Seiten erneut hoch und überflog die ersten Zeilen des vermeintlichen Nachrufs.

> Martin Benner, Ass. iur. und seit 2005 Mitglied der Anwaltskammer, ist verstorben und hinterlässt Mutter Marianne und Adoptivtochter Belle. Benner glänzte durch seine Leidenschaft für die Sache, die er nach außen hin kühl zu überspielen vermochte, während er für seine Klienten zugleich alles gab. Nur wenige Anwälte folgten hingebungsvoller ihrem Ruf. Benner gehörte zur Speerspitze der Strafverteidiger.

Ich hörte auf zu lesen.

Mir stieg die Galle hoch.

Sieben Tage? Das war die Frist, die ich bekommen hatte. Sieben Tage ab Übergabe des Briefes.

Warum die Frist?

Das Telefon auf dem Schreibtisch klingelte.

Ich ging sofort ran.

»Mr. Benner?«

Es war die Rezeption.

»Ja, am Apparat.«

»Da möchte Sie jemand sprechen. Ich verbinde Sie.«

»Warten Sie!«

Doch hier lag offensichtlich kein Grund vor zu warten.

Eine helle Frauenstimme drang an mein Ohr.

»Sie haben meinen Text also erhalten. Irgendwelche Anmerkungen dazu?«

Erstaunt blickte ich auf. Die Frau – oder vielleicht das Mädchen – sprach Englisch. Ich drehte mich von Belle weg, damit sie mir den Schock und die Angst nicht ansehen konnte.

»Ja, zwei. Für wen arbeiten Sie? Wie kann ich mich aus dieser Sache rausverhandeln? Und wer zum Teufel sind Sie?«

Sie seufzte.

»Das waren drei Fragen. Nur eine beantworte ich Ihnen. Sie hatten die Möglichkeit, sich zurückzuziehen, bevor Sie in Stockholm abgereist sind. Sie hätten einfach die Verantwortung für den Mord an Ihrer Freundin aus dem Baum und für Ihren Best-Man-Kollegen übernehmen können. Wenn ich es richtig verstanden habe, haben Sie diese Verantwortung von sich gewiesen, nicht wahr?«

Ich fühlte mich wie im freien Fall. Als würde ich im nächsten Moment in der Hölle aufschlagen.

»Ich weiß nicht, wovon Sie reden.«

Ich sah zu Belle. Sie hatte das Briefpapier auf dem Schreibtisch entdeckt und zählte die Umschläge. Ich wählte meine Worte mit Bedacht, damit sie nicht mehr zu hören bekäme als nötig.

»Natürlich übernehme ich nicht die Verantwortung für zwei derartige Taten«, sagte ich. »Ich habe mir schließlich nichts vorzuwerfen.«

Das Mädchen räusperte sich.

»Das sagen sie alle. Nur gibt es in dieser Sache keinen Verhandlungsspielraum. Entweder übernehmen Sie die strafrechtliche Verantwortung für die Morde, oder der Text, den Sie eben zur Korrektur erhalten haben, wird in spätestens sieben Tagen gedruckt. Könnten Sie übrigens bitte noch nachsehen, ob ich den Namen Ihrer Mutter richtig geschrieben habe? Und soll dort ›Anwalt‹ stehen oder ›Ass. iur.‹, wie ich geschrieben habe?«

Mir wurde heiß und kalt. Schweiß kroch mir über den Rücken.

»Fahren Sie zur Hölle.«

Belle hörte auf zu spielen und sah mich beunruhigt an.

»Soll ich das so interpretieren, dass Sie lieber den Nachruf als die strafrechtliche Verantwortung wählen? Es wäre gut, wenn Sie Ihre Antwort deutlich formulierten, damit uns kein Fehler unterläuft.«

»Interpretieren Sie es verdammt noch mal, wie Sie wollen. Wer suchet, der findet.«

Mit diesen Worten legte ich auf.

»Martin?«

Belles Stimme klang dünn.

Mein Gesichtsfeld schrumpfte, und der Boden schwankte unter meinen Füßen. Die Wände schienen auf mich zuzurücken.

Dann klopfte es erneut an der Tür.

Erleichtert lief Belle hin.

»Warte!«, brüllte ich.

Es ist selten, dass ich sie anschreie, weil ich es nur selten für notwendig halte. Aber wenn es um Leben und Tod geht und alles, was den Unterschied dazwischen ausmacht, dann sieht die Sache anders aus.

Ich hatte Panik.

Wer war dort an der Tür?

Belle zog den Kopf ein, als glaubte sie, ich würde ihr eine knallen.

»Ich dachte nur, es wäre Lucy«, flüsterte sie. »Oder Marcel.«

Ich trat an die Tür und sah durch den Spion.

Es *war* Lucy.

Sie klopfte noch einmal.

Belle sah mich mit großen Augen an.

»Entschuldige, dass ich gebrüllt habe«, sagte ich und strich ihr über die Wange. »Entschuldige bitte. Und versprich mir, dass du von jetzt an die Tür nicht mehr aufmachst, wenn es klopft. Versprochen?«

Ich musste mich zusammenreißen.

Sonst wäre es lange vor Ablauf der sieben Tage vorbei.

Belle schluckte.

»Nie mehr?«, flüsterte sie.

Kinder und Kompromisslosigkeit. Am besten antwortete ich auf eine Weise, die sie verstand.

»Niemals. Du darfst gern nachsehen, wer es ist, aber nicht mehr aufmachen. Okay?«

Ich machte ihr Angst, und das zu sehen tat weh.

»Okay«, sagte sie.

»Entschuldige bitte«, sagte ich. »Verzeih, dass ich dich angebrüllt habe.«

Statt zu antworten, machte Belle die Tür für Lucy auf. Auch sie sah erschrocken aus.

»Was ist denn hier los?«

Das fragte ich mich auch.

»Darf ich reinkommen, oder muss ich auf dem Flur stehen bleiben?«

Lucys Stimme hatte eine gewisse Schärfe angenommen.

Ich trat zur Seite, damit sie reinkommen und die Tür hinter sich zuschieben konnte.

Belle schniefte und schlang mir die Arme um die Taille. Das hatte sie nicht mehr getan, seit sie klein – oder vielmehr noch kleiner – gewesen war.

»Alles gut, mein Herz?«, fragte Lucy und strich ihr über den Rücken.

Belle nickte.

Dabei war gar nichts gut.

Belle nickte trotzdem, obwohl in ihrer Nähe alle sie nur mehr zu streicheln und zu fragen schienen, ob es ihr gut gehe. Sie war mir dieses Nicken nicht schuldig.

»Sollen wir mal nachsehen, was Marcel gerade macht?«, fragte ich. »Vielleicht hat er ja eine Idee, was ihr unternehmen könntet.«

Das war billig und mies, aber in diesem Moment war ich nicht imstande, mich als Elternteil anders als mies zu verhalten. Wir marschierten also zu Marcels Zimmer, und dort blieb Belle dann auch.

Ein weniger kluger Teil von mir wünschte sich, Marcel mit einer Waffe ausgestattet zu haben – mit welcher Waffe auch immer. Wenn er nur mehr aufzubieten hätte als seine schmalen Schultern, um Belle zu beschützen.

Sobald wir Belle abgeliefert hatten, nahm Lucy meine Hand. Ich konnte an nichts anderes denken als an das Telefonat mit der Frau, die mir erzählt hatte, ich würde sterben, und an den Text, den sie verfasst hatte. Doch gegenüber Lucy brachte ich kein Wort darüber heraus. Mein Hals war wie zugeschnürt, Reden unmöglich.

»Schaffen wir noch einen Kaffee?«, fragte Lucy. »Du hast ja den ganzen Flug über geschlafen.«

Ich warf einen Blick auf die Uhr. Magda und ich würden

uns in einer knappen Stunde bei ihr zu Hause treffen. Es dauerte eine halbe Stunde vom Hotel zu ihrer Wohnung. Diesen Spaziergang bräuchte ich auch, um den Kopf freizukriegen.

»Ein Quickie geht«, sagte ich.

Lucy lächelte matt.

»Ein Quickie ist besser als nichts.«

42

New York ist voller fantastischer Lokale, in denen man essen und trinken gehen kann. Diesmal landeten wir in dem Café direkt unterhalb des Plaza inmitten eines ganzen Blocks mit Restaurants und Cafés. Belle liebt das Sushilokal dort, ich selbst bin eher für das Restaurant zu haben, in dem es Mac and Cheese mit Hummer gibt.

Ich nahm einen Schluck Kaffee und ließ den Blick schweifen.

»Ich hab nachgedacht«, sagte Lucy. »Es muss sich um eine Art Hilfsorganisation handeln. Sie helfen einander, indem sie Schutzräume anbieten. Ich verstehe nur nicht ganz, warum und für wen. Sind das Freimaurer, Terroristen oder etwas anderes?«

Ich kratzte mir die Stirn und versuchte, meine Gedanken zu sortieren. Ob Freimaurer oder Terroristen spielte keine große Rolle. Was mir immer noch nicht einleuchten wollte, war die Art und Weise, wie die Kommunikation zwischen den Eingeweihten zu funktionieren schien.

»Warum analog?«, fragte ich.

Lucy sah auf.

»Warum nicht per E-Mail?«, schob ich nach. »Oder per SMS über Prepaidhandys. Skype, Messenger, geschlossene Foren? Warum Schachspiele und Affen und den Teufel und seine verdammte Großmutter losschicken? Das hier muss doch auf gewisse Weise organisiert sein – ein potenzieller Empfänger muss doch im Vorhinein informiert sein, wie die Kommunikation funktioniert.«

Lucy stützte das Kinn in beide Hände.

»Sie versuchen, keine Spuren zu hinterlassen. Elektronische Kommunikationsmethoden sind nie zu hundert Prozent sicher.«

Ich verzog das Gesicht.

»Schon klar«, gab ich zu, »aber die allermeisten Kriminellen begnügen sich damit, Codewörter oder Phrasen zu benutzen, damit niemand außer den Eingeweihten sie versteht, für den Fall, dass sie abgehört werden. Zumindest glauben sie, dass es so ist – bis sich die Polizei doch immer wieder alles zurechtpuzzelt.«

»Wahrscheinlich geht es ihnen darum, dass Gegenstände statt der Informationen selbst übergeben werden«, meinte Lucy. »Die Pässe und Hotelschlüssel sind für bestimmte Personen gedacht. Die Schlüsselkarten sind also vielleicht das Pendant zu einem Codewort. Zeig die Karte her, und du wirst eingelassen. So ein bisschen wie ein Himmelstor für Gangster.«

Das waren alles Dinge, über die wir bereits gesprochen hatten, aber ich erschauderte, als sie das Himmelstor erwähnte. Der Nachruf steckte in der Innentasche meines Jacketts, und ich wollte nicht daran erinnert werden. Deshalb konzentrierte ich mich auf das Rätsel, das wir stattdessen diskutierten.

»Sind wir uns denn überhaupt sicher, dass es Gangster sind?«, fragte ich.

Lucy sah bestürzt aus.

»Zwei Menschen sind tot«, sagte sie. »Natürlich sind das Gangster!«

Ich hob beide Hände.

»Ich weiß, ich weiß«, sagte ich. »Aber können wir sicher sein, dass sämtliche Beteiligten bei jedem einzelnen Schritt mit dabei sind? Die meisten von uns sind doch keine Killer. Und wir reden inzwischen von einem Netzwerk, das in mindestens vier Großstädten Dependancen hat: in New York, Stockholm, Berlin und Rom.«

»Was war in Berlin?«

»Der Bro von Boris«, sagte ich.

Lucy runzelte die Stirn.

»Große Städte, kleine Hotels«, stellte sie fest, »wenn man vom Waldorf Astoria absieht. Dann wiederum ist das ein so großes Hotel, dass man sich ein ›Hotel im Hotel‹ vorstellen könnte.«

Sie malte mit den Fingern Anführungszeichen in die Luft.

»Nehmen wir doch mal an, Boris hat recht«, sagte ich, »und die Begründer dieser Organisation wissen, dass elektronische Kommunikation nie zu hundert Prozent sicher sein kann. Das sind Leute, die wissen, dass vor der Erfindung des Handys und vor Zeiten des Internets alles ein bisschen leichter war. Leute, die wirklich schlau sind.«

Mit dem letzten Satz zögerte ich, denn noch mal: Verbrecher sind nie so schlau, wie sie glauben.

Aber was, wenn es gar keine Verbrecher waren?

Wenn sie hinter Verbrechern her waren?

Für wen hatten sie dann ihr Netzwerk aufgebaut? Für sich selbst oder für andere?

Ich nahm noch einen Schluck Kaffee. Ich sollte allmählich gehen, Magda wartete schon.

Aber Lucy hatte noch mehr zu sagen.

»Der Porzellanaffe«, sagte sie, »wer hat den in deinen Baum gehängt?«

Ich seufzte.

»Dieselben Leute, die auch Silvia dort hingehängt haben«, erwiderte ich. »Der Affe war eine Warnung. Nachdem wir den gefunden hatten, hätte ich nichts weiter unternehmen dürfen.«

Es tat weh, an Silvia zu denken. Und dieser Schmerz wurde allmählich zu einem ganz ähnlichen Problem wie mein Nachruf. Ich konnte dies alles einfach nicht begreifen, konnte das Ausmaß dieser Sache nicht erfassen.

Was würde aus Belle, wenn ich sterben würde?

»Ich hab anfangs auch gedacht«, fuhr Lucy fort, »dass der Affe eine Warnung war. Aber das stimmt womöglich nicht. Die Hundeleine hat auch erst eine Bedeutung bekommen, als … als Steve starb. Der Affe als solcher war uns doch auch völlig unbekannt. Das Entscheidende scheinen mir doch die Schlüsselkarte und dieser Pass zu sein. Der Affe war genau wie das Schachspiel bloß ein Aufbewahrungsort für etwas Geheimes. Wer immer den Affen in den Baum gehängt hat, wusste, was er enthielt, und wollte, dass du den Inhalt findest.«

Sie hielt inne.

»Ich glaube, wer immer den Affen in den Baum gehängt hat, wollte dich dazu bringen, genau das zu tun, was du jetzt tust: Er wollte, dass du das Rätsel löst. Vielleicht ist es ja jemand, der persönliche Gründe hat herauszufinden, womit sich dieses Netzwerk befasst.«

Mein Puls beschleunigte.

»Du glaubst, dass der Affe und Silvia von unterschiedlichen Leuten in den Baum gehängt wurden?«, hakte ich nach.

Lucy schluckte.

»Scheint nicht sehr wahrscheinlich«, murmelte sie.

Trotzdem musste es genau so sein.

Ich schüttelte den Kopf. Wir mussten jetzt besonnen bleiben, um die richtigen Schlüsse zu ziehen.

Lucy wedelte mir mit der Hand vor dem Gesicht herum.

»Sag mir, was du denkst.«

Ich ließ den Blick schweifen. Um uns herum waren überall Leute, es war entsprechend laut. So gesehen, war dies ein ausgezeichneter Ort, um Informationen auszutauschen. Man konnte demjenigen, der neben einem stand, etwas ins Ohr flüstern, ohne Gefahr zu laufen, dass jemand anderes es hörte.

»Ich glaube, es war Alejandro«, sagte sie.

Lucys Stimme riss mich aus den Gedanken.

Ich sah sie mit großen Augen an.

»Immerhin war es Alejandro, der Henry als einen ›Mann der Kirche‹ bezeichnet hat, der unschuldig sei. Er war es, der dir anvertraut hat, dass Henry ermordet worden sein könnte. Allerdings hätte er nicht allein herausfinden können, was passiert war. Deshalb kam er zur Beerdigung, deshalb hat er sich an dich drangehängt. Immerhin solltest du Henrys Anteil am Geschäft übernehmen, und du kennst die Antikbranche.«

Den gleichen Gedanken hatte ich auch schon gehabt, argwöhnte aber, dass Alejandro eine andere Vorgehensweise gewählt hätte.

Lucy schüttelte den Kopf, als sie meine Einwände hörte.

»Du hast eine Sache vergessen«, erwiderte sie. »Das erste Mal, als Alejandro dir Auge in Auge gegenüberstand, hast du ihn weggeschickt. Zwischen eurer ersten Begegnung und dem Tag, als Abdullah den Affen fand, sind Wochen vergangen. Ich glaube, Alejandro hat nur darauf gewartet, dass du von dir würdest hören lassen. Als du dich nicht gemeldet hast, hat er dir auf die Sprünge geholfen.«

Meine Zweifel zerstreuten sich.

»Und woher hatte er den Affen?«

»Ist das wirklich wichtig?«, entgegnete Lucy. »Du solltest Magda ordentlich in die Zange nehmen, wenn du sie siehst. Woher kannten sich eigentlich Alejandro und Henry?«

Ich musste an das Foto denken, das ich in einer der Kisten aus dem Lagerraum gefunden hatte. Das Foto von Alejandro. Aus einem Lagerraum, den nach Henrys Tod irgendwer weiterbezahlt hatte.«

Vielleicht war Alejandro ja auch Mönch gewesen?

Oder Mitglied der Gemeinde in Madrid?

Ich stand abrupt auf und gab Lucy einen flüchtigen Kuss auf die Wange.

»Mach Schluss, Martin«, sagte sie. »Setz dem Elend ein Ende.«

Der Nachruf brannte wie eine Lötflamme in meiner Jacketttasche. Ich musste Lucy davon erzählen – aber nicht jetzt.

»Ich tue mein Möglichstes«, versprach ich ihr.

43

In der Zwischenzeit hatte es angefangen zu regnen. Steingraue Wolken hingen über dem Central Park, und ich dachte kurz darüber nach, mir ein Taxi zu rufen. Es wäre unpassend anzukommen und auszusehen, als hätte ich auf dem Weg in einem Brunnen gebadet.

Stattdessen lieh ich mir im Hotel einen Regenschirm und lief zu Fuß zu Magda Schillers Wohnung. Es ging erstaunlich wenig Wind – gerade so, als hielten sogar die Wettergötter vor meinem Treffen mit Magda und sämtlichen bevorstehenden Enthüllungen den Atem an.

Endlich alles zu erfahren …

Nichts anderes erhoffte ich mir von dem Treffen. Denn Boris hatte mir nichts weiter liefern können. Alejandro wollte sich nur in Rom mit mir treffen, und die Kartons aus Henrys Lagerraum hatten mehr Fragen aufgeworfen als beantwortet.

Vielleicht spürte Magda das alles. Sie lächelte mich warmherzig an wie immer, wenn wir uns sahen, aber in ihrem Blick schimmerte auch Verwunderung oder Reserviertheit durch. Ihr war klar, dass ich mich aus einem bestimmten Grund mit ihr hatte treffen wollen, wusste aber nicht, welcher Grund das sein mochte.

»Was für ein Wetter«, sagte sie, als sie meinen Regenschirm entgegennahm und ihn ins Badezimmer stellte, um das Parkett im Eingang zu schonen. »Ich hab im Wohnzimmer Tee und belegte Brote hingestellt. Ich dachte, vielleicht bist du hungrig.«

»Danke«, sagte ich, »sehr aufmerksam von dir.«

Das Wohnzimmer sah genauso einladend aus wie bei meinem letzten Besuch. Josef-Frank-Tapeten und Gardinen, die sich Magda von einer ehemaligen Schneiderin der Königlichen Oper in Stockholm hatte nähen lassen. Die Kunst an den Wänden war Millionen wert – Millionen Dollar. Ich erkannte jedes Detail wieder, dennoch fühlte sich der Raum fremd an.

Magda setzte sich in einen Sessel mit löwengelbem Samtbezug. Ich selbst ließ mich auf Henrys alten Lesesessel nieder – ein riesiges Lederungetüm, das knarzte, als ich mich hineinsinken ließ.

Magda warf mir einen langen Blick zu.

»Was ist los?«, fragte sie, nahm die Teekanne und schenkte mir ein.

»Warum haben wir bei der Trauerfeier von einem leeren Sarg Abschied genommen?«

Magda zuckte zusammen und stellte die Teekanne ab.

Sie war aschfahl im Gesicht geworden, und als ehemaliger Herzpatient machte ich mir schon Sorgen, dies könnte zu viel für sie gewesen sein. Ich hatte mich auf eine längere Fragestunde eingerichtet. Ich finde, das darf man, wenn man eigens über den Atlantik fliegt, um Antworten zu bekommen.

»Entschuldige, ich wollte nicht so mit der Tür ins Haus fallen«, sagte ich wie beiläufig. »Wir können gern auch mit etwas weniger Anstrengendem anfangen. Wer war die Frau, mit der Henry ein Verhältnis hatte, als er Priester in Madrid war und sich Sebastien nannte? Sie muss verdammt anstrengend gewesen sein, wenn er ihretwegen ins Kloster gegangen ist.«

Die Wanduhr tickte. Ich war dabei gewesen, als Henry sie gekauft hatte. Es war eine turbulente Auktion gewesen. Sehr unterhaltsam.

»Wahrscheinlich sollte ich jetzt sagen, dass ich nicht weiß, wovon du redest«, antwortete Magda, »aber ich schätze mal, dass ich damit nicht weit kommen würde, nicht wahr?«

Ich antwortete nicht, sondern lehnte mich im Sessel zurück.

Und wünschte mir, sie würde weitererzählen.

Unglücklich, wenn so unsere Freundschaft zu Ende ginge.

Was natürlich voraussetzte, dass wir je Freunde gewesen waren. Derzeit war ich mir nicht ganz sicher, wie es darum stand.

»Das hängt davon ab, wie geschickt du lügst«, erwiderte ich. »Aber ich bin diese Überraschungen inzwischen so verdammt leid – wenn du also nicht vorhaben solltest, auf meine Fragen zu antworten, dann würde ich meinen Anteil des Geschäfts abstoßen.«

Magda sah erschrocken aus.

Sie liebte das Geschäft.

»Es stimmt, dass Henry Priester war«, sagte sie nach einer Weile, »und es stimmt auch, dass er damals Sebastien Fourmont hieß – den Namen hatte ihm sein französischer Vater gegeben. Für Henry war das eine andere Zeit, es war Geschichte. Er wollte nicht mehr daran erinnert werden, es schmerzte ihn zu sehr. Was er damals verloren hatte, war für ihn eine Katastrophe … und für mich ebenfalls.«

Ich wollte nicht, dass sie mir anmerkte, wie überrascht ich war.

»Dann hatte Henry also keinen schwedischen Vater?«, hakte ich nach.

Magda schüttelte den Kopf.

»Und er war auch nicht schwedischer Staatsbürger?«

Erneutes Kopfschütteln.

»Nein, er war Franzose. Und es war die Kirche, die ihn nach Spanien geschickt hat. Mit Schweden haben wir uns beide stark verbunden gefühlt – Henry durch das Kloster und ich durch meine Arbeit.«

Sie holte tief Luft, ehe sie fortfuhr: »Ich war die Frau, mit der Sebastien eine Beziehung hatte. Mich hatte er angeblich verführt. Nur dass wir beide nur zu gut wussten, was wir da taten. Was das Wesentliche angeht, Martin, haben wir dich nie angelogen, das musst du mir glauben. Aber dieser Teil unserer Geschichte … Der gehörte nur uns. Es gibt doch sicher auch Dinge in deiner Vergangenheit, die nur für dich und deine Angehörigen bestimmt sind, oder?«

Sie war so ganz sie selbst – leidenschaftlich und einfühlsam. Trotzdem dämmerte mir gerade erneut, wie wenig wir voneinander wussten. Von meiner Vergangenheit und diversen, mitunter grotesken Erlebnissen wusste sie ebenso wenig wie ich von ihr. Trotzdem waren das zwei Paar Schuhe, redete ich mir ein.

»Stimmt natürlich«, sagte ich, »ich hab auch meine Leichen im Keller. Aber wenn ich es richtig sehe, hat dir oder Henry nie geschadet, was in *meinem* Keller liegt. Bei eurer Geschichte ist das anders. Vorgestern hätte ich auf einer Hochzeit sein sollen – nur dass die abgesagt wurde, nachdem der Best Man des Bräutigams in Stockholm tot aufgefunden worden war.«

»Mein Gott«, flüsterte Magda, »was sagst du da?«

»Er ist tot. Die Hochzeit hat nicht stattgefunden.«

»Und wo ist Lucy?«

»Im Plaza«, erwiderte ich.

Magda lächelte traurig.

»Wenn ich nur einen einzigen Tag lang dein Leben leben dürfte … so frei, so impulsiv und doch so gesegnet …«

Ihr Lächeln erstarb.

Ich ergriff die Gelegenheit.

»Warum ist Henry Mönch geworden, Magda?«

Tränen stiegen ihr in die Augen.

»Ich brauche jetzt ein Glas Sherry«, sagte sie.

Jede Verschwörungstheorie hat ihre Schwachstelle. Meist ist es die grundlegende Frage, warum das vermeintliche Ereignis, das angeblich stattgefunden hat, überhaupt stattgefunden haben soll – und wer davon profitiert. Als ich Magda bat, auf meine Fragen zu antworten, fühlte ich mich ein wenig wie ein Verschwörungstheoretiker. Ich konnte schlichtweg nicht beweisen, dass all das, was sie mir bislang verschwiegen hatte – Henrys Klosteraufenthalt, seine Staatsbürgerschaft –, mit all den anderen Ereignissen in Verbindung stand.

»Ich lebte damals in einer zutiefst unglücklichen Beziehung«, erzählte Magda. »Das sollte ich wohl vorwegschicken. In Henry habe ich mich verliebt, weil ich mich damals nach mehr Luft zum Atmen und nach Abenteuer sehnte. Die ersten zögerlichen Schritte, um ihn auf mich aufmerksam zu machen, unternahm ich fast zwanghaft – und eigentlich hätte mir klar sein müssen, dass das verschwendete Zeit und meine Bemühungen vergebens wären. Doch Henry war nicht wie andere Priester, denen ich zuvor begegnet war. Er war anders. Er war nicht nur weltoffen, er war … Wie soll ich es ausdrücken … so großzügig. Und so empfänglich. Für neue Einsichten. Für neue Begegnungen. Und für mich.«

Magda nahm einen Schluck Sherry. Ich folgte ihrem Beispiel. Sherry ist ein unterschätztes Gesellschaftsgetränk, klassisch und konservativ.

»Ihn plagte das schlechte Gewissen«, fuhr sie fort. »Immerhin hatte er gelobt, Gott allein zu lieben. Wir waren beide von Eltern großgezogen worden, die überzeugte Katholiken gewesen waren. Das kann man jemandem wie dir aus einem säkularen Land kaum erklären. Ich ging auf eine reine Mädchenschule – etwas anderes kam gar nicht infrage. Unterrichtet wurde von Nonnen, und diverse Mitschülerinnen fühlten sich ebenfalls berufen.«

Ich räusperte mich diskret.

»Fühlten sich berufen?«

»Priester, Mönch oder Nonne zu werden entscheidet man nicht selbst. Es ist ein Ruf, und der wird dann geprüft.«

»Und viele fühlten sich berufen – selbst wenn dann nur wenige auserwählt wurden?«, hakte ich nach.

»Genau. Mir ging es nicht so, im Gegenteil, mir stand der Sinn nach Rebellion. Leider war ich damals schon genauso zaghaft wie heute, auch wenn ich besser darin geworden bin, einen anderen Eindruck zu erwecken. Ich tat, was von mir erwartet wurde: Ich schloss die Schule ab, dann die Ausbildung, fand einen Mann, den ich hinreichend tolerieren konnte, um mit ihm zusammenzuleben. Ich heiratete, wurde Hausfrau. Und dann sollten Kinder kommen. Gern viele. Zu wenige wären eine Schande gewesen. Und wir bekamen gar keine …«

Ich ballte die Faust und schwor bei allem, was mir jemals heilig gewesen war, niemals solche Erwartungen an Belle zu stellen. Sie würde genau das werden und tun und lassen können, was immer sie wollte (solange sie nur nicht anfing, für Boris zu arbeiten).

»Henry versuchte, sich von mir fernzuhalten und noch mal ganz von vorn anzufangen«, fuhr Magda fort. »Er zog nach Rom. Dort blieb er fünf Jahre und kehrte anschließend nach Madrid zurück. Wahrscheinlich meinte er, dass in der Zwischenzeit alles anders geworden wäre, dass ich ihn ohnehin nicht mehr in meinem Leben haben wollte. Doch bei mir hatte unterdessen das Leben stillgestanden. Ich war immer noch genauso unglücklich, wie ich es zuvor gewesen war.«

Fünf Jahre Rom. Endlich hatte ich eine Erklärung für die Briefe.

»Ihr kamt wieder zusammen?«, fragte ich.

»Nicht direkt, aber … Aber dann sind Dinge passiert, die uns wieder zueinanderführten.«

Ich versuchte, mir vorzustellen, was für eine Art Leben Magda wohl gelebt hatte.

»Du musst sehr einsam gewesen sein«, sagte ich.

»Es war schrecklich«, pflichtete Magda mir bei. »Und es wurde nicht besser, als dann plötzlich Gerüchte kursierten, dass Priester Sebastien – also Henry – und ich uns häufiger treffen würden, als schicklich gewesen wäre. Man behandelte mich wie eine Aussätzige – weil ich angeblich den Priester zur Sünde verführt hatte. Ich hatte keine einzige Freundin mehr, die ich hätte anrufen können, niemand wollte mehr etwas mit mir zu tun haben. Ich war kaum mehr wert als die Ratten in der Gosse.«

Ich konnte kaum an mich halten. Diese nachtschwarze Kehrseite einer sogenannten Schwesternschaft.

»Als herauskam, was zwischen Henry und mir geschehen war, setzte mein Mann mich vor die Tür«, berichtete Magda weiter. »Über Nacht war ich obdachlos. Der Dekan von Henrys Gemeinde nahm sich ein bisschen länger Zeit, um zu entscheiden, wie sie mit Henrys Sündenfall umgehen sollten. Dass er weiterhin Priester sein durfte, war natürlich ausgeschlossen, weil Priester keine Familie haben durften und im Zölibat leben mussten, doch der guten Ordnung halber bat der Dekan um eine Woche Bedenkzeit, um zu einem Urteil zu gelangen. Die Woche gewährte man ihm. Es wurde die schwärzeste in Henrys Leben.«

Magda hielt das zarte Sherryglas zwischen Daumen und Zeigefinger. Sie wirkte angesichts der Erinnerung verbittert, und ich fragte mich kurz, ob ich mich dafür schämen sollte, dass ich ihr den Schmutz und das Elend ihrer Vergangenheit ins Gedächtnis gerufen hatte.

»Was ist passiert?«, erkundigte ich mich.

Sie schüttelte den Kopf.

»Die Gemeinde kochte schier über«, sagte sie. »Es sollten

Köpfe rollen. Irgendwer musste Verantwortung übernehmen. Henry stand ganz allein im Auge des Sturms, als man die Anschuldigungen gegen ihn vorbrachte. Es begann mit einem Flüstern und wurde zu einem Brüllen.«

»Die Anschuldigungen ... er hätte eine verheiratete Frau verführt?«, hakte ich nach.

Wieder schüttelte sie den Kopf.

»Das war zwar der Auslöser, am Ende ging es jedoch um ganz andere Dinge, die es Henry unmöglich machten, dort länger auszuharren. Ich war überzeugt, Henry in- und auswendig zu kennen –, und dazu stehe ich bis heute. Er war nicht der Mann, von dem die Gerüchte handelten – er war nicht schuldig daran, was am Ende zu seinem Untergang führen sollte.«

Ungeduldig wartete ich auf die Fortsetzung. Dass manche Sachen aber auch so tief sitzen mussten.

»Jetzt erzähl mir doch einfach, was damals passiert ist«, forderte ich sie auf.

»Hast du es eilig?«

Mir fiel der Nachruf wieder ein, und ich antwortete: »Kommt ein bisschen darauf an ...«

Magda leerte ihr Sherryglas und stellte es weg.

»Eine Frau war es – und Mutter obendrein, das Schönste, was man nur sein kann –, die den ersten Stein warf. In meinen lichtesten Stunden kann ich ihr die Verzweiflung nachfühlen und theoretisch nachvollziehen, was sie dachte. Aber an den meisten Tagen – und selbst heute – empfinde ich nichts weiter als puren Hass, wenn ich an sie denke. Denn wenn sie nicht gewesen wäre, hätte Henrys und mein Leben anders ausgesehen.«

Die Stimmung im Raum veränderte sich. Das Gespräch war drauf und dran, eine unangenehme Wendung zu nehmen.

»Magda, was hat sie Henry vorgeworfen?«

Meine Stimme war heiser geworden. Der Regen trommelte so hart gegen das Fenster, dass ich schon glaubte, das Glas würde zerspringen.

»Die schlimmste aller Sünden«, flüsterte Magda. »Sie behauptete, Henry hätte sich an ihrem Sohn vergriffen. Verstehst du? Sie hat Henry der Pädophilie bezichtigt.«

44

Vielleicht hätte ich vorausahnen müssen, was sie sagen würde. Sie hatte mit allen ihr zur Verfügung stehenden Mitteln versucht, mir zu verstehen zu geben, dass es sich um vermintes Terrain handelte. Ich hatte lediglich unterschätzt, *wie* vermint es war. Die Kirche kann ein Quell der Stärke und Kraft sein, doch all das kann umschlagen und den Gläubigen schier ersticken. Und in so einem Fall sind die Konsequenzen für den Einzelnen vernichtend.

»Für Henry gab es keinen anderen Ausweg mehr«, erklärte Magda. »Die Geschichte mit uns beiden hatte bereits seinen Ruf ruiniert und damit auch das Vertrauen vonseiten seiner Gemeinde. Als dann auch noch Beschuldigungen laut wurden, er hätte ein Kind missbraucht, gab es im Grunde niemanden mehr, der den Wahrheitsgehalt dieser Gerüchte anzweifelte.«

Ich holte tief Luft.

»Es ist aber doch ein verdammter Unterschied, eine Beziehung mit einer erwachsenen Frau zu haben oder sich an einem Kind zu vergreifen.«

»Die Leute haben auch nicht die Taten verglichen oder gleichgestellt«, sagte Magda. »Die Frage war, welche Tabus Henry bereit war zu brechen. Unser Verhältnis war schließlich auch ein Tabu. Eine solche Verbindung hätte es niemals geben dürfen – aber es war nun mal so. Und entsprechend schien es nichts mehr zu geben, was man diesem Priester nicht zutraute.«

Die Wanduhr schlug zweimal für die halbe Stunde. Es war

halb sechs, was mich daran gemahnte, dass mein Countdown lief, dass dort draußen auf der Straße das Leben weiterging, ganz gleich welche Themen Magda und ich noch zu besprechen hätten.

»Was hast du von den Anschuldigungen gehalten?«, fragte ich nichtsdestotrotz.

»Mir war klar, dass sie nicht stimmten«, antwortete Magda. »Henry wäre so was nie in den Sinn gekommen.«

Das glaubte ich ebenso wenig. Dann wiederum bekommen wir die dunkelsten Seiten eines Menschen nur selten zu sehen, deshalb sollte man sich hüten zu glauben, man könne mit Gewissheit sagen, wie finster es um unsere Freunde bestellt ist.

»Du bist ein Mensch mit einer guten Allgemeinbildung«, fuhr Magda fort. »Du kennst die Skandale, die die katholische Kirche in den vergangenen Jahren erschüttert haben. Es gibt Tausende Zeugenaussagen von Kindern, die von Priestern missbraucht wurden – von Kirchenmännern, die behaupten, ihr Leben habe keinen höheren Sinn, als Gott zu dienen. Nun ist diese Geschichte schon viele Jahre her, damals war das ganze Ausmaß des Problems noch nicht bekannt. Es fehlte der Kirche an Methoden, wie sie mit derlei Beschuldigungen umgehen sollte. Damals ging niemand zur Polizei, es wurde alles hinter verschlossenen Türen geregelt. Der Bischof sah sich bereits einer Reihe von Krisen ganz anderer Art gegenüber und verlangte eine schnelle Lösung. Die Mutter des Jungen drohte, Henry totzuschlagen – sie wollte ihn regelrecht lynchen. Also musste Henry seine Gemeinde und Madrid verlassen – und seinen Namen ändern. Ich weiß nicht genau, wie das vor sich ging, aber aus Sebastien wurde Henry. Seither hab ich ihn nie anders genannt. Kurz darauf ging er ins Kloster. Er war vollkommen außer sich und einem Zusammenbruch nah. Er hatte alles verloren und wusste nicht, wie er je wieder auf die Beine kommen sollte.«

Ich versuchte zu verarbeiten, was sie mir erzählt hatte. So vieles hatte ich falsch verstanden. Dann waren es also *diese* Anschuldigungen und keine anderen, von denen Alejandro gesprochen hatte, als wir uns nach Henrys Beerdigung begegnet waren. Ein Mann der Kirche, der gewisse schreckliche Taten, derer er beschuldigt wurde, niemals begangen hatte.

Wie hatte ich so dumm sein können?

»Du hast auf ihn gewartet, solange er im Kloster war«, warf ich ein, ohne recht zu wissen, ob es als Frage oder Feststellung gemeint war.

»Mehr oder weniger«, sagte Magda. »Wir haben einander geschrieben – aber selbst da musste ich vorgeben, jemand anderes zu sein. Henrys Post wurde vom Abt des Klosters durchgesehen. Es waren schreckliche Jahre. Ich zog nach Paris, später nach Stockholm. In beiden Städten arbeitete ich für verschiedene Auktionshäuser. Als Henry beschloss, das Kloster wieder zu verlassen, musste er irgendwohin. Ich hatte mich halbwegs in meinem einsamen Leben eingerichtet, mir fehlte es an nichts – und zugleich an allem. Es wäre mir schwergefallen, seine Gesellschaft abzuweisen.«

»Gesellschaft?«, hakte ich nach.

Das hier ging über alles hinaus, was ich mir hatte vorstellen können. Nicht weil ich Grund gehabt hätte, infrage zu stellen, was Henry für Magda bedeutet hatte oder gar was ihre Einschätzung jener Beschuldigungen betraf. Aber dass das Schicksal nichts Besseres zu bieten gehabt hatte als ein Leben als Mönch, schien mir doch über die Maßen schwarzseherisch zu sein.

Magda zuckte mit den Schultern.

»Du lebst so ein privilegiertes Leben«, wandte sie ein. »Du bist es gewohnt, dass du dir die Liebe selbst erwählst – und dass du mit ihrer Erwiderung und mit Wärme rechnen kannst. Mein Bild der Liebe sieht inzwischen anders aus. Sie war mir nicht vergönnt, sie war mir vor allem auf Gegenseitigkeit nicht vergönnt. Heute sehe ich natürlich, dass ich damals schon hätte aufhören müssen, darum zu kämpfen, weil Henry nie wirklich in mich verliebt war. Keinen einzigen Tag. Aber das hab ich damals nicht verstanden, ich hatte ja keine Ahnung, wie wechselseitige Liebe aussehen kann.«

Darauf wusste ich keine Antwort. Ich ahnte, dass sie mit dieser Überzeugung nicht allein war und eine Menge Menschen derart geringe Erwartungen an das Leben stellten. Aber dass es so schwer sein sollte, an eine glückliche Zukunft zu glauben – das konnte und wollte ich nicht verstehen.

»Ich war aber ja auch nichts anderes gewohnt«, fuhr Magda fort. »Das ist die Wahrheit – und sie ist viel zu erniedrigend, als dass ich gern darüber reden würde. Henry und ich haben geheiratet und unser Geschäft hier in New York aufgebaut. Wir flogen regelmäßig zurück nach Europa, um uns ein Netzwerk aufzubauen. So haben wir ja auch dich kennengelernt. Du hast Henry viel bedeutet, das weißt du.«

Doch, das wusste ich. Und dieses Gefühl hatte auf Gegenseitigkeit beruht. Ich hatte immer großen Respekt für Henry gehegt. Allmählich verstand ich auch besser, warum die beiden sich entschieden hatten, ihre Vergangenheit derart unter Verschluss zu halten. Und ich verstand, warum sie Fremden gegenüber misstrauisch gewesen sein mussten. Es kam einer Ehrbezeugung gleich, dass ich Henrys Anteil an ihrem gemeinsamen Antikhandel hatte kaufen dürfen. Trotzdem gab es noch Dinge, die ich in Erfahrung bringen und klären musste.

»Warum ein Kloster in Schweden?«

»Das war reiner Zufall. Es musste damals schnell gehen, und die Kirche hat geholfen, alles zu arrangieren. In fast keinem Kloster dieser Welt leben nur Mönche oder Nonnen einer Nationalität. Aber … Das hier war – auch – etwas, was

Henry dir eigentlich nie erzählen wollte. Dass er aber gut Schwedisch sprach und viel über das Leben dort wusste, ist ihm versehentlich rausgerutscht – und das, kaum dass wir dich kennengelernt hatten! Er hat sich eilig eine Geschichte zurechtgelegt – er wäre in Schweden zur Welt gekommen und hätte einen schwedischen Vater … Das sollte von unserer gemeinsamen Vergangenheit in Spanien ablenken und von den Folgen …«

Ich versuchte, mich zu erinnern, wann ich erstmals von seinen schwedischen Wurzeln gehört hatte. Anfangs waren meine Fragen an ihm abgeprallt, aber irgendwann musste er sich entschieden haben, welche Geschichte er mir erzählen wollte. Und wie zufällig hatte diese Geschichte an meine eigene erinnert.

»Der Sarg«, sagte ich leise. »Magda, du musst mir erzählen, was es mit dem Sarg auf sich hatte …«

Ein Schatten legte sich auf Magdas Gesicht.

»Ich weiß nicht, wie viel ich diesbezüglich erzählen darf«, flüsterte sie. »Es ist eine schreckliche Geschichte.«

»Ich halte einiges aus«, erwiderte ich.

»Es geht doch nicht darum, was du aushältst«, widersprach Magda mir, »sondern, was dich das kosten könnte.«

Ich musste an die Menschen denken, die gestorben waren – an die Gefahren, die in meinem eigenen Zuhause zu lauern schienen. Ich musste an Lucys abgesagte Hochzeit und an Belle denken. Und an meinen Nachruf.

»Das hier hat bereits verdammt viel gekostet«, gab ich zurück. »Die Frage ist, was wir tun können, um die Kosten zu deckeln. Denn wenn wir in diesem Tempo weitermachen, dann bin ich in sieben Tagen tot.«

Ein guter Vernehmungsleiter weiß, wie wichtig es ist zuzuhören und dem Verhörten Raum zu geben, die Stille mit Worten zu füllen. Ich bin dafür zu ungeduldig. Ich werde irgendwann rastlos und bohre nach. Als Anwalt gehört es nicht zu meinen Aufgaben, Vernehmungen durchzuführen, allerdings gerate auch ich mitunter in Situationen, in denen mir dämmert, dass mein Gegenüber mir so viel verschweigt, dass mir nicht viel anderes übrig bleibt, als ihm alles aus der Nase zu ziehen.

»Wer bedroht dich?«, wollte Magda wissen.

Dass ich eine Art Morddrohung erhalten hatte, hatte sie sichtlich schockiert.

»Das frage ich mich auch«, erwiderte ich. »Vor allem frage ich mich, warum.«

Magda sah weg.

»Ich dachte, wir hätten das alles hinter uns«, sagte sie. »Wir dachten, die Vergangenheit wäre Geschichte, und niemand würde sich mehr an uns erinnern. Aber dann kam dieser Warnschuss ... vor ein paar Jahren im Zusammenhang mit dieser Beschuldigungswelle – all diese Kinder und Jugendlichen, die von Priestern missbraucht worden waren ... Da kochte auch die Geschichte um Henry und den Jungen aus der Madrider Gemeinde wieder hoch. Aus dem Jungen war mittlerweile ein Mann geworden, aber er wurde dazu aufgefordert, seine Geschichte erneut zu erzählen – eine Geschichte voller Lücken und logischer Fehler. Doch das kümmerte niemanden. Trotzdem nahm sich der Mann im Zuge der vermeintlichen Aufarbeitung das Leben. Er hinterließ einen Abschiedsbrief, in dem er von seinen früheren Vorwürfen Abstand nahm. Nur war es da längst zu spät. Die Nachricht, dass er seine furchtbaren Anschuldigungen zurückgenommen hatte, wollte niemand mehr hören.«

Magda spielte an ihrem Armband herum.

»Und für uns ging der Albtraum selbst nach seinem Tod weiter. Er hatte eine Schwester. Oder besser gesagt: Er *hat* eine Schwester – sie lebt noch, und sie glaubt bis heute nicht daran, dass ihr Bruder die Vorwürfe widerrufen hat.«

»Und jetzt ist sie der Ansicht, Henry hätte ihre Familie zerstört?«

»Ja. Der Hass auf Henry scheint sie regelrecht wahnsinnig gemacht zu haben. Sie hat völlig durchgedreht.«

Ich rutschte auf meinem Sitz herum. Der Sessel war härter, als er aussah, und ich spürte, wie allmählich mein Nacken steif wurde.

»Hat sie Henry aufgespürt?«

Magda schüttelte den Kopf.

»Wollte sie aber. Und sie soll darüber gesprochen haben, sich an ihm zu rächen. Zum Glück wurde Henry gewarnt.«

»Von wem?«, fragte ich.

»Es gibt da eine Gruppe, die sich ›die Beschützer‹ nennt. Sie machen sich für Priester stark, die bedroht und verfolgt werden und von der Kirche, ihren Heimatländern oder der Gesellschaft keine Hilfe erwarten können. Es handelt sich hauptsächlich um Priester – oder ehemalige Priester – der katholischen Kirche, die beschuldigt werden, Kinder missbraucht zu haben, und an denen Rache geübt werden soll.«

Ich sah Magda unverwandt an.

»Sie verteidigen *Pädophile*?«, hakte ich nach.

Magda zuckte zusammen.

»Henry war *kein* Pädophiler – und das ist doch genau der Gedanke, der hinter der Organisation steht: Die Beschützer kümmern sich um Männer, die erwiesenermaßen unschuldig sind, bei denen die Beweislage nie belastbar genug war. So war es zumindest bei Henry – der Fall wurde schließlich nie der Polizei übergeben. Die Kirche und Henry haben eine andere Lösung gefunden. Mir gefiel das damals schon nicht – dass sie alles hinter verschlossenen Türen regelten, das sah nach außen hin doch umso verdächtiger aus! Ich weiß nicht, wie viele Beschützer es gibt, aber offensichtlich arbeiten sie proaktiv, indem sie Priester aufspüren, die sich in einer Bedrohungslage befinden, und ihnen eine sichere Unterkunft anbieten, bis die Gefahr vorüber ist.«

Ich schwieg, und Magda erzählte weiter.

»Vorigen Herbst nahm ein Beschützer Kontakt zu Henry auf. Er erzählte ihm von der Schwester des Jungen und dass die Beschützer den Verdacht hätten, sie könnte es auf Henry abgesehen haben. Deshalb bot man Henry seitens der Organisation Schutz an. Sie nannten es einen ›Neustart‹. Kurz gesagt, sollte er in den Untergrund gehen, um dann an einem anderen Ort mit einer neuen Identität wieder neu anzufangen. Ob ich mit dabei sein dürfte, war nicht ganz klar.«

Jetzt war ich drauf und dran zu lachen.

»Hör schon auf«, sagte ich, »wozu hätte das denn führen sollen?«

»Das war auch unser Einwand«, murmelte Magda. »Wir hatten ja schon mal neu angefangen. Henry hatte seinen Namen geändert und Jahre in einem Kloster verbracht, um mit der Vergangenheit abzuschließen. Außerdem war er unschuldig! Es wäre doch Wahnsinn gewesen, erneut zu fliehen. Also ließ Henry den Beschützern über seinen Kontakt mitteilen, dass er ihren Schutz nicht wollte. Wenn er bedroht würde, dann wollten wir uns lieber an die Polizei wenden. Doch das sollten wir anscheinend besser nicht tun: Die Polizei sei die letzte Instanz, an die wir uns wenden sollten, hieß es, denen mangele es an Kompetenz, mit einer solchen Bedrohung umzugehen.«

Ich dachte angestrengt nach.

Dann holte ich bedächtig den falschen Pass hervor, den ich in dem Porzellanaffen gefunden hatte.

»Kennst du den hier?«, fragte ich.

Magda blätterte in dem Pass.

»Wo hast du den her?«, fragte sie.

Ich antwortete nicht.

Sie klappte den Pass wieder zu und gab ihn mir zurück.

»Wie gesagt, die Beschützer wollten, dass Henry eine neue Identität annimmt«, wiederholte sie. »Ich nehme mal an, dass er im Zuge dessen auch einen neuen Pass bekommen hätte. Aber ich kann mich nicht erinnern, dass er mir je einen gezeigt hätte.«

Das klang glaubwürdig. Trotzdem fragte ich: »Weißt du, ob Henry von den Beschützern je einen Porzellanaffen bekommen hat?«

Magda sah mich skeptisch an.

»Einen Porzellanaffen? Nein, daran würde ich mich erinnern.«

Ich steckte den Pass wieder ein.

»Ihr habt das Angebot der Beschützer also abgelehnt«, fasste ich zusammen.

»Ja. Henry musste da nicht einmal lang überlegen. Allerdings hat unser Leben danach eine brutale Wendung genommen.«

45

»Ich bin selbst nie einem Beschützer begegnet«, fuhr Magda fort. »Zu den Treffen ging Henry immer allein. Er hat sie verrückt genannt – denn ab dem Moment, da er ihre Hilfe abgelehnt hatte, wurden wir bedroht. Erst hieß es, wir müssten Stillschweigen bewahren, dann plötzlich, wir hätten uns illoyal verhalten.«

Sie verstummte.

»Kennt ihr irgendwen, der dieses Schutzangebot angenommen hat?«, fragte ich.

»Nein, aber Henry hörte sich um. Er hatte nämlich erfahren, dass es durchaus Männer gab – ehemalige Priester –, die für Jahre verschwunden zu sein schienen. Aber eine solche Art Hilfe hätte Henry doch nichts genutzt.«

Ich glaubte zu wissen, wohin diese Männer verschwunden waren. Wer suchet, der findet … Und diese Männer hatten – freiwillig oder unfreiwillig – in verschiedensten Hotels in unterschiedlichen Großstädten Schutz gesucht und gefunden. Offenbar wurde der Kontakt über einen Antikhandel vermittelt, der bloß als Fassade für andere Tätigkeiten diente. Und diese Tätigkeiten waren gleichermaßen groß angelegt und kleinkariert. Sie waren geschickt und grobschlächtig zugleich.

Ein Puzzleteil nach dem anderen fiel an seinen Platz. Trotzdem war ich nicht angetan. Warum war so viel Gewalt im Spiel? Warum hatten Steve und Silvia sterben müssen?

»Wer ist Alejandro Ortega?«, fragte ich. »Der grauhaarige Mann, der bei Henrys Beerdigung auftauchte?« Magda seufzte, und ich fügte hinzu: »Sag nicht, du wüsstest es nicht. Das kaufe ich dir nicht ab.«

»Er ist einer der Beschützer. Er war derjenige, der Henry aufgesucht hatte, um ihm Schutz anzubieten.«

»Im Ernst?«

Magda nickte.

»Das hat Henry zumindest erzählt, und ich hab keinen Grund, daran zu zweifeln. Außerdem hat Alejandro das nur bestätigt, indem er zur Beerdigung kam.«

Ich spürte, wie mir die Luft ausging. Das hätte ich nicht erwartet. Gleichzeitig erklärte es, warum Alejandro sich um Henry Sorgen gemacht hatte. Die Frage war nur, warum er sich deshalb an mich und Magda gewandt hatte und nicht an die Führung seiner Organisation.

Ein entferntes Grummeln ließ uns beide aufhorchen. Der Regen hatte Gesellschaft bekommen. Es zog ein Gewitter auf.

»Ich hab Henrys Lagerraum ausgeräumt«, berichtete ich. »Ich hab eure Liebesbriefe und Fotos gefunden, die aus den Jahren stammen müssten, als Henry in Rom gelebt hat. Auf einem der Bilder ist Alejandro zu sehen. Henry muss ihn also schon früher gekannt haben. Kanntest du ihn auch?«

Magda machte große Augen. Dass ich die Kartons geöffnet hatte, schien sie nicht zu kümmern.

»Was für Liebesbriefe?«, fragte sie stattdessen.

O no …

Wie viele Frauen hattest du, Henry?

»Tut mir leid«, sagte ich betreten.

Magda richtete den Blick auf einen Punkt über meiner Schulter und wirkte für einen Moment abwesend.

»Kanntest du Alejandro?«, fragte ich erneut.

Sie schüttelte den Kopf.

»Nein.«

Belog sie mich?

Die Frage war aus heiterem Himmel gekommen. Doch sobald ich sie mir gestellt hatte, konnte ich sie nicht mehr beiseitewischen. Und das verunsicherte mich. Ich hatte keine Zeit für weitere Lügengeschichten.

Ich öffnete meine Tasche und holte das Foto heraus, das Silvia von der jungen Frau mit der rosafarbenen Mütze vor dem Hotel Royal in Gamla stan gemacht hatte.

»Ich hab so ein schlechtes Namensgedächtnis«, sagte ich und schob das Foto zu Magda rüber. »Wie heißt diese Frau gleich wieder?«

Sie nahm das Foto in die Hand.

»Das ist Fiona Carson, Patricks Freundin. Wo ist das aufgenommen worden?«

Ich antwortete nicht.

Fiona Carson.

Ein Name, den ich mir merken sollte.

»Was für einen Background hat sie?«, fragte ich. »Was macht sie beruflich?«

Magda wirkte leicht zerstreut. Sie konnte die Wendung nicht nachvollziehen, die unser Gespräch genommen hatte.

»Sie studiert«, antwortete Magda. »Sie hatte nebenbei verschiedene Jobs, aber das scheint nie gut zu laufen. Warum willst du das wissen?«

Warum ich Fragen zu Patricks Freundin stellte, wollte ich ihr nicht verraten, solange ich mir nicht sicher sein konnte, ob ich Magda vertrauen konnte. Oder auch Patrick.

»War Fiona im Zusammenhang mit Henrys Beerdigung auch in Stockholm?«, fragte ich.

»Nein«, sagte sie und schüttelte den Kopf, »nicht, soweit ich weiß. Warum sollte sie auch?«

Ich bemühte mich, nicht aufgeregt zu klingen. Natürlich war Fiona in Stockholm gewesen. Und sie hatte das geschlossene Hotel Royal besucht.

»Weißt du übrigens, wer Lucy den Antikhandel empfohlen hat, in dem sie das Schachspiel gekauft hat?«

Magda sah mich verdattert an.

»Patrick«, fuhr ich fort.

Ich konnte ihr ansehen, wie überrascht sie war.

»Warum hat er mir das nicht gesagt? Ich hab ihn doch nach dem Laden gefragt, nachdem du angerufen hattest.«

»Exakt«, erwiderte ich. »Und da wusste er sehr wohl, dass der Laden existierte und wem er gehörte, hat aber nicht erwähnt, dass er selbst Lucy vorgeschlagen hat, dort nach einem Schachspiel zu suchen. Könnte er in dem Laden gearbeitet und geglaubt haben, seine aktuellen Chefs würden sich vielleicht wundern, wenn sie es erführen?«

»Warum sollten wir?«, gab Magda zurück. »Nein, das glaube ich nicht. Aber …«

Sie unterbrach sich.

»Aber was?«

»Ich meine, Patricks Freundin – Fiona, von der wir eben gesprochen haben – hat dort vor einiger Zeit angefangen … Nur ein paar Stunden die Woche. Sie braucht ja Geld.«

»Das ist doch wie verhext«, murmelte ich.

Je mehr Verbindungen sich zwischen sämtlichen Beteiligten auftaten, desto enger wurde das Spielfeld.

»Der Sarg, Magda«, sagte ich nun schon zum dritten Mal. »Erzähl mir von Henrys Sarg.«

Diesmal war sie nicht mehr annähernd so sehr von der Frage überrumpelt.

»Es stimmt«, gab sie schließlich zu. »Es stimmt, dass Henry nicht in dem Sarg lag. Er wollte es so haben.«

»Weil?«

»Weil es sonst zu kompliziert geworden wäre.«

»Wie bitte?«

»Ich wollte es dir erzählen«, sagte Magda zerknirscht. »Ich

wollte, dass du erfährst, wie es wirklich war … warum es keine Alternative gegeben hätte. Aber Henry hat sich geweigert. Und damit war es beschlossene Sache. Das Ganze sollte eine Scharade werden.«

Sie hob ergeben die Hände, stand auf und trat ans Fenster. Unten auf der Straße hupten Autos, und hier und da hörte man Passanten pfeifen. So resigniert, wie sie gerade wirkte, sah sie älter aus, als sie war.

»Natürlich wollte Henry nach seinem Tod eine anständige katholische Beerdigung«, sagte Magda. Ihr stiegen die Tränen in die Augen. »Er wurde wenige Tage nach seinem Tod nach katholischem Ritus bestattet. Er war immerhin geweihter Priester, hatte der Kirche alles gegeben – und dann wurde er einfach vom Hof gejagt. Aber, Martin, du wusstest ja nichts von diesem Teil aus Henrys Vergangenheit, und er wollte auch nicht, dass du es je erfährst. Wir haben lange, *so lange* darüber gesprochen, ob wir für dich eine Ausnahme machen sollten. Aber es wäre nicht gegangen – das war am Ende Henrys Entscheidung.«

Ich wusste nicht, was ich darauf antworten sollte.

»Er mochte dich sehr«, sagte Magda, »das musst du mir glauben.«

Das hier war eine Welt, eine Lebensanschauung, die unbehaglich weit entfernt von meiner eigenen war. In der Theorie konnte ich Henrys Gedankengängen vielleicht folgen und seine Befürchtungen nachvollziehen, was es bedeutet hätte, mich in sein Geheimnis einzuweihen.

Aber dass der Sarg leer gewesen war, schmerzte trotz alledem. Es war so unendlich makaber.

»Ich ahne, was du jetzt denkst. Der leere Sarg … Ich durfte Henry da einfach nicht enttäuschen.«

Sie setzte sich wieder.

»Hättest du die sogenannte Trauerfeier nicht einfach absagen können?«, fragte ich. »Das wäre sowohl einfacher als auch billiger gewesen. Ganz zu schweigen von würdig.«

»Ich weiß«, sagte Magda. »Ich weiß. Aber nach Henrys Tod haben gewisse Leute sich gemeldet, genau wie er vermutet hatte. Leute aus Schweden, Frankreich und Spanien wollten kondolieren. Leute, die Henry Schiller ausschließlich als tatkräftigen Antiquitätenhändler und Kunstsammler kannten, und das bedeutete mir tatsächlich viel. Und da kam Schweden mir wie der geeignetste Ort vor – und die Trauerfeier dort hätte eine Funktion. Es war, als könnte ich dort gleich zwei unterschiedliche Menschen begraben. Die unterschiedliche Arrangements erforderten.«

Ich ließ diesen Gedanken erst einmal sacken und versuchte, mich damit anzufreunden. Und ja: Auch ich hatte für mich entschieden, gewisse Kapitel aus meinem Leben zu verschweigen. Ich glaube sogar, dass ich sie rundheraus geleugnet hätte, wenn Henry mir diesbezüglich Fragen gestellt hätte. Manches im Leben zu erklären fiel einem nun mal schwerer als anderes. Aber das hier ... Das war schon heftig.

»Wer in New York kennt euren Background?«, hakte ich nach.

»Nur der Priester, der Henry beerdigt hat«, antwortete Magda.

»Patrick nicht?«

Magda schüttelte den Kopf.

Allerdings konnte ich ihr den Zweifel ansehen. Und ich zweifelte auch. Denn die Beschützer hatten Henry gefunden, genau wie die Schwester des Jungen, der Henry des Missbrauchs beschuldigt hatte.

Ich hatte noch zwei Fragen.

»Magda, können wir uns ganz sicher sein, dass Henry an Krebs gestorben ist?«

»Ja«, antwortete sie mit Nachdruck.

»Es ist also nichts an Alejandros Behauptung dran, dass Henry umgebracht worden sein könnte?«

»Nein, und ich weiß wirklich nicht, warum er so etwas behauptet. Ich war bei Henry, als er gestorben ist. Er ist seiner Krankheit erlegen.«

Das war eigentlich alles, was ich hatte hören müssen: dass Magda dabei gewesen war, als Henry starb, dass sie nicht an der Todesursache zweifelte.

»Dieser Alejandro scheint ein Mann mit einer blühenden Fantasie zu sein«, murmelte ich.

»Ohne jede Frage«, pflichtete Magda mir bei.

»Denkt er sich das nur aus, wenn er sagt, Henry habe ein Hotel in Italien besessen?«

Bei der Frage musste Magda sogar lachen.

»Meine Güte, woher in aller Welt hat er das denn?«

Ich zuckte mit den Schultern.

»Wenn ich das wüsste.«

»Henry hatte einen Onkel, der großer Italien-Fan war und ein Hotel in Rom betrieben hat. Aber Henry hat nie auch nur mit einer Silbe erwähnt, dass er es geerbt hätte.«

Henrys Onkel.

All diese Menschen, die jeder von uns irgendwann gekannt hatte, die aber für Leute, die später in unser Leben traten, nie eine Rolle spielen würden.

Magda wurde wieder ernst.

»Was hast du jetzt vor?«

»Ich muss noch ein paar Dinge erledigen, aber dann reise ich wieder nach Hause.«

»Ein kurzer Besuch«, stellte Magda fest. »Schaffst du es, im Laden vorbeizukommen?«

Sie sah mich verunsichert an. Was bedeutete ein Laden für einen Mann, dessen Leben bedroht wurde?

Nicht viel.

Es hatte sich so lange wie ein Wunschtraum angefühlt, in New York ein eigenes Geschäft zu betreiben. Und endlich war dieser Traum wahr geworden.

Trotzdem hätte ich ihn jederzeit gegen meine Freiheit eingetauscht.

»Doch«, sagte ich. »Natürlich komme ich vorbei.«

Magdas Gesichtsausdruck war nicht zu deuten. Wir standen vor einem Scherbenhaufen, aber war ihr das eigentlich klar?

»Wie läuft es mit dem Au-pair?«, erkundigte sie sich.

Offensichtlich nicht.

Sie redete weiter, als würde sie nicht wahrhaben wollen, was ich soeben erst erklärt hatte: dass ich bedroht wurde, dass ich womöglich nur wenige Tage davon entfernt war, aus jenem Alltag, zu dem Marcel inzwischen gehörte, hinauskatapultiert zu werden.

»Fantastisch«, antwortete ich nichtsdestoweniger. »Ganz ehrlich – ein Au-pair bei uns zu Hause aufzunehmen war das Beste, was ich in den letzten Jahren gemacht habe. Sorry, aber ich gehöre nun mal nicht zu der Sorte Eltern, die ihr komplettes Leben für ihr Kind hintanstellen. Weil ich nicht glaube, dass das erforderlich ist.«

Magda lächelte.

»Du bist ein guter Vater.«

Ich schüttelte bloß den Kopf.

»Hoffen wir mal, dass ich das weiterhin sein darf«, sagte ich. »Danke, dass du dir Zeit für mich genommen hast.«

Und mit diesen Worten ließ ich Magda allein.

Teil IV

»Töle«

46

Als ich auf die Straße trat, war die Rushhour in vollem Gange. Mir war klar, dass ich Magdas Welt auf den Kopf gestellt und keine echte Erklärung geliefert hatte, warum ich das tat. Der Zustand störte nicht nur sie, sondern auch mich selbst, aber ich hätte es nicht anders angehen können. Daher hatte ich auch nur ein halb schlechtes Gewissen. Immerhin hatte Magda mich genötigt, vor einem leeren Sarg von Henry Abschied zu nehmen. Nicht ich war also der Buhmann, sondern sie. Obwohl sie mir versprochen hatte, mich mit zu Henrys Grab zu nehmen, wenn wir beide mal mehr Zeit hätten.

Nachdem ich etwa zehn Minuten gelaufen war, rief ich Marcel an. Ich hatte erst runterkommen und meine Stimme unter Kontrolle kriegen müssen.

Marcel ging beim dritten Klingeln ran.

»Hallo, hallo.«

Er klang so wie immer.

Fröhlich und munter und kein bisschen ernst und bedrückt.

Im Hintergrund lachte und johlte Belle.

»Was macht ihr gerade?«, fragte ich.

»Wir haben im Central Park einen Spielplatz entdeckt«, antwortete Marcel. »Ich dachte, es wäre gut, wenn Belle sich ein bisschen austoben könnte. Und an die frische Luft kommt.«

»Gute Idee. Wir wollen ja nicht, dass sie zu früh einschläft.«

»Kein Thema«, sagte Marcel. »Wie hast du dir das mit dem Essen heute Abend gedacht?«

»Essen?«

Ich wiederholte das Wort, als hätte ich noch nie davon gehört.

»Öh, ja … Belle braucht doch ein bisschen was zum Abendessen, bevor sie schlafen geht. Obwohl es dann quasi mitten in der Nacht wäre …«

Ich versuchte, seinem Gedankengang zu folgen.

»Natürlich«, sagte ich. »Tut mir leid, ich bin nach dem Flug einfach langsam im Kopf. Ich kann um halb acht im Hotel sein. Richte Belle aus, dass wir dann etwas essen gehen. Was sind deine Pläne?«

Ich fand, ich klang ganz entspannt, als ich Marcel nach seinen Plänen fragte. Ich hatte null Lust, über meine zu reden.

»Ich bin davon ausgegangen, dass ich den ganzen Abend auf Belle aufpasse, insofern hab ich gar keine Pläne gemacht«, antwortete Marcel.

»Okay«, sagte ich. »Dann sehen wir uns nachher.«

Ich ging weiter. Der Druck auf meiner Brust nahm weiter zu.

Der Verkehr in Manhattan war ein Albtraum. Die Bürgersteige waren voller Menschen auf dem Weg in sämtliche Richtungen, und auf der Straße hupten die Autos wie wild. Ich war unterwegs zum Antikgeschäft. Ich konnte meinen Besuch dort nicht länger aufschieben, ich musste mit Patrick sprechen. Mein Plan war nicht sonderlich durchdacht, trotzdem wollte ich zumindest versuchen, aus ihm herauszukriegen, was er wusste.

Lucy rief an und fragte, wie das Treffen mit Magda gelaufen sei. Ich antwortete wortkarg und erklärte, ich sei auf dem Weg zu einem weiteren Termin.

»Kann ich mitkommen?«, fragte Lucy.

Ich zögerte.

»Bitte«, sagte sie. »Ich will nicht, dass du mich ausschließt.«

Ich bat sie, mich vor dem Antikgeschäft zu treffen, und sie meinte, sie wäre in einer Viertelstunde dort.

»Bis dahin bin ich auch da«, sagte ich.

Allerdings hatte ich unterschätzt, wie lange es dauerte, sich durch die Menschenmengen auf dem Gehweg zu pflügen. Am Ende musste ich das letzte Stück joggen. Mit flachen Schuhen (oder »Büroschuhen«, wie Marianne sie zu nennen pflegt) rennen zu wollen ist grundsätzlich keine gute Idee. Und mit handgenähten flachen Schuhen aus cognacfarbenem Leder joggen zu wollen ist eine noch viel schlechtere Idee. Die werden nämlich schnell heiß und eng. Aber es ging nicht anders, obwohl die Luft schwer von Luftfeuchtigkeit war und der Schweiß nur so triefte. Ich wurde erst wieder langsamer, als ich nur noch einen Block von meinem Ziel entfernt war. Da war mein hellblaues Hemd schon dunkel von Schweißflecken, und ich schnappte heiser nach Luft. Schon von Weitem sah ich Lucy nach mir Ausschau halten. Weil sie glaubte, ich würde mit dem Taxi kommen, hatte sie den Blick auf die Straße gerichtet.

Als sie mich schließlich entdeckte, riss sie die Augen auf.

»Wie siehst du denn aus?«

Ich wischte mir den Schweiß von der Stirn und bedachte sie mit einem erschöpften Blick.

»Hab ich das je zu dir gesagt?«, maulte ich sie an. »›Wie siehst du denn aus?‹«

Lucy rümpfte die Nase wegen meiner Schweißflecke.

»Dazu hattest du nie einen Grund«, entgegnete sie.

Ich spähte in den Laden. Patrick war nirgends zu sehen, aber im Geschäft hielten sich zwei Kunden auf. Da war er garantiert im hinteren Raum oder im Lager.

»Was machen wir eigentlich hier?«, fragte Lucy.

Uns von meinem Laden verabschieden, dachte ich.

»Wir unterhalten uns mit Patrick, sofern er Zeit hat.«

»Und warum?«

»Weil wir Fragen zu dem Geschäft haben, das dir das Schachspiel verkauft hat.«

Ich legte Lucy meine Hand an den Rücken.

»Ich hab von Magda ein paar Dinge erfahren, die mit Henrys Vergangenheit zu tun haben – aber das kann ich nicht alles erzählen. Vertrau mir einfach, dass ich weiß, was ich tue. Wenn Patrick jetzt keine Zeit haben sollte, komme ich einfach gegen Feierabend wieder.«

Oder vielleicht gehe ich auch direkt zu Fiona.

Wir betraten den Laden.

Sinneseindrücke strömten auf mich ein. Die Klimaanlage summte diskret. Die heruntergedimmten Lichter schimmerten wie Sterne unter der Decke. Wie üblich roch es schwach nach Bibliothek.

Patrick befand sich, genau wie ich vermutet hatte, im hinteren Teil des Ladens und zeigte einem Kunden einen Globus.

Er lächelte breit, als er mich entdeckte.

»Ja, hallo! Was für eine Überraschung!«

Der Kunde sah leicht verunsichert aus. Nicht weil Patrick mich begrüßt hatte, sondern weil er sich anscheinend nicht sicher war, ob er den Globus haben wollte.

»Lassen Sie mich noch mal darüber nachdenken«, murmelte er, wünschte uns einen schönen Abend und verließ den Laden.

Patrick machte sich eine Notiz auf einem Block.

»Sind Sie gerade angekommen?«, fragte er mich.

»Ja«, antwortete ich. »Ein Blitzbesuch, könnte man sagen.«

Erst jetzt entdeckte er Lucy.

Sie begrüßten einander zurückhaltend, doch diesmal war Patrick weniger enthusiastisch. Und er war augenscheinlich erleichtert, als weitere Kunden den Laden betraten. Er entschuldigte sich und ging den Neuankömmlingen entgegen.

»Soll ich das Schachspiel erwähnen?«, flüsterte Lucy mir zu, als er außer Hörweite war.

»Nein, fürs Erste nicht.«

Ich war mir nicht länger sicher, wer Freund und wer Feind war. Im Grunde war ich mir bei gar nichts mehr sicher.

Lucy bat darum, die Toilette benutzen zu dürfen, und ließ mich stehen.

Ich selbst blieb in der Nähe der Kasse und tat so, als würde ich in dem aufgeschlagenen Kalender lesen. Ich hatte wirklich keinen Schimmer, wie es so weit hatte kommen können. Ich war in jeder Hinsicht eine erfolgreiche Person gewesen – und in jeder Hinsicht ein Mann, der sich inzwischen allzu oft genötigt sah, mit allerhöchstem Einsatz zu spielen. Aber vielleicht hing das zusammen?

Ich hörte Schritte von der Kellertreppe.

Die Tür ging auf, und Fiona stand vor mir.

Sie machte große Augen, als sie mich erkannte – und auch ich schaffte es nicht rechtzeitig, mein Pokerface aufzusetzen.

Du.

In meinem Laden.

»Hallo, hallo!« Mit leicht erröteten Wangen gab sie mir die Hand. »Wie läuft's denn so?«

Danke, verdammt schlecht.

»Gut«, sagte ich.

»Schön«, erwiderte sie. »Also, dass es gut läuft, meine ich.«

»Absolut«, gab ich zurück.

Am liebsten hätte ich ihre Hand genommen, jedes Knöchelchen gebrochen und nicht mehr losgelassen, bevor sie mir erklärt hätte, was sie in Stockholm getrieben hatte. Aber das tat ich nicht. Sie hatte eine große Handtasche über der Schulter und war offensichtlich auf dem Sprung.

»Auf dem Weg in den anderen Laden?«, fragte ich.

Fiona blinzelte, schien nicht zu wissen, wovon ich redete.

»Ihr Job«, sagte ich. »Herzlichen Glückwunsch übrigens. Ist nicht leicht, in diese Branche reinzukommen.«

Sie hatte es wohl immer noch nicht begriffen, beeilte sich aber zu nicken und zu lächeln.

»Ja, doch, danke. Aber jetzt muss ich gehen. Ich war nur kurz hier, um Patrick zu sehen.«

Als sie auf die Tür zuhielt, bewegte sie sich, wie gestresste Menschen es oft taten: ruckartig und ganz leicht seitwärts.

Patrick hatte Fiona und mich während seines Kundengesprächs keine Sekunde aus den Augen gelassen. Als sie an Patrick vorbeiging, raunte sie ihm tonlos zu: »Bis später.«

»Ich geh gern mal mit ins Bed Time«, sagte Patrick noch, »aber lieber ein andermal. Heute Abend will ich nicht ausgehen.«

Ins *Bed Time*.

Ein Lokal, das man sich merken sollte.

Lucy kam von der Toilette zurück.

Ich war bereit zu gehen.

Es wäre ohnehin nicht möglich, länger mit Patrick zu reden, und ich war mir auch tatsächlich nicht sicher, ob es noch eine Rolle spielte. Mein Fokus lag bereits woanders. Instinktiv war mir klar, dass Fiona mehr wusste als Patrick.

Lucy sah mich neugierig an.

»Wir kommen einfach irgendwann wieder her«, sagte ich knapp, als hätten wir unbegrenzt Zeit.

Sobald wir draußen auf dem Gehweg standen, drehte ich mich ein letztes Mal um und betrachtete den Laden.

Der sich wie ein Traum angefühlt hatte.

Und mir inzwischen gar nichts mehr bedeutete.

47

»Was hast du vor?«, fragte Lucy.

Wir saßen auf dem Rücksitz eines Taxis, das von einem Inder gefahren wurde, der kaum Englisch sprach. Keiner von uns beiden mochte zum Hotel zurücklaufen.

Ich war fix und fertig und aus dem Gleichgewicht. Wie lange es her zu sein schien, als mein größtes Problem gewesen war, dass Lucy einen anderen Mann heiraten würde.

»Keine Ahnung«, sagte ich.

»Fahren wir doch zu dem Laden, in dem ich das Schachspiel gekauft habe«, schlug Lucy vor.

»Richtig«, sagte ich, »und holen das Schachspiel ab, das du eigentlich bekommen solltest.«

Sie lächelte mich freudlos an.

»So meinte ich das nicht. Das Schachspiel können sie meinetwegen behalten.«

Sie war sichtlich bedrückt. In Schweden war es schon nach Mitternacht. Lucy hätte zu Hause bei ihrem Mann sein sollen – frisch verheiratet und im Liebesrausch. Stattdessen saß sie in meiner Gesellschaft in einem Taxi.

»Alles okay?«, fragte ich.

»Klar. Und bei dir?«

Es würde keine bessere Gelegenheit mehr kommen, und Lucy *musste* von dem Nachruf erfahren. Es würde zwischen ihr und mir alles verändern, aber es wäre unfair, wenn sie nicht auf dem gleichen Informationsstand wäre wie ich.

»Geht so«, sagte ich. »Oder … Es ist beschissen. Es gibt …«

Ich unterbrach mich, als mein Handy sich meldete. Marcel hatte per SMS gefragt, ob unser Abendessen unverändert stattfände oder ob er und Belle noch an einer Märchenstunde in der Kinderecke des Plaza teilnehmen könnten. Belle liebte Eloise, die Figur aus dem gleichnamigen Kinderbuch, die im Plaza wohnte und nach der dort Zimmer und Suiten benannt worden waren. Ich antwortete, sie dürften gern zur Märchenstunde gehen.

Lucy lehnte sich an meine Schulter, und ich schob mein Kinn in ihr Haar.

»Erzähl«, sagte sie. »Erzähl, wie es dir geht.«

Ich gönnte mir ein paar Sekunden der Nähe. Wenn ich das gesagt hätte, was ich würde sagen müssen, würden wir ein neues Vorher und Nachher haben, zu dem wir Stellung beziehen müssten.

Als ich den Nachruf aus der Innentasche zog, richtete sie sich gerade auf.

»Es gibt da etwas, was du dir ansehen solltest«, sagte ich, reichte Lucy die Blätter und sah sie unverwandt an, während sie die Seiten auseinanderfaltete und zu lesen begann.

»Aber ... Was ist das?«, fragte sie. »Martin, was *ist* das?«

Sie ließ die Blätter fallen, als hätte sie sich daran verbrannt.

»Das hat schon auf mich gewartet, als ich im Hotel eingecheckt habe«, sagte ich.

Lucy war kreidebleich und ihre Lippen weiß.

»Und das zeigst du mir erst jetzt?«

»Ja.«

»Wer hat das geschrieben?«

»Ich weiß es nicht.«

Beunruhigt schielte ich zu unserem indischen Taxifahrer, aber der war voll und ganz mit dem Verkehr und seinem Handy beschäftigt. Eine Wahnsinnskombination, die mich in diesem Moment jedoch nicht störte.

»Mein Gott«, flüsterte Lucy, und dann, mit etwas mehr Adrenalin in der Stimme: »Und was machst du jetzt?«

Ich konnte die Trauer regelrecht spüren – wie Druck im ganzen Körper.

»Ich hab ein Ultimatum bekommen«, sagte ich.

Dann erzählte ich ihr von meinem Gespräch und der Entscheidung, die ich gefällt hatte: Nein, ich würde nicht zwei Morde gestehen, die ich nicht begangen hatte. Unter gar keinen Umständen.

Lucy starrte blicklos vor sich hin.

»Wer hat dich im Hotel angerufen? Fiona?«

Ich schüttelte bloß den Kopf. Mit dieser Frage würde ich mich beschäftigen, sobald ich die Zeit dafür hätte.

»Du hast noch nicht gesagt, was du jetzt machst«, rief Lucy mir in Erinnerung. »Dabei hab ich jetzt schon dreimal gefragt.«

»Ich weiß nicht, wie viel Zeit ich noch habe, aber ich will denjenigen finden, der diese Geschichte gegen mich angezettelt hat. Ich bin doch genau wie Steve und Silvia – jemand, der ihnen in die Quere gekommen ist. Allerdings muss ich mir dafür irgendwie mehr Zeit verschaffen.«

»Und Belle?«, fragte Lucy. »Wie willst du … Was …«

»Ich will, dass du dich um sie kümmerst, wenn etwas passiert.«

»Das meinte ich nicht.«

Ich schluckte und richtete den Blick auf das Auto vor uns.

»Du musst Belle und Marcel nach Hause schicken«, sagte Lucy mit dünner Stimme.

Sie strich mir über den Arm, versuchte, meine Hand zu nehmen, aber ich entzog sie ihr.

»Nie im Leben.«

»Du kannst in so einer Situation doch nicht nur an dich denken. Wir können alle in Gefahr sein. Dieser … Sterbetext … Wir können doch nicht so tun, als hätte es ihn nicht gegeben. Ich verstehe schon, dass du dich nicht von Belle trennen willst, aber …«

Sie unterbrach sich.

Ich wusste, dass ich egoistisch war. Ich wusste, dass ich Belle im selben Moment hätte wegschicken müssen, als mir diese Frau am Telefon den schlechtesten aller Deals angeboten hatte. Trotzdem brachte ich es nicht fertig. Weil ich sie zu sehr liebte. Wenn ich nur noch wenige Tage zu leben hätte, wollte ich weiterhin meine kleine Herde beisammenhalten.

»Dann schick wenigstens Marcel nach Hause.«

Bei Marcel fiel es mir leichter. Er war nicht im selben Maß wichtig für mich. Ganz und gar nicht. Trotzdem schämte ich mich, weil ich ihn mit über den Atlantik geschleppt hatte, nur um ihn kaum einen Tag später wieder zurückzuschicken.

»Er wird das nicht verstehen«, sagte ich. »In seiner naiven Welt existiert nichts von alledem, was wir zwei schon erlebt haben …«

»Woher willst du das wissen?«, entgegnete Lucy. »Sprich doch zur Abwechslung mal von Solidarität und nicht immer nur von schlimmen Dingen. Sag Marcel, dass er dir einen Dienst erweist, indem er nach Hause fährt. Sag ihm, dass es für Belle ist – dann tut er, was du sagst.«

»Mal sehen«, erwiderte ich.

An den letzten Teil der Taxifahrt erinnere ich mich nicht mehr. Keine Ahnung, wer von uns beiden bezahlte. Ich weiß auch nicht, ob ich den Portier im Hotel begrüßte, als ich hinein und zum Fahrstuhl ging. Allerdings weiß ich noch, wie sich Marcels Gesichtsausdruck veränderte, als ich ihn bat, mit ihm allein sprechen zu dürfen. Lucy nahm Belle an der Hand und ging mit ihr aus dem Zimmer.

»Worum geht es denn?«, fragte Marcel. »Ist etwas passiert?«

Ich schüttelte den Kopf. Ich weine selten, aber in diesem Moment pochte es bereits hinter den Augen. Wir würden uns aufteilen müssen, es gab keine andere Lösung.

»Es ist wichtig, dass du mir jetzt gut zuhörst«, sagte ich. »Ich möchte, dass du morgen nach Hause fährst.«

Marcel antwortete nicht, sondern sah mich nur an.

»Kannst du mir nicht sagen, was passiert ist?«, bat er nach einer Weile. »Wir sind doch gerade erst angekommen.«

»Wann anders vielleicht.«

»Hab ich etwas falsch gemacht?«

»Nein.«

Wenn ich überlebe, bist du der Erste, den ich um Entschuldigung bitte.

»Und Belle?«

»Sie bleibt solange hier. Wir sehen uns dann in Stockholm, okay?«

Er nickte widerwillig.

»Ich gebe dir freie Hand im Garten«, sagte ich. »Schneide meinetwegen jeden verdammten Baum zurück, wenn du willst.«

Er lächelte scheu.

»Ich arbeite gern für dich«, sagte er.

Und dann streckte er mir seine Hand entgegen.

Ich nahm sie in beide Hände.

»Du bist für Belle und auch für mich ungeheuer wichtig«, antwortete ich.

Dann verließ ich sein Zimmer.

Irgendwie blieb das Gefühl zurück, Marcel einen Dienst erwiesen zu haben. Menschen in meiner Nähe starben, und ich wollte nicht, dass er dazugehörte.

Jetzt musste ich nur noch mich selbst retten.

Nur wie das vonstattengehen sollte, war mir nicht klar.

48

Wie sollte ich es Belle erklären? Es ging einfach nicht, immerhin war der Grund eine Morddrohung, von der ich ihr aber nicht erzählen wollte. Deshalb musste ich lügen. Ich sagte zu ihr, Marcel habe einen Verwandten in Stockholm, der krank geworden sei. Belle war sofort traurig, und zwar so traurig, dass ich Marcel anrufen und in unser Zimmer bitten musste, damit er sich von Belle verabschiedete.

Nach zig Umarmungen hatte sie sich ein bisschen gefasst.

Marcel verließ rückwärts das Zimmer.

»Ihr seht euch ja bald wieder«, sagte ich.

Marcel winkte Belle, die zurückwinkte.

»Bis bald, Marcel!«, rief sie.

Zum ersten Mal sah ich Marcel gerührt. Als er die Tür hinter sich zuzog, waren seine Augen feucht.

Irgendwann hatte Belle sich wieder beruhigt. Wir bestellten uns Essen aufs Zimmer, statt ins Restaurant zu gehen, und Lucy und ich erinnerten Belle abwechselnd daran, dass sie nicht über dem Essen einschlafen dürfe. Nachdem wir gegessen hatten, sah sie sich vielleicht eine Viertelstunde lang einen Film an, dann ging es nicht länger. Sie schlief mit dem Kopf auf meinem Schoß ein. Ich saß still auf dem Sofa und strich ihr übers Haar.

»Ich kann sie ins Bett tragen«, bot Lucy an.

»Noch nicht.«

Ich tat so, als wollte ich, dass sie noch länger liegen blieb, ehe wir sie hinübertrugen, aber im Grunde war es reinste Meditation. Ich hätte am liebsten die Zeit angehalten.

Lucy streckte sich.

Ich ließ sie nicht aus den Augen.

Es ist immer nur sie, dachte ich bei mir. Ich kann mit so vielen Frauen ausgehen, wie ich will, aber es ist immer nur Lucy, die mich umhaut.

»Fährst du nach Rom?«, wollte sie wissen.

»Ich denke schon. Sehen wir erst mal, wie weit ich hier komme«, antwortete ich.

Die meisten, die rund um den Globus hin- und herjetten, tun dies, um etwas zu erleben. Ich nicht. Alejandro und ich hatten uns darauf geeinigt, uns am Mittwoch zu treffen, aber bis dahin würde ich es nicht schaffen; die kommenden Tage wären im Nu vorbei, und ich musste mich entscheiden: An welchem Ort wollte ich mich befinden, sofern ich sterben sollte? Ich war zum Handelsreisenden in Sachen Überleben geworden – eine wahrhaft deprimierende Aussicht.

»Erzähl – was hast du von Magda erfahren?«, fragte Lucy.

Und ich erzählte es ihr. Ich erzählte ihr von den Beschützern, von Alejandro und Henrys Reaktion. Vom leeren Sarg und dem Vorwurf der Pädophilie. Von Fiona und Patrick. So eine heftige Geschichte bekam man nur selten serviert, aber Lucy schien damit keine Schwierigkeiten zu haben, auch wenn wir inzwischen weit über die Grenzen der Normalität hinaus waren. Da schien nichts mehr zu groß oder zu klein zu sein.

»Ich werde das Gefühl nicht los, als stimmte mit der Geschichte der Beschützer irgendwas nicht«, sagte ich.

Lucy sah mich nachdenklich an.

»Inwiefern?«

»Es ist doch krank zu glauben, dass eine Beschützerorganisation, die ihr Äußerstes tut, um keine Spuren zu hinterlassen, zwei Menschen – oder mehr – umbringt, nur um ihre Tätigkeit geheim zu halten. Das passt doch nicht zusammen.

So wie Magda es mir geschildert hat, erschließt sich mir nach wie vor nicht, warum ausgerechnet ich auf der Abschussliste stehen sollte.«

Lucy saß eine Weile schweigend da.

»Sofern die Beschützer für die Priester, für die sie sich verantwortlich fühlen, nicht buchstäblich über Leichen gehen«, wandte sie ein. »Wenn das Einzige, was für sie zählt, die Unschuld der Priester ist und dass sie einer anderweitigen Bestrafung entgehen, dann könnte das erklären, warum sie zu Gewalt greifen, sobald jemand der Organisation zu nah kommt.«

Menschen haben einander im Lauf der Menschheitsgeschichte immer getötet, und dies aus den seltsamsten oder nichtigsten Gründen. Wir glauben immer, dass nur wenige von uns das Zeug zum Mörder haben, dabei ist Tatsache, dass die allermeisten im Eifer des Gefechts die rote Linie übertreten und einen anderen totschlagen würden. Allerdings sind es schon zwei Paar Schuhe, ob man in einem Moment der Raserei oder Verzweiflung sein Gegenüber umbringt oder sich einer Gruppierung anschließt, die ihr Ziel wenn nötig auch mit Gewalt durchsetzt. Einen solchen Schritt zu tun setzt die völlig zweifelsfreie Überzeugung voraus, das einzig Richtige zu tun.

»Magda meint, Henry sei von einem Abgesandten dieser Gruppierung angesprochen worden«, fuhr ich fort, »und dieser Mann sei Alejandro gewesen. Das würde auch erklären, wie Alejandro darauf kommt, dass Henry ermordet wurde. Allerdings glaube ich, dass sie entweder lügt oder hinters Licht geführt wurde – oder womöglich beides. Denn Henry und Alejandro kannten einander. Es muss einfach so sein. Ich hab ein Foto von Alejandro zwischen den Briefen gefunden, die Henry von seiner Geliebten erhalten hat, zwar ein altes Bild, aber er war es ganz ohne jeden Zweifel. Und wenn Alejandro derjenige war, der an Henry herangetreten ist, heißt das dann, dass er Henry später auch gedroht hat? Möglich, dass ich schrecklich naiv bin, aber … Dass Alejandro derjenige sein soll, der hier falschspielt, glaube ich ehrlich gesagt nicht. So wie er sich verhalten hat, hab ich ihm die Sorge abgekauft, dass Henry ermordet worden sein könnte.«

Ich biss mir auf die Lippe, versuchte, mir selbst klar zu werden, warum ich fand, dass Magdas Geschichte nicht lupenrein war.

»Du glaubst also *nicht*, dass Alejandro ein Beschützer ist«, murmelte Lucy.

Es war eine sachliche Feststellung.

»Nein«, pflichtete ich ihr bei.

»Ich auch nicht«, gab sie zurück. »Alejandro steht irgendwie außerhalb. Er hat persönliche Gründe, warum er Licht ins Dunkel von Henrys Tod bringen will.«

Der Frust in mir war fast übermächtig.

»Aber Henry hatte Krebs – so einen Krankheitsverlauf kann man doch nicht faken. Das hieße doch, dass die Ärzte, ach was, das komplette Krankenhauspersonal bei dieser Scharade mitgemacht und sie aufrechterhalten hätte. Und daran glaube ich nicht. Ich hab Henry gesehen, als er im Sterben lag – vollkommen ausgeschlossen, dass er ermordet wurde.«

Ich wusste, dass ich natürlich falschliegen konnte, dass Henry, selbst wenn er im Sterben gelegen hatte, ermordet worden sein konnte. Aber welchen Sinn hätte das gehabt?

Er wäre doch sowieso gestorben.

Wer tötet jemanden, der nur noch Wochen oder Monate zu leben hat?

»Was für einen Krebs hatte er eigentlich?«, fragte Lucy.

»Lungenkrebs. Anscheinend hatte er mit dem Rauchen noch gar nicht lang aufgehört.«

»Rauchen Priester?«

»Warum nicht?«

Lucy zuckte mit den Schultern.

»Und wie sollst du selbst sterben?«, flüsterte sie.

»Woher soll ich das wissen? Wenn ich mitbestimmen dürfte, dann hätte ich noch mindestens das halbe Leben vor mir.«

Sie war von Kopf bis Fuß angespannt, als ich meinen Arm um sie legte.

»Warum hast du den Nachruf eigentlich so weit im Voraus erhalten?«, fragte sie leise, um Belle nicht zu wecken. »Das ist jetzt doch wie ein Countdown. Ende dieser Woche ist es vorbei, und du kannst nichts dagegen tun.«

Ich wollte schon widersprechen, doch sie fiel mir ins Wort.

»Du musst dir Hilfe suchen, das ist dir klar, oder?«

Doch, das war mir klar. Ich brauchte Polizeischutz und würde untertauchen müssen.

»Vielleicht könnte ich mich im Waldorf Astoria verstecken«, sagte ich.

Keiner von uns beiden lachte.

Ich musste daran denken, was Boris gesagt hatte. Dass ich nicht nach Verbindungen zwischen den Hotels suchen solle. Tja, die Mehrheit war klein, eins war riesengroß. Sie lagen samt und sonders in unterschiedlichen Städten. Das Einzige, was sie gemeinsam hatten, war die zwischenzeitliche Schließung und dass in einem kleineren Teil des jeweiligen Hotels irgendeine geheime Sache vor sich ging.

Ich richtete mich auf.

Der Besitzer des Waldorf Astoria wäre doch nicht im Traum darauf gekommen, sich einer Verschwörergruppe anzuschließen, die katholische Priester oder sonst wen beschützen oder bestrafen wollte. Das stand außer Frage. Aber sollte ihm die Angelegenheit vielleicht anders untergejubelt worden sein? Wenn Norton & Son, der Verkäufer von Lucys Schachspiel, einen Teil des Waldorf Astoria angemietet hatte, musste es einen Vertrag geben. Und damit meinte ich keinen Vertrag, in dem geschrieben stand, dass das Waldorf Astoria nur zu gern seine Hotelzimmer des Missbrauchs verdächtigten Priestern der katholischen Kirche zur Verfügung stellte. Der Vertrag sähe eine ganz andere Tätigkeit vor. Steve hatte das Schachspiel für Lucy im Waldorf Astoria abgeholt. Die Frage war nur, warum es sich dort befunden hatte.

Ich stand auf.

»Wo willst du hin?«

Lucy stand die Besorgnis ins Gesicht geschrieben.

»Im Moment will ich nirgendwohin«, antwortete ich.

In Krisen hält der Mensch seine Herde instinktiv zusammen, weil er jederzeit wissen will, wo seine Angehörigen stecken und ob einer davon in Gefahr schwebt. Ich hatte meine Herde zusammengetrieben. Jetzt musste ich sie nur noch in Sicherheit bringen.

49

Kurz nach Mitternacht wollte Lucy ins Bett gehen. Wir kamen mit unseren Überlegungen ohnehin nicht weiter. Ich fragte sie noch, ob sie Angst habe, und sie zögerte mit der Antwort.

»Ich hab keine Angst um mich«, sagte sie schließlich. »Aber ich hab schreckliche Angst wegen dieses Nachrufs und davor, was er bedeuten könnte. Ich mag gar nicht daran denken, dass du in einer Woche fort sein könntest.«

Eine Woche.

Sieben Tage.

Einhundertachtundsechzig Stunden.

Zehntausendachtzig Sekunden.

Es war egal, in welcher Einheit ich meine restliche Zeit auf der Erde vermaß – es war nie lang genug. Und mit jeder Stunde, die verstrich, wurde es umso schrecklicher.

»Es könnte auch weniger als eine Woche sein«, gab ich zu bedenken. »Diese Wahnsinnige meinte immerhin, der Nachruf würde in sieben Tagen in den Druck gehen, was rein gar nichts darüber aussagt, wann mit meinem Tod zu rechnen ist.«

Lucy stand auf.

»Ich hole Schlafanzug und Necessaire aus meinem Zimmer. Ich schlafe heute Nacht bei euch.«

Perfekt.

Sie war im Handumdrehen wieder da. Als hätte sie sich auf die Minute ausgerechnet, wie wenig Zeit mir noch blieb.

»Wie können wir dieser Jagd ein Ende setzen?«, fragte sie, als sie unter die Decke kroch.

Die Frage trieb mich genauso um wie sie. Und sie spielte auf dermaßen viele Unklarheiten an, dass ich nah dran war, den Verstand zu verlieren.

Lucy schmiegte sich enger an Belle, die in der Mitte des Bettes lag. Belle redete im Schlaf. Sie sah dabei ganz ruhig und entspannt aus, als würde sie bei einem Kindergeburtstag mit einer Freundin über etwas Lustiges reden.

»Poltergeistfantasien«, flüsterte ich und zwinkerte Lucy zu.

Sie strich Belle sachte über die Wange.

»Wir sollten zusammen ein Kind haben«, flüsterte sie.

Ich tat so, als hätte ich es nicht gehört. Das hatte Lucy schon mal gesagt. Aber ich wollte kein Leben in die Welt setzen, bis ich dem Tod von der Schippe gesprungen wäre.

Stattdessen schloss ich die Augen und spürte nach, wie mein Kopf ins Kissen sank. Ich hatte mich nicht einmal ausgezogen.

»Martin?«, flüsterte Lucy. »Bist du wach?«

Ich antwortete nicht. Eine Minute später war ich eingeschlafen.

Ich erwachte mit einem Ruck. Das ist eine blöde Formulierung, aber es war wirklich so, dass ich im selben Moment hochzuckte, als ich aufwachte, wie bei einem Sit-up – und dann starrte ich mit weit aufgerissenen Augen in die Dunkelheit. Als sich meine Augen allmählich daran gewöhnt hatten, tadelte ich mich selbst. Wir hatten keine unerwünschte Gesellschaft bekommen. Lucy schlief neben mir tief und fest und hatte den Arm um Belle gelegt. Es waren nur wir hier. Trotzdem hämmerte mein Herz wilder als sonst, und kurz strahlten Schmerzen bis in meinen linken Arm aus.

Es muss sich gar niemand die Mühe machen, mich umzubringen, dachte ich. Das schaffe ich mit meinem Herzen schon ganz allein.

Im nächsten Moment hatte ich das Gefühl, ich müsste verdursten. Der Wecker auf dem Nachttisch zeigte 02:14 Uhr. Ich hatte kaum zwei Stunden geschlafen, doch mein Körper fühlte sich dermaßen schwer an, als hätte ich einen ganzen Tag lang bewusstlos dagelegen. Das Bett knarrte, als ich es verließ, um mir etwas zu trinken zu holen. Angeblich war mein Hemd bügelfrei, aber wenn man bedachte, wie es nach zwei Stunden Schlaf aussah, hatte ich allen Anlass, daran zu zweifeln.

Ich warf einen Blick auf meine Handys. Keine verpassten Anrufe.

Ich nahm mir ein Mineralwasser und trank direkt aus der Flasche. Es schmeckte herrlich.

Bevor wir ins Bett gegangen waren, hatten wir vergessen, die Vorhänge vorzuziehen. Auf der gegenüberliegenden Seite des Innenhofs waren noch ein paar Fenster erleuchtet. Ich machte die Balkontür auf und trat in die Nacht hinaus. Es war warm und schwül; der schwedische Sommerwinter kam mir unendlich weit entfernt vor. Belle hatte in der Schule bereits eine Menge über den Klimawandel gelernt; manchmal kam sie nach Hause und fragte mich, warum ich so oft mit dem Flugzeug verreiste und warum wir so viel Fleisch äßen. Weil ich nur ihr Bestes im Sinn habe, antwortete ich dann immer, ich würde für jeden meiner Flüge eine Abgabe, eine sogenannte Klimakompensation leisten, außerdem äßen wir ausschließlich schwedisches Bio-Fleisch, und ich erinnerte sie zudem daran, dass wir uns stattdessen ja oft auch von Fisch oder vegetarisch ernährten. Keine Ahnung, ob sie das mit der Klimakompensation verstand, aber zumindest war sie dann immer halbwegs beruhigt. Sie brauchte lediglich einen Beleg dafür, dass ich kapiert hatte, dass die Erwärmung der Erde diese in weiten Teilen unbewohnbar machen würde, und ich konkrete Dinge unternahm, damit gerade wir überleben würden.

Klimakompensation. Bio-Fleisch. Zwei Begriffe, die auch das Gewissen erstaunlich vieler erwachsener, normal begabter Individuen beruhigten. Was hätte ich darum gegeben, einen ähnlichen Trick hinsichtlich meiner Todesangst zu kennen. Boris hatte mir geraten abzutauchen – das hatte er schon bei unserem allerersten Gespräch. Allerdings war seit dem Nachruf klar, dass er sich getäuscht hatte: Ich hatte keine Zeit mehr abzutauchen. Irgendjemand hatte vor, mich binnen der nächsten sieben Tage aus dem Weg zu räumen.

Doch mit diesem Nachruf war es wie mit dem Klimawandel – er war nicht greifbar, nicht konkret. Ich ertappte mich selbst dabei, wie ich dachte: *Wird schon alles gut werden.*

Oder: *Wie kann es sein, dass ich sterben soll? Ich bin doch jetzt gerade voll und ganz da.*

Nur dass keiner dieser Sätze mir nachhaltig Ruhe bescherte.

Oder meinen Kampfgeist weniger getriggert hätte.

Strümpfe, Schuhe und Jackett. Mehr brauchte ich nicht, um meine Rüstung zu vervollständigen. Meine Handys lagen zusammen mit zwei Kreditkarten und einem Ausweis schon in der Tasche.

Weder Lucy noch Belle wachten auf, als ich mich fertig machte. Ich hinterließ ihnen einen Zettel, den Lucy sehen würde, sobald sie aufwachte.

Ich winkte ein Taxi heran. Mitten in der Nacht Taxi zu fahren geht viel schneller als mitten am Tag. Ich flog regelrecht durch Manhattan. Es war zwar immer noch ordentlich Verkehr, aber nicht annähernd so viel wie zuvor. Ich fragte mich, wie es Marcel ging und was er machte. Sein Flugzeug ginge bereits an diesem Morgen. Ich hoffte bloß, er würde eine Handvoll Bäume im Garten verschonen. Und noch mehr hoffte ich, dass ich würde zurückkehren können, um sein Meisterwerk zu bewundern.

Es war jetzt halb drei. Wenn ich mich recht erinnerte, hatte Fiona einen Club namens Bed Time besuchen wollen. So hatte es zumindest geklungen, als sie mit Patrick gesprochen hatte. Bed Time – das klang nach einem versifften Lokal. Oder nach *Sex and the City*. Und wie sich zeigen sollte, lag der Club in SoHo. Das Taxi hielt direkt vor der Tür. Die Schlange war länger, als ich erwartet hatte, aber ein Montag in New York ist eben nicht wie ein Montag in Stockholm. Jeder in der Schlange war jünger als ich. Ich bezahlte und sah dem davonfahrenden Taxi kurz nach. Mir war, als hätte der Fahrer sich insgeheim gefragt, warum in aller Welt ich ein Lokal besuchen wollte, in dem die anderen Besucher mich entweder als Vaterfigur oder als Pädophilen betrachten würden.

Ich hatte das Gefühl, keine Zeit mehr zu haben, in einer Schlange zu stehen, und marschierte völlig ungerührt an all jenen vorbei, die die Hausregeln befolgten und sich hintereinander aufgereiht hatten.

»Was soll das denn werden?«, fragte der Türsteher und stemmte mir an der Tür die Hand auf die Brust.

Ich überlegte kurz, welche Karte ich ausspielen sollte und was es bringen würde. Ich war mir schließlich nicht sicher, ob Fiona da wäre – genau genommen, war es sogar eher unwahrscheinlich –, aber mir wollte nun mal kein anderer Ort einfallen, an dem ich nach ihr hätte suchen können.

Ich entschied mich für die Papakarte.

Ich sah dem Türsteher direkt in die Augen und beugte mich ein wenig vor. Sobald ich einen anderen Gesichtsausdruck aufgelegt hatte, wirkte er leicht verunsichert und nahm die Hand von meiner Brust.

»Vor weniger als einer halben Stunde hat meine siebzehnjährige Tochter angerufen«, sagte ich. »Stockbetrunken und über irgendetwas zutiefst bestürzt und – wie gesagt – siebzehn. Wenn Sie nicht wollen, dass öffentlich bekannt wird, dass Sie die Auflagen nicht ganz so ernst nehmen wie nötig und Jugendliche reinlassen, die eindeutig zu jung sind, um hier zu sein, kontaktiere ich das Büro des Bürgermeisters und sorge dafür, dass dieses Etablissement binnen einer Woche geschlossen wird. Sagen Sie mir einfach, wie Sie es gern hätten. Ich kann mir auch einfachere Lösungen vorstellen.«

Der Wachmann trat einen halben Schritt zurück.

»Ich hab sie ganz sicher nicht reingelassen«, betonte er.

»Dafür einen herzlichen Dank«, sagte ich und nutzte die entstandene Lücke, um an ihm vorbeizuschlüpfen.

Hinter mir hörte ich aus der Schlange Proteste, weil ich so leicht reingekommen war.

Im Club tobte das Leben. Die Bässe dröhnten nur so durch mich hindurch, als ich das Lokal durchquerte. Die Beleuchtung war gedämpft, aber ausreichend. Überall knutschende Pärchen, Mädchencliquen, dazwischen ein paar vereinzelte einsame Jungs. Ein DJ ackerte wie ein Tier in der Base. Seine Musik sprach mich nicht an, aber ich war ja auch nicht seine Zielgruppe.

Ich trat an die Bar und sah mich verstohlen nach allen Seiten um.

»Was darf's denn sein?«

Eine junge Frau mit sage und schreibe fünf Nasenpiercings und einem kornblumenblauen Shirt erschien auf der anderen Seite des Tresens.

Was es sein durfte?

Das Übliche.

Weltfrieden, vor allem im Nahen Osten.

Eine bessere Klimapolitik.

Ewiges Leben.

Und einen Whiskey.

Die Barkeeperin wartete noch immer auf meine Antwort. Ich hätte einfach »Whiskey« sagen können (immerhin stand ich an einer Bar), aber ich wollte mich nicht betrinken und meine Geistesgegenwart beeinträchtigen.

Und das war womöglich Glück – denn das Schicksal nimmt, und das Schicksal gibt. Und mit einem Mal sah ich sie. Fiona. Sie saß zusammen mit ein paar anderen jungen Frauen, die die Köpfe zusammengesteckt hatten, an einem Tisch. Bestimmt tratschten sie über ihre Freunde, über ihre Chefs, über die schrecklichen Kollegen. Ich wusste es nicht und würde es auch nicht in Erfahrung bringen. Trotzdem hätte Fiona gleich keine Wahl mehr, sie würde mit mir diese Bar verlassen, und wenn ich sie mir über die Schulter werfen müsste.

Ich wandte dem Tresen den Rücken zu und lief auf ihren Tisch zu.

»Fiona, was für ein Zufall!«

Ich sagte es gerade so laut, dass sie es über die Musik hinweg hörte. Fiona blickte ebenso überrascht drein wie ihre Gesellschaft.

»Was wollen Sie?«, fragte die Frau, die direkt vor mir saß, und sah mich provokant cool an.

Ich ließ Fiona nicht aus den Augen.

»Wir müssen reden.«

Sie musste über ihre Antwort nicht einmal nachdenken.

»Nein«, erwiderte sie, »müssen wir nicht.«

Ich trat einen Schritt näher.

»Hey, was soll das?«, fragte eins der anderen Mädchen.

Ich sah Fiona noch immer unverwandt an. Als wir uns im Antikladen begegnet waren, hatte sie einen nervösen Eindruck gemacht. Hier und jetzt wirkte sie anders. Angespannt und beherrscht, so wie man wirkt, wenn man sich in die Enge getrieben fühlt.

»Ich bin jemand, der nur noch wenig zu verlieren hat«, sagte ich zu ihr. »Also, zum letzten Mal: Kommen Sie mit.«

Ich weiß nicht, ob ich gewagt hätte, eine Szene zu machen,

und ob ich sie mit Gewalt aus der Bar hätte zerren können. Aber ich musste gar nicht weiter darüber nachdenken, weil Fiona aufstand und auf mich zukam.

Sie war jung, verhältnismäßig klein, und mit einem Mal war mir klar, wie das hier aussehen musste. Als wäre ich hier der Gangster, nicht sie.

»Ich kann nicht lang reden«, sagte sie.

»Ist auch nicht nötig«, erwiderte ich.

Sie sagte kurz etwas zu ihren Freundinnen. Es irritierte mich, dass sie zwar überrascht gewesen war, mich zu sehen, sich aber keine Mühe machte, so zu tun, als wäre nichts. Als wüsste sie, dass ich unter Druck stand und meine Zeit begrenzt war. Und als wäre sie vor mir gewarnt worden.

Ich hielt sie leicht am Arm.

Weiter hinten im Lokal befand sich der Notausgang.

»Wir gehen hinten raus«, sagte ich.

»Wir können genauso gut hier drinnen reden«, wandte Fiona ein.

»Nein, können wir nicht.«

Sie wand sich aus meinem Griff.

»Wohin gehen wir?«

Ich zückte die Hotelkarte des Waldorf Astoria, die in meinem Porzellanaffen gesteckt hatte, und hielt sie ihr so nah vors Gesicht, dass sie fast schielte.

»Wir fahren jetzt zu diesem feinen Hotel. Wenn man dort anklopft, dann wird einem nämlich die Tür aufgemacht, wissen Sie. Oder haben Sie einen anderen Vorschlag?«

Fionas Blässe ließ sie jünger wirken, als sie tatsächlich war. Ich packte sie erneut am Arm, und diesmal ließ sie es geschehen.

»Sie wissen ja nicht, was Sie da tun«, sagte sie.

»Nein«, pflichtete ich ihr bei, »aber Sie. Und jetzt hauen wir ab.«

50

Aus der Bar zu kommen war einfach, ein neues Taxi zu finden ebenso. Und es war überdies erstaunlich einfach, Fiona dazu zu bringen, im Auto sitzen zu bleiben. Keine Ahnung, was man ihr von mir erzählt hatte – ob sie glaubte, ich sei gefährlich, verrückt oder bewaffnet. Aber obwohl sie alle Möglichkeiten hatte, sich an diversen roten Ampeln aus dem Wagen zu stürzen, blieb sie brav sitzen. Bis zum Waldorf Astoria.

Ich bat den Fahrer darum, uns vor der Garageneinfahrt rauszulassen, an der ich bei meinem letzten Besuch in New York vorbeispaziert war.

»Was wollen Sie?«, fragte Fiona, als das Taxi davongefahren war.

Ich wandte mich zur Garage um. Die Nacht war warm.

»Ich will wissen, was Norton & Son, bei denen Sie arbeiten, mit diesem Hotel zu tun hat.«

Sie beantwortete meine Frage nicht.

»Patrick hat meiner Freundin Lucy das Antikgeschäft, in dem Sie arbeiten, empfohlen. Lucy war auf der Suche nach einem Schachspiel für ihren zukünftigen Ehemann. Sie fand eins, das ihr gefiel, und ersteigerte es bei einer Internetauktion. Bestimmt erinnern Sie sich an diese Geschichte. Ich hab sie erwähnt, als wir uns vor einer guten Woche in Magdas und meinem Laden begegnet sind.«

Fiona antwortete immer noch nicht. Es fühlte sich an, als wäre ein komplettes Jahr vergangen, seit ich Lucys SMS mit der Bitte erhalten hatte, ihr Schachspiel an dieser Adresse abzuholen. Es schien eine Ewigkeit vergangen zu sein, seit Magda und ich mit ihren Freunden auf unsere neue Geschäftsbeziehung angestoßen hatten. Dabei war das keine zehn Tage her. Aber mehr Zeit ist wohl nicht nötig, um das Leben eines Menschen zu zerstören.

»Lucy erhielt eine E-Mail von Norton & Son«, führte ich weiter aus, »sie könne das ersteigerte Schachspiel unter dieser Adresse hier abholen. Im Waldorf Astoria. Die E-Mail war schlampig verfasst – kein bisschen professionell so wie die nächste, die kurz darauf kam und die Angaben korrigierte. Natürlich hätte sie das Spiel nicht hier abholen sollen. Nur seltsamerweise hatte ihr Freund Steve, der ebenfalls losgeschickt worden war, um das Spiel abzuholen, es just hier in Empfang genommen. Im Waldorf Astoria. Was sich für ihn letztlich als lebensgefährlich erwies. Es hat Steve das Leben gekostet. Und jetzt frage ich erneut: Was hat Norton & Son mit dem Waldorf Astoria zu tun? Wer hat diese erste falsche E-Mail an Lucy geschrieben und sie zunächst zu dieser Adresse geschickt?«

Fiona sah an der Hotelfassade empor. Über der Garageneinfahrt selbst waren nirgends Kameras montiert, aber das war keine Garantie dafür, dass es keine gab.

»Kommen Sie, Fiona«, sagte ich. »Ich hab keine Zeit mehr, um zu verstehen, wie das alles hier zusammenhängt.«

Sie schlug den Blick nieder, und ihre Körperhaltung strahlte Resignation aus. Mir war klar, dass ich riskierte, sie in eine missliche Lage zu bringen, indem ich ihr Informationen abnötigte, aber ich konnte mir den Luxus nicht mehr leisten, an jemand anderen außer an mich selbst und meine Liebsten zu denken.

»Ich werde es für den Rest meines Lebens bereuen, wenn ich Ihnen das erzähle«, flüsterte sie. »Aber jemand muss es sich wohl mal trauen ... weil es so nicht weitergehen kann. Nicht wie es bisher ...«

Sie beendete den Satz nicht.

Ihre Stimme war so dünn, dass sich mir die Nackenhaare aufstellten.

Unwillkürlich hatte ich Silvias leblosen Körper in meinem Baum vor Augen.

Ich überlegte kurz, ob ich ihr zusichern sollte, dass alles, was sie mir erzählte, unter uns bleiben würde, aber das wäre lächerlich gewesen.

»Erzählen Sie«, forderte ich sie auf. »Erzählen Sie mir, was zum Teufel Sie hier treiben. Mir ist längst klar, dass Sie geheime Mitteilungen und Unterlagen in Ihren Objekten unterbringen, aber ich verstehe immer noch nicht, warum oder wen Sie damit zu erreichen versuchen.«

Fiona holte tief Luft. Dann durchwühlte sie ihre Handtasche und holte eine schimmernde Zigarettenschachtel hervor.

»Wollen Sie eine?«

Ich schüttelte den Kopf.

Sie zündete sich eine Zigarette an.

Dann sagte sie ohne jede Vorrede: »Wir beschützen Menschen.«

»Okay …«

»Ich bin noch nicht lang dabei«, fuhr Fiona fort, »aber so ist mir die Bewegung beschrieben worden. Ich weiß nicht alles, das kann ich jetzt schon sagen, aber ich weiß inzwischen so einiges.«

Sie nahm einen Zug von ihrer Zigarette. Ihre Hand zitterte.

»Als ich mich bei Norton & Son beworben habe, wusste ich nichts von diesem Treiben. Allerdings war schnell klar, dass sie gewisse Objekte, die bei uns eingingen, auf andere Weise behandelten …«

»Wie?«

»Sie wurden nicht auf die Webseite gestellt und sollten

auch nicht vorn im Laden stehen. Erst hieß es, das seien Objekte, nach denen bestimmte Kunden lange gesucht hätten, die deshalb einen Aufschlag bezahlten, wenn sie sie direkt über den Tresen kauften, aber ich sah doch selbst, dass nie Kunden kamen, dass aber die Objekte, die für sie vorgesehen waren, nach und nach verschwanden. Als ich nachfragte, wie das funktionierte, sagten sie, die Kundschaft bezahle online und bekomme die Sachen dann per Kurier nach Hause geliefert – oder an eine Abholadresse.«

»Lucys Schachspiel war ein solches Objekt«, stellte ich fest.

Fiona nickte bedächtig.

»Es war das erste, um das ich mich kümmern sollte«, sagte sie. »Nur leider haben mein Chef und ich uns missverstanden. Der spricht in Rätseln, sagt nie etwas geradeheraus. Ich hatte keine Ahnung, dass es noch ein zweites Schachspiel gab. Als ich Lucys Kaufbestätigung erhielt, mailte ich ihr gemäß der Instruktionen, die ich zuvor bekommen hatte, wo und wann sie das Schachspiel abholen sollte.«

Ich erinnerte mich an die E-Mail, die Lucy erhalten hatte.

Innerhalb von drei Stunden.

An der 301 Park Ave., New York.

»Warum das Waldorf Astoria?«, fragte ich sie.

»Es ist ein großes Hotel«, antwortete Fiona. »Die renovieren nicht überall gleichzeitig. Ein Teil der Garage ist angemietet worden und dient als Lager.«

»Als Lager?«, hakte ich nach. »Um wie viele Objekte geht es denn bitte?«

Fiona zog gierig an der Zigarette.

»Hier lagern nicht nur die Spezialobjekte, sondern auch andere. Aber nur Kunden mit Spezialbehandlung dürfen hinein. Normale Kunden bekommen ihre Sachen per Kurier. Allerdings haben wir den Vertrag mit dem Waldorf gekündigt. Ursprünglich sollten sich immer auch ein paar Personen in der Garage aufhalten, die zwar die Objekte kannten, ohne aber zu wissen, welche Bedeutung sie hatten. Aber das hat nicht funktioniert.«

Nein, dachte ich. Das hat nicht funktioniert.

Ich erinnerte mich nur zu gut daran, wie ich vor der Garageneinfahrt gestanden und ein Mann mich gefragt hatte, ob ich vom Royal in Schweden käme. Dieser Mann hatte eindeutig zu viel und gleichzeitig zu wenig gewusst.

Ich angelte die Schlüsselkarte erneut hervor.

»Wer sollte die hier bekommen?«

Ich wusste es zwar bereits, aber ich wollte es von ihr hören.

Sie nahm die Karte und sah sie sich an.

»Ich weiß es nicht. Wie gesagt, ich bin noch nicht lange dabei.«

»Aber die Grundidee war, die Betreffenden in der *Garage* des Waldorf Astoria unterzubringen?«

»Nein, oder … Erst hatten sie die Vorstellung, sie könnten womöglich auch einige der Zimmer benutzen, aber … Ich glaube, irgendein Chef hat dann Nein gesagt, das Hotel sei geschlossen, und Punkt.«

Sie sah frustriert aus.

»Sie sollten mit jemandem reden, der mehr weiß als ich«, sagte sie dann.

Ihre Stimme klang gepresst. Wenn das Schachspiel ihr erster Deal gewesen war, dann war sie wirklich neu im Geschäft.

»Ich bereue das alles so sehr«, flüsterte sie. »Ich wusste nicht, dass Menschen sterben würden … und doch nicht so!«

Nicht so.

Diese Ahnungslosigkeit war widerwärtig, aber nicht ganz unverständlich.

Ein Mann kam um die Ecke und hielt auf uns zu. Instinktiv war ich von Kopf bis Fuß angespannt und machte mich schon auf das Schlimmste gefasst – unnötigerweise. Der Mann schlenderte an uns vorbei.

Fiona zitterte immer noch, als sie die Zigarette fallen ließ und auf dem Asphalt austrat.

»Was haben Sie denn gedacht, als ich beim Umtrunk im Laden von dem Schachspiel erzählt habe?«, fragte ich.

»Da musste ich gehen und so tun, als wollte ich mir noch einen Wein holen. Ich hatte totale Panik, weil Sie so offen darüber gesprochen haben.«

»Sie haben nicht verstanden, dass da etwas schiefgegangen war?«

»Das wusste ich längst. Unglücklich, dass ausgerechnet Ihre Freundin das falsche Objekt bekommen hatte. Das war nie so gedacht.«

Sie hatte es nie böse gemeint, trotzdem ärgerte mich die Art, wie sie von der ganzen Sache sprach. Dass sie Lucy meine Freundin genannt hatte, ließ ich indes so stehen.

»Weiß Patrick, was in Ihrem Geschäft vor sich geht?«

Fiona nickte.

»Und Magda?«

»Nein, aber es ist nur eine Frage der Zeit, bis sie eins und eins zusammengezählt hat.«

»Warum in aller Welt hat Patrick Lucy den Tipp mit Ihrem Laden gegeben? Wenn er doch wusste, was dort vor sich ging?«

»Weil wir das Geld brauchen!«, sagte sie lauter, als nötig gewesen wäre. Dann legte sie den Kopf in den Nacken und sah zum Nachthimmel hinauf.

»Wir? Sie meinen, die Beschützer?«

»Wen denn sonst? Patrick steht voll und ganz hinter ihnen. Jeder, der bei Norton & Son einkauft, trägt zur guten Sache bei. Sie – oder wir, je nachdem, wie man es sieht – brauchen alles Geld, was wir kriegen können.«

Mit jeder Faser meines Körpers spürte ich, dass wir nicht weiter vor der Garage stehen bleiben sollten.

»Kommen Sie«, sagte ich. »Wir machen einen kleinen Spaziergang.«

Sie schien meine Absicht sofort zu begreifen und folgte mir, ohne zu protestieren.

»Ich hab einen Porzellanaffen in meinem Garten gefunden«, sagte ich, »und in diesem Affen lag die Schlüsselkarte zum Waldorf Astoria. Kam der Affe von Ihnen?«

Fiona sah mich an.

»Ja, ich glaube schon«, sagte sie. »Ich hab ihn nicht mit eigenen Augen gesehen, aber davon gehört … Aber wenn es der Affe war, den ich meine, dann war er nicht für Sie bestimmt.«

»Sondern für …?«

»Spielt keine Rolle. Er ist verschwunden, und das hat Norton & Son ziemlich nervös gemacht.«

Anscheinend hätte Henry den Affen nicht behalten dürfen, sofern er das Angebot ablehnte, das war mir schon klar.

Was hast du mit dem Affen gemacht, Henry?, dachte ich. Wie ist er bei mir gelandet?

Doch von Fiona würde ich diesbezüglich keine weiteren Antworten bekommen.

Also wechselte ich das Thema.

»Lassen Sie uns über Ihre Reise nach Stockholm reden«, sagte ich.

Fiona wurde rot.

»Sie sind ja gut informiert.«

Jetzt war ich an der Reihe, das Schweigen arbeiten zu lassen.

»Ich sollte nach Stockholm fliegen, um mir ein Tochterunternehmen anzusehen«, erklärte sie, wich dabei aber meinem Blick aus.

Ein Tochterunternehmen.

Was zum Teufel glaubte sie eigentlich, für wen sie arbeitete? Für Ernst & Young?

»Als eine Art Traineeprogramm?«, erkundigte ich mich.

Allmählich schien sie wütend zu werden; ihre Schuhe klapperten lauter auf dem Asphalt. Sie trug zu hohe Absätze und ging beim Gehen leicht in die Knie.

»Müssen Sie eigentlich über alles Witze reißen?«

»Schwarzer Humor hilft den meisten weiterzumachen«, erwiderte ich. »Erzählen Sie doch mal, wer hat die abgesagte Renovierung des Hotel Royal bezahlt? Da bin ich aufrichtig neugierig.«

»Im Prinzip ist für notwendige Ausgaben immer Geld da«, sagte Fiona. »Und die Renovierung ist nicht abgesagt, sondern nur aufgeschoben worden.«

In der Ferne hupten zwei Autos. Die Hausfassaden, die uns umstanden, zwangen einen, den Kopf weit in den Nacken zu legen, wenn man eine Chance haben wollte, den Nachthimmel zu sehen.

»Warum Stockholm?«

»Weil Schweden das säkularste Land dieser Erde ist. Eine Organisation wie unsere erwartet dort niemand.«

Sie tat es schon wieder. Redete von den Beschützern wie von einem multinationalen Unternehmen.

»Sie haben von Schutz gesprochen«, sagte ich. »Wen beschützen Sie genau?«

Ich kannte die Antwort bereits, wollte es aber von ihr hören.

Verfolgte Priester.

»Die Kinder …«

Ich blieb wie angewurzelt stehen.

»Entschuldigung?«

»Die Kinder.«

Ich setzte mich wieder in Bewegung. Der Verkehrslärm wurde immer lauter, je näher wir der Hauptstraße kamen.

»Haben sie das zu Ihnen gesagt? Dass sie Kinder beschützen?«

»Ja.«

»Was für Kinder?«

»Kinder, die von katholischen Priestern missbraucht wurden.«

51

Aber das stimmte nicht, eindeutig nicht, zumindest nicht für jemanden, der die Bilder aus Silvias Versteck gesehen hatte. Denn im Prinzip hatten nur ältere Männer das Hotel betreten, das sie observiert hatte.

Die Erinnerung an Silvias Schilderung dessen, was sie an dem Hotel am meisten gegruselt hatte, traf mich wie ein Schlag ins Gesicht.

Es gehen Menschen in das Hotel hinein und kommen nicht wieder heraus.

Ich versuchte, einen kühlen Kopf zu bewahren.

»Auf welche Weise werden diese Kinder beschützt?«

Fiona starrte zu Boden. Obwohl sie ihre Handtasche geschultert hatte, umklammerte sie den Riemen so fest, dass die Fingerknöchel weiß waren.

»Wir kümmern uns um die Priester«, antwortete sie.

Ich übersah hier etwas ganz Wesentliches, das spürte ich mit jeder Faser meines Körpers.

»Was macht ihr mit den Priestern?«

Sie antwortete nicht.

»Ihr bringt sie um, nicht wahr?«

Sie schwieg weiter.

Ich fuhr fort, Fragen zu stellen: »Wir haben im Hotel Royal eine Bibel gefunden, die einem ›verfolgten Bruder‹ gehört hat. Wer war das?«

Sie schluckte.

»Ich glaube, er kam aus Polen.«

»Und Steve? Im selben Zimmer hing seine Kleidung.«

Fionas Augen wurden feucht, aber sie sagte nichts mehr. Umklammerte nur fest den Schulterriemen ihrer Tasche.

»Warum wollen Sie Teil eines solchen Unternehmens sein?«

Sie blieb auf der Stelle stehen.

»Ich will jetzt nach Hause.«

»Das können Sie vergessen.«

Sie wich ein paar Schritte von mir zurück.

»Sie haben ja keine Ahnung, wie es mir geht!«

Sie spuckte Speicheltröpfchen beim Sprechen, wie ein wildes Tier, das Schaum vor dem Mund hatte. Inzwischen strahlte sie blanke Wut aus.

»Dann erzählen Sie es mir«, sagte ich. »Erzählen Sie mir, wie es sich anfühlt, wenn man Männer ermordet, denen nachgesagt wird, sie wären pädophil.« Ich breitete die Arme zu einer resignierten Geste aus. »Erzählen Sie es mir.«

»Ich weiß nicht, was mit den Priestern geschieht. Ich hab nie danach gefragt. Aber ich weiß, dass sie ihrer Strafe entgehen würden, wenn es die Beschützer nicht gäbe.«

Ein Schauder lief mir über den Rücken.

War Henry doch ermordet worden?

Laut Magda hatte er die Beschützer abblitzen lassen.

Die Frage musste gestellt werden. Allerdings bekam ich nicht die erwartete Antwort.

»Fiona, was ist mit Henry passiert?«

»Er hatte Krebs und ist gestorben.«

»Ich weiß, aber ist er auch am Krebs gestorben?«

»Wovon reden Sie? Es sterben doch andauernd Leute an Krebs.«

Sie verstand die Frage nicht, das war offenkundig. Ich stellte ihr eine andere Frage.

»Wie weit verzweigt ist das Netzwerk? Wie viele Hotels, wie viele Antikhändler gibt es?«

»Das weiß ich nicht«, sagte Fiona. »Ich weiß nur, dass es

in Stockholm, Paris und Madrid Antikhändler gibt, die zum Netzwerk dazugehören. Und in Rom. Ich kann Ihnen wirklich nicht sagen, ob es noch mehr davon gibt. Bei all diesen Antikläden stellt die Beschützertätigkeit nur einen kleinen Teil des Geschäfts dar. Viele der Hotels stehen leer … Und sie suchen sich sorgfältig aus, welche Priester infrage kommen.«

»Wer sind *sie*?«

»Die Beteiligten.«

»Schon klar, aber mal genauer: Wer zum Beispiel betreibt Norton & Son?«

»David Norton und sein Sohn James.«

»Und die haben etwas gegen katholische Priester?«

»Sie haben etwas gegen Priester, die ihrer gerechten Strafe entgehen. So was ist doch nicht richtig – der Meinung bin ich auch.«

Es gibt so einiges, was wir nicht richtig finden, was uns aber trotzdem nicht veranlassen sollte zu töten. Sofern es das war, was in diesen Hotels geschah. Darauf hatte ich immer noch keine Antwort erhalten.

»Von wie vielen Priestern sprechen wir?«, fragte ich.

»Ich weiß es nicht. Nicht von vielen und nicht immer von ein und derselben Vorgehensweise je Land. Das würde zu viel Aufmerksamkeit erregen.«

»Wer hätte Lucys Schachspiel bekommen sollen?«

»Ein Priester aus Kanada. Er hatte Todesangst und brauchte einen Ort, an dem er sich hätte verstecken können.«

Mir dämmerte allmählich, wie sie vorgingen.

So ausgeklügelt. Und so krank.

»So lockt ihr sie zu euch? Ihr behauptet, dass ihr ihnen Schutz anbieten würdet, und stellt ihnen in Aussicht, sie in einem Hotel zu verstecken?«

Ihr Gesichtsausdruck war nicht zu deuten.

»Wir tun so, als würden wir Priestern, die sich an Kindern

vergriffen haben, einen Zufluchtsort anbieten. Viele beißen an und glauben, sie bekämen Hilfe, um ein neues Leben zu beginnen. Sie müssten dafür eine Weile untertauchen, würden aber nie als vermisst gemeldet. Wenn sie es geschafft haben, ihre Kirchen zu verlassen – sofern sie nicht aus einem Kloster rausgeworfen wurden –, erzählen sie ihren Angehörigen, dass ihnen ein Auslandsauftrag bevorsteht. Wenn sie nur ein einziges Wort darüber verlieren, dass ihnen von den Beschützern Hilfe angeboten wurde, dann stehen sie ohne Schutz da. Und die Priester haben solche Angst, dass sie auf ganzer Linie spuren.«

Nach und nach wurde mir das ganze Ausmaß des Projekts klar.

»Ist bei irgendeinem der Priester je ermittelt oder ein gerichtliches Urteil gesprochen worden?«

»In einigen Fällen schon«, sagte Fiona. »Aber die meisten schaffen es, den Ermittlungsbehörden zu entkommen, weil die Kirche die Sache als interne Angelegenheit betrachtet und in der Vergangenheit beschuldigte Priester einfach in andere Gemeinden versetzt hat. Als wäre nie etwas gewesen.«

Sie schüttelte den Kopf.

Ich selbst schwieg. Die katholische Kirche hatte tatsächlich viel zu lang damit gezögert, die alarmierenden Nachrichten von Übergriffen ernst zu nehmen, die aus unterschiedlichen Teilen der Welt hereingeströmt waren. Priester, die furchtbare Taten begangen hatten, waren gedeckt worden und straflos aus der Sache hervorgegangen – und zurück blieben alleingelassene Opfer und auseinanderbrechende Familien. Allerdings bedeutete das immer noch nicht, dass eine Gruppe Wahnsinniger das Recht hatte, das Gesetz in die eigenen Hände zu nehmen, Strafen zu vollstrecken oder Freisprüche zu erteilen. Nicht mal in den Fällen, in denen die Schuldfrage glasklar war.

»Wer hat diesen Verein der Beschützer gegründet?«

»Zwei Männer, die selbst Opfer von Missbrauch durch Priester waren. Sie haben anfangs in Florenz einen Secondhandladen betrieben.«

»Wie heißen die beiden?«

Fiona schob die Hände in die Hosentaschen.

»Ich habe schon viel zu viel erzählt. Abgesehen davon, weiß ich es nicht.«

»Ich hab mit anderen geredet, es geht das Gerücht, dass es eine höchst zornige Schwester gibt, die es vor allem auf Henry Schiller abgesehen hatte. Ich will wissen, wer sie ist und wo ich sie finden kann.«

Fiona blieb an einem Fußgängerüberweg stehen.

Ein sanfter Wind strich über den Gehweg und wehte ihr die Haare ins Gesicht.

»Warum war es Patrick so wichtig, dass ich nicht Teilhaber von Magdas Laden würde?«

Fiona schluckte.

»Ich glaube, es gab Pläne, Norton & Son bei ihrer Arbeit zu entlasten. Magda hatte irgendwie keinen guten Überblick, sodass Patrick gewisse Kontakte hinter ihrem Rücken hätte bedienen können. Aber mit Ihnen als Teilhaber war das zu riskant.«

Im Grunde war es ein verschleiertes Kompliment, aber dafür war ich nicht empfänglich. Ich wohnte nicht in New York, meine Arbeitstage im Laden wären begrenzt gewesen. Patrick hätte die Arbeit mit gewissen Objekten nebenbei betreiben können, ohne dass ich es bemerkt hätte.

»Warum erzählen Sie mir das alles?«, fragte ich.

Für einen Augenblick stand die Zeit still.

»Weil ich nicht will, dass noch mehr Menschen sterben«, sagte Fiona. »Mir war nicht klar, dass es so sein würde. Ich … Ich will, dass Schluss damit ist.«

Und mit einem Mal dämmerte mir, warum Fiona das Taxi nicht verlassen hatte, warum sie dies alles hatte erzählen wollen: weil ihr Gewissen und ihr Gefühl für richtig und falsch mit dem bizarren Kreuzzug, dem sie sich angeschlossen hatte, nicht mehr klarkamen.

Die Ampel sprang auf Grün.

Fiona trat geradewegs auf die Fahrbahn, und ich folgte ihr. Sie ging schneller, blieb dann aber direkt vor einem wartenden Auto stehen.

»Gehen Sie zurück«, sagte sie. »Was mir jetzt blüht, macht mir Todesangst. Ich will nicht, dass wir weiter zusammen gesehen werden.«

Ein Mann kurbelte das Fenster seines Autos hinunter.

»Gibt's Probleme, Mädchen?«, rief er. »Soll ich dir helfen?«

Das hier sah nicht gut aus. Eine zierliche junge Frau, die versuchte, Abstand zwischen sich und einen Schwarzen zu bringen, der ihr allem Anschein nach zu nah gekommen war. Außenstehende – Weiße – würden die Situation nur auf eine einzige Weise deuten, und zwar nicht zu meinem Vorteil. Der sogenannte Alltagsrassismus im Kleinen – worauf auch Abdullah angespielt hatte, indem er bei brennender Innenbeleuchtung in seinem Wagen gesessen hatte.

Fiona sah mir in die Augen. Ihr Blick war standhaft, aber er loderte vor Angst.

»Hab ich Probleme?«, fragte sie leise. »Oder gehen Sie freiwillig?«

»Keine Probleme«, sagte ich. »Sagen Sie mir nur noch, wer in der Organisation der Beschützer beschlossen hat, dass ich wegmuss.«

Dies war das Mindeste, was ich in Erfahrung bringen musste: mit wem ich verhandeln oder gegen wen ich in die Schlacht ziehen würde. Ein Schatten legte sich auf Fionas Gesicht. Wir hatten längst Rot.

Fiona beeilte sich, auf die andere Straßenseite zu kommen. Ich kehrte zu der Seite zurück, von der wir gekommen waren. Im selben Moment, da es für die Autos grün wurde, hörte ich sie rufen: »Ich dachte, Sie wüssten inzwischen, wer hinter Ihnen her ist. Den Rest müssen Sie schon selbst herausfinden. Ihr Problem ist keiner aus dem Führungskreis der Beschützer. Entschuldigung für alles!«

Dann verschwand sie im Schatten der anderen Straßenseite.

52

In meinem Traum trug Lucy ihr Brautkleid, stand am Altar und wartete auf jemanden. Belle hatte ihr Blumenmädchenkleid an, ein goldfarbenes Band im Haar und einen kleinen Blumenstrauß in der Hand. Lucy lächelte Belle glücklich an. Es waren keine Gäste in der Kirche, nur Lucy und Belle. Und ich – aber das wussten sie nicht. Ich saß oben auf der Orgelempore und sah zu ihnen runter. Ich wollte Lucy etwas zurufen, ihr sagen, dass ich es sei, auf den sie warten solle. Dass ich mich bessern und ein anderer werden würde. Dass ich reifer werden könne, dass ich schon angefangen hätte, mich zu verändern.

Die ersten Takte eines Lieds wehten durch die Kirche.

Eine Variation von *Woman in Love.*

Dann öffnete sich das Kirchenportal. Lucy sah den Mittelgang hinunter und strahlte übers ganze Gesicht. Doch dann geschah etwas. Zuerst wurde Belle ernst, gleichzeitig wandelte sich Lucys Ausdruck von glücklich zu erschrocken.

Ich suchte nach einer Treppe, die von der Orgelempore hinunterführte – *ich musste dort runter!* –, konnte aber keine finden – *das war doch nicht möglich!* –, also rannte ich vor und zurück, vor und zurück, und die Musik wurde nur immer lauter, unten in der Kirche begann Lucy, auf eine Art zu schreien, wie ich sie noch nie hatte schreien hören, und Finsternis und Schatten drängten in die Kirche, Belle weinte und ließ ihre Blumen fallen, und ich fand immer noch keine Treppe – *wie bin ich denn auf die Empore gekommen, wenn es keine Treppe gibt?* –, und mit einem Mal war die Zeit verstrichen, ich musste runter, wenn ich sie retten wollte, deshalb hechtete ich über das Geländer, stürzte auf den harten Marmorfußboden und schrie: »Gnade!«

Dann wachte ich auf. Durchgeschwitzt und keuchend.

»Alles in Ordnung?«

Lucys besorgte Stimme war ganz nah, und ich blinzelte und setzte mich auf.

Ein grässlicher Albtraum.

Für einen winzigen Moment spürte ich die Erleichterung am ganzen Leib, dann holte die Wirklichkeit mich wieder ein. Der Albtraum war noch nicht vorbei, ich steckte immer noch mitten drin.

»Ich bin gesprungen«, flüsterte ich.

Lucy streichelte mir den Rücken.

»Wovon redest du?«

Ich holte tief Luft. Ich musste mich zusammenreißen, ich musste es schaffen, den ganzen Weg zu gehen.

Ich sah mich um.

»Wo ist Belle?«

»Sie badet.«

Aus dem Badezimmer war ein Glucksen und Platschen zu hören. Mein Puls beruhigte sich wieder.

Dann klopfte es.

»Ich hab Frühstück bestellt«, erklärte Lucy.

Sie stieg aus dem Bett und öffnete die Tür erst, nachdem sie kontrolliert hatte, wer draußen wartete. Ein junger Mann rollte einen großen Wagen mit Essen herein: Pfannkuchen, Arme Ritter, Croissants, Porridge, Obst, Kaffee, heiße Schokolade.

Ich sah auf die Uhr. Es war halb neun.

Die Erinnerungen an meinen nächtlichen Ausflug schlugen über mir zusammen.

Entschuldigung für alles.

Ich fragte mich, was diese Entschuldigung nach Fionas Meinung wohl alles umfasste. Anscheinend war sie nicht mit allem einverstanden, was meiner Familie und mir widerfuhr. Und über gewisse Teile jenes Rätsels, das nunmehr mein Leben darstellte, wusste sie offenbar mehr als ich.

Lucy gab dem Bediensteten ein Trinkgeld und rollte den Wagen aufs Bett zu.

»Ich hab deinen Zettel gesehen. Du hast mich zu Tode erschreckt, weil du einfach so davongeschlichen bist.«

Ich zog mir T-Shirt und Unterhose an. Lucy hatte sich einen Bademantel über den Schlafanzug gezogen.

»Belle, kommst du frühstücken?«, rief sie.

»Gleich.«

Klassischer Fehler – eine Anordnung als Frage zu formulieren. Natürlich antwortete sie mit »gleich«, sofern man ihr nicht deutlich zu verstehen gab, dass sie sofort kommen sollte. Andererseits war es ganz praktisch, dass Belle in der Badewanne saß; ich musste ungestört mit Lucy reden.

Ich holte meine Handys heraus. Boris hatte angerufen, aber keine Nachricht hinterlassen wollen. Magda hatte eine SMS geschickt. Sie wollte Henrys Kartons haben. Als ich tags zuvor bei ihr gewesen war, hatte ich die Koffer mit den Briefen und Büchern nicht dabeigehabt.

Lucy deckte den Couchtisch ein. Ich legte die Telefone weg und half ihr.

»Irgendwelche Neuigkeiten?«

Ihre Stimme klang rau und fragend. Sie suchte nach etwas in meinem Gesicht, einer Reaktion, einem Gefühl. Sie wollte wissen, ob ich etwas herausgefunden hatte, was abwenden könnte, dass ich in sechs Tagen tot wäre.

»Ich weiß ein bisschen mehr«, erwiderte ich leise. Ich wollte nicht, dass Belle mit anhörte, was ich im Gespräch mit Fiona erfahren hatte.

Lucy schenkte Kaffee ein und biss in ein Croissant. Doch bereits nach dem ersten Bissen gab sie auf. Sie konnte nicht essen und gleichzeitig hören, was ich zu sagen hatte.

»Sie wollten Magdas Laden in ihre Geschäfte einbeziehen?«

»Ja.«

Das Wort »Geschäfte« klang aus ihrem Mund wie ein Schimpfwort. Diesmal war ich ganz ihrer Meinung. In diesem Fall mangelte es den »Geschäften« an moralischem Boden.

»Wollen sie deshalb, dass du stirbst?«

Sie hatte geflüstert, trotzdem hatte ich jede Silbe verstanden.

Im Badezimmer war nur noch gedämpftes Planschen zu hören. Ich stand auf, um nach Belle zu sehen. Sie versuchte gerade, ein Spielzeugschiff in Fahrt zu kriegen, indem sie es aufzog und aufs Wasser setzte. Ihre Finger waren schon schrumpelig, so lange saß sie in der Wanne.

»Jetzt komm aber raus, Belle.«

»Ich will nur noch …«

»Nein.«

Sie ließ das Schiff los und stieg aus der Badewanne. Ich nahm ein Handtuch von der warmen Heizung und wickelte sie darin ein.

Sie sah unverschämt fit aus.

»Wie lang bleiben wir hier?«, fragte sie mich.

»Nicht lange.«

»Eine Woche?«

Ich zuckte zusammen.

»Nein, auf gar keinen Fall. Womöglich fliegen wir morgen schon wieder nach Hause.«

»Was?«

Ich konnte ihre Reaktion verstehen. Mein verzweifelter Versuch, die Familie zusammenzuhalten, hatte sie nach New York gebracht, und jetzt stand ich hier und erzählte ihr, wir würden nach nicht mal zwei Tagen wieder nach Hause fliegen.

»Komm jetzt und frühstücke mit uns.«

Sie rannte ins Zimmer und zog sich an.

Lucy trank Kaffee und aß Pfannkuchen. Es endete auf die gleiche Weise wie ihr Versuch, ein Croissant zu essen: Sie bekam keinen Bissen hinunter. Der Stress war ihr zusehends zu groß, während meine eigene Lebenszeit zur Neige ging.

Belle setzte sich aufs Sofa zu Lucy. Sie hatte nicht das geringste Problem, etwas in sich hineinzukriegen. Und unterdessen verstrich die Zeit.

Boris ging beim ersten Klingeln ran.

»Ich hab einen Nachruf auf mich selbst bekommen«, berichtete ich. »Ich hab noch sechs Tage zu leben.«

»Dann verhandle mit ihnen«, erwiderte Boris.

»Die Alternative ist lebenslänglich Gefängnis.«

Ich erzählte, welche Wahlmöglichkeiten mir angeboten worden waren.

Lucy hatte Belle mit in ihr Zimmer genommen. Ich saß auf dem Sofa mit den Füßen auf einem Hocker. Ich konnte Boris unmöglich alles erzählen, was ich erfahren hatte – sämtliche Details, all die Informationsfetzen, die einander widersprachen.

Am Ende unterbrach er mich.

»Erzähl mir doch, was du rausgefunden hast. Der Weg bis dahin ist nicht interessant.«

Das erleichterte unser Gespräch.

»Es gibt eine Organisation, die behauptet, katholische Priester beschützen zu wollen, die der Pädophilie beschuldigt wurden. Sie nennt sich die Beschützer, aber ihre eigentlichen Schutzobjekte sind die Kinder, also die Opfer, und nicht die Priester selbst.«

»Sympathisch«, sagte Boris.

»Ehrlich gesagt nicht«, entgegnete ich, »denn sie scheren sich nicht um Beweise. Gerichte sind ihnen egal.«

Boris grummelte etwas Unverständliches ins Telefon.

»Wie groß ist die Organisation?«

»Ich weiß nicht. Es gibt wohl Vertreter in mehreren großen europäischen Städten, und es würde mich wundern, wenn es in anderen Erdteilen nicht auch welche gäbe. Die Kommunikation findet fast komplett analog statt: Papiere und Mitteilungen in antiken Gegenständen, die an den entsprechenden Empfänger geschickt oder an verschiedenen Adressen abgeholt werden. Die Priester werden aufgefordert, ihr Umfeld davon in Kenntnis zu setzen, dass sie für eine längere Zeit verreisen. Auf diese Weise verhindert man, dass sie als vermisst gemeldet werden.«

»Und wie lang bleiben sie weg?«

Boris klang erstaunt.

»Ich hab noch nicht herausfinden können, was mit den Priestern passiert, wenn sie erst in ihrem Hotel eingecheckt haben. Lucy und ich sind ins Hotel Royal eingedrungen und haben ein Zimmer gefunden, von dem wir glauben, dass ein Priester dort gewohnt hat.«

Dort hatten wir auch Lucys verlorene Eheringe gefunden, aber daran zu denken schmerzte zu sehr.

»Aber wenn es euch gelungen ist reinzukommen, müsste es dem Priester doch auch gelingen, dort wieder rauszukommen, wenn er nicht freiwillig da ist«, meinte Boris.

Ein kluger Einwand.

»Könnte sein, dass sie auf derart üble Weise bedroht werden, dass sie sich nicht trauen abzuhauen«, gab ich zu bedenken.

»Was für eine Bedrohung sollte das sein? Du wirst doch selbst bedroht, aber ich sehe nicht, inwiefern das deine Handlungsfähigkeit beeinflusst.«

Dem konnte ich nicht widersprechen.

»Du musst die Person finden, die diese Machenschaften gegen dich in Gang gesetzt hat«, sagte Boris, »das ist dir klar, oder?«

Ich folgte mit dem Blick einer Fliege, der es gelungen war, sich in mein Zimmer vorzuarbeiten.

»Ja, klar«, erwiderte ich.

Er hielt inne, schien sich mit dem Handy in der Hand woandershin zu begeben.

Vor Angst war mir abwechselnd heiß und kalt.

Ich kehrte wieder zum Wesentlichen zurück.

»Der Beschützer, der mich jagt – ich muss herausfinden, wer er oder sie ist. Aber wie mache ich das?«

»Polizei?«

»Nein. Ich hab keinerlei Hinweise darauf, wer den Nachruf geschrieben haben könnte – ich könnte ihn genauso gut selbst verfasst haben. Ich kann nicht beweisen, dass ich bedroht werde. Und Teile der Polizei verdächtigen mich jetzt schon, Steve und Silvia ermordet zu haben. Bis ich sie davon überzeugt hätte, dass ich Personenschutz brauche, und bis sie begreifen, dass die Lage ernst ist, bin ich wahrscheinlich schon tot.«

Boris atmete schwer ins Telefon.

»Wahrscheinlich hast du recht«, sagte er. »Wenn du es rechtzeitig nach Hause schaffst, kann ich für dich einen Bodyguard abstellen, gar kein Problem. Aber in den USA ist das zu kompliziert, da kann ich dir nicht helfen.«

»Danke«, sagte ich.

Stille machte sich breit. Wir wussten beide, dass die Gefahr bestand, dass ich trotzdem sterben würde.

»Eins noch«, sagte Boris.

»Was?«

»Die Kameras in deinem Garten …«

»Die kaputt waren?«

»Genau. Hast du eine Idee, wer die manipuliert haben könnte?«

Ich hielt das Telefon fest umklammert.

»Nein.«

»Ich hab die Bilder kontrolliert und die Kameras sogar abnehmen lassen. Sie haben bis zwei Uhr am Nachmittag funktioniert.«

Bis zwei Uhr. Dann waren sie zerstört worden, kurz bevor Silvia in den Baum gehängt worden war.

»Werde jetzt bitte nicht sofort wütend«, sagte Boris zögerlich, »aber sämtliche Kameras aufzuspüren und dabei auf keinem einzigen Überwachungsbild zu erscheinen – das war ziemlich gute Arbeit. Ich wäre weniger beeindruckt, wenn derjenige gewusst hätte, wo die Kameras sitzen … oder alternativ: wenn es ganz natürlich gewesen wäre, dass man ihn auf den Kamerabildern gesehen hätte. Ich muss dich das jetzt fragen … Hast du schon mal in Erwägung gezogen, dass derjenige, der hinter dir her ist, sich in deiner unmittelbaren Nähe aufhalten könnte?«

Mein Mund wurde trocken.

»Wen meinst du konkret?«

»Kannst du ausschließen, dass es der Gärtner ist?«

Fast hörte ich auf zu atmen. Wenn Abdullah auf den Kamerabildern zu sehen gewesen wäre, hätte sich niemand Gedanken gemacht – denn natürlich hätte er nirgends sonst sein sollen als im Garten.

»Abdullah ist ein Freund von mir«, sagte ich.

»Das weiß ich. Die Frage ist nur, ob du auch einer seiner Freunde bist.«

53

Es war, als würden die Mächte des Himmels alle Kraft aufwenden, um mich im Hotel festzuhalten. Es herrschte Weltuntergangswetter der Sonderklasse. Blitz und Donner. Und Regen, wahnsinnig viel Regen.

»Und wenn wir jetzt ertrinken?«, fragte Belle, als sie sah, wie es gegen das Fenster peitschte.

»Das werden wir nicht«, beruhigte Lucy sie.

Ich saß auf dem Fußboden und ging ein letztes Mal den Inhalt der Kisten aus Henrys Lagerraum durch. Magda wollte seine Sachen haben, und die würde sie bekommen.

»Willst du ihr die Sachen per Kurier schicken oder sie selbst vorbeibringen?«, fragte Lucy.

Ich sah kurz auf.

Lucy und Belle saßen auf dem Bett und lasen eine Geschichte.

»Ich würde Magda gern noch mal sehen«, sagte ich.

In Belles Gegenwart wollte ich ihr nicht erklären, warum. Ich musste raus, musste meine Gedanken auslüften. Boris hatte angedeutet, dass Abdullah womöglich nicht zu trauen war, und diese Vorstellung gefiel mir überhaupt nicht. Die Polizei hatte ihn als mutmaßlichen Verdächtigen aussortiert, und das hatte mir genügt.

»Verstehe«, sagte Lucy. »Geh nur.«

»Darf ich mit zu Magda kommen?«, fragte Belle und sah mich erwartungsfroh an.

»Nein, diesmal nicht«, erwiderte ich.

Ich schob den Gedanken beiseite, dass alles, was ich in den

nächsten Tagen unternehmen würde, zum letzten Mal geschehen könnte. Denn sonst würde ich nur in Angst ertrinken.

»Jetzt lesen wir«, rief Lucy Belle in Erinnerung.

Doch Belle hatte schon die Konzentration verloren. Sie rutschte vom Bett und setzte sich neben mich. Ich blätterte die Fotos aus Rom und Madrid durch, suchte vergebens nach etwas Neuem.

»Wer sind denn die Schatten?«, fragte Belle.

»Ich weiß es nicht«, sagte ich. »Vielleicht ein Liebespaar?«

Belle rümpfte die Nase. Sie war keine romantisch veranlagte Person. Zum Glück, denn für die endete es nie gut.

Sie griff zu einer der Kisten und befingerte die Briefe.

»Und für wen sind die?«

Ihre übliche Art zu fragen, ob irgendetwas für sie bestimmt sei.

»Das sind Briefe, die sich zwei Brieffreunde geschickt haben«, erklärte ich ihr. »Sei so gut und lass sie liegen.«

Lucy hatte die Briefe gelesen, aber auch sie hatte ihnen keine aufschlussreichen Details entnehmen können. Es waren kurz gefasste, anonyme Liebesbriefe zwischen zwei Personen, die sich nichts lieber gewünscht hatten, als dass sie ihr Liebesleben ungestört ausleben könnten.

Belle schloss die erste Kiste und zog stattdessen die andere auf.

»Kannst du die bitte auch liegen lassen«, sagte ich.

»Manno!«

Vorsichtig blätterte sie die Umschläge durch. Sie liebte Briefe und Postkarten. Mir gefiel das, für ihr Alter verhieß das Gutes, da würde ich vielleicht nicht immer nur SMS-Grüße bekommen, sondern auch mal einen echten handgeschriebenen Brief.

»Der hier ist dicker«, stellte sie fest und angelte einen der Briefe aus der Schachtel.

Es war der Brief mit dem Zeitungsartikel.

Ich schob ihn in die Kiste zurück.

Belle holte ihn sofort wieder raus.

»Darf ich gucken?«

Ich seufzte, ließ sie aber gewähren. Es war nur gut, wenn sie beschäftigt war.

Sie faltete den Artikel auseinander und betrachtete lange und eingehend die Fotos und die großen Buchstaben der Überschrift. Dann gab sie einen begeisterten Freudenschrei von sich.

»Guck mal!«

Sie hielt mir den Artikel hin. Das Bild sah immer noch genauso aus, wie ich es in Erinnerung hatte: Sebastien – sprich: Henry –, mit ernster Miene umgeben von Gemeindemitgliedern auf der Kirchentreppe.

»Hast du ihn wiedererkannt?«, fragte ich sie.

Insgeheim war ich erstaunt. Belle hatte Henry nicht sonderlich oft getroffen.

Belle lachte.

»Ja, klar, das ist Henry. Nur mit Haaren.«

Eine vollkommen korrekte Beobachtung. Solange ich Henry kannte, war er glatzköpfig gewesen, aber auf dem Bild trug er eine Frisur.

Belle zeigte auf eine Frau, die hinter Henry zu sehen war. Sie hatte ein Baby auf dem Arm.

»Süßes Baby.«

Belle hielt mir den Artikel nachdrücklich vor das Gesicht. Es war wohl an der Zeit, dass ich aufbrach. Jetzt mit ihr zu diskutieren, warum sie keine Geschwister hatte, würde ich nicht ertragen.

Ich sortierte die Briefe ordentlich ein und schob die Kiste zu. Ich würde mit dem Taxi zu Magda fahren. Belle betrachtete unterdessen weiter das Baby, bis ich ihr den Artikel wegnahm. Kurz verspürte ich die Andeutung eines schlechten Gewissens. War es grausam von mir, dass ich ihr Geschwister vorenthielt?

Doch derlei Gedanken waren irrelevant, solange nicht sicher war, ob ich überhaupt überleben würde.

Womöglich war dies der Moment, in dem ich beschloss, einen Gang hochzuschalten. Ich würde kämpfen, um Teil von Belles Leben bleiben zu können. Nicht, um ihr Geschwister zu geben, sondern weil *sie* mich brauchte. Und weil *ich* sie brauchte.

Allmählich war es an der Zeit, den Rest der Truppe zu mobilisieren, der mir noch geblieben war. Wusste der Teufel, ob das genügen würde.

»War das alles?«

Magda sah auf die Koffer hinab, die ich in ihrer Diele abgestellt hatte. Sie blickte misstrauisch drein.

»Ja«, antwortete ich.

In ihrer Wohnung roch es nach Kaffee und Essen.

Magda sah erschöpft aus. Sie sei heute nicht zur Arbeit gegangen, erzählte sie. Ihr Rücken schmerzte, und es fröstelte sie.

»Vielleicht hab ich mir eine Erkältung eingefangen«, sagte sie. »Hoffentlich stecke ich dich nicht an.«

Ich lächelte schief.

»Das wäre noch mein geringstes Problem.«

Sofort wurden Magdas Augen feucht.

»Du musst auf dich aufpassen«, sagte sie.

Sie hatte offensichtlich nicht begriffen, wie sehr ich unter Druck stand.

»Gleichfalls«, erwiderte ich.

Ich zögerte, wusste, dass ich noch mehr sagen sollte. Am Ende gab ich mir einen Ruck.

»Wenn mir etwas zustoßen sollte …«

Sie gebot mir mit erhobener Hand Einhalt. Ihre Diele war schlecht beleuchtet, im Schatten sah sie älter aus, als sie tatsächlich war.

»Davon will ich nichts hören. Vergiss es!«

Ich nahm ihre Hand. Sie war kühl und trocken, und erstaunlich nachdrücklich umklammerte sie meine Finger.

»Ich tue mein Bestes«, sagte ich. »Für Belle und für mich. Aber es gibt da etwas, das du wissen solltest. Wenn mir etwas zustößt, wird Belle meinen Anteil am Laden erben. Ich hätte gern, dass du sie in diesem Fall auszahlst. Wie, weiß ich auch nicht, aber sorge bitte dafür, dass es geschieht.«

Magda nickte.

»Ich hab nie versucht, dich zu betrügen«, sagte sie.

»Das weiß ich«, antwortete ich. »Und ich glaube dir. Aber im Moment stecke ich gelinde gesagt in einer Zwickmühle. Sieh dich vor, wem du vertraust. Sieh dich vor mit denen, die du als Freunde bezeichnest.«

Magda entzog mir ihre Hand.

»Denkst du an jemand Bestimmten?«

»Ich hab euch reden gehört«, sagte ich, »an dem Abend, als wir feiern wollten, dass ich Teilhaber geworden war. Patrick und du, ihr kamt aus dem Keller. Patrick war empört, weil ich Henrys Anteil übernehmen würde. Hat er dir je gesagt, warum?«

Magdas Miene war trauerverhangen.

»Warum in aller Welt kümmert es dich, was jemand wie Patrick von sich gibt? Er zählt nicht, er besitzt nicht einmal ein Prozent des Ladens. Er …«

»Kannst du nicht einfach auf meine Frage antworten?«

Im Hintergrund tickte eine Uhr. Aus der Nachbarwohnung war ein Klappern zu hören. Die Klimaanlage pustete direkt über unseren Köpfen kalte Luft in den Flur, und mit einem Mal war mir klar, dass ich womöglich gerade zum letzten Mal in Magdas Wohnung stand. Ich war in einer Einbahnstraße nach der anderen gelandet. Aber jetzt hatte ich endlich eine Frage gestellt, die ich mir selbst beantworten konnte.

»Nein«, sagte Magda. »Ich weiß nicht, was Patrick an dem Abend geritten hat.«

»Aber ich weiß es.«

54

»Er gehört zu den Beschützern«, sagte ich. »Die sind gefährlich, Magda, sehr gefährlich. Es sind die Beschützer selbst, die die Priester verfolgen. Ich weiß, dass Henry Krebs hatte, aber ich glaube inzwischen tatsächlich, dass jemand den Verlauf beschleunigt haben könnte.«

Magda wurde bleich.

Dann schüttelte sie den Kopf.

»Das kann nicht sein«, sagte sie. Henry hat doch gesagt, dass die Beschützer ihm *helfen* wollten, dass sie ihn vor der Schwester des Jungen beschützen wollten, der ihn damals des Missbrauchs bezichtigt hatte.«

»Das stimmt aber nicht«, entgegnete ich. »Henry hatte recht, diese Organisation geht zutiefst unmoralisch vor.«

Magda sank auf einen Stuhl und legte die Hände in den Schoß. Einen Moment lang wünschte ich mir, wir hätten uns im Laden getroffen. Nur zu gern hätte ich Patrick für eine Viertelstunde auf die Straße hinausgeschickt, um ungestört mit Magda sprechen zu können – und zwar in einer Umgebung, die das Interesse, die Leidenschaft widerspiegelte, die sie, Henry und mich ursprünglich zusammengeführt hatte. Ohne es genau benennen zu können, überfiel mich hier das Gefühl, dass unsere Beziehung nachhaltig zerrüttet war. So würde es nicht mehr weitergehen, wir würden nie mehr dasselbe alte Vertrauen zueinander verspüren. Die Erkenntnis war bitter – offenbar fiel es mir leichter, Menschen in professionellen Beziehungen zu vertrauen als jenen, mit denen ich rein privat in Verbindung stand.

Aber wie auch immer – der Stress machte mich rastlos.

Ich musste gehen, allerdings erst, nachdem sie mir auf eine weitere Frage geantwortet hätte.

»Zwischen den Briefen hab ich einen Zeitungsartikel gefunden, von dem ich dir schon erzählt habe«, erklärte ich. »Er scheint nichts mit dem Brief zu tun zu haben, liegt aber in einem der Umschläge. Ich bräuchte Hilfe bei der Einordnung des Fotos.«

Magda lächelte. Ein wehmütiges Lächeln.

»Ich helfe gern, wo ich kann.«

Ich öffnete den Koffer mit den Kisten und holte den Brief mit dem Artikel heraus.

»Darf ich mal sehen?«

Magda streckte die Hand nach dem Umschlag aus.

Erst betrachtete sie lange die Adresse, an die er geschickt worden war, dann den Absender. Auf ihrem Gesicht zeichnete sich nach und nach die komplette Bandbreite der Gefühle ab, zu denen wir Menschen fähig waren.

»Guter Gott … Sag nicht, dass die Koffer voll mit dieser Korrespondenz sind …«

Ihre Stimme war nur mehr ein Flüstern.

»Nicht nur«, sagte ich. »Kennst du die Empfängerin? Diese B. Lopez?«

»Nein. Nie gehört.«

Ich schluckte trocken.

»Es fühlt sich mies an, mit Liebesbriefen hierherzukommen, die Henry an eine andere Frau geschickt hat.«

Sie schüttelte den Kopf.

»Das ist doch nicht deine Schuld, Martin. Das hier ist allein Henrys Verantwortung.«

»Hat er nie von einer anderen Frau gesprochen?«

»Nein.«

»Die Briefe scheinen zwischen Rom und Madrid hin- und

hergeschickt worden zu sein. Deshalb dachte ich, dass sie an dich gerichtet wären.«

Magda ließ den Brief zu Boden fallen.

»Ich hab dir doch erzählt, dass Henry einige Jahre lang in Rom gearbeitet hat, oder?«, fragte sie.

»Ja.«

Eilig holte ich den Artikel heraus. »Kennst du jemanden auf diesem Bild?«

Ich wollte die Namen der Menschen, die bei dem Skandal eine Rolle gespielt hatten und möglicherweise noch heute, Jahrzehnte später, in unserem Dunstkreis herumspukten. Magda hielt sich den Artikel vor das Gesicht. Sie musste die Augen zusammenkneifen, als sie das vergilbte Zeitungspapier betrachtete.

»Gehen wir ins Arbeitszimmer«, schlug sie vor. »Hier in der Diele sehe ich so schlecht.«

Wir durchquerten die Wohnung und landeten in jenem Zimmer, das früher Henrys Arbeitszimmer gewesen und jetzt der Ort war, wo Magda private Angelegenheiten erledigte. Sie passte viel besser als Henry hinter den riesigen Schreibtisch.

»Wollen wir doch mal sehen …«

Sie stellte sich mit dem Rücken zu mir ans Fenster.

Und dann hörte ich: »Oh.«

Ein Laut, der einem Ausatmen täuschend ähnlich klang, aber tatsächlich ein leiser Ausruf oder eine Feststellung war.

Ich stellte mich neben sie.

»Henry hab ich natürlich erkannt«, sagte ich, »aber wer sind all die anderen?«

Magda betrachtete das Bild eingehend.

»Ich wusste nicht, dass er das aufgehoben hatte«, sagte sie. »Das ist so viele Jahre her …«

»Wer sind diese Leute, Magda?«

Sie konzentrierte sich.

»Gemeindemitglieder«, sagte sie. »Niemanden, den ich wiedererkenne. Oder doch, ihn da … Er hieß Miguel. Ein durch und durch böser Mensch.«

Magda erstarrte.

»Und dann erkenne ich natürlich sie hier.«

Sie zeigte auf die Frau mit dem Baby.

»Wer ist das?«, fragte ich.

»Niemand, von dem ich gern sprechen möchte.«

Ich spürte, wie der Boden unter mir nachzugeben drohte.

»Jetzt hör aber mal auf«, sagte ich. »Ich setze gerade mein Leben aufs Spiel. Wenn ich richtig Pech habe, dann hänge ich in ein paar Tagen ebenfalls an einer Hundeleine von einem Baum. Du musst mir endlich sagen, was hier Sache ist!«

Es geschieht nur selten, dass ich jemanden anflehe, aber in diesem Augenblick tat ich es. Für mich, für Belle, für alles, was ich noch erleben wollte.

»An einer Hundeleine …?«

Magda ließ den Artikel sinken.

»Ja, an einer Hundeleine. Aber das ist nichts, was für dich eine Rolle spielen müsste.«

Ich war einfach nur enttäuscht. Nicht weil ich glaubte, dass die Frau mit dem Baby wichtig war, sondern weil ich auf weitere Überraschungen nun wirklich keine Lust mehr hatte.

Magda nahm den Artikel wieder hoch.

»Den Jungen haben sie ›Töle‹ genannt«, flüsterte sie.

»Entschuldigung, wen?«

»Henrys Kollegen. Die Priester. Sie nannten den Jungen, der ihn des Missbrauchs beschuldigte, ›Töle‹. So haben sie alle Kinder genannt, die sich trauten, Priester anzuzeigen, die ihnen Leid angetan hatten. Sie waren natürlich auch wütend auf ihre Brüder – aber noch viel wütender waren sie auf diese Kinder, die mit der Schuld und der Scham ganz allein klarkommen mussten.«

Ich versuchte zu verstehen, was sie mir sagen wollte.

»Meinst du, dass Henry trotz allem pädophil war?«

»Nein, absolut nicht«, protestierte sie laut. »Aber die Schuldfrage spielte nie eine Rolle – Kinder, die Priester angezeigt hatten, wurden ›Tölen‹ genannt, ganz gleich ob die Beschuldigungen wahr waren oder nicht.«

Töle.

Hundeleine.

Insgeheim hatte ich gehofft und mir gewünscht, die Hundeleine hätte keine symbolische Rolle gespielt. Doch jetzt war klar, dass sie das durchaus tat: Die Hundeleine stellte eine Erniedrigung einer ganz anderen Dimension dar, als ich es mir je hätte vorstellen können.

Magda griff erneut nach dem Artikel.

»Die Frau mit dem Baby ist die Mutter, die Henry beschuldigt hat«, sagte sie. »Dieses Bild ist nur wenige Tage, bevor sie zu Werke schritt, gemacht worden.«

Sie wurde von einem gellenden Läuten unterbrochen. Irgendwo klingelte ihr Handy.

»Entschuldige«, sagte sie. »Ich geh eben ran und bitte darum, später zurückrufen zu dürfen.«

Ich blieb mit dem Zeitungsartikel in der Hand zurück und schämte mich. Ich hatte mir nicht vorgestellt, dass die Frau so stark aussehen und so schön sein würde. Ich weiß, das war lächerlich. Aber auf eine kindliche Art hatte ich mir eingeredet, dass man einem Menschen ansehen müsste, wenn er etwas in der Art tat, was diese Frau Magda zufolge Henry angetan hatte.

Ich hörte, wie Magda ans Telefon ging.

»Hallo?«

Ich ließ den Blick schweifen. An den Wänden deckenhohe Bücherregale mit akkurat sortierten Büchern. Auf dem Schreibtisch eine grüne Lederunterlage mit Tintenwippe, von der ich annahm, dass Magda sie nicht mehr benutzte. Doch neben der Tintenwippe stand etwas, was meine Aufmerksamkeit erregte. Ein Briefständer mit zwei weißen Fensterumschlägen. Und der vordere stammte aus dem Krankenhaus, in dem Henry gelegen hatte.

Magdas Stimme hallte durch die Wohnung.

»Aber mal ehrlich, hätten sie darauf nicht früher kommen können?«

Ich hatte keine Ahnung, wer da am anderen Ende der Leitung war, brauchte aber weniger als drei Sekunden, um meinen Entschluss zu fassen. Ich griff nach dem Brief aus dem Krankenhaus.

Es war ein Obduktionsbericht. Und eine kurze Nachricht.

Sehr geehrte Mrs. Schiller,
wie wir beide befürchtet haben und Sie im beiliegenden Protokoll nachlesen können, deuten die Testergebnisse darauf hin, dass Henry seine Behandlung stillschweigend abgebrochen hatte, lange bevor wir über Palliativmaßnahmen gesprochen haben.

Weiter konnte ich nicht lesen. Binnen eines Wimpernschlags hatte ich mein Handy gezückt und fotografierte sämtliche Seiten des Schreibens. Von draußen hörte ich Magdas Schritte. Ich faltete die Seiten wieder zusammen und schob sie in den Umschlag zurück.

»Alles muss man selbst machen«, brummte sie.

Als sie meinen Gesichtsausdruck sah, hielt sie abrupt inne.

»Was ist los?«

Ich rang mir ein Lächeln ab.

Sie hatte es immer noch nicht begriffen.

Oder vielleicht vermochte sie sich auch nicht vorzustellen, was mich erwartete.

»Alles gut«, sagte ich.

Dabei war gar nichts gut, es war wieder alles offen.

Henry Schiller hatte seine Behandlung abgebrochen, ohne sich mit seinem Arzt zu beraten. Ich konnte nachvollziehen, dass Magda sich weigerte, vom Schlimmsten auszugehen – nämlich dass jemand Henry genötigt haben könnte, seinem Leben aktiv ein Ende zu setzen. Was mich betraf, musste ich mit dieser Möglichkeit anders umgehen. Ich wollte Gewissheit, ich brauchte Antworten. War Henry Schiller entgegen allen Annahmen doch ermordet worden? Und wer hatte es damit so eilig gehabt, dass er nicht mal hatte warten können, bis der Krebs ihn dahingerafft hatte?

55

»Er hätte noch Monate weiterleben können, womöglich Jahre.«

Ich hatte meine eilig geschossenen Fotos von Henrys Obduktionsbericht an einen Freund geschickt, der als Arzt in einer Privatklinik in Helsinki arbeitete. Bloß Henrys persönliche Daten hatte ich in dem Bericht geschwärzt. Und jetzt hatte der Freund mich angerufen.

»Für mich als Arzt ist es ein Rätsel, warum er sich dafür entschieden hat, die Behandlung abzubrechen«, sagte er. »Hast du die Schilderung seines Krankheitsverlaufs gelesen? Du weißt, welche Art Krebs er hatte, oder?«

Ich saß in meinem Hotelzimmer im Plaza und hörte aufmerksam zu. Lucy und Belle waren auf einen Spielplatz gegangen. Es war viel zu still um mich herum.

»Über Details habe ich mit meinem Freund nie gesprochen«, antwortete ich.

»Verstehe. Also, soweit ich es erkennen kann, hatte der Krebs schon gestreut, als er seine Diagnose bekam. Das verschlechtert natürlich die Prognose, vor allem bei Lungenkrebs, der ja hier vorlag.«

»Was für eine Behandlung hat er bekommen?«

»Er ist erst mit Zellgiften behandelt und bestrahlt worden, und auf die Behandlung hat er so gut reagiert, dass er eine sogenannte Immuntherapie bekam. Das bedeutet in Kürze, dass er Tabletten bekam, um sein Immunsystem dazu zu bringen, den Krebs von selbst zu bekämpfen. Das ist eine verhältnismäßig neue Form der Behandlung, die sich für einige Krebsarten als sehr erfolgreich erwiesen hat, die wir früher gar nicht behandeln konnten.«

»Und diese neue Behandlungsmethode hat funktioniert?«, hakte ich nach.

»Laut seinem Onkologen hat sie ausgezeichnet angeschlagen. Grob gesagt, hat sicher niemand geglaubt, dass er es vollends schaffen würde, aber für einen Kranken ist jedes Jahr ein Geschenk.«

Das war ein schwindelerregender Gedanke. Man hatte Henry eine neue Behandlung angeboten, und es war ihm damit besser gegangen. Warum hätte er sich entscheiden sollen, die Behandlung abzubrechen?

»Könnte er an Nebenwirkungen gelitten haben?«, fragte ich.

»Garantiert. Aber es gibt keine Notiz von seinem Arzt, dass die Nebenwirkungen so schwerwiegend gewesen wären, dass er stattdessen den Tod gewählt haben könnte. Im Übrigen ist der Arzt auch nicht davon unterrichtet worden, dass sein Patient die Medikamentierung eingestellt hat. Anscheinend hat der Patient die Kontrolltermine nur noch nachlässig wahrgenommen. Bei einer Röntgenuntersuchung stellte man schließlich fest, dass die Krankheit zurückgekehrt war. Drei Monate später war er tot.«

Drei Monate.

Um die Zeit musste er mich über seine Krankheit informiert haben. Als sie nicht länger verborgen werden konnte. Ich versuchte, mich zu erinnern, wie es in der Zeit vor dem Gespräch mit Henry gewesen war. Es hatte immer mal wieder Momente gegeben, in denen er kränklich gewirkt hatte, aber ich konnte mich nicht erinnern, dass er mir je wie ein Sterbenskranker vorgekommen wäre.

Du hattest so viele Geheimnisse, Henry.

Das Gespräch mit dem Arzt hinterließ einen bitteren Nachgeschmack.

Vielleicht war Henry alles so leid gewesen, dass er nicht mehr länger leben wollte, dachte ich kurz.

Aber tatsächlich glaubte ich das nicht.

Ich fuhr meinen Laptop hoch. Ich hatte keine Zeit mehr, mich mit Henrys Tod aufzuhalten, ich musste weiterarbeiten, um nicht selbst draufzugehen. Ich rief die Webseite der Fluglinie auf. Ich würde Belles und Lucys Tickets stehen lassen, mein eigenes aber umbuchen. Ich würde nicht nach Stockholm zurückfliegen. Ich hatte vor, direkt nach Rom zu reisen.

Doch sowie ich die Buchungsseite anklickte, hielt ich abrupt inne. Marcels Heimreise war storniert worden. *Was zum Teufel …*

Allem Anschein nach war er nicht am Flughafen aufgetaucht. Weil er Businessclass hätte fliegen sollen, würde das Geld für das Ticket automatisch wieder an mich zurückgehen. *Aber wie war das möglich?* Ich klickte die Buchung an. Marcel hatte zwar für den Flug eingecheckt, war aber nicht am Gate erschienen.

Ich griff nach meinem Handy. Rief ihn wieder und wieder an. Doch Marcel ging nicht ran. Mir schwirrte der Kopf. Bis ein Gedanke blieb: *Nicht auch noch Marcel!*

An der Tür von Hotelzimmern fehlt oft die Schwelle. Das führt mitunter dazu, dass Geräusche vom Flur ins Zimmer dringen, aber noch wichtiger: Geräusche von drinnen hinaus auf den Flur. Das Plaza hatte Türschwellen, allerdings war der Unterschied nicht allzu groß, weil die Türen so dünn waren. Auf dem Weg zu Marcels Zimmer kam ich an nicht weniger als zwei Zimmern vorbei, in denen auf der anderen Seite Leute miteinander stritten. Dass man in einem der schicksten Hotels der Welt eincheckte, nur um sich dann gegenseitig anzuschreien, war mir unbegreiflich.

Aus Marcels Zimmer war kein Mucks zu hören.

Ich klopfte an. Dann noch mal. Beim dritten Klopfen öffnete eine Putzfrau.

Sie sah mich verlegen an.

»Ich suche Marcel Girard«, sagte ich.

Sie schüttelte den Kopf.

»Das Zimmer ist leer, der Gast hat ausgecheckt.«

Immer diese Überraschungen. Dass er ausgecheckt hatte, war natürlich zu erwarten gewesen, aber weil er nicht zum Flugplatz gefahren war und auch nicht von sich hatte hören lassen, war ich unruhig; ich musste in einem fort an Steve denken.

War Marcel verschwunden?

Und in welchem Zustand würde er wiedergefunden werden? Mit oder ohne Hundeleine um den Hals?

»Wann hat er das Zimmer denn verlassen?«, fragte ich die Putzfrau.

Sie wand sich, und ich musste mich zusammenreißen, um ruhig zu bleiben.

»Solche Details darf ich leider nicht weitergeben«, sagte sie.

Ich lächelte angestrengt.

»Wie schade«, sagte ich, »denn ich hätte meinen Freund wirklich noch erreichen müssen. Sie würden mir einen großen Dienst erweisen, wenn sie mir sagten, wann er ausgecheckt hat.«

Doch die Frau blieb standhaft. Das störte mich und mein Ego, denn ich bin es gewohnt, meinen Willen zu bekommen. Ich dachte schon darüber nach, ihr Geld zuzustecken, ehe mir einfiel, dass es eine noch bessere Methode gab.

Ich rief Marcel erneut auf seinem Handy an, aber er ging wieder nicht ran. Statt ihm eine Nachricht zu hinterlassen, ging ich runter an die Rezeption. Immerhin hatte ich für das

Zimmer bezahlt, die Buchung lief auf meinen Namen. Das verschaffte mir einen Vorteil.

»Hat Marcel Girard eine Nachricht hinterlassen, als er ausgecheckt hat?«, fragte ich den Rezeptionisten.

Er tippte auf der Tastatur des Computers.

»Nein, tut mir leid ... Wie ich sehe, wurde das Zimmer bereits bis morgen bezahlt. Für heute Nacht können wir Ihnen den Preis leider nicht zurückerstatten, auch wenn es nicht bewohnt wird.«

»Kein Problem«, sagte ich. »Ich hab Marcel selbst gebeten, früher nach Hause zu reisen, allerdings scheint er Schwierigkeiten mit dem Flug gehabt zu haben. Nur der guten Ordnung halber: Können Sie mir zufällig sagen, wann genau er ausgecheckt hat?«

»Heute Morgen um kurz nach neun«, entnahm der Rezeptionist seinen Unterlagen.

Meine Gedanken kreisten. Neun Uhr war zu spät – damit hätte er den Flug mutwillig verpasst. Oder aber er hatte verschlafen.

Was konnte sonst noch passiert sein?

»Ich habe soeben eine Nachricht vom Housekeeping bekommen. In dem Zimmer ist eine Halskette liegen geblieben. Wir müssten erst versuchen, Marcel Girard persönlich zu erreichen ... Wenn Sie ihn zuerst sprechen sollten, dann sagen Sie ihm doch, dass die Halskette hier auf ihn wartet.«

Ich konnte mich nicht entsinnen, Marcel mit einer Halskette gesehen zu haben, aber es musste ja auch nicht seine sein.

»Dürfte ich mal sehen, wie die Kette aussieht?«, fragte ich.

Der Rezeptionist nickte.

Der Eingangsbereich des Plaza ist wirklich angenehm gestaltet. Die Bar in der Ecke ein Stück entfernt ist ebenso diskret wie geschmackvoll eingerichtet. Allerdings waren dies

Details, die ich an diesem Vormittag kaum mehr zur Kenntnis nahm. Stress und Sorge hatten mir einen Tunnelblick beschert.

Fünf Minuten später hielt ich die Halskette in der Hand. Der Rezeptionist bediente unterdessen einen anderen Hotelgast, behielt mich aber im Blick. Aus seiner Sicht wäre es unglücklich, wenn die Halskette verschwinden würde. Es handelte sich um eine dünne Goldkette und ein goldenes Medaillon mit eingravierten Blumenranken. An Marcel hatte ich die definitiv nie gesehen. Die Kette war alt und hätte gereinigt werden müssen, damit sie ihre ganze Wirkung entfaltete.

Ich wog sie in der Hand. Die Putzfrau hatte sie unter dem Bett gefunden. Wahrscheinlich war sie vom Nachttisch gerutscht. Die Kette musste für Marcel eine große Bedeutung haben, wenn er sie nach New York mitgenommen hatte. Vorsichtig klappte ich das Medaillon auf.

Es steckte ein Farbfoto darin, mit einem Messer zurechtgeschnitten, damit es perfekt in das Schmuckstück passte. Auf dem Bild war eine Frau zu sehen, die in die Kamera lächelte. Das Ganze sah nicht aus wie ein klassisches Porträtbild, sondern ich vermutete, dass es aus einem größeren Foto ausgeschnitten worden war. Ich sah mir das Foto genauer an. Irgendetwas an dieser Frau kam mir bekannt vor, doch in meinem Kopf spielten die Erinnerungen Verstecken.

Wo hatte ich sie schon einmal gesehen?

Im nächsten Moment gefror mir das Blut in den Adern.

Sie sah aus wie die Frau von dem Zeitungsausschnitt, den ich in Henrys Briefsammlung gefunden hatte. Die mit dem Kind auf dem Arm. Die Frau, die Magda als die Mutter des Jungen identifiziert hatte, der Henry des Missbrauchs bezichtigt hatte.

Ich schluckte mehrmals.

Was hatte Marcel mit der Frau zu tun?

War sie es überhaupt?

Ich fotografierte das Bild im Medaillon mit dem Handy. Dann machte ich noch ein Foto der Kette mitsamt Anhänger und gab sie dem Rezeptionisten zurück.

Zurück in meinem Hotelzimmer, holte ich die Kopie des Zeitungsartikels heraus, die ich gemacht und mit nach New York genommen hatte. Sobald die Bilder nebeneinanderlagen, war jeder Zweifel ausgeräumt: Es handelte sich um ein und dieselbe Frau. Sie hatte dieselben Grübchen, dieselbe Narbe auf der linken Wange, denselben hohen Haaransatz, den man auf beiden Bildern deutlich erkannte, weil sie beide Male einen Pferdeschwanz trug.

Mein Puls beschleunigte sich.

Was ging hier vor?

Der Zeitungsartikel stammte aus dem Jahr 1989. Damals war Marcel nicht mal auf der Welt gewesen. Trotzdem bedeutete das nicht, dass er die Frau auf dem Bild nicht kannte. Allerdings wollte mir nicht in den Kopf gehen, wo sich die beiden je begegnet sein sollten.

Abgesehen davon, hatte ich wirklich die Nase voll von neuen Rätseln. Was der Onkologe erzählt hatte, hatte mir vollkommen gereicht. Dann Magdas Geschichte mit den Tölen, Boris' Verdacht, Abdullah könnte derjenige sein, der …

Mir brummte der Schädel.

Boris' Verdacht.

Die Erkenntnis drohte mich regelrecht zu ersticken.

Hast du schon mal in Erwägung gezogen, dass derjenige, der hinter dir her ist, sich in deiner unmittelbaren Nähe aufhalten könnte?

Nein, hatte ich nicht.

Doch allmählich beschlich mich eine Ahnung, die noch viel schlimmer war als alles andere – eine Ahnung, die ich augenblicklich weit von mir wegschieben musste, die gar nicht erst Form annehmen durfte.

Meine Finger fühlten sich taub an, als ich das Foto aus dem geöffneten Medaillon an Marcel schickte. Nur das Bild und eine kurze Nachricht.

Dann wartete ich.

Und wartete. Mit dem eigenen Tod vor Augen hat es etwas besonders Unnatürliches, Zeit mit Warten zu verschwenden. Ich versuchte, das Beste daraus zu machen, indem ich mit Belle und Lucy zusammen war. Wir verbarrikadierten uns in unserem Hotelzimmer, und ich erzählte Lucy, was ich in Erfahrung gebracht hatte – allerdings so verschlüsselt, dass nur sie das wahre Ausmaß der Sache erkannte und Belle keinen Verdacht schöpfte.

Lucy gab leise Ausrufe von sich wie: »Nicht Abdullah!«, und Belle echote: »Was ist denn mit Abdullah?«

Als ich weitererzählte, sagte Lucy: »O mein Gott, dann ist er vielleicht gar nicht an Krebs gestorben?«, und Belle kam aus dem Badezimmer gerannt, wo sie ihre Lieblingspuppe im Waschbecken gebadet hatte, und fragte: »Wer ist gestorben?«

Eine Weile schwiegen wir; dann zeigte ich Lucy das Foto der Halskette, die in Marcels Hotelzimmer liegen geblieben war. Erst starrte Lucy das Bild verständnislos an, doch als ich ihr die Kopie des Artikels zeigte, fiel der Groschen.

»Woher kennen die sich?«

»Ich hab ihn gefragt«, erwiderte ich, »aber noch keine Antwort erhalten.«

Am späten Nachmittag erhielt ich die Antwort. Ich hörte, wie mein Handy eine neue Nachricht vermeldete, und nahm es zur Hand. Auf Antworten, die mich nicht sofort beruhigten, war ich unterdessen nicht vorbereitet.

Lieber Gott, bitte lass mich irren …

Wer auch immer, aber nicht Marcel.

Und als Antwort auf mein Gebet flüsterte mir Fionas Stimme ins Ohr: *Ich dachte, Sie wüssten inzwischen, wer hinter Ihnen her ist.*

Entschuldigung für alles.

Sie wusste Bescheid, dachte ich matt. Sie wusste es.

Ich hatte Marcel geschrieben: »Du hast deine Halskette im Hotel liegen lassen. Wer ist das?«

Und mit verschwommenem Blick las ich seine Antwort: »Meine Mutter.«

56

Das mit der Herde, die man zusammenhalten will, wenn man sich in einer Krise befindet, ist ein schöner, ein *stärkender* Gedanke. Er zeugt von Feingefühl und von Liebe, aber immer auch von einem Hauch Irrationalität. Denn warum sollte man die Herde um sich versammeln, während man mit dem Tod bedroht wird? In welcher Hinsicht sollte es besser sein, seine Lieben potenziell mit in den Tod zu reißen?

All das versuchte ich Lucy zu erklären, als ich ihr erzählte, dass ich nicht mit nach Stockholm, sondern direkt weiter nach Rom fliegen würde. Ich teilte es ihr mit, sobald Belle eingeschlafen war. Marcels SMS hatte das Rennen beschleunigt; ich musste von nun an schneller und aggressiver agieren.

Marcel.

Der seinem französischen Ursprung zum Trotz behauptete, Sohn jener Spanierin zu sein, deren Junge Henry des sexuellen Missbrauchs beschuldigt hatte.

Der daher nur der kleine Bruder des betreffenden Jungen sein konnte.

Und der das Au-pair meines Kindes gewesen war.

Dem ich nicht nur vertraut, sondern den ich außerdem wirklich gemocht hatte.

Inzwischen war der Kontakt abgebrochen. Ich wusste nicht mal, wo Marcel sich derzeit befand.

Es gab eine Grenze dafür, wie viele Zufälle noch als solche durchgingen; Marcel war ein Rätsel, das diese Grenze um Längen überschritten hatte.

Du hast dich getäuscht, Boris. Es war nicht der Gärtner, sondern das Au-pair.

Inzwischen glaubte ich nicht mehr, dass Marcel ohne einen bestimmten Vorsatz in meiner Familie gelandet war.

Und ich glaubte auch nicht länger, dass er mir wohlgesinnt war.

Bei dieser Erkenntnis wurde mir angst und bange.

»Du bist ja wahnsinnig, wenn du allein nach Rom fährst«, sagte Lucy mit einer Stimme, die ich nicht von ihr kannte. »Das kommt überhaupt nicht infrage. Ich komme mit.«

Unsere gedämpften, wenn auch aufgeregten Stimmen hallten im Bad, in das wir uns eingeschlossen hatten, zwischen den gekachelten Wänden wider.

»Und Belle?«, fragte ich. »Was passiert mit Belle, wenn ich es nicht schaffe? Soll sie ins Kinderheim kommen?«

Ich sollte wohl noch mal deutlich machen, dass ich nicht die Absicht hatte zu sterben, aber es kommt hin und wieder vor, dass man überrascht wird. Doch Lucy weigerte sich, auf mich zu hören, schlug stattdessen mit der Hand gegen die Fliesenwand – und ausnahmsweise brach ich diesmal vor ihr in Tränen aus.

»Du darfst nicht mitfahren.«

Lucy schlang mir die Arme um den Kopf und küsste mich auf den Scheitel.

»Du musst zur Polizei gehen«, sagte sie entschieden.

Und nicht zum ersten Mal.

»Und was soll ich denen erzählen?«

»Dass du Personenschutz brauchst.«

»Die werden mir nicht helfen.«

»Vergiss die Morde an Steve und Silvia. *Zeig ihnen den Nachruf.*«

»Aber darüber haben wir doch schon geredet. Der Nachruf beweist gar nichts. Und dieser Kommissar, der mich verhört hat, ist misstrauisch. Und damit hat er verdammt noch mal recht. Es ist ein Dienstvergehen seitens all dieser anderen Idioten zu glauben, dass Steve und Silvia nicht von ein und derselben Person ermordet wurden.«

Ich wischte mir die Tränen aus dem Gesicht.

Jetzt musste mal Schluss sein mit Heulen. Nicht dass es mir an Gründen zu weinen gemangelt hätte. Aber ich hatte keine Zeit mehr dafür. Das sagte ich auch immer zu Belle, wenn sie zu lang weinte. Es gibt immer einen Grund, in Tränen auszubrechen, also sorge dafür, dass dazwischen ein bisschen Zeit verstreicht. Inflationäres Weinen ist destruktiv, aber ich spüre lieber zu viel als überhaupt nichts.

Ich sah Lucy in die Augen.

»Du weißt genauso gut wie ich, dass ich dich nicht zwingen kann, nach Stockholm zurückzureisen. Ich kann dich auch nicht zwingen, dich um Belle zu kümmern, weder während ich in Rom bin noch überhaupt, falls ich hierbei draufgehe. Aber ich kann dich um etwas bitten, und das will ich hiermit tun: Komm zur Vernunft. Fahr nicht mit nach Rom.«

»Aber ich hab das Schachspiel ursprünglich gekauft …«

»Und ich habe einen Nachruf erhalten. Und mir bleiben womöglich keine sechs Tage mehr, um zu überleben.«

Lucy rang nach Luft.

»Verkauf den Antikhandel.«

»Das nutzt doch nichts! Das hätten sie mir doch längst vorgeschlagen!«

»Ich hasse dieses Spiel! Warum müssen sie uns in diesen Mist, in diesen Dreck mit reinziehen!«

Sie setzte sich auf den Badewannenrand, wahrscheinlich um ihre Gedanken zu sortieren. Die meisten Menschen können im Sitzen besser denken. Es klingt wie eine Binsenweisheit, stimmt aber tatsächlich.

»Entschuldige die direkte Frage, aber hat Henry Schiller deiner Meinung nach wirklich Schuld auf sich geladen?«

Ich ließ mich neben ihr nieder.

Nicht direkt neben ihr, sondern ein Stückchen entfernt.

»Ich weiß es nicht. Ist das denn relevant?«

Das war meine ehrlichste Antwort.

»Menschen sind nicht immer diejenigen, für die wir sie halten«, sagte Lucy. »Das gilt leider auch für Henry.«

»Ich weiß«, sagte ich. »Es wäre unbegreiflich, dass die Beschützer ausgerechnet Henry zu einem ihrer Opfer auserkoren haben sollten, wenn sie in Wahrheit keinen Grund gehabt hätten, ihn für irgendeine Form des Missbrauchs verantwortlich zu machen. Was andererseits natürlich kein bisschen entschuldigt, was sie getan haben.«

»Da bin ich ganz deiner Meinung«, sagte Lucy. »Im Grunde wollten sie bloß seinen Laden haben. Das unterscheidet ihn wohl von den anderen Opfern.«

»Nur weiß ich nicht, wer die anderen sind«, sagte ich. »Ich weiß nur, wer sterben musste, weil er zu viel wusste.«

Lucy neigte den Kopf leicht seitlich. Links an ihrem Hals spannte sich immer ein Muskel an, wenn sie nervös wurde. Es sah aus, als müsste sie ihre Halsmuskulatur dehnen.

Dann kam sie näher.

Ich legte die Arme um sie und sie den Kopf auf meine Schulter.

»Du musst wieder nach Hause kommen, Martin, das ist dir ja wohl klar, oder?«

Ich küsste sie aufs Haar.

»Natürlich ist mir das klar. Ich will wirklich nicht, dass Belle diesen Michael als Stiefvater bekommt.«

Lucy schnaubte. Ich war mir nicht sicher, ob sie lachte oder weinte.

»Das wird nichts mit Michael«, sagte sie.

Ich spürte, wie es mir die Brust zusammenzog.

Werde nicht so wie ich, Lucy.

»Bist du ihn schon leid?«

»Wir sind uns wohl gegenseitig leid. Es ist aus und vorbei.«

Über die hellen Badezimmerkacheln kroch eine Spinne. Mit großer Eleganz fierte sie sich in die Badewanne hinunter. Ich sah ihr nach, wie sie über eins von Belles Badewannenspielzeugen flitzte. Würde ich Belles Heranwachsen noch erleben? Ich wollte einfach nicht akzeptieren, dass diese Frage mehr als eine Antwort haben konnte. In diesem Moment, da Belle im Nachbarzimmer schlief und Lucy mir so nah war, schien es mir undenkbar, dass ein Phänomen wie der Tod überhaupt existierte.

»Wann fährst du?«, flüsterte Lucy.

»Morgen früh. Am Mittwoch treffe ich mich mit Alejandro, ich hab ihm schon eine Nachricht geschickt. Ihr fliegt morgen Vormittag zurück nach Stockholm.«

»Und Marcel? Was machst du mit ihm?«

»Ich kann ihn nicht erreichen. Er geht nicht ans Handy. Und ich glaube auch nicht, dass ich ihn weiter anrufen sollte. Er könnte überall sein. Und wir haben keine Ahnung, was er will.«

Lucy schüttelte den Kopf.

Eins meiner Handys vibrierte in meiner Hosentasche. Das normale – nicht das Boris-Handy.

Leicht erstaunt, stellte ich fest, dass es Magda war, die gerade mitten in der Nacht anrief.

»Hallo?«, meldete ich mich.

»Hallo.«

Sie räusperte sich. Ich fragte mich, ob sie wohl an der Sherryflasche genippt hatte oder ob es andere Dämonen waren, die sie wachhielten. Aber vor allem fragte ich mich, was sie von mir wollte. Ganz oben auf meiner Wunschliste stand, dass sie endlich kein Blatt mehr vor den Mund nehmen und mir erzählen würde, warum Henry seine Behandlung abgebrochen hatte.

»Ich wollte dir nur erzählen, dass ich Patrick rausgeworfen habe.«

Ich richtete mich gerade auf.

»Und warum?«

»Weil ich ihm nach allem, was du erzählt hast, nicht mehr vertraue.«

Ich schloss die Augen und holte tief Luft. Jetzt wusste Patrick, dass ich ihm auf den Fersen war. Inwiefern das meine Situation verbessern sollte, war mir nicht klar.

»Okay«, sagte ich. »Lass uns ein andermal darüber reden.«

Als hätte ich alle Zeit der Welt.

Ehe Magda weiterreden konnte, musste ich ihr eine Frage stellen, die mich seit Marcels SMS umtrieb.

»Die Frau auf dem Bild, das ich dir gezeigt habe«, sagte ich, »die mit dem Baby auf dem Arm … Hat sie später noch mehr Kinder bekommen?«

»Warum willst du das wissen?«

»Das muss dich nicht interessieren«, sagte ich. »Sag mir einfach, was du weißt.«

Magda dachte kurz nach.

»Sie hatte noch zwei Töchter. Ich meine, das wäre zur Sprache gekommen, als die Geschichte um Henry neu hochgekocht ist.«

»Keinen weiteren Sohn?«

»Du meinst außer dem Jungen, der Henry beschuldigt hat? Nein, nur zwei Töchter. Das Baby, das auf dem Bild zu sehen ist, war die ältere, und ein paar Jahre später bekam sie noch ein Mädchen.«

»Magda, bist du dir ganz sicher, dass der Junge sich umgebracht hat?«

»Natürlich bin ich mir da sicher. Was fällt dir denn ein? Du glaubst doch wohl nicht ernsthaft, dass all diese Toten in Wahrheit nur untergetaucht sind und irgendwo heimlich weiterleben …«

Nein, tat ich nicht. Aber ich fragte mich langsam, ob Marcel mir nicht einen falschen Pass vorgelegt hatte, ob er in Wahrheit nicht mehrere Jahre älter war. Alternativ hatte seine Mutter noch einen zweiten Jungen zur Welt gebracht, den sie von jemand anderem hatte aufziehen lassen.

Ich beendete das Gespräch mit Magda und fragte mich, wie Patrick wohl auf seine Kündigung reagiert hatte. Ich konnte nun wirklich nicht noch mehr Probleme gebrauchen und auch keine weiteren Bedrohungen.

Über mir hing der Himmel voller dunkler Wolken.

Und bereits tags darauf würde ich nach Rom fliegen, um meinem Schicksal die Stirn zu bieten. Vor allem aber, um endlich Frieden zu finden.

57

Was tut ein Mensch, der weiß, dass er im besten Fall noch fünf Tage zu leben hat? Er trauert und verzweifelt. Schreit und kämpft. Umgibt sich mit seinen Liebsten und sagt ihnen, wie wichtig sie ihm sind. Man mag davon halten, was man will, aber ich plante, die letzten Tage meines Lebens in Rom zu verbringen. Das Reiseziel hatte ich mir nicht selbst ausgesucht, es lag an Umständen, die weit jenseits meiner Kontrolle lagen. Ich hatte beschlossen, die Reise anzutreten, weil ich jemanden suchte, an den ich mich würde wenden können – und dafür benötigte ich Alejandros Hilfe. Und er wollte sich nun mal nur in Rom mit mir treffen. In New York hatte ich meine Möglichkeiten ausgeschöpft.

Aufgrund von Verspätungen landete ich mitten in der Nacht – nicht die beste Zeit, um sich vom Flugplatz zu einem Hotel zu begeben. Ich hatte begonnen, die Dunkelheit zu fürchten, und wünschte mir nur noch, dass es rund um die Uhr taghell wäre. Ich fragte mich immer noch, warum Alejandro mir Henrys Hotel zeigen wollte. Die Erinnerung an den Abschied von Lucy und Belle versuchte ich zu verdrängen. Belle hatte natürlich nicht begriffen, wie ernst die Lage war; sie hatte erst reagiert, als Lucy in Tränen ausgebrochen war – und da hatte ich meinen Koffer genommen und war gegangen.

Fünf Tage. Ich durfte wohl nicht davon ausgehen, länger zu leben. Die Umstände sprachen eher dafür, dass mein Leben früher beendet wäre. Sofern ich nicht diese kleine Hintertür zu einer Verhandlung fände, auf die ich spekulierte.

Wer suchet, der findet.

Ich hatte Boris um Rat gefragt, in welchem Hotel ich am besten einchecken sollte, aber er hatte nur erwidert, Rom sei nicht sein Revier; er wisse nichts über die Stadt, habe zu wenig Ahnung von den verschiedenen Stadtteilen. Eine einzige Sache hatte er mir noch mit auf den Weg gegeben: »Die italienische Mafia tickt anders als ich – das ist ein Haufen richtig kranker Idioten. Nimm dich vor denen in Acht.«

Mir war nicht klar, was mir dieser Rat nutzen sollte, mein Problem war schließlich nicht die italienische Mafia. Großzügig ausgelegt, hatte Boris mir wohl durch die Blume erklären wollen, warum er so wenig über Rom wusste. Was ihn jedoch nicht daran hinderte, dafür zu sorgen, dass ich zwei Leibwächter bekam: Zwei seiner Männer, lang wie Telegrafenmasten, holten mich am Flughafen ab. Der eine versah mich, noch ehe wir ins Auto stiegen, mit einer schusssicheren Weste. Wir wechselten nicht mehr Worte als nötig, sondern fuhren einfach los. Doch trotz ihrer Gesellschaft fühlte ich mich kein bisschen sicher.

»Wir haben Ihr Hotel gecheckt«, sagte der Mann am Steuer.

Sie sprachen beide brüchiges Englisch, doch das meiste war zu verstehen.

Ich hatte Boris gesagt, wo ich gebucht hatte: in einem kleinen familienbetriebenen Hotel in der Nähe des Hotel Maria, wo ich Alejandro treffen sollte.

»Danke«, erwiderte ich. »Ich hab dort zwei Zimmer nebeneinander gebucht.«

»Haben Sie noch jemanden dabei?«, fragte der Leibwächter erstaunt.

»Nein«, sagte ich, »aber Sie müssen ja auch irgendwo unterkommen.«

»Wir schlafen alle drei im selben Zimmer.«

Im Prinzip hatte ich dagegen nichts einzuwenden. Ich würde sowieso nicht schlafen können.

»Haben Sie Ihr Handy dabei?«, fragte der Leibwächter, der auf dem Beifahrersitz saß.

»Ja …«

»Schalten Sie es aus.«

»Das geht nicht, ich muss mit Alejandro kommunizieren können – mit dem Mann, den ich hier treffen soll.«

»Nehmen Sie das hier. Wechseln Sie das Handy, sobald Sie können.«

Ich bekam ein Smartphone gereicht. Zögerlich nahm ich es entgegen. Mein Feind war unter Garantie nicht imstande, Funksignale zu verfolgen, und ich glaubte nicht mal, dass es Marcel in der Zeit, da er bei mir gewohnt hatte, gelungen war, irgendwelche Mails oder Nachrichten auf meinem Handy zu lesen …

Marcel.

Wie er dreingeblickt hatte, als Abdullah Silvia im Kirschbaum gefunden hatte. Erschüttert und schockiert. Was für ein Schauspieler. Einen Teufel gab ich darauf, dass die Polizei behauptete, sie habe sein Alibi kontrolliert. Marcel hatte sowohl Silvia als auch Steve ermordet – so musste es sein. Zumindest musste er an der Sache beteiligt gewesen sein. Bei diesem Gedanken war mir schlagartig übel.

Er hat mich so viel gekostet, und ich hab nicht mal bemerkt, dass ich auch noch draufgezahlt habe.

Der Nachtportier des Hotels war ein entspannter Mann in den Sechzigern. Er hieß mich und meine zwei neuen Freunde mit einem Nicken willkommen und überreichte mir die Hotelschlüssel – und zwar richtige Schlüssel, keine Schlüsselkarten. Was für eine Ironie.

»Wir vermischen bei uns das Alte mit dem Neuen«, sagte der Portier mit einem Augenzwinkern.

Ich kann mich nicht entsinnen, ob ich das Lächeln erwidert habe, aber meist bin ich höflich, also gehen wir mal davon aus.

Die Leibwächter hielten sich exakt einen Meter hinter mir, als ich zum Zimmer im zweiten Stock hinaufging. Wir nahmen die Treppe und nicht den Fahrstuhl. Das war zwar nicht sonderlich diskret, aber das war auch nicht der Plan. Wer immer Leibwächter braucht, wird nicht von Leuten geschützt, die sich unsichtbar machen, ganz im Gegenteil. Zu ihrem Job gehört im Wesentlichen, dass man ihre Gegenwart zur Kenntnis nimmt.

Ehe ich mein Hotelzimmer betreten durfte, wurde es durchsucht. Das Zimmer sah gewöhnlich aus, kein Vergleich zum Plaza. Zudem roch es schwach nach Zigarettenrauch. Ich ließ mich auf dem Bett nieder und holte mein Handy heraus. Alejandro hatte sich gemeldet.

»Um zwölf Uhr vor dem Hotel Maria.«

Ich bestätigte die Uhrzeit und informierte meine Wachleute.

»Sind Sie bewaffnet?«, fragte einer der beiden.

»Nein.«

»Das sollten Sie sein.«

Er machte seinen Rucksack auf und reichte mir eine Pistole. Ich betrachtete sie. Einfaches Modell, nichts Teures. Garantiert nicht registriert.

Dann saßen wir da und warteten darauf, dass der Morgen käme.

Und er kam. Die Sonne ging auf und positionierte sich mitten am Himmel. In Rom würde es gut dreißig Grad warm werden, genau wie laut Wetterbericht im Übrigen auch in Stockholm. Und mit einem Mal fühlte es sich blödsinnig an, sich um zwölf Uhr mittags mit Alejandro zu treffen. Meine

Leibwächter waren der gleichen Ansicht. Auf den Straßen würde es von Leuten nur so wimmeln, Rom würde vor Leben vibrieren.

»Die Leute glauben immer, es ist sicherer, sich dort zu treffen, wo viele andere sind, aber das stimmt nicht«, sagte einer der Bodyguards. »Wenn viel los ist, kann man eine Person oder ihr Umfeld viel schwerer überwachen.«

Ich deutete an, dass mir das klar sei, dann zog ich die schusssichere Weste an. Damit die Weste nicht zu sehen war, musste ich mein Jackett darüberziehen und zuknöpfen – es würde ein heißer Tag werden.

Wir fuhren die kurze Strecke zum Hotel Maria mit dem Auto. Normalerweise hätte ich die Umgebung interessiert betrachtet, aber jetzt suchte ich sie ausschließlich nach potenziellen Gefahren ab. Rom oder Borås – es spielte keine Rolle, ich nahm das Stadtbild nicht wahr. Ich stellte lediglich fest, dass wir uns wohl kaum in einem der turbulenteren Viertel Roms befanden, eher ein Stück vom Stadtzentrum entfernt (soweit eine Stadt wie Rom überhaupt ein Zentrum hatte). Und ich war hin- und hergerissen, ob ich gerade wirklich das Richtige tat – oder ob es eine gewaltige Dummheit gewesen war, nach Rom zu reisen. Alejandro würde mir erklären müssen, inwieweit er in die Machenschaften der Beschützer eingebunden war; Magda hatte behauptet, sie habe ihn nie kennengelernt, wisse aber, dass er es gewesen war, der Henry Schutz angeboten hatte, den er nicht hatte haben wollen. Ich selbst war mittlerweile davon überzeugt, dass sie mich belogen hatte. Ganz sicher hatte sie Alejandro schon mal getroffen. Und nun wollte ich wissen, wo und warum.

Meine Leibwächter beschlossen, den Wagen fünfzig Meter vom Hotel Maria entfernt abzustellen. Die Straße war bis auf zwei Kinder, die Himmel und Hölle spielten, verwaist. Wir gingen grußlos an ihnen vorüber, und sie verschwanden.

»Wo genau haben Sie sich verabredet?«, fragte der Leibwächter, der mir am nächsten war.

»Vor dem Hotel.«

»Ungünstig.«

Da pflichtete ich ihm bei. Vor dem Hotel befand sich ein kleiner Platz. Wenn sich auf den Dächern der umstehenden Häuser irgendwo Heckenschützen postiert hatten, dann hätten wir keine Chance.

»Bleiben Sie in Bewegung«, riet mir der Leibwächter. »Selbst wenn Sie den Mann treffen – bleiben Sie nicht still stehen.«

Natürlich gehorchte ich seinem Rat, auch wenn die Geschichte voll von Leuten war, die von Kugeln getroffen worden waren, obwohl sie sich bewegt hatten – John F. Kennedy beispielsweise und Johannes Paul II., um nur zwei zu nennen.

Ich hatte meine Sonnenbrille auf der Nase, trotzdem musste ich die Augen gegen die Sonne zusammenkneifen. Henrys einstiges Hotel war nicht gerade eine Schönheit. Der Putz löste sich von der Fassade und war stellenweise zu Boden gerieselt. Zwei Balkone ließen Schmuckelemente erahnen, die aber schon lange nicht mehr gepflegt worden waren. Vielleicht sah es drinnen ja besser aus. Wahrscheinlich sogar, denn ich nahm an, dass auch in diesem Hotel Priester versteckt oder gefangen gehalten wurden.

»Willkommen.«

Alejandros Stimme kam von hinten. Ich wirbelte herum, und meine Leibwächter taten es mir gleich. Einen Wimpernschlag lang schien die Luft erfüllt vom Geräusch raschelnden Stoffes zu sein, dann wurde alles wieder still.

»Wie ich sehe, haben Sie Gesellschaft mitgebracht«, stellte Alejandro nüchtern fest.

»Leider sieht mein Leben gerade so aus.«

»Verstehe.«

Insgeheim glaubte ich nicht, dass er es verstand, aber das war jetzt zweitrangig.

»Können wir irgendwo reingehen und reden?«

Alejandro ließ den Blick über den Platz schweifen. Er war nicht wirklich so entspannt, wie ich erwartet hatte.

»Das ist ohne Frage eine gute Idee«, sagte er. »Und es gibt ja auch einen Grund, warum wir uns ausgerechnet hier treffen.«

Ich nickte in Richtung Eingangstür.

»Sie wollten mir Henrys altes Hotel zeigen«, sagte ich. »Das haben Sie jetzt getan.«

Er lächelte matt.

»Wollen Sie es sich nicht auch von innen ansehen?«, fragte er. »So lösen wir gleichzeitig das Problem mit der Sicherheit.«

Ich spähte erneut zu dem Hoteleingang. Es schien mir keineswegs garantiert, dass man dort drinnen besser geschützt war.

»Nicht still stehen«, rief mir der am nächsten stehende Leibwächter in Erinnerung. Auf mein Gedächtnis war anscheinend kein Verlass mehr.

Langsam bewegte ich mich seitwärts.

Alejandro folgte zögernd meinem Beispiel, schien aber nicht zu begreifen, was ich gerade machte.

»Ich nehme an, dass Sie bei Ihren Nachforschungen inzwischen weitergekommen sind«, sagte er.

»Es hätte besser laufen können«, erwiderte ich. »Zum Beispiel weiß ich immer noch nicht, wie die Beschützer in den Besitz dieses Hotels kommen konnten und warum ich einen Schlüssel dazu in einem ihrer Objekte gefunden habe.«

Alejandro strich sich übers Kinn.

»Was ist sonst noch unklar?«, fragte er.

Ich hatte keinen Grund, noch etwas zurückzuhalten.

»Wollen Sie die ganze Liste auf einmal, oder sollen wir die Fragen eine nach der anderen durchgehen?«

Meine Leibwächter zogen frustriert und genervt ihre Kreise um uns herum. Das hier würde nicht mehr lang gut gehen, vor allem nicht, wenn man bedachte, wie verdammt heiß es hier draußen war.

»Henry hatte in Stockholm einen Lagerraum gemietet«, fuhr ich fort. »Jemand hat nach Henrys Tod die Miete dafür bezahlt. Ich möchte wissen, wer diese Person war und warum dieses Lager so wichtig war.«

Alejandro verschränkte die Hände im Rücken.

»Die letzte Rechnung habe ich bezahlt«, sagte er.

»Warum?«

»Weil Henry mich darum gebeten hatte. Er wollte, dass ich das Lager ausräume und mich um die Dinge kümmere, die er dort aufbewahrt hatte. Aber Sie waren schneller.«

»Sie hätten jederzeit der Schnellere sein können.«

Alejandro schüttelte den Kopf.

»Ich wollte erst warten, bis wieder Ruhe eingekehrt wäre. Ich dachte, es hätte keine Eile.«

Ich stellte mich mit dem Rücken zur Sonne.

»Warum fragen Sie mich nicht, was ich in dem Lager gefunden habe?«

»Weil ich die Antwort kenne.«

»Dann schießen Sie los.«

»Sie zuerst.«

»Vergessen Sie's.«

Alejandro seufzte.

»Zwei Kartons«, sagte er. »Aktenordner mit Buchführungsunterlagen aus diesem Hotel. Und dann zwei Holzschatullen. Beide voller Briefe.«

Natürlich. Die Kartons hatten gleich zwei Geheimnisse

enthalten: einerseits die Buchhaltung. Dass ihm ein Hotel gehört hatte, sollte niemand wissen. Andererseits eine geheime Liebe. Mit einem Mal kam ich mir vor, als hätte ich Henry im Stich gelassen.

»Von wem waren die Briefe?«, wollte ich wissen.

Alejandro schüttelte den Kopf.

»Jetzt sind erst mal Sie dran«, sagte er.

»Liebesbriefe«, sagte ich. »Von zwei Personen, die einander S. und B. nannten. Ich weiß schon, dass S. für Sebastien stand – und dass Henry so hieß, ehe er zu Henry wurde. Als er noch ein Mann der Kirche war, um es mit Ihren Worten zu sagen.«

Alejandro blieb stehen. Ich selbst blieb weiter in Bewegung.

»Warum hat er Sie darum gebeten, den Lagerraum auszuräumen?«, fragte ich.

Alejandro schluckte.

»Weil er wusste, dass ich die Briefe würde haben wollen.«

»Sie kannten seine Geliebte?«

Alejandro blinzelte mich erstaunt an.

»Wen? Magda?«

»Hören Sie auf. Ich hab mit Magda gesprochen, sie hatte keine Ahnung von den Briefen.«

In Alejandros Gesicht zeichnete sich eine gewisse Erleichterung ab, nur verstand ich nicht, warum.

»Ach«, sagte er.

»Was soll das heißen – ach? An wen hat Henry die Briefe geschickt? Wer war B.?«

Alejandro sah mich müde an.

»B. war ein Feigling, der sich nicht traute, seinen echten Namen zu benutzen, und sich stattdessen ein Alias zulegte: Bertrand. Und dieser Feigling … war ich.«

58

War ich naiv gewesen? Konservativ? Vielleicht hätte ich mir ausrechnen können, was damals auf dem Spiel gestanden hatte, in jenen Jahren, als S. und B. einander geschrieben hatten, bis die Stifte glühten, um ihre Gedanken verschlüsselt, aber doch so oft wie möglich aufs Papier zu bringen.

»Ich habe ihn geliebt«, sagte Alejandro. »Von ganzem Herzen. Und zwar bis zu dem Tag, als er ermordet wurde.«

Ich öffnete den Mund und schloss ihn wieder.

»Das hier geht nicht mehr«, mischte sich einer der Leibwächter ein. »Wir müssen von hier weg.«

Alejandro schüttelte den Kopf.

»Wir können hier stehen bleiben. Die Straße ist kurz und dort vorn abgesperrt. Anscheinend ein Wasserrohrbruch, weshalb die Handwerker den Asphalt aufgebrochen haben. Das haben Sie nicht sehen können, weil Sie aus der anderen Richtung kamen. Glauben Sie mir, es kommt niemand.«

Ich berührte seinen Arm.

»Es besteht immer noch eine Drohung gegen mich«, wandte ich ein. »Wenn Sie darauf bestehen hierzubleiben, dann werden meine beiden Begleiter uns gewaltsam von hier wegschleppen. Oder sie begnügen sich damit, mich mitzunehmen und Sie hier stehen zu lassen.«

Auf Alejandros Stirn standen Schweißperlen.

»Haben Sie die Briefe noch?«, fragte er.

Ich schämte mich, als ich antwortete: »Magda hat sie bekommen.«

Alejandro schnaubte.

»Magda …«

»Ich konnte doch nicht wissen, wie die Dinge standen!«, sagte ich. »Meiner Kenntnis nach hatte außer ihr niemand ein Anrecht auf den Inhalt des Lagerraums. Als seine Ehefrau hat sie automatisch …«

Ich machte ein paar Schritte nach rechts und dann nach links.

Die Leibwächter sahen mich finster an.

»Weiß Magda, dass Sie und Henry … Ich meine …«

»Ja«, sagte Alejandro, »und das hat sie kaum glücklicher gemacht.«

Mir fiel wieder ein, was Magda gesagt hatte.

Henry war nie wirklich in mich verliebt. Keinen einzigen Tag.

Und dann fiel mir ein, was Henry gesagt hatte, als er mir erzählte, dass er sterben würde.

Ich bekomme, was ich verdient habe.

Ich muss verwirrt ausgesehen haben, denn Alejandro brach kurz in höhnisches Gelächter aus. Dann fasste er sich an seine Tasche – und meine Leibwächter griffen sofort zu den Waffen. Sie waren verärgert, als Alejandro bloß nach seinen Zigaretten getastet hatte. Missmutig steckten sie ihre Waffen wieder ein.

»Jetzt mal ruhig«, sagte Alejandro.

»Nein«, gab der Leibwächter wütend zurück. »Zum letzten Mal: Dieses Treffen muss woanders fortgesetzt werden.«

Alejandro rührte sich keinen Millimeter.

Die Flamme des Feuerzeugs knisterte, als er seine Zigarette anzündete.

»Ich habe meine Gründe, warum wir uns ausgerechnet hier treffen«, erklärte er. »Ich gehe nirgendwo hin.«

Ich sah mich verzweifelt um. Irgendeinen Kompromiss musste es doch geben.

»Dahinten.« Ich streckte die Hand aus. »Dort an der Ecke, unter dem Dach. Dort ist es abgelegener. Und wir haben ein bisschen Schutz gegen die Sonne.«

Ich dachte nicht zuerst an mich, sondern an Alejandro.

Doch er hatte einen Gegenvorschlag.

»Sie haben Angst, und das finde ich schade. Wie wäre es, wenn wir stattdessen um die Ecke des Hotels gingen?«

Die Leibwächter ließen sich zögernd auf den Vorschlag ein. Wir stellten uns an die Ecke, die Alejandro vorgeschlagen hatte, und die Leibwächter hielten weiter nach mutmaßlichen Verfolgern Ausschau.

»Was haben Sie gerade gesagt – dass die Straße abgesperrt wäre …«, hob einer von ihnen an, doch weiter kam er nicht, weil Alejandro erneut die Hand in die Tasche schob, und diesmal griff er nicht nach seinen Zigaretten, sondern nach einer kleineren Waffe.

Ohne zu zögern, feuerte er einen Schuss auf den Leibwächter ab, der am nächsten stand, dann einen weiteren auf den anderen Mann, der gerade weggesehen hatte.

Poff, poff.

Ein Geräusch, das keinem anderen glich.

Es ging alles so schnell, dass ich nicht einmal mehr zu meiner eigenen Pistole greifen konnte.

Langsam nahm ich die Hände hoch.

»Es ist nicht so, wie Sie glauben«, sagte Alejandro beschwichtigend.

Trotzdem hatte er die Waffe auf mich gerichtet. Sie zitterte in seiner Hand.

Tut mir leid, Boris, aber jetzt sind noch zwei deiner Jungs tot …

»Nicht?«, fragte ich.

Meine Stimme überschlug sich.

»Das hier ist eine Betäubungspistole. Sie sind bald wieder

wach. Geben Sie mir Ihre Waffe, sonst muss ich sie mir mit Gewalt nehmen.«

Er deutete mit seiner Waffe in meine Richtung.

»Okay, okay«, sagte ich, auch wenn ich nur ungern mein Jackett aufknöpfen und ihm meine Schutzweste zeigen wollte.

»Ich hab eine Pistole, die mir die zwei Jungs gegeben haben, die Sie eben umgenietet haben … Ich gebe sie Ihnen, aber dann müssen Sie Ihre eigene Waffe weglegen.«

»Hier bestimmen nicht Sie«, sagte Alejandro. »Holen Sie jetzt ganz langsam Ihre Pistole heraus.«

Umständlich zog ich die Waffe aus dem Hosenbund und legte sie vor Alejandro auf den Boden.

»Drehen Sie sich um.«

Ich tat wie geheißen.

Boris hätte mich dafür verflucht, dass ich nur eine einzige Waffe bei mir gehabt hatte.

»Zurück!«

Ich wich zurück und sah zu, wie er die Pistole vom Boden aufhob. Anschließend schleifte er erst den einen, dann den anderen Leibwächter beiseite, sodass sie von der Straße aus nicht mehr zu sehen waren, falls jemand trotz der Absperrung hier vorbeikäme. Er war überraschend kräftig.

»Und jetzt?«, fragte ich.

Er steckte meine Waffe in die Tasche.

»Jetzt gehen wir rein.«

Er zeigte in Richtung des Hoteleingangs.

»Ich will, dass Sie sehen, was einmal Sebastien gehört hat.«

War er in der kurzen Zeit, da wir in der Sonne gestanden hatten, verrückt geworden? Zögerlich ging ich auf den Hoteleingang zu. Meine Leibwächter lagen immer noch reglos am Boden.

»Da vorn durch die Tür.«

Die Tür war unverschlossen. Die Klinke quietschte, als ich sie nach unten drückte, und sobald die Tür offen war, schlug mir kühle Luft entgegen.

Klopfet an, so wird euch aufgetan. Manchmal kann man aber auch einfach reingehen – funktioniert genauso gut.

»Weiter.«

Vor mir lag eine große Eingangshalle. Über dem Eingang brummte eine Klimaanlage, die neu aussah. Am rückwärtigen Ende der Halle war eine Treppe zu sehen. Sie wirkte abgenutzt und durchgetreten; linker Hand befand sich die verwaiste Rezeption, nach rechts öffnete sich eine Bibliothek mit halb leeren Regalen. Allerdings standen dort drin zwei neuere Sessel. Ansonsten war alles alt und verschlissen.

»Setzen Sie sich.«

»Ich stehe lieber.«

»Ich will es nicht noch mal sagen müssen. Sie müssen verstehen … Dieses Zusammentreffen ist nicht ganz so geworden, wie ich es mir vorgestellt hatte. Das bedauere ich von ganzem Herzen.«

Ich setzte mich in den Sessel, der dem Fenster zugewandt stand. Es war mir egal, wie er sich unser Treffen vorgestellt hatte. Tatsache war, dass es bislang – und schon zuvor – katastrophal verlaufen war, und ich wollte gar nicht wissen, wie viel schlimmer es noch werden könnte. Er hatte zwei Schüsse mit seiner Betäubungspistole abgegeben. Keine Ahnung, wie viele Schüsse er noch übrig hatte und mit welchem Mittel die Waffe überhaupt geladen war. Ein falsches Medikament konnte für mein Herz ernste Folgen haben – außerdem hatte ich bemerkt, dass Alejandro ein passabler Schütze war.

»Gehören Sie auch zu den Beschützern?«

Alejandro drehte eine Runde durch die Bibliothek und verschwand kurz in der Eingangshalle. Als er zurückkam, setzte er sich mir gegenüber.

»Ich nicht, nein«, antwortete er. »Aber das Hotel gehört ihnen.«

Ich runzelte die Stirn.

»Henry hat den Beschützern das Hotel überlassen, um sich freizukaufen. Trotzdem haben sie ihn erwischt.«

Schlagartig war mir wieder übel.

Henry hat den Beschützern das Hotel überlassen, um sich freizukaufen.

»Warum musste er für seine Freiheit bezahlen? Haben Sie nicht gesagt, dass er unschuldig war? Als wir uns das erste Mal getroffen haben …«

Alejandro lehnte sich im Sessel zurück. Die Waffe in seiner Hand ruhte an seinem Bein, doch sein Blick war jetzt wild.

»Es gibt Gerüchte, gewisse Anschuldigungen, von denen man sich nie wieder reinwaschen kann. In Henrys Fall ging es gar nicht so sehr um die Anschuldigungen an sich, sondern um die Konsequenzen. Der Junge, der ihn beschuldigt hatte, hat seine Vorwürfe zu Lebzeiten nie zurückgenommen. Stattdessen beging er Selbstmord und hinterließ einen Brief. Dass dieser Brief Henry von der Anschuldigung des Missbrauchs freisprach, spielte da schon keine Rolle mehr, eben weil der Junge gestorben war. Stattdessen erwuchs daraus eine neue Anschuldigung – nämlich dass er den Jungen in den Tod getrieben hätte.«

»Wie kommt man denn darauf … Haben Sie das auch gedacht?«

Alejandro zuckte zusammen, als hätte ich ihn geschlagen.

»Haben Sie den Verstand verloren? Selbstverständlich nicht! Ich kannte den Jungen, ich wusste, wie labil er war. Da gab es ganz andere, die nach seinem Tod zur Verantwortung hätten gezogen werden müssen.«

»Wie passen Sie in dieses Bild?«, fragte ich ihn. »Haben Sie und Henry sich in all den Jahren weiter gesehen?«

»Nein, nein, das kam nicht infrage. Henry und ich hatten ab Mitte der Achtzigerjahre eine Affäre – auch wenn ich das Wort wirklich nicht mag. Was wir hatten, war so viel mehr … Er wusste ja gar nicht, was er in sich hatte! Von einem katholischen Priester wird erwartet, dass er im Zölibat lebt. Dieses Versprechen an Gott darf nicht gebrochen werden. Dass Henry sich auch noch in einen Mann verliebte, war letztlich so weit vom Akzeptablen entfernt, wie man es sich überhaupt nur vorstellen konnte. Ich glaube, dass er deshalb anfing, Magda den Hof zu machen. Wenigstens war sie eine Frau.«

»Und es war besser, zwei Affären zu haben als nur eine, oder was?«, fragte ich.

»Homosexualität wird bis heute oftmals als Stigma angesehen und als Sünde. Henrys Leben hätte in Trümmern gelegen, wenn herausgekommen wäre, dass er eine Beziehung zu einem anderen Mann hatte. Aber irgendwas musste er sich ja ausdenken – und so kam Magda ins Spiel. Es funktionierte natürlich nicht – man ist schließlich, der man ist … Magda muss ungeheuer frustriert gewesen sein. Sie hat alles riskiert und nur wenig zurückbekommen. Henry schaffte es kaum, das Bett mit ihr zu teilen. Er hat versucht, einen Skandal zu vertuschen, indem er sich in einen anderen stürzte – eine zum Scheitern verurteilte Strategie. Ein Skandal ist immerhin keiner, ehe er bekannt wird.«

Ich dachte kurz darüber nach, was er da erzählte. Henrys Art der Krisenbewältigung war allem Anschein nach mehr als mangelhaft gewesen. Er hatte einen Skandal zu verhindern versucht, indem er direkt in den nächsten geschlittert war.

»Wie kamen diese Anschuldigungen überhaupt auf, er wäre pädophil gewesen?«, fragte ich.

Alejandro holte tief Luft.

»Henry hatte um Versetzung gebeten und landete hier in Rom, ohne jedoch die Situation in Madrid auch nur ansatzweise zu klären. Ich glaube, es war ihm dort alles über den Kopf gewachsen. Leider war der Abstand zwischen Rom und Madrid nicht hinreichend groß, als dass wir einander nicht weiterhin Briefe hätten schreiben können. Ich bekam seine Briefe an ein Postfach in Madrid, und er hatte hier eins. Das hier war das Hotel seines Onkels, und als der gestorben war, war Henry der Erbe. Das verriet er niemandem, weder der Kirche noch Magda. Niemand durfte davon erfahren, aber hier hatte er endlich die Möglichkeit, sich zurückzuziehen und zu erholen. Jahre vergingen, und irgendwann meinte er, wieder zu Kräften gekommen zu sein. Während der ersten zwei Jahre sahen wir uns ein paarmal im Jahr, dann wurden die Besuche seltener. Meist war ich derjenige, der reisen musste, und das bereitete mir zu Hause Probleme. Meine Frau verstand einfach nicht, was in mich gefahren war.«

»Ihre Frau?«

Alejandro wirkte frustriert.

»Ihr Gedächtnis lässt zu wünschen übrig – und Ihre Allgemeinbildung nicht minder. Sie sitzen hier und verurteilen mich, glauben, dass es damals einfach gewesen wäre, sich als homosexuell zu outen. Wissen Sie, was man zu jener Zeit mit Leuten wie mir gemacht hat? Ich stamme vom Land in Spanien, meine Familie war ungeheuer konservativ. Auch nur daran zu denken, nach meiner Fasson zu leben, das *gab es einfach nicht.* Ich unterdrückte meine Gefühle und verdrängte mein wahres Ich, bis ich so funktionieren konnte, wie man es von mir erwartete. Es wurde keine glückliche Ehe, aber es gab sie, und das reichte, damit man mich in Ruhe ließ.«

Er sah traurig aus.

Die Bibliothek roch leicht süßlich und erstickend. Ich wünschte mir, wir hätten uns woanders niedergelassen. Ich musste nicht in einem alten Hotel sitzen, um mir Alejandros

Geschichte anzuhören, das hätte ich überall tun können. Aber jetzt wollte ich in der Sache weiterkommen.

»Die Anschuldigungen«, wiederholte ich, »dieser Junge – wie kam es zu jenen Vorwürfen?«

»Henry glaubte, er wäre endlich stark genug, um nach Madrid zurückzuziehen. Kurz nach seinem Umzug begannen wir, uns wieder zu treffen. Auch Magda erschien wieder auf der Bildfläche, doch er wies sie ab – ihre Verbindung war schon zuvor zum Scheitern verurteilt gewesen. Sie hatten keine Kinder bekommen, und Magda hatte niemanden, dem sie sich in ihrer Verzweiflung hätte anvertrauen können … Eines Tages unterlief ihr ein folgenschwerer Fehler – und so erfuhr Henrys Gemeinde, was geschehen war: Sie war nach einem Gottesdienst auf ihn zugetreten und hatte sich ihm an den Hals geworfen, ohne darüber nachzudenken … Ich kenne nur Henrys Version, er behauptet, er habe versucht, es zu verhindern, aber ich glaube, er könnte sie unbewusst dazu ermuntert haben. Sie hatte so viel für ihn riskiert und nie verstanden, warum er derart abweisend zu ihr war. Zwei Frauen, die sich nach dem Gottesdienst ebenfalls noch in der Kirche aufhielten, beobachteten die Begegnung und streuten sofort Gerüchte, die schließlich bis zu Henrys Dekan vordrangen. Ich werde nie vergessen, wie Henry zu ihm zitiert wurde. Er fragte Henry geradeheraus, ob es stimmte, was man sich erzählte, nämlich dass Henry eine Beziehung mit einer Frau aus der Gemeinde habe. Henry antwortete mit Ja, versicherte dem Dekan jedoch, dass alles ein Missverständnis, ein Fehler gewesen und längst bereinigt sei.«

Alejandro schwieg. Sein Blick war abgrundtief traurig.

»An jenem Abend kam er zu mir«, fuhr er fort. »Er parkte ein paar Blocks von meinem Haus entfernt, und ich ging ihm entgegen, um ihn zu sehen. Wir fuhren ein Stück weiter zu einem verwaisten Parkplatz vor einem geschlossenen Laden.

Nirgends Straßenlaternen in der Nähe, nur Schatten und Dunkelheit. Ich wollte ihn trösten und ihm eine Stütze sein, küsste ihn – und das war dumm und unvorsichtig von mir. Denn danach … war alles vorbei.«

Ich spürte selbst, wie ich die Luft anhielt. Diese Version stimmte kein bisschen mit derjenigen überein, die ich von Magda gehört hatte, allerdings hatte ich den Verdacht, als sei sie der Wahrheit wesentlich näher.

»Was ist passiert?«

»Mein Sohn war dem Auto gefolgt«, antwortete Alejandro. »Mit seinem Fahrrad. Er sah, was ich … was *wir* taten. Zu mir sagte er keinen Ton, aber er erzählte es seiner Mutter. Und sie übte Rache.«

Alejandro rieb mit der Pistole an seinem Bein. Bei der Erinnerung an damals veränderte sich seine Körpersprache.

»Was hat sie getan?«, hakte ich nach.

Ich konnte mir so einiges vorstellen – sie musste außer sich vor Wut gewesen sein.

Alejandro richtete seinen Blick auf einen Punkt über meiner Schulter.

»Sie brachte meinen Sohn dazu, beim Bischof vorzusprechen und eine ganz andere Geschichte zu erzählen, die nichts mit seiner Beobachtung zu tun hatte. Verstehen Sie? Sie hat ihren eigenen Sohn – *unseren* Sohn – genötigt zu behaupten, Henry hätte sich an ihm vergriffen.«

59

Die Klimaanlage schaltete sich aus. Erst in diesem Moment nahm ich andere Geräusche wahr. Es knackte in den Wänden und in der Decke. Die Treppe knarzte, ohne dass jemand dort unterwegs gewesen wäre.

Dies hier war das Letzte, was ich erwartet hätte.

»Es war Ihr eigener Sohn, Ihr Fleisch und Blut, der Henry angezeigt hat?«

Alejandro nickte.

Mir schwirrte der Kopf.

Sollte das heißen, dass Alejandro Marcels Vater war?

»Wie viele Kinder hatten Sie?«, fragte ich.

Selbst in meinen eigenen Ohren klang meine Stimme gedämpft und wie von weither.

»Als die Anschuldigungen laut wurden, hatten wir zwei. Später bekamen wir noch ein weiteres Kind. Meine Frau meinte da bereits, sie wäre zu alt, um noch schwanger zu werden – sie war gerade fünfundvierzig geworden. Sie nannte das Mädchen ein Wunder.«

Warum sie überhaupt weiter miteinander verheiratet gewesen waren, wollte mir nicht einleuchten, andererseits war so vieles an dieser Geschichte völlig unbegreiflich, dass ich keine Einwände hervorbrachte.

»Ich ahne, was Sie jetzt denken«, sagte Alejandro. »Sie verstehen nicht, warum wir weiter verheiratet waren. Ich glaube, der Grund war die Einsamkeit. Henry verschwand nach Schweden und ging dort ins Kloster. Bei den Ermittlungen konnte ihm kein Vergehen nachgewiesen werden.

Meinem Sohn ging es während des ganzen Prozesses zusehends schlecht. Meine Frau und ich versuchten zwar, noch mal neu anzufangen, oder besser: weiterzumachen, ich suchte mir Hilfe, wollte, dass Priester und Therapeuten mich zu jemandem machten, der wie alle anderen war. Eine Zeitlang sah es sogar so aus, als würde uns das gelingen. In dieser Zeit bekamen wir unser drittes Kind, das sogenannte Wunder. Dann wurden Jahre später all diese alarmierenden Berichte über systematische Übergriffe innerhalb der katholischen Kirche laut, über eine Kirchenführung, die sämtliche Probleme unter den Teppich kehrte … Journalisten lauerten meinem Sohn auf und wollten, dass er seine Geschichte noch einmal erzählte, dabei wollte er wahrscheinlich nichts lieber als zu erzählen, dass er damals zur Lüge genötigt worden war. Allerdings hätte dies das Aus für unsere Familie bedeutet, also behielt er die Wahrheit für sich. Und das hat ihn letztlich kaputtgemacht. Er hat sich das Leben genommen – und das ist die Bestrafung, die seither auf mir lastet. Und nicht nur auf mir. Meine ganze Familie wurde zerstört. Meine Frau hat den Selbstmord unseres Sohnes nicht überlebt. Ich drücke es ganz bewusst so aus – dass sie nicht überlebt hat: Denn es kostete sie den Verstand. Am Ende entschied sie sich dafür, unserem Sohn in den Tod zu folgen.«

Jetzt, da die Klimaanlage nicht länger lief, war es in der Bibliothek warm geworden. Das Hemd klebte mir am Rücken, auch wenn ich es kaum bemerkte. Alejandros Familiengeschichte glich einer griechischen Tragödie. Das Grauen war unversehens auch mir in die Knochen gekrochen, und ich wollte nicht einmal annähernd daran denken, dass auch Belle eines Tages so verzweifelt sein könnte, dass sie sich das Leben nähme.

Dann rief ich mir wieder in Erinnerung, warum ich in Rom war, warum mir diese Geschichte gerade erzählt wurde. Der nächste Schritt würde sein müssen, mir über Marcels Rolle in dem ganzen Drama klar zu werden.

»Es heißt, dass die Schwester des Jungen, der Henry des Missbrauchs beschuldigt hatte, zu den Beschützern gehört. Dass sie auf Henry Jagd gemacht hat. Stimmt das?«

Es war nicht so, dass mir diese Geschichte je erzählt worden wäre, aber ich nahm an, dass es so zusammenhing. Wenn es diese Schwester wirklich gab, dann gehörte sie zu den Beschützern und war deshalb, und nicht aus persönlichen Gründen, eine Bedrohung für Henry gewesen.

»Es tut mir leid, dass sie Ihnen in die Quere gekommen ist«, sagte Alejandro. »Sie scheinen ein guter Mann zu sein.«

In meinem Hinterkopf schrillte eine Alarmglocke los.

Es tut mir leid, dass sie Ihnen in die Quere gekommen ist.

»Ich hatte lang keine Ahnung, wem meine jüngste Tochter sich angeschlossen hatte«, erklärte Alejandro. »Irgendwann stand ihre große Schwester weinend vor mir und meinte, die Jüngste sei verrückt geworden. Genau so hat sie es ausgedrückt – dass sie verrückt geworden sei. Sie hatte eine Möglichkeit entdeckt, für ihre zerstörte Familie Vergeltung zu üben, und die wollte sie wahrnehmen … um jeden Preis.«

Allmählich hatte ich genug. Rachegedanken bei allem Respekt – aber das hier war doch wahnsinnig.

»Aber warum hat sie denn *Henry* für alles verantwortlich gemacht? Selbst für die Tat ihrer Mutter? Sie waren erwachsene Menschen, die eine problematische Situation auf außerordentlich verantwortungslose Weise geregelt haben. Und es gibt kaum eine Entschuldigung dafür, was für schlechte Eltern Sie waren.«

Alejandro stand auf und trat ans Fenster. Aus den Augenwinkeln erhaschte ich von meinem Sitzplatz aus einen flüchtigen Blick auf meine Leibwächter. Sie lagen immer noch reglos am Boden. Es schien sie bislang niemand gefunden zu haben. Das machte mir mehr Angst, als hier allein mit Alejandro zu sitzen.

»Ich glaube, für meine Tochter geht es generell um Verantwortlichkeit«, sagte Alejandro. »Die Beschützer glauben immer noch, Henry hätte sich an meinem Sohn vergriffen, denn das hat seine Schwester noch mal bekräftigt. Deshalb wird sie von ihnen unterstützt. Sobald ich erfuhr, was da im Busch war, suchte ich Henry auf – ein schwindelerregendes Erlebnis, wir hatten uns ja seit Jahren nicht mehr gesehen. Henry war da bereits von seiner Krankheit gezeichnet, hatte sie aber halbwegs im Griff. Allerdings hatten die Beschützer ihn da schon aufgesucht, als wir uns sahen, und das machte mir Sorgen.«

So waren Alejandro und Henry also wieder aufeinandergetroffen. Ich hatte keinen Grund, daran zu zweifeln, obwohl seine Version eine andere war als die von Magda. Entweder hatte sie gelogen, oder sie war von Henry hinters Licht geführt worden. Aber das spielte für mich keine Rolle.

»Henry hat mir erzählt«, fuhr Alejandro fort, »dass ihn zwei Männer aufgesucht hätten, als er gerade den Laden schließen wollte. Sie hatten einen hässlichen Porzellanaffen bei sich, den sie schätzen lassen wollten. Henry hielt es zunächst für einen Witz, doch dann nahm das Gespräch eine unerwartete Wendung.«

Einen hässlichen Porzellanaffen.

Ich wusste genau, wie der Affe ausgesehen hatte.

»Sie nannten den wahren Grund ihres Besuchs und erklärten ihm, er werde bedroht und bräuchte Schutz. *Ihren* Schutz. Er solle den Affen eine Woche behalten, dann würden sie zurückkommen. In dem Affen befinde sich der Schlüssel zur Freiheit. Doch Henry vertraute ihnen nicht. Und dann tauchte in all dem Durcheinander auch noch ich auf. Henry bat mich, den Affen zum Beweis aufzubewahren, falls ihm etwas zustoßen würde. Er hatte seine Krebsdiagnose da längst bekommen und verstand einfach nicht, warum ihn jemand da noch würde ermorden wollen. Ich teilte seine Einschätzung, nahm den Affen trotzdem mit, und erst später dämmerte mir, wie frustriert diese Leute waren, als der Affe verschwunden war. Ich suchte meine Tochter auf und fragte sie, was sie da trieb – und erst da begriff ich, wie schlimm es stand. Die Lage war weitaus gefährlicher, als Henry klar gewesen war. Mein Gott, ich hab sie kaum wiedererkannt! Sie war so von Hass und Zorn erfüllt! Sie würde Henry nicht davonkommen lassen. Er hätte eine Woche, um freiwillig mitzukommen, sagte sie, sonst würden sie ihn töten.«

»Ihre Tochter lebt also in New York?«

Ich zog die Augenbrauen hoch.

»Nicht mehr«, erwiderte Alejandro kurz. »Wie auch immer – ich gab Henry den Rat zu versuchen, sich freizukaufen. Diese Organisation baut schließlich darauf auf, dass sie sich für eine gewisse Zeit in Hotels einmietet. Henrys Hotel sollte ihr erstes eigenes sein. Die Beschützer gingen auf den Deal ein, und offiziell tat dies auch meine Tochter. Allerdings sah ich ihr an, wie der Zorn in ihr glühte. Das hier war nichts, was sie einfach so auf sich beruhen lassen würde.«

Von der Decke war erneut ein Knarren zu hören. Doch diesmal klang es anders als zuvor.

Lief dort oben jemand herum?

Einer der versteckten Priester?

»Warum haben Sie den Porzellanaffen in meinen Kirschbaum gehängt?«, fragte ich.

Es gab keinen Grund, so zu tun, als würde ich etwas anderes denken. Ich könnte zwanzig Leben investieren, um herauszufinden, wer sonst mir den Affen zugespielt haben könnte, aber im Grunde stand niemand sonst zur Debatte.

Alejandro wand sich sichtlich.

»Als Warnung«, sagte er heiser. »Und weil ich Ihre Hilfe benötigte.«

»Als Warnung *wovor*?«

Er antwortete nicht.

Die Alarmglocke schrillte lauter.

»Wussten Sie, was in dem Affen steckte?«

»Ja. Und ich wollte, dass Sie es auch wissen.«

Es war genau so, wie Lucy vermutet hatte. Ich hätte von Anfang an auf sie hören müssen.

»Sie haben mich nach der Beerdigung angesprochen«, sagte ich. »Sie hatten doch schon …«

»*Beerdigung*? Diese Farce war keine Beerdigung! Magda wollte Henry bestrafen, anders ist das doch nicht zu verstehen. Und nein, es hatte keinen Sinn zu versuchen, noch mal mit Ihnen zu reden. Sie haben mir nicht geglaubt, als wir uns damals nach dieser bizarren Vorstellung bei Bukowskis gesehen haben. Also musste ich es anders versuchen.«

Ich unterbrach ihn und gab wieder, was Magda mir erzählt hatte. Alejandro sah mich mit leerem Blick an.

»Bei der echten Beerdigung wäre ich gern dabei gewesen«, flüsterte er.

»Ich auch.«

Wieder war von oben ein Geräusch zu hören.

»Ist da oben jemand?«, fragte ich.

Er antwortete nicht, sondern sagte stattdessen: »Ich bin immer noch fest davon überzeugt, dass Henry nicht an seinem Krebsleiden gestorben ist.«

»Das glaube ich auch nicht«, sagte ich. »Oder besser gesagt, glaube ich, dass jemand den Verlauf beschleunigt hat.«

Dann setzte ich ihn von dem Obduktionsbericht und dem Auszug aus der Krankenakte in Kenntnis.

Alejandro seufzte schwer.

»Wie ist ihnen das gelungen?«, fragte er. »Sie müssen seine

Medikamente ausgetauscht haben. Wie kriegt man so was hin?«

Ich hatte den Obduktionsbericht noch einmal gelesen und inzwischen meine ganz eigene Theorie, wie es vor sich gegangen sein könnte, doch ich behielt sie für mich.

»Ich hatte gehofft, Sie wären der Bluthund, der herausfinden würde, dass Henry tatsächlich ermordet wurde«, sagte Alejandro leise. »Ich hab mir einfach nicht vorstellen können, dass die Beschützer auch diesbezüglich einen Schritt schneller wären.«

Und wieder der Alarm in meinem Hinterkopf.

»Ich würde nicht sagen, dass sie einen Schritt schneller waren«, sagte ich. »Sie wollten den Antikladen übernehmen oder zumindest einen Teil davon.«

Alejandro stützte den Kopf in die Hand.

»Das hab ich nicht gemeint«, sagte er.

Das ärgerte mich.

»Wie groß ist diese Organisation eigentlich?«

»Nicht groß. Im Kern besteht sie aus nicht mehr als einer Handvoll Personen an den Orten, wo die katholische Kirche durch Priester in Verruf geraten ist. Ja, und dann gibt es offenbar auch in Schweden einen verhältnismäßig unbedeutenden Zweig. Ich kann nur mutmaßen, was der Papst und die Kardinale sagen würden, wenn sie erführen, was hier passiert.«

Einen unbedeutenden Zweig.

Der zwei Menschen das Leben gekostet hatte.

Und vielleicht mehr, wenn man bedachte, dass das Zimmer im Hotel Royal, in das Lucy und ich uns eingeschlichen hatten, leer gewesen war. Der verfolgte Bruder war womöglich von seinem Schicksal eingeholt worden.

»Was geht hier sonst noch genau vor, Alejandro?«, wollte ich wissen. »Was geschieht mit den Priestern, die im Unterschied zu Henry anbeißen und das Angebot annehmen, in eins der Hotels zu ziehen?«

»Sie verschwinden.«

»Sie meinen, sie werden ermordet?«

»Einige. Andere werden in den Freitod getrieben. Einigen wenigen ist es gelungen, sich freizukaufen.«

»Aber es muss doch auch mal jemand abgehauen sein.«

»Bestimmt. Aber die werden aufgespürt und umgebracht.«

Von oben war erneut ein Knarren zu hören. Mit einem Mal war ich mir sicher: Wir waren in dem Hotel nicht allein. Ich hatte das Gefühl, uns würde die Zeit davonlaufen, und ich war überzeugt, dass Alejandro genau wusste, in wessen Gesellschaft wir uns befanden. Doch es spielte nicht mehr wirklich eine Rolle, ich hatte auf die meisten meiner Fragen Antworten erhalten. Es gab nur noch eine Sache, zu der ich ihn befragen wollte.

»Ich habe eine Zeitlang ein Au-pair gehabt«, sagte ich.

Alejandro rührte sich nicht, aber seine Haut war schlagartig aschfahl.

»Er heißt Marcel und hat diese Halskette in seinem Hotelzimmer in New York liegen lassen.«

Ich zog die Kette, die ich mittels einer gefälschten Vollmacht an der Hotelrezeption abgeholt hatte, aus der Hosentasche und reichte sie Alejandro.

»In dem Medaillon befindet sich das Bild einer Frau, die Sie vermutlich wiedererkennen.«

Alejandro öffnete das Medaillon. Als er das Bild betrachtete, füllten sich seine Augen mit Tränen.

»Sie war hübsch«, sagte ich.

Er nickte.

»Ich habe sie auch noch auf einem anderen Bild gesehen«, fuhr ich fort. »In einem Zeitungsartikel, der kurz nach Bekanntwerden von Henrys Beziehung mit Magda veröffentlicht worden ist. Und an dieser Stelle passen die Dinge für mich nicht mehr zusammen.«

Ich beugte mich vor und stützte die Ellenbogen auf meine Oberschenkel auf.

»Sie haben mir erzählt«, sagte ich bedächtig, »dass Sie zwei Töchter hätten, die noch am Leben sind. Aber Marcel – ein Franzose im Übrigen – behauptet, die Frau auf dem Bild sei seine Mutter. Ist das nicht seltsam?«

Alejandro klappte das Medaillon wieder zu.

»Doch«, sagte er, »das ist seltsam. Und gerade deshalb hab ich den Affen auch in Ihren Baum gehängt: um Ihnen auf die Sprünge zu helfen und Sie zu warnen. Ich war davon ausgegangen, Magda und Henry hätten Ihnen einen Teil der Geschichte erzählt. Ich habe zu spät erkannt, dass dies nicht der Fall war. Wahrscheinlich haben Sie überhaupt nicht kapiert, warum der Porzellanaffe in Ihrem Baum hing. Ich kann nur bedauern, dass ich nicht schneller gehandelt und mich deutlicher ausgedrückt habe.«

Ich schüttelte den Kopf.

»Sie müssten sich bitte auch jetzt deutlicher ausdrücken«, entgegnete ich. »Erklären Sie mir, was ich nicht verstehe. Warum hing der Affe in meinen Kirschbaum? *Was* habe ich Ihrer Meinung nach nicht kapiert? Ich ahne natürlich, dass Sie und Marcel einander nicht unbekannt sind, aber ich verstehe diese Geheimnistuerei nicht. Warum können Sie nicht einfach sagen, dass Sie noch ein Kind haben?«

Alejandro schluckte.

»Verzeihung«, flüsterte er. »Verzeihung.«

Er tastete über seine Innentasche. *Meine Pistole!* Seine Hand zitterte, als er sie herauszog.

»Worum geht es hier?«, fragte ich.

»Um meine Tochter«, sagte Alejandro. »Und darum, was sie braucht, um endlich ihren Frieden zu finden.«

Ich unternahm einen Versuch aufzustehen, doch im selben Moment hatte Alejandro die Pistole auf mich gerichtet.

»Verstehen Sie es immer noch nicht? Den Mann, den Sie Ihr Au-pair nennen, gibt es nicht. Er ist meine Tochter. Marcel hat es nie gegeben.«

60

Es war, als würde ich alles aus weiter Ferne und gleichzeitig schmerzhaft sachlich und klar durch eine Lupe betrachten.

Marcel hat es nie gegeben.

Wann, wenn nicht jetzt, hätte ich den zweiten Herzinfarkt meines Lebens bekommen müssen – aber es passierte nichts.

Außer dass jetzt im Stockwerk über uns Schritte zu hören waren.

»Er ist hier«, stellte ich fest.

»*Sie* ist hier.«

»Wie heißt sie?«

»Celia.«

Ich wiederholte den Namen leise.

»Celia …« Und dann: »Was will sie?«

»Sie will, dass ich sterbe«, sagte Alejandro, »und Sie ebenfalls.«

Endlich verstand ich, was Alejandro damit gemeint hatte, dass dieses Treffen nicht so geworden war, wie er es sich erhofft hatte.

»Aber warum?«

»Ich soll sterben, weil ich so viele im Stich gelassen habe und für den Tod meines Sohnes und meiner Frau verantwortlich bin. Und Sie müssen sterben, weil Sie zu viel wissen.«

Ich rutschte auf meinem Sessel leicht hin und her.

»Wie kann ich mich freikaufen?«

Alejandros Blick huschte zur Tür.

»Das kannst du nicht.«

Die Antwort war von hinten gekommen, auf Schwedisch.

Ich drehte mich um.

In der Tür stand eine junge, schlanke Frau mit rotem Lippenstift und kurzen Haaren. Der Junge, den ich als Marcel gekannt hatte, war immer noch vage zu erkennen, trotzdem war diese Person jemand völlig anderes. Eine Frau namens Celia. Vielleicht sogar die Frau, die mich angerufen und mir erklärt hatte, welche Alternativen mir nach der Lektüre meines eigenen Nachrufs blieben.

»Du solltest mich gehen lassen«, sagte ich, ehe ich auch nur darüber nachdenken konnte. Es klang nicht nach Bitte, sondern eher nach Feststellung.

Du solltest mich gehen lassen, also gehe ich jetzt. Ist doch okay, oder?

Nein.

Sie schüttelte den Kopf.

»Sorry, aber so funktioniert das nicht.«

Die Frau, die bis vor wenigen Tagen noch so getan hatte, als wäre sie ein Mann, und die sich Marcel genannt hatte, betrat die Bibliothek. Ihre Stimme klang anders, heller, und der französische Akzent war weg.

Sie trug eine taubenblaue Bluse und eine weiße knöchellange Sommerhose. Sie hatte zierliche Handgelenke und ein dünnes Fußkettchen um den Knöchel.

»Wie lang hast du denn schon Mann gespielt?«

»Du meinst, wie lang ich mich schon verkleide? Ziemlich lang. In New York war das eine ausgezeichnete Tarnung. Meine vorige Au-pair-Familie war eine tolle Übung. Anschließend war ich bereit, scharf zu arbeiten.« Sie runzelte kurz die Stirn. »Sagt man das auf Schwedisch? ›Scharf arbeiten?‹«

Ich antwortete nicht. Sie konnte reden, so viel sie wollte, wenn sie mich nur am Leben ließ.

Dass wir Schwedisch miteinander sprachen, schien Alejandro zu verunsichern. Er sah uns abwechselnd an, lauschte auf irgendein Stichwort, das er verstand und an dem er sich wieder einklinken konnte.

»Sie ist wirklich sehr sprachbegabt«, sagte ich zu Alejandro.

»Ja, das hat sie von ihrer Mutter.«

»Wo hast du denn Schwedisch gelernt?«, fragte ich sie auf Englisch.

»Ich war mal für ein Austauschjahr an einem Gymnasium in Göteborg«, antwortete Celia. »Ich wollte aus Spanien weg, und Schweden war mir sympathisch.«

»Und deine französische Identität? Du hast bewiesenermaßen einen Pass, mit dem du sogar in die USA reisen konntest.«

»Um der Tarnung willen musste ich mich gegen Spanien entscheiden. Und ich wusste, dass ich die Sprache des Landes, aus dem ich angeblich käme, beherrschen müsste. Also hatte ich keine große Wahl. Marcel Girard gibt es tatsächlich: Er ist Franzose, ein Jahr jünger als ich, allerdings durch eine Erkrankung schwerbehindert. Sein Vater hatte mich als persönlichen Betreuer für ihn angestellt. Das ist ungefähr zwei Jahre her – ich war auch nur einen Sommer dort. In Marseille. Als ich dann einen Pass brauchte, bin ich sie noch mal besuchen gefahren.«

»Und du hast nie einen Pass auf deinen richtigen Namen gehabt?«, fragte ich.

»Nein, ein Personalausweis hat genügt. Und Marcel hatte weder das eine noch das andere. Ich hab ihm seine Identität quasi abgekauft: Sein Vater bekam Geld dafür, dass er mit mir zur französischen Passstelle ging und bestätigte, dass ich sein Sohn Marcel Girard sei. Es passte alles zusammen – die Familie brauchte das Geld, und sie haben mir meine Geschichte abgenommen, dass ich bedroht würde und reisen können müsste, ohne Spuren zu hinterlassen.«

Alejandro sah sie entsetzt an.

»Du hast behauptet, du würdest *verfolgt*?«

»Ich hab ihnen erzählt, man wäre hinter mir her, weil ich schwanger geworden wäre und abgetrieben hätte – meine Familie wäre tief religiös und hätte mich verstoßen.«

Lügen waren auf Lügen aufgeschichtet worden und hatten sich verselbstständigt.

»Ich will trotzdem wissen, warum du ausgerechnet bei mir Au-pair geworden bist«, hakte ich nach.

»Du bist uns beim Erwerb von Henrys Anteil am Antikladen in die Quere gekommen«, sagte Celia. »Die anderen meinten zwar, wir sollten uns mit dem Hotel zufriedengeben, aber ich fand und finde bis heute, dafür war Henrys Schuld zu groß, und seinen Anteil am Laden könnten wir guten Gewissens verlangen. Immerhin hätte Magda das Ganze ohnehin nicht allein bewältigen können. Und aufgrund diverser Kredite, die abbezahlt werden mussten, hätte sie früher oder später sowieso einen Teilhaber mit reingenommen. Henry war das sehr wohl bewusst. Deshalb sorgte er auch rechtzeitig vor seinem Tod dafür, dass du mit von der Partie wärst. Uns war allerdings nicht klar, wie wichtig du für Magda und Henry geworden warst. Als uns dämmerte, dass wir dich nicht diskret würden loswerden können, bin ich bei euch eingezogen, um herauszufinden, was du vorhattest. Und um mir ein Bild davon zu machen, was du wusstest. Ich dachte mir schon, dass mein Vater mit dir Kontakt aufnehmen würde.«

Als mir klar wurde, was sie da sagte, zog sich mir der Magen zusammen. Marcel – oder Celia – war geradewegs bei uns einmarschiert, und ich hatte ihr noch dazu die Tür weit offen gehalten. Ich hatte dieser Person den wichtigsten Menschen in meinem Leben anvertraut – Belle. Wie war es ihr dabei ergangen? Hatte ich vielleicht etwas übersehen? Wenn Belle gelitten hatte, dann würde ich mir das nie verzeihen.

Celia musterte mich.

»Ich habe leider schnell feststellen müssen, dass du dich zu einem Problem entwickeln würdest«, fuhr sie fort. »Bei dem Affen war ich nicht schnell genug – aber in Sachen Schachspiel warst du ja ziemlich deutlich. Und dann diese Frau, zu der du mich geführt hast … Silvia …«

Sie sprach den Namen aus wie einen Fluch, und das machte mir Angst.

Noch einmal: Die meisten von uns sind gar nicht imstande, einen Mord zu planen und auszuführen. Normale Menschen kriegen so was nicht hin, irgendwann auf halber Strecke geben selbst die Hartnäckigsten von uns derlei Pläne auf. Aber Celia hatte allem Anschein nach gleich mehrere Morde auf dem Gewissen.

Trotzdem musste ich sie fragen: »Hast du sie umgebracht?«

»Ja. Und dann hat mir jemand geholfen, sie zu dir nach Hause zu transportieren und in den Baum zu hängen. Das hätte ich nicht allein geschafft.«

»Aber warum musste sie sterben?«

»Weil sie zu viel wusste. Außerdem war sie nicht ganz klar im Kopf. Sie hatte diese Dachwohnung gemietet, nur um dazusitzen und rüber zum Royal zu starren … auch wenn sie letztlich nicht viel von dem kapiert hat, was sie dort beobachtet hat.«

»An dem Morgen, als du mich geweckt hast und sagtest, es würde nach Rauch riechen … Da hattest du das Haus in Gamla stan in Brand gesteckt.«

Celia lächelte.

»Nein«, erwiderte sie, »hab ich nicht. Und es war auch nicht Silvia. Auch dabei hat mir jemand geholfen. Allerdings hasste sie Feuer und ist offenbar um ihr Leben gerannt.«

O Silvia …

»Woher willst du das wissen?«, fragte ich.

»Sie hat es mir erzählt, ehe ich sie erdrosselt habe.«

Alejandro gab einen gequälten Laut von sich.

»Du brauchst Hilfe, Celia«, mischte er sich ein. »Professionelle Hilfe. Und ich verspreche dir: Niemand muss erfahren, was du getan hast.«

Es war ein fadenscheiniges Versprechen. Celias Miene verfinsterte sich.

»Mach dich nicht lächerlich«, fauchte sie ihn an.

Zeit. Ich muss Zeit gewinnen.

»Und Fiona und Patrick?«

Ich nannte die beiden Namen auf gut Glück.

»Fiona ist tot. Patrick hält die Klappe.«

Ich bemühte mich, mir nichts anmerken zu lassen.

Fiona war tot?

Das war betrüblich.

»Warum …«

»Sie hat zu viel geredet. Unter anderem mit dir.«

So wie sie es sagte, klang es nur logisch. Wer die Klappe nicht hielt, musste eben sterben. Als wäre das ein Naturgesetz.

»Und Steve?«

Einen Moment lang sah sie aus, als könnte sie sich an ihn nicht erinnern, doch dann kam die Antwort: »Den hab ich am Flughafen Arlanda abgeholt. Ich gab vor, von dem Unternehmen geschickt worden zu sein, mit dem er einen Geschäftstermin hatte. Allerdings hatte er denen längst abgesagt, deshalb ahnte er wohl, dass etwas nicht stimmte. Anscheinend schien er zu glauben, ich hätte es auf sein Geld oder so abgesehen. Bei der nächsten Gelegenheit, ihn mir zu schnappen, hatte er das Schachspiel bereits weitergeschickt. Er war … zäh. Stur. Wir konnten ihn nicht einfach laufen lassen. Dass er das Schachspiel aus dem Waldorf Astoria überhaupt hat mitnehmen können, war ein Riesenfehler. Das hat ziemlich viel nach sich gezogen. Wenn er überlebt hätte, hätte es einen Zeugen für unsere Tätigkeit gegeben.«

Die Angst lauerte wie ein Raubtier in meiner Magengrube. Ich hatte geglaubt, noch mindestens vier Tage zu haben, ja dass ich vielleicht doch überleben würde. So denkt doch jeder. Niemand vermag sich seine eigene Sterblichkeit anders als theoretisch vor Augen zu führen. Doch in meinem Fall war der Nachruf zu einer Prophezeiung geworden: Ich würde hier nicht lebend rauskommen. Nicht wenn es mir nicht gelänge, mich freizukaufen.

Ich versuchte es mit der ältesten aller Währungen: Geld.

»Wie viel willst du dafür, dass du mich gehen lässt?«

Celia antwortete nicht.

»Komm schon, ihr braucht Geld für eure Arbeit, es ist doch ganz offensichtlich, dass es enorme Summen kostet, dies alles in Gang zu halten. Sag mir, was du brauchst.«

Celia schüttelte den Kopf.

»Vergiss es.«

Das konnte ich nicht, und sie wusste das auch. Also versuchte ich es mit einer anderen Währung: Schuld.

»Wie konntest du Belle so was antun?«

Der Vorwurf kam aus tiefstem Herzen. In mir brannte mein eigenes schlechtes Gewissen.

Trotzdem schien Celia mit einem Mal zuzuhören.

»Warum soll Belle *noch mal* die Familie wechseln? Sie hat doch schon ihre leiblichen Eltern verloren. Warum muss sie ohne mich aufwachsen?«

Hinter mir bewegte sich Alejandro. Der Fußboden knarrte unter seinen Füßen.

Celia strich sich mit der Hand übers Haar.

»Nicht *ich* tue Belle so etwas an. Das bist ganz allein du.«

Doch ihre Stimme hatte an Kraft verloren.

»Entschuldigung, aber das glaubst du doch wohl selbst nicht?«

Sie griff nach hinten, und als sie die Hand wieder hinter dem Rücken hervorzog, war sie bewaffnet.

Jetzt zählte jede Sekunde. Ich hatte keine Ahnung, wie sie sich vorgestellt hatte, mit diesem Mord davonzukommen, doch ich hatte keine Zeit mehr, darüber nachzudenken. Sie wiederum schien offenbar Zeit aufgewandt zu haben, darüber nachzudenken, und war zu einer – für sie – gangbaren Lösung gelangt.

»Wie fandest du den Nachruf?«, fragte sie unvermittelt.

»Ziemlich schlecht geschrieben. Wie hast du ihn mir zugespielt?«

»Mithilfe einiger Beschützer in New York.«

Die Zeit raste wie ein Geisterzug.

»War das ein Freund von dir, der mein Haus observiert hat?«, fragte ich.

»Ich hab selbst zu viel gearbeitet, um die ganze Überwachung zu übernehmen. Zum Beispiel hab ich deshalb auch den Einbruch in Lucys Wohnung nicht mehr absagen können. Ich wusste nicht, dass das Schachspiel immer noch bei dir war.«

Sie hatte also auch Fehler gemacht. Trotzdem hatte ich nichts gemerkt.

Alejandro machte einen Schritt beiseite.

»Bitte, Celia«, sagte er. »Lass gut sein. Verschone Martin. Im Ernst, er hat nichts mit alldem hier zu tun.«

Der Zorn zeichnete rote Flecken auf ihre Wangen, die sich bis über ihren Hals ausbreiteten.

»Du bist so erbärmlich«, gab sie zurück.

Ihre Stimme klang wie das Fauchen eines Raubtiers.

»*Erbärmlich*? Wie kannst du es wagen, mich so zu nennen? Ich weiß, wie schlecht es Kindern geht, denen ein Elternteil fehlt. Denk doch mal an dich selbst – willst du wirklich, dass Martins Tochter das Gleiche erlebt, was du selbst hast erleiden müssen?«

»Hol dich der Teufel!« Celias Schrei gellte durchs Hotel und hallte von den Wänden wider. »Wieso glaubt ihr eigentlich, dass ihr hier eine Wahl hättet? Du *hattest* eine Wahl, Martin. Warum musstest du unbedingt den Schnüffler spielen? Warum konntest du nicht einfach auf Abstand bleiben?«

Es klang fast flehentlich. Sie wollte das hier nicht, das sah ich ihr an.

»Glaubst du nicht, dass ich das bereue?«, fragte ich sie. »Ich hatte solche Angst, in irgendeinen Mist reingezogen zu werden, aus dem ich dann nicht wieder rauskommen würde – und – tada! Schau dir an, was daraus geworden ist. Glaubst du, ich bin damit glücklich? Vergiss es! Ich wollte nur sichergehen, dass all diese merkwürdigen Dinge, die passiert sind, nichts mit dem Laden zu tun hatten, den ich gekauft hatte. Dann kamen der Affe und der Hinweis, dass Henry ermordet worden sein könnte. Solche Sachen lassen einen doch nicht mehr los! Auch wenn es komisch klingt – aber Henry war mein Freund!«

Celia nahm die Pistole in beide Hände. Sie sah leicht erstaunt aus.

»Henry ist nicht ermordet worden«, sagte sie. »Er hatte Krebs im Endstadium. Ob er noch ein halbes oder ganzes Jahr leben würde, war uns nicht wichtig, wir hatten es damit nicht eilig.«

Alejandro machte einen weiteren Schritt.

Celia nahm ihn ins Visier.

»Leg Martins Pistole weg, sonst erschieße ich ihn.«

Alejandro tat sofort wie geheißen, wandte aber ein: »Ich *weiß*, dass du Henry ermordet hast. Ich verstehe sogar, warum. Und ich verzeihe dir.«

Celia trat auf ihn zu. Jetzt sah sie nur noch Alejandro an.

»*Du* verzeihst *mir*? Bist du total *gestört*?«

»Ich verzeihe dir«, flüsterte Alejandro noch mal. »Ich verzeihe dir.«

Ich sah, wie sich Celias Arme anspannten, und setzte zum Sprung an. Nicht um sie zu überwältigen – dazu stand sie zu weit weg –, sondern um aus der Schusslinie zu kommen.

Als der Schuss losging, hob ich reflexhaft die Hände und hielt mir die Ohren zu. Trotzdem klingelte es in meinem Schädel.

Hinter mir brach Alejandro zusammen.

Ich versuchte, Celias Blick einzufangen – vergebens. Sie schluchzte, und ihre Hände zitterten.

»Bitte, kannst ...«

Doch weiter kam ich nicht, weil ein weiterer Schuss losging, diesmal aus einer schwereren Waffe. Der Knall hallte durchs ganze Haus, das Fenster zur Straße zerbarst, und eine Million Glassplitter regneten ins Zimmer.

Und mit einem Mal war auch Celia zu Boden gegangen.

Von draußen, konnte ich noch denken, der Schuss war von draußen gekommen.

Was zur Hölle ...

Der Schuss musste auf mich gerichtet gewesen sein.

Mein Puls raste, und es rauschte in meinen Ohren. Celias Kopf war zur Seite gekippt, und aus der Wunde in ihrer Stirn strömte Blut.

Um Himmels willen ...

Draußen auf der Treppe waren schwere Schritte zu hören. Dann trat jemand mit der Kraft eines Riesen die Eingangstür ein. Ich konnte nirgends hin, Schutz bot nur der Sessel, in dem ich eben noch gesessen hatte. Ich ging dahinter in Deckung und presste mich gegen das braune Leder.

Entschlossenen Schrittes durchquerte jemand die Eingangshalle, betrat die Bibliothek und kam zielsicher auf mich zu.

»Was zum Teufel treibst du hier?«

Ich sah unverwandt in ein Paar eisblaue Augen.

Boris.

»Sind hier noch mehr Leute?«, fragte er.

»Nicht dass ich wüsste.«

»Warum hockst du dann so da?«

Auf die Frage wusste ich keine Antwort – zumindest keine, die ich ihm hätte geben wollen. Ich stand auf, hatte kurz Schwierigkeiten mit dem Gleichgewicht, schwankte wie ein Besoffener.

Boris musterte mich von oben bis unten.

Dann schüttelte er den Kopf.

»Deine Bewacher«, stotterte ich, »die Leibwächter ... Sie liegen draußen ... Die ... Er hatte ... Wir dachten ...«

»Kannst du nicht einfach mal die Klappe halten?«, blaffte Boris mich an. »Die Leibwächter haben die Schnauze voll von dir. Wir fahren nach Hause, los, bevor die Bullen kommen!«

»Klar«, sagte ich. »Schon klar.«

Trotzdem konnte ich mich nicht vom Fleck rühren. Boris zog mich am Arm.

»Jetzt mach schon, Benner.«

Ich setzte einen Fuß vor den anderen. Ich war nicht tot.

Nicht tot.

Nicht tot.

Aber Alejandro und Celia waren tot.

In diesem Moment spielte das jedoch keine Rolle mehr. Ich dachte nur noch an Belle und an Lucy.

Ich hatte um diesen Krieg nicht gebeten.

Ich lebte.

Und das war das Einzige, was zählte.

Später

»Wirst du Lucy jetzt heiraten?«

61

»Er mochte Sonne sehr. Der Friedhofswärter meint, das hier ist der Platz mit der meisten Sonne auf dem ganzen Friedhof. Ich glaube, Henry wäre zufrieden. Was meinst du?«

Magda und ich saßen auf der Bank direkt vor Henrys Grab. Reiner Zufall, dass dort eine Bank stand. Es war das erste Mal, dass ich Henrys Grab sah. Es sah hübsch aus und gepflegt.

»Ich glaube, es hätte ihm gefallen«, sagte ich.

Es war die erste Augustwoche, und New York war grauenhaft heiß. Ich war den ganzen Sommer über in Stockholm geblieben. Magda hatte die laufenden Geschäfte in unserem Antikhandel allein bewältigt, unsere geplante Weinauktion hatte allerdings nicht stattgefunden. Doch jetzt war ich wieder vor Ort.

Ich hatte die Sonnenbrille abgenommen und betrachtete mit zusammengekniffenen Augen das Grab. Belle und Lucy hatten beschlossen, zu Hause zu bleiben. Ich hatte versprochen, dass es eine kurze Reise werden würde, und ihnen erzählt, wie heiß es hier wäre – eine todsichere Methode, zumindest Lucy fernzuhalten. Sie hasst New York im Sommer. Und weil Lucy in Stockholm blieb, hatte Belle auch nicht mitgewollt.

Magda lehnte sich entspannt zurück. Ihr dichtes graues Haar hielt sie sich mit einer riesigen Chanel-Sonnenbrille aus dem Gesicht.

»Schön, dass du wieder hier bist«, sagte sie.

Sie hakte sich bei mir unter, und ich ließ sie gewähren. Die Blumen, die sie aufs Grab gepflanzt hatte, wiegten sich sanft in der heißen Brise.

»Ich will meinen Anteil am Antikhandel verkaufen.«

Die zog die Hand wieder zurück.

»Was sagst du da?«

Als hätte ich ihr einen Schlag versetzt.

»Ich hab den ganzen Sommer über nachgedacht«, sagte ich. »Es macht einfach keinen Spaß mehr.«

Magda ließ die braun gebrannten, kräftigen Hände auf ihrem Schoß ruhen.

»Wegen dem, was passiert ist?«

So pflegte sie sich auszudrücken. Mit den Beschützern und ihrer Hetzjagd auf Henry wollte sie sich schlichtweg nicht mehr beschäftigen. Ich beließ es dabei. Ich hatte mir nicht mal die Mühe gemacht, jene Einzelheiten in ihrer Version der Geschichte, die für mich nicht gestimmt hatten, richtigzustellen.

»Nein«, sagte ich. »Dass ich verkaufen will, hat nichts damit zu tun, dass ich fast gestorben wäre und Lucys Hochzeit geplatzt ist. Es hat auch nichts damit zu tun, dass du mich genötigt hast, mich vor einem leeren Sarg von Henry zu verabschieden oder dass ihr beide hinsichtlich eurer wahren Herkunft und Geschichte gelogen habt.«

Magda starrte unverwandt geradeaus.

»Womit dann?«, fragte sie nach einer Weile.

»Mit dir«, antwortete ich.

»Mit mir?«

Sie sah mich verständnislos an.

»Du hast Henry umgebracht. Du hast seine Tabletten ausgetauscht, sodass er viel zu früh und garantiert qualvoller sterben musste, als nötig gewesen wäre. Das ist der Grund, warum ich mit dir keine Geschäfte mehr machen will.«

Magda atmete schwer.

»Du hast den Obduktionsbericht doch gelesen«, sagte sie.

»Ja.«

»Wie kommst du darauf, dass ich das gewesen wäre? Henry wollte nicht länger mit diesen Schmerzen leben.«

»Ganz sicher nicht«, pflichtete ich ihr bei. »Allerdings stand in dem Bericht auch ein Detail, das nichts mit der Medikamentierung zu tun hatte und trotzdem entscheidend war.«

Magda sah mich angespannt an.

»Henry hatte sich sterilisieren lassen«, sagte ich. »Deshalb habt ihr keine Kinder bekommen.«

Es war, als hätte ich einen Ballon angestochen. Magda sackte in sich zusammen und wandte den Blick von mir ab.

»Das wusste ich nicht.« Ihre Stimme überschlug sich leicht. »Das hat er in einer Schweizer Privatklinik machen lassen, bevor er nach Rom ging. Nach seiner Zeit im Kloster ließ er mich in dem Glauben, es gäbe eine Chance, dass wir doch noch ein Kind zusammen bekommen könnten. Dabei wusste er die ganze Zeit – *die ganze Zeit* –, dass es unmöglich wäre. Ich lief von einem Arzt zum anderen, um herauszufinden, was bei mir nicht stimmte. Unterdessen weigerte Henry sich mitzumachen. Er behauptete einfach, er hätte sich schon untersuchen lassen, und alles wäre in Ordnung. Irgendwann habe ich kapituliert. Ich dachte, es läge womöglich daran, dass wir einfach nicht zusammenpassten und dass er es deshalb nur selten hatte versuchen wollen. Wenn er nur irgendetwas gesagt hätte! Dann hätte ich eine Wahl gehabt. Aber nein, er hat sein Geheimnis für sich behalten. Im Zusammenhang mit einer Blinddarmentzündung, die er Jahre später hatte, habe ich es dann zufällig erfahren. Der Chirurg fragte ihn nach früheren Operationen, und da erwähnte er es, weil er glaubte, ich wäre außer Hörweite. Es auf diese Weise zu erfahren war einfach schrecklich.«

Mir wollte keine vernünftige Erklärung für Henrys Verhalten einfallen, und ich wollte mir auch nicht vorstellen, wie sehr er Magda verletzt hatte. Allerdings ist es ein Unterschied, ob man rein klinisch versteht, wie gewisse Dinge zusammenhängen, oder ob man für die Entscheidungen des Partners Verständnis zeigt. Ich konnte Magda weder verzeihen noch sie entschuldigen. Denn auf der Liste der möglichen Reaktionen, die ich selbst vor mir sah, stand Mord nicht mit drauf.

»Er wollte es selbst«, versuchte Magda, als ich mich nicht dazu äußerte.

»Wie bitte?«

Magdas Augen füllten sich mit Tränen.

»Er hat selbst gemerkt, dass etwas nicht stimmte«, fuhr sie heiser fort. »Bei einem seiner letzten Aufenthalte zu Hause habe ich ihm verraten, was ich getan hatte – dass ich seine Behandlung hintertrieben hatte. Und ich erzählte ihm auch, warum. Es war, als würde er … aufgeben. Er gab sich nicht einmal mehr die Mühe, die Behandlung wieder aufzunehmen, und ging seinem Arzt aus dem Weg, bis alles zu spät war.«

Weiter hinten auf dem Friedhof kniete ein älterer Mann vor einem Grabstein. Die Szene sah friedlich aus. Und würdevoll.

»Klingt alles plausibel«, sagte ich zu Magda, »aber im Grunde ändert das nichts an der Sache. Als du angefangen hast, mit seinen Medikamenten zu tricksen, war deine Absicht nun mal, ihn zu töten. Nicht aus Barmherzigkeit, sondern weil du ihn für das, was er getan hat, gehasst hast.«

»Du kannst nichts davon beweisen«, sagte Magda. »Nicht das Geringste.«

»Korrekt«, erwiderte ich. »Es wäre am Ende bloß eine Anmerkung, die bei Gericht Zweifel säen könnte. Aber hier – du und ich, auf dieser Bank – sind wir nicht bei Gericht. Ich muss dir vertrauen können.«

»Das kannst du!«

»Nein, Magda, das kann ich nicht. Und mal im Ernst, ich verstehe deine Verbitterung. Mir ist klar, dass du deine Chance ergriffen hast, als sie sich dir geboten hat. Henry war ohnehin dem Tod geweiht, du hast das Ganze lediglich beschleunigt. Aber das reicht mir nicht. Ich kann nicht mit jemandem zusammenarbeiten, der sich so verhalten hat.«

Ich drehte mich zur Seite, damit ich ihr in die Augen sehen konnte.

»Eine Frage noch«, sagte ich. »Warum hast du ihn überhaupt je geheiratet? Er war in jemand anderen verliebt. *In einen Mann.* Ihr hattet nie eine Chance, miteinander glücklich zu werden.«

Ein Marienkäfer landete auf Magdas Hand. Sie sah gedankenverloren darauf hinab.

»Ich wollte ein Kind«, flüsterte sie. »Und es gab keinen anderen Mann, mit dem ich eine Beziehung hätte eingehen wollen. Und ich … wollte glücklich sein.«

Ich runzelte die Stirn.

»Aber das wart ihr doch nicht?«

»Glück sieht nicht für alle Menschen gleich aus. Das hab ich doch schon gesagt, als wir das letzte Mal über das hier gesprochen haben.«

»Ich weiß«, sagte ich.

»Nein, du weißt gar nichts. Du bist Single, vielleicht mal verliebt, immer auf der Pirsch, suchst dir ständig irgendeine nette Gesellschaft. Diese Möglichkeit hatte ich nicht – und Henry ebenso wenig. Auf unseren Schultern lastete so viel Scham … Indem wir zusammen weitermachten, mussten wir niemanden mehr anlügen. Zumindest nicht einander. Irgendwann sahen wir beide keinen anderen Weg mehr, als an einem neuen Ort unter neuem Namen noch mal von vorn anzufangen. Es ging uns nie um Liebe, sondern ums reine Überleben. Und ich habe geglaubt, ich würde es irgendwie schaffen, ich würde zumindest Zufriedenheit empfinden. Aber er hat diesen Mann, Alejandro, nie vergessen können. Nicht tief im Herzen. Und dann kamen nicht einmal Kinder … Und sobald ich es einmal laut ausgesprochen hatte, dass ich unsere Kinderlosigkeit akzeptiert hätte, wollte er mich überhaupt nicht mehr an seiner Seite haben. Das tat unendlich weh.«

Magda holte tief Luft.

Leicht wehmütig legte ich meine Hand auf ihre.

»Lass den Laden nicht im Stich«, bat sie mich. »Bitte. Wir haben doch noch so viel vor.«

Ich drückte ihre Hand.

»Es tut mir wirklich leid, aber ich habe mich entschieden. Du kannst meinen Anteil kaufen, wenn du willst, nimm einen Kredit auf – oder suche dir einen anderen Käufer. Aber ich kann das nicht.«

Magda nickte bedächtig.

»Du weißt, dass du es dir jederzeit anders überlegen kannst, oder? Du bist immer willkommen. *Jederzeit.*«

»Dafür danke ich dir«, sagte ich.

Magda wandte den Blick ab.

»Es ist doch wie immer«, flüsterte sie. »Solche wie ich finden nie ihr Glück.«

Wir saßen noch eine Weile auf der Bank und ließen die Zeit verstreichen.

62

Die Sommerferien waren zu Ende. Belle war aufgeregt an der Grenze zu hysterisch. Am Vorabend des neuen Schuljahrs half ich ihr noch, ihre Schultasche zu packen. Dann überlegten wir, was sie sich anziehen würde: rosafarbene Jeans, eine weiße Bluse und eine blau-weiß gestreifte Jacke. Und die Kette, die sie von Lucy und Marianne bekommen hatte. (Mir war schleierhaft, warum die beiden ein gemeinsames Geschenk gekauft hatten, aber das war egal.)

»Fühlt sich jetzt alles gut an?«, fragte ich sie, als ich kurz darauf die Bettdecke um sie feststeckte.

»Ja, klar«, sagte Belle. »Wann fängt eigentlich das neue Au-pair an?«

Ich spürte, wie sich mir sofort die Nackenhaare aufstellten.

»Es gibt kein neues Au-pair«, entgegnete ich. »Wir haben wieder eine ganz normale Kinderfrau. Die abends nach Hause geht. Er fängt morgen an.«

Belle runzelte die Stirn.

»Dann können wir ihn nicht Kinderfrau nennen.«

Ich seufzte.

»Denk dir was aus. Ich weigere mich jedenfalls, ihn Au-pair zu nennen. Und Kindermann geht nicht.«

»Warum denn nicht?«

»Weil das … nicht gut klingt.«

Jetzt seufzte Belle.

»Ich mochte Marcel.«

Es war lange her, seit sie ihn zuletzt erwähnt hatte. An manchen Tagen war ich mir fast sicher, dass sie ihn vergessen hatte, und unternahm selbst nicht das Geringste, um sie an ihn zu erinnern.

»Ich mochte Marcel auch«, sagte ich.

Denn das entsprach der Wahrheit, aber das tat nichts zur Sache.

Es hatte Marcel nie gegeben.

Und da war es egal, was ich mir eingebildet hatte, während er sich wie eine fleischgewordene Illusion in unserem Haus bewegt hatte.

Nie wieder würde ich derart fahrlässig handeln.

»Schlaf jetzt«, sagte ich und strich Belle über die Stirn. »Du hast morgen einen aufregenden Tag vor dir.«

Belle lächelte mich an.

»Kommt Lucy morgen zur Schule?«

»Nein, sie muss arbeiten.«

Ich bemühte mich nach wie vor, Lucy nicht allzu selbstverständlich als Teil unserer Familie zu betrachten. Der amerikanische Chirurg hatte zwar das Land verlassen, aber ansonsten war alles wie immer: Lucy und ich hatten im Lauf des Sommers ein paar schöne Stunden miteinander verbracht, trotzdem war es nur eine Frage der Zeit, bis Lucy jemand anderen finden würde, mit dem sie zusammen sein wollte.

Jemand *Seriösen*.

Der wusste, was er wollte.

Viel Glück, dachte ich.

Ansonsten ging alles seiner geregelten Wege. Magda und ich arbeiteten auf das Ende meiner Teilhaberschaft hin, und auf der gegenüberliegenden Seite des Central Parks hatte Norton & Son seine Tore geschlossen – ein geringer Trost. Denn garantiert waren sie einfach nur woanders hingezogen. Aber es war genau, wie Lucy sagte: aus den Augen, aus dem Sinn. Im Hotel Royal in Gamla stan hatten die Renovierungsarbeiten begonnen. Eines Nachts, nachdem ich mit einem Freund in der Gegend ein Bierchen trinken gewesen war, hatte ich mir erlaubt, dort vorbeizugehen. In keinem der Fenster hatte Licht gebrannt.

Fiona hatte erzählt, der Führungskreis der Beschützer sei nicht mein Problem, und so sah ich es auch. Immerhin hatte ich die magische Frist von sieben Tagen überlebt. Und ich hatte mir selbst etwas gelobt: Wenn der Tag käme, an dem ich diese verdammte Organisation auffliegen lassen könnte, ohne mein eigenes Leben oder das anderer zu gefährden, dann würde ich zu Werke schreiten. Bis dahin würde ich sie in Ruhe lassen und erwartete das Gleiche von ihnen.

Boris hatte die Lage ganz ähnlich eingeschätzt. Er und ich hatten vereinbart, dass er dieses Jahr wieder den Weihnachtsmann bei mir geben würde, dass wir uns in der Zwischenzeit aber voneinander fernhalten würden. Ich wusste immer noch nicht genau, wie er in Italien wie ein rettender Engel hatte auftauchen können; anscheinend hatte er bei der Sache ein schlechtes Gefühl gehabt und nicht noch mehr seiner Männer sterben sehen wollen. Wir hatten nie wieder darüber gesprochen, wie er mich zitternd hinter dem Sessel angetroffen hatte. Vielleicht weil ihm insgeheim klar war, dass er genauso eine verdammte Scheißangst gehabt hätte wie ich.

Ich erhob mich und ging zur Tür. Als ich sie gerade hinter mir zuziehen wollte, hörte ich Belles Stimme: »Martin?«

»Mhm.«

»Darf ich was flüstern?«

Ich versuchte, ruhig zu bleiben. Als sie das letzte Mal was flüstern wollte, hatte sie gerade einen Schlüssel in einem antiken Schachspiel gefunden.

»Natürlich«, sagte ich etwas steif und setzte mich wieder auf ihre Bettkante.

Belle streckte mir ihre Arme entgegen.

»Du musst näher kommen, damit du mich hören kannst«, sagte sie.

»Es sind doch nur du und ich hier«, erwiderte ich. »Aber flüstere trotzdem, so leise du kannst.«

Ich beugte mich hinunter, damit sie mir direkt ins Ohr flüstern konnte.

»Wirst du jetzt Lucy heiraten?«

Ich lachte leise und schüttelte den Kopf.

»Nein«, sagte ich, »das werde ich nicht.«

»Warum nicht?«, flüsterte Belle.

»Weil Lucy und ich unterschiedliche Sachen im Leben wollen. Manchmal ist das so.«

Den ganzen Sommer lang war ich mit keiner einzigen Frau (außer Lucy) zusammen gewesen. Jennifer und ich hatten keinen Kontakt mehr. Das war für uns beide besser so. Ich hatte insgeheim angefangen, mich nach einer Sommerhütte umzusehen, und sowie Magda mich ausbezahlt hätte, wollte ich mir ein neues Geschäft suchen, in das ich investieren könnte.

Belle zog mich näher an sich heran.

Sie hatte noch nicht fertig geflüstert.

»Natürlich will Lucy dasselbe wie du. Aber sie wünscht sich, du wärst nicht so feige.«

Das hier nahm gerade eine überraschende Wendung.

»Ach, hat sie das gesagt?«, fragte ich.

»Mhm. Allerdings nicht zu mir, sondern zu einer Freundin. Als du in New York warst und Lucy auf mich aufgepasst hat. Da haben sie wohl gedacht, ich würde schlafen, aber das stimmte nicht.«

Belle kicherte belustigt.

Ich selbst war von der Situation eher überrumpelt.

»Frag sie«, meinte Belle. »Frag sie, ob sie will.«

»Ich werde darüber nachdenken«, erwiderte ich.

»So richtig?«

Ich legte den Kopf schief.

»Aber klar.«

Danksagung

Dies hier ist eine fiktive Geschichte. Ich habe mir wie immer bei meinen Romanen gewisse künstlerische Freiheiten erlaubt. Die Antiquitätengeschäfte, die in diesem Buch vorkommen, gibt es nicht, ebenso wenig wie das Hotel Royal und das Hotel Maria. Nicht mal die Garage des Waldorf Astoria liegt dort, wo ich sie platziert habe. Ein Roman kriegt eben, was er an Details braucht, so muss es sein.

Es hat ungeheuer Spaß gemacht, dieses Buch zu schreiben. Martin Benners Gesellschaft ist immer wieder außerordentlich unterhaltsam. Mit Figuren aus Büchern hat es andererseits immer etwas Problematisches: Denn es gibt sie nicht wirklich. Ganz im Gegensatz zu meinen Leserinnen und Lesern und zu meinem Verlag.

Die Leser zuerst: Danke, dass es euch gibt und dass ihr lest (und hört) und meine Autorenschaft weiter begleitet!

Dann der Verlag: Zu schreiben ist Aufgabe und Privileg eines Autors, doch was immer danach kommt, macht man am besten zusammen mit Profis. Herzlichen Dank an den Piratförlaget für alles, was ihr für mich und meine Bücher tut!

Besonderer Dank geht an meine Verlegerin Sofia Brattselius Thunfors und meine Lektorin Anna Hirvi Sigurdsson. Danke, Sofia, für die klugen Kommentare und die wertvolle Ermunterung während des Schreibprozesses. Und danke, Anna, für deine Genauigkeit und Hartnäckigkeit, die mir geholfen haben, problematische (und unfertige) Stellen in *Blutsfreunde* aufzuspüren. Wir hatten so viel Spaß dabei!

Zudem möchte ich mich bei der Salomonsson Agency und

all den engagierten Mitarbeiterinnen und Mitarbeitern bedanken, die dafür sorgen, dass meine Bücher auch außerhalb Schwedens in anderen Sprachen Leserinnen und Leser finden. Ein besonderer Dank gilt meiner Agentin Julia Angelin für ihre Unterstützung und ihr kluges Agieren.

Natürlich möchte ich die Gelegenheit nutzen, auch Karin Wahlén und ihren Kollegen bei Kult PR für die wunderbare Zusammenarbeit zu danken.

Und Niklas Lindblad für die wunderbaren Buchumschläge!

Und last but not least: Danke an alle meine wunderbaren Freunde und meine liebe Familie! Ich bin überglücklich, dass es euch in meinem Leben gibt. Danke, dass ihr (fast) alles lest, was ich schreibe, und immer zuhört, wenn ich etwas Neues zu berichten oder zu bedenken habe (oder einfach mal ganz allgemein mit jemandem diskutieren muss). Danke!